清詩話全編

嘉慶期五

張寅彭 編纂
姚蓉 點校

国家出版基金项目
NATIONAL PUBLICATION FOUNDATION

上海古籍出版社

第五册目次

梅花詩話

梅花詩話提要

《梅花詩話》二十七卷，據浙江省平湖市圖書館藏稿本點校。撰者張誠（一七四九—一八一五），字希和，一作熙河，號嬰上散人。浙江平湖人。乾隆四十二年丁酉舉人。屢試不第。四十五年庚子南巡召試，截取知縣。嘉慶十九年甲戌赴部謁選，次年卒於京。有《嬰山小園詩文集》。《梅花詩話》有乾隆五十一年丙午自序，自謂書成，實則一直未能定稿刊出。全稿分「梅」、「花」、「太」、「史」四册，除「梅」字册卷一、卷二，「花」字册卷二至卷六，「太」字册卷六外，餘皆分卷而未及標示卷數，未知其故。今爲依次補標卷數，凡二十七卷。又「梅」字册前五卷用烏絲欄紙清謄，以下則皆寫於無格紙上。頗疑乾隆五十一年作序廣邀名家題辭者，即前五卷也。此後全稿删訂甚劇，末卷至删存僅一則。此卷所删均爲頌其亡父斅坡先生兄弟二人者，與自序主客問答所謂「子詳述先人何也」、「司馬遷述父談言意也」已自不同。又自序謂「凡詩緣種梅、探梅而作者，皆是書由也」。專輯己作之梅詩爲「梅花吟」，附於全書之末，視同本書之跋，然日後又全盤否定，眉批一再曰：「不宜存稿」、「百詩皆查體，不必存」。此皆由歷時久而著述旨意前後變化所致。今依其删存符號，録爲一清本，仍存其二十七卷之舊。其體例，大抵每則先引各家文字，復以「按」字領起己語，作出裁斷。其引文往往为節引，且多改寫，文間或雜一二己語案断，與所標「按」字之正式按語不同。今一一爲加引號，以示引文、己語之别。

無夾己語或有「按」字領起者，則不復加引號，以稍清眉目。又有草書若干頁，此次未及録出。

此書彙採歷代詠梅之作，廣從别集總集、詩話筆記、正史方志，乃至小説戲曲、旅途題壁、僧野口述等取材，又由詩而及於梅之勝地、品類、種植、觀賞、實用、異聞種種，可謂大全，已略不稱詩話之題矣。詠梅詩宋元始盛，張氏排比品評，羅致甚備。又大力表彰明人及本朝梅花詩，如卷二四作明人徐逸生詠梅句圖，以爲「疏影」、「暗香」尚落筌蹄，更無論「高士」、「美人」句矣。尤許本朝梅詩勝唐人，故無論名家與否多所採録；與袁枚、金德瑛、畢沅等之交往，亦竟以梅事爲準。然其搜採雖稱博洽，編次則未可謂善。如分卷長則五六十則，短僅數則，極不匀稱。各卷内容漫無類别頭緒，往往稍事歸納，隨即失焦，如卷一開首數則引字書釋「梅」字，下即漫接施潤章、王士禛之詠梅詩文；卷四多録産梅勝地與梅之詞作，二題如何兼容？卷十九談林和靖之梅詩稍集中，然他卷亦頗有言君復者，何以不合卷？而卷十五專記袁枚及其隨園之梅事，僅以七則充卷；卷十六專記嘉興、平湖府縣公所之梅事，更只有寥寥三則，似乎嚴守專題，實則他卷亦非無隨園、嘉興梅事者，何以不移併一卷，則又不可解也。張氏自視甚高，自序至以「梅花太史公」自許。觀其全稿，於各家之言非徒事摘引排比，而悉有案斷，辯譌指謬，品美揚善，非全無見識。其書當時即已播於人口，《隨園詩話》謂有「一百卷」之鉅，雖屬誑言，亦可想見撰者之志。或以中年後热衷「易」理，（朱爲弼《清河六先生詩選序》）此書遂致荒率，而未能成稿，「太史公」云云轉成大言矣。然既搜採不易，規模亦稍備，遠過方回《瀛奎律髓》「梅花類」之體量，而又稿本漫漶，年久蠹損，慮其不永，故予收録，俾日後之進一步整理也。

自序

宋人有言：詩話具史。余撰《梅花詩話》成，題詩云：「便應箕作梅花史，我是梅花太史公。」客問於余曰：「梅花太史公，古有是語乎？」余曰：「無之。」「然則子何以云然也？」曰：「林君復以梅爲妻，不聞君復之先有妻梅者也。吴仲圭生署梅花道人，殁題梅花和尚。不聞仲圭之先有梅花道人、梅花和尚也。自我作古，奚不可？」「然則子之先，其無集梅花成書者乎？」曰：「有之。」「有，則子何以稱梅花太史公也？」曰：「石湖《梅譜》，詳於梅而略於詩；釋真一《西溪梅譜》，囿於地者也；華光《畫梅譜》，專於畫者也。他如黄晞顔之《梅苑》、李龏之《梅花衲》，或選詞，或集詩，家自爲學，皆梅花之《晉乘》、《楚檮杌》、《吴越春秋》也。至若王思義《香雪林集》，以宋朱元晦、楊誠齋爲和；元僧明本詩，割裂羅隱詠梅及東坡《歧亭道上》七律，入絶句體，則愈荒誕舛謬，不足傳信，直梅花之稗官野乘耳。求其貫穿古今、涉獵廣博者，蓋其難也。余學識淺陋，然數年以來，閲書萬有餘種，采者不下千百計。雖去取未必盡當，搜羅之力不可謂不勤矣。」客曰：「太史公之作《史記》也，據《左氏》、《國語》，采《世本》、《戰國策》，述楚漢春秋，未嘗每篇溯所從出。子必一一系所自，何也？」曰：「不敢没前人也。況《史記》中如《伯夷列傳》，則推原其傳云云，《秦本記》則善賈生之言，亦未盡没所自出也。」曰：「子序列不論時代，比類成文，何以故？」曰：「老莊、申韓，非一世之人也；管夷吾、晏嬰，相去百餘年；魯仲連之與鄒陽，屈原之與賈誼，後先相望，凡三嬗代，太史公皆爲之合傳。余之比類成文，而不論時代，猶此意也。」「子於前人一詩再三引者，有説乎？」曰：「有。《封禪書》之與《武帝本紀》，大略同也，其義不同，其辭不嫌重複耳。」「子於一詩一事，衆説紛紜，而連書分録者，曷故？」曰：「五宗三王世家及聖門弟子列傳，皆連書分録也。」「子叙事起訖作論斷，何也？」曰：「此《遊俠》、《貨殖》、《酷吏》諸傳序之所以作也，贊體也。」「子引古人書而不益損一字、論一言者，何也？」曰：「無可增減，無用評論，采而録之已耳。太史公作《樂書》，直抄《樂記》也。」「子引日本、琉球事，何也？」曰：「南越、東越、朝鮮、大宛，《史記》未嘗遺也。」「子兼收醫藥、堪輿説，何也？」曰：「扁鵲、倉公、日者、龜策，何嘗無傳？」「子不遺《風》詩，何也？」曰：「衛少兒、卓文君之事，太史公詳哉其言之也。」「子偶及詼諧，何也？」曰：「淳于髡，優孟之流，太史公作《滑稽列傳》。余津津於文人學士大夫論説者，《儒林列傳》意也。」「子於並世而生，論次及之，何也？」曰：「太史公、司馬相如、汲鄭諸傳，何嘗非並世而生者？」「子詳述先人，何也？」曰：「司馬遷述父談言意也。」「子之列《梅花吟》於後，又何説？」曰：「子不見太史公《自序》乎？太史公《自序》，著作史之由。予之輯是書，始於種梅。繼有蘇臺、武林、越上探梅之行。凡詩緣種梅、探梅而作者，皆是書由也。太史公《自序》意也。」「然則子是書出後，有作者弗可及已？」曰：「非敢然也。《史記》漢事，班固沿《漢書》。褚少孫、司馬貞又有《史記》補作。匡其不逮，尚俟後之同志者。」客乃唯唯而退。於是聞者翕然稱余爲梅花太史公。乾隆五十一年丙午仲春月下澣平湖張誠書於熙河草堂。

題辭

錢塘袁枚子才 一字簡齋

熙河孝廉真奇士，自言生性無他嗜。好同山水結良緣，慣替梅花作花史。穿穴寒香二十年，梅詩梅話手親編。蠶眠細字盈萬千，字字皆帶梅花煙。君貌清癯如鶴古，相訪隨園月端午。隨園七百七枝梅，望見君來一齊舞。送君西遊巴蜀中，折梅贈別行匆匆。好將五月江城笛，吹上峨嵋第一峰。

會稽盧文弨紹弓 一字抱經

世德清芬二陸同 謂尊甫敦坡、叔香谷兩先人，一編冰雪見家風。道人和尚頭銜俗，何似梅花太史公。

移來香國小西溪，韻似清吟動品題。卷裏白雲遺句在，不慚身似會稽雞。君采拾余先人《白雲集》中詠梅詩。小子無似，不能繼聲，不慚之慚，深于慚矣。

弄珠樓畔昔曾過，欲記前塵已半訛。猶幸不隨流水盡，故人零墨共摩挲。君表兄陸滌齋，余同年友也。向鈔得其詩數首。

太倉畢沅秋帆

雲水相違已卅年，雨窗翻寫舊叢編。吟魂驀入香溪路，重證三生未了緣。悵望寒枝萬萬株，卷中如見故人呼。昨宵夢逐春風遠，吹去鄉心落五湖。慧業清葩妙夙因，虛空繪出玉精神。生花筆變龍門格，今古無多獨行人。逝將香國寄幽蹤，問我靈巖第幾峰。余靈巖山館有問梅禪院，繞屋植梅花一千本。晴雪未消花欲放，水邊林下一相逢。

長洲吴泰來竹嶼

吾生夙抱梅花癖，記卜中峰屋數椽。自許禪心同水月，忽驚清夢隔雲煙。殊鄉無計攀嘉植，勝侶何來結静緣。珍重一編冰雪詠，他時吟向大峩巔。

青浦王昶蘭泉

青浦王蘭泉少司寇嘗云：梅花苦難著筆，孤山處士僅得兩聯，青邱子亦只數語。蓋如姑射仙人肌膚冰雪，真色生香。施朱着粉，猶以爲嫌，是可績以俗間塵土？凡俗語、粗語、鈍置語，皆不可一毫侵犯。竊謂詠梅當如畫梅，水邊林下，山坳谿側，略加烘染，便得神理。

海寧查虞昌鳳喈 一字梧崗

捧讀佳著詩話序，淵博浩瀚。奇而法，正而葩。讀之心目俱快。惜帶水迢隔，不獲時造尊齋，快睹著述也。他日付剛後，務期見賜一册，當如置身香雪海矣。尊稿奉繳。敬佩，敬佩！不盡。

晤別以來，想興祺榮吉，時深企止。老長兄好學深思，著述盈笥，素深欽佩。兹聞《梅花詩話》將次告成，争先睹之爲快。俗冗碌碌，日内又小抱微痾，是以遲遲。俟詩話刻竣，再賡長篇，以質高明。幸恕疏懶耳。不宣。

錢塘趙郎秋牧

劇愛詩人費翦裁，暗香疏影境重開。爲應借得髯蘇筆，點勘梅花世界來。
當年艷説壽陽妝，愛擬從君較短長。不謂梅花千古句，一池都作墨池香。

元和顧宗泰星橋題，時嘉慶丙辰夏五。

一生癖好遠鉛華，絶愛籬邊疏影斜。他日熙河當合傳，前身仙骨是梅花。

梅花詩話卷一

平湖張誠希和著

《召南》云：「摽有梅，其實七兮」。陸璣《毛詩草木蟲魚疏》：「梅，杏類也，樹及葉皆如杏而黑耳。」賈思勰謂：「梅花早而白，杏花晚而紅。梅實小而酸，杏實大而甜。梅可以調鼎，杏則不任此用。世人或不能辨，言梅杏爲一物。此則北人不識梅也。」李時珍《本草綱目》：「梅，古文作『呆』，象子在木上之形。梅乃杏類，故反『杏』爲『呆』。書家誤爲甘木。後作『梅』，從『每』，諧聲也。或云：梅者，媒也。媒合衆味。故《書》云：『若作和羹，爾惟鹽梅。』而『梅』字亦從『某』也。」司馬光《類篇》：「『呆』同『槑』省，或作『某』，通作『梅』。俗以『呆』爲癡獃解，誤。」廖文英《正字通》又以「某」爲「梅」本字，引李陽冰謂「呆」作「甘」者，「口」，古文「口」字之譌。梅，酸果，從甘，非。然果類繁多，未能盡象果形，此説太泥。按《唐韻》莫杯切，《集韻》、《正韻》模杯切，《韻會》謀杯切，並音「枚」。或作「槑」。「楳」亦作「楳」。王圻《稗史會編》：「宋有楳社。」袁文《甕牖閑評》引《字説》云：「楳用作羹，皆從『楳』。今專『梅』字。」

《康熙字典》：「項甌東曰：江南以三月爲迎梅雨，五月爲送梅雨。或言古語：黃梅時節家家雨。張蒙溪謂『梅』當作『霉』，雨中暑氣也。霉雨善汙衣服，故又云『霉涴』，言其爲霉所壞也。考《埤雅》、《風土記》，皆作『梅雨』。霉，義與黴通。」《神樞經》云：「芒種逢丙進黴，小暑得未出黴。」皆從「黴」字。

《古雋略》云：「黄梅雨，『梅』當作『黴』。因雨當梅熟之時，遂訛爲『梅雨』。」《唐韻》、《集韻》、《韻會》：「黴，並音眉。」許氏《説文》：「物中久雨青黑也。」《正字通》俗作「黣」，蓋梅雨沾衣服，易敗黦，故字可通用。「黄梅時節家家雨」，宋趙師秀詩也。

《爾雅・釋木》：「梅，枏。」郭璞注：「似杏而酢。」鄭樵注：「今梅子也。」時英梅，郭注：「雀梅。」鄭注：「梅類，而實小。」朹檕梅，郭注：「朹，樹狀似梅，子如指頭，赤色，似小柰，可食。朹檕，音仇計。」毛子晉云：「《爾雅》凡三釋梅，俱非吴下佳品。一云梅枏，蓋交讓木也。按任昉云：「黄金山有枏木，一年東邊榮，西邊枯；一年西邊榮，東邊枯。」張華云：「交讓木」。一云時英梅，蓋雀梅，似梅而小者也。一云朹檕梅，蓋朹樹，狀如梅，子似小柰者也。鐵脚道人和雪咽之，寒香沁入肺腑者，迺是《摽有梅》之梅。《爾雅》獨未有釋文，真一欠事。」陸璣《毛詩草木蟲魚疏》：「今之所謂梅，乃古和羹之梅，籩實之乾䕩。」郭璞云「似杏實酢」者也。若《爾雅》之梅枏，乃似豫章者，景純不當以「似杏實酢」解之。據此，鄭漁仲注亦誤。

許慎《説文》：「梅，枏也。枏，梅也。」二字互釋。孫炎云：「荆州曰『梅』，揚州曰『枏』。」梅、枏本一物，地異而稱名不同耳。《秦風》云：「有條有梅。」陸璣《毛詩草木蟲魚疏》：「梅樹，皮、葉似豫章。豫章葉大如牛耳，一頭尖，赤心，花赤黄，子青，不可食。枏葉大可三四葉一蘩，木理細緻於豫章。子赤者材堅，子白者材脆。荆州人曰梅。終南及新城、上庸皆多樟枏，終南與上庸、新城通，故亦有枏也。』」《爾雅》、《詩經》兩注疏皆主其説。

陸佃《埤雅》：「梅至北方，多變而成杏。今終南之所生，有條有梅，而材實成焉。以譬人君之道化也。」按：此仍作「似杏實酢」之梅解。毛子晉云：「此篇乃秦人誇美其君之辭。借巨材以起興，若陸師農指梅爲杏，取渡淮變化之義，蓋無謂矣。」陸奎勳《陸堂詩學》亦云：「《秦風·終南》篇，璣《疏》據《爾雅》釋梅爲『枏』，可知關中無梅。漢修上林苑，乃移植焉。」

《三百篇》凡五賦梅，其間有梅枏及杏梅之異，朱子未有以枏釋者。《詩疏廣要》云：「朱《傳》於《摽有梅》既具釋，而《終南》不復注，是合二梅爲一矣。」按，毛萇《傳》「有條有梅」、「墓門有梅」，皆曰「枏」也。

張平子《西京賦》：「木則樅栝椶枏。」李善引《爾雅》梅枏，注「枏」字。《南都賦》乃有「櫻梅山柿」。李注引郭注《爾雅》「似杏實酢」爲解。蓋景純誤以枏爲梅，李注分引证其失。左太沖《蜀都賦》「其園則有梅李羅生」，潘安仁《閒居賦》「梅杏郁棣之屬」，「梅」與《南都》「梅」同。

《周禮·天官》：「饋食之籩，其實乾䕩。」疏云：「乾䕩，梅也。」《禮記疏》：「䕩爲乾梅。」《内則》：「梅諸，卵鹽。」《疏》言：食梅諸之時，以卵鹽和之。王肅云：「諸，菹也。」梅菹，即今之藏梅也。欲藏之時，必先稍乾之，故《周禮》謂之乾䕩。」《説文》：「䕩，乾梅之屬。」晉郭恭義《廣志》：「蜀名梅爲䕩，大如雁子。梅䕩皆可以爲油。黄梅以熟䕩作之。」王象晉《群芳譜》：「梅，一名䕩。」按，䕩，《唐韻》，盧皓切，音老；《集韻》，郎到切，音潦，義同。然「䕩」字古人詩中不經見，偶見近時周解元天度詩有「朱顔復幾時，素手出新䕩」之句。

《山海經》：「雲山之上，其實乾腊。」注云：「腊，乾梅也。」陸璣《毛詩草木蟲魚義疏》：「梅曝乾爲腊。羹臛虀中，又可以含之口香。」《群芳譜》：「梅實大者如小兒拳，小者如彈。熟則黄，微甘酸，可啖；生，純青，酸甚。爲脯，含之口香。」按，乾腊即乾𧄼。

葛洪《西京雜記》：「初修上林苑，群臣遠方各獻名果異樹。梅七：朱梅、紫葉梅、紫花梅、同心梅、麗枝梅、燕梅、猴梅。」梅花分類見於載籍者自此始。漢以後分類益廣。《曲洧舊聞》：「許、洛中有江梅、椒萼梅、緑萼梅、千葉黄香梅四種。」王路《花史》：「先發曰蚤梅，飽風霜老水涯曰枯梅，色紅者爲紅梅。紅白之外有五種，如緑萼，蒂純緑而花香，亦不多得；有照水梅，花開朵朵向下；有千瓣白梅，名玉蝶；有單瓣紅梅；有楝樹接成墨梅。皆奇品也。」王象晉《群芳譜》：「梅種類不一，白者有緑萼梅、重葉梅、消梅、玉蝶梅、冠城梅、時梅、早梅、冬梅。紅者有千葉紅梅、鶴頂梅、鴛鴦梅、雙頭紅梅、杏梅。異品有冰梅、墨梅。他如千葉黄蠟梅、侯梅、朱梅、紫梅、同心梅、紫蒂梅、麗枝梅、臙脂梅尚多。今人争上重葉、緑萼、玉蝶、百葉緗梅。」陳淏《花鏡》有照水梅、品字梅、臺閣梅、九英梅。《雲間郡志》：「玉蝶梅有西施、照水二名。」其尤異者，梁任昉《述異記》云：「番禺有甜梅。」此辨之於實也。慎懋官《花木考》云：「范石湖作《梅譜》，凡九十餘種。」蔣灼詩「范老書成仍占魁」，李武曾詩「還須石湖手，九十譜寒梅。」

楊炯《梅花落》曲：「窗外一株梅，寒花五出開。」《楊升庵外集》：「冬至，陰極陽生，梅、桃、李、杏花皆五出也。」出，音綴。《宋書・符瑞志》：「草木花多五出，雪獨六出。」宋方秋崖詩「玉蕤五出是天姿，六出時時更絕奇。」明蔣灼詩：「五出花迎六出花。」曹石倉詩：「五出紛無數，天孫費剪刀。」又王象晉《群芳譜》：「蠟梅，小樹叢枝，尖葉，花亦五出。」

石湖《梅譜》：「洛都賣花者爭先爲奇。冬初折未開枝，置浴堂中薰蒸令拆，强名早梅。終瑣碎無香。余頃守桂林，立春梅已過，元旦則嘗青子，皆非風土之正。」杜子美詩云：「梅蕊臘前破，梅花年後多。」惟冬春之交，正是花時耳。屠本畯《瓶史月表》：「正月花盟主梅花，十一月花盟主紅梅，十二月花盟主蠟梅。」《武林舊事》云：「張約齋賞心樂事：正月，玉照堂賞梅，湖山尋梅；二月，玉照堂西賞緗梅，玉照堂東賞紅梅；十一月，味空亭賞臘梅，孤山探梅；十二月，綺互亭賞檀香臘梅，湖山探梅。」玉照堂賞梅蓋十一月、十二月、正月、二月，皆梅花時也。至冬初春盡尚宜有梅。樊晃詩「十月先開嶺上梅」，歐陽脩《漁家傲》詞「十月小春梅蕊綻」，是十月梅。李西涯詩「三月長安見此花，東君應戀北人家」，查德尹詩「最喜江南三月雪，踏青時節看梅花」，是三月梅。

《施愚山集》：「己未夏，家園老梅作四花。余適同孫子立、茆楚畹、高阮懷並官翰林。里中梅淵公諸故人作《瑞梅圖歌》，索和，漫題其後。詩曰：金門客子苦棲遲，故園梅叢花幾枝。花開不是梅花時，青梅結子久垂垂。園林此事亦罕見，俄傳盛事爭稱羨。花枝人數適相符，四子同時登翰苑。主人愛閑不愛官，可憐親舊滿堂歡。繪圖作詩侈花瑞，封題卷軸來長安。老梅憔悴非奇樹，餘花再發人何與。偶然作異轉傷心，當年吾叔高吟處。時艱才盡徒咨嗟，不待秋風便憶家。三人少壯予獨老，剩有星星兩鬢華。」漁洋《池北偶談》：「宣城自本朝，科甲久不振。康熙己未，施侍講閏章、高檢討詠以辟薦；孫編修卓、茆編修薦馨以鼎甲。四人同時入翰林。時施園有梅，四月復開四花，其方位恰應四人所居，人以爲異。梅孝廉淵公繪爲圖。壬戌，茆卒；癸亥，施、孫相繼卒；乙丑，高卒。又不知何説也。」屠元淳《昭代舊聞》亦載此事，云：「梅在施所居寄雲樓下。」

漁洋《居易録》：「靈隱碩揆禪師住常熟三峰，即漢月和尚祖庭也。辛丑四月，梅花盛開，花葉相間。書來徵詩，爲賦六絶句寄之。至則師已化去矣。先是，祖庭有十月桃花之異。詩中桃、梅分賦，兹録梅花二絶：『玉笛吹殘楚水涯，江城五月落梅花。石泉槐火三峰下，真見仙人萼緑華。』『冰姿一樹壓雕欄，梅子青青已帶酸。誰信暗香疏影裏，緑陰黄鳥殿春殘。』」《仙居縣誌》：「明景泰二年四月，梅花盛開。」

陶南村《輟耕録》：「江西龍廣寒事母至孝，六月一日母生辰，方舉觴爲壽，忽見北窗外梅花一枝盛開，人皆以爲孝行所感，士大夫遂稱之爲『孝梅』。張菊存贈以詩，曰：『南風吹南枝，一白點萬緑。歲寒誰知心，孟宗林下竹。』厥後孝梅年百有五歲，猶童顔緑發，人以爲孝感所致。」戴石屏贈鄭子美《畏寒》，詩云：「欲邀鄭老同清賞，争得梅花六月開。」豈知梅花未嘗無六月開耶？

方回《瀛奎律髓》：「張澤民和余《七月見梅花》詩二十首，七言律，而韻太險。有二聯云：『前生薝葡林中夢，到死旃檀國裏香。』『早緣服玉肌能白，不爲熏衣骨亦香。』」只是泛言梅花，亦清爽有思致云。

劉振麟《東山外記》：「癸未，草《梅花識》傳奇，入鄭所南《心史》一節，及《稗記》中山狂人自到事，大略志節義云。方七月草成，忽庭梅開西南枝。或曰筆墨感無知矣。」

明吴國倫《八月紅梅》詩：「秋風正摇落，爾遽挺芬芳。拂絳迷姑射，分紅鬬壽陽。瘦淩冰桂影，清並晚蘭香。賞罷翻幽思，祲精未可忘。」錢太傅《香樹齋集・庭中盆梅八月開花》詩：「衰齡那敢説鹽梅，老樹迎秋孕玉胎。晚節要耽和靖隱，高秋一試廣平才。鶯香金粟爲先導，酈菊丹砂作後陪。嶺上萬株齊仰面，讓他骨格衆中魁。」

《王西樵集》及朱昆田《笛漁小稿》皆有《秋梅》詩，不言何月。細玩詩意，亦八月梅也。西樵《秋梅》云：「梧桐凋未半，驚見拆庭梅。紅白真相映，冬春只漫猜。歲時雖荏苒，冰雪足徘徊。太息幽修質，匆匆競一開。」昆田《汲古堂前紅梅秋日吐花》云：「二八瑶姬酒興闌，臨風醉倚玉欄干。霞痕入曉光欺杏，脂氣迎涼韻勝蘭。不逐冷香春日夢，愛分秋夜露珠團。絳紗衫裏肌如雪，莫作濃花艷蕊看。」

徐季方《見聞録》：「閩中扶鸞者有喬仙降乩，時顯靈異。嘗遺玉笛於几，長三尺餘，人吹之，不成聲。夜半，喬仙於空中弄笛，聲音嘹喨，數里皆聞之。復有異香繚繞。時界秋仲，庭梅數株，一時吐葩。」

九月梅花詩，視前數月較多。其尤佳者梅聖俞五律：「江南風土暖，九月見梅花。遠客思邊草，孤根暗磧砂。何曾逢寄驛，空自聽吹笳。今日樽前勝，其如秋鬢華。」張功父絶句：「寂歷疏條葉未空，忽驚冰靨照霜風。秋來心事誰能領，不向天邊數菊叢。」蔣灼五律：「九日尚無菊，孤標忽有梅。共驚寒候早，應被小春催。景借陶園賞，期先庾嶺開。正當摇落候，方信是花魁。」孫孟芳七律：「節近重陽十日晴，疏梅九月照江城。未須臘雪三分白，偏離黄花一樣清。葉底秋禽驚玉破，枝頭粉蝶帶霜輕。夜深紙帳鄰砧急，又聽羌兒笛裏聲。」又張翰絶句二首：「常年雪裏尋芳樹，不見梅花九月中。爲避當春先百卉，故將玉色向秋風。」「珠離玉綴狹霜晨，月下風前更可人。折寄隴頭君莫訝，江南秋盡暖於春。」蔣灼又有《霜降日訪子藝，觀庭中紅梅》詩：「重陽十日度西風，與客尋君小院東。霜信欲摧千樹碧，梅花已報一枝紅。共驚牆角春先到，況對樽中酒不空。醉倚玉蘭還洗眼，明年開處若爲同。」宋應昌《西海紅梅》詩：「深秋九月散寒煙，上苑紅梅色更妍。不謂向陽花叢早，也緣内地得春先。」至徐葆光《中山傳信録・月令》云：「九月梅始華，乃琉球之氣候獨早耳。」

《梅磵詩話》：「梁鄭公克家未第時，爲潮州揭陽宰館客，寓縣治東齋。齋前有梅一株，忽於九月中盛開。嶺外梅着花固早於江浙，然亦須至冬時乃有之，邑人甚以爲異。士子多賦詩。梁鄭公一篇曰：「老菊枯殘九月霜，誰將先暖入東堂。不因造物於人厚，肯放南枝特地香。九鼎燮調端有待，白花羞澀敢言芳。看來冰玉輝相映，好取龍吟播樂章。」明年還泉州，解試第一。又明年廷對，遂魁天下。孝宗朝，致位上宰。」洪邁《夷堅志》：「揭陽九月梅開，系紹興二十八年事。」

石湖《梅譜》：「錢塘湖上有一種梅，開尤早。余嘗重陽日親折之，有『横枝對菊開』之句。」按原詩云：「五斗留連首屢回，來尋南澗濯塵埃。春風直恐淵明去，借與横枝對菊開。」《西湖志》收入《物産》，標曰《南山早梅》。可知西湖另有九月梅，與凡梅異。厲樊榭詩云：「錢塘湖上春風蚤，九月疏花對菊開。」正賦此事。惟陸疏《廣要》稱石湖「横枝」句堪與《廣平》一賦並傳，殊屬擬不於倫。近曹楷人亦有《溪莊九月梅開》句：「不信梅花開九月，一枝點綴我溪莊。」此則偶放數點，非真九月梅也。

李庭相《紅梅》詩：「羅浮春到檜堂中，花信剛吹第一風。」周元木《詠梅》詩：「壓倒百千萬衆卉，先他二十四番風。」按慎懋官《華夷花木考》：「一月二氣六候，自小寒至穀雨，凡四月八氣二十四候。每候五日，以一花之風信應之。始於梅花。」《風俗通》曰：「五月有落梅風，江淮以爲信風，亦花信風之類，此梅子信風也。」宋張銘盤《蠟梅》詩：「二十四番花信轉，春魁還自讓渠先。」蠟梅花信又在梅花前。

古今論畫梅者多矣。余謂有天然畫，不假人力。楊誠齋詩：「梅花寒雀不須摹，日影描窗作畫圖。寒雀解飛花解舞，君看此畫古今無。」是日中一幅畫梅。方秋崖詩：「一枝密密一枝疏，一樹亭亭一樹枯。月是毛錐煙是紙，爲余寫作百梅圖。」是月下一幅畫梅。

《楊升庵文集》：「唐王建《塞上梅》詩云：『塞上路傍一枝梅，年年花發黃雲下。昭君已没漢使回，前後征人惟系馬。日夜風吹滿隴頭，還隨流水東西流。此花若近長安路，九衢年少無攀處。』按此詩，則塞上斧冰斵雪之地亦有梅花，可謂異矣。詳詩之旨，以爲漢使送昭君時所種，抑又異矣。」而昔人詠梅花及賦昭君，未有引此者，特表出之。元老滇南楊文襄公一清《塞上》詩：「酒店茶房梅樹，無梅無酒無茶。雲外行行白雁，風前陣陣黃沙。」則地名「梅樹」，蓋亦有因。而王建所賦，殆非虚也。又升庵《詞品》：「鄭中卿使北回，有《昭君怨・詠梅》一詞云：『道是花來春未。道是雪來香異。水外一枝斜。野人家。冷淡竹籬茅舍。富貴玉堂瓊榭。兩地不同栽。一般開。』」此詠梅花調倚《昭君怨》

者。按《西河詞話》：「唐詞用本題作賦，即謂『詠塞上梅』亦可。」

京師冬月，惟唐花中有梅花，其法見《居易録》。《北京歲華記》亦云：「臘月束梅於盎，匿地下五尺許。更深三尺，用馬通燃火，使地微温，梅漸放白，用紙籠之，鬻於市。」朱竹垞載之《日下舊聞》。陸雅坪《梅花》詩：「繞屋巡簷興已孤，熱花如此過江無。」自注：「京師花草以時自開者爲冷花，火烘吐爲熱花。」按「熱花」即「唐花」。商盤《西溪探梅》詩：「燕臺暖室養唐花。」

漁洋《香祖筆記》：「胡玉昆嘗寫《杭州宋宮古梅圖》，余題絶句云：『風雨厓山事杳然，故宮疏影自年年。何人寄恨丹青裏，留伴冬青哭杜鵑。』故友合肥李文定天馥極愛此詩，常諷詠之。」按周密《南宋故都宮殿志》，有萼緑華堂，度宗時易名「瓊姿」。又有雪逕淩寒閣、春信亭、香玉亭及梅崗、梅亭、梅坡諸勝，皆因梅得名者。

日本國呼梅子爲「面婆水」。見薛俊《日本寄語》。不知其國呼梅花又作何語。嘗考日本人賦梅花者，《明詩綜》日本僧天祥句：「恨殺葉榆城上角，曉來吹入《小梅花》。」《小梅花》，大角曲名。《檇李詩系》以此詩爲湖州僧惟則作。然惟則化去後，日本尼人見其相，皆羅拜，曰：「此吾國祖師也。」則惟則亦日本人也。惟則又有《山居》詩：「夜深欲睡問童子，月上梅花第幾枝。」徐葆光《中山傳信録》：「琉球語呼梅花爲『呍梅』。」

許顗《彦周詩話》：「東坡梅花詩云：『憑仗幽人收艾納，國香和雨入莓苔。』」艾納，香名，正松上莓苔也。出《本草》及沈氏《香譜》。又《廣志》：「艾納出西國，似細艾。又有松樹皮上緑衣，亦名艾納。可以和合諸香，燒之能聚其煙，青白不散。」皆以艾納爲松樹上苔。施、查二家注均主此説。然作如此解，詩意似不聯貫。惟周密《浩然齋雅談》云：「艾納，梅枝上苔也。梅至花過，則苔極香。取少許細嚼之，苦而後甘，如食橄欖。」坡意蓋在此也，直以艾納貼梅上講，較直捷了當。《雅談》又引吴興張沄《苔梅》詩云：「老龍全身著艾納，不耐久蟄潛拏空。爪頭撥動陽春信，香在霜痕雪點中。」觀此，蓋信前説之謬。

宋以來詠墨梅者，皆畫梅也。不知另有一種墨梅。俞宗本《種樹書》曰：「苦楝樹上接梅花，則成墨梅。」

彭羨門少宰在嶺南，初冬見廨中紅梅盛開，賦詩云：「絳雪紛飛已滿枝，折來空自攬鄉思。只今嶺外花開日，正是江南葉落時。」張匠門檢討《清流道中梅花》絶句：「駐馬清流香氣吹，東風漸近落花時。可憐躑躅關山路，才見江南第一枝。」落葉落花，相距半年，地氣早晚不同如此。

尤袤《全唐詩話》論及詠梅者絶少，惟崔魯名下載《岸梅》詩云：「含情含怨一枝垂，斜壓漁家短短籬。惹袖尚餘香半日，向人如訴雨多時。初開偏稱雕梁畫，未落先愁玉笛吹。行客見來無去意，解帆煙浦爲題詩。」蔡寬夫《詩史》：「晚唐詩句尚切對。有人作《梅花》詩云：『强半瘦因前夜雪，數枝愁向晚來天。』屬對雖偏，亦有佳處。」不知此亦崔魯詩。周後人《摭言》：「崔魯慕杜牧之爲詩，尤能詠物。如《梅花》云『强半』云云，又曰『初開』云云。此頗形跡。」

《蓉塘詩話》：「宋國學正陳蒙，家世清白。一日，有布衣持紙扇來謁，上書云『出韻不駐思』。蒙以『酸』字爲韻，令賦梅花，輒應聲云：『影摇溪脚月猶冷，香滿枝頭雪未乾。只爲傳家太清白，致令生子亦辛酸。』蒙大悦，厚贈之。」陳郁《話腴》：「徽廟一日幸來夫人閣，偶灑翰於小白團扇，書七言十四字云：『選飯朝來不喜餐，御廚空費八珍盤。』而天思少倦，顧在側璫曰：『汝有能吟之客，可令續之。』乃薦鄰里太學生。即宣入内侍省。恭讀宸制，不知意旨，乞爲取旨，或續句呈，或就書扇左。上曰：『朝來不喜餐，必惡阻也。當以此爲詞，以續於扇。』乃續進曰：『人間有味俱嘗遍，只許江梅一點酸。』上大喜。會將策士，生未奏名，徑使造庭，賜以第焉。」

沈嘉轍《南宋雜事詩》：「煙飛小朵斲雲根，梅子青青客到門。」自注引《語林》謂：「范至能喜啖梅。人嘗致一斛奩，至能食之，須臾而盡。」並稱至能撰《石湖集》。其實《語林》乃曰「范汪能啖梅」，非范石湖也。「至」與「汪」字形之誤，誤爲至能，遂附會添一「喜」字。今《廣群芳譜》從原本。又明陳耀文《天中記》作「范信」，恐亦誤。

司馬温公《梅花》五絶：「塞北爲君戍，江南是妾家。遥知關外雪，正似嶺頭花。」此詩大有宋文貞賦意。

《古今女史》：「趙葵朝罷歸私第，而諸姬不見。葵往訪之，乃群聚摘青梅。一姬善詩賦，葵責令賦詩。姬云：『柝聲默報早朝回，滿院春風繡户開。怪得無人理絲竹，緑陰深處摘青梅。』」

「春雨春寒過落梅，連宵不禁晚風催。閑園收拾殘花片，供得兒曹靧面來。」此閨秀龐畹詩也。以落梅供靧面，可補山家清供一則。

周密《癸辛雜識》：「杜南谷云：『梅花卻無仰面開者，蓋亦自能巧避風雪耳。』」吴防《雪梅賦》：

「帶冷雪之垂垂」。楊升庵云：「梅花放，皆下垂，故云『垂垂』。」此與杜論合。故少陵詩云：「江邊一樹垂垂發。」

《通俗編》：「唐方干詩：『庭梅曾試當年花。』」按：當，讀去聲。見《韓詩外傳》。李義山《憶梅》詩：「寒梅最堪恨，常作去年花。」昭明太子《錦帶書》云：「梅花舒兩歲之妝。」然則謂之當年花可，謂之去年花亦可。

葉已畦《横山集》中有《梅花開到九分》詩云：「亞枝低拂碧窗紗，鏤月烘霞日日加。祝汝一分留作伴，可憐處士已無家。」《别裁集》謂：從九分着想，不忍卒讀。元蔣正子《山房隨筆》載：「盧梅坡詠梅開一花云：『昨夜花神有底忙，先教踏白入南邦。冷將雙眼窺春破，肯把孤心受雪降。樊弟得兄呼最長，竹君取友歎無雙。試於月下窗前看，一在枝頭一在窗。』」兩題皆爲梅花，别開生面，可稱雙絶。然盧詩纖而俗，葉詩較有神韻。

《嘉興府志・梅溪》：「治南四十里，溪旁村落多樹梅，故名。」《檇李詩系》：「滁州僧智鑒嘗居嘉興梅溪。有『門深雪護千株老』之句。」朱竹垞太史《雪中至日》詩：「故園望斷江村裏，愁説梅花細細開。」又《鴛鴦湖棹歌》：「溪上梅花舍後開。」自注：「余近移家長水之梅溪。」

宋張文潛《明道雜誌》：「先君嘗與客語趙周翰梅詩一聯：『霜女遺靈長着素，玉妃餘恨結成酸。』極有風味。是温飛卿、韓致光之流。而世以朴儒處之，非也。」予意嫌香奩體屈抑詩人，此中人迂腐見也。試問《標梅》系《南》中，孔子以爲訓伯魚。

製梅花露者，其法取梅花落英置甑中，隔水蒸之，滴下皆成露，如俗製燒酒法。李秋瑾《元墓看梅》詩「炙露留丹訣」，意指此。陳尚古《簪雲樓雜説》：「烏程董説嘗立非煙香法，使百草木皆爲異香。云蒸梅花，如讀酈道元《水經注》，筆墨去人都遠。」此與製露同一韻事。

王昌會《詩話類編》：「『新歲芳梅樹，繁苞四面同。春風吹漸落，一夜幾枝空。小婦今如此，長城恨不窮。莫將遼海雪，來比後庭中。』此劉方平《梅花》詩也。既不用事，又不拘對偶，而工致天然，雖太白未易先後。梅花詩被宋人作壞，常誦此詩，及梁元帝、徐陵、陰鏗、江總諸詠，庶一洗梅花之辱乎？」余考此論，本升庵《詩品》，似太抹煞宋詩。然元帝諸人詩卻非宋人可及。梁元帝《詠梅》詩曰：「梅含今春樹，還臨先日池。人懷前歲意，花發去年枝。」徐陵《梅花》曰：「對户一株梅，新花落故栽。燕拾還蓮井，風吹上鏡臺。倡家怨思妾，樓上獨徘徊。啼看竹葉錦，簪罷未能裁。」陰鏗《詠雪裏梅》曰：「春近寒雖轉，梅舒雪尚飄。從風還共落，照日不俱銷。葉開隨足影，花多助重條。今來漸異昨，向晚判勝朝。」江總《詠梅花落》曰：「臘月正月早驚春，衆花未叢梅花新。梅花芬芳臨玉臺，朝攀晚折還復開。長安少年多輕薄，兩兩共唱梅花落。滿酌金卮催玉柱，落梅樹下宜歌舞。金谷萬株連綺甍，梅花密處隱嬌鶯。桃李佳人欲相照，摘蘂牽花來並笑。楊柳條青樓上輕，梅花色白雪中明。横笛短簫淒復咽，誰知柏梁聲不絶。」

釋道源《早梅》落句：「床頭看舊曆，知欲换年華。」蓋本唐人「梅花年後多」意也。王紱詩云：「尋常甲子無心記，看得梅花又一年。」王百穀《湖上梅花歌》云：「此地人家無玉曆，梅花開日是新年。」皆同此意。

鮑明遠《東門行》：「食梅常苦酸。」《淮南子》：「百梅足以爲百人酸，一梅不足以爲一人和。」陸佃《埤雅》：「張協《七命》云：『鮎以春梅。』正言春梅者，春實尚青，味酢故也。」按，鮎，音添，和也。酢，音措。《玉篇》云：「酸也。」酸乃梅之正味。《東方朔傳》曰：「朔門生三人俱行，乃見一鳩。一生曰：『今當有酒。』一生曰：『其酒必酸。』一生曰：『雖得酒，不得飲也。』三生皆到。須臾，主人出酒。即安樽於地而覆之。訖不得酒。乃問其故。曰：『出門見鳩飲水，故知得酒。鳩飛集梅樹，故知酒酸。鳩去，所集枝折，故知不得飲。』」

趙德麟《侯鯖録》：「元祐七年，東坡在汝陰。州堂前梅花大開，月色鮮霽。王夫人曰：『春月色勝如秋月色。秋月色令人慘凄，春月色令人和悦。何如召趙德麟輩來飲此花下？』先生大喜，曰：『吾不知子亦能詩，此真詩家語耳！』即召客會飲。作《减字木蘭花》云：『春庭月午。影落春醪光欲舞。步轉回廊。半落梅花婉娩香。　輕風薄霧。都是少年行樂處。不似秋光。只與離人照斷腸。』已而改知揚州。」

予嘗戲括前人詩句，備梅花一家眷屬。孟郊云：「芍藥真堪婿。」劉潛夫云：「真可婿芍藥，未妨妃海棠。」是梅爲丈夫，以芍藥爲妻，而以海棠爲妾也。張澤民云：「萬古月宫桂，猶吾異姓兄。」郭豫亨云：「卻説山礬是弟兄。」是梅花又有兄有弟也。尤延之云：「桃李真肥婢，松筠共老蒼。」方虚谷謂：「蒼，似借『蒼頭』之『蒼』，以對『婢』也。」然則梅花不但有妻妾兄弟，而且有婢有僕矣。

梅花詩話卷二

平湖張誠希和著

孟浩然踏雪尋梅，今婦孺皆知爲故事。鈕玉樵《臨野堂集》：「孟浩然雪中乘蹇驢覽梅花，嘗云：『詩思在灞橋雪中、驢子背上。』賦詩有『草帽侵寒一騎孤，探梅幾見路盤紆』之句。周逸之《早梅》詩：『灞橋應未放，先寄浩然知。』其實非也。《揮麈詩話》：『灞橋雪自是鄭棨事，今人恒以爲孟浩然者，悞。或問棨詩思，答曰：「詩思在灞橋風雪中、驢背上。」浩然惟有《赴京途中遇雪》詩，與灞橋何涉？』」據此，則孟襄陽不惟無尋梅事，即灞橋詩思，亦與襄陽風馬牛不相及。

《西湖志餘》：「淳熙八年正月二日，孝宗遣太子恭迎二殿至南内。初，就凌虚閣排當。三盞後，至萼緑華堂看梅。是日大雪，盡歡而罷。」周密《乾淳歲時記》：「禁中内宴。梅堂賞梅後，寧宗楊后《宫詞》曰：『元宵時雨賞宫梅，恭請光堯壽聖來。醉裏君王扶上輦，鑾輿半仗點燈回。』當時禁中賞梅，習爲故常云。」

《歷代吟譜》：「王文正布衣時，投吕文穆《早梅》詩云：『雪中未問和羹事，且向百花頭上開。』吕曰：『此生次第安排作狀元、宰相矣。』後果如其言。」按《談苑》：「『雪中』作『而今』，造語較有氣象。」《詩話類編》：「邱瓊山先生有《題梅花》詩云：『自是花中一世豪，林逋何遜漫謷謷。占魁調鼎皆餘事，更有冰霜節操高。』昔王魯作詩，人謂其安排作狀元、宰相，先生又移上一等説，直天下第一流人物。」

王漁洋《居易録》：「桐城相國張公英爲諭德時，以詩集屬予評次。予見其《梅花詩》有云：『嘉名他日傳調鼎，記取蟠根在草茅。』曰宰相語也。今果驗。」王文簡先見亦與吕文穆略同。

韓慕廬學士別業在支硎山，梅花甚盛。宋牧仲中丞嘗探梅山中，過訪不值，投詩而去。有云：「跡喜支公接，花同鄧尉繁。」既而學士報以和章，中丞刻入《西陂類稿》。其一云：「小逕不曾掃，西莊鎖故園。藥欄欹剩水，蛛網綴層軒。忽滿春風坐，而無騎吹繁。野梅迎氣味，相與澹忘言。」

王路《花史》：「梅，花魁也。王梅溪詩：『風味自是花中魁。』尤西堂賦：『終高步於瓊林，占花魁之名號。』」

陳景沂《全芳備祖》：「南唐苑中有紅羅亭。」按《古今詩話》：「李後主於宮中作紅羅亭，四面栽紅梅，作艷曲歌之。韓熙載和之云：『樓上春寒山四面，桃李不須誇爛漫。已輸了春風一半。』時已失淮南，故韓云。」然蔣仲舒《堯山堂外紀》以此曲爲潘佑作，未知孰是。《花史》：「僞吳從嘉嘗於宮中以銷金羅幙種梅花於外，花間立亭，可容三座，與愛姬花氏對酌其中。」事正相似。

宋張道洽詩：「昔年詩擔過羅浮，曾見梅花一夕留。翠鳳幾回清夜夢，月明還掛舊枝頭。」張字澤民，號實齋，衢州開化人。生平詠梅詩甚富，嘗裒所作，次爲二卷，名《實齋詠梅集》。曹楷人《宋詩存》存八十六首。錢香樹太傅題云：「廣平堂裏寄春思，海外閑情散遠襟。相對梅花無愧色，別來庾嶺十年心。」考《實齋集》自序云：「梅花風味，在淵明則爲數條佳花，在少陵則爲冷蕊疏枝，在和靖則爲暗香疏影。三君子者，梅花中人也，故其詩如此。予官萬里海外，蓋嘗道羅浮山下，登廣平堂上。歲寒心事，於梅最深。已未冬，歸舟載月，拜曲江祠，挹其風度，得《詠梅》數首。丹山翁先生適持使節，延而飲之酒，舉『一白雪相似，獨清春未知』之句，再三擊節稱賞。蓋先生曩嘗薦予於朝，以爲趣尚閒雅，有隱君子之操。豈變化亦入梅花品格者乎？別庾嶺十年，留此面與梅花相見，無一點媿色。故山雲卧，因取餘篇，裒成小集，索共簷梅一笑。但未知視三君子風味何如耳。予詩似梅乎？梅似予詩乎？黄梅夜半，當持叩丹山消息。」

柳子厚《龍城録》：「隋開皇中，趙師雄遷羅浮。一日，天寒日暮，在醉醒間，因憩僕車於松林間。酒肆傍舍，見一美人淡妝素服，出迓師雄。時已昏黑，殘雪未消，月色微明。師雄喜，與之語，但覺芳香襲人，語言極清麗。因與之扣酒家門，得數杯相與飲。少頃，一緑衣童子來，笑歌戲舞，亦自可觀。頃醉寢。師雄亦懵然，但覺風寒相襲。久之，東方已白。師雄起視，乃在大梅花樹下，上有翠羽啾嘈相顧，月落參横，但惆悵而已。」金劉仲尹詩：「趙郎愛香人不知，羅浮山下有佳期。春寒徹骨角聲起，才記參横月落時。」純賦事。近趙耘菘觀察詩云：「倦便抱他花影睡，老夫原是趙師雄。」引用切姓，尤新。

張邦基《墨莊漫録》：「《龍城録》非柳子厚書也。乃王性之僞作。其叙梅花鬼事，蓋遷就東坡『月黑林間逢縞袂』及『月落參横』句耳。」洪景盧《容齋隨筆》亦云。今人梅花詩詞多用「參横」二字，蓋本柳子厚《龍城録》。然此實妄書，或以爲劉無言所作也。其語曰「東方已白」、「月落參横」。且以冬半視之，黄昏時參已見，至丁夜則西没矣，安得將旦而横乎？秦少游詩：「月落參横畫角哀，暗香消盡令人老。」承此誤也。唯東坡云：「紛紛初疑月掛樹，耿耿獨與參横昏。」乃爲精當。慎懋官《華夷花木考》、王元美《東坡外紀》皆載此論，可證從來引用之誤。

陶淵明《蠟日》詩：「梅柳夾門植，一條有佳花。」宋張澤民因此語稱淵明爲梅花中人。而元中峰和尚賦梅乃云：「可惜柴桑無隻字，從今遺恨幾千春。」未免孟浪。

劉義慶《世説新語》：「魏武行役，失汲道。軍皆渴。乃令曰：『前有大梅林，饒子，甘酸可以解渴。』士卒聞之，口皆出水，乘此得及前源。」《花史》謂：「和州含山上多梅樹，即曹操行軍處。」羅隱《紅梅》詩：「天賜胭脂一抹腮，盤中風味笛中哀。雖然未得和羹用，曾與將軍止渴來。」正用此。升菴謂：「卻似軍官宿娼謎。」則誣矣。

《詩紀歷樞》云：「梅柳驚春。」蔡寬夫《詩史》：「臧謀《梅花》詩：『緑楊解語應相笑，漏泄春光卻是誰。』人皆誦之。」以柳嘲梅，翻用少陵「漏洩春光有柳條」意。王荆公亦云：「江南歲盡多風雪，也有紅梅漏泄春。」若蔣灼詩：「回看柳色應全未，未風必風光可共。」争爲梅解嘲，柳應甘拜下風矣。

《清波小志》：孤山處士妻梅子鶴，是世間第一等便宜人。按《宋史》：「林逋，字君復，杭州錢塘人。結廬西湖之孤山，二十年足不及城市。既卒，仁宗賜謚和靖先生」。《群芳譜》：「和靖隱居孤山，徵辟不就。構巢居閣，繞植梅花，吟詠自適。徜徉湖上，或連宵不返。」歐陽文忠《歸田録》：「自逋之卒，湖山寂寥，未有繼者。」元仇仁近詩云：「咸平處士真堪羨，死守梅花住裏湖。」處士流風與湖山終古矣。

林可山《種梅養鶴圖説》:「先大祖瓚,在唐以孝旌。七世祖逋,寓孤山,國朝謚和靖先生。高祖卿材,曾祖之召,祖全,皆仕。父惠,號心齋,母氏淩姓。」歷叙世系,自附和靖之後。然《梅磵詩話》云:「泉南林洪,肄業杭泮,粗有詩名。理宗朝,上書言事,自稱和靖七世孫,冒杭貫取鄉薦。有無名子作詩嘲之曰:『和靖當年不娶妻,只留一鶴一童兒。可山認作孤山種,正是瓜皮搭李皮。』」蓋俗語以强認親族者爲「搭李樹」云。施雪巖《題可山西湖衣鉢》詩:「梅花花下月黄昏,獨自行歌掩竹門。只道梅花全屬我,不知和靖有雲孫。」蓋和靖是錢塘人,而可山自泉州來,僑寓西湖。其爲强認無疑。

焦弱侯《玉堂叢話》:「陳太史嗣初家居,有求見者稱林逋十世孫,以詩爲贄。嗣初留之坐,自入内,手一編,令其人讀之,則《和靖傳》也。讀至『終身不娶,無子』,客嘿然。公大笑,口占一絶以贈之,曰:『和靖當年不娶妻,如何後代有孫兒。想君自系閒花草,未必孤山梅樹枝。』客慚而退。」

陳侃《方萬里傳》:「回爲庶官時,嘗賦《梅花百詠》以諛賈相,遂得朝除。及賈之貶,方時爲安吉倅,慮禍及己,遂反風,上十可斬之疏,以掩其跡。時賈已死矣。識者薄其爲人。有士人嘗和其韻,有云:『百詩已被梅花笑,十斬空餘諫草存。』」然考方選《瀛奎律髓》,梅花獨標一類,别於衆芳,聚唐宋名人詩略備,亦梅花中人也。

王元章《梅花屋》詩云:「荒苔叢篠路縈回,繞澗新栽百樹梅。花落不隨流水去,鶴歸嘗帶白雲來。買山自得居山趣,處世渾無濟世材。昨夜月明天似洗,嘯歌行上讀書臺。」同時天台處士丁復《題元章畫梅》詩有「聞道邪溪新買宅，想栽千樹作比鄰」之句。按徐虹亭《本事詩》：「王元章，名冕，號煮石山農。諸暨人。工畫梅。以胭脂作没骨體。嘗遊燕都。長安貴人争求之。乃自畫一幅張壁間，題曰：『冰花個個圓如玉，羌笛吹他不下來。』時泰不華欲薦以館職。冕曰：『不滿十年，此中狐兔遊矣。何以禄爲？』遁歸。攜妻子隱九里山下，樹梅千株，結茅廬三間，自題爲『梅花屋』」。

劉體仁《七頌堂識小録》：「王元章《梅花》一卷。前曰『印水梅影』，自題曰：『我家洗硯池頭樹，朵朵花開淡墨痕。不要人誇好顏色，只留清氣滿乾坤。』」《七修類稿》引周止庵抄本書，指此詩爲劉伯温作。謂伯温因太祖見疑，一日召至，適雪中梅開，遂賦此詩以明其心。於是君臣相得如初。然細繹此詩曰「我家」，曰「不要人誇」，恐君前無此傲慢之詞。且「花開淡墨痕」，非墨梅而何？與雪中梅何涉？止庵之書，恐好事者爲之也。

紅梅凡數種，《梅譜》有鶴頂梅、千葉紅梅。《花鏡》有雙頭紅梅、單瓣紅梅、臙脂梅、朱梅。今通稱朱砂梅。元劉詵句：「細蘤丹砂圓。」漁洋有七古一首：「曾傍羅浮葛洪井，鮑姑親許乞丹砂。花前一覺遊仙夢，翠羽啁啾月半斜。北地胭脂好顏色，染來漢苑女珊瑚。散花天在維摩室，尚憶紅紅記曲無。」

陸雅坪閣學《臘梅》詩：「誰信嚴寒日，翛然挺異香。一年花獨殿，五色正惟黄。可結松筠友，能分雪月光。春華雖絢爛，難匹汝孤芳。」自注：「梅，黄色，十二月開，俗曰『蠟梅』。世稱松、竹、梅三友，繪家並作春梅。欲正之。」又有一聯云：「後菊淩霜勁，先梅耐雪深。」據閣學詩，歲寒三友當是臘梅，非春梅耳。

《荆州記》：「陸凱與范曄相善，寄梅花一枝詣長安與曄，贈詩云：『折梅逢驛使，寄與隴頭人。江南無所有，聊贈一枝春。』」《升菴外集》：「曄爲江南人。陸凱，字智君，代北人。當是范寄陸耳。凱在長安，安得梅花寄曄乎？」

方虚谷曰：「詩家以范曄爲晉人，非宋文時范曄。姑從其説。則梅花見於五言詩，自晉時始也。」然史繩祖《學齋佔畢》、蔣仲舒《堯山堂外紀》皆竟稱范蔚宗，今《佩文齋詠物詩》從之。元中峰和尚亦云：「空對蔚宗懷陸凱，折來不寄一枝春。」

滿洲鄂爾泰大學士《西林遺稿》：「晚抵平溪衛，維揚金仲持梅枝向余，詢之，爲館主人所贈。覩物牽情，忽不禁有江南之感。」詩云：「駐馬平溪郭外村，野梅香綻一枝春。折歸卻贈江南客，和雨和煙愁殺人。」聲情悽楚，隴頭之感深矣。

放鶴洲梅花最盛，皆朱貴陽太守手植也。朱茂曜《惟木散人集》：「人日過伯兄貴陽守放鶴洲别業，是宋朱希真園林舊址。壁上題高工部詩，因戲作云：『舊業朱三十五，曾種梅花滿枝。恰喜草堂人日，高三十五題詩。』」曹倦圃《静惕堂集》亦有《過放鶴洲看梅，追憶葵石郡守》詩。葵石，貴陽守字也。竹垞《静志居詩話》：「先叔子藻營宅於真如寺西，夾岸紫藤萬條，寒玉當春，梅放不減鄧蔚、西溪。四方名彦争過，爲文字之飲。去世父鶴洲不遠，遊者比之何家大小山。」

郭橐駝《種樹書》：「凡移大梅樹，去其枝梢，大其根，盤沃以溝泥，無不活者。」慎懋官《花木考》：

「梅結實最遲。諺曰：『桃三李四梅十二。』必十二年方結實。和泥移種，接桃最大，接李紅甘。」《齊民要術》謂：「種梅法與種桃李同。」《花史》：「正月接換臘梅，二月接換梅，六月下種梅，七月下種臘梅子，八月移植早梅，接換緑萼梅，九月移植臘梅，十一月分栽臘梅，十二月移植玉梅。」陳白沙《種梅》詩云：「晚從種樹作生涯，十一月梅移帶花。」

《宣和書譜》：「陳叔懷不載於史，作行書筆劃圓整。其論梅發一帖子，雖嫵媚而中藏勁氣，如幽香孤艷，淩轢冰霜者，其清致自應如此。」又云：「陳都江左，而梅本江淮物，叔懷其必江左人也。」李日華《紫桃軒又綴》：「林和靖書法秀勁，不忝梅花密契。」林希逸《題梅花帖》詩：「梅經和靖詩堪畫，蘭識靈君賦是經。兩得清名還此卷，梅花石上古蘭亭。」

袁宏道《吴郡諸山記》：「光福一名鄧尉，與元墓、銅坑諸山相連屬。山中梅最盛，花時香雪三十里。」《吴縣志》：「鄧尉山在光福里，錦峰山西南，去城七十里。漢有鄧尉者隱此，故名。元墓山在鄧尉西南六里，相連不斷，本一山也。明初，萬峰和尚居之，又名萬峰山。」按《一統志》云：「《明統志》以元墓爲鄧尉。」而《姑蘇志》則以鄧尉爲光福。二説不同。蓋二山岡壟東西相屬也。今但稱鄧尉，則元墓可該，故漁洋《鄧尉竹枝詞》兼諸山言之。歸愚《鄧尉看梅》詩有「來經泰元墓」之句。

松江姚平山《類腋》：「鄧尉山，漢鄧禹所居。今山下有司徒廟，疑即是。」然吴翊《西山探梅》詩云：「使君仙尉如可唤，芳魂古魄何悠哉。梅花不老青山在，姓名清絶留蒼崖。」沈歸愚注：「使君晉青州刺史，郁泰元葬於此山。」仙尉「但傳鄧姓，不詳其名」，則又未必果是鄧禹也。王西莊閣學《香雪海歌》：「鄧侯化去非故吾，惟有山色長如初。」曹來殷學士《鄧尉看梅》詩：「鄧侯棲隱地，碧嶂自煙霞。」皆不明指鄧禹。

滿洲常中丞安《宦遊筆記》：「鄧蔚土人愛植梅，花開時數十里如積雪。凡遊者必由虎山橋以入。明單恂詩：『慚愧梅花憐客去，沖寒飛度虎山橋。』吴太倉詩：『虎山橋頭太湖曲，花爲銀海山爲玉。』橋左右爲東西二崦，崦間衆山圍合，萬梅映帶，最爲奇勝。泊舟處俗呼費家河。」

馬家山一名吾家山。沈歸愚詩：「馬家之山舊名吾。」又名馬駕山，鄧蔚梅花最勝之地。汪鈍翁《馬駕山記》云：「馬駕山在光福鎮西，與銅井相峙。山中人率樹梅爲業，號爲光福，幽麗奇絶處也。山麓前後，薌氣蓊勃，落英闐闠。入其中者，迷而不知出。稍北折而上，俯闞旁矚，繇谷跨嶺，無一非梅者。然則極鄧尉、元墓之觀，孰有尚於兹山者乎？」又云：「馬駕山不載郡志，或又謂之朱華山云。」鈍翁子箸菴《馬駕山》詩：「我來馬駕巔，天地疑開闢。香風萬壑來，雪浪千層白。」賦景極工。

鄧蔚梅花，宋元猶不甚著，至前明題詠始多。國初，得王、宋二公，其名愈顯。《漁洋年譜》：辛丑謁直指於松，次滸關，聞鄧尉梅花盛開，遂輕舟入太湖口，自光福元墓，信宿聖恩寺。舟還，始自號漁洋山人。」陳澤州相國《懷山人》詩云：「憶從汪大論詞伯，鄧尉梅花句最多。今日儀曹何水部，風流争奈使君何。」山人晚年詩云：「鄧侯昔約扁舟去，正及花時三日住。」蓋終身不忘鄧尉也。宋牧仲《西陂類稿·雨中元墓探梅》詩有云：「望去茫茫香雪海，吾家山畔好題名。」自注：「余于吾家山題『香雪海』三字，今石壁上鐫字尚存。」鄧尉之以「香雪海」名，自宋公始也。此鄧尉梅花兩大公案也。

漁洋山人《入吴集序》：「漁洋山在鄧尉之南，太湖之濱，與法華諸山相連綴。予入山探梅，信宿聖恩寺還元閣上，與是山朝夕相望，若有夙因。」其後《題沈客子林屋圖》詩：「漁洋山下是吾家，山北山南遍種茶。留得織山方竹杖，待君風雪探梅花。」又《盆梅》詩：「窗前昨夜一花發，夢到漁洋風雪村。」尤西堂《題山人像》曰：「瑯琊才子，江都仙吏。文采風流，推倒一世。坐對梅花，睪然高視。廣平賦心，何遜詩思，又多乎哉？吾且遲君於漁洋之山，嚼萬香而同醉也。」然山人愛漁洋之名，實未嘗到漁洋也。沈歸愚《遊漁洋山記》云：「取道米堆山，經錢家磡上陽村，一路在梅花國中。過十餘里，入漁洋灣。又三五里，登山之巔。庵有老僧，問以『王阮亭尚書曾至此間，曾留遺跡與否』，僧言：『幼即掛瓢於此，垂七十年，不見官人至此，亦不知王爲何人也。』因思阮亭爲風雅總持，語妙天下，而手版匆忙，未及親赴林壑，悵然久之。」又題詩云：「鴻爪雪泥懷往事，閒身真個到漁洋。」漁洋，蓋諸山之小者。以山人之故，而後之探梅者低徊不去，梅花之幸與山靈之幸也。

康熙癸酉，宋牧仲中丞同吴志上、心壁道人及其子，至元墓看梅，賦五律六章，刻聖恩寺中。乾隆庚午，番禺莊滋圃中丞、長洲沈歸愚尚書，皆有和作。尚書第三首云：「綿津膺節鉞，餘興寄江湖。籃舉尋春遠，幽香得句多。寺樓仍舊額，野客此高歌。俯仰思前事，雲煙五紀過。」此詩蓋專懷宋公也。按《西陂類稿》原唱云：「花事盛江南，看宜蕊半含。春風吹小艇，遠岫送晴嵐。野店經行好，精廬取次探。提攜雙蠟屐，謝客未應慚。」「千載吴宫蹟，青山未陸沉。廊空傳響屧，臺聳罷調琴。懷抱江湖人，登臨感慨深。迢迢香逕在，白鳥下波心。」「斜陽照山麓，鼓枻向長河。崦裏梅花放，人家酒旆多。

溪橋聊待月，畫舫忽聞歌。煙水迷濛際，幽香幾陣過。」「小泊太湖尾，高眠領衆香。淩晨扶竹杖，結伴入僧房。仙梵雲霄落，春遊磵壑光。相思今一寫，依檻對漁洋。謂王阮亭侍郎。」「未嚼銅坑蕊，還看隧道花。山瓢挹冰雪，風袂罥槎枒。危石閒堪凭，遊人靜不譁。誰將補之筆，貌取此幽葩。」「最是吾家山，千林一望間。淺深花遠近，上下鳥綿蠻。勝友此爲别，官銜仍獨還。呼兒編蒲草，將句寫孱顔。」其子至仝作六首附刻集中，有云：「春雪忽爲海，香風又一灣。」蓋即拆用中丞所題三字也。李武曾《秋錦山房集》和詩有云：「昇平諸父老，歲祝看花過。」爲中丞探梅頌也。癸卯春，余遊聖恩寺，追和六章，有「宋玉登高日，春風筆下含」之句。

尚書詩又云：「近得中丞什，清詞艾蒳香。傾心廣平賦，走筆贊公房。」蓋謂莊滋圃中丞也。中丞詩有「晴雪連芳隴，香雲逼翠嵐」之句。今聖恩寺還元閣，鐫中丞詩於木懸承塵上。余在寺中曾一讀之。

自馬駕山以外，如銅井、銅坑、青芝、黿山、米堆山、錢家衖、上陽村等處，無地無梅花。余嘗徧遊三日，乃知歸愚詩所云此間「以花爲衣食，號梅花國」，非虛無。西莊詩所云：「支峰别壟梅萬樹，以配雲海寧云誣。」惟身歷其境者知之。

莫之璋《知樂園集》：「元墓山中五瓣白梅居多，朱砂、緑萼、玉蝶，土人另植移賣。比之家園，色加鮮膩。余見馬家山一帶皆單瓣白梅。至西磧山始有朱砂、玉蝶等梅。單瓣千葉，大抵各隨地所宜耳。故吴太倉詩云：『湖鄉歲判梅花租，花開便抵湖田熟。』漁洋詩云：『語我種植法，敦樸有至理。』」

升菴《詩品》：「蕭東之《古梅》二絶句：『湘妃危立凍蛟背，海月冷掛珊瑚枝。醜怪驚人能嫵媚，斷魂惟有曉寒知。』其二云：『百千年蘚着枯樹，一兩點花供老枝。絶壁笛聲那得到，只愁斜日凍蜂知。』」甚有風裁。東之，蕭德藻字也。

南宋尤、楊、范、陸四大家，無不重疊賦梅花者，故集中梅花詩甚多。歸愚《説詩晬語》：「南渡後詩，楊廷秀推尤、蕭、范、陸四家。」後人去德藻，易以廷秀，蕭幾不能舉其名，而詩亦散逸矣。傳其《詠梅》云「百千」云云，又云「湘妃」云云，意孑孑求新而入於澀體者耶。蕭詩集不傳，而所傳僅《詠梅》詩。故梅花詩至宋人獨盛。

《説鈴》：「吴青壇《揚州鼓吹詞集序》：『梅花嶺在揚州廣儲門外，明萬曆中，太守吴秀開河積土而成。舊曰土山，後樹以梅，因名梅花嶺。』」《名宦志》：「王師南下，可法攖城固守，援兵不至，刺血作書，别其母妻。城破，死之。養子真，招魂葬衣冠於梅花嶺。乾隆四十一年丙申，追謚忠正。奉敕建祠，揚州府知府謝啟昆修其墓。彭尚書元瑞於琉璃廠市肆嘗得可法遺像及其家書墨蹟，進，上爲題『褒慰忠魂』四字，詔刻梅花嶺史祠中。于相國敏中詩：『遺像留傳殊鶴化，忠魂來往與梅芳。』梁相國國治詩：『梅花祠古衣冠冷，江水瀾澄日月光。』董相國誥詩：『已無骨共梅花冷，但有心將日並光。』陳通政孝泳詩：『靈祠想像梅花外，江表清風萬古揚。』彭尚書詩云：『遥識梅花嶺祠外，江聲無復舊波揚。』其次劉相國墉、沈尚書初、金尚書士松，皆奉詔和詩刊祠壁。其墓傍爲梅花書院。」《檇李詩系》：「嘉善李標，史閣部道鄰辟爲記室，見事不可爲，馳歸故里。繼聞史公殉節揚州，渡江會葬其衣冠於梅花嶺。歸，而遶屋皆種梅。賦詩三十首，蓋自比謝皋羽云。」

《豫章詩話》：「徐師川《同曾户部諸人尋梅對弈》詩云：『處處已收南畝稻，閑閑還看北山梅。累觴聊爾酡顔在，對局依然笑口開。掃徑似知佳客至，杖藜唯可數君來。移松種樹鄱陽老，章甫風帆歲一迴。』石枰下棋，自是梅下韻事。雖然，林和靖嘗曰：『平生所不能者，擔糞與着棋耳。』愛梅如和靖，而鄙棊若此。余又將爲不能下棋者解嘲。」

宋元明人皆有集古詠梅詩。王思義選明楊光溥一百首。兹録其渾成者：「江北江南天未春，湘娥鼓瑟爲招魂。枯根林下風霜面，獨木橋邊煙水村。常伴凍雲浮澗沼，只留清氣滿乾坤。卻思前載孤山下，個個枝頭雪月痕。尤延之、陸放翁、辛願、無名氏、樵雲、王元章、張澤民。」「壓盡東風百種花，更無一點涴鉛華。依然竹外併林下，不在山巔即水涯。獨立冰霜看挺特，未妨雪月照槎牙。清香吹散乾坤外，飛過西湖處士家。楊載、劉潛夫、韓仲止、戴石屏、劉秩、劉後村、王元章、樵雲。」「愛花聊復客江干，長願三更秉燭看。白玉堂前春信早，孤莊籬畔曉雲寒。已隨江令誇璚樹，絶勝吴兒賞牡丹。卻憶孤山醉歸路，酒旗斜拂墮吟鞍。陸放翁、胡淡菴、劉學箕、王性之、李商隱、劉潛夫、尤延之、林逋。」「東風已動萬花知，癖愛梅花不可醫。玉色獨鍾天地正，芳心未許蝶蜂窺。夭桃艷杏果誰竝，流水青山空爾思。推卻簿書搔短髮，幾回踏雪問南枝。楊誠齋、張澤民、張澤民、無名氏、劉太保、李嘉祐、鄭谷、尤延之。」「殘雪猶封宿草荄，返魂香入隴頭梅。十年舊夢傷春老，一路清溪踏月回。逋客未能忘野興，錦囊尤喜助詩才。直須待得垂垂發，時復杖藜攜酒來。晁無咎、蘇東坡、羅鄴、張澤民、秦系、張安彥、尤延之、王元章。」「天遣花神别致功，水村山郭酒旗風。春回積雪層冰裏，人在瓊樓玉宇中。細朵定無塵土涴，清香未許蕙蘭同。只愁畫角驚吹散，一片西飛一片東。陸龜蒙、杜牧之、無名氏、王元章、吕居仁、無名氏、馮海粟、王建。」「千林含凍鬱蒼蒼，百卉前頭第一芳。玉粉更粘前夜雪，仙姝猶作古時妝。月寒瘦影横窗淡，日暮清笳入塞長。佳景滿前吟未就，曉來魂夢到江鄉。田元邈、陳後山、吕居仁、張澤民、無名氏、楊巨源、馮海粟、張宛邱。」「城中忙失探梅期，每想横斜竹外枝。頗有高情酬勝賞，忽逢孤艷映疏籬。檀心已作龍涎吐，春信先教驛使知。殘雪半消寒月上，夜窗喜對出塵姿。楊誠齋、尤延之、丁鶴年、張澤民、蘇東坡、朱淑真、馮海粟、陸放翁。」

楊誠齋《瓶梅》詩云：「卻憶去年西湖上，錦屏下瞰千青嶂。谷深梅盛一萬株，千頃雪波浮欲漲。」又云：「醉登絶頂撼疏影，掇葉餐花照冰井。」自注：「去年今月，余既得麾臨漳，朝士餞余，高會於西湖上釣寺，滿谷皆梅花，一望無際。絶頂有亭，牓曰『錦屏』。余獨倚一株。醉極，摘梅花嚼之。同舍張監簿，蜀人，名珖，字君玉。相顧曰：『清勝如許，謂非謫仙，可乎？』」蜀人老張同舍郎，唤作謫仙儂笑領。」自注：

陸放翁《梅花》絶句：「曾與詩翁定花品，一邱一壑過姚黄。」自注：「曾文清公嘗問余，梅與牡丹孰勝，余以此答。」又劉後村《落梅》詩：「月中徙倚憑空樹，絶勝吴兒賞牡丹。」皆以梅花爲勝牡丹。適見都元敬《南濠詩話》：「吴人張豫源，家貧嗜酒，嘗燕一人家，有稱僧明本《梅花》詩者，豫源不爲意。時庭下牡丹盛開，謂豫源曰：『子能賦此乎？』曰：『是不難。』用梅韻詠之五十首，語主人曰：『詩腸枯矣！』索燒酒痛飲，竟足成百首。一座皆吐舌以爲神。」此則又爲牡丹吐氣，欲與梅花樹敵矣。

楊萬里詩「更爲梅兄留一月」，稱梅爲兄，絶奇。後張澤民竟呼梅爲「此兄」。其《詠梅》云：「夜霜竹屋寒無奈，一笑持杯壽此兄。」又云：「夜深立盡窗前月，其奈此兄風味何。」澤民又有五律《詠梅》，八疊「兄」字韻，落句云：「佩芷兼懷玉，悠然見此兄。」「萬里今爲客，相看如弟兄。」「涪翁太多可，喚作水仙兄。」「藏寒堪共老，髯叟十年兄。」「千林成獨韻，難弟又難兄。」「不傍人籬落，誰呼石作兄。」「天寒倚修竹，齊弟伯夷兄。」「審友惟清士，佳名稱素兄。」皆可爲「梅兄」敷佐。

梅花詩話卷三

平湖張誠希和著

《宋詩存・古梅吟稿序》：「吴龍翰，宋亡不仕，築樓三層，終日吟嘯其中。樓前有古梅一樹，即以自號。」按吴《古梅賦序》云：「余家有古梅突兀，富饒之傍，枝幹連理而茂。先曾伯叔大父聯武巍科，曾大父嘗作《連理梅賦》以見意。余與梅爲膠漆，交梅而至古，標格愈不凡，敬依韻爲賦。」故吴集遂以「古梅」名。錢文端題云：「一樹梅花一樓月，破氈獨擁得奇温。」

宋陳善《捫蝨新話》：「東坡賦梅有『竹外一枝斜更好』之句，此便是坡作一竹梅圖，但未下筆耳。每詠其句，便如行孤山籬落間，風光物采，來照映人，應接不暇也。近讀山谷文字云：『適有人以桃杏雜花擁一枝梅見惠，谷爲作詩。不知惠者何人。然能如此安排，亦自不凡。正如市倡東塗西抹，忽見謝家夫人，蕭散自有林下風采，益復可喜。』竊謂此語便可與坡詩對，畫作兩幅圖子也。戲録於此，將與好事者以爲畫本。」查初白《敬業堂集・折早梅一枝插菊花瓶中，蔣酉君繪〈二隱圖〉見贈，次韻奉酬》：「秋英春卉忽交枝，耐久翻成邂逅期。高士累朝多合傳，佳人絶代少同時。不爭晚雪開能早，頗訝經霜萎獨遲。何物報君圖贈意，亟來花畔對傾卮。」合前二圖，可稱三絶。

《詩話類編》：「賀方回少爲武弁。有小築在姑蘇盤門内，地名横塘，時往來其間。作《青玉案》詞，有『梅子黄時雨』句。山谷見之，亟稱云：『解道江南腸斷句，世間只有賀方回。』當時因稱方回爲

『賀梅子』。」按詞下闋云：「碧雲冉冉横皋暮，彩筆空題腸斷句。試問閑愁知幾許。一川煙草，滿城風絮，梅子黄時雨。」周紫芝《竹坡詩話》：「賀方回嘗作《青玉案》詞，有『梅子黄時雨』之句，人皆服其工，士大夫謂之『賀梅子』。晚倅姑孰，與郭功夫遊，甚歡。方回寡髮，功夫嘗戲指其髻曰：『此真賀梅子也。』」蘇過詩：「江南老卻賀方回。」胡澹菴詩：「黄梅時雨憶方回。」得山谷一言，爲時推重如此。

宋朱子《梅花賦》曰：「楚襄王遊乎雲夢之野，觀梅之始花者，愛之，徘徊而不能舍焉。駿乘宋玉進曰：『美則美矣，臣恨其生寂寞之濱，而榮此歲寒之時也。大王誠有意好之，則何若移之渚宮之囿，而終觀其實哉。』宋玉之意，蓋以屈原之放微悟王，而王不能用，於是退而獻賦曰：夫何嘉卉而信奇兮，厲歲寒而方華。潔清姱而不淫兮，專精皎其無瑕。既笑蘭蕙而易誅兮，復異乎松柏之不華。屏山谷以自娱兮，命冰雪而爲家。謂后皇賦予命兮，生南國而不遷。雖瘴癘非所托兮，尚幽獨之可願。歲序徂以峥嶸兮，物皆舍故而就新。披宿莽而横出兮，廓獨立而增妍。雲霧滃而四起兮，川谷沍而冰堅。澹容與而不炫兮，象姑射而無鄰。夕同雲之繽紛兮，林莽雜其葳蕤。曾予質之無加兮，專皎潔而未衰。方酷烈而闇闇兮，信横發而不可摧。紛旖旎亦何好兮，静窈窕而自持。徂清夜之湛湛兮，玉繩耿而未低。方娉婷而自喜兮，友明月以爲儀。欻浮雲之來蔽兮，四顧莽而無人。悵寂寞其凄凉兮，泣回風之無辭。立何久乎山阿兮，步何躊躇於水濱。忽舉目而有見兮，恍顧盼之足疑。謂彼漢之廣兮，羌何爲乎人間？既奇服之曜耀兮，又綽約而可觀。欲一聽白雲之歌兮，嘆揚音之不可聞。將結軫乎瑶池兮，懼佳期之非真。願借陽春之白日兮，及芳菲之未虧。與遲暮而零落兮，曷若充夫佩幃。渚宫私。亦何有乎芳馨。椒蘭後乎霜雪兮，亦何有乎芳馨。潔。俟桃李於載陽兮，倉庚寂而未鳴。顧影而自憐兮，澹愁思之不可更。君性好而不取兮，亦吾命其何傷。辭曰：后皇貞樹，艷以姱兮。潔誠諒清，有嘉賓兮。江南之人，羌無以異兮。煢獨處廓，豈不可召兮。層臺累榭，靜而可樂兮。王孫兮歸來，無使哀江南兮。」按元葉顒《梅花》詩：「靈均千載恨。」明顧彦夫《梅花》詩：「如何不入靈均賦，自古騷人有逸才。」屈子《離騷》，皆美人香草之詞，而獨遺梅，世遂引以爲梅花惜。今得朱子賦，以補《離騷》之闕，夫復何恨？

《浩然齋雅談》：「剡僧淵寄姚雪篷詩：『十五飄泊孤篷雪，誰補梅花入《楚辭》。』」尤西堂艮齋先生嘗效《楚辭》譜《梅花三弄》，其序云：「曾蒼山《海棠詩》：『少陵忘卻渾閒事，更有《離騷》忘卻梅。』予亦不能爲左徒解嘲。適學鼓琴，至《梅花三弄》，有聲無文，因援筆寫之。既譜爲操，並以續騷：梅樹生兮山中，枝連卷兮卧虬龍。山空空兮水澹澹，朝翻霜兮暮悲風。蘭莖兮萎紫，楓葉兮衰紅。思君子兮枯竹，弔大夫兮孤松。若亭亭兮獨立，既嫵媚兮又蕭瑟。衣冰兮佩雪，歲將晏兮芳馨發。山鬼睇兮欲笑，湘娥愁兮倚其側。梅花開兮冬晚，北枝寒兮南枝暖。紅蕊兮素華，香菲菲兮襲綺羅。瓊瑶藉兮臺榭，紛若散兮籬舍。遞驛信兮隴頭，拂宫妝兮簷下。霓裳兮羽衣，芬芳兮不夜。月落兮參横，翠鳥兮亂鳴。望美人兮未來，倚惆悵兮疏林。梅花落兮滿庭，怨芳時兮正青春。東風飄兮寒食雨，雪霏霏兮雲容與。吹玉笛兮誰家，送仙人兮萼緑華。楊柳兮依依，青草兮萋萋，落英兮綴之。燕差池兮未歸，鶯恰恰兮將啼。雜花兮高低，蝴蝶兮以飛。芍藥兮桃李蹊，梅兮梅兮無一枝。遺予袂兮捐予裾，葬梅魂兮山之隅。」蔣虎臣編修謂：「梅花幽艷，文亦如之。廣平且當閣筆，何况孤山老叟。」西堂晚年賦詩云：「學士梅香我豈堪，詩窮只合作都官。當年曾記琴三弄，此調今人多不彈。」

《静志居詩話》：「東維與李五峰論詩。謂梅一於酸，鹽一於鹹。食鹽梅，而味常得於酸鹹之外。」此論本唐人。按《稗史彙編》：「司空圖論詩云：『梅止於酸，飲食不可無鹽梅，而其美常在於酸鹹之外。』」

《梅磵詩話》：「杜小山問句法於趙紫芝，答曰：『但能飽吃梅花數斗，自能作詩。』戴石屏謂雖一時戲語，亦自可傳。」大抵詩人愛梅，得梅花而詩格愈清。故程瑞云：「這些風骨異，瘦盡古今詩。」《古今詩史》：「文卿云：『總爲古今吟不盡，十分清瘦似詩人。』」

范石湖《詠梅》詩：「賞花不許輕攀折，只許家人戴一枝。」楊升菴《梅花》絶句序云：「余枕疾彌句，殘臘將盡，使人探梅，咸云：『未開。』怪而詰之，詭以春遲。出户，偶見樵女簪髻，目笑曰：『村姑亦風韻乎？』戲作詩云：『村姑只恐是花神，花信前頭報早春。奇樹芳滋休冷眼，好從初地唤真真。』『夜來偷醉早梅傍，風致何人繼陸郎。禁酒園中佳節换，樽前誰唤點酥娘。』」案《玉照堂梅花宜稱事》有曰：「美人淡妝篸戴。」篸戴，美人事也。今樵女簪髻，幾於東施效顰矣。

常中丞安《宦遊筆記》：「鄭州之山多沙，積漸厚而成岡阜。惟西南梅山高數十仞，周數里，隆然突起，狀似乳形。又有泰山與梅山東西斜對。志稱二山爲一郡之望。至詢命名之故，或云梅山，以舊多梅花。泰山以能興雲致雨，如岱宗之膚寸而合也。或又云泰山舊亦名梅山。今二山無梅，或亦如衛輝府之淇園，並無一竹耳。」余偶憶宋鄭震《孤山》詩：「不愁封禪對梅花。」若爲二山寫照。

辛丑冬，余種梅六十株，繞座周遭，顔所居曰「梅艇」。除夕花始放。是年秋，余有泰山之遊，撰紀遊詩文草一卷。乃仿賈閬仙故事，取置梅花，右設蔬果酒脯以祭，戲成二絶，有「夜深朗誦梅花下，便笄林逋封禪書」之句。

徐獻忠《水品全秩》：「金陵鍾陰有梅花水，手掬弄之，滴下皆成梅花。此石乳重厚之故。鍾山故有靈氣，而泉液之佳無過此與靈谷寺八功德水。」宗臣《燕子磯記》：「余與太醫沈君由水雲亭至觀音山，輿人告暮。於是披衣登輿。問曰：『梅花水安在？』曰：『越此五里，暮難至矣。』徵其狀，曰：『有池有亭。』『有梅花乎？』曰：『無之。』余顧沈君，歎曰：『梅哉，梅哉，何取於水也！』」按嚴嵩《觀梅花泉》云：「聞道幽香臨絶澗，偶尋遺跡一相過。風前雪樹花難覓，岩上鐫題字半磨。」此老蓋誤以梅花水爲因梅得名者。又馮忠卿《梅花水無梅》詩：「問水尋梅度嶺頭，梅花何處水空流。」亦坐此病。

宋龔明之《中吴紀聞》：「吴感以文章知名，仕至殿中丞。居小市橋，有侍姬曰紅梅，因以名其閣。嘗作《折紅梅》詞曰：『喜輕澌初泮，微和漸入，芳郊時節。憐春消息，夜來陡覺，紅梅數枝爭發。玉溪仙館，不是箇、尋常標格。化工別與、一種風情，似匀點胭脂，染成香雪。重吟細閲。比繁杏夭桃，品流真别。即愁共、彩雲易散，冷落謝池風月。憑誰向説。三弄處、龍吟休咽。大家留取，倚欄杆，問有花堪折，勸君須折。』其詞傳播人口。春日群宴，必使優人歌之。吴死，其閣爲吴少卿所得，兵火前尚存。」楊元素《本事集》誤以爲蔣堂侍郎有小鬟號紅梅，其殿丞作此詞贈之。周密《浩然齋雅談》

作吴咸，當是「感」字之誤。《升菴外集》又云「宋人《折紅梅》詞」云云。此詞見《杜安世集》。《中吴紀聞》又作吴應之，未知孰是。應之，感字也。

浙閩總督范承謨陷耿逆時，有《燈前梅影》詩云：「味色聲香絶點痕，飛來一段蟄龍根。暗松雪蕊生春意，静放清芬破凍魂。遥望嶺頭雲共白，回思閣裏玉同温。冰姿鐵幹真孤調，肯並桃蹊與杏村。」詩見《畫壁遺稿》。「松」字疑誤。公自罹難後，燒桴存煤，畫字牆上；此字或係傳寫之誤耳。是時，撫臣劉秉政、提臣王進功，皆授僞職，而公百折不回，所謂「冰姿鐵幹」豈與「桃李」同者。此詩實公自道。「嶺頭雲共白」，公太夫人在堂，思親之詞；「閣裏玉同温」，公嘗授侍讀學士、秘書院學士，懷舊事也，寓意深遠。

趙清獻《素芳亭賞梅花》云：「素萼清香並酒卮，主人勸意囑留詩。爲逢蜀國新開日，卻憶江南舊賞時。春早未通桃李信，臘殘卻放雪霜姿。先公舊植亭欄外，肯構重來見本枝。」按，素芳亭在蜀中，清獻父植梅於旁。此清獻重題詩也。《一統志》：「清獻梅亭在建寧府崇安縣治。宋趙抃嘗令兹邑，手植梅於後圃。後人立石刻『清獻梅』三字。元縣尹彭好古，構亭其上。」閩、蜀二省，清獻父子各留梅花，並垂千古，亦佳話也。《福建通志》又謂：「清獻梅在松溪縣治内。」

臧喟亭侍御有《愛梅》詩卷，凡江以南，如荆溪、罨畫溪、西溪、鄧尉，梅花多處，歷遊殆遍。又嘗至粤中遊羅浮，有《羅浮訪梅》卷。汪文柏詩所謂「君能到處攜蠟屐，彩毫在手詩囊隨」是也。其品題花事，江南以鄧尉爲最，羅浮更高於鄧尉。一時題其卷者甚衆。山右吴天章三絶尤所傳誦：「人間萬事等浮雲，山店溪橋野鶴群。輸卻衆香緣分在，梅花好處便逢君。」「幾向靈巖夢折枝，半塘風雪往來時。江南親到都閒過，慚負先生卷上詩。」「林畔寒香水畔苔，春風吹出白玫瑰。羅浮舊是仙人窟，不爲梅花也合來。」

厲樊榭《落梅》詩：「幾點鹿胎餘舊跡，一痕獺髓浣殘香。」鹿胎、獺髓，天然妙對。唐人詩云：「落梅田地鹿胎斑」。又《硐房偶筆》：「西溪花時，彌望無際，如入衆香國。天鋪鹿皮，茵褥其下。」「獺髓」，出蘇詩。

徐東海尚書墓在元墓山中。余嘗題詩，有「一事讓公修得到，清魂消受萬山梅」之句。南華學士《紀遊集》：「東海司寇墓規制甚鉅。」

《檇李詩系》：戈中顔《雙梅》詩云：「寂對難追冰雪經，芳聯伯仲翼荒坰。風狂骨立沉嵇阮，雨妬香孤泣尹邢。接武耻談桃富貴，比肩笑慰竹飄零。争春凍雀喧空谷，相顧聊堪影贈形。」

傅青主《霜紅龕詩鈔·梅房》詩云：「碎屑沉香不惹塵，水簾冰簟切相親。平分一榻羅浮夢，鞲扇摇來都是春。」劉稼莊云：「是梅房，不是梅花。是人，不是梅。」余所見張伯淳《賦范君澤梅屋》云：「壑谷周遭萬玉妃，當時茅舍映疏籬。祇今便作槐堂看，不問南枝與北枝。」程鉅夫《題汪忠卿御使梅菴》云：「家住新安生虎林，繡衣風節老梅心。客來若問封侯事，笑指菴前月色深。」厲樊榭《題馬佩玉梅寮》云：「繞舍玉梢發，嫩寒先起探。絶勝塵土客，落月夢江南。」皆非泛賦梅花。

趙耘菘觀察《甌北集》：乙未春，欲往鄧尉看梅，向郡城結伴，莫有應者。適有賣花船到，遂以遊資買梅十餘本，歸而自賞焉。賦詩云：「擬邀伴侶探梅花，百里爭嫌道路賒。幽事故應同調少，誰甘作此冷生涯。」又云：「省卻遊資買樹栽，栽成又得每年開。此情應被梅花笑，酸在東君不在梅。」又有：「並無人訪南枝去，驕得梅花分外高。」最爲警絶。

《檇李詩系》閨秀梅花詩入選獨多。海鹽周濟室朱妙端《題探梅圖》云：「一笻秋老踏蒼苔，爲有南枝逶徑開。小磵風輕欹影瘦，孤山雲暮冷香來。尋詩曾共巡簷笑，問酒還同步月迴。今日重過幾惆悵，翠禽啼處獨徘徊。」秀水黄卯錫室項蘭貞《詠梅》云：「冰玉孤清世外姿，娟娟新月上疏枝。無情短笛休輕弄，未是春風點額時。」平湖孫愚公室周蘭秀《帳中梅影》云：「一縷春窗淡淡光，疏梅清影落寒床。生綃半幅留飛白，焦墨一枝吹冷香。邀月對人孤作僻，須花念我笑空忙。那堪夢與羅浮遠，曉色臨池並照妝。」陸渭室孫蘭媛《雨夜聞梅香作》云：「濕盡孤窗燭冷時，梅花香破一枝枝。逋翁未解黄昏雨，清淺閒臨照影池。」嘉善錢黯室沈榛《紅白瓶梅》云：「不盡南枝放，軍持入畫裝。繁英矜白雪，疏蕊點紅粧。羃䍥難分影，蕭森共一香。妬風應莫慮，春色喜先藏。」其妹陳誼臣室栗全作云：「曉避狂風落，宵隨竹影斜。朱顔羞剪綵，玉骨絶含瑕。漫作參差蕊，同分濃淡花。羅浮夢何許，一爲膽瓶誇。」平湖沈炳孚室施璲昭《早梅》云：「點點寒霜飄未盡，朝來忽見數枝開。東皇豈解愁人意，先使庭梅報信來。」禾人沈宏略室馬福娥《早春見梅》云：「未辦探花屐，前窗曉忽開。春風不相待，飛送暗香來。」

《西天目山志》：「馮子振出《梅花百絶》示中峰師，師走筆拈一韻七言律詩百首答之，復示《九字梅花歌》云(「昨夜」至「詩嘲」)。」按張貴勝《遣愁集》:「元釋中峰與趙松雪爲方外交,同院學士馮海粟甚輕之。一日,松雪强拉中峰同訪海粟,出《梅花百韻》示之。中峰一覽,走筆立成。海粟猶未之奇,乃復作《九字梅花詠》求和,其詞曰:『昨夜西風吹折千林梢,渡口小艇滚入沙灘坳。野橋古梅獨臥寒屋角,疏影横斜暗上書窗敲。半枯半活幾個擫蓓蕾,欲開未開數點含香苞。縱使畫工奇妙也縮手,我愛清香故把新詩嘲。』海粟見之,諷詠再四,遂定交。」《楊升庵文集》:「元天目山釋中峰有《九字梅花詩》云云。池南唐文薦锜謂余曰:『此詩不佳。影不可言敲,又後四句有齋飯酸餡氣。』屬余作一首,乃口占云:『元冬小春十月微陽回,緑萼梅蕊早傍南枝開。折贈未寄陸凱嶺頭去,相思忍到盧仝窗下來。歌殘水調沉珠明月浦,舞破山香碎玉淩風臺。錯恨高樓三弄叫玉笛,無奈二十四番花信催。』」二詩優劣,必有能辨之者。

《輟耕録》云:「寄語林和靖,梅花幾度開。黄金臺下客,應是不歸來。」此宋幼主在京都所作也。始終二十字,含蓄無限凄戚意思,讀之而不興感者幾希。幼主,瀛國公也。謝枋得自弋陽軍潰後,隱於閩,有《武夷山中》詩:「天地寂寥山雨歇,幾生修得到梅花。」君臣同一浩歎。亡國之音哀以思,其梅花詩之變雅與?

《金史・地理志・太原府》:「代州繁畤縣鎮七:茹越、大石、義興、麻谷、瓶形、梅回、寶興。」伍端林《江陵記》:「洪亭村下有梅回村,舊云是梅槐合生成樹,是以名之。今音訛,謂之『梅回』。」唐李濟翁《資暇録》:「叢有似薔薇,而異其花,葉稍大者,時人謂之『梅槼』,實語訛。强名也,當呼爲『梅槐』,

在灰部，音回。《江陵記》云云。今之似薔薇者，得非分枝條而演亂哉？至今葉形尚處梅、槐之間。取此爲證，不乃近乎？」此梅之與槐並生者。《神異經》：「均州太和山有柳梅。相傳真武折梅枝寄柳樹之上，仰天誓曰：『吾道若成，花開果結。』後竟如其言。」按《本草綱目》：「柳乃榆樹也。」此梅之與榆並生者。

方升《大嶽志》：「靈應峰曲，五龍宮門左，從曲道北陟，左山爲柳梅臺，臺上柳梅一株，方盛發。」宋牧仲《筠廊偶筆》：「其樹柳木梅實，杏形桃核。道士每歲采而蜜煎，充貢獻焉。黄州郡丞張秀升登舉前爲其郡司李，收柳梅最多，曾以饋余，味最甘美。」《蔣氏談資》：「柳梅味酸而甜，能愈諸疾，然亦罕得之。以驗豐歉：豐年結實，荒年則無。下有仙翁司之，敬禮可得。」《明詩綜》：「嘉興萬壽宫道士有《柳梅居詩稿》。」

林洪《山家清事》有「梅花紙帳式」，甚佳。其式：用獨床，傍植四黑漆柱，各掛一半錫瓶，插梅數枝。後設黑漆板，約二尺，自地及頂，欲靠以清坐，左右設横木，亦可掛衣。角安斑竹書貯一，藏書三四，掛承白拂塵一。上作大方目，頂用細白紙衾作帳罩之。前安小踏床於左，植緑漆小荷葉一。寘香鼎，燃紫藤香。中只用布單、楮衾、菊枕、蒲褥，乃相稱，「道人還了鴛鴦債，紙帳梅花醉夢間」之意。古語云：「服藥千朝，不如獨宿一宵。」倘未能以此爲戒，宜亟移去梅花，毋汙之。按，「道人」二句，本朱希真《鷓鴣天》詞，語見《皺水軒詞筌》。

紙帳梅詩，元人最多佳作。馮海粟詩：「溪藤十幅簇春温，時有清香入夢魂。多少羅幃好風月，不知消得幾黃昏。」僧明本詩：「春融剡雪道人家，素幅凝香四面遮。明月滿床清夢覺，白雲影裏見疏花。」謝宗可詩：「清懸四壁剡溪霜，高卧梅花月半床。蘭甕有天香不老，瑶臺無夜雪生香。覺來虚白神光發，睡去清閒好夢長。一枕總無塵土氣，何妨留我白雲鄉。」又明何司明詩：「制楮如綾絶勝紗，梅花新寫古槎牙。半窗月白霜漫樹，孤枕魂清雪繞花。醉卧渾疑香暗動，坐吟偏愛勢横斜。一般意味人知少，輸卻僧家與道家。」

朱竹垞題一廣文《鄧尉尋梅圖》云：「村村梅底鬧壺餐，莫笑先生苜蓿盤。桃李漫山多不戀，冷香合讓冷官看。」我邑學舍向無梅。山陰周元木爲廣文時，樹梅花十株於學舍，其堂曰有梅庵云。明時，邑侯王若惺爲前輩林用顯建軒，額以「鳳翥」。嫌其意指尚隱。學舍舊無梅，余爲栽之十樹，乃遵《詩經》，折衷摽梅求賢、實七實三之義，遂以易舊額云。毛西河《蕭山文廟碑》詞曰：「自兹泮林，有梅無鴞。余願與同志者共賡之。」

周密《志雅堂雜抄》：「衡州有花光山，長老仲仁，能作墨梅，所謂『花光梅』也。」《湖廣通志》：「花光山在衡州郡南十五里，宋華光僧居此。」僧蓮儒《畫禪》：「仲仁，會稽人，住衡州花光山，以墨暈作梅花如影，別成一家。所謂寫意者也。」按，花光著有《墨梅譜》，其序云：「墨梅始於華光，仁老之所酷愛。其方丈植梅數本，每花放時，輒移床其下，吟詠終日，莫知其意。偶月夜未寢，見窗間疏影横斜，蕭然可愛，遂以筆規其狀。淩晨視之，殊有月下之思。因此好寫，得其三昧，標名於世。山谷見而美之，曰：『如嫩寒清曉，行孤村籬落間，但欠香耳。』往往士大夫有索數年而未下筆者，有不求而自得者。華光每寫時，必焚香禪定，意適則一掃而成。人或戲之曰：『昔王子猷愛竹，何癖於梅？』華光正色曰：『其趣安輕重哉？』及其臨老，縱心筆墨，愈作愈高，于時宗寫六人，補之亦在其列。當時名公巨卿詩詞褒美，不下數千首。而公平日所作一千二百餘本。逮其在西時，獨留披風、戴露几案，與華光最爲絶筆。元張昱詩：『墨梅之作盛衡湘，始作俑者唯華光。』」

山谷嘗有贈花光書云：「比過鷲山，會芝公書記還自嶺表，出師所畫梅花一枝，想見高韻。乃知大般若手，能以世間種種之物而作佛事，度諸有情。於此薦得，則一枝一葉、一點一畫皆是老和尚鼻孔也。余方此憂患，無以自娱，願師爲我作兩枝見寄，令我時得展玩，洗去煩惱。幸甚！此月末間得之佳也。某有梅花一詩，東坡居士爲和，王荆公書之於扇，卻待手寫一本奉酬也。」又有《題花光水邊梅》詩：「梅蕊觸人意，冒寒開雪花。遥憐水風晚，片片點汀沙。」蓋二人最相得云。

《湖船録》：「黄貞父儀部用巨竹爲筏，浮湖中。吴江周本音名之曰『浮梅檻』。」按，黄汝亨《浮梅檻記》：「客夏遊黄山白嶽，見竹筏行谿林間。好事者載酒從之，甚適。因想吾家西湖上，湖水清且廣，雅宜此具。歸而與吴聚謀製之，朱欄，青幕四披之，竟與煙水雲霞通爲一席，泠泠如也。」案《地理志》云：「有梅湖者，昔人以梅爲筏，沈於此湖，有時浮出。至春則開花，流滿湖面。友人周本音至，遂欣然題之曰『浮梅檻』。王在晉爲作《浮梅檻賦》。閨秀顧若璞詩云：『聞説西施面，梅花不倩妝。』」

《小雅》云：「山有嘉卉，侯栗侯梅。」鄭康成《箋》：「山有嘉善之草，生於梅、栗之下。人取其實，蹂踐而害之，令不得蕃茂。」孔穎達《疏》：「山有此善美之草矣，其生也，維在栗、維在梅之下。人往取其梅、栗之實則蹂踐，害此美草，使不得蕃茂。」二説嘉卉皆不貼梅。於梅，仍取其實也。宋方虚谷乃曰：「梅見於《書》、《詩》、《周禮》、《禮記》、《大戴禮》、《左氏傳》、《管子》、《淮南子》、《山海經》、《爾雅》、《本草》者，取其實而已。曰『爾惟鹽梅』，曰『摽有梅』，曰《籩人》入梅蕂爲乾梅，曰『獸用梅』，曰『五月煮梅爲豆實』，曰『水火醢醢鹽梅以烹魚肉』，曰『五沃之土，其梅其杏』，曰『一梅不足爲百人酸』，曰『雲山之上，其實乾臘』。未以其花爲貴也。惟『山有嘉卉』云云，與《大戴禮·夏小正》：『正月梅、杏、杝、桃始華。』」一言「卉」，一言「華」耳，是以嘉卉屬梅，豈漢唐諸儒之説虚谷未之見與？又吴均因《西京雜記》「漢上林苑有侯栗，又有侯梅」引以爲證，不以「侯」字爲助語辭，説更穿鑿。

正百花頭上之詩爲狀元先兆，詩家因以梅花爲「狀元花」。宋徐清叟詩：「衝凍細尋梅信息，枝頭喜見狀元花。」明汪廣洋詩：「才聽東風第一聲，狀元高出冠群英。」曹慈山居士《題梅花和尚墓》詩：「處士偏留和尚號，高人卻愛狀元花。」

宋張淏《艮嶽記》：「徽宗政和間築山，號『壽山』。艮嶽高峰峙立，其下植梅以萬數。緑萼承趺，芬芳馥郁。結構山根，號萼緑華堂。時睿思殿應制，李質、曹組奉詔作《艮嶽百詠》。其《萼緑華堂》云：『緑萼承趺玉蕊輕，清香續續度簷楹。天教不雜閑桃李，賜與神仙物外名。』又有《梅崗》、《梅嶺》、《梅池》、《梅渚》四詩。《崗》、《嶺》二作尤合應制體。《梅崗》云：『闊連峰嶺玉崔巍，春逐陽和動地來。不似前村深雪裏，夜寒惟有一枝開。』《梅嶺》云：『雪林横夜月交光，萬壑風來處處香。聖主乾坤爲度量，包藏曾不限遐荒。』」

褚人獲《堅瓠初集》：「宣、政間，三楊皆秉樞軸：溥榮由進士、士奇以薦舉致相位。一日會席間，以松、竹、梅爲題，分賦一詩。文敏、文定題畢，各書賜進士。文貞知其誚己，乃奮筆題梅曰：『竹君子，松大夫，梅花何獨無稱呼。回頭試問松與竹，有此調羹手段無？』二公笑而謝之。」

梅花詩話卷四

平湖張誠熙河著

元劉清叟《梅花》詩：「家風巢許堪同社，心事夷齊可共論。」巢、許形梅貞，夷、齊形梅清，比例精當。至宋魏了翁，以孔子擬梅，設想尤奇。周密《浩然齋雅談》載了翁《墨梅》詩：「素王本自難淄涅，墨者何爲亂等差。元裏只知揚子白，皜中漫見聖人汙。」借題講學，梅花身份愈高。元趙文《詠梅》亦云：「欲將素王相推戴，老向山中作素臣。」

或又以集大成詠梅，亦仿了翁詩意。宋有一僧詩云：「茉莉山礬亦可人，聖人和與聖之清。由來風物須彈壓，故遣孤芳集大成。」金袁絜齋詩：「霜月交輝色愈明，風標高節聖之清。諦觀毫髮無遺憾，始信名花集大成。」又葉茵句：「香色中間集大成」。

袁絜齋《詠梅》又云：「古澗荒郊人跡少，幾枝摘索爲誰芳。因思陋巷甘岑寂，爲己工夫味更長。」說到陋巷，言外隱然有比顏子意。太倉畢静山，爲余誦其鄉人諸竺莊詩：「梅花似孔孟，不肯西至秦。」是兼以亞聖擬梅矣。

《四明圖經》：「大梅山在鄞縣，東漢梅子真棲隱處。山頂有大梅木，伐爲會稽禹廟梁，張僧繇畫龍於其上。或風雨夜，飛入鏡湖，與龍鬬。後人見梁上水淋漓，濕萍藻滿焉，始駭異之，乃以鐵索鎖於柱。」鐂績《霏雪録》謂今禹廟梁以他梅樹代之，不斲不削，存故事耳，非舊物也。宋徐天祐詩：「殿角枯梁水月身，木龍誰信解成真。休將金鎖空縈絆，靈物飛騰自有神。」又秦少游詩「千秋風雨鎖梅梁」，汪應軫詩「梅梁隱隱動雲雷」，皆爲舊日梅梁作也。

余嘗遊會稽，謁禹廟，梅梁遺跡杳不可考。按《紹興府志》：「梁季修禹廟，忽風雨大至，湖中得一木，取以爲梁，乃梅梁也。」《述異記》及《五色線》云：「會稽夏禹廟有梅梁，忽一春而生枝葉。」錢希言《獪園》云：「會稽禹廟中有梅梁，其上老梅一枝，是木理中生成者，槎枒盤屈，若鏤若畫。每天將陰雨，則枝骨中水出，青苔鱗亘，歲以爲常，而木不腐爛。」皆與《圖經》所載微異，大約失去已久，故傳聞不一。陸放翁詩「廟後故梁龍化去」，袁海叟詩「龍起梅梁去」，朱竹垞詩「共訝梅梁失」。梅梁已往，吾亦無從辨其是非矣。

宋之問詩「梅梁古製無可見」，知唐時梅梁已失。而徐浩乃云「梅梁今不壞」，徐在宋後，或亦一時傳誤耳。

王路《花史》：「晉武太元三年，僕射謝安作新宮，太極殿欠一梁。有梅木流至石頭城下，取用之，畫梅花於梁上表瑞，因名『梅梁殿』。」蓋不獨禹廟有梅梁也。漁洋《香祖筆記》亦謂梅梁有二。而古來詠梅梁者，皆詠禹廟梁。惟陳陰鏗云：「梁花畫早梅。」唐崔櫓云：「初開偏稱雕梁畫。」似用晉事。

《紹興府志》：「餘姚梅澳湖與燭溪湖通，其上有梅嶺。舊經云：『昔有梅樹，吴時採爲蘇臺梁。』今湖側猶多梅木。俗傳水底梅梁根也。巨木湛卧湖心，雖水涸不露。秋七八月，雷雨交作，有聲如黿吼，震徹數里。土人相傳，謂『梅龍顧母』。」《十道志》：「吴造建業宮，使匠人伐材。至明塘溪口梅下，明塘溪在燭溪湖内。俄見長木堪爲梁，伐。未還郡，會梁已足，更別無用梁。一夜，梅忽飛還。土人異之，號曰『梅君』，今在湖中。」又《具區志》：「梅梁湖在夫椒山東。吴時進梅梁，至此，舟沉失梁。後每至春首，則水面生花。」意梅澳湖乃梅梁所産之地，而梅梁湖，其失去處也，當是一時事。陳允平《西麓詩稿》有《梅梁堰》詩云：「祇因漢上木，便是洞中龍」。梅梁堰或即在梅梁湖。

何義門《讀書記》：「杜詩『巡簷索共梅花笑』，方云『梅花笑』出隋煬帝詩。『冷蕊疏枝半不禁』，『半不禁』言似知人意，不待春而發也。」《詩話類編》：「杜詩有『冷蕊疏枝半不禁』，語固佳矣，而不若『山意衝寒欲放梅』爲尤妙。」

隋煬帝《幸江都作》：「求歸不得去，真成遭個春。鳥聲争勸酒，梅花笑殺人。」

張宛邱《折梅置案上》詩：「將何伴高潔，清曉誦《黄庭》。」方回謂以誦《黄庭》爲梅伴，則兩俱潔矣。明皇甫百泉《題梅墟》詩：「一息梅花下，臨軒宿酒醒。科頭日無事，滌硯寫《黄庭》。」余意以《黄庭》伴梅花，則寫與誦皆無不可。

京師梅花皆在盆内。章學士子儀家獨構南梅，植於園中，覆以木屋。春深，撤屋放花，稱爲奇賞。陸雅坪詩云：「高門虚敞叩人稀，板屋梅花幾樹肥。多少山亭煙火客，白頭一領舊朝衣。」

西溪探梅爲西湖十八景之一，其道有二。按《西湖志》：「西溪在西湖北山之陰，由寶石山背陸行，繞秦亭山，沿山十八里爲宋時輦路，抵留下。相傳高宗定都臨安時，欲居此。後卜地於鳳凰山，遂云『西溪且留下』，因名。水道由松木場入古蕩，溪流淺狹，不容巨舟。自古蕩而西，並稱西溪。居民以梅爲業，種梅處不事雜植，且勤加修護，本極大而有致。又多臨水，早春花時，舟從梅樹下入，瀰漫如雪。」馬樹德詩：「游人多點壽陽妝，輕裾十里吹暗香。」此陸行探梅真景。商盤詩：「三家五家臨水住，千樹萬樹衝寒開。」此水行探梅真景。皆曲肖西溪。然近時栽桑者多，梅花漸減於昔矣。

吴本泰《西湖竹枝詞》：「西溪十八里梅花」。按蕭士瑋《南歸日録》：「西溪十八里皆種梅，趾目所向，無非梅花者。」

馮具區《西山看梅記》：「武林梅花最盛者法華山，上下十里如雪。」《西湖遊覽志》：「法華山去靈隱山後可里許，過北十里爲西溪，秦亭、法華之分派也。」《錢塘縣志》：「秦亭山在北山棲霞嶺後。相傳祖龍駐蹕於此。」又云：「秦少游築亭其上。俗訛『蜻蜓山』。」蓋西溪山之最高者莫如法華山。秦亭，其支壟之大者。故探梅西溪，必經秦亭。馬樹德詩：「夢魂先繞秦亭山。」沈歸愚詩：「路轉秦亭山。」商盤詩：「認得秦亭山下路，一條藤杖兩芒鞋。」又釋真一《西溪梅譜》：「法華自方井以西、石人嶺以東，縱横十餘里，皆有梅。其成林而情景足媚人意，人一見之，即拊掌雀呼稱賞者，尤在岳廟之西、法華亭之東，與予所居龍歸塢南北村落之間，爲更盛。」桑弢甫員外詩：「冷香浩無垠，虚舟泛花海。放乎石人塢，瀰漫萬花匯。」石人塢乃石人嶺之支也。

《硐房偶筆》：「西溪梅花皆是村人養生産業，故各勤加培護，無不盛之歲。古梅可二三百年，至有空腔豁腹可入坐一人者，圖畫不能窮其横斜幻態也。花時，彌望無際，如屯雲，如積雪，香氣迷漫左右，又如入衆香國，登香界天，鋪鹿皮茵褥其下，環坐雅飲，微風時飄，數片落入酒杯襟帶間，覺肝腸毛髪盡冰雪矣。張空明詩：『我從西溪來，梅老大於屋。沿溪三十里，晴雪堆林麓。』蓋非虚語。」《錢塘縣志》：「西溪絡以小河，夾岸皆梅。二月，梅始花，香雪霏霏，四面來襲人。居民百許家，隱隱深林，但見炊煙出林梢耳。胡介詩：『有屋盡從梅裏出。』厲樊榭詩：『皜皜遠梅林，映山青晻曖。下有漁樵廛，竹樹互襟帶。炊煙化山雲，雲起半明晦。』」

《西湖志·物産》有曰：「永興寺緑萼梅。」按《西溪梵隱志》：「永興寺，明斷臂諸道者建草庵，旋廢。萬曆初，馮太史開之，延僧真麟飭新之，手植緑萼梅二本，題曰『二雪堂』。」《西湖百詠序》：「春時盛開，車馬絡繹。」釋大善詩云：「緑英梅閣集嘉賓。」後太史弟子李日華亦有句云：「琳宫雙瓊樹，手植華陽仙」。乾隆戊辰春，梁蕟林、朱鹿田、金江聲、厲樊榭、丁敬身、張柳漁、吴敦復、施竹田、汪秀峰、周少穆諸人皆有訪開之手植梅詩。而少穆一詩叙次尤明：「爲訪梅花尋白社，永興寺裏佛堂下。云是馮公手植初，兩株清艷殊風雅。一株半朽枯枝撑，半著疏花向空寫。一株猶是漫横斜，既老公然據案者。此花年紀閲兩朝，不管興亡自瀟灑。二百年來斬伐餘，直托空庭任牛馬。先生墓木風雪中，花開花落隨聾啞。月夜重逢萼緑華，魂來浩歌淚盈把。問花還轉問先生，看花莫惜金尊瀉。」

二雪堂緑萼梅，《樊榭山房集》中尤多題詠，有云：「祭酒昔遊此，手種猶生前。傲兀根倚石，欹倒枝映泉。」又云：「一笑逢此萼緑華，冷寺空庭相嫵媚。」癸卯春，余探梅西溪，訪永興寺二雪堂。至，則舊額猶在。雙梅已失。有一老僧云：「此非永興寺故址，二十年前一鄉宦移建於此。」因導余往觀遺基，雙梅僅存一樹。疏花數點，在灌莽荆棘中。噫！今距樊榭孝廉時不過二三十年，滄桑頓改。更閲數年，此一樹又不知何如。紀以俟後之志西湖者。

《西溪梵隱志》：「西溪草堂，祭酒馮夢正别業。」桑弢甫《永興寺》詩：「沉冥植花人，梅塢築魂礙。」自注：「馮具區墓在梅塢。梅塢在西溪之東。」具區生死不離西溪，真西溪一主人矣。

《西河詞話》：「山陰吕弦績作《品花詞》，取題之有花名譜之，如《早梅芳》、《詠梅》之類，亦一新體。然唐詞用本題作賦，原是此意，至後始題、事兩不合耳。」按，詞題取義於梅者，萬紅友《詞律》所載曰《梅花引》，曰《江城梅花引》，曰《望梅花》，曰《小梅花》，曰《一剪梅》，曰《玉梅令》，曰《早梅芳近》，曰《雪梅香》，曰《梅子黄時雨》，曰《四犯剪梅花》，曰《折紅梅》，曰《暗香》，曰《疏影》。又黄載萬《梅苑》皆梅詞也。其題有曰《十月梅》，曰《梅香慢》，曰《梅花曲》，曰《落梅風》，曰《憶黄梅》，曰《蠟梅香》，曰《落梅慢》，曰《賞南枝》，曰《早梅慢》，曰《望梅》，曰《尋梅》，曰《春雪間早梅》，曰《望梅花令》，曰《落梅寒》等調，皆《詞律》所不及收。斯則題、事兩合，猶存古意。

李易安云：「世人作梅詞，下筆便俗。」余觀古今梅詞，浩如煙海，能去俗字者絶少。今特録大家詞數闋。林逋《霜天曉角》：「冰清霜結。昨夜梅花發。甚處玉龍三弄，聲摇動、枝頭月。夢絶。金獸熱。曉寒蘭燼滅。要卷珠簾清賞，且莫掃、階前雪。」歐陽脩《減字木蘭花》：「去年殘臘。曾折梅花相對插。人面而今。空有花開無處尋。天天不遠。把酒拈花須發願。願得和伊，偎雪眠香似舊時。」蘇軾《菩薩蠻》：「濕雲不動溪橋冷。嫩寒初透東風影。橋下水聲長，一枝和月香。人憐花似舊。花比人應瘦。莫憑小欄干。夜深花正寒。」黄庭堅《好女兒》：「小院一枝梅。衝破曉寒開。

偶到張園遊戲，霑袖帶香回。　玉酒覆銀盃。盡歸去、猶待重來。東鄰何事，驚吹怨笛，雪片成堆。」辛棄疾《最高樓》：「花知否，花一似何郎。又似沈東陽。瘦棱棱地天然白，冷清清地許多香。笑東君，還又向，北枝忙。　著一陣、霎時間底雪。更一個、缺些兒底月。山下路、水邊牆。清香怕有人知處，影兒守定竹傍廂。且饒他，桃李趁，少年場。」柳永《江城梅花引》：「年年江上探春梅。爲誰開。暗香來。疑是月宮仙子下瑤臺。冷艷一枝香在手，故人遠，相思切、寄與誰。　恨極，怨極，嗅香蕊。念此情，家萬里。暮天散綺，楚天碧、數片輕飛。爲我多情，特地點征衣。花易飄零人易老，正心碎，那堪塞管吹。」周邦彥《花犯》：「粉牆低，梅花照眼，依然舊風味。露痕輕綴。净洗鉛華，無限清麗。去年勝賞曾孤倚。冰盤同燕喜。更可惜、雪中高樹，香篝熏素被。　今年對花太匆匆，相逢似有恨，依依愁悴。凝望中，蒼苔上、旋看飛墜。相將、脆丸薦酒，人正在、空江煙浪裏。但夢想、一枝瀟灑，黃昏斜照水。」房舜卿《憶秦娥》：「與君別。相思一夜梅花發。梅花發。淒涼南浦，斷橋斜月。　盈盈微步淩波襪。東風笑倚天涯闊。天涯闊。一聲羌管，暮雲愁絶。」樓槃《霜天曉角》：「月淡風輕。黃昏未是清。吟到十分清處，也不啻、二三更。　曉鍾。天未明。曉霜人未行。只有城頭殘角，説得盡、我平生。」賀鑄《減字木蘭花》：「簪花照鏡。客鬢蕭蕭都不准。擬倩東君。化作尊前入夢雲。　風香月影。信是瑤臺清夜永。深閉重門。牽絆劉郎別後魂。」毛澤民《漁家傲》：「蕙死蘭枯籬菊槁。返魂香入江南早。竹外一枝斜更好。誰解道。只今惟有東坡老。　去歲花前人醉倒。酒醒花落嫌人掃。人去不來春又到。愁滿抱。青山一帶連芳草。」朱敦儒《憶秦娥》：「霜風急。江南路上梅花白。梅花白，寒溪殘月，冷村深雪。　洛陽醉裏曾同摘。水西竹外常相憶。常相憶，寶釵雙鳳，鬢邊春色。」陸游《朝中措》：「幽姿不入少年場。無語只凄涼。一個飄零身世，十分冷淡心腸。江頭月底，新詩舊夢，孤恨清香。任是春風不管，也曾先識東皇。」朱子《念奴嬌》：「臨風一笑，問群芳誰是，真香純白。獨立無朋，筭來有、姑射山頭仙客。絶艷誰憐，真心自保，渺與塵緣隔。天然殊勝，不關風露冰雪。　應笑俗桃纍李，無言翻引，狂蜂亂蝶。争似黄昏閑弄影，清淺一溪霜月。畫角初殘，瑶臺夢斷，直下成休歇。緑陰青子，莫教容易摧折。」真德秀《蝶戀花》：「兩岸月橋花半吐。紅透肌香，暗把遊人誤。盡道武陵溪上路，不知迷入江南去。　先自冰霜真態度。何事枝頭，點點胭脂汙。莫是東君嫌淡素，問花花又嬌無語。」

易安名清照，宋濟南閨秀詞家大宗。朱竹垞《静志居詩話》極賞其「要來小酌」二語，爲得梅花之神。按，黄載萬采其梅詞甚多。其《玉樓春》全闋云：「紅酥肯放瓊苞碎，探著南枝開徧未。不知藴藉幾多香，但見包藏無限意。　道人憔悴春窗底。悶損闌干愁不倚。要來小酌便來休，未必明朝風不起。」又《漁家傲》云：「雪裏已知春信至。寒梅點綴瓊枝膩。香臉半開香旖旎。當庭際。玉人浴出新妝洗。　造化可能偏有意。故教明月玲瓏地。共賞金尊沉緑蟻。莫辭醉。此花不與群花比。」他如「照影弄姿香冉冉，臨水一枝，風月一枝。折得人間天上，没箇人堪寄。」皆清雅可誦。

東坡《紅梅》詩云：「怕愁貪睡獨開遲，自恐冰容不入時。故作小紅桃杏色，尚餘孤瘦雪霜姿。寒心未肯隨春態，酒暈無端上玉肌。詩老不知梅格在，但看緑萼與青枝。」後薛幾聖改此詩作《定風波》，詞云：「好睡慵開莫厭遲。自憐冰臉不宜時。偶作小紅桃杏色，閒雅，尚餘孤瘦雪霜姿。休把閒心隨物態，何事，酒生微暈沁瑶肌。詩老不知梅格在，吟詠，更看緑葉與青枝。」王象晉《群芳譜》誤以此詞爲東坡作。

周必大《二老堂詩話》：「政和中，廬陵太守程祁，學有淵源，與郡人段子沖倡酬梅花絶句，展轉千首。識者已歎其博。近歲有同年陳從古，字希顔，哀古今梅花詩八百篇，一一次韻。其自序曰：『在漢晉未之或聞；自宋鮑照以下，僅得十七人，共二十一首。唐詩人最盛，杜少陵纔二首，白樂天四首，元微之、韓退之、柳子厚、劉夢得、杜牧之各一首。自餘不過一二。如李翰林、韋蘇州、孟東野、皮日休諸人，則又寂無一篇。至本朝方盛行。而余日積月累，酬和千篇云。』」按，陳和梅詩，同時楊誠齋爲之序，詩惜今不傳。楊序曰：「梅肇於炎帝之經，著於《説命》之書、《召南》之詩。然以滋不以象，以實不以華也。豈古之人皆質而不尚其華歟？然華如桃李，顔如舜華，不尚華哉？而獨遺梅之華，何也？至楚之騷人，飲芳而食菲，佩芳馨而食葩藻，盡掇天下之香草嘉木，以苾芬其四體，而金玉其言語。文章蓋遠取江蘺、杜若，而近捨梅，豈偶遺之歟？抑梅之未遭歟？南北諸子，如陰鏗、何遜、蘇子卿，詩人之風流至此極矣，梅於是時始以花聞天下。及唐之李、杜，本朝之蘇、黄崛起，千載之下而躪藉千載之上，遂主風月花草之夏盟而於其間，始出桃李蘭蕙而居客之左。蓋梅之有遭，未有盛於此時者也。然色彌章，用彌晦。花彌利，實彌鈍也。梅之初服，豈其端使之然哉？前之遺，今之遭，信然歟？余友洮湖陳晞顔，蓋造次必於梅，顛沛必於梅者也。嘉愛之不足，而吟詠之，吟詠之不足，則盡取古人賦梅之作而賡和之。寄一編以遺予，曰：『從古此詩已八百篇矣。不盈千篇，吾未止也。』予讀之而驚曰：抑何豐耶！豐而不奇則亦常耳，抑何奇耶！余嘗愛陰鏗詩云：『花舒雪尚飄，照日不俱銷。』蘇子卿云：『祇言花是雪，不悟有香來。』唐人崔道融詩：『香中別有韻，清極不知寒。』是三家者，豈畏『疏影』、『暗香』之句哉？今晞顏之詩，同梅而清，清在梅前；同梅而馨，馨在梅後。其於三家，所謂未聞以千里畏人者也。或謂物蠹則妖興，梅亦有妖。晞顏此詩，非晞顏語也。梅之妖，憑晞顏而語也。或曰非彼憑此乎爾，緊此即彼乎爾。夫語怪，聖門所諱，予又烏知二説之然不然哉？因併書之。」

《升菴詩品》：陸希聲《梅花塢》云：「凍蕊凝香色艷新，小山深塢伴幽人。知君有意淩寒雪，羞共千花一樣春。」唐人梅花詩甚好，絶句尤少。此首「凍蕊凝香」，乃《疏影》、《暗香》之先鞭也。

近時梅詩之佳者，袁子才太史《折梅》云：「爲惜繁枝手自分，剪刀摇動萬重雲。折來細想無人贈，還供書窗我伴君。」又《看梅》云：「才走半梢如白龍，忽抽千朵春雲濃。三更以後看不見，明月一重霜一重。」趙甌北編修《種梅》云：「分種南枝與北枝，向陽開早背陰遲。居然妙奪化工手，暗展看花半月期。」三詩與楊誠齋「春回十日梅初覺，一夜商量一併開」句同一新穎。

陸放翁《梅花》詩：「行遍茫茫禹畫州，尋梅到處得閒遊。」考九州梅花，若庾嶺、羅浮、鄧尉、西溪之屬，其最著也。此外，山水關津之以梅名者，或因梅重，或借重于梅，指不勝屈。余嘗讀《一統志》，直隸則保定府有唐梅嶺，在唐縣西北三十里。江南則江寧府有梅嶺岡，在江寧縣南九里。松江府有梅源市，在上海縣西北三十六里，地名王庵，其地方幅十餘里，土人俱植梅花，時香聞數里。常州府有梅花塢，在宜興縣南三十六里。唐陸希聲詩「凍蕊凝香雪艷新，小山深塢伴幽人」，即此。安慶府有梅嶺，在桐城縣東南一百十里，亦名梅林山。寧國府有梅隴山，在宣城縣西南六十里。池州府有梅根河，在貴池縣東四十五里，有梅山，在建德縣西南十里。宋時，僧志南居之。朱子訪至山中，與之倡和，爲書「普門」二字，上有亭曰「熟梅」，宋時所建。廬州府有梅山二，一在廬江縣東南三十里，山多梅，俗傳即曹操行軍「望梅止渴」處，一在舒城縣西南七十里。上有梅仙洞。和州有梅山，在含山縣東南五里。《唐書・地理志》：「歷陽有棲隱山，本梅山。天寶六載更名。」《輿地紀勝》：「在歷陽縣西南五十里，其山多梅。昔曹操指山上梅林以止軍士之渴，蓋此山也。」六安州有烏梅尖山，在霍山縣西北三十里。山有兩峰，多産梅。有梅子嶺在霍山縣東五十里，多産梅，其上可容數十萬人，有梅子關，在梅子嶺上。山西則澤州府有梅谷水，在沁水縣北，一名梅河，源出東阿嶺東澗。河南則開封府有梅山，在鄭州西南三十五里。《左傳・襄公十八年》：「楚蔿子馮、公子格率鋭師右回梅山，侵鄭東北。」杜預注：「在滎陽密縣東北。」南陽府有梅溪水，在南陽縣西二十里。《水經注・梅溪》：「水出宛縣北紫山南，逕百里奚宅。」光州有梅林山，在商城縣東北十里。山溪險隘，或即以爲梅山。甘肅則鞏昌府有木梅山，在伏羌縣西二十里。慶陽府有玉梅川，在合水縣東，出子午山。浙江則杭州府有黄梅山，在錢塘縣西南五十里；有良梅山，在於潛縣南八十里。湖州府有梅溪山，在安吉州東北三十里，下臨梅溪水。寧波府有梅山港，在鎮海縣東南十里霏霮所西，亦名梅山江。紹興府有梅山，在山陰縣北十八里。金華府有大梅溪，在蘭溪縣北，又有小梅溪，源出浦江縣之烏燒嶺，流徑崧山下，入大梅溪。衢州府有梅嶺，在龍遊縣北十里。又有梅嶺水，源出壽昌縣界。嚴州府有梅嶺，在壽昌縣西南四十里，接龍遊界，一名梅峰。按，二嶺恐是一嶺。又雲濛山西有梅花峰，秀峰五出，若梅花然，其高峰正對縣治。温州府有梅溪，在樂清縣東北二十五里，源出左源山，宋王十朋取以爲號。處州府有東梅嶺，在遂昌縣北二十里。有大梅嶺，在龍泉縣南七十里，與小梅嶺相連。有小梅溪，在龍泉縣南，源出匡山。有梅溪，在遂昌縣北一里，源自梅山之麓。江西則南昌府有梅崖山，在武寧縣東八十里，汾水出此。有梅山，在寧州東五里，上多梅樹。有梅嶺，在新建縣西三十里。饒州府有梅花巖，在樂平縣東北六十餘里，巖深三十丈，南北相通，上有古梅數十株。有李梅山，在餘干縣西南八十里。建昌府有梅嶺，在南豐縣西南一百三十五里，梅嶺水出此。有黄梅潭，在南豐縣南四十里。撫州府有梅山，在宜黄縣南六十里。有梅峰，在金溪縣南十五里。吉安府有梅田山，在永新縣東二十五里，平田特起，三峰峭如筆架。有梅陂，在萬安縣東北，闊三百餘頃。有梅林渡，在廬陵縣東五里。袁州府有大梅山，在分宜縣西六十里，其山多梅。贛州府有梅嶺，在寧都縣北六十里，古多梅樹，故名。有梅川，在雲都縣東北。有梅窖隘，在興國縣界亦名梅窖關。南安府有梅嶺隘，在大庾南二十里。湖北則武昌府有梅亭山，在江夏縣南五里。有梅嶺，在崇陽縣東南五十里，有大小二嶺。漢陽府有梅山，在漢陽縣西三里，舊多梅。有梅城，在漢川縣西南梅城里。黄州府有梅梓山，在蘄水西北四十里。有黄梅山，在黄梅縣西北四十里。《隋書·地理志》：「黄梅縣有黄梅山。」有梅川，在廣濟縣東。宜昌府有梅子坡，在巴東縣西二十五里。湖南則長沙府有梅龍山，在湘鄉縣西南八十里，西南又有梅市水。有梅子嶺，在安化縣南六里。有梅溪，在安化縣東八十里，源出東山。有梅子溪，在安化縣南二十里，源出橘子岩。有梅子園巡司，在瀏陽縣南。有梅子口，在安化縣南五里。有梅子橋，在湘陰縣南十里。衡州府有梅浦水，在衡陽縣東三十里，源出龍岡山。永州府有梅溪，在祁陽縣東北六十里，源出竹嶺岩洞。寶慶府有梅山，在新化縣南五里，一名上梅山。有梅花山，在城步縣東南五里。有朱梅嶺，在邵陽縣東北一百二十里。有梅子隘，在城步縣西南。有梅砦，在邵陽縣北八十里。常德府有梅溪，在桃源縣南五里。四川則重慶府有梅溪，在長壽縣西北七十里。保寧府有梅樹嶺，在昭化縣東南四十里。有梅樹關，在梅樹嶺上。黔彭廳有梅子關，在黔江縣西南四十里。瀘州有梅嶺堡，在江安縣西南一百二十里。福建則福州府有梅林嶺，在屏南縣，紆回盤繞，共十八層。有梅巖，在永福縣東南四十里，高出衆峰，登之可見三江口。有梅溪，源出永福縣西北山中；有梅溪埸，今閩清縣治。《舊唐書・志》：「福州有梅溪縣。」有梅花舊所，在長樂縣少北四十里梅江頭山上。又閩海有曰「梅花所」，閩江有曰「梅花江」。漳州府有梅嶺山，在詔安縣東南三十里。濱海延平府有梅山，在南平縣城内東隅，以上多梅樹，故名。有梅營阪，梅樹多至十里。有梅溪，在永安縣東，源出東南大梅漈頭。有梅溪陂，在永安縣東南，引梅溪水入山，隔官圳，過龍腰黄竹洋分三派，溉田三千畝。建寧府有梅嶺，在崇安縣東南六十里。或曰漢元鼎中，東越反，發兵入梅嶺，殺漢校尉，即此。有梅巖，在甌寧縣西北。有梅溪，源出崇安縣東西坑嶺，入大溪。邵武府有梅口寨，在泰寧縣西三十里。宋紹定五年，統領劉純分忠武軍於此，後廢爲梅口市，今爲梅口墟。福寧府有大梅溪，源出霞浦縣西北五十里杉洋。廣東則廣州府有梅蔚山，在新安縣西南一百里。韶州府有小梅關，在乳源縣西北三十里。有梅關，在保昌縣北大庾嶺。有红梅巡司，在保昌縣東北九十里。惠州府有梅花嶺，在永安縣西一百里。有銀梅水，在連平州西三十里銀梅鋪。潮州府有梅岡山，在揭陽縣東北三十里。肇慶府有梅峒山，在陽江縣西一百二十里，週一百里，以産梅得名。高州府有梅菉墟，在茂名縣西南。連州有梅花嶺，在州西二十里，其上舊多梅花。嘉應州有梅峰，在州西二里，平地突起，形如覆鍾。有梅口鎮，在州東北。廣西則南寧府有梅龜嶺，在隆安縣東南五十里，居九曲上流，廣三十里。鎮安府有梅山，在府西三十五里。雲南則雲南府有梅溪山，在晉寧州東三里。貴州則貴陽府定番州東金石司西九十里有梅子關。安順府有梅子哨，在永寧州境。平越府西南有梅嶺關。都匀府有梅花洞，在獨山州南。《通志》：岩泉噴瀉，白石鑿鑿，狀如梅花。鎮遠府有梅溪，在府城東五十里。黎平府有玉梅寨，在府城西北古州司北四十里。又大定府威寧州東有梅子關。昔宋張端義謂：「詩句中有『梅花』二字，便覺有清意。」方虛谷謂：「唐人宋人詩中有『梅』字者，即便清雅標致。」余意地名亦然。安得如放翁之得閑尋梅，踏遍「茫茫禹畫州」乎？

梅花勝處，《一統志》不及載。有見之府州縣志者，間録數條，亦放翁「不須問訊道旁叟，但覓梅花多處來」意也。《開封府志》：「梅花堂在許州治北。」《泉州府志》：「南安縣梅花山下多梅樹。」《建寧府志》：「崇安縣梅亭，趙抃作令時手植梅於後圃，因名。」《興化府志》：「城東南穀城山，舊有梅隱、松隱、竹隱三精舍。」《惠州府志》：「梅花村，羅浮飛雲峰側，趙師雄遇美人即此。」《平樂府志》：「城東梅花園，宋鄒浩記。」《湖州府志》：「煙霞塢，武康劉潁士別業，谷口梅花十餘里。」「紫梅溪，在歸安縣東北三十里，上多生梅，每歲或開紫花一枝，故名。」《饒州府志》：「餘干縣藏山上，趙汝愚嘗讀書於此，理宗爲題『梅巖』二字。」《黄州府志》：「春風嶺多梅花。」《嘉興府圖記》：「梅花關，在崇德青墩東皋園。」「問梅堂，在崇德縣治西北。」《羊城雜詠》詩：「白雲山下占梅坳，一點芳魂盡日飄。贏得濕煙濃樹裏，落花春雨哭張喬。」明末名姬某氏，性愛花，歿後葬郭外白雲山，人種梅花於冢，號「花冢」，亦曰「梅坳」。《安吉州志》：「梅溪書堂在梅溪鎮，宋天台郭居和建。」《德清縣誌》：「縣廳後舊有梅花亭。」《湖州府志》：「古梅亭在烏程縣梅涇。」《衢州府志》：「江山縣西山景盤趙氏園内有梅泉。」《烏程縣至》：「董氏梅林村，高祖渡江駐蹕，宴梅下，賦詩，乃更爲上林。」

《升菴詩品》：「侯夫人著《梅詩》云：『砌雪無消日，卷簾時自顰。庭梅對我有嬌意，先露枝頭一點春。香清寒艷好，誰惜是天真。玉梅謝後青陽至，散與群芳自在春。』亦是一體。」按侯夫人，隋煬帝宫人。

梅花詩話卷五

平湖張誠希和著

葛立方《韻語陽秋》：「皮日休嘗謂宋廣平貞資勁質，剛態毅狀，宜其鐵腸石心，不解吐婉媚辭。然其所爲《梅花賦》，清便富艷，得南朝徐庾體，殊不類其人。故東坡亦有『請君援筆賦梅花，未害廣平心似鐵』之句。」然放翁詩云：「廣平作《梅花賦》，子美無海棠詩。」政自一時偶爾，俗人平地生疑，比坡公更高一見。余亦有詩云：「廣平應有和羹手，不要人誇鐵石腸。」

紀曉嵐總憲《庚辰集》：「廣平賦宋已不傳，今所傳者，乃出明田藝衡《留青日札》，云得之於鮮于伯機所書。然其文與李賦多同，蓋即剽伯紀語僞撰之。伯紀，李綱字也。二賦具在，並録以覘同異。廣平賦云：『垂拱三年，余春秋二十有五。戰藝再北，從父至東川授館。官舍有梅一本，敷蘤於榛莽中。喟然歎曰：嗚呼！斯梅托非其所，出群之姿，何以別乎？若其貞心不改，是則可取也已。感而成興，遂作賦曰：高齋寥閴，歲晏山深。景翳翳以斜度，風悄悄而亂吟。坐窮荒其用遣，進一觴而孤斟。步前除而彳亍，倚藜杖於牆陰。蔚有寒梅，誰其封殖。未緑葉而先蘤，抽青枝於宿卉。光分影布，水玉一色。胡雜還乎衆芳，又蕪没乎叢棘。匪王孫之見知，羌潔白其何極。若夫瓊英綴雪，絳萼著霜。儼如傅粉，是謂何郎。清香潛襲，疏蘂暗齅。又如竊香，是謂韓壽。凍雨晚濕，宿露朝滋。又若英皇，泣于九疑。暖日烘晴，明蟾照夜。又如神人，來從姑射。煙晦晨昏，陰霾晝閉。又如通德，掩袖擁髻。

狂飆卷沙，飄素摧柔。又如緑珠，輕身墜樓。半開半含，非默非言。温伯雪子，目擊道存。或俯或仰，匪笑匪怒。東郭順子，正容物悟。或顛頷若靈均，或欹傲若曼倩。或嫵媚若文君，或輕盈若飛燕。口吻雌黄，擬議殆遍。彼其藝蘭兮九畹，采蕙兮五柞。緝之以芙蓉，贈之以芍藥。玩小山之叢桂，掇芳洲之杜若。是皆物出於地之奇，名著於風人之托。然而豔於春者，望秋先悴。盛於夏者，未冬而萎。或朝蕣而速謝，或夕秀而遂衰。曷若兹卉，歲寒特妍。冰凝沍涸，擅美專權。相彼百花，孰敢争先。鶯語方澀，蜂房未暄。獨步早春，自全其天。至若措跡隱深，寓形幽絶。耻鄰市廛，甘遁岩穴。江僕射之孤燈，向壁不厭悽迷；陶彭澤之三徑，投閒曾無愔結。諒不移於本性，方有儷於君子之節。聊染翰以寄懷，用垂示於來哲。』李綱賦云：『皮日休稱宋廣平之爲人，疑其鐵心石腸。及觀所著《梅花賦》，清便富艷，得南朝徐庾體。然廣平之賦，今闕不傳。予謂梅花非特占百花之先，其標格清高，殆非餘花所及，辭語形容，尤難爲工。因特意以爲之賦，補廣平之闕云。其詞曰：固因沍寒，草木凍枯。惟兹梅之異品，得和氣而早蘇。爾乃結根蟠據，擢幹横斜。發青枝於宿枿，未緑葉而先葩。素英剪玉，輕蕊捶金。絳蠟爲萼，紫檀爲心。蕾方苞而露重，梢半婀而雲深。淩霜霰于殘臘，帶煙雨于疏林。露江南之春信，折贈遠于知音。此梅花之大略也。若夫含芳雪徑，擢秀烟村。亞竹籬而絢綵，映柴扉而斷魂。暗香浮動，雖遠猶聞。正如梅仙，隱居吴門。豐肌瑩白，嬌額塗黄。俯清谿而弄影，耿寒月而飄香。嬌困無力，嫣然欲狂。又如梅妃，臨鏡嚴妝。吸風飲露，綽約嬋娟。肌膚冰雪，秀色可憐。姑射神人，御氣登仙。絳襦素裳，步摇之冠。璀璨的皪，光彩焕然。瑶臺玉姬，謫墮人間。半開半合，非默非言。温伯雪子，目擊道存。或俯或仰，匪笑匪怒。東郭順子，正容物悟。惟標格之獨高，故衆美之咸具。下視群芳，不足比數。桃李遜嫮，梨杏推妍。玫瑰色羞，芍藥厚顔。相彼百花，孰敢争先。鶯語方蟄，蜂蝶未喧。獨步早春，自全其天。至於功用已周，斂華就質。落英飄零，結成青實。鍾曲直之真味，得東方之正色。傅説資之以和羹，曹公望之以止渴。用其材可以爲棟樑，采爲藥可以蠲煩熱。又非衆果之所能仿佛也。爰有幽人，卜居梁谿，藝松菊於三徑，署蘭蕙之百畦。丹桂團團，緑水猗猗。植兹梅於其間，庶歲寒之相依。嗅花嚼實，侑此一巵。頽然而醉，不知天地之高卑，豈特泉石膏肓，煙霞痼疾，殆所謂未能忘情如草木，聊托物以娱嬉者乎？』」

周密《癸辛雜識》：「宋廣平《梅花賦》今不傳。近徐子方以江右所刊者出觀。其文猥陋，非惟不類唐人，亦全不成語，不善於作僞者也。」然則宋末已有僞廣平賦，不知即今所傳者否。國朝陳澤州相國《廣平祠墓》詩：「一時仙李原春色，千古梅花有異香。」梅以人重，其真僞存而不論可也。

廣平《梅花賦》成，從父見而曷之曰：「萬物偃僕，梅英載吐。玉立冰姿，不易厥素。子善體物，永保貞固。」《稗史彙編》：「劉伯川見楊士奇『不嫌寒氣侵人骨，貪看梅花過野橋』句，笑曰：『好耐寒，必將遠到，勉之！惜予不見及也。』楊官至少師。」其先見與廣平從父略同。二公皆謚「文貞」，各於賦梅徵先兆，其真貞心不改者與！

《畫禪》載惠洪、覺範能畫梅，每用皂子膠畫梅於生絹扇上，燈月下映之，宛然影也。其筆力於枝梗極遒健。升菴《詞品》云：「覺範詠梅《點絳唇》詞云：『流水泠泠，斷橋斜路梅枝亞。雪花飛下，渾似江南畫。白壁青錢，欲買春無價。春歸也，風吹平野，一點香隨馬。』」梅詞如此清俊，亦僅有者。惜未入《草堂》之選。覺範蓋不獨工畫，兼工詞矣。

顧俠君《春樹草堂集》：「王樓村修撰於戊子七月，既望之夕，夢還淮南，老屋三間，梅花一院。有龐眉老人拄過頭杖來院中，以杖數梅林，謂曰：『此十三本梅以付汝，汝饑時但吃梅花，便是老神仙也。』樓村因繪《十三本梅花屋圖》。」按，樓村，王式丹字，康熙癸未狀元，江南寶應人。時將罷官出都。圖係禹司賓慎齋所畫，見《查初白集》。初白詩所云「鴻臚禹子特好奇，聞人説夢乃畫之。寒梅繞屋十三本，一一着花無醜枝」是也。是時題者甚衆，獨俠君二詩尤淡雅。詩云：「春風吹百花，寒梅首喚起。先生第一流，品格乃似此。雅志洗冰雪，高懷絶泥滓。彤庭方珥筆，山居未料理。新題輒遊戲，含英兼嚼蕊。老人何處來，龐眉啟皓齒。秋月照屋樑，厭厭夜如水。一十三本梅，昏黄弄棐几。」又云：「翠羽啁啾鳴，風回美人步。不夢羅浮山，卻夢淮南路。索笑自巡簷，相思獨倚樹。夜惟留暗香，曉庭吸清露。醒望故山□，漫漫一片霧。風静菖蒲潭，雪消太玄墓。林逋未易爲，放翁或可作。終當伴結廬，寒雲愁日暮。」後沈椒園廉訪題云：「梅花十三本，六十載傳聞。清氣獨鍾此，天葩長吐芬。神仙歸列宿，樹石藹春雲。奕葉孫枝挺，家珍媲典文。」自注：「此圖畫於康熙壬辰花朝，題於乾隆壬辰花朝。」見《隱拙齋集》。可見流傳已久，但未識十三本梅花果應何兆也。

《雲間郡志》：「玉蝶梅有二名，一曰『西施』。」余見前人詩有西子比梅者，蓋不盡西施梅也。周履靖詩：「南枝半露吐芳妍，渾似西施掩笑顔。」陸雅坪《永興看梅》詩：「欲將西子比梅花，鄧尉西溪各自姱。鄧尉已承館娃寵，西溪猶在苧蘿家。」館娃，吴宫也，鄧尉亦在吴。苧蘿，越山也，西溪亦在越。天然配合，但少五湖輕舟一泛耳。余友朱春橋《太湖歸舟折梅一枝》詩云：「短篷窗底插横枝，静對寒香世外姿。未必輸他范少伯，鏡中一舸載西施。」則西子一生盡於梅花矣。陳簡齋《水墨梅》詩：「巧畫無鹽醜不如。」墨梅其效顰者乎？

今世呼婢曰「梅香」，相沿已久，俗傳奇盲詞七字調歌皆用之，不審何自。范石湖嘗同人賞雪騎鯨軒。嚴子文夜歸酒渴，侍兒薦茗，飲蜜漿。明日，以詫同遊。石湖因戲贈云：「不知嚴夫子，迎門生煖熱。梅香不可耐，但覺酒腸渴。」自注：「梅，侍兒小名。」見集中。「梅香」二字，石湖指子文婢而言。今遂爲婢通稱。朱載飈《霏屑集》：「世之可憐者，莫如女婢。前人詩云：『梅香苦，梅香之苦憑誰訴。』」鄒小山侍郎《蘭州詞》：「夭桃穠李鬬芬芳，一種青陰倍可傷。落盡摽梅已無子，怪人猶唤作梅香。」自注：「蘭俗，婢有年四十不嫁者。」

金壽門《梅下懷人》詩：「一株忽見謝公墩，無數花鬟綴玉痕。」按，《金陵圖經》：「謝安石住半山，有石墩曰『謝公墩』。」近袁子才太史遷金陵，居所曰「隨園」，種梅獨多，嘗有「笑我隨園二十弓，年年種梅如種菜」之句。其《小倉山房集》曰：「考志書，知隨園基即謝公墩。李白悦謝家青山，欲終焉而不果，即此處也。」《名勝志》：「太傅初葬建康之梅山。」常安《宦遊筆記》：「出金陵聚寶門三里許，至雨花臺，其麓爲梅花岡，即晉太傅謝安所立無字碑處。」

明陳第詩：「當年黄鶴樓中去，何處梅花笛裏吹。」

梅之見於史者，《尚書·説命》：「和羹爲史傳之祖。」《左傳》晏子對齊侯曰：「水火醯醢，鹽梅以烹魚肉。」皆主君臣交修之義。王元美詩所云「莫言子作書生酸，要與君王調鼎實」是也。若後代史氏所載，不耑主此意義，今備録之：《吴志·孫亮傳》注：「亮方食生梅，使黄門至中藏取蜜漬梅。蜜中有鼠矢，召問藏吏，藏吏叩頭。亮曰：『黄門從汝求蜜耶？』吏曰：『向求，實不敢與。』黄門不服。侍中張邠、刁元啟、黄門、藏吏辭語不同，請付獄推盡。亮曰：『此易知耳。』令破鼠矢，矢裏燥。亮大笑，謂元、邠曰：『若矢先在蜜中，中外當俱濕。裏燥，必是黄門所爲。』黄門首服，左右莫不驚悚。」《南史·柳惲傳》：「惲嘗與瑯琊王瞻博射，嫌其皮闊，乃摘梅葉帖烏珠之上，發必命中，觀者驚駭。」《唐書·蕭倣傳》：「倣自集賢學士拜嶺南節度使。南方珍賄叢夥，不以入門。家人病，取槁梅於廚以和劑。倣知，趣市還之。」《五代史·趙匡凝傳》：「楊渥方宴，食青梅。匡凝顧渥曰：『弗多食，發小兒熱。』諸將以爲嫚渥，遷匡凝海陵。」

僧大善《龍歸院詩序》：「龍歸院，萬曆中廣陵無用禪師重建。師有《梅筍譜》。每俟梅花謝後，獨往觀之。鄰人疑，問師，笑曰：『吾惟愛其勁骨。』」劉潛夫詩：「月中徙倚憑空樹，也勝吴兒賞牡丹。」此僧真解人矣。

《輟耕録》：「周申父之翰寒夜擁爐爇火，見瓶内所插折枝梅花冰凍而枯，因取投火中，戲作《下火文》云：『寒勒銅瓶凍未開，南枝春斷不歸來。這回勿入梨花夢，卻把芳心作死灰。恭惟地鑪中處士梅公之靈：生自羅浮，派分庾嶺。形若槁木，稜稜山澤之臞；膚如凝脂，凛凛雪霜之操。春魁居百花頭上，歲寒居三友圖中。玉堂茅舍總無心，金鼎商羹期結果。不料道人見挽，便離有色之根。夫何冰氏相淩，遽返華胥之國。玉骨擁壚烘不醒，冰魂剪紙竟難招。紙帳夜長，猶作尋香之夢；筠窗月淡，尚疑弄影之時。雖宋廣平鐵石心腸，忘情未得。使華光老丹青手段，摸索難真。卻愁零落一枝春，好與茶毗三昧火。惜花君子，還道這一點香魂。咦！炯然不逐春風散，只在孤山水月中。』」文似遊戲，於元章諸人《梅華傳》外另創一格。

范石湖《桂海虞衡志》：「石梅生海中，一叢數枝，横斜瘦硬，形色真枯梅也。雖巧工造作，所不能及。根所附著如覆菌，或云本質爲海水所化，如石蟹石蝦之類。」陳眉公《珍珠船》亦載石梅，其説蓋本諸此。《一統志》：「仙梅亭在巴陵縣西南岳陽樓側。明崇禎間，岳陽樓毁，土人於湖濱沙磧中得石一方，石上枯梅一榦，别無枝葉，共二十四蕚，皆自成文理，不假人爲。因構亭覆之。」羅倫《洞中石梅詩》云：「塊然片石長苔痕，誰種先天太素根。欲酹花神問消息，疏枝無語入黄昏。」此與仙梅相似，非海中石梅。

《嘉善縣志》：「嘉靖甲寅秋，邑人李天成家，群蟻銜泥，砌梅一株。高、廣三尺餘。疏枝勁節，良工點染，莫踰其妙。」徐充《暖姝由筆》：「明成化時，張學士元真在翰林，傳一宫人詩曰：『金針刺破南窗紙，偷引寒梅一線香。螻蟻也知春富貴，倒拖花片上宫牆。』」蟻銜梅片，較銜泥尤韻。

文震亨《長物志》云：「幽人花伴，梅實專房。取苔護蘚封枝稍古者，移植石巖或庭際，最古。另種數畝花，時坐卧其中，令神骨俱清。緑蕚更勝，紅梅差俗。更有虬枝屈曲置盆盎中者，極奇。蠟梅磬口爲上，荷花次之，九英最下，寒月庭除，亦不可無。」

朱子《次劉秀野》詩：「惆悵江頭幾樹梅，杖藜行遶去還來。前時雪壓無尋處，昨夜月明依舊開。折寄遥憐人似玉，相思應恨劫成灰。沉吟落日寒鴉起，卻望紫荆獨自回。」醖藉風流，不涉談理。陳言《王陽明先生梅灣春晚》詩：「梅老具成幾百秋，灣頭仙種爲誰留。春風香孕和羹味，曉日光生索笑眸。有主未須論代謝，無詩何以慰觀遊。還應唤起羅浮子，試問靈根若箇不。」亦得此意，微嫌韻致稍遜。

明朱朋來有《雪梅問答》，諸題甚新，然詩不佳。同時和者甚多，惟盧沐詩差穩：「雪欺梅，問曰：撩亂梅花逐吹來，問渠何事苦相猜。孤枝壓倒精神倦，寂寞佳人掩鏡臺。梅苦雪，答曰：爲報豐年按景來，化工旋轉有何猜。師雄叩户訪姑射，素服因循嬾下臺。雪訪梅，問曰：梁園賦就亂飛飛，遥望皚皚積翠微。爲喜陽和來慰我，朔風吹送凍雲歸。梅耐雪，答曰：萬徑鋪銀鳥不飛，孤山清隱事幾微，興陪謝氏成題詠，驛使于今尚未歸。梅笑雪，問曰：庾嶺通衢不掩關，先春破玉路人攀。何能護作長春鏡，此際難爲桃李顔。雪嘲梅，答曰：甘心茅屋閉柴關，隔水遥觀誰敢攀。分付高樓莫吹笛，早教何遜展愁顔。梅送雪，問曰：紛紛窗外飄滕六，夜寒脚冷眠不热。低頭細語問花神，壽陽公主不同族。雪辭梅，答曰：未逢寒食一百六，異人浪説梅子熟。寰中造物元有期，卻與梨花本殊族。」

馮彦瞻《六帖補》：「前蜀王建判官馮涓好戲，時鳳翔遣張郎中通好。來晨宴接，王慮馮公先語而張子乘之，或致失機，乃令客將傳達旦，請緘嘿坐。既定，而賓主寂然，無敢發其語端者。馮乃取青梅，鏗然一嚼之，四座流涎，因成大笑。」余嘗賦《青梅》云：「不是馮涓鏗一嚼，緺眉誤認百憂攢。」

梅花詩賦皆多，獨贊甚少。祝穆《事文類聚》洪景盧《老梅屏贊》云：「峥嶸突兀，茹鐵爲骨。凛然冰姿，氣壓群木。近似則然，孰知其真。儲萬斛香，先天下春。」又《香雪林集》程景明《梅贊》：「百卉競巧，惟梅真清。竹外一枝，緑萼瓊英。助我吟思，屬我芳馨，尋簷共笑，我呼爲兄。」

《檇李詩系》：「許梅屋隱居秦溪，種梅數十樹。構屋讀書，室中懸東坡、香山二像以事之。」按，許名棐，字忱父，海鹽人。嘗云：「予小莊在秦溪極北，水南别築數椽，爲讀書所。四簷植梅，因扁『梅屋』。丁亥震淩，屋仆，梅壓，移扁故廬。客曰：『昔林逋愛梅，未嘗一日去梅。爾愛梅，無梅屋，扁猶饑人畫餅，奚益？請去扁。』予曰：『向也以梅爲梅，今也以心爲梅。扁何問焉？扁可以理觀，不可以物視。片木二字而已，理觀，四壁天地，萬卷春風，庾嶺香、孤山玉，豈襟袖外物哉？齗齗以争其無，喋喋以衒其有，皆非物理之平也。請别具只眼。』」其集有《梅屋四稿》，《宋詩存合選》稱《梅屋集》。錢文端題其後，有「蘇白餘波孰問津，梅花自領一溪春」之句。

黄山谷《上蘇東坡》云：「江梅有佳實，結根桃李場。桃李終不言，朝露借恩光。孤芳已皎潔，冰雪空自香。古來和鼎實，此物升廟廊。歲月生成晚，煙雨青已黄。得升桃李盤，以遠初見嘗。終焉不可口，擲置官道傍。但使本根在，棄捐何能傷。」任天社云：「山谷此詩言江梅爲桃李所忌，意謂東坡見嫉於當世，特爲人主所知耳。東坡蜀人，故曰『以遠初見嘗』，又曰『終焉不可口，擲置官道傍』，似言東坡棄置外郡也。」

唐以試帖取士，故梅花五言排律至唐爲盛。韓昌黎《賦得春雪間早梅》詩云：「梅將雪共春，彩艷不相因。逐吹能争密，排枝巧妬新。誰令香滿座，獨使浄無塵。芳意饒呈瑞，寒光助照人。玲瓏開已遍，點綴坐來頻。那是俱疑似，須知兩逼真。熒煌初亂眼，浩蕩忽迷神。未許瓊華比，從將玉樹親。先期迎獻歲，更伴占茲辰。願得長輝映，輕微敢自珍。」元微之《賦得春雪映早梅》云：「飛舞先春雪，因依上早梅。一枝方漸秀，六出已同開。積素光逾密，真花節暗催。搏風飄不散，見晛忽偏摧。郢曲琴空奏，羌音笛自哀。今朝兩成詠，翻挾昔人才。」二詩尤爲世所傳誦。

國朝兩開博學宏詞科。乾隆丁丑科始闈試，更用試帖，一時名作林立。即梅詩亦較勝唐人，美不勝收。略登數首，已見一斑。彭少宰孫遹《賦得春雪映早梅》云：「春雪舞雕霙，春梅照綺甍。雪遲如有待，梅早似相迎。銀海千層合，琳枝幾樹明。乍飛猶弄態，交映倍多情。錯落開池籞，繽紛拂户楹。臨風争婀娜，得月並縈盈。露篠遥分影，霜禽暗辨聲。夕霏綃袂濕，曉夢蝶魂輕。冉冉花兼絮，冥冥雨更晴。郢歌傳玉笛，隴信報瓊英。薄暝依微見，餘輝瀲灩生。色香空不染，臭味淡相成。東閣耽幽寂，西洲抱潔貞。縱因時序轉，未改歲寒盟。皓質卑桃李，靈區匹閬瀛。人無黄竹怨，仙是緑華名。覽物心彌曠，澄懷境至清。芳流梁苑簡，瑞睍傳巖羹。御陌瑶光遍，天葩淑景呈。浩然窺太素，淳化復何營。」金少宗伯甡《賦得九九消寒圖》云：「葭灰初動後，計日驗寒消。春信梅先得，新圖粉試調。蕊開争出五，蓂破偶餘幺。九數呈椒壁，孤芳占綺寮。朝朝粧閣罷，點點薄脂描。不覺殘年度，俄看淑景饒。暗香融白雪，醉頰暈紅潮。杏苑傳生態，何須别染綃。」蔣編修士銓《賦得竹外一枝斜更好》

云：「嫩寒江上曉，疏蕊竹邊欹。忽到蕭森處，遥看静好枝。縞衣驚乍見，翠袖倚多時。宛爾重簾隔，嫣然一笑窺。孤標真綽約，半面倍風姿。倭墮梳偏好，玲瓏映轉宜。此君如結伴，彼美最堪思。擬乞徐熙樣，移來畫裏披。」申總憲甫《賦得十月先開嶺上梅》云：「十月春猶小，南枝暖意回。水邊全未放，嶺上忽先開。秀出千林外，香隨一雁來。望中如有雪，高處本無埃。抱節同寒竹，敷榮異凍荄。尚期成實早，式以副鹽梅。」

蔡襄《青梅》詩：「梅花畏高寒，獨向江南發。那知汴陽墅，青顆摘春月。」按，江南梅子種類甚多。《具區志》云：「洞庭諸山佳種有吐花酸，實小味酸，方吐花即可啖。有脆梅，一名時裏梅，實圓而大，可以蜜漬及蒸製。」石湖《梅譜》：「江梅實小而硬。官城梅實亦佳，可入煎造。消梅實圓小，鬆脆多液，無滓。多液則耐日乾，故不入煎造，亦不宜熟，惟堪青噉。重葉梅結實多雙，尤爲瑰異。夗央梅一蒂而結雙梅，亦尤物。杏梅結實甚匾，有斑斕色，全似杏味，不及紅梅。」《群芳譜》：「梅實似杏。大者如小兒拳，小者如彈。熟則黄，微甘酸，可啖。生，純青，酸甚。子赤者材堅，白者材脆，種類不一。白者有緑萼梅，實大，五月熟。冠城梅實甚大，五月熟。時梅實大，五六月熟。早梅四月熟。冬梅實小，十月可用，不能熟。紅者有鶴頂梅，實大而紅。雙頭梅結竝蒂，小實，不堪啖。異品有冰梅，實吐自葉罅，不花，色如冰玉，無核，含之自融如冰，佳品也。」此皆江南梅子種也。若汴陽之青顆、摘春月，殆如石湖所云「桂林立春梅已過，元旦則嘗青子，非風土之正耳」。

梅堯臣《和吴正和屯田重臺梅花詩》：「桃花已滿秦人洞，杏樹猶存董奉祠。莫怪寒梅獨多葉，只緣樂府有新詞。」按，陳淏子《花鏡》：「臺閣梅花開後，心中復有一蕊放出。」意即重臺梅歟？又有品字梅，一花三寔，亦異品也。余嘗於魏塘花圃陳家見臺閣梅一本，據云自江寧來，吴下無此種。品字梅，余未之見。

陸抱青《鴻漸樓雜録》極賞予從伯鐵珊先生《梅影》詩「斜陽」二語，不知是詩全首皆佳。詩曰：「化得身千億，瓏瓏只數梅。斜陽烘不到，春徑掃難開。一與寒溪印，應無老鶴猜。多情姑射女，飛上紙窗來。」予少時聞先生云：「當日在浙江通志館，方虛舟、杭堇浦、王湧輪、厲樊榭、沈歸愚皆擊賞是詩。後歸愚出《梅花》七律示余，神味雋永，余深愧不如。」沈詩云：「殘雪初消欲暝天，幾枝冷艷破春妍。山邊郵落澗邊路，籬外幽香竹外煙。自我相思經一載，與君偕隱已多年。惜花兼怕催人老，扶杖更深看不眠。」

曹楷人秀才嘗營生壙，植梅花百樹遶之，題曰「永宇溪莊」。明經賦詩云：「覓得栽梅地數弓，生遊死即葬於中。天然永宇名稱當，虎塔橋西靈塔東。」又嘗撰《補梅田説》，略云：「曩余過秀水梅會里，於農家見有古梅，大兩抱餘，相傳唐宋時物。余壽藏前後，種梅百樹，慮其殘闕，撥田息，遇有蠹傷折損，即購而補種之。而一切塋域中歲修，即因梅而及。如籬所以獲梅也，束縛周匝，可杜攀折。壅地所以長養梅也，土鬆則根下達，而枝葉始茂。鋤草所以去梅之賊也，草易叢蠹，當隨時削除之。至於枝繁則榦弱，每值花後葉前，又必量加删節。凡此人工雜用，皆取給焉。若夫莊屋數間，即在梅花後修葺補綴。及管守者工食所須，亦取給於是。所謂因梅而及，歲以爲常者也。倘他日繼其事者善體斯意，使梅無殘闕之患，莊屋亦不至傾圮，豈不甚幸乎哉？雖然，余嘗有詩云：『但願他時留數樹，道旁指點動吟嘆。』則今日鰓鰓過計者，亦自笑其多事矣。」

余嘗過永宇溪莊，慈山秀才出近年所作愜意數絶：「紛紛遊冶太無端，索笑聲喧遶石欄。忽遣摧殘連夜雨，梅花應不要人看。」又云：「不期疏幹翻成密，裁剪餘春及未芽。祝爾枝頭齊向上，漫誇映月態横斜。」又云：「年年花信到如期，攜酒呼朋賞及時。花愈清妍人愈老，卻教雪鬢對冰姿。」比歿，余有詩云：「梅花修到人何在，華表歸來夢已寒。」錫山楊笠湖刺史輓聯云：「脱卻樊籠，一聲鶴唳朝天去；歸開香徑，數點梅花破夢回。」

偶見閨秀梅花詩，擇其尤者摘録之。周履靖繼室桑貞白詩云：「古幹新花冒雪開，幽香隱隱度簾來。朔風拂鬢令人倦，玉屑清標入鏡臺。」鄭聯室吴巽詩云：「最好含香半吐時，一番花信慰相思。北枝未放南枝放，多謝春風着意吹。」彭希洛室陶善慶詩云：「莫説羅浮獨擅奇，江南雪曉滿疏籬。古今人愛無雙格，天地春生第一枝。影近水邊都入畫，香浮月下好吟詩。誰調玉律留真賞，苦被番風着意吹。」曹山補室陳克毅詩：「憑他風雪滿雕欄，伴我深閨耐歲寒。玉笛一聲天際落，恰無蜂蝶繞枝繁。」其女蔚文詩云：「疏花鐵幹自芬芳，歲暮侵寒發草堂。月底珮環傳幻影，風前旖旎散奇香。何慚謝雪分新詠，不愛陶家作晚妝。繡閣護持還自愛，夜來村落有微霜。」

何義門《讀書記》：「杜詩『陰風過嶺梅』，言此日湖南群小自擅兵氛，且偏嶺外也。」

華光《畫梅譜》中畫法甚備，有一丁、二體、三點、四向、五出、五萼、六枝、七鬢、八結、九變十種名目，每法該以歌訣。《廣群芳譜》録其十種。詩曰：「十種梅花木，須憑墨色分。莫令無辨别，寫作一般春。」

《名媛詩詞選》：梅花尼，未詳姓氏，《梅花》絶句，人皆稱善，因號爲「梅花尼」。詩有悠然自得趣。此尼直已悟道，不特詩句佳也。其詩云：「到處尋春不見春，芒鞋踏破曉山雲。歸來笑撚梅花嗅，春在枝頭已十分。」

《大理府志》：天橋，下斷上連，憑虚淩空可度一人，故名天橋。橋邊激水濺珠，宛如梅樹，謂之「不謝梅」。

《一統志》：梅花橋，在羅山縣南一百里。方廣數丈，有白石理數十條，形如梅榦，故名。

《大清一統志》：「浮香亭在泰州舊治藕花洲後，宋時有御書額。」《通志》：「州守陳垓刻秦觀、蘇軾、蘇轍、僧參寥古梅唱和詩於石。」

《一統志》：梅花初月樓，在歙縣石門，元學士朱允升建。明太祖御書「梅花初月」顔之。

胡鎮《梅花詩》：「借問高標誰得似，白頭蘇武在天山。」比梅於蘇武，其高節略相似。又元四明烏斯道者《嚼梅》絶句：「蜜蜂空有一生狂，此味從來不得嘗。我愛芳馨如嚼雪，幸無蘇武九迴腸。」亦奇思也。

梅花詩話卷六

編按：此卷原稿未標卷數，編在卷五之後，爲今本「梅」、「花」、「太」、「史」四册之梅字册末卷。今據此册前五卷卷次，補標爲卷六。

平湖張誠希和著

孟浩然《夜客宣城》詩「火識梅根冶」，本庾信《枯樹賦》「南陵以梅根作冶」，言梅根而當冶鑄之任也。按《隋書・地理志》：「宣城郡南陵，梁置南陵郡。」《宋書・百官志・衛尉》：「晉江右掌冶鑄，領冶令三十九，户五千三百五十，冶皆在江北，而江南則有梅根及冶塘二冶，皆屬揚州，不屬衛尉。」又《鄧琬傳》：「陳慶至錢溪，不敢越錢溪，於梅根立砦。」

《舊唐書・音樂志》：「估客樂，齊武帝之製也。布衣時，嘗遊樊鄧，追憶往事而作歌曰：『昔經樊鄧役，阻潮梅根渚。感憶追往事，意滿情不叙。』」按，梅根渚，去金陵不遠，故張憲《估客行》曰：「發舟石頭城，系舟梅根渚。」唐寅《金粉福地賦》曰：「楓葉渡頭，問團扇之新聲；梅根渚上，邀長檣之行客。」又《唐詩紀事》：「羅隱初隱池之梅根渚，自號江東生。廣明中，池守竇橘營墅居之。」此另有一梅根渚。

《畫梅譜・體》謂：「梅根也，其法：根不獨生，須分爲二，一大一小，以别陰陽；一左一右，以分向背。陰不可加陽，小不可加大，然後爲得體。故詩曰：『根莫與獨發，獨發則成孤。二體强同勢，開源有放殊。』」

《明史·王圻傳》：「圻官陜西布政參議，歸築室淞江之濱，種梅萬樹，目爲『梅花源』。以著書爲事，年逾耄耋，猶篝燈帳中，丙夜不輟。」考圻字思義，嘗裒集古今梅花詩詞，撰《香雪林集》。想是時梅花源中花益茂，思義日處香雪中，著述以承家學。然其書錯繆滋多，體例亦乖，未足爲梅花生色。

射的山在會稽南，陸放翁有《射的山觀梅》詩云：「射的山前雨墊巾，籬邊初見一枝新。照溪盡洗驕春意，倚竹真成絶代人。餐玉元知非大食，緇衣應笑走京塵。即今畫史無名手，試把清詩當寫真。」又其二中聯云：「此去幽尋應盡日，向來别恨動經年。」余嘗遊射的山，遠望山的，狀若射侯，洵如《水經注》所云。惜梅期已過，無由一續放翁清賞。

《湧幢小品》：「客有三人與梅丈人論理趣淺深，曰：『玉雪爲骨冰爲魂，耿耿獨與參横昏。遥知雲臺溪上路，玉樹十里藏山門。』一客曰：『碧瓦籠晴煙霧繞，藐姑之仙下縹緲。風清月白無人見，洗粧自趁霜鍾曉。』一客曰：『在澗嫌金屋，照雪羞銀燭。直從九地底，陽萌知獨復。』丈人曰：『初得吾皮，次得吾骨。得吾髓者，其三之復乎？』」

褚稼軒《堅瓠六集》：「順治乙酉，楊維斗先生廷樞隱居光福，詠梅花十二韻，和者甚衆。有女子自稱廣寒遷客，肩輿過門，亦投和章。急出尋之，已遠逝矣。其詩云：『栽遍山中不記年，卻於松竹有深緣。寒香和月來窗外，疏影因風到水邊。細雨微濛珠有淚，斜陽黯淡玉生煙。初無緑葉侵書幌，亦有紅英入硯田。曾向羅浮尋舊約，今從姑射見餘妍。千秋高潔凌瑶島，一片空明漾碧川。玉鏡瘦來骨更冷，冰魂斷處夢初圓。心期澹静孤婺節，標格清癯處士禪。醉後漫將茶共嗅，吟餘可與雪同咽。

廣寒桂樹差堪侶，閬苑瓊枝未是仙。樓下乍驚吹笛韻，囊中猶剩買花錢。呼童折向幽房去，紙帳三更照獨眠。』先生以名解元隱跡山中，宜廣寒仙子之下降也。」

王右丞詩：「君自故鄉來，應知故鄉事。來日綺窗前，寒梅著花未？」趙殿成注：陶淵明詩云：「爾從山中來，早晚發天目。我居南窗下，今生幾重菊？」王介甫詩云：「道人北山來，問松我東岡。舉手指屋脊，云今如許長。」與右丞此章同一杼軸，皆情到之辭，不假修飾而自工者也。然淵明、介甫二作，下文綴語稍多，趣意便覺不遠。右丞只爲短句，一吟一詠，更有悠揚不盡之致，欲於此下復贅一語不得。余嘗見明孫文篭《逢山人》詩云：「爾從山中來，卻喜江上遇。吾家老梅花，開到第幾樹？」此雖脱胎右丞，卻仿佛右丞自然風致。

汪鈍翁嘗寓虎嘐張氏園，賦《梅塢詩》云：「寒梅欲吐香，陰雨如相忌。昨夜月明多，疏籬花發未？」「未」字韻頗佳，亦本右丞詩。

沈學子《徐媛傳》後詩：「羅浮月下空留影，香水溪邊合是家。來在夢中原有約，前生修得到梅花。」按，學子《徐媛傳》略云：「徐媛，名瑛玉，字若冰。崑山人。嫁孔氏，從良人，僑寓浙。初生時，母夢梅花一枝墮於庭，長而愛梅。花開，行吟其下。每風雨至，顧而泣，若有傷于心者。甲戌春，余遊武林，見媛《梅花詩》，偶爲更訂數字。媛見之喜，曰：『此真吾師也。』遂稱詩弟子。乾隆壬午十二月晦，没。既斂，庭梅及盆盎所蒔者，一夕蕚盡脱，家人驚歎，以爲平日所顧而傷心者，蓋預徵也。詩有《南樓吟藁》若干卷。」按，《吟藁》中梅詩甚多，今擇其佳者數首。《雨中懷鄧尉梅花》云：「雨暗西山阻勝遊，初春寒峭過深秋。懸知翠羽嘈嘈語，水駟江村正釀愁。」《梅魂》云：「冰肌玉骨自珊珊，一種迷離向夜開。林下幽姿應惹夢，水邊冷艷忽驚寒。定知逸態難教畫，渾覺清標未易看。何計便能招即返，伴他殘月上欄杆。」《偶至小園見玉梅一本雜于榛莽中喟然有感》云：「冰作心兮玉作胎，仙姿只合植蓬萊。如何卻在荆榛裏，春雨春風憔悴開。」《和錢塘方芷齋詠梅》云：「風來石上若含情，依約瑶姬過碧城。一種高寒好標格，濛濛遠望白雲平。」「風雪前村開一枝，千秋絶調老僧詩。後來苦覓生香句，便是中峰也不知。」「不分侵曉與黄昏，隨意溪光更月痕。一片寒花迷遠近，幾番延佇爲銷魂。」「由來畫苑數文章，方外華光亦擅場。何似深閨參話句，獨將詩筆寫新妝。」徐媛既卒，尚書沈歸愚挽以詩云：「幾生修到比寒梅，琢雪鏤冰不易才。妝閣補亡同束皙，笙詩第一是南陔。」「南樓點筆苦沈思，一様蒼茫獨立時。拈出詠梅超逸句，誰嫌渠是女郎詩。」「飄然鶴駕謝衡門，仙草從來未有根。庭下梅花也凋落，曉風殘月並招魂。」西泠閨秀陳素安亦有詩云：「可惜香溪溪上月，夜寒無復照瓊枝。」又云：「信知妙手天然别，修到梅花偶現身。」

《甌江逸志》：温州州治，宋時建紅霞閣，簷外有紅梅二株，又名紅雲閣。楊蟠詩云：「重重風日透，花氣滿池塘。誰把紅雲比，紅雲無此香。」徐炬《古今事物原始》但稱「紅雲閣」，不知有紅霞名，引前人「似嫌雪白欺幽艷，故作霞紅透異香」及樊素「櫻初染卻謝，楊妃酒半酣」句爲證，謂曲盡紅意。然此特紅梅詩，非專詠紅雲閣下紅梅也。

婺源趙吉士嘗與烏程夏酉山諸人扶鸞寄園，中有自署煙霞隱者降壇曰：「木落草枯風蕭蕭，天將欲雪幽香遥。可知山裏梅花發，只恐嚴寒凍未消。」衆詢其姓氏，言而復止者再三。既復，書「茗柯」二字，與西山叙鄉情頗篤，乃知爲苕溪凌忠愍公義渠也。與扶鸞諸人有《憶梅花》聯句云：「夢想羅浮花盛開乩，清栥繚繞撲人懷鹿亭。滿山蝴蝶添紅紫乩，疏蕊繁英任參差恒夫。林下高風人不見乩，天涯寄得南枝倩章雲。孤山處士尚高眠，酒債還須千疋絹紫滄。冷艷倚石見仙姿乩，鐵笛一聲弄月明西山。國色絶無脂粉態恒夫，婆娑清影澹無聲宛先。蔣家三徑餘二友乩，呼鶴攜琴得未有鹿亭。含煙洗露見孤真乩，香中逸韻開别趣恒夫。林英已粲首重搔乩，静影瘦横夢想勞恒夫。半清淺處絶塵俗章雲，最愁雪虐與風饕紫滄。疏星亂點横空黛乩，隔籬仿佛瓊花碎西山。嫵媚曾傳宋廣平乩，鐵石剛腸年年在恒夫。一片寒雲壓塞垣乩，催花風信幾回翻鹿亭？瓊田萬頃浮光泫宛先，簌簌霜花踏破痕恒夫。攜向南窗待春暖乩，深護香魂簾不卷章雲。霜前雪後峭寒枝乩，移上闌干共繾綣紫滄。玉蕊檀心不可求乩，遠憶煙菲簇一丘西山。梅花不發雪花發乩，雪礙梅花何處搜宛先。」乩又書曰：「夜寒風緊，酒散人閒。諸子不棄陳人，群相酬倡，無以寄遺，乃以《憶梅花》爲題，相次聯句，得成九韻。但思路不一，血脈不貫，未甚快心。然亦見一時相與之樂。時同事者胡子鹿亭、于子章雲、王子紫滄、夏子西山、王子宛先，及寄園主人也。癸酉長至前十有七日煙霞隱者跋。」又有《題吉士寄園正月》詩云：「試把梅花移向窗，清香滿座知春曉。」按，寄園在京城彰儀門内，今改爲全浙會館，詩載吉士《寄園寄所寄・撚鬚寄》中。京師梅花絶少。

金仁山先生《老梅巖》詩：「片石崎嶔斜插澗，横枝愁絶浄無塵。誰從石上栽冰玉，寒谷年年遞早春。」按，老梅巖爲金華洞山十勝之一，石巖崎嶔，可庇十人。石際有古梅，老幹疏枝，澗水濺濺繞其旁，因名老梅巖，蘭谿張潤之所定，詳仁山《洞山十詠序》。

《金華詩録》孫湄仙有《梅雪吟》，詠梅云：「見影長餘十日思。」傳神妙句，惜對未稱。詠雪云：「鴉點遠將孤影度，梅魂斜倚一枝明。」亦尚有致。

梅花樓在吴江北門外，明沈中丞太素别墅。中丞歸林下，時有名校書素徽，通翰墨，精詞曲，中丞嘗召之侑酒。素徽居梅花樓，樓下遍植梅花。素徽有詩云：「空庭萬籟寂無聲，玉樹離披韻更清。嫩蘂放時偏耐冷，疏香飄處覺關情。煙凝老幹枝千曲，風動涼光月二更。一自羅浮好夢斷，此生怕説是寒盟。」「庾嶺春深花信遥，東君有意早相招。孤清直擬誇松竹，真潔還須比玉瑶。着雨淚珠簾外落，臨波粉黛鏡中消。詩人應爲多惆悵，無奈風狂着絮飄。」「森森素蕚遶寒汀，題到芬芳字亦馨。罷舞含情影月瘦，低鬟無語醉初醒。行來别岸雲迷路，夢入空階月滿庭。綽約溪粧誰得似，瑶池西畔謫仙靈。」國朝乾隆元年，歸徵士徐靈胎。樓在洄溪草堂之右，嗣君榆村爔重葺之，復植梅十餘樹。學使謝金圃墉題曰「古梅花樓」，王觀察曾翼跋其後。余嘗過樓下，榆村爲余道其顛末。

《處州府志》載梅山二：其一在麗水縣城中，山上下皆何氏宅，有翠微閣、悠然堂、歸雲亭。湯顯祖詩所謂「歸雲亭望思悠然，一徑梅花小洞天。但值何郎隨意飲，每逢陶令折腰憐」是也。又夏宗堯《麗水八景詩》有《梅山雪霽》五絶：「雪色滿梅山，梅花影不見。日出白餘漫，半露梅花面。」其一在縉雲縣西，《志》稱縉雲人梅隱，字聘君，徜徉山水，好植梅，後人改其山曰「梅山」，名賢多吟詠，有《梅山集》。又郡城北，東爲梅田山，其下有梅田水。

歙縣吴熊自號梅癡，有《冷香吟》二十六首，皆詠梅也。其佳句曰：「絶無煙火氣，恰有兩三枝。」「歲寒猶見汝，松柏未爲孤。」「江南多少樹，無爾不成春。」「數點照青眼，一株横白雲。」「月寒空有影，風細欲無香。」「疏鍾雲外寺，殘月水邊樓。」

《事詞類奇》：「常州水田寺有紅梅閣，相傳一禪師住寺中，黄冠薛道光訪之，相約出神，同往廣陵觀伽藍會，見紅梅甚開，各執一枝歸。薛道光即從袖中取出，禪師則不能。盖師所出者陰神也，薛道光所出者陽神也。後人遂以是名其閣云。」《庚溪詩話》：「毗陵薦福寺紅梅閣，士大夫多留題，惟程致道詩意新語妙，又有規戒，不苟作也。」按，薦福寺疑即水田寺，寺僧因禪師事，植紅梅於閣下。程詩《庚溪詩話》不全載，今從《北山小集》録之：「春風如醇酒，著物物不知。能使死瓦色，化爲明艷姿。寒枯出繁秀，巧與節物期。江梅故幽獨，綽約不自持。居然北枝後，迨此白日遲。春風日浩蕩，醉色回冰肌。清妍有餘態，衆芳謝凡卑。憑虚一回睇，俯仰歲月遲。所恨培雪根，向來歲寒枝。差池弄芳晚，坐令顔色移。顔色固嫵媚，幽香無故時。」

元謝應芳《薦福寺紅梅詩序》：「紅梅閣，事見《毗陵志》等書及《庚溪詩話》。元末兵燬。今東山釋源公竺淵恢復舊刹，重植梅花焉，余記以詩云：『紅梅閣下紅梅樹，陵谷變時風拔去。堯峰老禪歸故山，覓得孤根栽舊處。』『年年春到花時節，一枝五出臙脂雪。春風笑面歲寒心，光塵混融氣韻别。』『老禪道服忘妍醜，品題假我扶犁手。黄州定慧海棠花，可與齊名傳不朽。』『月香水影象王宫，雜花世界將無同。幾度拈花有人笑，吾將請問瞿曇翁。』」

凡梅花結子，皆單瓣白梅。至單瓣紅梅，其種絶少，亦罕有詠之者。偶閲黄岡王西潤《尊道堂詩鈔》，有《單瓣紅梅》詩云：「紅梅簇簇瓣仍單，東閣詩人最喜看。聊借桃花潭上色，更銜大庾嶺頭寒。誰從浮白顔如醉，自是施朱粉未乾。移向畫圖常索笑，免教五月笛吹殘。」自注：「首唱者汪暉厓。」想楚中别有此種梅，詩人故以是唱和耳。

石洞書院，宋東陽郭德誼所創，地據岩泉之勝。郭鍾儒《韓石洞貽芳集》所載詩，皆詠石洞景，内有郭鍾任《洞口梅花詩》云：「喜得煙霞作比鄰，洞天不厭往來頻。三秋作别嵐關月，一樹旋回寒谷春。香逼流觴疑符酒，枝横行徑似留人。武陵已作孤山意，莫認桃花再問津。」詩中「流觴」云者，《貽芳集》云：「進石洞十餘步爲月峽，峽中澗水湍潔，遊人列次對座，泛杯中流。風來，則杯自溯流而上，視其停處爲獻酬。朱子即澗刻『流觴』兩字。」據此，則梅當在月峽左右。朱子嘗遯居石洞書院，注《大學》、《中庸》。梅花盖以石洞重。陸放翁《石洞新釀》詩：「山園雪後梅花動，一榼常須手自攜。」東陽，今屬浙江金華府。

周忱《徑山寺觀梅》詩：「雙徑山前夜月明，寒梢疏蕊影縱横。禪扉半啟行吟處，人比梅花一樣清。」徑山界禹杭、臨安間，通東西天目之徑。宋奎光《徑山志》：「山有梅谷房。明鼎菴諱天彝，别號梅谷。洪武三年受呆庵旨，稱法會中高足，結庵於鵬搏峰右，相爲梅谷房。其南有梅樹灣，多栽梅花，開時，香雪滿谷。」又《金華詩録》：東陽趙忠卿自號梅谷子，有《梅谷子傳》云：梅谷子性疏脱，樂梅谷溪之勝，思結廬以居。此則非徑山梅谷，當另是一梅谷也。

倪鳳儀《梅條引序》：「杜少陵有《桃竹杖引》，首句云『江心蟠石生桃竹』，得於水也。金華南山深處有梅條，削之成短策，作山行之助。杜爲人所贈，以扶衰老。余自得於山，以助山行。情或不同，然梅與竹同材，杜所云出入爪甲鏗有聲者，梅條亦然也。因依之作引，其詞云：烏雲山之南，冬寒素虬蟄霜雪。噴香春醃醃，横斜一枝屈如鐵。乳虎吼虓，飛猱舔舑。山人不敢探，余獨深入削根節。下山脚蹣若跛鼈，賴有此物掖蹩躠。夜歸摩挲玉光潔，祇愁神劍擊欲裂。攜之遠嶽訪偓佺，南遊休逢九疑仙，認取緑萼知前緣。奪我所恃將奈何，不如仍向終南過。手支三尺形矮矬，挾以飛渡淩洪波。弱水縱弱無足多，群真爲作梅杖歌。歌曰：無往不復，無平不陂。羅浮癡人夢魂墮，藉君一擊爲證果，從此塵寰息偏頗。」又朱琰《金華詩録》：「蘭谿吴孺子有一緑萼梅杖，名曰紫玉。」

王椷《秋燈叢話》：「雩化張氏别墅名可園，有西賓高某寓園中。值梅花盛開，獨酌月下。更餘興未闌，徘徊庭除，見一女郎自花叢中出，淡妝雅服，丰韻嫣然。高驚愕，未及問，女曰：『我，狐也，聞梅花爛漫，特來遊賞。且與君有夙緣，幸勿以異類相訝。』高性素豪放，復中酒，遂攜入室。後每夕輒至，情好日篤。狐頗通翰墨，高嘗出其詩詞質諸同人，傳聞遠近。能詩者競造訪之。狐每與唱和，多警句，膾炙人口。」

烏程嚴海珊有先後梅花詩十二首，爲時傳誦。所論作詩法亦佳。今録其後四首，其前八首中佳句，則海珊自序語中已摘録之矣。序云：「予嘗論體物題詩，全在一『離』字傳神。至梅花、落葉諸題，尤要翻脱前人窠臼。譬之畫山水，其烘托多以雲氣爲有無，所謂意在似意在不似也。予辛丑曾詠梅花八首，有『老氣直教無我散，清風似亦畏人知。』『濬碧溪山僧入夢，昏黄煙月雀知音。』『幾多味在有誰會，忽地看來無處尋。』『古寺春寒雲凍影，空山曉暖月蒸香。』『數點釀成春氣吐，一枝描出月精神。』『不應有意偏宜我，便是無言亦可人』之句，迄今二十年，空山老衲，已離語言文字。招花復笑，了不改觀，是以知其才盡矣。顧其論詩法，有可爲諸生告者，因以《後梅花》名篇，録之玉芝山院中。」「東風取次返離魂，粧點江南水一村。自入山來皆雪意，最無人處有煙痕。攜琴未許鶴爲子，拄杖忽聞僧在門。歸路冷香收滿袖，月斜墻角正黄昏。」「縞衣仙子玉華宫，曲牖疏簾面面通。卻立偏於人影外，餘情多付水聲中。即空是色休疑月，在遠能香不畏風。忍着嫩寒看未厭，一天微雨又濛濛。」「誰寫徐熙水墨圖，蕭疏底用緑陰扶。忽飛雙鳥對相語，微礙一雲疑欲無。爲甚瘦應如賈島，即論潔亦似倪迂。老來不作揚州夢，夢去孤山雪滿湖。」「枝枝撩映佛廬前，好是朦朧欲曙天。殘笛一聲涼在水，遠峰數點碧於煙。鴉歸不辨溪邊樹，鶴放空橫竹外船。知有人家住深處，落英流出第三泉。」

金庭湯擴祖《梅花詩》自序云：「昔洮湖陳晞顔先生，盡取古人賦梅之作而廣知之，詩至八百篇，猶云：『不盈千篇，吾未止也。』惜其詩余未之見，不無餘憾焉。丁丑冬，葺小軒甫成竹石，魏翁贈素梅一株，植於軒左。花時，瓣香匂茗，昕夕盤桓，率成是律二十首。敢與古人頡頏風流，亦藉瘦艷寒香，以自寫積抱云爾。」其詩佳聯甚多，如「寒依石徑香猶斂，晴入湘簾影亦微。」「古貌自然容我賞，寒香多半畏人知。」「吾輩共推爲老鐵，世人常恐作枯柴。」「我見亦憐情脈脈，誰能遣此月朦朦。」「半點不煩春刻畫，一分還仗雪精神。」「自知珍重原無價，但務逢迎不值錢。」「澹月陳煙逢瘦鶴，斷橋殘雪立孤僧。」「巢由心跡疑相託，郊島文章是此花。」「無窮星斗落枯幹，一片莓苔聚古根。」「天台路遠春難問，姑射神來月有香。」「已防鄰壁煙微爍，那許山樵斧亂刊。」皆可誦。

金華府學舍古梅一株冠絶。婺州諸襄七太史爲廣文時，酷愛此梅。已而以博學鴻詞薦，乃用東坡《惠州松風亭下梅》詩韻別之，詩見《絳跗閣集》：「八年冷署真山村，此花耿耿縈心魂。籃舁草屨恣來往，誰是子美期黄昏。杏花斌媚易狼籍，縞李高蹈終邱園。緋桃綽約海棠艷，破冷未肯先春温。龍鸞屈曲繞荆棘，窮髮晦昧還朝暾。翠禽有意報芳信，綠苔鮮事鋪蓬門。藐姑神人不出世，心賞至處忘語言。清風難酬白玉價，黄金且配玻瓈尊。」原注：「園中枇杷一株對植，樹極高大，結實黄金累累，足以匹敵。」又有《詠白望峰下野梅一株》詩：「先生五載金華住，兩見梅花澗底開。慚愧孤芳莫相賞，瀑泉終日鬧如雷。」

慈湖馮帝賚讀沈南金《梅花十詠》，賞歎不置。因摩南金像，旁寫梅花數十本。其時沈已没，帝賚亦可謂篤於友誼者矣。按，沈詩有「從此呼君作故人」及「憑君寫入丹青裏，一幅襄陽圖畫新」之句。沈爲向荆山弟子，荆山《惕齋集》中有《題梅花遺照》四絶：「一載聲容隔世塵，空齋何處覓斯人。囊中剩有遺詩在，吟到梅花句尚新。」「冰姿濯濯出埃塵，好與梅花作故人。今日南窗枝待放，呼君惟見畫圖新。」「浮生不異一輕塵，彈指君爲隔世人。記得春風梅片片，樽前相對月華新。」「妙手蕭疏絶點塵，梅花樹樹擁詩人。高情恰有維摩詰，爲寫襄陽一幅新。」

閩中張遠題《麗人梅花狸奴圖》詩：「不向梅花鬬麗華，卻將瘦影對横斜。生憎隴上無消息，自放狸兒蹴落花。」偶閲《蹇齋瑣綴録》載有人賦犬詩，有「立旁梅花雪片粘」之句，可與梅花狸奴對作一圖。

梅花詩話卷七

編按：原標作「梅花詩話卷二」，爲「花」字册首卷。此册卷一未見，今續標爲卷七。

平湖張誠希和著

宋蘭谿徐鈞《詠何遜》詩：「水曹文學自名家，重到揚州興未涯。怪底新吟清入骨，一生只爲愛梅花。」

瞿佑《歸田詩話》：「鄰友陸仲連新娶，忽詠梅花云：『練群縞袂誰家女，背立東風怨曉寒。』不久遽卒，蓋讖兆也，然風致嫣然，詩卻可傳。」

嚴月澗詩：「昨夜瓦瓶冰凍破，梅花無水自精神。」不知瓦瓶有不凍法。《瓶花譜》云：冬間插梅花「宜敞口古尊罍。插貯須用錫作替管盛水，可免破裂之患。若欲小磁瓶插貯，必投以硫黄少許，日置南窗下，令近日色，夜置臥榻傍，俾近人氣，亦可不凍。一法用淡肉汁，去浮油，入瓶插花，則花悉開而瓶略無損。」然瓦瓶終不如古銅佳。王同祖詩：「歸來又被梅花惱，撥冗銅彝插數枝。」郭豫亨《梅花集古》：「雪後相看意更深，謾將一朵插銅瓶。」

丁野堂，名未詳，住廬山清虛觀，善畫梅竹。理宗因召見，問曰：「卿所畫恐非官梅。」對曰：「臣所見者，江路野梅耳。」遂號「野堂」。「江路野梅香」，本少陵詩。

畫家每繪《寒雀争梅圖》，蓋本東坡《岐亭道上見梅花戲贈陳季常》詩「一點芳心雀啅開」之句，方回謂此句最佳。坡，天人也，作詩不拘法度，而自有生意。雀之爲物，嘗湅啅梅開，本無情於梅，下此語，乃若不勝情者。元人王惲《疏梅寒雀圖》詩：「長記扁舟過武夷，仙家梅竹滿清溪。山禽盡日憐幽致，争揀寒枝趁晚棲。」

曹石倉《梅花》詩：「君王曾賜姓，承寵自江妃。」唐曹鄴《梅妃傳》：「梅妃，姓江氏。父仲遜，世爲醫。妃年九歲，能誦《二南》。父奇之，名曰采蘋。開元中，高力士使閩粤，見其少麗，選歸，侍明皇，大見寵倖。性喜梅，所居闌檻悉植數株，榜曰『梅亭』。梅開時賦賞至夜分，尚顧戀花下不能去。上以其所好，戲名曰『梅妃』。嘗與妃鬭茶，顧諸王戲曰：『此梅精也。』其後太真入侍，寵愛日奪，遂疏妃，遷於上陽東宫。妃以千金壽高力士，求詞人擬司馬相如《長門賦》，欲邀上意。力士畏太真，報曰：『無人解賦。』妃乃自作《東樓賦》，中云：『信摽落之梅花，隔長門而不見。』蓋自傷也。會嶺表使歸，妃問左右：『何處驛使來？』對曰：『庶邦貢楊妃果實使來。』妃悲咽泣下。已而，上以珍珠一斛密賜妃，妃不受，進詩曰：『長門自是無梳洗，何必珍珠慰寂寥。』禄山犯闕，上西幸，及東歸，尋妃，不可得。偶暑月晝寢，仿佛見妃，隔竹間泣曰：『昔陛下蒙塵，妾死亂兵之手，哀妾者埋骨池東梅株傍。』上警寤，忽悟温泉池側有梅十餘株，豈在是乎？因親命駕，令發視，才數株，得屍。上大慟。制文誄之，以妃禮葬焉。」漁洋嘗作《減字木蘭花》詞云：「天然姿媚。比似梅花應不異。一斛珍珠。得似鮫人淚點無。文園老去。恨煞無人能解賦。我見應憐。不索長門買賦錢。」

陳世崇《隨隱漫録》自述其先人藏一警句云：「閉門不管庭前月，分付梅花自主張。」爲真西山、劉漫堂所擊賞者，王漁洋《香祖筆記》謂此詩未免近俗。

李東陽《麓堂詩話》：「國初人有作九言詩云：『昨夜西風擺落千林梢，渡頭小舟卷入寒塘坳。』貴在渾成勁健，亦備一體，餘不能悉記也。」按，此係元中峰和尚《梅花詩》起句，非明初人詩。且二語已多誤，詩見前卷。

我邑南莊之梅岡，沈客子别墅，後歸禹杭翁學使蘿軒，轉輾復屬黄氏。錢塘厲樊榭詩所謂：「南莊易主石無言」指此。厲嘗至湖，同人南莊探梅賦詩，張鐵珊詩云：「一棹荒寒路幾經，殷勤梅信報園丁。人來淺水緑邊汊，花問夕陽紅處亭。昔酒香仍消酩酊，春懷淡欲入空冥。試燈節後應全放，待折横枝向膽瓶。」厲見之，擊節曰：「今日紆齋、剡谿、芝軒諸詩俱工，而鐵珊『亭』字尤獨出新裁，此席爲不虚矣。」後以此詩刻入《樊榭山房集》。

中峰和尚《梅花百詠》疊用真韻，協神、真、人、塵、春五字，流傳至今。惜以多爲貴，率爾下筆，如「一團和氣一團春」、「如何收得許多春」、「風前應欲問其真」、「忽來詩思欲升真」之類，不可枚舉。然中聯警拔頗多，如「人」韻則「乾坤一夜開吟骨，風雪滿山來故人」、「玉皇案下三千載，青帝宫中第一人」、「暖來東閣詩成趣，寒沁孤山鶴唤人」、「青開椒眼好窺客，黄撚蜂鬚冷笑人」、「泉石幾年雲冷鶴，關山萬里月愁人」、「漢水弄珠寒照影，松風飄袂夜驚人」、「半枝殘雪定中衲，一片野雲方外人」、「小窗相對初疑雪，明月一來如故人」、「半床素被鋪寒玉，一幅生綃畫美人」、「瓊田萬頃無窮夜，鋏笛一聲何處人」、「淡墨畫圖横玉貌，黄昏庭院倚闌人」、「雪深林下維摩色，月冷巖前面壁人」、「一點芳心憑驛使，半梢清影伴詩人」、「清傍小橋低壓雪，冷凝霜眼半窺人」、「銀錯落中香入酒，玉嬋娟外影隨人」、「水影瘦橫青玉案，月香冷浸白衣人」、「曉起香迷煙外策，夜深寒醒酒邊人」、「雲外遠疑持漢節，山中近似避秦人」、「數枝沖淡晚唐句，一種孤高東晉人」、「點雪半粘風外跡，片煙橫隔竹西人」、「逢君雪月雙清侶，老我風塵百感人」、「天與吟情開太古，月兼清影恰三人」二十二聯。塵韻則「半醉半醒煙外玉，欲無欲有雪中塵」、「清籟無聲含道氣，淩波有步起香塵」、「大千世界迷香霧，十二樓臺銷玉塵」、「七返九還觀色相，三空四諦悟根塵」、「老去但知雲水癖，生來未識綺羅塵」、「嶺表凍雲迷遠望，江南晴雪掩輕塵」、「竹葉杯浮苔砌月，荳荄灰暖紙窗塵」、「荒溪獨照山初靜，寒影相持雪亦塵」八聯，皆所謂鐵中錚錚，不可盡没者。若李因仲所云：「梅花三百樹，得和靖而神始旺；梅花詩百首，得中峰而神始傳。後有作者，弗可及已。」未免推崇太過。

石門方雪屏諱梅，有《梅》詩云：「寒勒疏花映席門，静依水竹伴孤村。頻驚杜老江邊眼，曾斷坡公嶺外魂。桃李顔非還自惜，冰霜心在與誰論。三更寂寞何人會，只有窺林月一痕。」「不競繁華見道真，多君青眼慰風塵。故人别後知逢雪，倦客歸來正及春。弄影乍驚枝上鳥，入林猶認夢中身。破窗矮屋長相對，肯耐衰翁一味貧。」詩境澹遠。又有《夢坐樸園梅花下歌》，歌詞夭矯奇崛，乃客燕京時所作。樸園，方氏故居，有明時古梅。

《静志居詩話》：「李龏《梅花衲》詩愈多而神愈遠。」厲樊榭《宋詩紀事》選其二集句：「林羅深處過溪橋林逋，眼底青山映寂寥蘇養正。真態生香難畫得蘇養正，一枝春瘦雪初消何正平。」又云：「吹殺梅花影裏燈張鎡，凄涼一似觀堂僧周文璞。滿山明月東風夜羅鄴，茶煮西嵒瀑布冰貫休。」按，《佩楚軒客談》，李嘗自作墓誌云：「孰生予？孰死予？予不自知。爲文之徒，詩之徒，今瘞於斯。孰知伯道之無兒？」未幾死，趙文曜爲誌，葬之何道兩山間，樹梅百株。趙德符題碣曰：「宋詩人雪林李君之墓」。

曹庭樞客都門，除夕，其兄楷人夢寄一絶，及覺，祇記其起句云：「説著梅花便憶家。」因代寄懷意，續成四絶。首云：「説着梅花便憶家，尊前孤影渺天涯。春風今夜吹千里，煙月羅浮夢境賒。」明年二月，六薌下世，意此詩爲之讖云。

楊邦基《墨梅》詩：「粉蝶如知合斷魂，啼粧先自怨黄昏。花光筆底春風老，寂寞嶺南煙雨痕。」楊故善畫，元遺山謂世以其畫比李伯時，此詩或即其自題畫作。首句抄和靖詩，用來卻佳。

《覽勝志》：「張子野舊廬在柳洲，後屬張功甫，改築梅圃。」周密《齊東野語》：張功甫鎡爲梅園於南湖上，作堂其間，曰玉照堂。自叙云：「梅花爲天下神奇，而詩人尤所酷好。淳熙歲乙巳，予得曹氏廢圃於南湖之濱，有古梅數十，散漫弗治。爰輟地十畝，移種成列，增取西湖北山别圃江梅，合三百餘本。築堂數間以臨之。又夾兩室東植千葉緗梅，西植紅梅，各一二十章。前爲軒楹，如堂之數。花時居宿其中，環潔輝映，夜如對月，因命曰玉照堂。復開澗環繞，小舟往來，未始半月捨去。自是客有遊桂隱者，必求觀焉。頃者太保周益公秉鈞，予嘗造東閣坐定，首顧予曰：『一棹徑穿花十里，滿城無此好風光。』蓋余舊詩尾句。衆客相與歆艷。於是遊玉照者又必求觀焉。值春凝寒，又能留花，過孟月始盛。名人才士，題詠層委，亦可謂不負此花矣。但花艷並秀，非天時清美不宜；又標韻孤特，若三閭大夫、首陽二子，寧槁山澤，終不肯頫首屏氣，受世俗湔拂。間有身親貌悦，而此心落落，不相領會，甚至於汙褻附近，略不自揆者。花雖眷客，然我輩胸中惆悵，幾爲花呼叫稱冤，不特三歎屢歎，不一歎而足也。因審其性情，思所以奬護之策，凡數月乃得之。今疏花宜稱、憎疾、榮寵、屈辱四事，總五十八條，揭之堂上，使來者有所警省，且示人徒知梅花之貴而不能愛敬，使予與之言傳聞流誦，亦將有愧色云。花宜稱凡二十六條：爲淡陰，爲曉日，爲薄寒，爲細雨，爲輕煙，爲佳月，爲夕陽，爲微雪，爲晚霞，爲珍禽，爲孤鶴，爲清溪，爲小橋，爲竹邊，爲松下，爲明窻，爲疏籬，爲蒼厓，爲緑苔，爲銅瓶，爲紙帳，爲林間吹笛，爲膝上横琴，爲石枰下棋，爲掃雪煎茶，爲美人淡妝簪戴。花憎疾凡十四條：爲狂風，爲連雨，爲烈日，爲苦寒，爲醜婦，爲俗子，爲老鴉，爲惡詩，爲談時事，爲論差除，爲花徑喝道，爲對花張緋幕，爲賞花動鼓板，爲作詩用調羹驛使事。花榮寵凡六條：爲煙塵不染，爲鈴索護持，爲除地鏡浄落瓣不緇，爲主人旦夕留盼，爲詩人閣筆評量，爲妙妓淡粧雅歌。花屈辱凡十二條：爲主人不好事，爲主人慳鄙，爲種富家園内，爲與麤婢命名，爲蟠結作屏，爲賞花命猥妓，爲庸僧窗下種，爲酒肉店插瓶，爲樹下有狗屎，爲枝下曬衣裳，爲青紙屏粉畫，爲生猥巷穢溝邊。紹興甲寅人日，約齊居士書。」

按，「榮寵」六條舊本缺，今從《西湖志》採録。《志》稱出《癸辛雜識》，非是。

《全芳備祖》：陳同父，初名亮，更名同，金華永康人，《詠梅》云：「疏枝横玉瘦，小萼點珠光。一朵忽先變，百花皆後香。欲傳春信息，不怕雪埋藏。玉笛休三弄，東君正主張。」按，陳於淳熙中上書光宗，紹興四年策進士，擢第一。詩似先兆，仿佛王沂公意。

東坡詩：「羅浮山下梅花村，玉雪爲骨冰爲魂。」《廣東通志》：「浮山之西南爲飛來峰。」注曰：「下有梅花村。」常中丞安《受宜堂宦遊筆記》：「梅花村即趙師雄所夢梅花神女處。今且爲田，求所爲冰肌玉骨，邈乎不可得矣。」明羅浮山女道士羅素月有《梅花村》詩云：「麻姑仙窟鮑姑山，鳳子翻飛遠嶠還。玉女峰頭人冷笑，杜蘭香去嫁人間。」

高秋艇贈余以所臨唐子畏《墨梅》。秋艇，文恪曾孫。按，《江村銷夏録》：「唐子畏《梅枝》，紙本立軸，長二尺二寸五分，闊八寸。款在右，行書：『東風吹動看梅期，簫鼓聯船發恐遲。斜日僧房怕歸去，還攜紅袖繞南枝。』右作一長行：『乙亥歲二月中旬，游錦峰上人山房，戲寫梅枝並絶句爲贈。唐寅記。』右亦作一行，低一字。印曰『唐居士』。」幅尾文恪又自題絶句：「静坐晴窗數歲時，籬邊未發小梅枝。曉行懶踏孤山路，但愛寒香落墨池。」今臨本款式尺寸悉仍原本。秋艇語余曰：「原本已歸秦中，今不知流傳何所矣。」

湯垕《畫論》云：「畫梅謂之寫梅，盖花之至清者。畫者當以意寫之，不在形似耳。」宋姜特立《墨梅》詩云：「寫竹如草書，患俗不患清。畫梅如畫馬，以骨不以形。」可謂深得斯旨。

葉紹翁《四朝聞見録》：「光堯親祀南郊，時紹興二十五年也。御書於郊壇易安齋之梅（一有「巖」字。）亭曰：『謁款泰壇，因過易安齋。愛其去城不遠，巖石幽邃，得天成自然之趣。』爲賦《梅巖》云：『怪石蒼巖映翠霞，梅梢疏瘦正横斜。得因祀事來尋勝，試探春風第一花。』孝宗時在潛邸，恭和聖作云：『秀色環亭擁霽霞，脩□（原注：今上嫌諱。案，當作「筠」字。）冰艷數枝斜。東君欲奉天顔喜，故遺融和放早花。』此真古今所未見。巖石何其幸與！光堯嘗問主僧曰：『此梅喚作甚梅？』主僧對曰：『青蒂梅。』又問曰：『梅邊有藤，喚作甚藤？』對曰：『萬歲藤。』稱旨，賜僧階。上嘗拂石而坐，至今謂之『御坐石』。」《咸淳臨安志·淨明院》：「自郊壇齋宮入院，有易安齋、梅巖亭。」黄縉《淨明寺記·梅巖》：「易安齋者，爲齋宮所創也，累朝御題石刻猶在云。」

《摭遺》：「蜀郡有紅梅數本，花之殊品也。郡侯建閣扃鑰，遊人莫得見。一日，梅開時，有兩婦人高髻大袖，憑欄倚笑。啟鑰，閴不見人。惟東壁有詩曰：『南枝向暖北枝寒，一種春風有兩般。憑仗高樓莫吹笛，大家留取倚闌干。』」事類《龍城録》，但此更能詩，花神中謝道藴也。然余觀《詩話總龜》載：天聖中，禮部尚書孫冕序《三英集》，謂此係《早梅》詩，乃劉元載妻哀子無立而作。確有證據，前説似涉荒誕。三英者，詹光茂妻、趙晟母及劉也。詹妻詩云：「錦江江上探春回，銷盡寒冰落盡梅。爭得兒夫似春色，一年一度一歸來。」趙母詩：「暖有花枝冷有冰，佳人後會卻無憑。預愁離別苦相對，挑盡漁陽一夜燈。」

杭堇浦太史《榕城詩話》稱晉江陳一策《香雪齋集》清婉可誦，録其二律，其《夜宿山園》落句云：「見説梅花開遠寺，明朝相約過前村。」《訪友》中聯云：「石橋水色虛摇檻，板屋梅花亂撲扉。」集名「香雪」，而動輒賦梅，其與梅深契者與？

《西湖志》：「梅花泉在九沙柏家園左。雪漚旋起，作梅花瓣，若與溪上之梅相似，亦一奇也。深不能咫，灌十許頃田。」《西溪梵隱志》：「味極甘美，品泉者擬之惠山第二泉。」釋大善詩云：「亂草斜灘隱碧窪，自憐澄潔映明霞。旋施沙吐三潭乳，泛泛星浮五瓣花。分似惠山增茗味，散爲秋雨益田家。清泉也道梅花好，亦向西溪競物華。」又衢州府江山縣峰巒秀拔，林木蓊鬱，山半亦有梅花泉，見《花史》。

林洪《山家清供》：「泉之紫帽山有高人，嘗作梅花湯餅。初浸白梅、檀香末，水和麵作餛飩皮，每一疊用五出鐵鑿如梅花樣者鑿取之，候煮熟，乃過於雞清汁内。每客上二百餘花。可想一食亦不忘梅。」後留玉堂元剛亦有詩云：「恍如孤山下，飛至浮西湖。」沈嘉轍詩「梅粉松黄作湯餅」即此。《清供》又云：「山栗橄欖，薄切同食，有梅花風韻，名梅花脯。」《楓窗小牘》：「舊京王樓梅花包子聲稱於時。我湖市肆，雕木如梅花樣以印糕，名梅花糕。」

明文林《瑯琊漫抄》：「永嘉閨婦以青梅雕剜脱核，鏤以花鳥，纖細可愛。以手擘之，玲瓏如小盒，闔之，復爲梅，謂之梅籃。」李白詩云「珍盤薦雕梅」，豈即梅籃歟？唐段公路《北户録》：「嶺南人選大梅，刻鏤瓶罐結帶之類。取棹汁漬之，甚甘脆。」意亦此類。

唐崔福《早梅贈李義山》詩：「梵王宫地羅含宅，賴許時時聽法來。」時同在東川幕，崔方挾妓有作。義山在惠祥上人講下，故答云：「維摩一室雖多病，亦要天花作道場。」按，天女散花出《維摩經》。二詩皆以禪賦梅。余叔父香谷公嘗愛金壽門《西池精舍梅花》二絶：「半影疏枝夢不忘，獨來樹下設禪床。酒鐺歌板都無用，莫亂梅花好道場。」「月光明似佛堂燈，池水生寒又結冰。消受清香透毛骨，除非前世此山僧。」

劉潛夫《落梅》詩：「一片能教一斷腸，可堪平砌更堆牆。飄如遷客來過嶺，墜似騷人去赴湘。亂點莓苔多莫數，偶粘衣袖久猶香。東風謬掌花權柄，卻忌孤高不主張。」「昨夜光風幾陣寒，心知尤物久留難。枝疏似被金刀剪，片細疑經玉杵殘。痛叱山童持箒去，苛留野客坐苔看。月中徙倚憑空樹，也勝吴兒賞牡丹。」《瀛奎律髓》：「潛夫此二詩，嘉定十三年庚辰作，年三十四，時正奉祀家居。後知建陽縣。當寶慶初，史彌遠廢立之際，錢塘書肆陳起宗之能詩，凡江湖詩人，皆與之善。宗之刊《江湖集》以售，潛夫與焉。宗之賦詩有云：『秋雨梧桐皇子府，春風楊柳相公橋。』本改劉屏山句也，或嫁爲敖臞菴器之所作。言者併潛夫《梅》詩論列，劈《江湖集》板，二人皆坐罪。初，彌遠議下大理逮治，鄭丞相清之白彌遠中輟，而宗之坐流配。於是召禁士大夫作詩。如孫花翁、季蕃之徒，改業爲長短句。紹定癸巳，彌遠死，詩禁始解。潛夫爲《病後訪梅九絶句》云：『夢得因桃卻左遷，長源爲柳忤當權。幸然不識桃兼柳，卻被梅花累十年。』又云：『一言半句致魁台，前有沂公後簡齋。自是君詩無警策，梅花窮殺幾人來。』又云：『春信分明到草廬，呼兒沽酒買溪魚。從前弄月嘲風罪，即日金雞已赦除。』時潛夫廢閒恰十年矣。此可備梅花大公案也。」

張澤民《詠梅》句「春忌孤高不主張」，方虚谷謂仍是本後村「卻忌孤高不主張」句意，然後村亦有本陳同父詩「玉笛休三弄，東君正主張」，二公蓋同用翻案法。

梅花詩話卷八

編按：原標作「梅花詩話卷三」，爲「花」字册第二卷，今續標爲卷八。

平湖張誠希和著

吴震方《讀書質疑》：「林君復逋，《宋史》謂其不娶，非也。林洪著《山家清供》，言先人和靖先生云云，即先生之子也。蓋喪偶後遂不娶耳。可以證『梅妻鶴子』之謬。」此説本升菴《詞品》。厲樊榭詩：「西湖衣鉢幾人傳，長繞梅花拜墓田。爲問孤山林處士，可曾一世對花眠。」

金壽門《送人遊粤西》詩：「桂林風土君須記，聞説梅花也瘴人。」按，《群芳譜》：「廣西桂林府滿山皆梅，開時作梅瘴，易染人。」又常安《受宜堂宦遊筆記》：「廣西夏曰『黄梅瘴』，蓋粤西梅花、梅子皆能作瘴云。」

《廣東通志》：「永安縣西一百里曰梅花嶺。」注言：「在雞石山北，五嶺攢聚，若梅花然。有巖高十尋，嶺上有玉女洗頭盆。」《居易録》：「安南人送傅與礪詩『五嶺梅花次第開』。」疑即此。

張玉田《樂府指迷》云：「詞之賦梅，惟姜白石《暗香》、《疏影》二曲，前無古人，後無來者。自立新意，真爲絶唱。」按，《白石道人集》：「辛亥之冬，予載雪詣石湖。止既月，授簡索句，且徵新聲，作此兩曲。石湖把玩不已，使工妓隸習之。音節諧婉，乃命之曰《暗香》、《疏影》。」《暗香》云：「舊時月色。算幾番照我，梅邊吹笛。唤起玉人，不管清寒與攀摘。何遜而今漸老，都忘卻、春風詞筆。但怪得、竹外疏花，香冷入瑶席。　江國。正寂寂。歎寄與路遥，夜雪初積。翠樽易泣。紅萼無言耿相憶。長記曾攜手處，千樹壓、西湖寒碧。又片片、吹盡也，幾時見得。」《疏影》云：「苔枝綴玉。有翠禽小小，枝上同宿。客裏相逢，籬角黄昏。無言自倚脩竹。昭君不慣胡沙遠，但暗憶、江南江北。想佩環、月夜歸來，化作此花幽獨。　猶記深宫舊事，那人正睡裏，飛近蛾緑。莫似春風，不管盈盈，早與安排金屋。還教一片隨波去。又卻怨、玉龍哀曲。等恁時，重覓幽香，已入小窗横幅。」後許國公吴潛題二詞後云：「人生浮脆若菰蒲，四十年前此丈夫。擬向西湖酹孤魄，想應風月易招呼。」見《開慶四明續志》。

《簪雲樓雜説》：「趙文敏夫人管氏，諱道昇，字仲姬，嘗入覲中宫寫梅，稱旨。」所題絶句甚佳，然不載其詞。偶於慎懋官《華夷花木考》見之，詩曰：「雪後瓊枝嫩，霜中玉蕊寒。前村留不得，移入月宫看。」

陸放翁詩：「梅花調苦愁三弄。」顧彦夫《詠梅》亦云：「琴中三弄思徘徊。」按，楊表正《琴譜大全・梅花三弄》注：「是曲一名『玉妃引』，起自桓伊善三弄笛聲。王子猷聞其名而未識。一日，遇諸途，即洽傾蓋之歡。子猷曰：『聞君善於笛，愚竊願聞。』桓伊出笛，吹三弄梅花之調，高妙絶倫，後人入於琴，其音清爽，有淩霜之趣，非有道者，莫知其意味也。」微與《世説新語》小異。康熙時，雲間張進士梁善鼓琴，嘗賦《梅花三弄》詩，中一段云：「小絃急，大絃緩，冷香拂袖東風輭。嫋嫋冰魂吹不斷，忽然孤鶴唳一聲。羅浮山遠春夢驚，霜天欲曉寒更清。」語最精警。沈歸愚謂其梅花與琴渾融無跡，良然。

朱春橋爲余言雲南梅樹，葉至冬不落，花開緑葉間，狀若海棠，曾聞諸李鶴峰學使者。然則石曼卿詩云「認桃無緑葉」，獨不可概滇梅。

蔡絛《西清詩話》：「紅梅清艷兩絶，昔獨盛於姑蘇，晏元獻公始移植西岡第中，特珍賞之。一日，貴游賂園吏，得一枝分接。由是都下有二本。嘗與客飲花下，賦詩云：『若更遲開三二月，北人應作杏花看。』客曰：『公詩固佳，待北俗何淺也？』晏笑曰：『顧傖父安得不然。』一坐絶倒。王琪君玉時守吴郡，聞盗花種事，以詩遺公曰：『館娃宫北發精神，粉瘦瓊寒露蕊新。園吏無端偷折去，鳳城從此有雙身。』自爾名園争培接，遍都城矣。」石湖《梅譜》謂當時罕得如此，蓋歎二公風雅不可及。胡仔《漁隱叢話》：「王介甫《紅梅》詩云：『春半花纔發，多應不耐寒。北人初未識，渾作杏花看。』與元獻之詩暗合。」

閲《劉氏家乘》，有明正德時名巢者，賦《梅花百詠》。原序略云：「元學士馮海粟以『梅品』爲百題，各賦七言一絶，以示淛僧中峰。中峰乃一韻賦律詩百首，人咸謂中峰壓倒海粟。國初，雲間憲使黄公翰心爲不平，乃以海粟絶句分爲首尾，或用句，或用韻，或用意，於中補二聯，則出己意，發海粟之所未發，足爲百律。祭酒胡公儼極稱賞之。正德改元，冬月寒窻下，余因次其韻，旬日而克就緒。」末又云：「黄公之作於海粟百年後，今黄公賦後又將百年矣，其亦數之適然耶？」斯人自負，言大而夸。然其中卻多佳句。如《老梅》云：「白首龍鍾斜倚竹，縞衣單薄半生苔。」《遠梅》云：「幾宵飛夢冰魂杳，千里馳情月色同。」《憶梅》云：「疑是窗前君忽到，攬衣無語憑欄干。」《煙梅》云：「苦留春住成三匝，恐被寒侵護幾重。」《杏梅》云：「先生歸去應相訝，不是江南春雨中。」《苔梅》云：「襯開小萼春微漏，黏住殘英露未乾。」《溪梅》云：「短蓑披雪花前過，知是王猷訪戴船。」《書窗梅》云：「十載窮經未第時，寒酸心事兩相知。」《城頭梅》云：「恐教郵使私傳遞，擊柝重關曉夜防。」皆可誦也。

朗瑛《七修類藁》：「舊人詠嶺梅『南枝向暖北枝寒』之句，以梅比擬文文山兄弟，當也。今人即以大概梅花分南北而爲冷暖，錯矣。蓋大庾嶺上梅花，南枝落，北枝方開。蓋由南入粵北近江也。」按，《遺愁集》：「文文山死宋，其弟璧號文溪，附元。當時有詩云：『江南見説好溪山，兄也難時弟也難。可惜梅花心各異，南枝向暖北枝寒。』然以余觀之，此詩不過借用南北枝語，若謂此語專貼文文山兄弟，未免過當。況庾嶺故事，何不可爲，大概梅花通用乎？」

王丹麓《檀几叢書》載禹杭沈士瑛虚谷所製《美人揉碎梅花迴文圖》，巧手慧心，非深於情者不能道。張山來稱其與蘇若蘭《織錦迴文圖》同一奇巧，可謂極梅花詩之變。圖式如左。序曰：「時惟王月，杖履山蹊。廣植繁枝，間以梅蕊。青女横吹於蓼岸，簇簇珠翻；封姨見妒於蘆沙，霏霏玉屑。紅鋪碧地，緑染金泥。有女如花，踏青步窄。豈無吉士，贈芍情傷。悵一枝之莫寄，寂寂江南；痛百戰之未魁，凄凄塞北。值君未嫁，認錯雲英；待我成名，魂銷昭諫。誰知十年鶴遯，夢久破夫羅浮；雖然半榻詩魔，心日摧於管笛。借美人以若訴，難比秦川；非王孫之見知，當憐宋子。詩成三十，腸斷九迴矣。」

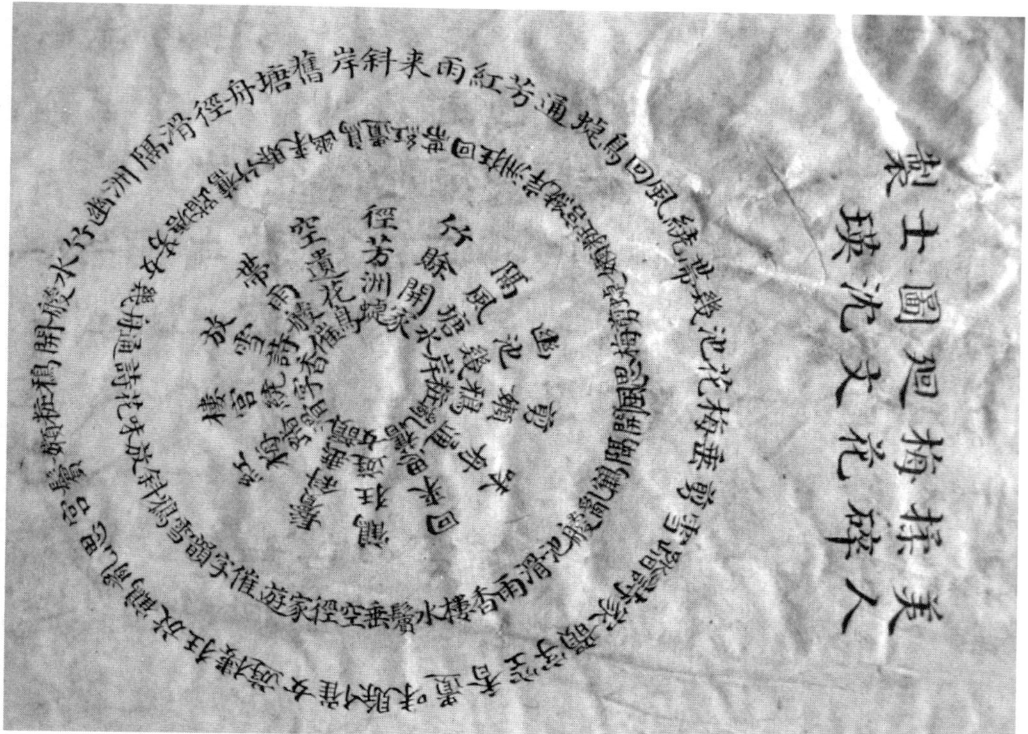

「兹圖順而逆，前而後，參互讀之，都成韻語。中間讀法畢備：一流水讀，二回風讀，三連環讀，四脱蟬讀，五穿花讀，六夾蝶讀，七斷雲讀，八腰蜂讀，九旋帆讀，十歸雁讀。像名取義，神與口傳。計圖内藏七言律詩六首，絶句二十四首，共得梅花詩三十首。自此縱横反覆衍而伸之，雖千百萬首，亦可得於五十六字之内，將不僅三十詠止也。予今先以三十見端。看『梅花』兩字，時離時合，時散時分，猶揉碎然。予因名之曰《美人揉碎梅花圖》。韻人百出，定有知音。一片香心，因風亂落。」

若虚《滹南詩話》：「山谷贈小鬟《驀山溪》詞，世多稱賞。以予觀之，如『只恐遠歸來，緑成陰、青梅如豆。』按，杜牧之詩但泛言花已結子而已，今乃指爲青梅，限以如豆，理皆不可通也。」

邵長蘅題楊忠愍公《梅花詩卷》序：「冀渭公大父梅軒，故官比部郎。忠愍逮繫時，先生傾身橐饘，忠愍高其誼，爲作此卷。同時周旋詔獄，霸州王繼津、太倉王元美及應生最著。先生事世鮮知者。康熙丙辰，渭公來吴閶，出卷示余，蓋百二十餘年物矣。展卷肅然，敬題其後：『黯淡緗綈墨影寒，那能展卷不汍瀾。當闗虎豹麕軀易，畏路風波仗友難。濺血九原仍化碧，批鱗一疏獨留丹。文山詩句眉山筆，古瘦清香再拜看。』」按，忠愍公詩：「江南有梅不見雪，冀北雪多梅花稀。惟有中州風土好，梅花雪花相應輝。孤根深托雲石裏，天與清香豈偶爾。不向春光藉艷陽，寧隨上苑争桃李。老幹雪鋪翻助清，層冰萬丈影涵明。幽姿皎皎塵埃絶，琴瑟逼人冷氣生。萬樹叢中呈淡粧，百花頭上吐寒芳。倏然遠嶠輕風起，吹落乾坤草木香。一枝潔素羞粉白，娟娟月姬着新裳。一枝黄蕚梁園發，攢金綴粟色微茫。一枝朱英丹换骨，錯認夭桃帶淺霜。一枝紫蕤蕾初破，曉霞飛落緋衣傍。一枝同心並頭開，晴沙酣睡雙鴛鴦。疏影籠月，瘦骨插天。勁梢穿石，枯隙藏煙。鶯蝶不相識，風雨更媥妍。冰葩凍蒂應難落，一任淒涼羌管弄前川。古瘦清香原太始，品望群花更無比。一段幽閒惟自知，豈容凡眼窺紅紫。羡君孤梗迥絶俗，梅花如人人如玉。得意移來軒後栽，松竹交映愜衷曲。樽酒相看花解語，似促早上金門去。商家正須和羹材，休爲花神滯野墅。花落結實調鼎春，烹來端可薦楓宸。惟願分種千萬山，以解蒼生萬斛之渴塵。」三復讀之，凛然生氣。真能以鐵石心腸賦梅花者。漁洋《居易録》：「輝縣冀氏世傳楊忠愍公詔獄中畫梅一卷，自題長歌其上。河南提學副使族兄書年常見而和之。」據此，則《梅花詩卷》前當有公墨梅一幅。

《石門題跋・題華光墨梅》云：「華光作此梅，如西湖籬落間，煙重雨昏時見。便覺趙昌寫生不足道也。」按，夏士良《圖繪寶鑒》：「趙昌，字昌之。善畫花果，作折枝有生意，敷色尤造其妙，不特形似，直與花傳神也。」東坡嘗有《題趙昌梅花》，詩云：「南行度關山，沙水清於練。行人已愁絶，日暮集微霰。殷勤小梅花，髣髴吴姬面。暗香隨我去，回首鶩千片。至今開畫圖，老眼淒欲泫。幽懷不可寫，歸夢君家倩。」意趙昌畫梅皆設色者。石門之意，殆以敷色不如潑墨神韻天然耳。

周密《癸辛雜識》：「趙子固晚作梅，自成一家。嘗作《梅譜》二詩，頗能盡其源委。詩云：『逃禪祖花光，得其韻度之清麗。閑菴紹逃禪，得其蕭散之布置。回視玉面而鼠鬚，已見工夫較精緻。枝枝倒作鹿角曲，生意由來端若爾。所傳正統諒未節，捨此的傳皆僞耳。僧定花工枝則粗，夢良意到工則未。女中卻有鮑夫人，能守師繩不輕墜。可憐聞名不識面，云有江西畢公濟。季衡粗醜惡拙祖，弊到雪篷濫觴矣。所恨二王無臣法，多少東鄰擬西子。是中有趣豈不傳，要以眼力求其旨。踢鬚止七萼則三，點眼名椒梢鼠尾。枝分三疊墨濃淡，花有正背多般蘂。夫君固已悟筌蹄，重説偈言吾亦贅。誰家屏幛得君畫，更以吾詩跋其底。』又：『濃寫花枝淡寫梢，鱗皴老幹墨微焦。筆分三踢攢成瓣，珠暈一圓工點椒。糝綴蜂鬚凝笑靨，穩拖鼠尾曳長條。盡吹心側風初急，猶把枝埋雪半銷。松竹襯時明掩映，水波浮處見飄飄。黄昏時候朦朧月，清淺溪山長短橋。鬧裏相挨如有意，静中背立見無聊。筆端的皪明非畫，軸上縱横不是描。頓覺坐來春盎盎，因思行過雨瀟瀟。從頭總是楊湯去，拚下工夫豈一朝。』」按，《宋詩紀事本末》，前詩題曰《里中康節菴畫墨梅求詩因述本末以示之》，後詩題曰《康不領此詩又有許梅谷者仍求又賦長律》。李日華《六硯齋筆記》評後詩云：「此詩寫梅彀，率併其神聖工巧，可謂一一具備矣，在人熟參之耳。」亦似專贊論畫梅之妙。而《居易録》摘「黄昏」、「頓覺」二聯，謂雖不及和靖，亦甚得梅花神韻。並取其賦梅之工矣。

漁洋《南來志》：「下五祖山十里，鳥多翠羽。山下村落中多梅花，故其詩曰：『雪滿空山下翠微，娱人十里盡清暉。野梅香破半溪水，翠羽一雙相背飛。』」按，《一統志》：「五祖山在黄梅縣東北三十里，即五祖滿禪師道場。」

《群芳譜》：「宋憲聖后每治生菜，必於梅下取落花雜之。錢塘符幼魯詩云：『還有宫厨生菜美，鏗然寒齒嚼梅花。』」落英可餐，豈獨《騷經》秋菊哉？

石湖《梅譜》：「蠟梅本非梅類，以其與梅同時，香又相近，色酷似蜜脾，故名蠟梅。楊誠齋詩：

『南枝本同姓，唤我作他楊。』」王敬美《學圃餘疏》：「蠟梅原名黄梅，故王安國熙寧間尚有《詠黄梅》詩。至元祐，蘇黄始命爲蠟梅。」《瀛奎律髓》亦載此事，因謂蠟梅詩開山祖，當以平甫詩爲首也。平甫，安國字。詩曰：「庾嶺開時媚雪霜，梁園春色占中央。未容鶯過毛無類，已覺蜂歸蠟有香。弄月似浮金屑水，飄風如舞麴塵場。何人剩着栽培力，太液池邊想菊裳。」然平甫賦此詩時，實未有蠟梅之號，故王梅溪五絶云：「蜂採花成蠟，還將蠟作花。一經坡谷眼，名字壓群葩。」王漁洋七絶云：「索共江梅一笑譁，點酥融蠟幾枝斜。自從月旦經坡谷，祇合呼名元祐花。」

劉向《説苑》：「越使諸發執一枝梅遺梁王。梁王之臣曰韓子者，顧左右曰：『惡有以一枝梅乃遺列國之君者乎？請爲二三子慚之。』出謂諸發曰：『大王有命，客冠則以禮見，不冠則否。』諸發曰：『彼越，亦天子之封也，不得冀、兖之州。乃處海陲之地，屏外藩以爲居，而蛟龍又與我争焉，是以剪髮文身，爛然成章，以像龍子者，將避水神也。今大國其命冠則見以禮，不冠則否。假令大國之使時過敝邑，敝邑之君亦有命矣，曰：客必剪髮文身，然後見之。於大國意何如？意安之，願假冠以見；意如不安，願無變國俗。』梁王聞之，披衣出，以見諸發。令逐韓子。」史繩祖《學齋佔畢》謂折梅遺使始此，而詩家用折梅，皆引陸凱故事。惟宋梅聖俞有云：「越使傳時合有梅」，晁補之《蠟梅》詩：「越使可因千里致，春風元自未曾知。」陸右勷孝廉亦云：「和雨一枝傳越使，倚風十里醉吴王。」越使、吴王，對得恰好。吴王本羅隱《梅》詩，云：「吴王醉處十餘里，照野拂衣今正繁。經雨不隨山鳥散，倚風如共路人言。」

宋方岳《深雪偶談》：「梅花單題難工，尚矣。至以『梅花』二字置之五七言中，隨其景趣，足而成律，尤爲難工。不爾，不得謂之得句。唐人凡數百家，本朝江西社中，不翅數十公，亦孰不窟寐斯花，附爲不朽？卒之無所容力，傳不傳可以概見矣。近世杜小山子野『尋常一樣窻前月，纔有梅花便不同』，殊爽人意。律之唐人，似非本色。天樂趙公『放了吏人無一事，坐看山鳥喫梅花』，端是秀語，然不過絶詩，非有琢對之艱也。賈秋壑《送朝客》頸聯云『梅花見處多留句，諫草藏來定得名』，圓妥優游，方之天樂《冬夜》頷聯『禽翻竹葉霜初下，人立梅花月正高』，雖静獨有境，或者以其短氣，其他卷什一無可摘。『自從和靖先生死，見説梅花不要詩』，斯語雖鄙，要未得爲謔論耳。」此段議論最佳。而慎懋官《華夷花木考》亦載，但不著所自出。不知所稱「本朝江西社」云云者，以宋人言，乃稱「本朝」耳。懋官，明人，而竊取之，可爲大噱。

范石湖《吴船録》：「成都合江亭下，緑野平林，煙水清遠，極似江南風景。亭之上曰芳華樓，前後植梅甚多。蜀人入吴者，皆自此登舟。其左則萬里橋，諸葛孔明送費禕使吴，曰：『萬里之行始於此。』後人因以名橋。」余嘗見放翁《江上尋梅》詩云：「江上人家應勝此，明朝更出小南門。」自注：「萬里橋門，一名小南門。」又《遊萬里橋南劉氏園》詩云：「佳園寂無人，滿地梅花香。」又《自合江亭涉江至趙園》詩云：「政爲梅花憶兩京」。又有《芳華樓賞梅》七古詩。今羅森《四川總志》載之。其與合江亭隔江相望者，爲瑶林莊，梅花亦盛。石湖嘗過江訪瑶林莊梅，馬上吟詩云：「何處春能早，疏籬限激湍。竹間野雪迴，馬上晚香寒。唤渡聊相覓，尋簷得細看。極知微雨意，未許日烘殘。」然則蜀之合江亭左右，其猶浙之西溪、江南之鄧尉與？

元馮海粟學士創梅花百題，明人亦有和之者，不獨同時中峰禪師也。余喜其題，搜羅殆遍，因備録之，曰：古梅、老梅、疏梅、孤梅、瘦梅、矮梅、蟠梅、鴛鴦梅、千葉梅、苔梅、寒梅、臘梅、緑萼梅、紅梅、胭脂梅、粉梅、杏梅、新梅、早梅、未開梅、半開梅、十月梅、乍開梅、全開梅、二月梅、憶梅、問梅、探梅、尋梅、索梅、觀梅、賞梅、評梅、歌梅、友梅、寄梅、惜梅、夢梅、移梅、譜梅、接梅、浴梅、折梅、剪梅、簪梅、粧梅、浸梅、落梅、别梅、羅浮梅、庾嶺東閣梅、孤山梅、西湖梅、江梅、山中梅、清江梅、谿梅、野梅、遠梅、前村梅、漢宫梅、宫梅、官梅、廨舍梅一作衙宇梅、柳營梅、城頭梅、庭梅、書窻梅、琴屋梅、棋墅梅、僧舍梅、道院梅、茅舍梅、簷梅、釣磯梅、樵徑梅、蔬圃梅、藥畦梅、盆梅、雪梅、月梅、風梅、煙梅、竹梅、照水梅、水竹梅、水月梅、杖頭梅、擔上梅、隔簾梅、照鏡梅、青梅、黄梅、鹽梅、咀梅、玉笛梅、水墨梅、畫紅梅、紙帳梅。詩不及載，擇其風韻尤佳者九首：《古梅》云：「君復孤山數百年，此花又在此翁先。只今起草新載樹，後代相看揔復然。」《緑萼梅》云：「蕊珠宫裏小仙娃，暫别椒房柳翠華。底事塵緣猶未斷，謫來人世作名花。」《杏梅》云：「頳顔相映小桃紅，賴有清香辨異同。夜静鼓琴花樹下，直疑身在孔壇中。」《憶梅》云：「迢迢春信隔江南，寂寂芳盟負歲寒。青鳥不來仙夢杳，月明空自倚闌干。」《探梅》云：「聞道春還已有期，遠來花下立多時。南枝覓遍無消息，借問花神知不知。」《寄梅》云：「遠憑春信慰知音，離恨何如隴水深。不是江南無所有，欲君同識歲寒心。」《東閣梅》云：「官亭把酒問行人，對雪看花值早春。杜老飄零頭白盡，底須朝夕苦催人。」《廨舍梅》云：「却月淩風跡已陳，水曹詩句尚清新。如今不獨揚州種，江北江南總是春。」《釣磯梅》云：「渭川東畔春光早，傍水幽花帶雪開。一任風霜頭白盡，不隨漁父出山來。」

明李日華《紫桃軒又綴》：「嶺南有梅無雪，塞北有雪無梅。梅雪相遭，空明妙麗，周遮僅千餘里地界得之耳。然能拈條嗅蕊，挹爽吸清，令寒香沁腑，而又能爲梅雪吐一轉語者，宇宙以來，竟幾何人耶？余昔倅江州，攝瑞昌，邑在荒江邃谷之中，逢迎絶少。衙退，即手杜詩一編，坐後圃亭中，作詩人矣。雪中一絶句云：『雲來庭樹暗棲鴉，鈴索無聲吏散衙。獨立虚簷人不見，自團殘雪嗅梅花。』今予解組，日盤桓百樹梅中，而苦爲俗務所嬰，翻憶爾時意味爲不易得也。」宋陳善《捫蝨新話》語亦云：「北人不識梅，南人不識雪。」今吾輩幸生梅、雪相遭之地，不復能爲梅雪吐一轉語，毋乃令竹嬾先生笑也。

石湖《梅譜》序：「余於石湖玉雪坡既有梅數百本，比年，又於舍南買王氏僦舍七十楹，盡拆除之，治爲范村。以其地三分之一與梅。吴下栽梅特盛，其品不一，今始盡得之。隨所得爲之譜，以遺好事者。」其《范村雪後》詩云：「忍寒貪看雪，諱老强尋梅。」余昨泊舟茶磨嶼下，問玉雪坡遺址，無知者。惟范村之名尚存，然横枝瘦影，已無處尋消息矣。

李日華《梅墟先生别録》：「先生插梅三百株於後園，雪後花開，盈香滿室。先生倚杖吟哦，笑問曰：『我主人何如林逋？』余因戲代梅花答詩曰：『托根無地不春風，知隔孤山第幾重。多謝主人憐寂寞，日來詩句勝逋翁。』先生笑曰：『梅花高潔，當不令有譽舌。』因相與大笑而罷。按，先生姓周，名履靖，字逸之，檇李人。性喜樹梅，故以梅墟爲號。人以其溺於梅，若有大贅不可藥石者，因稱梅顛。一時賢士大夫若王鳳洲、馮具區、王百穀諸人皆有贈言。梅墟匯而成帙，題曰《梅塢貽瓊》，凡六卷，刻之《夷門廣牘》中。余嘗反覆閲之，皆浮泛不切，雖名手不免。意其中必有假託引重者。惟吴門文雁峰一詩差可誦：『梅花萬樹繞溪塘，白苧湖南着草堂。姑射芳魂依絶嶠，羅浮清夢入滄浪。巡簷似索春風笑，横影猶含夜月香。不學武林人好事，種桃空自引漁郎。』」

《碧雞漫志》：「黄載萬所居齋前，梅花一株甚盛，因録唐以來詞人才士之作，凡數百首，爲齋居之玩，命曰《梅苑》。其序引曰：『呈妍月夕，奪霜雪之鱗；吐嗅風晨，聚椒蘭之酷。情涯殆絶，鑒賞斯在。莫不抽毫襞彩，比聲裁句。召楚雲使興歌，命燕玉以按節。粧臺之篇，賓筵之章，可得而述焉。』又所作歌詞，號《樂府廣變風》，有賦梅花數曲，亦自奇特。」

自《龍城録》載趙師雄遷羅浮事，而詩家率引爲梅花故典。其實羅浮初不以梅花著也。按，《廣東通志》：「惠州郡西三十里而近曰博羅，有羅山焉，而浮山自海來傅之，是謂羅浮。」注云：「山爲南嶽佐命，百粤之望也。高三千六百丈，周迴三百二十七里。嶺十五，石室、長溪各七十二，瀑布九百八十。」又《羅浮山舊記》云：「羅浮本兩山，羅山脈發庾嶺，而浮山乃蓬萊之一峰。堯時，自會稽浮海而來，傅於羅山，故名。」南朝宋王叔之詩：「晻靄靈嶽，開景神封。綿界盤趾，中天舉峰。孤樓側挺，層岫迴重。風雲秀體，卉木媚容。」謝靈運作《羅浮山賦》，亦謂本《洞經》所載，盖特一洞天佳境耳。又《福建通志》：「福寧州城南五十五里，亦有羅浮山，在海濱。相傳浮海而來，廣袤五里，周圍皆海水，上有梅花坡諸勝。凝煙積靄，宛如海上青螺。」

胡元任《漁隱叢話》：「陳去非《墨梅》絶句云：『含章簷下春風面，造化功成秋兔毫。意足不求顔色似，前身相馬九方皋。』後徽廟召對，稱賞此句，自此知名，仕宦亦寖顯。」《容齋四筆》：「崇寧以來，時相不許士大夫讀史作詩，何清源至於修入令式。政和後，稍復爲之。而陳去非遂以《墨梅》絶句擢置館閣。」按，去非是時除太學博士。魯山主簿富季申賦詩云：「洛陳花骨巧裁詩，曾把梅篇薦玉墀。未説他年調鼎事，只今身已鳳凰池。」其爲時歆羨如此。《劉後村詩話》：「簡齋以老杜爲師。《墨梅》尚是少作。」

《異聞總録》：「宋咸淳間，游士胡天俊寓潭州清静覺地，月夜撫琴梅樹下，遥見美女迤邐近前。胡執其手，女斂衽而去，曰：『後夜月明，當赴子約。』翌日，友人拉入城遊飲，忘歸者兩宿，大悔失期，亟歸於樹下，得一白羅帊，上有詩云：『蕭蕭風起月痕斜，露重雲鬟壓玉珈。望斷行雲凝立久，手彈珠淚濕梅花。』明日，以帊示人，趙冰壺駭曰：『吾亡妾杭人喬氏，名望仙，貴妃姪女也。去年暴亡，殯梅樹後，正其筆蹟也。』」錢塘符曾詩：「貴妃久矣返星軿，猶有香魂屬望仙。露重月斜凝立處，玉梅花影澹如煙。」正賦此事。又《齊東野語》：「嘉熙間，近屬有宰宜興者，縣齋前紅梅一樹，極美麗，交陰半畝。花時，命客飲其下。一夕酒散明月，獨步花影，忽見紅裳女子綽約過前，躡之數十步而隱。自此，恍然若有所遇，其家憂之。有老卒曰：『昔聞某知縣之女有殊色，及笄，未適而殂，藁葬於此，樹梅以識之。疇昔之夜所見者，豈此乎？』遂命發之，其棺正蟠絡老梅根下，兩相微蝕，一竅如錢，若蛇鼠出入者。啟而視之，顔貌如玉，妝飾衣衾，略不少損，真國色也，令見之心醉。舁至密室，每夕與之接。既而氣息惙然，瘦薾不可治文書。其家乃乘間穴壁焚之，令遂屬疾而殂。」大抵美人乃梅花本色，以美人葬梅花下，其精魂相感，必有所憑，而不終泯泯者，往往然也。

竹垞《静志居詩話》盛稱朱希真梅詞「横枝」二語得梅花之神。宋張端義《貴耳集》已云：「朱希真南渡，以詞得名。其賦梅詞，如不食煙火語。『横枝銷瘦只如無，但空裏疏花數點』二語奇絶。」則當時已傳誦人口矣。且希真梅詞佳者不止此。明彭大翼《山堂肆考》載其《念奴嬌・詠梅》詞云：「見梅驚笑，問經年何處，收香藏白。似語如愁，卻問我、何苦紅塵久客。觀裏栽桃，壇頭種杏，到處成疏隔。千林無伴，淡然獨傲霜雪。　且管領春回，孤標怎肯接、雄蜂雌蝶。豈是無情，知受了、多少凄涼風月。寄驛人遥，和羹心在，漫使芳塵歇。東風寂寞，可人爲誰攀折。」

《紹興府志》：「昌園在府城東南二十里，有梅萬餘株。花時雪色可愛，芳香聞數里。居人以梅爲生業。」唐陳諫石《傘峰序》云：「齊公舊居西偏昌元之精舍」，則作「元」。而《齊唐集》又作「昌源」，未知孰是。余按，方虚谷《瀛奎律髓》載曾茶山次韻蘇仁仲昌源觀梅詩：「昌源已辨行厨去，離渚猶須使節來。」原注：「離渚梅花亦盛。昌源、離渚，皆越上地名。」從「源」字。又《嘉泰志》：「昌源梅花最盛，實大而美。」亦從「源」。則自宋以來，皆作「源」。

吴曾《能改齋漫録》：「建炎末，李漢老邴自簽書樞還知院，二三月而罷，爲《梅花》詩以托意，云：『綿霜歷雪忿開遲，風笛無情抵死吹。鼎實未成心尚苦，不甘桃李傍疏籬。』按，邴當政和時，常依王黼，得膺館閣之命，似有愧。此詩落句，抑亦晚年而有悔心，稍自樹立與？

周穆門《無悔齋集》：「飛鴻堂梅花高不盈丈，而古幹繁條，塞滿庭院。萬花侈香，一雪破臘，屋舍在廣寒宫殿矣。父老傳謂：此花已閲二百餘年。堂在婁江西門外。賦詩記之云：『雨後江南二月天，一城花氣市門前。主人只恐花狼藉，關住春风不放顛。』『江城春色到茅茨，雪滿牆頭老樹枝。二百餘年來往客，相逢猶是歲寒時。』」

梅花詩話卷九

編按：原標爲「梅花詩話卷四」，爲「花」字册卷三，今續標爲卷九。

平湖張誠希和著

陳耀文《天中記》：「韓偓出内庭詩：『玉爲通體尋常見，香號返魂容易回。』其題云《湖南梅花一冬再發》。」又東坡《歧亭道上見梅花》句云：「返魂香入隴頭梅。」《和楊公濟》梅花句云：「誰信幽香是返魂。」三詩皆用「返魂」，本唐李石《續博物志》：「月氏國使者獻返魂香。」又《瀛奎律髓》：「宋時，製香者合諸香，令氣味如梅花，號之曰『返魂梅』。」曾茶山有《返魂梅》詩二章，如「笑説巫陽真浪下，寄聲驛使未須來」。又「有時燕寢香中坐，如夢前村雪裏開」，又「横斜便欲映窗來」，皆佳句也。

《燕石齋補》云：「東坡《梅》詩：『鮫綃剪碎玉簪輕，檀暈粧成雪月明。肯伴老人春一醉，懸知欲落更多情。』王十朋集諸家注，皆不解『檀暈』之義，今爲著之：宇文氏《粧臺記》紀婦女畫眉有倒暈妝，古樂府有暈眉攏鬢之説。元微之《與白樂天書》：『近昵婦人，暈淡眉目，綰約頭鬢。』《畫譜》有正暈牡丹、倒暈牡丹，《太平廣記》：『許老翁有銀泥裙、五暈羅。畫工七十二，色有檀色，與張萱所畫婦女暈眉，所謂紫沙幕酷似。』可以互證也。」又許顗《彦周詩話》：「東坡《紅梅》詩云：『玉人頩頰固多姿』，頩，怒色，普更切，見《神女賦》。婦人怒則面赤。」

明吾郡周梅墟好梅，閩人鄭琰嘗爲撰《别録》，稱其《和陶詩》有採菊東籬風致，曰：「梅耶菊耶，何幸有兩主人耶？」因取其佳者爲摘句圖。余更摘其涉梅者數聯，以補陶詩所未詳。《停雲》云：「荒墟疏梅，春至敷榮。」又云：「山鳥倦翮，少憩梅柯。」《時運》云：「梅花滿目，清馥何如？」《榮木》云：「梅花幾新，家聲還舊。」《答龐參軍》云：「梅開如玉，筵列奇珍。」《歸鳥》云：「間關歸鳥，羨彼梅條。」《飲酒》云：「梅持歲寒操，嚴冬發奇英。契彼冰雪姿，翫此忘俗情。」又云：「孤山逢臘日，疏梅的皪開。」《述酒》云：「梅花供逸興，山鶴伴閒身。」《移居》云：「墟間但植梅，藝圃怡朝夕。」《酬劉柴桑》云：「梅花雪中看，又值黄菊秋。」《與殷晉安别》云：「征雁傳秋信，隴梅寄早春。」《癸卯十二月中作與從弟敬安》云：「鳥聲雜清歌，梅英傲冰雪。」《臘日》云：「楊柳含金色，灞岸發梅花。」東籬黄菊，獨有千古，梅墟主人欲令梅花争勝，余爲誦李分虎《瓶中梅菊》詩云：「歲晚寒深未到春，瓊姿霜質折來勾。陶家三徑真高潔，合與孤山處士鄰。」

朱希真梅詞見稱於世。偶閱《二老堂詩話》，載其出處，不無貽笑梅花，略云：「朱敦儒，字希真，洛陽人。嘗三召不起，後補迪功郎。歷官浙東提刑。致仕，居嘉禾，詞詩步一時。晚以秦丞相用其子故，遂復起，除鴻臚寺少卿。或作詩云：『少室山人久掛冠，不知何事到長安。如今縱插梅花醉，未必王侯着眼看。』蓋希真舊嘗有《鷓鴣天》，下半闋云：『詞萬首，醉千場。幾曾着眼看侯王。玉樓金殿慵歸去，且插梅花醉洛陽。』最膾炙人口，故以此譏之。」

危巽齋云：「梅以白爲正，菊以黄爲正，過此，恐淵明、和靖二公不取也。」見《山家清供》。王梅溪嘗用其語，賦千葉黄梅詩云：「菊以黄爲正，梅惟白最佳。徒勞千葉染，不似雪中花。」

《王直方詩話》：「山谷初見蠟梅，作二絶，一云：『金蓓銷春寒，惱人香未展。雖無桃李顔，風味極不淺。』一云：『體熏山麝臍，色染薔薇露。披拂不盈懷，時有暗香度。』緣此，蠟梅盛於京師。然交游間，亦有不喜之者。余嘗作《解嘲》云：『紛紛紅紫雖無韻，映帶園林正要渠。誰遣一枝香最勝，故應有客問何如。』」《苕溪漁隱》曰：「東坡亦有蠟梅詩，云：『天工點酥作梅花，此有蠟梅禪老家。蜜蜂採花作黄蠟，取蠟爲花亦其物。』不獨山谷有詩也。余嘗和人《詠梅》絶句，因紀其事云：『新詩湔拂自蘇黄，想見當年喜色香。草木無情遇真賞，豈知千載有餘芳。』」

予嘗論方外梅花詩，僧則中峰《百詠》爲著名。其他佳句，如宋僧如璧：「遂教天下無雙色，來作人間第一春」等句甚多。道士、尼姑，則惟《雪濤詩評》所載二人，一全真《題桃川壁間》云：「磨快鋤頭挖苦參，不知山下白雲深。多年寂寞無煙火，細嚼梅花當點心。」一尼詩云：「到處尋春不見春，芒鞋踏破曉山雲。歸來笑撚梅花笑，春在枝頭已十分。」女道士則有《彦周詩話》所載李少雲，少雲嘗喜煉丹砂，丹未成而已病，病中作梅花詩云：「素艷明寒雪，清香任曉風。可憐渾似我，零落此山中。」餘則絶少概見。

（黄賀裳）[賀裳黄公]《載酒園詩話》：「東坡《和楊公濟梅花詩》，友夏深所不滿。然如『檀心已作龍涎吐，玉頰何妨獺髓醫。』豈非佳話？但似中聯，不宜作絶句耳。」又朱翌《猗覺寮雜記》：「坡詩『玉骨何勞獺髓醫』。《拾遺記》：『孫和月下舞水精如意，傷鄧夫人頰。醫曰：得白獺髓，雜玉與琥珀屑，當滅痕。』」亦見《酉陽雜俎》。施注蘇詩主之。龍涎香出大食國，每兩與金等，本《香譜》。

周履靖云：「髻年間，海粟、中峰二君倡和《梅花百詠》，心向慕之。甲午孟冬，之華亭，登袁太沖書樓，得閲所作，欣然假歸，漫和百絶，少暢生平嗜梅花之癖耳。因刻入《夷門廣牘》，而以己作附於後，題曰《千片雪》。然二公之詩，近時全載者亦少，余所見惟此及王思義《香雪林集》，但《香雪林集》中馮詩次序已多錯亂，字句亦多誤。至中峰詩，二書皆止九十九首，缺《東閣梅》一首。今不知尚可尋否。」

張吉甫《肖梅香》詩：「江村招得玉妃魂，化作金爐一炷雲。但覺清芬暗浮動，不知碧篆已氤氳。春收東閣簾初下，夢想西湖被更熏。真似吾家雪溪上，東風一夜隔籬聞。」見《香乘》。案，宋洪芻《香譜》有製梅花香法：甘松、零陵香各一兩，檀香、茴香各半兩，丁香一百枚，龍腦少許，右爲細末，煉蜜令和合之，乾濕得中用。陸秋陽《梅谷偶筆》：「清風不覺破江梅，半兩丁香一兩茴。更入麝臍燃活火，隴頭春信一時來。」自注：「或加甘松、零陵香各五錢。」此方與《香譜》微異，大抵皆肖梅香意。

王元美《東坡外紀》：「東坡《梅花》詩云：『月地雲階漫一尊，玉奴終不負東昏。』臨春結綺荒荆棘，誰信幽香是返魂。』此張麗華事，而東坡作東昏侯用之，誤矣。」宋邵博《聞見録》云：「有童子問予東坡《梅花》詩『玉奴終不負東昏』。按《南史》：『齊東昏侯妃潘玉兒有國色。』牛僧孺《周秦行紀》：『薄太后曰：「牛秀才遠來，誰爲伴？」潘妃辭曰：「東昏侯以玉兒身亡國除，不擬負他。」』注云：『玉兒，妃小字。』東坡正用此事，以玉兒爲玉奴，誤也。」葛立方《韻語陽秋》亦謂東坡當時筆誤。則誤在用「兒」字，不在用「東昏侯」。元美特因「臨春結綺」而疑作張麗華耳。余又考《周秦行紀》，牛僧孺冥遇薄太后，時戚夫人、潘淑妃、楊太真、昭君、緑珠仝在座，太后問潘妃何久不來。潘妃匿笑不禁，不成對。太真視潘妃而對曰：「潘妃向玉奴説懊惱，東昏侯疏狂，終日出獵，故不得時謁耳。」注：「玉奴，太真名。」然則坡之用玉奴，或引上下文，牽連而誤耳。又，是夕各有詩，僧孺詩云：「香風引到大羅天，月地雲階拜洞仙。共道人間惆悵事，不知今夕是何年。」則坡老此詩，全用《行紀》中語。

李日華《六研齋二筆》：「鐵冠道人雪中赤脚登華頂，取雪團梅花嚥之，大叫曰：『寒香沁我心腹矣！』余嘗摭其意，得句云：『獨立虛簷人不到，自團殘雪嚥梅花。』然但吞嚥而已，未有嚼之者，以花味辛辣，不堪咀味耳。元四明烏斯道者，乃有《嚼梅》絶句云：『蜜蜂空有一生狂，此味從來不得嘗。我愛芳馨如嚼雪，幸無蘇武九迴腸。』亦奇思也。」考東谷子《霞外雜俎》跋曰：「余得此書，嘗物色所謂鐵脚道人者，有楚客言，二十年前曾見道人於荆南，虯髯玉貌，倜儻不羈人也。嘗愛赤脚走雪中，興發則朗誦《南華・秋水》篇，又愛嚼梅花數口，和雪嚼之。或問：『嚥此何爲？』答曰：『吾欲寒香沁入肺腑。』其後去，采藥衡嶽。夜半登祝融峰觀日出，乃仰天大叫曰：『雲海蕩我心胸。』居無何，飄然而去，莫知所之。」或云道人姓杜氏，名巽才，魏人。然則道人之嚥梅花，乃嚼而後嚥，君實以爲未有嚥者，毋乃孟浪？況誤「鐵脚」爲「鐵冠」，誤「衡嶽」爲「華頂」，即以爲嚼梅花處，皆未及深考而任意書者。

烏斯道者「蜜蜂不得嘗」之説，蓋本唐人《梅花賦》「蜂房未喧」意。故宋張澤民亦云：「不遺一蜂知」。然唐錢起《山路見梅花作》又云：「晚溪寒水照，晴日數峰來。」《瀛奎律髓》謂刊本誤以「蜂」爲「峰」，必是「蜂」字無疑。梅發，雖則尚寒，然晴日既暖，必有蜂採者，但不多耳。予每親見之。然則道者之詩，亦未的確。

顧嗣立《元詩選》中有郭豫亨《梅花字字香》一卷，録其詩十二首。其鬥笋天然者二章：「黯淡江天雪欲飛陸倉，屋簷斜入一枝低林和靖。禽翻竹葉霜初下趙天樂，春在花梢日正西黄師雄。晚歲風霜從冷淡子倉，小園煙景正凄迷和靖。平生慣是思梅苦張介卿，多謝詩翁爲品題趙愚軒。」又：「天寒落日澹孤村東坡，占斷風情向小園和靖。翠羽啼花追昔夢陳起，縞衣和雨立黄昏陳竹泉。蘚厓直上雙飛屐方惟深，茅店驚寒半掩門放翁。憶得去年風雪裏程梅窗，江南石上對窪樽黄山谷。」其佳聯如「要識此花奇絶處，滿窗惟有月明知」，則陳簡齋、白玉廷之句。「只恐好枝爲雪壓，留看瘦影上窗來」，則戴石屏、易涉趣之句。「逋仙只説香和影，不是詩家莫浪評」，則柯伯軒、劉炎午之句。「甘與雪霜同冷澹，醉看參月半横斜」，則劉斗溪、東坡之句。「正是美人初醉着，淡妝濃抹總相宜」，則介甫、東坡之句。皆所謂指揮市人如使兒者。俠君原序云：「豫亨自號梅巖野人。性愛梅花，見古今詩人梅花傑作，必隨手抄録而歌詠之。暇日輒集其句，得百篇，目爲《字字香》。其中工妙之句，如：『不禁夜雨輕欺著，卻怕春風漏泄香。』『十年世事三更夢，斜日闌干萬古心。』『春回積雪層冰裹，人倚閑庭小檻前。』『嵐氣欲飛山隔岸，生香不斷樹交花。』『動摇臘信隨征使，裁減春風入小詩。』『定知深院黄昏後，多在青松白石間。』『一生知己林和靖，晚歲論交何水曹。』『家爲逆旅相逢處，人倚闌干欲暮時。』『生無桃李春風面，好作梨花夜雨看。』『雪後園林纔半樹，水邊風月笑横枝。』『幾處酒旗山影下，一川風物笛聲中。』『白雪卻嫌春色曉，好風吹送夜香來。』『肯隨騷菊同奴僕，卻説山礬是弟兄。』『已成白髮潘常侍，自棄明時孟浩然。』梅巖自謂句煅意煉，璧合珠連，亦有天然之巧，吾不知其爲古作也。」

曾敏行《獨醒雜誌》：「政和間，寘大晟樂府，建立長屬。時晁沖之叔用作梅詞以見蔡攸，攸持以白其父曰：『今日於樂府得一人。』元長覽之，即除大晟丞。」詞中云：「無情燕子怕春寒，常失佳期。惟有南來塞雁，年年長占開時。」以爲燕雁與梅不相關而挽入，故見筆力。余謂燕雁與梅，猶不若虎與梅更難關合。王阮亭《皇華紀聞》：「舟中讀龔端毅公《過嶺集・萬安》絶句云『今朝無虎有梅花』，予曰：『「無虎有梅花」，恰有一語絶對。』客問何如，予曰：『宋人云「有蟹無監州」，豈非此句絶對？』客爲拊掌。」

杜本《谷音》：「咸淳中，客有戴烏方巾，着韡往來羅浮山中，見人則大笑反走。三年不言姓氏。他日醉歸，忽取煤書壁云：『雲意不知滄海，春光欲上翠微。人間一墮千劫，猶愛梅花未歸。』」陳繼儒《香案牘》謂黄野人遊羅浮，長嘯數聲，遞響林樾。又引咸淳事，以爲是客乃野人之儔。則黄野人似又一人。而李日華《六硯齋二筆》又謂葛稚川之隸黄野人，肉身往羅浮山，至今人有見之者，赤身無衣，紺毛覆體。一日，醉書是詩於石壁云云。竟將兩事並作一事，恐誤。

漁洋《居易録》：「予童子時，嘗見繡梅花一幅，上有絶句云：『無日詩中不説梅，小窗臨水爲花開。東風一夜消魂思，何處笛聲江上來。』情致甚佳，不知誰何作也。」

宋朱翌《猗覺寮雜記》：「梅用南枝事共知。《青瑣・紅梅》詩云：『南枝向暖北枝寒』。唐李嶠云：『大庾天寒少，南枝獨早芳。』張方注云：『大庾嶺上梅，南枝落，北枝開。』南唐馮延巳詞云：『北枝梅蕊犯寒開』，則南北枝事，其來遠矣。」按，張説本《白孔六帖》。

毛奇齡《西（湖）［河］詩話》：「上海張吴曼有集唐梅花詩數百首。按唐人詠梅花不及二三十首，而集句反多，必其不僅取材於詠梅詩者。予嘗評近代集詩家，謂泗上施助教、太倉顧湄，一博一精，與吴曼而三。後見沈天庸尊人貞居先生梅花集唐詩，始知先吴曼而起者先生也。先寄居梅花源，繞居藝梅約數千畝，幾與蘇之鄧尉、杭之安樂相埒。觀其集句有云：『地疑明月夜，山似白云朝。』則其梅之多与集句之勝，不俱可想見耶？或曰先生懷大端，不侵塵事。甲申之後，竟全身殉節，此蘇子瞻所謂『玉雪爲骨』者，宜其與梅花相契如此。」

趙吉士《寄園寄所寄》：陳士英夾紙剪梅花一枝，照之宛然可見。題詩多不稱意。歸安陳大祐題曰：「露下銀河月上遲，梨花雪裏夢醒時。水晶簾在瓊樓上，惆悵何由會玉肌。」

《范石湖集·桐川郡國梅極盛皆圍抱高木浙中無有》賦詩云：「家住丹楓白葦林，橫枝一笑萬黄金。玉溪園裏逢千樹，還盡春風未足心。」

嘗於金蓴巖案頭，見徽州黄襮楷書便面梅花詩，集杜五十首，字細如蠅頭而有法，詩亦天衣無縫。其尤佳者十首：「寂寞春山路，山花已自開。凋寒人欲到，客散鳥還來。再宿煩舟子，忘歸步月臺。牆東有隙地，臘月更須栽。其三」「餘寒坼花卉，老樹飽經霜。幸近幽人宅，應躭野興長。低昂各有意，神妙獨難忘。有客過茆宇，江邊問草堂。其七」「寒食江村路，花開滿故枝。如何對摇落，但取不磷淄。立馬千山暮，開樽獨酌遲。情人來石上，微笑索題詩。其九」「春日無人境，柴荆莫浪開。昏昏阻雲水，艷艷待香梅。落景陰猶合，歸林鳥卻迴。傳聲看馹使，難得一枝來。其十八」「孤亭峙何處，今知第五橋。衆香深黯黯，清影自蕭蕭。潘陸應同調，巢由不見堯。平明跨驢出，還往莫辭遥。其二十」「漫道春來好，登樓望遠迷。誰憐一片影，故作傍人低。地與山根裂，枝驚夜雀棲。生平老躭酒，須汝故相攜。其二十一」「杖策古樵路，蟠根積水邊。雲溪花淡淡，石瀨月涓涓。虚白高人静，馨香粉署妍。紛披爲誰秀，把酒意茫然。其二十二」「林僻來人少，春寒花較遲。生涯已寥落，開坼漸離披。清絶心有向，幽偏得自怡。野凉侵閉户，讀記憶仇池。其二十五」「花密藏難見，新梢纔出牆。深知好顔色，每夜吐光芒。此地生涯晚，江邊歲月長。相知咸白首，配爾亦茫茫。其四十一」「玉府標孤映，村花不掃除。自多親棣萼，何處狎樵漁。對月那無酒，吟詩正憶渠。使麈來馹道，重得故人書。其四十四」他如起句則：「圃開連石樹，臘近已含春。」「風吹花片片，身老不禁愁。」「一邱藏曲折，花發去年叢。」「野寺垂楊裏，江村亂水中。」中聯則「臘破思端綺，心清聞妙香。」「汀煙輕冉冉，朔雪亂紛紛。」「側想美人意，乃知君子心。」「根源皆萬古，心跡喜雙清。」「出塵皆野鶴，避雪到羅浮。」「春色深山外，柴門古道旁。」「色侵書帙晚，香與歲時闌。」「美名人不及，永夜月同孤。」「寒天催日短，白雪避花繁。」「雪樹元同色，馨香舊不違。」「疎樹寒雲色，空牆碧水春。」「花遠重重樹，風吹細細香。」「故繞池邊樹，兼懷雪下船。」「峽雲長照夜，白鶴久同林。」「猶疑照顔色，對此融心神。」結句則：「聞説江南好，茅齋慰遠遊。」「飄飄何所似，上古葛天民。」「柴門了無事，隨意數花鬚。」皆妙。

《漁洋詩話》：「王端毅公巡撫三吴時，題一寺壁云：『彩鷁西飛日未斜，江村兩岸有人家。吉祥寺裏梅千樹，不到春來不着花。』亦宋文貞《梅花賦》之比。」按，《默軒詩鈔》：「金陵吉祥寺有六朝古梅樹。」

《聞見近録》：「庾嶺險絶聞天下。蔡子直爲廣東憲，其弟子正爲江西憲。相與協議，以塼甃其道，自下而上，自上而下，南北三十里，若行堂宇間，每數里置亭以憩客。左右通渠，流泉涓涓不絶。紅白梅夾道，行者忘勞。」□《宋史》：「蔡挺，字子政，知南安軍，提點江西刑獄，提舉虔州鹽。自大庾嶺下南至廣，驛路荒遠，室廬稀疏，往來無所芘。挺兄抗時爲廣東轉運使，廼相與謀，課民植松夾道，以休行者。」抗，子直名也。吴震方《嶺南雜記》：「庾嶺多梅，古昔已然。自有『折梅逢驛使，淚盡北枝花』之句，而好事者往往增植之。自宋迄明，往來宦遊者，多有補種。明趙太守某題曰梅花國，至今老梅尚繁。然明邱瓊山《大庾嶺》詩則云：『昔年未到梅關上，只道山前盡種梅。今日到關堪一笑，滿山荆棘野花開。』施愚山《度大庾嶺》亦云：『蓬蒿行處滿，漫説嶺頭梅。』」

《嘉泰志》：「項里出古梅，老幹奇怪，緑蘚封枝，苔鬚如緑纓，疏花點綴其上，夭矯如畫。山谷甚多樹，或蔭十數步，好事者移植庭楹。縱不槁，苔蘚亦剥落，蓋非凡物也。」宋俞亭宗詩：「疏疏瘦蕊含清馥，矯矯虬枝綴碧苔。疑是髯龍離雪殿，蒼鱗遥駕玉飛來。」石湖《梅譜》又謂：「古梅會稽最多，四明、吴興亦間有之。其枝樛曲萬狀，蒼蘚鱗皴，封滿花身。又有苔鬚垂於枝間，或長數寸。風至，緑絲飄飄可玩。初謂古木久歷風日所致，然詳考會稽所産，雖小枝，亦有苔痕，蓋别是一種，非必古木。余嘗從會稽移植十本，一年後花雖盛發，苔皆剥落殆盡。其自湖之武康所得者，即不變移，風土不相宜。

會稽隔一江，湖、蘇接壤，故土宜或異同也。凡古梅多苔者，封固花葉之眼，惟罅隙間始能發花。花雖稀，而氣之所鍾，豐腴妙絶。苔剥落者，則花發仍多，與常梅同。」

敖英《東谷贅言》：「華陽有狂生，粗知押韻。一夕，乘酣訪鄰曲隱翁，見主人庭中月色如畫，梅花盛開，乃朗誦宋人詩云：『窻前一樣梅花月，添箇詩人便不同。』盖自負也。主人亦朗誦宋人詩云：『自從和靖先生死，見説梅花不要詩。』蓋恐其作詩唐突梅花也。狂生忿主人嘲己，肆詬而去。明日，主人到縣訟之。縣官呼狂生試詩，甚劣，笑謂狂生曰：『姑免問罪，押發去百花潭上看守杜工部祠堂。』聞者絶倒。」江盈科《談言》亦載此事。

林洪《山家清供》：「吴何鑄嘗作小青錦屏風，烏木瓶簪古梅枝，綴像生梅數花，寘座右，欲左右，未嘗一日忘梅。一夕，分題賦詞，有孫貴蕃、施游心，僕亦在焉。僕得『心』字《戀繡衾》，即席云：『冰肌生怕雪來禁。翠屏前、短瓶滿簪。真箇是、疏枝瘦，認花兒、不要浪吟。等閒蜂蝶都休惹，暗香來、時借水沉。既得箇、厮偎伴，任風霜、儘自放心。』諸公差勝，今忘其辭。」

前明廣陵女史王微，晚號草衣道人。有《探梅》、《怨梅》、《代梅答》三絶，意必有爲而作，托梅寄意，詞甚藴藉。《探梅》云：「故人辭我去，期我梅花時。昨夜偶相念，起看庭樹枝。」《怨梅》云：「庭樹亦如昨，故人來何時。花花自蚤發，偏爾獨開遲。」《代梅答》云：「寄語問花人，歲月那能借。爾意怨遲開，儂意憐遲謝。」

王兆雲《揮塵詩話》：「張夢晉靈臨終絶句，有『垂死尚思元墓麓，滿山寒雪一林松』之句，其胸中灑落如此。」黄周星曾爲作傳，略云：「唐六如既合葬張靈、崔瑩於元墓山之麓，明年仲春，復詣墓所拜奠。夜宿丙舍傍，輾轉不寐，啟窻縱目，則萬樹梅花，一天明月，不知身在人世。悵然歎曰：『夢晉一生狂放，淪落不偶，今得與美人合葬此間，消受香光，亦差可不負矣。但將來未知誰葬我唐寅耳！』不覺欷歔泣下。忽遥聞有人朗吟云：『花滿山中高士卧，月明林下美人來。』急起迎揖，則張靈也。因訝曰：『君死已久，安得來此吟高季迪詩？』靈笑曰：『君以我爲真死耶？死者形，不死者性。吾既爲一世才子，死後豈若他人泯没耶？今乘此花滿山中，高士偃卧，特來造訪耳。』復舉手前指曰：『此非月明林下美人來乎？』六如回顧，有美人姗姗來前，則崔瑩也。於是兩人攜手整襟，向六如拜謝合葬之德。六如方扶掖之，忽聞有人大呼曰：『我高季迪梅花詩乃千古絶唱，何物張靈！妄稱才子，改「雪」爲「花」，定須飽我老拳！』六如轉瞬之間，靈素俱失所在。其人直前，大呼曰：『當捶此改詩之賊才子。』捽六如，欲毆之。六如乃驚寤。則半窻明月，闃其無人。因匡坐梅窻下，憮然久之。」朱竹垞《静志居詩話》：張晉臨終詩云云，如聆雍門之琴，頑豔亦爲淚下。

《華夷花木考》：「梅州自彭鋪至楊田，梅花十餘里。誠齋詩：『一行誰栽十里梅，下臨溪水恰齊開。此行便是無官事，只爲梅花也合來。』」

《魏塘紀勝》：「沉香湖之南，丁氏世居也。宋靖康間，其始祖五三手植黄梅一樹，傳十一世，歷四百餘年，陳繼儒作文記之。」按，陳《記》：「武塘丁百昌，自稱梅花長，其祖懷梅公、曾祖梅隱公，皆取義於梅，何也？堂之後有蠟梅磬口者，壽三百有餘歲矣。丁氏先自靖康扈駕，卜居於此，廳事至今猶存。

百昌、養凝兩兄弟，益昌大其門廬，古梅與之俱無恙。」文載入《丁氏家乘》。五三孫黄州别駕海鶴嘗有詩云：「三年薄宦走塵埃，解組還歌《歸去來》。纔到草堂先一笑，不將冰雪負黄梅。」又元時楊鐵崖、倪雲林，皆有題詠。董思白爲之補圖，故五三十一世孫函巨詩云：「高士提壺花下至，幽人吹笛月中來。」

《墨莊漫録》：「宋崔德符鷗監洛南稻田務時，一日送客會節園，適梅花已殘，與客飲梅花下。會洛之掌宫鑰中官容佐與崔不合，已而，密奏以會節園爲景華御苑。崔初不知也。明年暮春，崔復騎羸馬從老兵徑入園中，梅下吟曰：『去年白玉花，結子深林間。小憩藉清影，低颦啄微酸。故人不復見，春事今已闌。繞樹尋履跡，空餘土花斑。』徘徊而去。翌日，容佐劾奏崔徑入御園，竟坐廢。」

丁伯長《謙湖詩鈔》注：「余家舊居黄梅一本，董文敏繪圖，今已失。族祖筠涘公因爲補圖。余在京師，復乞李穀齋副憲、董孚成少宰補圖，續文敏故事。」謙湖詩云：「老幹憐遺澤，寒香舊繞廬。一從灰劫後，無復蠟凝初。得句倪楊續，披圖感慨餘。春來湖畔路，指點話樵漁。」

邑北郊之耘廬，前明馮孝廉洪業别墅，中有雪窖，植梅三千株。仁和孫之琮《耘廬放梅》詩：「穿籬靠石滿溪灣，幾度東風意自閒。瘦影忽移幽徑月，斜枝猶倚小屏山。擬將分袂香初細，若比辭宫髩欲斑。異日西岡逢玉雪，蒼茫猶憶舊林間。」國朝，歸高侍郎文恪，稱北墅，今廢。張香谷詩云：「春風第一樓前月，那復梅梢照影來。」春風第一樓，馮氏雪窖中樓名也。

高文恪屬禹之鼎繪北墅圖，内有雪香亭，即馮氏雪窖也。文恪跋云：「墅有大梅園、小梅園，凡千餘樹，皆古幹可觀。舊有八角樓在大梅園中，易之爲亭，四簷虛敞。深冬積雪，凍蕚將舒。初春晴日，横枝盡放。與二三朋舊，攜酒席地，齅攬寒香，心神俱冷。」詩云：「梅花冰雪姿，高子煙霞相。世外締深交，空山合相傍。繞亭千百株，攫拏老益壯。查牙猛列陣，勢與寒威抗。小蕾壓春榮，晴雪當空颺。不迸石還拂水，香海驚浩蕩。月落參斗斜，無言共惆悵。」當時次韻題者，錢塘王丹林、邗江顧圖河。不次韻者，青浦王原、昆山徐乾學、桐山張廷瓚。王云：「百花寂未開，叢梅呈妙相。先生亦何意，自欲空依傍。丰容冷較妍，骨幹清逾壯。小亭對花坐，塵壒不能抗。齊簷古雪圍，括地香風颺。一點孤月來，人影俱澹蕩。幽賞兩忘言，無忻亦無悵。」顧云：「春花競夭妍，寒梅空色相。千株復萬株，近與虛簷傍。含香清到骨，聳幹癯而壯。玉龍勢盤拏，冰雪紛相抗。瑶姬態娟好，縞素淩空颺。藉非塵外人，誰能同憺蕩。林間清夢回，往往增怊悵。」張云：「高敞方亭迥絕塵，老梅凍蕚早驚春。暗香疏影行吟處，應是神仙冰雪人。」王云：「四窻銜香煙，千林横白月。灑然清心魂，寒香濯肌骨。此時亭中人，獨吟情兀兀。美人來何遲，惆悵生華髮。」徐云：「梅花覆空亭，月冷天欲曙。中有忘機人，冰雪澹孤慮。月墮花不言，白雲散如絮。」按，北墅不專以梅著，然香雪之盛，我湖亦無過此者。備録圖中題詠，以誌往日勝概。余亦嘗賦絶句云：「大梅小梅一千株，八角樓廢草亭孤。而今亭亦荒蕪盡，留得春風但畫圖。」

宋曾敏行《獨醒雜誌》：「花光仁老作墨梅，陳去非與義題五絕句，其一云云，即『含章』一首，見前卷。徽廟見而喜之，召對，擢用。畫因人重，人遂爲此畫。紹興初，花光寺僧來居清江慧力寺，士人楊補之、譚逢原與之往來，遂得其傳。補之所作，後益超出，格韻尤高。然觴次醉餘，雖娼優牆壁肯爲之。他有求者，往往作難。逢原每不樂補之所爲，而墨梅寔不逮人，亦不知其名也。」而趙希鵠《洞天清録》又謂：「補之作梅，下筆便勝花光仲仁。然則補之墨梅，似青出於藍，匪直逢原不逮也。」《式古堂畫考》：「曾覲《題楊補之雪梅詩卷》詩：『筆端造化出天巧，寫出江南雪壓枝。誰道春歸無處覓，横斜全似越溪時。』」

林洪《山家清供》：「楊誠齋詩云：『甕澄雪水釀春寒，蜜點梅花帶露餐。句裏略無煙火氣，更教誰上少陵壇。』剥白梅肉少許，浸雪水，以梅花釀醖之。露一宿，取出，蜜漬之，可薦酒。較之掃雪烹茶，風味不殊也。又米泔浸瓊芝菜，暴以日，頻攪，候白浄洗，搗爛熟煮，取出，投梅花十數瓣，名醒酒菜。」

釋元璟《完玉堂集》題詞，陸南田曰：「詠梅花典故詩，借公冠軍。」按，《集》中有賦晏元獻、吴仲圭五古二章，自注云：「詠梅分題，則當時必有同作者，故膺冠軍之目。」然玩二詩，亦無甚出色。惟《梅花》八律中「六代繁華無處士，一生清苦類高僧」二句爲時傳誦，最合禪家身份。又「空山終古有人傳」一語亦好。

朗瑛《七修類藁》：「予過演福寺僧房，見趙魏公子昂親書《探梅訪僧》一絶句，云：『輕輕踏破白雲堆，半爲尋僧半探梅。僧不逢兮梅未放，野猿笑我卻空迴。』惜公《松雪集》中不載。今寺已爲墳地，不知此紙存亡也。噫！」

梅花詩話卷十

編按：原標爲「熙河梅花詩話卷五」，爲「花」字册卷四，今續標爲卷十。

平湖張誠希和著

漁洋《居易録》：「嘗讀耶律文正詩『花落餘香著莫人』，蓋本朱淑貞詞『無奈春寒著摸人』語。適讀宋彭器資汝礪《鄱陽集》，有《湖湘道中見梅花》絶句，云：『滴葉開花妙入神，酥盤憶看北堂春。瀟湘此日堪腸斷，隨處幽香著莫人。』乃前此矣。」

余永麟《北窗瑣語》：「應彦文作《梅魂》詩：『禹廟歸來骨已靈，風林月落静儀形。玉龍一曲香隨返，彩鳳三招夢未醒。弔影西湖雲樹墨，斂粧東閣土華清。莫誇賦客心如鐵，楚些淒酸可忍聽。』時虞伯生、周伯温見之，稱爲『應梅魂』。又謝宗可《梅魂》詩：『枝南枝北路迢迢，飛入孤山夜寂寥。水月浮香應自返，溪風弄影爲誰招。縞衣夢裏和愁斷，玉笛聲中逐恨銷。似欠靈均歌楚些，逋仙墳冷草蕭蕭。』雖不及應詩，亦是傳神好手。」

宋戴埴《鼠璞》云：「陶岳《五代史補》：齊己攜詩詣鄭谷，《詠早梅》云：『前村深雪裏，昨夜數枝開。』谷曰：『數枝非早也，不若一枝佳。』齊己拜谷爲『一字師』。」按，是詩全首：「萬木凍欲折，孤根暖獨回。前村深雪裏，昨夜一枝開。風遞幽香去，禽窺素艷來。明年猶應律，先發映春臺。」方虚谷謂：「尋常只將前四句作絶讀，其實二十字絶妙，五六亦幽致。」余意全詩固佳作，絶句讀更佳。曾茶山《謝鄭侍郎送蠟梅》絶句：「折來梅與句俱清，强和餘音本不能。欲向都官論一字，略無佳處似詩僧。」自注：「用『前村深雪裏，昨夜一枝開』事，以侍郎與鄭同姓，故引爲典故。」茶山又有《蠟梅》句：「不是前村深雪裏，蜜蜂應認暗香來。」亦用此詩語。

石湖《梅譜》：「世傳吴下紅梅詩甚多，惟方子通一篇絶唱。有『紫府與丹來换骨，春風吹酒上凝脂』之句。」按，全詩：「清香皓質世稱奇，試作輕紅更自宜。紫府與丹來换骨，春風吹酒上凝脂。直教臘雪無藏處，只恐朝雲有去時。溪上野桃何足種，秦人應獨未相知。」《瀛奎律髓》：「曾裘甫《艇齋詩話》以爲徐師川十三歲時詩，曾見知東坡，蓋妄也。慶元中，陳剛刊板，已著爲方子通。子通名惟深，王荆公同時人。」《載酒園詩話》亦謂：「方子通，荆公友也。其《紅梅》詩盛傳，如『春風吹酒上凝脂』，亦甚善於刻劃。大勝毛澤民『東墻羞頰逢誰笑，南國酡顔强自持。』」據此，則裘甫之誤益明。

《載酒園詩話》：「唐薛惟翰詩：『白玉堂前一樹梅，今朝忽見數枝開。兒家門户重重閉，春色因何得入來？』以苦思激成快響、奇想，抒其鬱志，全在『重重』二字。拙手改爲『尋常閉』，便寬泛不激烈矣。」按，施青臣《繼古叢編》：「玉堂乃前漢殿名，其後翰苑則名玉堂之署。又其後避諱，直曰玉堂。然玉堂實不自漢殿始，楚蘭臺宫有玉堂，東漢文翁講授室亦名玉堂，天上神仙壁記地亦名玉堂，名山仙人所居地亦名玉堂。」至此，詩「白玉堂」，乃用古樂府「白玉爲君堂」意。元段克己《折梅》詩「白玉堂前夜色寒」，趙文《詠梅》詩云：「白玉堂前野水濱」，又似藍本薛詩。

我邑馮氏耘廬，先歸陸鶴田侍御，後歸高侍郎文恪。陸雅坪閣學《北墅看梅》詩云：「石徑中穿異昔時，疏林不復掩平池。眼前再易耘廬主，幾樹梅花是舊枝。」又《和高翰林巽亭梅花》詩：「泛艫遊北墅，入徑訪南枝。」又云：「僻是西溪圃，繁如鄧尉林。」當時梅花之盛，蓋可想見。巽亭，文恪子。曹侍郎秋岳嘗有《題陸侍御北園》詩：「已過梅花節，春遊赴石堂。」則馮氏初易主時也。

曹秋岳《靜惕堂集·倦圃看梅》詩云：「郁墓攢如海，庚村散作藩。欲行川逕險，獨立野亭昏。」自注：「吴門之梅，在郁墓。苕溪則數庚村。」嘗有《庚村探梅》詩：「□□吴興郡，春情自古聞。積陰花信緩，倚櫂野光分。幹老經多壘，香微接暮雲。無嗟遊侶寂，君自厭紛紜。」按，郁墓即鄧尉元墓山，以青州刺史郁泰元墓在焉，故稱元墓，亦稱郁墓。今探梅者但知姑蘇元墓，而不知吴興庚村，梅花亦有幸有不幸也。雖然，「無嗟遊侶寂」，秋岳已言之矣。

金陵菩提場古梅，蓋數百年物也。袁簡齋先生一歌形容盡致，令讀者如在梅下香雪世界中，其詞云云。（校：此條與卷十五重，原未及删去。卷十五專輯袁枚梅詩，故删此存彼。）

江南高郵無梅花，見宋曾幾《茶山集》。曾嘗乞梅於揚帥鄧直閣，賦詩云：「送臘臘垂盡，迎春春欲回。如何萬家縣，不見一枝梅。有客幽尋去，無人遠寄來。揚州何遜在，政用小詩催。」「揚州」用得卻好。其後鄧寄梅並酒，曾復次韻云：「甓社湖邊路，詩筒得報回。舊時雲液酒，新歲雨肥梅。不是園官送，真成驛使來。鬢毛都白盡，更著此花催。」

虞山韓氏園有梅二樹，乃宋時物，見陸閣學《雅坪詩集》。其詩以看梅子爲題，起云：「四月遊春春去矣，綠染春山亦可喜。東郭韓園多古梅，不看梅花看梅子。振衣一上香雪閣，彌望濃陰覆湘芷。

回憶春初花盛開，雪鋪一片銀光紙。」又云：「勿嫌不及放花時，盡態争容眩難眎。其中兩樹更奇絶，云是宋朝栽植始。春去春來歷千載，閱歷霜顛與冰履。」末又以瑶池碧桃、華山玉井蓮、徂徠古松相較，則梅之古可想矣。

虎邱山塘臘月中梅花盈肆，皆以磁盎栽之，小大畢備。裁剪紮縛，點綴以白石，燦然羅列。好事者構置甚易，然殊失清逸高致。陽湖趙雲崧太史詩云：「花到寒梅第一流，絶無顔色自清幽。而今也帶胭脂氣，緑萼紅苞滿虎邱。」蓋有慨乎言之。

秦徵蘭《天啟宫詞》：「裕妃笑指燈屏問，雕到寒梅第幾枝。」自注：「裕妃未罹禍時，宸眷獨寵。上好雕木器，護燈小屏八幅，手刻寒雀争梅，戲畀諸少璫，令鬻之，仍諭以御製之物，價須一萬。翌日，如數奏進，大悦。」

明沈章《靈谷寺看梅》詩：「下馬看碑度孝陵，山椒十里樹層層。半開香氣清於水，一路人家静似僧。春動粉鬚都化蝶，夜寒花片欲成冰。思憑一枕羅浮夢，月白煙黄睡未能。」侯官許友作畫，詩亦云：「靈谷官梅放未曾，石頭懷古不堪登。無端傳就松鍼筆，畫出青山是孝陵。」靈谷寺梅，幾於天章冬青矣。

梅顛道人自叙：「道人係檇李，以夢鶴生。與羽人紫霞先生游。有閒雲數楹，在白苧鴉湖之上。前引清渠，後疏畦圃，植梅數百株其中。每涼月，積雪花萼相輝映，幽芬暗來襲人，意頗樂之，有終焉之志。因自號梅顛也。」又自作傳，擬五柳先生。略云：「荒墟惟栽梅樹，顛而成號焉。嘗有《期友過梅墟》詩：『停午期君汎海槎，鴛湖東去是吾家。逢人莫問梅花里，牆畔初開幾樹花。』贈以詩者，張觀察有『清宵夢覺羅浮月，紙帳梅花半明滅』句。戚尚寳有『藥草山中歲，梅花墟裏春。』」按，梅顛，姓周，名履靖。《静志居詩話》謂其夫婦能詩，蓋先趙凡夫而隱者。

余訪永興寺雙梅，惜其僅存一樹，及觀周少穆、厲樊榭諸人詩，則二十年前雙梅尚無恙。然陸雅坪閣學《永興看梅》詩云：「永興舊本真奇絶，河渚千林遜此花。若更數年仍有對，依然二雪可交加。神人並住藐姑射，天女同爲萼緑華。高倚山樓索詩句，春篘滿醆酌流霞。」自注：「古梅原有二株，故堂名二雪。後損其一，寺僧補栽，尚小。」然則少穆諸人謂二株皆具區手植，想未深考。抑少穆去閣學之世，已四五十年，所謂「依然二雪交加」，不可復辨耶？又此詩及曹倦圃七古，皆不及馮具區，未知何故。

陸雲士《湖壖雜記》：「西溪之梅，名曰香雪。」《紫桃軒雜綴》：「詩人多目梅爲香雪。然唐商七七者，有異術，呼屏間畫婦人使歌，婦人應聲歌曰：『愁見唱陽春，令人離腸結。郎去未歸來，柳自飛香雪。』則香雪乃柳花也。或疑柳絮無香，而太白詩亦云『風吹柳花滿店香』，何耶？」《齊東野語》：「賈似道集芳園堂曰雪香，蓋謂梅也。」少陵詩「此時對雪遥相憶」，以「雪」字代「梅」字。今人稱香雪，亦實指梅。適見《陸雅坪集》有以「香雪」命題者，自注：「廢圃未治，老梅著花。忽爾大雪封條，竟阻一尊之興。寒香零落，花不逢春，時已二月中旬矣。」以香屬梅，而雪竟指雪言。其詩曰：「醉裏快逢香吐萼，夢中竟報雪封苔。」又云：「可惜東君不善謀，任他香雪兩相讐。尋香笑似騎牛覓，撲雪嫌於忌鼠投。」

陸放翁《詠梅》詩：「與君俱是江南客，牘欲尊前説故鄉。」若以梅花爲解語者。《滹南詩話》云：「《竹莊詩話》載法具一聯：『半生客裏無窮恨，告訴梅花説到明。』不知何消得如此。昨日酒間及之，客皆絶倒也。」余意「告訴梅花」，比陸詩更覺新鮮，若虚譏之太過。然説者自説，訴者自訴，而梅花不言，更難爲懷。放翁云：「月中疏影雪中香，只爲無言欲斷腸。」

《桂陽先賢傳》：「蘇耽後園梅下種藥，可治百病。」故從來詠梅者有「藥畦梅」一題，明劉巢句云「神農圃内挹寒香」。

宋邵博《聞見後録》：「千葉黄梅花，洛人殊貴之。其香異於他種，蜀中未識也。近興利州山中樵者薪之以出，有洛人識之，求於其地尚多，始移種遺好事者。今西州處處有之。」石湖《梅譜》：「百葉緗梅，一名黄香梅，一名千葉香梅，花葉至二十餘瓣，心色微黄，花頭差小而繁密。」曾茶山有《黄香梅》絶句：「雪裏何人作道裝，冰綃重疊色鵝黄。染時定著薔薇露，雨洗風吹故自香。」張功父《千葉黄梅長歌》中四句寫物差工：「細看寶靨輕金塗，密綱粲綴萬斛珠。一香舉處衆香發，幻巧更吐冰霜鬚。」

《無聲詩史》：「陳憲章號如隱居士，會稽人。畫梅與王牧之齊名。評者謂二家雖格意不同，憲章筆力實過牧之。子英亦能寫梅。余友朱薌圃嘗出憲章倒掛梅枝一幅示余，上款曰『滿座春風』，下款曰『會稽如隱居士陳憲章寫』。題者八人，因併録之：『閣外種梅花，香從閣中起。惟有讀書人，得侍春風座吴節。』『酒醒羅浮枕半欹，翠禽啼月繞南枝。如今畫裏看丰采，頓似當年夢覺時久庵。』『庾嶺岧蕘玉作堆，幾年親手爲栽培。一枝移向南宮植，準擬春來獨佔魁滕塏。』『冷蕊幽花萬玉稠，一枝顛倒可人眸。無端座上春風滿，絶勝光庭在汝州周澄。』『萬蕊千葩帶雪開，寒瓊一色浄無埃。月明玉弄瑤琴歇，時有香風滿座來高宏。』『滿樹繁花照水新，香風入座總含春。何人識得無端意，索笑簷前爲寫真越人陳鶚。』『玉仙飛下蕊珠宮，環珮無聲月滿空。憶自羅浮山底别，清標長在夢魂中吉人曾習。』『一樹瓊瑤雪裏花，静無塵氣瑩無瑕。春風滿座香如許，絶似西湖處士家海虞高德。』余所見陳憲章畫梅，惟此一幅，非贋本。」《群芳譜》：「憲章子英，隱居江南，種梅千株，花時落英繽紛，恍如積雪。」

尤玘《萬柳溪邊舊話》：「文簡公致政歸，造圃梁溪之上。後有高岡眺望，沿溪種梅數百樹。公有《瑞鷓鴣》詞《落梅》云：『梁溪西畔小橋東。落葉紛紛水映紅。五夜客愁花片裏，一年春事角聲中。歌殘玉樹人何在，舞破山香曲未終。卻憶孤山醉歸路，馬蹄香雪襯東風。』」文簡，尤延之謚。而《瀛奎律髓》收作律詩。然按萬樹《詞律》，此調與七言律詩同，宜詩詞並收。又《律髓》「梁溪」作「清溪」，「落葉」作「落月」。然虚谷已謂第二句未有别本可考，頗有缺訛。

周必大《九華山録》：「一日赴池州太守會，座中見梅花，賦小詞云：『踏白江梅，大都玉斲酥凝就。雨微霜透。癡騃閨秀。莫待冬深，雪壓風欺後。卻嫌伊瘦。仍怕伊僝僽。』營妓曹盼，頗潔白淳静，或病其訥而不頎，戲以況之。」周密《齊東野語》謂此是周平園出使時事。

高似孫《聚景園》詩：「水際春風寒漠漠，官梅卻作野梅開。」《夢粱録》：「聚景園，孝、光、寧常幸，後漸蕪圮，僅有一堂兩亭。其一亭無扁，僅植紅梅。」又趙功千詩：「孤亭荒落點寒梅，曾記先皇翠輦來。」

《玉照新志》：「汪彦章在京師，嘗作小闋，有『起來搔首，梅影横窗瘦』句，爲時傳誦。後紹興中知徽州，爲挾怨者納檜相，指爲新製以譏，相怒諷言者，遷之。」《浩然齋雅談》：「放翁在朝日，嘗與館閣諸人會飲於張功父南湖園。酒酣，主人出小姬新桃者，歌自製曲以侑尊，以手中團扇求詩於翁，翁書一絶云：『寒食清明數日中，西園春事又匆匆。梅花自避新桃李，不爲高樓一笛風。』蓋戲寓小姬名於句中，以爲一笑。當路有恚之者，遽指以爲譏，竟以此去。」二公皆所謂被梅花累者。

王若虚《滹南詩話》：「近世士大夫有以《墨梅》詩傳於時者，其一云：『高髻長眉滿漢宫，君王圖上按春風。龍沙萬里王家女，不著黄金買畫工。』其一云：『五換鄰鐘三唱雞，雲昏月淡正低迷。風簾不著欄干角，瞥見傷春背面啼。』予嘗誦之於人，而問其詠何物，莫有得其髣髴者。告以其題，猶惑也。尚不知其花，況知其爲梅，又知其爲畫哉？自『賦詩不必此詩』之論興，作者誤認。而過求之，其弊遂至於此。」又云：「予嘗病近世《墨梅》二詩以爲過。及觀《宋詩選》，陳去非云：『粲粲江南萬玉妃，别來幾度見春歸。相逢京洛渾依舊，祇有緇塵染素衣。』曹元象云：『憶昔神遊姑射山，夢中栩栩片時還。冰膚不許尋常見，故隱輕雲薄霧間。』乃知此弊有自來矣。」松江曹安《讕言長語》：「賦興比爲詩之正體。古人多有作比詩者，近年不是比詩，如吉水李子儀《墨梅》云：『詔遣明妃出漢宫，粉香和淚泣春風。玉顔翻作寒鴉色，悔不將金買畫工。』此詩非題，亦難猜也。」吾邑釋元璟《梅花》詩有「江南衛玠應看殺，塞北王嬙欲返魂。」「騎來鳳子渾如驥，剪得鮫絲半是冰」等句亦類。

若虛所譏《墨梅》二首，不誌其人。按劉祁《歸潛志》：「劉仲尹致君，號龍山，遼陽人。李欽叔外祖也，少擢第，終管義軍節度副使。能詩，學江西諸公。其《墨梅》詩『高髻』云云，爲人所傳。又有《梅影》詩『五換』云云。」惟「鄰鐘」作「嚴更」，「雲昏月淡正低迷」作「小樓天淡月平西」。可知二詩乃劉仲尹作。第二首非《墨梅》。元遺山《中州集》録劉仲尹《墨梅》共十首，「高髻」云云，乃第八首，而無「五換」一詩。恐《歸潛志》以爲《梅影》，當非無據。

林君復《湖山小影自題》及《巢居閣詩》，皆不言梅。然觀《西湖志》所載，後之題者，率以用梅爲確切，未免太泥。如曹既明句「水邊疏影黄昏月，無限風騷在客心」，黄鎮成句「梅自開花月自閑」，蔣芑句「年年春曉放梅花」，鄭昂句「天寒有鶴守梅花」，祝時泰句「花憶種梅年」，王寅句「栽梅宅久荒」，童漢臣句「冰玉一園花」，高應冕句「處士湖心宅，梅花歲月深」，劉子柏句「碑殘微有字，梅古半無花」，皆以訪處士故居命題，而雷同如此，乃膠滯之故。惟蔡襄云：「先生來舉持竿手，鈎得人間亢俗名。」輕轉，似孤山乃終南捷徑，微寓不滿意。豈梅花亦沽名具乎？

張洞林《桂林志》：「袁豐居宅後，有梅六株。開時爲鄰屋煙所爍。屋乃貧人所寄，豐即團泥塞竈，張幕蔽風。久之，拆去其屋，歎曰：『煙姿玉骨，世外佳人，但恨無傾城笑耳！』即使妓秋蟾出比，乃云：『可與並驅争先。然脂粉之徒，正當在後。』」按《談資》李卓吾曰：「自是肉眼。『巡簷索共梅花笑，冷蕊疎枝半不禁。』何曾不笑？」

潘之恒《曲中志》：「秦淮名姬王蕊梅，好獨處静坐，未嘗衒容售合，而和氣着人，自能隨情偎傍。

每以胎骨於煙花爲恨，嘗詠梅花云：『虚名每被詩家賣，素艷常遭俗眼嗤。開向人間非得計，倩誰移上白龍池。』」

《冷齋夜話》：「王荆公嘗訪一高士，不遇。題其壁曰：『牆角數枝梅，淩寒獨自開。遥知不是雪，爲有暗香來。』」《載酒園詩話》云：「古樂府『庭前一樹梅，寒多未覺開。祇言花是雪，不悟有香來。』介甫又改爲『牆角』云云。雖用其語，卻全反其意，亦自可嘉。然細味之，則古人之意婉，介甫之氣直。大抵介甫一生，不徒事事立異，性亦不耐含蓄。」《瀛奎律髓》又云：「李雁湖注王荆公『牆角』一詩，引古樂府『庭前』云云，謂介甫略轉換耳，或偶同也。予攷楊誠齋所言，則謂『祇言花似雪，不悟有香來』，爲蘇子卿作。雖未必然，而『花似雪』與『花是雪』，一字之間，大有逕庭。知『花似雪』而云『不悟香來』，則拙矣。不知其爲花，而視以爲雪，所以香來而不知悟也。荆公詩似更高妙。」

東坡詩：「君不見萬松嶺上黄千葉，玉蕊檀心兩奇絶。」《西湖志》遂以萬松嶺蠟梅收入《物産》，引此詩爲證，可見物因人重如此。張功父亦有《千葉緗梅》數絶，其警句云：「應對群花羞冷淡，數花併作一花開。」又「緗裘不是多重數，争奈清宵爾許寒。」

明《杭州府志》：「西湖之梅，邇來頗不甚多，惟九里松抵天竺路幾萬株，俗稱梅園。他處雖繁，皆莫逾此。葛天民《憶竺澗梅》詩：『根在巖邊結，枝從水際横。此花殊近道，凡木欠修行。密雪籠幽片，疎篁倚瘦莖。那時香不淺，憶我話無生。』」《錢塘縣志》亦云：「梅花天竺爲最盛，有千葉梅、重臺梅。」則天竺梅花，當日應不下西溪。今惟三生石前尚有數樹，餘則無一存者，不知始自何年荒廢略盡。

明淩侍御漢翀《詠梅》五絶：「玉蕊含風香，苔枝帶霜冷。夜静月冥濛，空庭卧無影。」《静志居詩話》：「張子野《吴興寒食詞》：『中庭月色正清明，無數楊花過無影。』余嘗歎其工絶，在世所傳『三影』之上。」詠梅者類取材於疎影、暗香，侍御獨以「無影」形容之，亦奪胎法也。

《芸林詩話》：「孤山梅花雖以和靖得名，然白樂天有《憶杭州梅花》詩，則自唐時已賞鑒矣。」案，白詩係七言排律，亦梅花詩中罕有者：「三年閒悶在餘杭，曾爲梅花醉幾場。伍相廟前繁似雪，孤山園裏麗如粧。蹋隨遊騎心長惜，折贈佳人手亦香。賞自初開直至落，歡因小飲便成狂。薛劉相次埋新隴，沈謝雙飛出故鄉。歌伴酒徒零落盡，惟殘頭白老蕭郎。」蕭郎謂蕭協律也。原注：「薛、劉，二客。沈、謝，二妓。」方虚谷謂「賞自初開直至落」一句最佳。

《廣東通志》：「南雄保昌縣北八十里曰梅花山，九十里曰大庾嶺，亦曰梅嶺，曰臺嶺。東四十里曰小庾嶺。」唐宋之問詩：「春暖陰梅花，瘴回陽烏葉。」庾嶺梅花之名，流播最遠。而明邱瓊山《度大庾嶺》云：「昔年未到梅關上，只道山前盡種梅。今日到關堪一笑，滿山荆棘野花開。」我朝施愚山侍讀《度大庾嶺》亦云：「蓬蒿行處滿，漫説嶺頭梅。」然則庾嶺梅花，名是實非，由來舊矣。吁！天下名是實非者，獨庾嶺梅乎哉？

唐段公路《北户録》：「嶺南之梅小於江左，居人采之，雜以朱槿花，和鹽曝之，梅爲槿花所染，其色可愛。」宋范成大《桂海虞衡志》：「裹梅花，即木槿，有紅白二種，葉似蜀葵。采紅者連葉包裹黄梅，鹽漬，暴乾以薦茗，故名。」按，范《志》特多「裹梅花」之名，大意與《北户録》略同。蓋梅子藉朱槿花而成色者，至李義山《朱槿花》句「梅先白莫誇」，又以梅花相較矣。

曾敏行《獨醒雜誌》：「李布夢祥言，成都合江園乃孟蜀故苑，在成都西南十五六里外。芳華樓前後植梅極多。故事：臘月賞燕其中，管界巡檢營其側。花時日以報府，至開及五分，府坐領監司來燕，遊人亦競集。」陸放翁《梅花》絶句：「蜀王小苑舊池臺，江北江南萬樹梅。只怪朝來歌吹鬧，園官已報五分開。」趙抃《成都古今記》：「十一月梅市。」

竹垞太史選《明詩綜》，録梅花詩甚少，曰詠物詩最難工，而梅尤不易。然賞吴侍御振纓《棲賢看梅》一詩，曰：「侍御此詩，實獲我心。」今録其詩：「萬樹惟一色，半山堆白雲。鳥啼村不夜，香遠客先聞。近寺松陰合，横枝澗影分。誰家脩竹裏，簾外亦紛紛。」洵有神超形越之妙。至高季迪《梅花》詩，世所傳誦，《詩綜》一首不録，惟於《詩話》中取其「薄暝山家松樹下」一語，謂「見映帶之工」。余嘗合觀《詩綜》所選梅詩，其五律之佳者，尚有王穉登《元墓看梅》云：「橋外花開日，分明雪作圖。不將他樹雜，未有一家無。多處半青嶂，香時過太湖。濁醪元易得，市遠亦須沽。」僧道源《早梅》云：「萬樹寒無色，南枝獨有花。香聞流水外，影落野人家。雪後留雲淡，籬邊待月斜。牀頭看舊曆，知欲换年華。」七律之佳者，陸來詩云：「踏來山徑草蕭蕭，藉有幽花慰寂寥。幾縷炊煙恒遶屋，一灣流水慣依橋。寒輕籬落禽初啅，春入園林雪未消。卧後參星横夜半，冷香吹夢月迢迢。」顧超詩云：「香雪伶仃瘦莫支，玉壺冰滿漏遲遲。寒生紙帳春多夢，影過銀屏風倒吹。遥憶斷橋無月夜，最憐蕭寺閉門時。

梨花白燕空惆悵，前後相思兩不知。」皆能不着一字，盡得風流，可與吳詩相頡頏。若絶句佳者，五言則牛諒詩云：「隴頭人未來，江南春幾許。惆悵玉簫聲，吹落胭脂雨。」六言則趙次誠《早梅》詩云：「江南冬十二月，溪上梅三兩花。載取小舟香影，月明獨櫂人家。」七言則張庸詩云：「拄杖尋春路不賒，小橋流水野人家。千年老榦屈如鐵，一夜東風都作花。」陸琦詩云：「雪壓寒香凍未消，江城歲晚轉蕭條。冷雲漠漠知何處，夢到西湖第六橋。」皆非泛然之作。其他句中有「梅花」字而清雅可誦者，亦摘録於後：朱諫《寄人》句：「歸來又向江頭别，只見梅花不見君。」王紱句：「風雪閉門才十日，不知春已到梅花。」徐晞句：「昨夜思歸有鄉夢，江南春色遍梅花。」李進句：「十六吳姬吹鳳管，卷簾燒燭看梅花。」高百户句：「便欲與君同一醉，梅花不比舊時多。」臧懋循句：「不知若箇吹長笛，一夜梅花似雪飛。」

《西湖志》：「汪莊在西溪，汪元亮别業，扁曰『就山堂』。面臨大池，繞池古梅數百本。有小亭曰『半弓』。堂前緑萼一枝，古榦成香片，若虬龍夭矯，青枝倒垂，形如飛鳳。花開時，儼如雪翅。西溪園林皆有梅，而奇古可愛，自永興寺緑萼而外，此梅實爲之冠。」今永興寺二株已不可問，不識此樹尚存否。《志》又稱華亭張彙别業亦在西溪，梅約五六百本。

沈歸愚《題潘甸村觀梅小照》四言詩云：「清瘦高寒，性稟無始。回天地春，輿臺凡卉。伊人契合，譬乳入水。間來小園，悠然曳蹤。心醉目成，笑而相視。不知所樂，其樂何底。幾生修到，惟我與爾。誰知我心，膝前穉子圖有幼子。磐石留連，溪橋倚徙。日晚忘還，閑雲歸矣。」自注：「歐公詠雪用白戰體，後東坡仿之。兹仍其體寫，不用故實，不着形容。前此所未有也。」然「幾生修到」句本之宋人，似非純是白戰者。

周逸之嘗和馮海粟《梅花百詠》，以一晝夜而成，見李廷機《千片雪跋》。然其詩俚率，略無作意，確是信口而成，不假思索者。又續增詠梅四題，曰隴頭梅，曰梅墟，曰梅顛，曰補梅。但「隴頭梅」仍與海粟「寄梅」題複，而「梅墟」三題，皆逸之自道，又似不倫。惟《梅顛》一首，卻有亂頭粗服天趣，詩曰：「東吴荒墟隱佳士，嗜酒愛梅不知年。赤脚鬖髿歌樹底，自是世人稱梅顛。」

李日華《六研齋二筆》：「楊補之世家清江，所居蕭洲有梅樹，大如數間屋，蒼皮斑蘚，繁花如簇。補之日臨畫之，大得其趣。間以進之道君，道君曰：『村梅耳。』因自署『奉勅村梅』。更作疏枝冷葉，清意逼人。道君北轅，不及見矣。南渡後，宫中以其梅張壁間，蜂蝶集其上，始驚怪，求補之，而補之已物故。」解縉《春雨集》、劉玉《已瘧編》，與此所載微不同。趙昱詩：「冷葉疎枝劇可哀，空傳奉勅寫村梅。」

明張位《問奇集》有《早梅》詩切字例，存其説於左：「舊字母三十有六，犯重者十六，似有惑焉。此篇以《早梅》詩一首凡二十字爲字母，標題於上，即各韻平聲字爲子，叶調於下，得一字之平聲，其上、去、入三聲字，一以貫之矣。其間東、早、梅、暖、一、枝、無、人、見、來十字，呼之，其氣内而不出。若風、破、向、開、冰、雪、春、從、天、上十字，呼之，其氣皆出口。此音有出入之異，而兩分之：

東丁顛　風分番　破平偏　早精箋　梅民綿

向欣軒　暖年年　一因煙　枝真占　開輕牽

冰賓邊　雪新先　無文樠　人仁然　見京堅

香澄纏　從青千　天亭田　上神禪　來零連

假如用『陽』字韻，以『東』字爲母，以『江』字爲子，曰東江切，即叶之曰東丁顛。當乃是『當』字，仍以『當』字平、上、去、入調之，當、黨、蕩、鐸四字全矣。又以『風』字爲母，以『楊』字爲子，曰風陽切，即叶之曰風、分、番。房乃是『房』字，仍以『房』字調之，爲房、仿、放、縛四字矣。又以『破』字爲母，以『陽』字爲子，即叶之曰破、平、偏。傍乃是『傍』字，仍以『傍』字調之，爲傍、髈、胖、粕四字矣。餘皆准此。」

《漁洋詩話》：「宣城諸梅號多才。瞿山清輯《梅氏詩略》，余序之。今惟耦長庚在。耦長工詩《落梅》云：『背成花隝得春遲，凍雀銜殘尚未知。聞説綠珠殊絶世，我來偏見墜樓時。』」沈歸愚《別裁集》謂「不寫題面，專寫題意，自是絶世風神。」考《静志居詩話》：「宣城梅氏一門群從負盛名，嘗後先過王元美，元美贈之詩云：『從誇荆地人人玉，不及梅家樹樹花。』」則梅氏多才，前明已然矣。

余永麟《北窗瑣語》：「《千機錦》載《題畫梅扇》詩一首：『經年不見玉人面，意在深冬雪裏看。今日相逢當六月，冰肌依舊逼人寒。』此宋人詩也，且予所見者宋刻本，今於《方正學集》中見之，誤矣。」

梅花詩話卷十一

編按：原標爲「梅花詩話卷六」，爲「花」字册卷五，今續標爲卷十一。

平湖張誠希和著

《瀛奎律髓》：「杜甫詩凡有梅字者皆可喜。」「巡簷索共梅花笑，冷蕊疎枝半不禁。」「索笑」二字，遂爲千古詩人張本。「岸容待臘將舒柳，山意衝寒欲放梅。」「未將梅蕊驚愁眼，要取椒花媚遠天。」「梅花欲開不自覺，棣蕚一別永相望。」「繡衣屢許(移)[携]家醖，皂盖能忘折野梅。」此七言律之及梅者。「市橋官柳細，江路野梅香。」「雪岸叢梅發，春泥百草生。」「雪籬梅可折，風榭柳微舒。」「緑垂風折笋，紅綻雨肥梅。」「梅花萬里外，雪片一冬深。」「秋風楚竹冷，夜雪鞏梅(香)[春]。」「去年梅柳意，還欲攪春心。」「何當看花蕊，欲發照江梅。」此五言律之及梅花者。予意若摘句而論，則乃祖審言五律之「雲霞出海曙，梅柳渡江春。」七律之「梅花落處猶殘雪，楊葉開時任好風。」氣象尤闊大。

李義山《酬崔八早梅有贈》詩：「知訪寒梅過野塘，久留金勒爲迴腸。謝郎衣袖初翻錦，荀令爐薰更换香。何處拂胸資蝶粉，幾時塗額藉蜂黄。維摩一室雖多病，亦要天花作道場。」方虚谷謂「『蝶粉』以言梅花之片，『蜂黄』以言梅花之鬚，似乎借梅以詠婦人之胸額矣」。其意不滿此詩。然英皇、通德、緑珠、文君、飛燕之屬，宋廣平擬議殆偏，何傷賦物之工。金都水監丞劉仲尹《墨梅》十絶，亦是此意。兹録其四首：「瘦損昭陽鏡裏春，漢家公主奉烏孫。淚痕滴盡穹廬月，誰道神香解返魂。」「君王鳳駕九龍池，後輦傳呼召雪兒。狼藉玉臺銀燭暗，丁香小麝印宫梅。」「鍾鼓沉沉度苑墻，玉繩初直殿東廂。荀妃早發雞鳴埭，殘月微分燭下粧。」「古絹誰藏謝女真，天寒翠袖一招魂。江山嫁盡風流夢，雪滿冰溪月掛村。」情致婉麗，絶似宫詞。

宋漫堂詩：「記得江南當此日，梅花消息問查山。」自注：「查山濱太湖，梅花最盛。」竹垞亦云：「昔訪查山麓，梅花香滿頭。」按《太湖備考》：「查山在西洞庭縹緲峯西。」

陸佃《埤雅》：「梅在果子花中尤香。俗云：『梅花優於香，桃花優於色。』故天下之美有不得而兼者多矣。」「女失婚姻之時，則感己之不如。故詩人以『標有梅』興焉。」此亦與朱《傳》少異。

王敬美云：「予賫園中一緑萼梅，偃蓋婆娑，下可坐數十人。今特作高樓賞之，子孫當加意培壅。」予家鑑古樓之後，玉梅一樹，高可倚簷，横枝虬曲，下亦可坐十餘人。予詩所謂「老屋横斜只一株」是也。今歲花特繁盛，予每日徘徊花下，至夜分不忍去。

中峰《詠梅》詩云：「潛心物理自通神，參透先天面目真。萬古不磨枝上易，一華自識畫前人。陽明氣象夜亭午，静極胚胎曉閤塵。三十六宫生意古，拓開宇宙未成春。」通首以易理賦梅，非無本也。《潛確類書》：「梅具四德：初生蕊爲元，開花爲亨，結子爲利，成熟爲貞。」楊東山《梅花説》云：「《易》曰：乾爲天。前輩論乾與天異。謂天者，乾之形體。乾者，天之性情。某因觸類而思之，不但乾與天異而已，事事物物，莫不皆有形體、性情。林和靖《詠梅》詩『疎影』二語，此爲梅寫真之句也，梅之形體也。『雪後』二語，此爲梅傳神之句也，梅之性情也。寫梅形體，是謂寫真。傳梅性情，是謂傳神。」花光《畫梅譜》云：「梅之取象也，花屬陽而象天，木屬陰而象地。而其故各有五，所以别奇偶而成變化。蒂者，花之所自出，象以太極，故有一丁。房者，花之所自彰，象以三才，故有三點。萼者，花之所自出，象以五行，故有五出。鬚者，花之所自呈，象以七政，故有七莖。謝者，花之所自究，復以極數，故有九變。此花之所自出，皆陽而成，數皆奇也。根者，梅之所自始，象以二儀，故有二體。木者，梅之所自放，象以四時，故有四向。枝者，梅之所自成，象以六爻，故有六位。梢者，梅之所自備，象以八卦，故有八結。樹者，梅之所自全，象以足數，故有十種。此木之所自，皆陰而成，數皆偶也。不惟如此，花正開者，其形規有至圓之象。花背開者，其形規有至方之象。枝之向下，其形規俯，有覆物之象。枝之向上，其形矩仰，有載物之象。於鬚亦然：正開者有老陽之象，其鬚七。謝者有老陰之象，其鬚六。半開者有少陽之象，其鬚三。蓓蕾者有天地未分之象，鬚體未形，其理已著，故有二丁二點。而不加三丁三點者，天地未分而人極未立也。萼者，天地始定之象，故背萼正萼分别圓尖，各有所自，其取象莫非自然而然也。」觀此三説，梅實具有先天之理焉。中峰其深於《易》者乎？

《湖廣通志》：「傍梅讀易亭在靖州治北，宋魏文靖公建。」羅大經《鶴林玉露》：「魏鶴山嘗賦詩云：『遠鐘入枕報新晴，衾鐵衣稜夢不成。起傍梅花讀《周易》，一窗明月四簷聲。』後貶渠陽，於古梅下立讀易亭，復題云：『向來未識梅生時，繞谿問訊巡簷索。絶憐玉雪倚横參，又愛清黄弄煙月。中年《易》裹逢梅生，便向根心見華實。候蟲奮地桃李妍，野火燒原葭菼出。方從陽壯争出門，直待陰窮排闥入。隨時作計何太癡，争似此君藏用密。』推究精微，前此詠梅者未之及。」《梅磵詩話》亦稱「起傍梅花」二句寄興高遠，人所傳誦。又浙江紹興有梅花易洞。徐一夔記云：「山陰胡龍臣居越王山下，植梅數百株，因名其處。」見《浙江通志》

《静志居詩話》：「明初黄子澄，受業於梁寅。初謁時，寅令作枯梅詩。子澄立就，曰：『百千年樹未全枯，三五個花何太疎。聞道石門春意動，不知曾有暗香無。』石門，寅所居也。寅因甚異之。」偶見宋蕭德藻《古梅》云：「百千年蘚著枯樹，三兩點春供老枝。」黄詩前半首似有所本。

「風引上春香，雪弄江南色。爲有惜花心，樓中莫吹笛。」見王穀祥《西室集》。而陳道復《白陽集》亦載此詩，但易「江南」爲「南枝」。且一以《梅花》爲題，一以《畫梅》爲題，微有不同耳。考兩人籍皆長州，世亦相近。當日未知誰是捉刀，必非不謀適合者。竹垞緝《明詩綜》，乃兩存之，想亦不能定爲何人作。

「風流晉宋之間客，清曠羲皇以上人。」宋張澤民《詠梅》詩也。余種梅時，魏塘曹漱湫隸書二語爲聯寄贈。適見元中峯和尚詩：「梁宋以前渾未識，羲皇而上有斯人。」明李因仲詩：「初非稽阮之間客，要是羲皇以上人。」皆脱胎於此，然終遜原作。近時長洲明經宋匡業以愛梅聞於時，詠梅詩成帙，亦有句云：「曠如魏晉之間士，高比羲皇以上人。」非特藍本，直抄而已。而歸愚先生乃稱其傳梅之品，謂宋人蹊徑一掃而空之，豈先生未見澤民原詩耶？余素服先生具眼，何不知二語爲宋人派耶？

《嘉善縣誌》：「吴鎮字仲圭，别號梅花道人。善繪事，尤工梅竹。性好梅，恒從大雪中把玩不忍去。晚年尤邃先天易理。將没，命置短碣塚上，曰『梅花和尚之塔』。人或怪之，曰：『久當自驗。』元末兵起，所在發掘，以碣所署，疑爲緇流，竟免。」長洲顧嗣立云：「仲圭生於至元十七年庚辰，卒於至正十四年甲午，有墓碑可考。而野史流傳發墓，爲楊璉真伽事，不知楊髠發掘宋陵在前。至元戊寅，是時仲珪猶未生也。陳繼儒作《梅花菴記》亦從而附會其説，可爲大噱。」按，道人所著有《梅花菴稿》。墓在嘉善邑治中，明邑令吴道昌甃石重修之，築僧舍於旁，俾司香火，曰「梅花菴」。其額乃董思翁所書，至今墓旁稱梅花里。予憶前年訪道人墓，見明豫章謝應祥所篆碑文，曰：「此畫隱吴仲珪高士之墓。」而元時故碣，僅存「華和尚之塔」五字。聞一老僧云，少時猶及見斷石在地，石上「梅」字模糊可認。今不知何年失去。然考明人謁道人墓詩，如劉侃云：「苔痕蝕斷碑。」朱愚云：「殘陽有斷碑。」周澤云：「古墓墻陰卧斷碑。」則是碣之斷，由來數百年矣。

《倦游録》：「大庾嶺上佛塔廟，有婦人題曰：『妾幼年侍父任英州司寇。及歸，父以大庾本有梅嶺名而反無梅，遂植三十株於道右。因題詩於壁云：「英江今日掌刑回，上得梅山不見梅。輟俸買將三十本，清香留與雪中開。」今隨夫之任端溪，復過此寺，前詩已污漫矣，因再書之。』司明詩又云：『路人猶自説梅嶺，祇見寒花不見梅。』」《廣州先賢傳》：「梅鋗家湞水上，從吴芮定百粤有功，梅嶺因鋗封地得名。後鋗將庾勝兄弟居守，又名大庾嶺。非謂嶺上有梅也。」又《史記索隱》：「今豫章三十里有梅嶺，在洪崖山，當古騶道。相傳將軍梅鋗居臺嶺，因呼梅嶺云。」然則庾嶺無梅，不足異矣。或曰鋗故宅在笮嶺山下，去梅嶺三百里。

《優古堂詩話》：「李方叔喜吴可句云：『東風可是閑來往，時送紅梅一陣香。』殊不知張芸叟《酴醿詩》亦云：『晚風亦自知人意，時去時來管送香。』」予因憶宋盧祖皋《酴醿詩》云：「春風不是無顔色，過了梅花便是君。」可以解嘲。

元張光弼《問梅》詩云：「一種隴頭樹，東風都合吹。未應造物者，偏在向南枝。」此似有爲而言。按《七修類藁》：「光弼元末棄官不仕，嘗曰：吾死埋骨西湖，題曰『詩人張員外墓』，足矣。後如其言。海昌胡虚白弔之云：『老逋泉下應相見，爲説梅花寫得真。』」

《揮麈餘話》：「張彦實知廣德軍，秩滿造朝，除著作郎。其兄秘書少監楚材約觀梅西湖。楚材有詩，彦實次韻云：『天上新驂寶輅回，看花仍趁雪英開。折歸忍負金蕉葉，笑插新臨玉鏡臺。女堞未須翻角調，錦囊先喜助詩材。少蓬自是調羹手，葉底應尋好句來。』時楚材再婚，故及玉臺事。秦檜見之大稱賞，曰：『旦夕當以文字官相處。』遷擢左史，再遷而掌外制。」

楊允孚詩：「試數窗間九九圖，餘寒消盡暖回初。梅花點遍無餘白，看到今朝是杏株。」自注：「冬至後貼梅一枝於窻間，佳人曉粧，日以臙脂圖一圈，八十一圈既足，變作杏花，即暖回矣。」劉侗《帝京景物》云：「日冬至，畫素梅一枝，爲瓣八十有一，日染一瓣，瓣盡而九九出，則春深矣，曰《九九消寒圖》。有直作圈九叢，叢九圈者，刻而市之，附以九九之歌，述其寒燠之候。歌曰：一九二九，相喚不出手。三九二十七，籬頭吹觱栗。四九三十六，夜眠如露宿。五九四十五，家家堆鹽虎。六九五十四，口中呬暖氣。七九六十三，行人把衣單。八九七十二，貓狗尋陰地。九九八十一，窮漢受罪畢。纔要伸脚睡，蚊蟲蠮蚤出。」此與陸泳《吴下田家志》「九九歌」小異。沈椒園廉訪《九九消寒圖》詩云：

「梅花計日徐舒瓣，珠顆經時訝許圓。」

陽羨陳檢討其年未遇時遊廣陵，冒巢民愛其才，延致梅花别墅。有童名紫雲者，儇麗善歌，令其執役書堂，陳寵愛之，爲繪《雲郎小照》。適梅花盛開，偕紫雲徘徊於暗香疎影間。巢民偶見之，佯怒，呼僕縛雲去。陳乃趨赴冒母門，長跪請解。頃之，傳語曰：「已命巢民不罪雲矣，然必得先生詠梅絶句百首，成於今夕，仍送雲郎侍左右也。」陳大喜，攝衣回，篝燈濡墨，苦吟達曙。百詠既就，巢民讀之擊節，復遣紫雲執役。事詳鈕玉樵《觚賸》。余嘗見元人段菊軒《乞梅》詩云：「漏洩春光洛水傍，紫雲名字襲人香。可能惠我黄昏伴，休笑分司御史狂。」天然脗合，竟似檢討所作，大奇。

梅花詩話卷十二

編按：原稿未標卷數，爲「太」字册卷首，今續標爲卷十二。

平湖張誠希和著

吴郡支硎山之西中峯寺古梅一株，苔枝鐵幹，大可十圍，相傳晉時支道林手植。長洲吴竹嶼中翰癖愛此梅，因於梅下建屋三椽，屬秀水朱春橋題曰「淨名軒」。中翰嘗賦長歌云：「古梅盤株勢鬱律，道林手種寒山窟。當年法雨沾六時，一花一葉皆禪枝。皮皴骨瘦傍厓石，千歲苔葑凍蛟脊。湘妃吹笛雲墮空，溪煙山月交玲瓏。寒姿歷盡冰雪苦，十丈花光玉龍舞。禽聲啁哳霍夢迴，竹邊風細幽香來。無心閱世成小劫，仙翮神駒歸寂滅。藐姑丰格偶然見，塵土凡紅空片片。結根幸託彌勒龕，相將軍火依瞿曇。妙哉非空亦非色，一任天花洒几席。」予遊大梁，晤中翰，中翰出此詩示予，並道其詳。故中翰贈予詩有「吾生夙抱梅花癖，記卜中峯屋數椽」之句。

張雨詩：「陰澗殘梅枿，臨流一向欹。」按，枿同櫱，木之斬而復生者曰枿，言殘梅，故生枿也。《爾雅·釋詁》：「枿，餘也。」郭注：「陳、鄭之間曰枿，伐木餘也。」

李西涯《題梅月圖》詩：「影娥宫殿月參差，卻認梅花是桂枝。欲采幽芳無處寄，人間天上兩相思。」偶閱讀《堅瓠七集》，卻有一段梅桂奇緣：「交趾國王，原姓陳氏。後有江西黎季犛，幼時商販其國。登岸時，見沙上有句云：『廣寒宫裏一枝梅』。黎後得官。一日，陳王避暑於清暑殿，庭有桂千樹，王出對曰：『清暑殿前千樹桂。』群臣皆未對。黎憶沙上所見，遂以對之，王大驚曰：『子何以知吾宮中事？』黎以實告。王曰：『此天數也。』蓋王有女名一枝梅，建廣寒宮以處之也，遂配之。」

《金華詩録》：「明童琥，字廷瑞，蘭溪人，官江西按察副使。有《梅花集句》、《和百詠梅花詩》。」按《金華徵獻略》：「廷瑞梅花集句，至今傳誦。其精者，五言如『皓月散清影，東風聞暗香。』『晚香傳遠樹，春色上寒梢。』『野渡冰生岸，孤村雪擁籬。』『孤標能自保，一壑不妨專。』『籬疎還有艷，樹老半無枝。』『不知春色早，已與歲寒謀。』『城曉風高角，山空月滿樓。』『此時逢國色，何處避春愁。』『獨有煙霞染，不知霜月寒。』七言如『暗吐幽香穿別院，數將疎影上雕闌。』『半灘流水浸殘月，一片寒光接素霞。』『愁生細雨輕煙外，夢繞孤雲落日邊。』『兩岸嚴風吹玉樹，一溪春水浸雲根。』『素韻只應天上謫，繁枝疑是月中生。』『薄薄遠香來澗谷，微微春色染林塘。』『謝客瓊枝方貯眼，漢宮嬌額更塗黄。』『臘盡山中三尺雪，月斜樓上五更鐘。』『越使可能千里致，故人不寄一枝來。』『孤根欲老冰霜國，晚節猶存鐵石心。』『幽香入室有餘韻，老樹着花無醜枝。』『明月自來還自去，東風吹落復吹開。』」童氏所居，即香溪故里。鄭北園《和梅花百詠》詩序：「草窗童先生梅花集句詩，五言八句一百首，七言八句一百首，七言四句一百首，已有國史楊先生序，叙州吴守爲之版行矣。《和百詠》詩止草窗自序。寫本謂此非若集句用古人語，版行爲無嫌也。草窗爲人謙退，謂事之不如人。及其見諸運用，一舉手便出人意表。觀此亦可概見昔人。」和梅詩，宋陳晞顔多至八百篇，楊廷秀序之，謂晞顔之詩同梅而清，清在梅前；同梅而馨，馨在梅外。予於草窗詩亦云。草窗年纔六十餘，擺脱功名，遊心閒散，其筋力不異少年，如梅在雪中，清泠孤寂，精神百倍。統計草窗梅詩凡四百首，惜未之見。僅從《金華詩録》得其《墨梅》一首：「野塘春暖水平鋪，數點冰花映玉壺。明月一簾詩思好，東風吹夢過西湖。」

蔣雲會《藝苑名言》：「沈得輿有《梅花》一聯云：『獨立江山暮，能開天地春。』氣骨豪邁，有舉頭天外之概，脱盡詠梅恒徑。得輿名欽圻，歸愚先生之祖也。」按，歸愚《别裁集》載其全詩，謂：「脱盡窠臼，籠罩前人。」詩云：「冰霜磨煉後，忽放幾新枝。獨立江山暮，能開天地春。自然空色相，誰與鬬精神。野客閒相對，如逢世外人。」

震澤張看雲棟有《梅花吟》一卷，《自序》云：「乾隆二十四年，歲在屠維單閼，寄蹟西泠官舍，適當梅花盛放，因叙三十餘年觀梅情事，如逢佳士，如覯美人。撇去百千餘首詠梅詩篇，欄品玉蕭，欄吹畫角，未敢襲其牙慧，羞爲雷同之詞。幾經抽卻心苗，欲嗣風流之況。此花韻古格高，實乃衆芳之領袖。而此時冰銷雪霽，燦呈大地之精華，遂得律詩，盡上下平韻，凡三十首。」今録其詩之紀梅花勝處者六首。九佳韻詩云：「龍洞梅開境絶佳，幾攜藤杖着芒鞋。雪高低處耀人目，雲繚繞中開我懷。玉宇瓊樓先得傍，紙窗竹屋亦相偕。此間領略多奇趣，歸詠青燈坐小齋。」原注：「龍洞梅花爲洞庭西山最盛。開時，相接數十里。」十灰韻詩云：「自欣蹋遍亂雲堆，一棹中流更溯洄。西嶺攜將三兩客，長圻看偏萬千梅。瑶臺元鶴隨風去，姑射仙人薄霧來。幾處荒園漫尋訪，花間羯鼓莫頻催。」原注：「東山梅花唯長圻最盛。」十一真韻詩云：「張篷緩緩趁芳辰，鄧尉依然笠水濱。未許煙霞窺半面，好憑水月現全身。蜂慵鶯澀誰留客，貌婉心閑自可人。爲問幾生脩得到，築堂常此禮仙真。」原注：「我郡梅花，鄧尉爲諸山之冠。花時，畫船寶馬，二十餘里，相連不斷，真勝地也。」十二文韻詩云：「湖山佳處氣氤氳，三尺林逋舊日墳。孤島一株盤碧蘚，荒祠幾樹對斜曛。誰從漢上還捐佩，漫説雲中更有君。擬與前人結真賞，卻羞齒頰襲餘芬。」原注：「西湖孤山尚有老梅。」十三元韻詩云：「西溪憶共訪名園，春到梅花開正緐。一片白雲遮石洞，半灣流水帶山邨。誰從此日蕩蘭槳，更倩何人設酒尊？窅窱不愁迷出處，老蛟猶露舊時根。」原注：「西溪老梅獨多，花時，游賞最盛。」四豪韻詩云：「花間五馬慣勤勞，廳治梅開映絳袍。暫向秀州留水部，早知刺史列仙曹。士民不禁真寬典，謳頌頻興驗素操。天予心情原不薄，莫言地位本來高。」原注：「嘉興府署古梅最多。花時，士民雜遝，觀者無數。時太守爲西江曾公。」又九青韻詩末聯云：「煙深徑僻無人到，空對萬竿浮醁醽。」原注：「糧儲署後萬竿園，梅花極盛。」天台齊息園侍郎見而歎曰：「此非性情氣韻修到梅花合同，而安能到此品格耶？」因集其詩，作《湖山探梅歌》題後，曰：「湖山佳處氣氤氳原唱十二文韻詩，春到梅花開正繁原唱十三元韻詩。嚼處可能醫俗骨原唱六麻韻詩，片帆迢遞煙中出原唱八齊韻詩。落落惟君性不凡原唱十五咸韻詩，偶欲相見從元談原唱十三元韻詩。終有此花知己在原唱十五咸韻詩，冰堅雪重了無礙原唱六魚韻詩。品格生來自不同原唱一東韻詩，春來海上雲如海原唱十五咸韻詩。幾處亂雲迷竹徑原唱三肴韻詩，薄雲細雨原相稱原唱一東韻詩。半灣流水帶山村原唱十二文韻詩，窗前窺容驚還定原唱二蕭韻詩。咫尺莫愁仙嶠隔原唱二冬韻詩，西嶺攜將三兩客原唱十灰韻詩。相訪何妨歷磵阿原唱五歌韻詩，山中約還穿履□原唱三肴韻詩。雪高低處耀人目原唱九佳韻詩，人寂寂時天趣足原唱五歌韻詩。斟得紅螺味漸佳原唱六麻韻詩，飲罷玉清神肅穆原唱十五咸韻詩。

竹外一枝真妙語原唱五歌韻詩，竟無消息來孤嶼原唱二蕭韻詩。三尺林逋舊日墳原唱十二文韻詩，别種清芬堪挹取原唱七虞韻詩。濟勝自知原有具原唱三肴韻詩，此間領略多奇趣原唱九佳韻詩。叢叢欲破遠峰青原唱九青韻詩，影横水石玲瓏處原唱一東韻詩。獨我寄情深復深原唱十二侵韻詩，泉石因君氣倍清原唱八庚韻詩。還憶梅花舊書院原唱十蒸韻詩，山鳥帶香飛草亭原唱九青韻詩。誰從此日蕩蘭槳原唱十三元韻詩，天晴便把緑玉杖原唱十二侵韻詩。擅將高韻本無雙原唱三江韻詩，養就煙霞真骨相原唱七陽韻詩。天與性情原不薄原唱四豪韻詩，自有天懷隨夢覺原唱六六韻詩。未妨屈宋是衙官原唱十四寒韻詩，芳草美人紛寄託原唱八齊韻詩。此日巡簷興轉長原唱七陽韻詩，雪霽寒林還飼鶴原唱二蕭韻詩。」朱春橋亦題曰：「曾探梅花龍洞前，萬株香散五湖天。讀君卷裏相思句，我亦臨風憶昔年。」

湖州鄭曦光《庭梅百詠》有四六自序一首，余愛其中一聯云：「中何久熱，從來不受人憐；骨豈能柔，到處應緣爾傲。」最有身份。詩則平平，聊登其稍有風韻者五絶：「枝枝妝點出籬斜，疑是仙人萼緑華。肯嫁東風來夢裏，半簾疏影□窗紗。」「淡煙漠漠曉寒凝，花覆還疑枝不勝。望裏正愁香欲墮，那知身坐玉壺冰。」「東風消息逗微合，枝上寒皴玉一梭。卻笑雲屏遮不住，淡痕香影占春多。」「枝上花痕帶雪鋪，清光寒屑兩糢糊。莫誇雪比梅花潔，不是梅花雪也孤。」「短短疎籬映夕陽，縞裙練帨倚東牆。箇人心比冰逾浄，一任鄰窺楚客狂。」

少宰吴澹軒嗣爵督學福建時，按臨新羅使院。適梅花同四季桂、白石榴一時並開，曾賦三絶句：「海上初逢官閣梅，南枝先已向人開。待他香動黄昏月，每日花間盡醉來。」「天香萬斛勝龍涎，四季常開不識年。正與寒梅堪作伴，肯教獨占百花先。」「一樣安榴種自寄，幽枝偏與嶺梅期。冰心直欲同霜雪，不似紅裙五月時。」

張南華《學士集》有《和玉洲憶梅》詩五首。其一之「愁鎖荒園幾暮朝，殘年籬落雪封條。無多影愛臨波寫，欲斷魂宜帶月招。横澗瘦蛟餘夭矯，出林孤鶴想丰標。夜窗紙帳牽幽思，夢到寒溪第幾橋。」又「雪樹半迷西崦翠，香光斜繞太湖風。」「月斧倚雲修玉屑，冰綃和露結珠胎。」「傾壺醉卧横雲地，倚杖寒吟釀雪天。」皆佳句也。又云：「玉洲前輩以《憶梅》五首見示，因憶吴門倡酬舊句，足成一篇：『猶記江鄉欲放時，窗前影到最相思。夢中同繞雪千樹，别後寄將春一枝。殘蕊暗黏銀鑿落，斷香愁弄玉參差。幾年不見垂垂發，惟有多情兩鬢知。』」又張看雲《梅花》詩云：「頻年客夢憶家鄉。」原注亦謂追憶都門，和玉洲《憶梅》詩五首也。

《堅瓠初集》：名妓劉婆惜通文墨，滑稽善舞。時全普庵字子仁，爲贛州監郡。公餘即與士大夫酣飲賦詩。帽上嘗喜簪花。一日，劉廣海過贛，進謁全。時賓朋滿座，頭戴青梅一枝，口占《清江引》曲云「青青子兒枝上結」，令座客續之。衆未及對，劉歛衽進曰：「容妾措詞乎？」全曰：「可。」應聲曰：「青青子兒枝上結。引惹人攀折。其中全子仁，就裏滋味别。只爲你心酸，留意兒難棄捨。」全大稱賞，納爲側室。後兵興，子仁死節，劉克守婦道而卒。

梅花詩話卷十三

編按：原未標卷數，爲「太」字册卷二，今續標爲卷十三。

平湖張誠希和著

《寧海縣誌》：梅軒在尉廳，嘉定十六年尉葉象翁建。徐允翀詩云：「香老虬枝古，花開傍短扉。昨宵微雪灑，四檻玉鱗飛。」

嘗見沈澹園觀察畫盤梅一幅，自題有「巫峰插架雲開遍，鑒水準湖雪照開」之句。復識云：「盤槐、盤松皆有之，盤梅之見，見於巫山古峯寨。姊歸之香村亦有之。香村即昭君村也。」

《漁洋詩話》：「近日釋子詩，以滇南蒼雪爲第一，如『十日花開湖上路，半村家在雪中山』，警句也。」按，此係蒼雪《别徐九玉訂鐵山看梅》詩，其全篇曰：「我欲求閑未得閑，君詩删後又重删。燈前預訂看梅約，歲暮仍憐鑿凍還。十日花開湖上路，半春家在雪中山。停舟記取溪橋外，望見茅菴直扣關。」《感舊集》「十日」作「一夜」，神韻稍減。

錢塘淨慈寺僧正嵓工畫梅，嘗寫梅寄蔣渭公云：「林家三百六十樹，今日猶存此一枝。欲約君來香影際，爲傳水淺月明時。」詩意以林詩比畫，不露自負痕跡，措語工絶。

褚稼軒《堅瓠六集》載閩人徐季暨《紅梅》詩頗佳，事亦甚幻。季暨弱冠有才華，不能俯仰塵俗。遊白門，會客長干寺。座有貴人，傲氣淩人。季心不能平，語稍侵之。酒半，客有語留侯事。季即席間草書《留侯世家》一通，至「椎擊博浪沙」停筆，引滿酌貴人。貴人瞠目，仰屋而嘻，默然良久，念無以加於季，乃從容語及長安大老。季笑曰：「是齷齪者，何足污吾耳！」拂袖出門，不及呼其僕馬。時冬雪初晴，向月而步，遥望白煙一縷起叢薄。又里許，詣一高門，雙扉未闔。碧衣童子見季而笑，導之入堂上。一叟擁爐看書，起迎勞季。命童子劈鹿脯，捧酒一螺。季稱謝。叟曰：「圯上納履事，亦解此意耶？」季悚然。叟即持向看書示季，正季所草書也。大駭，拜伏。俄而，香風襲人，素綃女子嫣然拜燈下，手執紅梅一枝，妖冶真國色。酒數行，叟顧謂季：「佳客良夜，願留霏玉，以紅梅爲題。」季應聲曰：「一自東風嫁海棠，全欺絳雪艷(郡)[群]芳。火齊夜照疎鐘冷，錦瑟朝翻繡幕香。素質豈堪流血淚，纖肌故遺襯紅裳。捲來衫袖燕支妬，惟有明霞映曉妝。」又絶句六首：「芙蓉不耐九秋霜，玉盞趨顔怯晚妝。争似芳菲干冰雪，忍教菡萏怨斜陽。」「玉盞酡顔夜未央，染成殷膩暈檀郎。多情錯認啼鵑淚，燃盡寒枝識暗香。」「的的丹沙綴玉房，爲邀神女漱雲漿。相逢月下驚嬌艷，不是江妃舊日妝。」「燒殘絳燭裛明光，午夜輕寒擁鸘鸘。不向曉風貪結子，願將丹素對青皇。」「稜稜玉骨倚長廊，照眼横斜月一方。聞道石家舒步障，珊瑚高處散清香。」「玉輦承恩紫臂囊，自憐憨態拂銀床。賜緋迎影開歡靨，不數姚家照殿黄。」詩成，杯酒未寒。叟掀髯稱賞：「寸晷立成，政自難得，第不免少年氣耳。」令素綃按拍歌之。每歌一首，輒浮一大白。觥籌既深，語笑方洽，視庭中月痕如初時，不移寸。逡巡欲叩姓名，叟囅然笑曰：「徐子仙骨已具，但元精未充，願以素綃奉侍君。子不聞霍將軍之於宛若乎？」季作色怒曰：「杯酒初銜，未傾肺腑，何至以淫褻相加！」抵杯向地，聲砉然。叟及屋宇俱無所見，身坐長林下，曙色熹微，啼鳥在樹間而已。心惘然若夢。彷徨行里許，聞車馬喧馳，則其家人也。喜而慰問，失已三日。「此地去白門一百八十里，爲雲陽道中矣。昨夜尋至句曲逆旅，有老叟寄緘，具言郎君在此。星馳而來，果相遇也。」詰叟形貌，即季所見。發其緘，題「丁丑期吾於幔廷之山。」遂南歸。二年，復入都。道出雲陽，季留意物色之。會直指使者過，車騎塞途，舁夫迂道行，見短垣紅英耀眼，命停輿，入。有紅梅，玉幹扶疎，蔭畝許。時春暮，桃花落盡，此獨含滋吐色，芬芳馥鬱。季心異之，徘徊其下，見廢址隱隱，一村老策蹇來。詢之，言是黄石公廢址。於是駭然，肅衣冠拜於草間，低回不忍去。同行者促之，乃行。自是棲心元旨，深自韜晦，不復以功名爲念，放情詩酒。丁丑以病酒卒。或言屍解，而托於酒也。没十餘年，閩人請仙，大書季姓名，言爲仙官，治武夷之幔山亭。徐之蒼頭，向隨季行者，直走雲陽，冀問音響，杳無所見，紅梅亦不知所在，痛哭而返。

歐陽文忠詩：「梅蘤入新年。」按，《唐韻》：蘤，韋委切，音蔿。《玉篇》曰：花榮也。又《韻補》：旁禾切，音婆，義同。俗用「花」字，本作「蘤」。《字詁》云：「花」古作「蘤」。《康熙字典》亦定爲古「花」字。陳樵《垂絲海棠賦》：「方梅蘤之雨。」别亦作平聲用。《正字通》又謂：「蘤」或作「葩」，與「花」通。不知「花」與「葩」用到梅詩，有雅鄭之别。《竹坡詩話》云：今日校《譙國集》，皆公在宣城時詩，但句中時有與昔時不同者，如《病起》一詩云：「病來久不上層臺，窗有蜘蛛徑有苔。多少山茶梅子樹，未開齊待主人來。」此篇最爲奇絶，今乃改之爲：「爲報園花莫惆悵，故教太守及春來。」非特意脈不倫，然亦何等語。又如「梅粉初墮素」改作「梅葩」，不知「葩」字是世間第一等惡字，豈可令入詩來？

盧抱經學士爲予言：餘姚布衣汪文津先生不諧俗，賣藥於周巷，門臨小溪，屋後植梅花，建草堂曰「梅津」。好畫梅，乘興揮灑，别具生趣。汪嘗寄學士詩云：「隴梅香度草堂偏，欲折南枝寄玉川。知子鳳池清興可，雪鐺茶熟聳詩肩。」錢塘桑弢甫題其畫梅云：「疎花看着空，底怪暗香發。誰與伴孤清，青天一明月。」

王丹麓《今世説》：宗定九處東原草堂，酷嗜梅花。堂有古梅一株，時人謂之「宗郎梅」。宗嘗登吴陵城樓，云：「城外村梅映酒旗，故園花落重相思。」其觸處不忘梅如此。

劉繩庵相國綸《唐灣竹枝詞》：「金剛拳樣蕭梅脆，買助新妝齲齒工。」自注：「青梅出澄江蕭氏者佳，其大者俗名金剛拳。」

陳青柯太守嘗出所著《六銖詞》示余，皆集漢魏六朝人語，詞中詠梅獨多。梅詞宋元爲盛，唐則尚少，漢魏六朝未之有也。陳青柯太守爲梅詞别開生面。《雲仙引》曰：「素質參紅晉張翰《周小史》，朝霞潤玉東漢仲長統《述志詩》，一何奇變多姿晉傅元《軍鎮篇》。出温谷北齊祀明堂《高明樂》，與仙期魏陳思王《平陵東》。片光片影皆麗梁簡文帝《倡樓怨節》，映日含風結細漪隋虞茂《江都夏》。仿佛佳人晉陸雲失題，清身苦體漢樂府《雁門太守行》，羅縠單衣秦《琴女歌》。　傾杯覆盌漼漼北周王褒《高句麗》，匝上下北齊郊禘《高明樂》、無風花自飛梁柳惲《薔薇》。孤竹揚聲隋祀圜邱誠《夏樂》，初鷽命曉齊謝朓《三日侍宴曲水》，弱舞難持梁沈約《三日侍鳳光殿曲水宴》。明秀超鄰晉桓元《登荆山》，淩虚抗勢晉袁宏《從征行方頭山》，直用東南一小枝北周庾信《楊柳歌》。雙情交暎晉陸機《贈馮文羆》，澄澄緑水晉阮脩《上巳會》，杳杳清思庾信《大袷歌昭夏》。」《卜算子·和白石道人韻》曰：「春色犯寒來梁元帝《泛永康江》，千里長遼迴梁何遜《暮秋答朱記室》。水裏連沙聚作洲北齊蕭慤《春日曲水》，日入江風静梁劉孝綽《夕逗繁昌浦》。　徙倚望東家梁徐悱《對房前桃樹贈内》，此夜臨清景梁庾肩吾《和望月》。朱鳥春窻玉女窺北周庾信《楊柳歌》，卻扇承枝影梁邵陵王綸《見姬人》。」其二：「春望上春臺北周庾信《春望》，懸想關山雪又《擬詠懷詩》。別罷花枝不共攀梁簡文帝《別詩》，門巷無車轍梁戴暠《車馬行》。猶是昔年枝梁王筠《和孔中丞雪裏梅花》，非爲相思折梁何遜《折花聯句》。寡鶴偏棲中夜驚陳阮卓《黃鵠一遠別》，緑綺清絃絶陳江總《長相思》。」又前調疊韻曰：「水緑晚苔生梁元帝《納涼》，葉落秋巢迴隋王由禮《巖穴無結構》。先露枝頭一點春隋侯夫人《看梅》，日没風光静梁江洪《江行》。　含吐有餘香梁武帝《子夜秋歌》，巖壑澄清景隋楊素《山齋獨坐贈薛内史》。度月還同粉壁光陳傅縡《襍曲》，無復姮娥影陳徐德《破鏡詩》。」其二：「轉側被風祓梁劉綺《增新曲相對聯句》，皎白如霜雪梁宣帝《詠紙》。乃在南山巖石間漢樂府《烏生》，寒夜猿聲澈梁元帝《折楊柳》。　仰出寫含花梁簡文帝《筆格》，古樹多摧折陳江總《隴頭水》。翠竹梢雲自結叢陳張正《見階前嫩竹》，杳興榮名絶梁任昉《贈徐徵君》。」《荷葉杯》曰：「零雪霏霏集宇晉陸機《上留田行》，誰語漢息夫躬詩。習静對花台梁朱超《對雨》，蘭房椒閣夜方開梁元帝《烏棲曲》，不悟有香來陳蘇子卿《梅花落》。　徊復翔兮游颺《古烏鳶歌》，惆悵魏文帝《寡婦詩》。　落蕊亂從風梁蕭琛《春日貽劉孝綽》，一嬌一態本難逢陳傅縡《襍曲》，故落早春中隋陳子良《春雪》。」《琴調相思引》曰：「玉樹流光照後庭陳後主《玉樹後庭花》，梅花色白雪中明陳江總《梅花落》。　香芬幽藹宋楊惠休《楚明妃曲》，階下緑苔生梁劉遵《從頓還城應令》。　淺蕊水邊匀玉粉隋煬帝《湖上曲》，徘徊夜鵲屢相驚陳賀循《庭中有奇樹》。　雲簸清引梁沈約《雅樂歌・禋雅》，併切斷腸聲陳張正見《度關山》。」

黄梨洲墓在餘姚之化安山，墓上有梅。唐若瀛《餘姚志》載有季暾《種梅梨洲墓》詩：「栽遍梅花十載心，蹉跎不覽到而今。忙歸西子湖頭屐，來聽南雷樹上禽。觸路衣霑青草濕，負鋤手種白雲深。千年碑碣傳高節，不獨孤山處士林。」

《金華詩録》：太倉相國王掞爲浙江學使，東陽李鳳雛上梅花詩十首，目爲才士，貢入太學。但其詩終非上乘，今録其警語，云：「輕煙縹緲浮春色，香霧朦朧印月痕。」「數枝對我香生袖，一夜思君影到窗。」「湖樹曉同霜鶴放，水亭盡引白鷗來。」「花信乍催殘臘後，香温微護半寒時。」「縞袂乍逢疑是鶴，素衣今見潔於僧。」「欲折芳枝寄遠道，漫裁清怨讀《離騷》。」「寒影照池欺月冷，淡煙籠徑畏春濃。」「江岸月明珠是淚，苑牆雲覆碧爲城。」「樓邊曉色連珠幌，徑里殘香點緑茵。」此數聯刻畫工妙，亦麗亦清。又有句云：「開向春風微覺笑，立殘深夜不知寒。」居然神到。然以較「雪後」「園林」二語，去之遠矣。

《湧幢小品》：興化縣木塔寺，殿才皆紫樫，美材也。賈人以木筏載黄梅一株，樹之殿傍，胡僧坐其下。忽殿成，而梅日盛。偶以占年，東盛則上河豐，西盛則下河豐，俱盛則俱豐，俱衰則俱歉。雀啄之，則有蟲鼠之耗。農人多驗之。

明周憲王《荒政本草》：臘梅花多生南方，今北土亦有之。其樹枝條頗類李，其葉似桃葉而寬大，紋微麄，開淡黄花。救饑採花，煠熟水浸，淘净，油鹽調食。又梅救饑法：摘黄熟梅果食之。臘梅食花，梅食果，不獨紫芝可療饑也。

遂昌縣梅花峯，爲金溪十峰之一。《處州府志》載邑人黄中詩云：「何處飛來雪裏花，碧霄片片出簷牙。清芬常帶煙嵐氣，不管人間有歲華。」遂昌又有東梅嶺，在唐山。項天衡有詩。又龍泉縣有小梅嶺、大梅嶺，慶元縣有梅溪。

查梧崗太守爲予言，其尊人云在太史，嘗以扇索錢觀察昭采畫牡丹、秋葵。觀察畫梅一枝，題其上曰：「索寫秋葵與牡丹，兩花排擠恐難看。不如潑墨追前夢，稍覺羅浮世界寬。」詩意似有激而發。然秋葵、牡丹曾入梅花詩。朱子《和東坡梅花》句：「敢與葵藿争朝暾。」張鼎思《梅扇》云：「富貴人争賞牡丹，醉扶春色上闌干。老梅寂寞江村外，雪里誰來着眼看。」且梅上亦能開秋葵、牡丹，但其兆各異耳。董閬石《三岡識略》：「張孝廉士紳，庭有古梅，三年不花。一日，老幹忽放一萼，狀似葵而絶大，識者以爲不祥，俄而孝廉被病卒。」《處州府志》：「太平潘氏葬其親於龜山，廬於墓側。冬，墓傍梅樹吐牡丹者五，宛若芳春，人以爲孝感所致。洪武中，有伯濟者，兄弟五人俱顯。」

梧崗詩亦云：「小庭也喜暖風催，舉室來看隔歲梅。酹酒休教花事斷，牡丹及早錦成堆。」

李東陽《麓堂詩話》：「紅梅詩押『牛』字韻，有曰『錯認桃林欲放牛』。前輩所傳，不知作者何名字也。」按，郎瑛《七修類稿》：「嘗有人召仙，請作梅花詩，仙箕遂寫：『玉質亭亭清且幽。』其人云：『要紅梅。』即承曰：『着些顔色點枝頭。牧童睡起朦朧眼，錯認桃林欲放牛。』」據此，則係乩詩。東陽殆未見全篇。

《堅瓠八集》：俞君宣琬綸，齒蟲齧去半齒，埋之王園梅花下，因摘花祭之，泣而告曰：「三十年辛苦，爾噤之；二十年酸味，爾嚼之；千萬斛愁慘，爾啮而忍之。徒有飲聲，不識笑口，爾因賤首也，賤愈可憐。賤莫如馬，馬骨猶埋，矧爾乎？卜花下少行人處埋爾。憐爾以花本，覆爾以花瓣，沁爾以花露，護爾以花神。蚓窟爲(斧)[府]，蟻穴爲堂，草雨爲芳醪，蜂蝶爲死友。使寒微片骨，雖賤能香，復懺來生，毋墮業軀也。」

梅花詩話卷十四

編按：原未標卷數，爲「太」字册卷三，今續標爲卷十四。

平湖張誠希和著

王文正「百花頭上」之詩，爲狀花先兆，詩家因以梅爲「狀元花」。宋徐清叟詩：「衝凍細尋梅信息，枝頭喜見狀元花。」明汪廣洋詩：「纔聽東風第一聲，狀花高出冠群英。」邱瓊山《紅梅詩》：「誰把秋香浪評品，此花直是狀元紅。」曹潄秋《題梅花和尚墓》詩：「處士偏留和尚號，高人卻愛狀元花。」《狀元圖考》：戊申歲，唐汝楫夢一梅樹生於庭前，花娟靚繁盛，字隱隱見花瓣中，曰「明歲相逢雞水酌。」明年爲己酉，汝楫已豫卜矣。汝楫，嘉靖己酉登賢書，庚戌狀元。

丙午夏，余遊大梁。畢秋帆中丞出其太夫人《梅花》三律示余。余閲三詩，當日傳誦藝林，今已二十餘年。詩云：「一枝破格倚牆陰，春在亭林不用尋。三兩點花偏有韻，百千年樹已無心。更誰解置清樽賞，對爾宜裁白雪吟。幾度爲言相憶苦，社前離別到而今。」「廊角池頭倚夕陽，慣從高古見文章。出身首荷東皇賜，點額親添帝女妝。獨與白雲如有約，遥疑積雪亦生香。孤寒不改山林性，宰相空回鐵石腸。」「偶因寒重作花遲，二月垂垂始滿枝。暴暖最宜將放日，暗香偏在未開時。風前見影心先折，詩里無題格最卑。欲向長屏寫疎蕊，人間何處覓徐熙。」太夫人姓張氏，諱藻，字於湘。原注曰：「庚辰正月中旬，賦梅花，得句云『出身首荷東皇賜』，無心出之。閲數月，沅兒竟得大魁，詩成先兆云。」沅，中丞名。中丞，乾隆庚辰狀元。

中丞又出《梅花》詩十首，謂余曰：「此予撫秦省時所作也。」序云：「隴頭無梅。唐詩用驛使寄梅事。此風人誕詞耳。余早歲讀書靈岩山中，與同社諸子賦《梅花》詩十章。先師歸愚先生許爲於『暗香』、『疎影』外別開面目，能爲此花寫真。薄遊廿載，小住金城。浩蕩關河，素心契闊。欲折瓊華一枝寄贈，不可得也。思江上故人而不見，則思江上梅花，因成長律，復如前數，題曰《後梅花》。恨吾師已歸道山，無由一證此中得失耳！」「不斷青山不了緣，寒葩萬樹得春先。香霏煙外敲鐘寺，根繫湖邊載鶴船。對我良朋情脈脈，感時静女態娟娟。平生怕作繁華夢，手折瓊枝意惘然。」「三弄音傳緑綺琴，山人爲爾入山深。有生孤注成高節，無意相逢愜素襟。妙處不關香色味，悟時已徹去來今。十年空谷雲蹤杳，薄靄輕煙寫一林。」「羃䍥春陰暝色蒼，湖光花氣混空茫。月生書幌横枝瘦，僧定禪燈照影荒。晼晚情懷風雪院，蕭寒節候水雲鄉。人間凡艷消除盡，貞骨誰憐抵死香。」「空濛開遍向南枝，紙帳衾寒睡起遲。惟我一生成獨往，勾人千種起相思。呼童掃雪烹茶後，對客彈碁寫韻時。如此清風原共見，何須傲世畏人知。」「天生真色學難真，憑藉孤芳絢好春。蕩滌文章無穢俗，胚胎元素有靈神。偶逢一樹還思舊，纔放三分便斬新。香國清監寒未久，江頭應戀未歸人。」「空山鼻觀斷塵聞，曾與寒花誓不分。吟冷騷蕭雙鬢雪，雨昏狼藉一溪雲。獨清早歲應慚我，偕隱他年定許君。結賞本無諧俗願，平章枉費展殷勤。」「憑仗東皇玉汝成，孤生偶爾占清名。羲皇世上論標格，夷惠花間共性情。十里荒塘斜照遠，一宵香夢小庭横。江南或有懷人者，隴首春風數幾程？」「梨雲片片著天黏，無賴餘寒風力尖。千萬朵開仍寂寞，兩三枝亞亦清嚴。苦吟爲爾移情立，妙悟從予帶笑拈。果是他生脩得到，孤悰只合寄青崦。」「窈窕山村帶水村，寒林漠漠濕無痕。魚罾香杳潮平岸，樵斧人歸月到門。許彼高僧施梵供，賺他名士斷吟魂。劇憐瘦削清如許，氣肅冰堅慘不温。」「記得鄉園景正韶，蕭齋簾捲坐清宵。愛而不見心如結，對卻忘言意也消。萬里玉門春淡淡，一江香水恨迢迢。雨昏燭燼西泠路，愁絶繁枝照寂寥。」予又向中丞索《前梅花》詩，中丞曰：「稿在江南。」又曰：「予家靈岩山館有問梅禪院，予新栽梅一千株，君他日南歸，煩一問梅花消息。」

梅花詩話卷十五

編按：原稿未標卷數，爲「太」字册卷四，今續標爲卷十五。

平湖張誠希和著

錢塘袁簡齋太史卜居金陵之小倉山，别墅曰隨園，有梅七百餘株。因山勢高下爲位置。太史曾有「笑我隨園二十弓，年年種梅如種菜」之句。數十年來，梅皆葱郁成林。方子雲贈以詩云：「梅花也有修來福，若個神仙作主人。」其爲時推重如此。丙午五月，予訪太史，太史留予隨園信宿，贈予詩云：「隨園七百七枝梅，望見君來一齊舞。」梅花得太史作主，自是梅花之福。太史又謂隨園梅花獨傾倒於予，予則何敢！

簡齋太史《小倉山房集》第十卷有《買梅》、《種梅》詩。是年爲甲戌。太史於己巳得隨園，旋告歸，賦詩云：「白門新掛竹皮冠，爲愛梅花不作官。」至是後，自秦中歸，重治園，始栽梅花，以踐夙志。《買梅》詩云：「爲買梅花手自栽，朝衣典盡向蒼苔。笑他絶代高人格，不等黄金不肯來。」《種梅》詩云：「十丈春山帶雪量，一枝短襯一枝長。安排要得横斜致，閑與園丁話夕陽。」明年乙亥，尹望山相國過隨園，遂有「十頃梅花百畝田」之贈。又明年丙子，太史《答孟亭訊梅詩》：「寒梅初種後，曾與故人期。待放一林雪，各吟千首詩。急來連夜雨，凍斷早春枝。自是花渝約，非關沽酒遲。」

余觀太史隨園梅詩，造語清新，多前人所未道。如《看梅》云：「才走半梢如白龍，忽抽千朵春雲濃。三更以後看不見，明月一重霜一重。」又云：「山空養慣高性情，春早長留好歲華。恰惱一林香太遠，教人尋得著吾家。」《折梅》云：「爲惜繁枝手自分，剪刀摇動萬重雲。折來細想無人贈，還供書窗我伴君。」又云：「侍兒心性愛風華，争採仙雲鬢上加。自卷一雙蝴蝶袖，忍寒先仰最高花。」《在鄧尉憶家中梅花》云：「主人鄧尉看梅去，家中梅花開萬樹。捨近求遠如芸田，梅雖不言我自憐。歸來置酒向梅勸，勸梅莫作秋胡怨。君不見林逋終日不離花，花飛也到别人家。」《感瓶中梅》云：「戲折紅梅枝，置之磁瓶中。其時花千樹，欣欣開春風。設身爲梅想，得無心忡忡？不與衆争春，而來伴衰翁。翁亦慚頭白，不稱此花紅。因之有薄寵，安放傍簾櫳。一朝天嚴寒，雪壓兼霜封。園花盡凋敗，細蕊亦疲癃。視我瓶中梅，精神方隆隆。如以金屋姝，下視山村農。豈知我折時，並非情所鍾。偶然興到耳，採取由奚童。凡此榮與枯，豈可常理通。一笑語梅花，萬事皆天公。」《自衡陽還山》云：「香雪階前撲面來，喜從香里解征衣。老妻指向諸姬笑，不爲梅花尚不歸。」又如《在長沙秦芝軒方伯饋盆梅》云：「拋卻滿園雪，來看一尺花。」《守歲》七古落句云：「門亦不守無人敲，敲門或者梅花稍。」皆傑句也。

菩提場在隨園北一里，有古梅高數丈，蔭大殿三間，花時香聞數里，不知何代物。相傳明時焦學士竑極愛此梅。簡齋太史導余往觀，且爲謂其舊作《古梅歌》，豪邁可喜，隱然見自寓意。歌曰：「從來古梅樹必怪，竟有梅花塞廟大。南都兩寺大者三，菩提一株毋乃太。有如人形共七尺，忽然丈六金身在。三寸之珠十圍玉，此物豈合存塵界？勃勃擎將雨雪飛，童童欲把扶桑蓋。一白光摇大殿明，半開影壓僧房隘。孤根入地花入天，身在寺中香在外。我生愛梅如愛色，得此傾國癢搔疥。初疑導從萬玉妃，水晶宫闕摇環珮。又疑白象散天花，牟尼珠子穿旃旆。睒睒萬目摩青柯，喋喋方言議根派。老僧古貌長眉青，問樹疑年默不對。但説前朝焦狀元，曾坐梅窗拊梅背。我聞其言彈兩指，劫灰陣陣飛衣帶。幾行青史後梅成，幾堆白骨先梅壞。梅花無情春有情，年年二月開無賴。長陪仙鶴記堯年，未了人間香火債。花氣蒸爲十里雲，繁枝佈施千人戴。勸汝莫矜横斜影，江南城小身爲礙。愁汝狂吹清冷香，諸佛聞之鼻破戒。人生眼界那有窮，物拔其尤意殊快。笑我隨園二十弓，年年種梅如種菜。不妨無事有其心，老衲大窮將汝賣。巨靈雙手掘梅根，駱駝萬匹拉梅載。移植千枝萬枝中，諸峰忽壓當頭岱。逝將聘汝力不能，行且尋君一而再。諸公借我禮佛頭，且對此花三百拜。」

余宿隨園之次日，太史出山陰童二樹梅花立幅示余，曰：「余與二樹生平未謀面，二樹已垂死，絶筆贈余。真梅花一段奇緣也。」先是，二樹修志揚州，渡江訪太史不值，已而病亟。臨没寫梅一幅，留贈太史。題曰：「袁公高節鮮能侔，其品皎潔梅花修。餐冰嚼雪骨轉遒，朋松友竹山之幽。公昔生長山水州，湖山全氣同時收。北枝競放南枝稠，春風齊上花萼樓。壓倒衆卉出一頭，紅紫不敢矜雕鏤。惟公與弟真殊尤，譬彼神駿參驊騮。」題未畢，投筆而絶。没後十日，適太史至揚州，其子出畫梅，述遺言爲贈。太史大慟，因跋梅花後曰：「嗚呼！此童二樹先生遺筆也。先生爲一代大布衣，擅鄭虔三絶，論詩少所許可，獨於余矜寵過當。彼此神交三十年，卒未一面。壬寅春，忽渡江修士相見禮，適余遊天台，先生悵然而返。信來相約，至余寄聲止之，道秋涼某將走見。不料是年冬，余奉訪揚州，而先生已先十日委化矣。余入拜靈前，其孤云：『先生病時，願見尤殷，聞爹户聲，輒問：「是袁公來耶？」一日之間，至於再，至於三。氣息奄然，令人扶起，畫此幅留贈。題詩未終，隻目漸瞑。』余讀之泫然，未知此數行後，尚有幾多言語，欲托梅花相詔也！因捧歸潢治，懸梅花立幅，如供先生遺像焉，戒世世萬子孫寶藏之。」余閲其畫，墨瀉淋漓，筆勢夭矯，詩亦磊落奇特。聞是時，二樹並欲以詩集托太史。故太史哭之有云：「留贈梅花扶病寫，待商詩集滿床鋪。」盖紀實也。太史又言：「童本徐都講詩子弟。嘗見其《題墨梅》七古，疊鬚字韻一百餘首，愈出愈奇，惜稿本已歸其子。他日當供録，以共欣賞。」

二樹初與太史弟香亭太守相識，嘗倩香亭太守題此畫梅，而未寄畫。太史爲送詩云：「童先生，居若耶。一只小艇劃春緑，一枝仙筆劃梅花。畫成梅花不我貽，遠寄瑶華索我詩。我未見畫難詠畫，高山流水空相思。吾家難弟香亭至，口説先生真奇士。孤冷人同梅樹清，芬芳人得梅花氣。似此清才世寡雙，自然落筆生風霜。杜陵既是詩中聖，王冕合號梅花王。愧我孤山久未到，朝朝種梅被梅笑。如此千枝萬枝花，不請先生一寫照？」二樹因未爲隨園畫梅，故垂死有梅花之贈。

簡齋太史又言，生平所交善畫梅者，又有通州李晴江，亦奇士。嘗作大幅梅，蟠塞夭矯，於古法未有。愛其畫者謂晴江爲自家寫生。權知滁州時，入城未見客，問歐公手植梅何在，曰：「在醉翁亭。」遽往，鋪氍毹，再拜花下。既罷官，好衣白，自稱白衣山人。嘗宿隨園畫梅。太史爲作《白衣山人歌》題其畫，曰：「山人著衣好著白，衣裳也學梅花色。人奪山人七品官，天與山人一枝筆。筆花浪墨層層起，搖動春光千萬里。半空月鬬夜明珠，滿山露滴瑤池水。倒拖斜刷雜亂寫，白雲觸手如奔馬。孤榦長招天地風，香心不死冰霜下。隨園二月中，梅蕊初離離。春風開一樹，山人畫一枝。春風不如兩手速，萬樹不如一紙奇。風殘花落春已去，山人腕力猶淋漓。君不見君家鄰侯作貴官，如梅入鼎調鹹酸。又不見君家拾遺履帝閾，人如望梅先止渴。於今不作泰山守，青蓮流放夜郎沙。白髮千丈頭欲禿，海風萬里歸無家。傲骨鬱作梅樹根，奇才散作梅樹花。自然龍蛇拗怒風雨走，要與筆勢争槎枒。山人聞之笑，口哆不解衣。磅礴羸更畫，一張來贈我。」晴江既没，世寶其畫梅，輒索簡齋題詩。有李參戎者持畫來請，簡齋庋置高閣兩載。一日展卷，喟然序之曰：「見梅花如見宿草，與其上求巫陽，不若招魂於紙上。」爲書一律云：「幾番怕見晴江畫，今日重看淚又傾。十四幅梅春萬點，一千年事鶴三更。高人魂過山河冷，上界花輸筆墨清。聽説根盤共仙李，暗香疎影盡交情。」

梅花詩話卷十六

編按：原未標卷數，爲「太」字册卷五，今續標爲卷十六。

平湖張誠希和著

嘉興府署廳事前梅花夾道。雍正六年，郡守南安閻堯熙所植，幾百餘樹，因名梅花廳。秀水諸襄七太史賦詩：「□□□□雁聲横，露注寒香浥不傾。紅白互看均有格，包公娬媚魏公清。」一時四方名士和者雲集。長沙周雪舫詩：「書罷長雲浄榻横，吟殘水部暗香傾。黄金暮夜無顔色，官里苔階照玉清。」長洲沈歸愚詩：「子牆花外甎磚横，官路平平易不傾。想見百花陰雨膏，泉流亦賴使君清。」淳安方樸山詩：「水曲山椒野店横，堂階海鶴楚妃傾。緑毛幺鳳來傳語，似訴蓬萊又淺清。」錢塘陳授衣詩：「洞冥難尋郭子横，啁噍翠羽一枝傾。風吹片片從高下，坐聽滄浪水濁清。」歸安茅具湄詩：「八梅曾記水邊横，官閣和風更細傾。莫作成蹊桃李看，冰壺徹底照來清。」桐鄉馮孟亭詩：「老幹疎花亞復横，如泉那得百壺傾。一琴一鶴猶餘事，白鳳新騎挹太清。」秀水張浦山詩：「枝南枝北影交横，疎蕊疎花香共傾。爲祝霜根永幡固，千春長對使君清。」怡亭詩：「南枝想見竹邊横，載向莎廳韻合傾。花不染塵官似水，一丸明月照雙清。」後七年，桐城姚淮爲郡守，作《梅花廳事記》，略曰：「甲寅夏，余自雅州來守嘉興。至之日，見甬道夾列皆梅。詢之，廼今湖北觀察山右閻公所植也。余承乏公後，樂是邦之政簡刑清，吏安民集。又覩斯梅縱横參錯於廊階廳事間，顧而樂之。遂不覺愛之，護之，培植之。夫梅際群芳摇落之會，獨含葩舒秀，凌厲霜雪，歷歲寒而不渝。與秉賢人君子之操而矯矯於晚節末路者，復何以異？公之意，或有取也。禾中，古檇李地，因李得名，今又得因梅以紀勝。他日婆娑樹下，詠花有人。其或一至而思再至。」於今閲六十年，尚存梅八十餘樹。

先君子嘗言，山左郭公廷翥爲我郡守時，一日方坐堂聽訟，見一人繞梅而行，徘徊若有所思。公疑其赴訴者，拘而訊之，責其無禮。其人以作梅花詩對。公曰：「詩成乎？」對曰：「成。」即於案前朗誦。公大加稱賞。嘗聞講此事，惜忘作詩者姓氏。今其詩亦不能憶矣。

我湖公廨前向無梅。乾隆庚午春，邑令閻君公銑，植數十株於戒石兩側。前令爲舒君瞻，後令爲翟君天翺。舒嘗《蘭藻堂集》贈翟詩云：「輸與水曹清興好，開尊東閣對梅花。」蓋惜前此之未有也。今僅三十餘年，依舊無一存者。

梅花詩話卷十七

編按：此卷標「梅花詩話卷六」，即爲「太」字册卷六，今續標爲卷十七。

平湖張誠希和著

《坡仙别集》：子瞻有《和楊公濟梅花》三絶，亦皆西湖景。詩云：「春入西湖到處花，裙腰芳草抱山斜。盈盈解佩臨湘浦，脈脈當壚傍酒家。」又：「湖面初驚片片飛，尊前吹折最繁枝。何人會得春風意，怕見黄梅細雨時。」又：「北客南來豈是家，醉看參月半横斜。他年欲識吴姬面，秉燭三更對此花。」

《浙江通志》：施梅川墓在虎頭岩。楊守齋植梅以葬，薛梯飆爲誌。趙昱詩：「幸藉知音楊薛輩，冷花疎寺葬梅川。」

錢文端《香樹齋集》云：「幼時侍母太夫人至廣福女僧寺中，太夫人愛其清浄，留數日。庭中古梅一株，初着花，太夫人蘸墨圖之。今六十餘年矣。攜老妻幼女復至其地，先澤猶存，鐘魚宛在，不勝今昔之感。兒年此地踏芳塵，曾奉慈雲現佛身。烏下雙林猶識偈，梅依古砌尚留真。浄便灑處香爲界，霾靡深時草是茵。十四沙彌頭盡白，重來覺路話前因。」按，錢太夫人姓陳氏，諱書，善畫。文端嘗有詩韻：「先慈畫梅仿元章，濃淡得法都生香，見者下拜梅花王。」

石湖《梅譜》：「凡梅花跗蒂，皆絳紫色。惟緑萼梅純緑，枝梗亦青，特爲清高。好事者比之九疑仙人萼緑華。」按，《真誥》：萼緑華者，女仙也。年可二十許，上下青衣，顔色絶整。以晉穆帝昇平三年己未十一月十日夜，降於羊權家。自云：「我本姓楊，是九疑山中得道羅鬱也。曾爲醫師毒殺乳婦，故暫謫降臭濁，以償其過。」因曰：「世人行嗜欲，我行介獨；世人學俗務，我學恬淡；世人勤聲利，我勤内行；世人得老死，我得長生。故能行之，已九百歲矣。」授權尸解藥，亦隱影化形而去。今在湘東山中。王漁洋詩：「競説仙人萼緑華，紫金跳脱降羊家。」余嘗自鄧尉山中載緑萼梅一株回，戲賦此事，有「往昔緑萼華，誕降羊權家」之句。

升菴《詩品》：楊誠齋愛唐崔道融《詠梅》云：「香中别有韻，清極不知寒。」方虚谷云：「惜不見全篇。」余近見雜抄唐詩册子，此首適全，今載之：「數萼初含雪，孤高畫本難。香中别有韻，清極不知寒。横笛和愁聽，斜枝倚病看。朔風如解意，容易莫摧殘。」因思古人詩文，前代不傳，或又出於後，未可知也。

《六研齋二筆》：石田寫梅，余於武林陸仲承處見一幅，瀟灑歷落。幹不數枝，枝不數葩，而有偃罩盈庭之思，知其入思深而下筆捷也。忘其題語。今見《與史德徵》一卷，風格與前略似，題語云：「昆山士人多畫梅。適與王理之論其用墨太重，殊失清雅，是有累於梅矣。因短縑在案，史德徵從容謂曰：『清雅果何似？丈人當示一梢，與梅吐氣，何如？』遂妄弄此筆，理之亦作錯刀數葉，間於疎處仍題之，以贈德徵。」《二筆》復云：石田又有寫梅一紙，氣格簡古，其題語亦甚得意。乃知此老撮捏虚空，無不成趣。所謂海印發光，真仙宫佛度中人也。詩曰：「平生有眼厭桃李，但託梅花是知己。小橋初春帶淺水，青鞋布襪從此始。看花嚼蕊冰雪中，清浹肺肝香沁齒。歸來拈筆弄清真，淡墨依稀春繞指。花光補之今不作，我欲師之竟誰是？横梢的歷寄疎略，自我意爲聊爾爾。正如北人煮床簀，筍味茫茫舉其似。理之嫌我太草草，斜補竹枝成玉倚。要知君子德不孤，勿謂畫圖而已矣。」

姜紹書《無聲詩史》：孫夫人，永嘉人，善寫梅。寒梢粉瓣，逗月淩霜，皆筆花漬出，但少香耳。其夫任道遜，仕至太僕卿，直文華殿，亦善寫梅。夫人之父某，仕爲郡守，以寫梅著名，人稱之曰「孫梅花」。夫人一家，能爲暗香疎影傳神，不減謝庭詠雪矣。

《載酒園詩話》：張九齡《庭梅》詩曰：「芳意何能早，孤榮亦自危。更憐花蒂弱，不受歲寒移。朝雪那相妬，陰風已屢吹。馨香雖尚爾，飄蕩復誰知。」《詩歸》曰：梅詩如此，無聲無臭矣。「雪滿山中高士卧，月明林下美人來。」膚不可言。余觀此詩，字字危慄，起結皆自占地步，正是寄託之詞。亦猶詠燕，特稍深耳。若只作梅花詩看，更謂梅花詩必當如是，豈惟作者之意？河漢詩道，亦隔萬重。《瀛奎律髓》云：此見《曲江集》第五卷。詳味詩思，蓋爲李林甫所陷，先罷相，又坐舉周子諒爲御使，貶荆州長史。此荆州詩也。

于石《棲真院》詩：「禪家也辦吟邊料，不種閑花只種梅。」棲真，即雲棲。宋治平時名。今雲棲梅花甚少。

《西溪梵隱志》：福勝院，晉天福間吴越王建。宋僧函本澄重興，遶寺栽梅。邁子山嘗題其院，有「野澗飄來蘭氣合，家山夢去雪標清」句。故有福勝梅花之目。

明汪廣洋《過宜興西𣲷音匽》詩：「野篠接深塢，疎梅照清淺。」按，《癸辛雜識》：「宜興縣之西，地名石庭。其地十餘里，皆古梅，苔蘚蒼翠，宛如虯龍，皆數百年物也。有小梅僅半寸許，叢生苔間，然著花極晚。詢之土人，云梅之早者皆嫩樹，故得春最早；樹老則得春漸遲。亦猶人之氣血衰旺，老少之異也。」此説前所未聞。又《浩然齋雅談》云：「苔梅多不同，陽羨石庭者如松花。」

《六研齋三筆》：楊鐵崖初亦號梅花道人。其自作《鐵笛道人傳》云：「會稽有鐵崖山，其高百丈。上有萼緑梅花數百植。層樓出梅花，積書數萬，是道人所居也。」然於題署間不一載之。顧俠君《元詩選序》：楊鐵崖常戴華陽巾，披鶴氅，踞船屋上吹鐵笛作《梅花弄》，坐客皆蹁躚起舞，以爲神仙中人。

梅花入夢，歷有吉徵。《復齋日記》：樂平程楷初發棹北上赴會試。是夕，夢人有攜扇面畫梅枝一，楷題云：「誰把枯枝紙上栽，瓊花錯落帶晴開。天公預報春消息，占斷江南第一魁。」覺而喜，明年，果中禮部第一。《浩然齋雅談》：天台趙與佷英可，嘗夢賦《落梅》詩，僅記一聯云：「溪月涵虚影，山雲護斷香。」莫知何祥。後爲豐儲倉監，獲四剡。後吴益尹京，辟之爲屬，遂與合尖脱選。蓋吴尹自號雲山，於是獲香之句遂驗。

少陵《和裴迪早梅相憶》詩：「東閣官梅動詩興，還如何遜在揚州。此時對雪遥相憶，送客逢春可自由。幸不折來傷歲暮，若爲看去亂鄉愁。江邊一樹垂垂發，朝夕催人自白頭。」此詩自來評者不一。方虚谷云：「脱去體貼，於不甚對偶之中，寓無窮婉曲之意。惟陳後山得其法。」李東陽《麓堂詩話》：「子美纔出一聯，云『幸不折來傷歲暮』云云，格力便别。」謝茂秦《四溟詩話》：「子美《早梅》之作，兩聯用二十二虛字，句法老健，意味深長，非巨筆不能到。」仇滄柱《杜詩詳注》：「黄生曰：此詩直而實曲，樸而實秀。其暗映早梅，婉折如意，往復盡情，筆力横絶千古。兩『自』字，有自己、自然之别。」楊德周曰：「『幸不折來』云云，必如此方不墮詠物劫。王元美以爲古今詠梅第一。」何義門《讀書記》：「淡然初不着題，的是早梅，後人何由得到。」查夏重《初白菴詩評》：「通首跌宕自如，林君復、陸務觀梅詩，連篇累牘，争新出奇。看先生澹澹寫來，自然高出一格。李天生云：『曲折盡致。』」沈歸愚《説詩晬語》：「少陵『幸不折來』云云，此純乎寫情，以事外賞之可也。」余家有五色批本杜詩。毗陵邵長蘅硃評云：起亦老境，微少風致。頷聯以下，婉麗流暢，遂爲梅花絶調。鹽官胡震亨藍評云：五六婉孌沉着。中州崔干城墨評云：題曲極，詩更曲。杜集中爲工力悉至之作。前四句説裴，五六兼説，後二句自説，義極精微。讀竟篇止，見幽仄纏綿，深情至性，不知是一是二，是杜是裴。用意用法，如此之微妙。我邑陸叔度黄評云：三四包括全題，味梅詩不得更勝此二句。

羅森《四川通志》：「東閣，崇慶州治。杜甫詩『東閣官梅動詩興』即此。」《成都府志》：「東閣即杜甫和裴迪登東亭觀梅處。」按，杜集題曰《和裴迪登蜀州東亭送客早梅相憶見寄》，仇注：此公往蜀州時詩，朱氏編在上元元年冬。而黄鶴曰：《九域志》蜀州東至成都纔百里，宜公與裴頻有詩。余嘗見胡震亨杜詩批本云：「以遜比迪。迪時依王侍郎在蜀，公詩『風物悲遊子，登臨憶侍郎』可據，意侍郎是故相，故云東閣。又遜墓誌：東閣一開，競收楊、馬。杜甫『東閣』本此。」則此詩「東閣」，原係借用。後人特因此詩，遂改東亭爲東閣云。

葛立方《韻語陽秋》：「老杜詩云：『東閣官梅動詩興，還如何遜在揚州。』按，遜傳無揚州事，而遜集亦無揚州梅花詩，但有《早梅》詩云：『兔園標物序，驚時最是梅。銜霜當露發，暎雪凝寒開。枝横卻月觀，花繞凌風臺。應知早飄落，故逐上春來。』杜公前詩，乃逢早梅而作，詩故用何遜事。又意『卻月』、『淩風』，皆揚州臺觀名爾。近時有妄人，假東坡名作《杜老事實》一編，無一事有據。至謂『遜作揚州法曹，廨舍有梅一株，遜吟詩其下』，豈不誤學者？」《杜詩詳注》：「遜本傳：天監中，遷中尉，建安王水曹行參軍，兼記室。天監六年，王持節都督揚、南徐二州諸軍事，右軍將軍，揚州刺史。則遜爲建安王記室，正在揚州，故云『何遜在揚州』也。考《寰宇記》，風亭、月觀、吹臺、琴室，竝在宮城東角池側，當即遜詩所詠耳。」似與立方所見不同。又云：「本傳無法曹事，但有《早梅》詩，見《藝文類聚》及《初學記》。今本《何記室集》作『揚州法曹梅花盛開』詩，乃後人未辨蘇注之譌，遂取爲題耳。」《香雪林集》：「《梁書》云：何遜任揚州法曹，廨舍有梅花一株，吟詠其下。後居洛，思梅，請再任。從之。抵揚州，花方盛開。對花彷徨，終日不能去。」此又承僞蘇注之妄，遂誤爲《梁書》耳。其實姚思廉《梁書》何遜本傳並無此語。元仇仁近詩云：「揚州一樹春多少，殢得何郎瘦不盡。」以誤傳誤，皆未深考。

（黄賀裳）[賀裳黄公]《載酒園詩話》：「江湖詩非無一二語善者，但全篇酸鄙。如韓南澗《詠紅梅》：『越女漫誇天下白，壽陽還作醉時妝。』頗佳。及戴式之《寄尋梅者》曰：『蜂黄塗額半含蕊，鶴膝翹空疎帶花。』鶴膝狀其枝，蜂黄狀其鬚也，頗有思致。至結曰：『此是尋梅端的處，折來須付與詩家。』則打油詩復出矣。正如群丐唱歌，非無聲音嘹亮者，奈其言動舉止皆丐何。」則蔑宋人更甚矣。

《紫桃軒又綴》：元馮海粟作《梅花百絶》，調卑意庸，未足稱奇。幻住老衲遽作長律一韻百首以敵之，往往有意外之句。其於風雅雖非本色，然光怪超忽，譬韎韐帝青，實世間寶也。幻住幼業儒，中路棄去，從釋。既悟心宗，有籠罩諸方之氣，出語自不寒儉。顧俠君《元詩選》中峯《梅花百詠》録十二首。又云：中峯《梅花百詠》，如「斜照窗紗斜照水，半隨風信半隨塵。」「一點芳心憑驛使，半梢清影伴詩人。」「饑蜂冒雪身遊絮，病鶴眠苔跡帖塵。」「曉起白迷煙外策，夜深寒醒酒邊人。」「吟對瘦憐寒夜影，折看愁殺故鄉人。」應不減孤山處士疏影、暗香之句也。

宋曾茶山《乞梅曾宏甫》絶句：「尋梅不惜上南坡，傍險沖泥奈老何。寂寞僧窗禪榻畔，好枝還解送人麽。」昨歲，余種盆梅。家開山從祖寄詩《乞梅》云：「欲種梅花怯荷鋤，消寒九九僅成圖。傳聞南阮春風早，小盎親栽肯惠無？」按，南坡，宏甫所居。茶山又有《覓梅》句云：「聞道南坡開似雪，略分疎影到茶山。」則宏甫已送梅也。

《紹興府志》：古梅八邑皆有之，山、會、餘姚有名。《嘉泰志》云：項里、容山、直步、石龜多出古梅，尤奇古可愛。老榦奇怪，緑蘚封枝，苔鬚如緑纓，疎花點綴其上，夭矯如畫。山谷間甚多樹，或蔭十數步。好事者移植庭檻，縱不槁，苔蘚亦輒剥落，蓋非凡物也。宋俞亨宗詩：「姝姝瘦蕊含清馥，矯矯虬枝綴碧苔。疑是髯龍離雪殿，蒼鱗遥駕玉飛來。」周密《浩然齋雅談》：苔梅，越中項里者如緑髮。余嘗有句云：「山林緑髮秦宫女，風雨青萍禹廟梁。」或以爲可。

《明詩綜》：朝鮮議政府右贊善李荇詩：「更憶吾廬好，寒梅幾樹花。」朝鮮之重梅花，無異中國。又有鄭士龍者，官階資獻大夫，嘗築十玩堂於鼎津。十玩者，梅居其一。合松、竹、菊、水、石及楮、研、筆、墨而十也。唐守之、史克宏皆爲之賦詩，國王刊入《皇華集》。漁洋《池北偶談》：張尚書刻朝鮮使臣金尚憲叔度《朝天録》，詩多佳句，有云：「昨夜夢尋烏石路，山前山後早梅花。」

子貢《詩傳》：召南之人安於治，缺三字時擇，缺一字賦《摽有梅》。子夏《小序》云：「摽有梅，男女及時也。召南之(人)[國]，被文王之化，男女得以及時也。」毛萇《傳》：「摽，落也。盛極則墮落者，梅也。」首章言梅雖落，其實十分之中，尚在樹者七。其三始落，是梅始衰。興女年十六七，亦女年始衰。求女之當嫁者，衆士宜及此善時以爲昏，比十五爲衰，對十八九，故爲善。此同興男女年，舉女年則男年可知矣。次章言梅在樹者三，喻女年十八九。今，急辭也。末章言梅落盡，故以傾筐取之，以興女年二十，顔色甚衰，而用蕃育之禮以取之。謂者，以言謂女而取之，不待備禮也。康成《箋》：「『其實七兮』，梅實尚餘七未落，喻始衰也。謂女年二十，春盛而不嫁，至夏則衰。我，我當嫁者。及其善時，謂年二十，雖夏未大衰。『其實三兮』，此夏向晚，梅之墮落差多，在者餘三耳。『傾筐塈之』，謂夏已晚，傾筐取之於地。謂勤也。女年二十而無嫁，則有勤望之憂。不待禮會而行之者，謂明年仲春，不待以禮會之。」《周禮·媒氏》「仲春之月，奔者不禁」是也。唐孔穎達《疏》又謂：「《序》言及者，汲汲之詞。三章皆蕃育之法，以梅實喻時之盛衰，不以喻年。古者以仲春爲昏月，去之彌遠，則時益衰。近則衰少，衰少則似梅落少，衰多則似梅落多。時不可爲昏，則似梅落盡。」三章分孟夏、仲夏、季夏，其説發明鄭意，而與毛《傳》少異。《疏》又曰：「鄭《箋》知不以梅記時者，以《序》云及時，而《經》有三章，宜一章喻一月。若爲記時，則梅已有落，不久則盡。『其實七兮』與『傾筐塈之』，正同一月也，非本歷陳及時之意，故爲喻也。」蘇轍謂女子之盛時，猶是梅也七，而擇其吉三；而及其今盡，而聽其謂，此所以各及其時也。説與毛合。余按前諸説皆以梅爲比詞。惟劉瑾謂《周禮・仲春》令會男女，梅落之時，則四月矣。故朱子《傳》曰時過而太晚，則竟是記時，與前諸家不同。

唐樞《雜問録》：問：「摽梅如何是被聖人之化？」曰：「被化在心術變正，意之所在，而言形焉；害之所在，而計避焉。」「有何顧忌，有何文飾？」「此婦女明潔之心也。今人病痛，大率只在説話好，不曾吐露衷曲。朱子曰《摽有梅》詩女子自言昏姻之意。如此看來，自非正理。但人情亦自有如此者，不可不言。」或問：「若以此詩爲女子自作。恐不足以爲《風》之正經。」曰：「以爲女子自作亦不害。蓋里巷之詩但如此，已不失爲正矣。孔穎達曰：我者，詩人我。此女子之詞，非女子自我範處。《義》亦曰：詩人設爲女家之詞。」宋黄東發曰：「諸家皆以爲女子之詩。惟戴岷隱《續紀》云女父擇壻之詩。陸堂詩學姚承菴，服膺戴説。然女父相攸則暇豫矣，何心而急皇如是？」誠意主相攸，説亦好。蓋本漢魯申培詩説。然既爲相攸，則父母之心，人皆有之，此亦皇皇如意。陸堂以暇豫剥，非通人也。

《陳風》云：「墓門有梅，有鴞萃止。」鄭《箋》：「梅之樹，善惡自有。徒以鴞鳥集其上，人則惡之，性因惡矣。以喻陳佗之性本未必惡，師傅惡，而陳佗從之而惡。」孔疏《正義》曰：「言墓道之門有此梅樹，本未必惡。徒有鴞鳥來集而鳴，此鴞聲惡，梅亦從而惡矣。」以梅況陳佗，而以鴞指其師。宋程子曰：「此章言有梅深咎輔導之使然。梅雖美木，生墓門荆棘荒蕪之處，則惡鳥萃矣。雖有良心善性，與不善人處，則惡歸矣。」明黄一正曰：「言梅本嘉木，鴞本惡鳥。今墓門有梅，生非其地，則鴞亦萃止矣。」明唐汝鶚曰：「僻地有梅，則惡聲者皆聚其中；幽獨有思，則惡惡者得發其隱。故又以爲興。」

《昭代叢書》：黄周星《將就園記》：將宜夏，就宜冬。然將有梅數畝，兩樓面南暄燠，可臨湖看雪，亦未嘗不宜冬。又云：羅浮嶺在竹徑之北，上下四旁皆古梅，繞屋三百樹，詎足云多？正恐趙師雄未夢見在耳。其詩曰：「紅滿層崖緑滿溪，美人高士到還迷。六宫粉黛多如許，羞殺孤山處士妻。」羅浮嶺，蓋將就園十勝景之一也。

陸雅坪詩云：「菀彼詩中梅，比於畫中柳。竊聞畫家云，畫柳多出醜。何爲詠梅詩，摇筆百十首。詩興毋乃豪，如飲魯達酒。詩膽亦太大，如剖漢將斗。和靖尚刻畫，季迪已雜揉。圖形且傳神，何不實敝帚。若更染殘瀋，青青在藍缶。静坐領幽芳，淡交素心友。朱粉貌夷光，請袖董源手。」

朱竹垞《静志居詩話》：「予移家梅會里，里在大彭、嘉會二都之間，市名王店。洪武中，孝廉鏞及弟鈞之所居也。梅會一作梅匯，水曰梅溪。鏞詩所云『吾家舊在梅溪上』是也。」梁孟敬《石門集》有《題嘉興王氏梅花莊》詩，未審即是二王所居否。竹垞《横山題名記》亦稱梅花溪，今俗但呼梅里。前明嚴紹峯《梅墟書屋記》曰：「去檇李郭東南，遵湖而行五里許，曰白苧鄉，地僻多梅，人稱爲梅里云。」

兹録孟敬《梅花莊》詩：「瀟灑山莊對翠岑，梅花渾似白雲深。西湖處士臨流玩，東郭先生踏雪尋。晝暖山蜂喧隔屋，夜清霜鶴唳中林。輞川舊日多松竹，同是高人冰玉心。」

六薌工畫梅，今存一幅古幹繁花，有逃禪煮石筆意，自題云：「憶得孤山泠淡姿，水邊籬下乍開時。疎疎影浸昏黄月，落落根蟠太古枝。舊夢迷離空對酒，新愁浩蕩懶吟詩。誰家玉柱催春酌，江北江南總繫思。」下款曰：「已未春林華居士寫意。」

《輟耕録》：道士張伯雨，嘗從王溪月真人入京。初燕地未有梅花，吴閑閑宗師全節，時爲嗣師，新從江南移至，護以穹廬，扁曰「漱芳亭」。伯雨偶造其所，恍若與西湖故人遇，徘徊既久，不覺熟寢於中。真人終日不見伯雨，深以爲憂，意其出外迷失街道也。夢覺，日已暮矣。歸道所由，嗣師笑曰：「伯雨素有詩名，宜作詩以贖過。」伯雨遂賦長詩。嗣師大喜，送翰林集賢。嘗所往來者袁伯長、謝敬德、馬伯庸、吴養浩、虞伯生皆和之。

尤玘《萬柳溪邊舊話》：「許舍山中祖基，乃買江氏敝居而新之者也。東偏楠廳三間，壯偉高敞，玉蝶梅四十二樹環繞之。待制公諱叔實，玘始祖善書，書『環玉堂』三字於欒間。後文獻公諱輝於紹聖元年畢漸榜登第，四十二歲而入玉堂，四十二樹之兆也。」按，《毗陵志》：許舍山在縣西南二十五里，群峯盤旋，結爲深谷。

元虞裕《談撰》云：「卉木皆感於春氣而後發生者，以木旺於寅卯然也。獨梅開以冬，其故何哉？蓋東方動，以生木風。風生木，故曲直作酸，則酸者木之性。惟梅最酸，乃得氣之正。北方水爲之母，以生之則易感。故梅先衆木而華。」又李時珍《本草綱目》：「梅花開於冬，而實熟於夏，得木之全氣，故其味最酸。所謂曲直作酸也。肝爲乙木，膽爲甲木。人之舌下有四竅，兩竅通膽液，故食梅則津生，類相感也。」故《素問》云「味過於酸，肝氣以津。」又云：「酸走筋，筋病無多食酸。不然，物之味酸者多矣，何獨梅能生津耶？」此條亦與前論相發明。

梅花詩之好異者，無過蘭風老人七律一章，句句點一「梅」字，皆用在每句首。「梅信傳來已動神，梅開親自見天真。梅餐冰雪懷詩友，梅受風霜惜故人。梅吐香魂偏有像，梅含骨髓杳無塵。梅通消息知音少，梅遇東君共賞春。」

《吴梅村集》：鹽官僧香海問詩於梅村，村梅大發，以詩謝之：「但訪梅花來，今見梅花去。何必爲村翁，重尋灌園處。種梅三十年，遶屋已千樹。饑摘花蕊餐，倦抱花影睡。枯坐無一言，自謂得花意。師今還來遊，恰與春光遇。索我囊中詩，搔首不能對。寄語謝故人，幽香養衰廢。溪頭三尺水，好洗梅魂句。」曹倦圃《懷梅村》詩：「夢想梅花煙霧裏，吟髭清斷老江門。□□□□□□□，□□□□□□□。」

《西湖志》載小青詩：「春衫血淚點輕紗，吹入林逋處士家。嶺上梅花三百樹，一時應變杜鵑花。」小青病革，又寄楊夫人書，有曰：「他日探梅，堤畔放棹，山中開我西閣門。坐我綠陰床，仿生平之響像，見空幃之寂飆。是耶非耶，其人斯在。」汪元御《西湖訪小青舊居》詩：「千樹梅花愁不墮，小青只合嫁孤山。」

梅花詩話卷十八

編按：此卷未標卷數，爲「太」字册卷七，今續標爲卷十八。

平湖張誠希和著

程棨《三柳軒雜識》：「梅爲清客，蠟梅爲寒客，一名久客。」張敏叔《西溪叢話》亦以梅爲清客。曾端伯《三餘贅筆》又以梅爲清友。龍輔《女紅餘志》：「南華封梅爲寄春君。」衆論斷斷，迄無一定。余獨愛劉行簡詩云：「姚黄花中王，芍藥爲近侍。我當品江梅，真是花御史。」梅花拜司諫之官，可以賀矣。

王梅溪《賞梅西湖》云：「西湖處士安在哉，湖山依舊梅花開。見花如見處士面，神清骨冷無纖埃。」又云：「暗香和月入佳句，壓盡古今無詩才。」東坡《和秦太虚梅花》云：「西湖處士骨應槁，只有此詩君壓倒。」二語已括梅溪數語意。

宋桑澤卿《回文類聚》：「茹芝翁《詠梅》云：『東溪小步晚煙遲，玉照花疎竹外枝。風襲袖香清滿徑，忽忽好處恨來遲。』回讀互讀，共得二首。」近江南朱象賢《回文續編》中，荆溪萬樹有《梅花三弄》、《合蒂梅》二圖，尤窮梅花回文之變，備録於左：

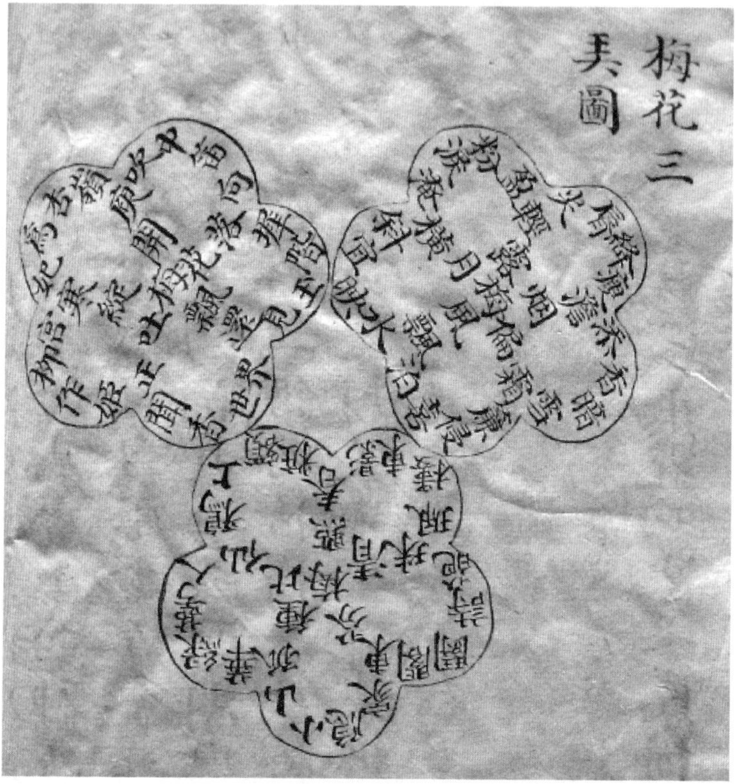

右《詠梅花》七言五句三章。讀法：俱從中「梅」字讀起，左旋至西南，始：「梅煙澹瘦絳唇尖」、「梅露輕盈粉淚淹」。餘放此讀。

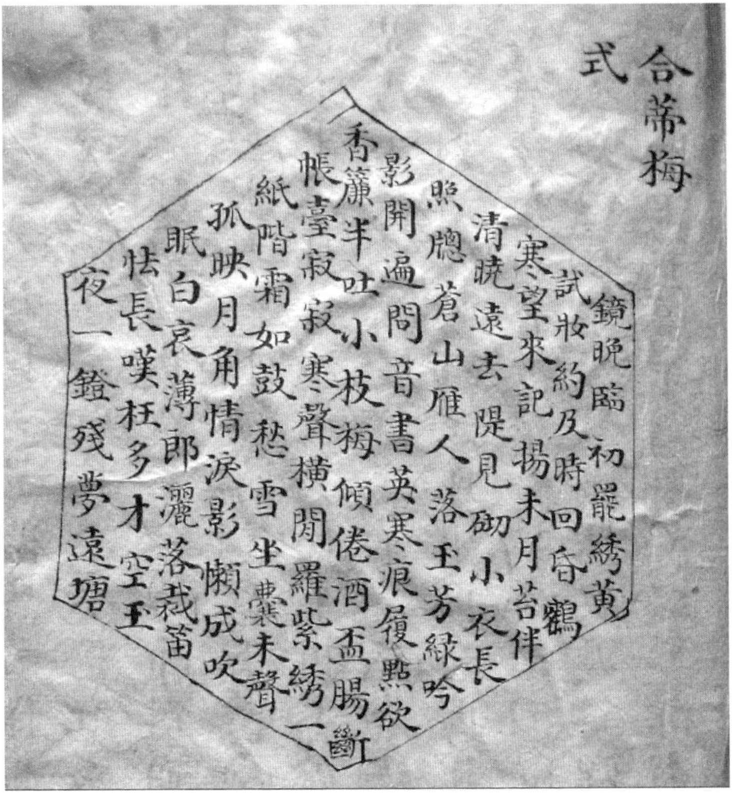

右《寒宵吟》七言絶句。讀法：俱從中「梅」字起，分上、中、下三路。右旋至「蒼」字一首，左旋至「霜」字一首；又從「梅横雪影落空塘」至「郎」「囊」各一首；「梅英落砌月昏黄」至「芳」「楊」又二首，共六首。又每首俱各回文讀，亦得六首，共十二首。

《回文類聚》又載梅詞數闋，皆名作也。東坡《菩薩蠻·詠梅》云：「嶠南江淺紅梅小。小梅紅淺江南嶠。窺我向疎籬。籬疎向我窺。　老人行即到。到即行人老。離別惜殘枝。枝殘惜別離。」梅窗《菩薩蠻·詠梅》云：「折來初步東溪月。月溪東步初來折。香處是瑶芳。芳瑶是處香。　蘚花浮暈淺。淺暈浮花蘚。清對一枝瓶。瓶枝一對清。」東坡《西江月·詠梅》云：「馬趂香微路遠，沙籠月淡煙斜渡。波清徹暎妍華。倒緑枝寒鳳掛。　掛鳳寒枝緑倒，華妍映徹清波。渡斜煙淡月籠沙。遠路微香趂馬。」而朱象賢《續編》中亦有《詠梅靈檀几》一圖，清雅可誦，但失作者姓名。

右寒梅《菩薩蠻》，順回讀一調。讀法：先從上横七字起，次右直，再次下横，再次左直，順讀半調，回讀即全調。「梅窗雪月」四字，横直俱用。

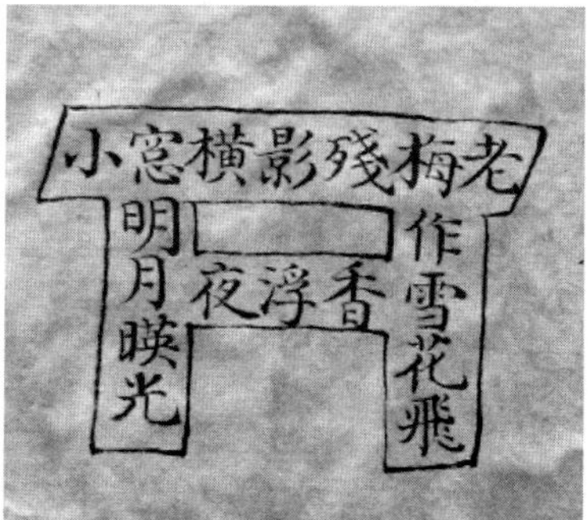

顧俠君《元詩選》：貢性之《題梅》云：「平生心事許誰知，不是梅花不賦詩。莫向西湖踢殘雪，東風多在向陽枝。」按，貢欽序云：「時會稽王元章善畫梅，得其畫者謂無貢南湖詩，則不貴重。」故集中多詠梅詩。南湖嘗題絶句云：「王郎胸次亦清奇，盡寫孤山雪後枝。老我江南無俗事，爲渠日日賦新詩。」又云：「王郎日日寫梅花，寫遍杭州百萬家。向我題詩如索債，詩成赢得世人誇。」其風流可想見也。南湖，性之所居，世稱南湖先生。

梅花怪異之事，有理所不可解者二。《香雪林集》：一富人暑月坐堂中，令櫛工理髮。忽暴雷起，繞柱奮擊，遲回數刻始去。其人驚死，復活。乃堂中砌石上繪有梅花一枝，紋理精妍之甚。《静志居詩話》：儲文懿卒於南都，歸柩海陵，攢於墓舍。將葬啟視，棺上生黝墨，成繪畫文，前則奇石枯松，旁出二篠，莖葉咸備；左則梅株夭矯，梢着數花；右如左，而樹枝差短。其文深入木理，四方來觀，詫爲神異。

《金陵志》：「宋武帝女壽陽公主，人日卧於含章殿簷下，梅花落於額上，成五出花，拂之不去，號『梅花妝』。宮人皆效之。」慎懋官《花木考》：今安豐軍有花靨鎮。即其地也。元段克己《覲梅詩》：「壽陽畢竟無才思，但卧含章拂落花。」余意梅花落額，拂之不去，恐無是理。宋程大昌《演繁露》：「壽陽公主在含章殿，梅花飄著其額，因橅仿之，以爲妝樣。」其説近是。宇文氏《妝臺記》：隋文帝宮中貼五色花子，仿於壽陽公主梅妝事，以壽陽公主事爲出《宋書》，非。唐朱揆《叙小志》：郭元振家有落梅妝閣。

王荆公《和徐仲元詠梅》詩「額黄映日明飛燕」，李壁注：「雖言飛燕，借用壽陽公主事。」又《與微之同賦梅花》詩「漢宮嬌額半塗黄」，注：「山謙之《丹陽記》曰：皇后正殿曰顯陽，東曰含章，西曰徽音，皆後漢洛陽宮舊名。公雖用宋事，而仍曰『漢宮』。」

周静之《羅浮幻質》一卷，詳盡梅之法。首引楊補之寫梅法、湯叔雅寫梅論，而終以己之寫梅歌訣。繪圖凡九十有六，名色甚夥，以歌訣八語括其大意。訣曰：「余紋火字爾形字，示字落風古魯錢。

兔嘴蒜頭孩兒面，骷髏鷹爪太書般。蝴蝶仰覆斜欹正，迎面背身花要全。傍側苞花隨意作，影枝枝影各宜安。」又自題十絶於後，兹録佳者三首：「能譜横斜影，難聞暗里香。渾如水底現，恰似月中芳。」「灞橋昨日訪，折取一枝還。插瓶易憔悴，圖寫譜中看。」「冰姿庾嶺多，山人何所羡。几上一展舒，芬芳四時見。」

《范石湖集》：「嚴子文探梅水西，春已深，猶未開。水西，謂歙溪。而黄君謨《州學記》云：瀕江地卑，盖此水爲浙之源，正可謂之江也。嚴先有詩，因次韻云：『孤山山下小斜橋，客魂曾共暗香飄。五年不踏西湖路，想見黄昏清淺處。如今憔悴古江干，豈有幽芳伴倚欄。臘盡雪殘春不至，坐令愁里眼常寒。霜稜未貸千林槁，門外風饕人欲倒。斟酌芳心正怯寒，有情真被無情惱。』」

查夏重《題吴寶厓西溪梅雪圖》云：「我愛新城詩，一緘寄冰雪。溪山如在眼，欲往屐齒折。畫圖與真境，莫作强分别。興到神亦俱，雙清兩奇絶。相逢山中侣，一笑回暖熱。洗我筆端塵，從渠嗔太潔。」按，《漁洋詩話》：余有《寄懷錢塘吴寶崖》二絶句：「競説仙人萼緑華，紫金跳脱降羊家。苧羅溪上春無主，一代紅顔獨浣紗。」「紫陌紛紛看牡丹，車如流水從金鞍。那知冰雪西谿路，猶有梅花耐歲寒。」寶厓因屬禹尚基之鼎寫《西谿梅雪圖》。當時得漁洋片語投贈，即珍惜如此。

徐霞客《滇游日記》：「余往拜阮穆聲，引入内亭，亭名『竹在』。亭前紅梅盛開。此間梅俱葉而花，全非吾鄉本色。惟一株傍亭簷，摘去其葉，始露面目，猶故人之免胄相見也。」又云：「余宿馬雲客齋中，窗外有紅梅一株盛放。中夜獨起相對，恍似羅浮魂夢間。然葉叢枝鬚，轉覺翠羽太多多耳！」宋戴石屏《泉南詩》「梅花帶葉開」，可以移贈滇梅。

霞客又言：「躡雲橋側有梅一株，枝冗而幹甚古，瓣細而花甚密，緑蒂朱蕾，冰魂粉眼，恍見吾鄉故人。不若滇省所見，皆帶葉紅花，盡失其『雪滿山中』、『月明林下』之意也。折梅一枝，少憩橋端。」按，躡雲橋去大姚縣五十里，乃往省大道，猶隸滇省，而梅花已異於昆明。可見一省風土，不同如此。

楊升菴《探梅》詩：「滇海南雲老歲華，卅年不見故園花。」

宋趙希鵠《洞天清録》：「楊無咎補之嘗遊臨江城中一娼館，作《折枝梅》於樂工矮壁。至今往來士大夫多往觀之。娼藉此以壯門户。端平間，爲偷兒竊去其壁，車馬頓希。今江西人得補之一幅梅，價不下百千金。又詩筆清新，無一點俗氣。惜其生不遇蘇、黄諸公，今人止以能作梅目之，竟無品題之者。」按，補之不但詩筆好，詞筆亦佳。李日華《六研齋二筆》云：湯叔雅，楊補之甥，寫梅法補之，楷書遒整，學褚南河，而加蒼老。嘗書補之所作梅詞《柳梢青》十首。詞亦工麗。陳眉公先生攜卷見示，因備録於左：「雪影煙痕。又要春色，來到芳尊。憶得年時，月移清影，人立黄昏。　一番幽思誰論。但永夜、空迷夢魂。遶遍江南，繚牆深院，水郭山村。」「月轉牆東。幾枝寒影，一點香風。清不成眠，醉憑詩興，起遶珍叢。　平生只個情鍾。漸老矣、無愁可供。最是歎息，倚樓人在，横笛聲中。」「月墮霜飛。隔窗疎瘦，微見横枝。不道寒香，解隨羌管，吹到屏帷。　個中風味誰知。睡乍起、烏雲任倚。嚼蕊挼英，淺顰輕笑，酒半醒時。」按，原詞十首，余特選其尤佳者三也。

世人但知梅花道人、梅花和尚之名，不知仲圭又號「梅沙彌」。《六研齋筆記》：吴仲圭題畫款自署曰「梅沙彌」。曹顧菴學士詩：「看放沙彌墓上梅」。

少陵《小至》詩「山意沖寒欲放梅」，《至後》詩「梅花欲開不自覺」。按，《程氏遺書》：早梅冬至已前發，方一陽未生。然則發生者何也？其榮其枯，此萬物一個陰陽升降大節也。然逐枝自有個榮枯，分限不齊，此各有一乾坤也。各自有個消息，只是個消息。惟其消息，此所以不窮。

項鼎鉉《呼桓日記》：鑒臺叔出觀馬遠畫梅四幅，俱楊妹子題後，各有「楊姓之章」一小方印。詩云：「重重疊疊染緗黄，此際春光已半芳。開處不禁風日暖，亂飄晴雪點衣裳。白玉蝶梅」「銖衣翠盖映朱顔，未委何年入帝關。默被畫工傳寫得，至今猶似在衡山。著雪紅梅」「夭桃艷杏豈相同，紅潤姿容冷淡中。披拂輕煙何所似，動人春色碧紗籠。煙鎖紅梅」「渾如冷蝶宿花房，擁抱檀心憶舊香。開到寒梢尤可愛，此般必是漢宫妝。」按，楊係恭聖皇后之妹，不傳其名，故但稱妹子。《書史會要》：楊妹子書法極似寧宗。馬遠畫多其所題。語關情思，人或譏之。

楊升菴《南枝曲序》：「會川五里坡玀玀哨邊，有古梅一株。婆娑蔭映，形如曲盖，封蘚班駁，文如篆籀，蓋數百年物也。予平生所見梅樹，此爲冠絶。惜乎生於窮山絶域，而不得高人韻士之賞也。玩歎之餘，作此曲焉。其詞曰：我渡煙江來瘴國，毒草嵐叢愁箐黑。忽見新梅粲路旁，幽秀古艷空林色。絶世獨立誰相憐，解鞍藉草坐梅邊。芬菖香韻風能遞，綽約仙姿月與傳。根地錦苔迷蟻縫，樹杪黄昏摇鳥夢。飄英點綴似留人，顧影徘徊若相送。焦桐椽竹亦何心，中郎一見兩知音。誰謂南枝無北道，願譜金徽播玉琴。」噫！得升菴一曲，又豈特尋常高人韻士之賞哉？

《稗史彙編》：「陳憲章善畫梅，人來索者，都無潤筆。憲章題其柱曰：『鳥音人少來。』或問其旨，曰：『不聞鳥音云「白晝」、「白晝」？』聞者絶倒。」《六研齋三筆》：「林逋賣梅，既玩其花，又取其值，似同遺婢，一例忍人。竹懶，賣文之餘，兼亦賣梅，其梅從筆墨灑落，蓋以文魔所幻，非出園丁手也。且不取錢，止令麯生時一相就而已。」余友朱春橋善寫梅，嘗自題云：「閑來寫幅南枝樹，持贈知音不賣錢。」頗爲雅人深致。

《花鏡》：重葉梅花頭甚豐，千葉開如小白蓮。陸堂太史詩：「千葉白攢蓮瓣小，一枝香疊粉痕濃。」

北平查鐵橋禮，壬寅秋自蜀藩署畫梅一枝，寄二泉華陽，題曰：「與晴沙觀察别經七載矣，聚晤何時？涼風吹户，嗟我懷人。研墨寫此，遥寄相思。懸之軒窗，如逢舊雨。幸毋作歲暮之感也。」是冬，陞湖南巡撫。入都陛見，卒於京邸。明年清明，華陽聞訃，題所寄墨梅卷末：「枝南枝北是天涯，遥寄相思感歲華。今日故人何處哭？清明時節祭梅花。」其二云：「水與冰花同一魄，畫兼詞筆合雙清。分明攜鶴堂中夢，聽到猿啼第幾聲？」自注：乙未冬，□□署成都臬篆，時查爲寫梅一枝。嘉平六日，查過□，入署中，攜鶴堂中看緑萼梅，分調填詞，查得「東風第一枝」，先成。查詞：「小院風尖，空階蘚冷，屏摇梅萼零翠。瘦枝對客横斜。逸韻爲誰徙倚。春光未到，卻放出、色如春水。正歲寒、冰薄沙明，看滴緑珠清淚。已幸得、夜長景美。更羡得、酒闌人醉。半籠碧月遥懸，一陣暗香迢遞。年華易邁。歎散髮、歡場能幾。且按拍、剪燭分牋，共賞此宵無寐。」

兩金川之役，定邊將軍大學士阿桂督師，魏塘曹秋漁員外在幕下。時王師駐兵卡埡，重巒疊嶂間，適梅花盛開，因與同事成都令林儁、寧遠太守盛英，以卡埡梅花爲題。盛云：「陽春無地不梅花。」林云：「滿目邊塵飛欲盡，獨留明月照梅花。」秋漁員外詩云：「慘澹蠻荒餘落照，最無人處是梅花。」

漁洋先生《醉翁亭》詩：「歐梅映池閣，半畝散清陰。老幹猶存古，孤花開至今。冰溪尋寺遠，雪路入山深。此際巡簷好，寒香伴苦吟。」按，先生《北歸志》：「釀泉西，一亭矗立水中，菱荷匝之，曰『見梅亭』。亭北歐梅在焉，枝條遠揚，下覆石欄，上及簷溜。北有亭，高明顯豁，曰『梅亭』。」彭羨門《松桂堂集》云：「由豐山之麓折入西北，過龍泉寺，經柏子潭，行亂山蔥蘢中，渡小石橋而西，遂得醉翁亭。亭側有老梅，歐公手植也。前對釀泉，水狹而清。」彭有《古梅》詩記其事：「幽崖氣清冷，下有梅樹叢。抱兹歲寒質，獨秀萬木中。孤芳傳高潔，千歲猶青蔥。誰與植此者，乃是歐陽公。此樹有時盡，斯人竟何窮。」丙午夏，余道出滁州，訪歐梅於醉翁亭，見老幹已枯，旁生新枝，高不及丈，蔭大如屋。賦詩有「種樹能令身後重，看花悔不雪中來」之句。

閨秀朱道珠，錢塘沈方舟室。其《約顧女春山河渚觀梅》云：「相期河渚玩春華，一棹迎風路未賒。樓外有梅三百樹，美人不到不開花。」《別裁集》曰：「春山，方舟妾也。約妾看花，而云不到不開者，望其早到也。不妬可知，詎止工於措語。」

《聲畫集》：「宋潁昌曹緯有遺以畫梅者，淡墨暈成。曹因命之曰『梅影』。賦詩有『冰膚不許尋常見，故隱輕雲薄霧間』之句。」又《六研齋筆記》：「宋王齊叟者，善畫梅影，形影相直，毫釐不差。」

李群玉《人日梅花》詩：「半落半開臨野岸，團情團思媚韶光。玉鱗寂寂飛斜月，素手亭亭對夕陽。」亦有思致。「玉鱗寂寂飛斜月」，真奇句也。「暗香浮動」恐未可比。（黄賀裳）[賀裳黄公]《載酒園詩話》曰：李群玉《梅花》詩，升菴云云，「語亦不誣，惜全篇體弱。高棅編入古詩，殊謬。當仍原集作排律耳。又《詩品》、《品匯》，皆作『素手』。余意『素手』不切梅花，本集作『素艷』，艷字韻雖不高，意猶較穩。亦從集爲是。」然愚意《升菴集》亦作「素手」，必有所本，況「素手」對「玉鱗」，語較工。若謂不切梅花，則庾子山「枝高出手寒」，亦可謂「素手」張本。

《竹坡詩話》：東南之有臘梅，蓋自近時始。余爲兒童時，猶未之見。元祐間，魯直諸公方有詩。前此未嘗有賦此詩者。政和間，李端叔在姑谿，元夕見之僧舍中。嘗作兩絶，其後篇云：「程氏園當尺五天，千金争賞憑朱欄。莫因今日家家有，便坐尋常兩等看。」觀端叔此詩，可以知前日之未嘗有也。

梁簡文帝《梅花》一賦，流傳數千載。偶見《楊升菴集》縮作長短句《梅花引》，甚是創格。因録是詩，備著原賦每句於下，以見隱括之巧。《引》曰：「層城靈苑上林中，（賦云：層城之宫，靈苑之中。）芳菲奇樹幾多叢。（奇木萬品，庶草千叢。）光分影雜，條繁榦通。華滋一一寒圭變，（寒圭變節，冬灰徙筩。）彩艷紛紛朔籟空。（並皆枯悴，色落催風。）年歸淑氣新，（年歸氣新。）瑶芸動琯塵。（摇芸動塵。）共憐梅花早，迎陽已逗春。（梅花特早，偏能識春。或承陽而發金，乍雜雪而披銀。吐花四照林，吐艷四照之林。含英九衢路。舒榮五衢之路。玉綴明冰懸，珠離零雹布。既玉綴而珠離，且冰懸而雹布。飄雪影遥沉，隨風香遠度。葉嫩出而未成，枝抽心而插故。標半落而飛空，香隨風而遠度。靡靡掛遊絲，掛靡靡之遊絲，霏霏雜鶩霧。雜霏霏之晨霧。樓上争落粉，争樓上之落粉。機中妬紈素。奪機中之織素。二八三五年，蘭心蕙質嫺。乍開花而旁巘，或含影而臨池。七言表柏梁之詠，三軍傳魏武之奇。於是重閨佳麗，貌婉心嫺。采芳驚稚節，憐早花之驚節，抱恨惜餘寒。訝春光之遺寒。袓服華袿薄，文衣繡𧝝單。袂衣始薄，羅袖初單。折此芳花，舉此羅袖。顧影下瑶𢃬，纖手弄嬌姿。或插鬢而問人，或殘枝而相授。恨鬢前之太空，嫌金鈿之轉舊。顧影丹墀，弄此嬌姿。雙開翠琅牖，洞開春牖，四卷降羅帷。四卷羅帷。春風吹梅畏落盡，春風吹梅畏落盡，賤妾坐此斂蛾眉。賤妾坐此斂蛾眉。琴聲吟弄梅花落，鏡里容華恐失時。花色持相比，恒愁恐失時。」

《瀛奎律髓》：漢武帝元封三年，作柏梁臺，詔羣臣有能爲七言者乃得上座。大官令曰：「枇杷橘栗桃李梅」。梁簡文帝引此事爲《梅花賦》，而曰：「七言表柏梁之詠。」則知漢武帝時始有七言詩及梅也。然大官令之意恐不專主花。

鄭琰《梅墟先生别録》：閑雲館有梅數百株，梅開時，輒羽衣坐樹下，命酒縱飲。飲畢，揮灑數十張。少焉耳熱，浩歌長嘯，旁若無人。常於臘後中夜見月，起披衣，攜酒至樹下，舉大酹者三尋，呵呵作維摩語，敲木魚數聲。時朔風颼颼，香雪滿衣，逸之大叫曰：「花神妬人，不使此景再見耶？」又有牛一乘，春日以竹鞍乘之，野水尋梅，蕭然幽致。故嘗與人書云：「所乘野岸牛鞍，何異灞橋驢背。」劉羅陽《貧士傳》云：識者謂西浙有兩梅高士，前梅道人，後梅顛。

《静志居詩話》論梅花詩云：高續古絶句：「舍南舍北雪猶存，山外斜陽不到門。一夜冷香清入夢，野梅千樹月明村。」可謂傳神好手。按，是詩《宋詩紀事》引《東皋雜録》謂陳天錫作，非續古詩也。

金德輿示余楊補之畫梅卷子，梅一樹横眠，倒掛一枝，筆勢夭矯，上云：「乙未麦秋，爲南明道兄畫於懷古堂。」又《看梅詞》九首，乃鄧尉山中作也，書於卷後。今録其三：「窈窕湖山定幾重，層層雪色亂杉松。可憐最是登高望，步步回頭顧一峯。」「遠山歷歷水茫茫，處處登臨堪斷腸。誰寫晴湖三萬頃，都來春谷作花光。」「湖頭煙火帶山阿，隱映人家定幾多。借問月來湖月上，萬花深處奈寒何。」按，楊補之字無咎，號古農，明末人。其命名意，蓋雅慕逃禪老人者。

余前辨孟浩然踏雪尋梅之誤，而李國宋《嬴隱集》乃云：「解易山愛孟襄陽詩，作《踏雪尋梅圖》，身抱酒甕隨其後。可謂風流好事之至。余喜其放達，題短歌貽之：『好詩復好酒，抱甕隨蹇驢。踉蹌風雪中，宛是蒼頭奴。梅花雪片時時有，人間只少襄陽叟。與君攜手鹿門去，明月清泉一回首。』」畫者、題者均以孟襄陽爲實有是事，皆不考訂之故。不知尋梅事别有本。程羽文《清閒供》云：「冬時日晡，布衣皮帽，裝嘶風鐙，策蹇驢，問寒梅消息。」

《覽勝志》：「張子野舊廬在柳洲，後屬張功甫，改築梅圃。」按，梅圃在南湖上，故功父自名集曰「南湖」。向來但傳玉照堂梅品，至功父梅詩則絶少傳者。近錢塘鮑以文刻《南湖集》於《知不足齋叢書》中，世由是得窺全豹。其詠梅各體凡七十餘首。而《玉照堂冒雨觀梅》七古一篇，以林處士爲雨師，設想尤奇。詞曰：「幽人占斷煙波景，不但春風翠紅整。繞堂交互玉崚嶒，月中日下光迷影。連年勾引客來看，傳得梅聲滿世間。西湖處士英爽在，大叫稱屈撾天關。拜言臣身太清苦，孤山昏曉搜寒句。冰邊籬畔識疎斜，若説栽梅臣實祖。五湖散人張志和，讀霓不中原失科。門前水擅南湖號，也種梅花數百窠。貪吟豈悟無閑字，置之度外猶餘事，掩臣梅譽最難堪。薦菊泉荒空廟祀，帝曰往哉汝雨師。張園梅開正及時，風摽霧鎖兩旬日。今歲且使遊行稀，從來奇觀偏宜罕。何妨别具貪花眼，不須緣木及守株。時來一醽玻璃醆，晴多每厭蝶蜂狂。妖襛不類南枝香，未如就作水仙戲。水精纓珮鮫綃裳，素鱗宫闕龍牙床。瑶麟琪鳳森騫翔，洗湔塵坌凝冰霜。是名清浄富貴鄉，舉瓢無庸酌天漿。芳槽壓酒銀淋浪，桃花流水名漸彰。一醉百榼嗤斗量。和靖此樂恐未嘗，大癡小點聲利場。得失分定休自忙，詩成鯉魚爲傳將。一閲嗔妬俱已忘，卻須信我計頗長。」

《齊東野語》：「潘牥六七歲時，嘗和人詩，有云：『竹纔生便直，梅到死猶香。』識者知其不永。後跌宕不羈，日醉騎黄犢，歌《離騷》於市。嘗約同社友，劇飲於南雪亭梅花下，衣皆以白。既而盡去，寬衣脱帽呼嘯。客散，則衣間各濃墨大書一詩於上矣，衆不能堪。」《夢粱録》載潘《落梅》詩，有「窗前最是關情處，拾片殷勤在掌心」句。其愛梅狂態可想矣。

何薳《春渚紀聞》：王舒公嘗賦梅花詩云：「鬚裊黄金危欲墜，蒂團紅蠟巧能妝。」與林和靖所賦一聯極相似。林云：「蕊訝粉綃裁太碎，葉凝紅蠟綴初乾。」或謂移林上句合王下句，似爲全勝。

《紹興府志》：「蠟梅，越中自宋來頗有，亦剡中勝花。有紫心者、青心者。紫者色濃香烈，謂之辰州本。」蠟梅聲名自蘇黄始。宋徐師川詩：「江南舊時無蠟梅。」其花蠟月開。王十朋《剡館蠟梅》詩：「非蠟復非梅，誰將蠟染腮。遊蜂見還訝，疑自蜜中來。」

《敬業堂集》：「蠟梅宋以前未有賦者，東坡、山谷、後山、少游始見於吟詠，率皆古體而不入律。王平甫、陸務觀、尤延之、楊誠齋，各有五七言律詩，方虚谷《瀛奎律髓》附梅花類中。雪窗披覽，頗不愜意。適友人折贈此花，信手拈筆，非敢與前賢較工拙也。」「閱盡嘉平臘，來爲最晚芳。冰心含淺紫，雪瓣吐嬌黄。後菊偏同色，先梅别有香。百花初釀蜜，容爾占蜂房。」然此詩亦甚平平，非初白詩之出色者。

任昉《述異記》：邯鄲故宫基有趙王果園梅，至冬而花，春得而食。《漢書·五行志》：僖公三十三年十二月，梅實。劉向以爲周十二月，今十月也，梅當剥落，今反華實，近草妖也。先華而後實，不書華，舉重者也。陰成陽事，象臣顓君威福。一曰冬當殺，反生象，驕臣當誅，不行其罰也，故冬華。華者，象臣邪謀有端而不成，至於實則成矣。是時，僖公死，公子遂顓權。文公不悟，後有子赤之變。一曰君舒緩甚，奥氣不減，則華實復生。董仲舒以爲梅實，臣下强也。記曰：不當華而華，易大夫；不當實而實，易相室。冬水旺木相，故象大臣。劉歆以爲庶徵皆以蟲爲孽。思心羸蟲，孽也。梅實屬草妖。

焦貢《易林》：雹梅零蒂，心思積憤，亂我雲衣。

沈嘉轍《南宋雜事詩》：「酒人祇愛梅花好，踏遍孤山不計春。」自注：「《洹詞紀事續鈔》：劉静脩閔元伐宋，乃賦《渡江題梅》曰：『西風吹落戰塵沙，夢想西湖處士家。』曰恐江南春減，猶夫賦也。」

《堅瓠補集》：楊升菴與恒忱二弟賞梅世耕莊，懸掛燈於梅枝上，賦詩云：「疎梅懸高燈，照此花下酌。只疑梅枝然，不覺燈花落。」王浚川廷相見而賞之，曰：「此奇事奇句。古今未有也。」後閱趙德莊《眼兒媚》詞，云：「黄昏小宴到君家，梅粉試春華。暗香素蕊，横枝疎影，月淡風斜。　更燒紅燭枝頭掛，粉蠟鬬香奢。元宵近也，小園先試，火樹銀花。」則昔人已有此事矣。

《白衣山人畫梅歌》，爲李作也。歌云：「山人著衣好著白，衣裳也學梅花色。人奪山人七品官，天與山人一丸墨。墨花繞筆層層起，摇動春光千萬里。半空月鬬夜明珠，滿山露滴瑶池水。倒拖斜刷雜亂寫，白雲觸手如奔馬。孤幹長招天地風，香心不死冰霜下。隨園二月中，梅蕊初離離。春風開一樹，山人畫一枝。春風不如兩手速，萬樹不如一紙奇。風殘花落春已去，山人腕力猶淋漓。君不見君家鄰侯作貴官，如梅入鼎調鹹酸。又不見君家拾遺履帝閶，人如望梅先止渴。於今北海不作泰山守，青蓮流放夜郎沙。白髮千丈頭欲秃，海風萬里歸無家。傲骨鬱作梅樹根，奇才散作梅樹花。自然龍蛇拗怒風雨走，要與筆勢争槎枒。山人聞之笑口哆，不覺解衣磅礴羸，更畫一張來贈我。」

《鄧尉聖恩寺志》：雨華橋在金剛殿左。王漁洋有《晚坐雨華橋觀梅》詩：「寒湖望已遠，迢遥暮歸寺。脩竹隱山門，金碧眩空翠。清溪枕飛梁，花氣增明媚。緑萼紛競發，翠羽時一至。拈花悟禪心，作賦識仙意。高低垂繁條，明滅見湖次。縹緲吹笙人，消摇布金地。微微蓮花漏，蕭然遠塵思。」

是橋踞山之半，彌望香雪，晚景尤佳。予嘗探梅入山，坐橋上，題詩有「俯仰百年中，茫茫益愁思」之句。

《猗覺寮雜記》：李義山《早梅》詩云：「謝郎衣袖初翻雪，荀令爐熏更換香。」不以婦人比花，乃用美丈夫事。《肇慶府志》：陳煥《梅花》詩亦云：「試從意外看風味，方信留侯似婦人。」

梅花詩話卷十九

編按：此卷未標卷數，爲「太」字册卷八，今續標爲卷十九。

平湖張誠希和著

《瀛奎律髓》：「和靖梅花七言律八首，前輩以爲孤山八梅。」然予觀後世選本，如曹石倉《十二代詩選》、吴孟舉《宋詩鈔》、厲樊榭《宋詩紀事》，皆録《孤山遺稿》，而《八梅》曹竟不載，吴與厲亦不全載。今依虚谷所定先後録之：「吟懷長恨負芳時，爲見梅花輒入詩。雪後園林纔半樹，水邊籬落忽横枝。人憐紅艷多應俗，天與清香似有私。堪笑邊庭亦風味，解將聲調角中吹。」「衆芳摇落獨暄妍，占盡風情向小園。疎影横斜水清淺，暗香浮動月黄昏。霜禽欲下先偷眼，粉蝶如知合斷魂。幸有微吟可相狎，不須檀板共金樽。」「剪綃零碎點酥乾，向背稀稠畫亦難。日薄縱甘春至晚，霜深應怯夜來寒。澄鮮祗共鄰僧惜，冷落猶嫌俗客看。憶着江南舊行路，酒旗斜拂墮吟鞍。」「數年閑作園林主，未有新詩到小梅。摘索又開三兩朵，團欒空繞百千迴。荒鄰獨映山初盡，晚景相禁雪欲來。寄語清香少愁結，爲君吟罷一銜杯。」「幾回山脚又江頭，遶着瑶芳看不休。一味清新無我愛，十分孤静與伊愁。任教月老須微見，卻爲春寒得少留。終共公言數來者，海棠端的免包羞。」「小園煙景正凄迷，陣陣寒香壓麝臍。池水倒窺疎影動，屋簷斜入一枝低。畫工空向閑時看，詩客休徵故事題。慚愧黄鸝與蝴蝶，祇知春色在桃蹊。」「宿靄相黏凍雪殘，一枝深映竹叢寒。不辭日日旁邊立，長願年年末上看。蕊訝粉綃裁太碎，蒂疑紅蠟綴初乾。香篘獨酌聊爲壽，從此群芳興亦闌。」「孤根何事此柴荆，邨色仍將臘候並。横隔片煙争向静，半黏殘雪不勝清。等閒題詠誰爲媿，子細相看似有情。搔首壽陽千載後，可堪青草雜芳英。」後《種梅詩》依韻和之，有「錢塘湖上巢居閣，嗣響誰能賦九英」之句。胡澹庵嘗兩和之，一用汝南故事禁用體物字；一用東坡《雪》詩「聲、色、氣、味、富、贵、勢、力」賦之。其警句云：「春風自識明妃面，夜雨能清吏部魂。」又「羞」字韻比原唱較穩：「秾李倚風梨帶雨，比方應合面騂羞。」

孤山八梅，梅花中一大公案。《西湖志》：「宋理宗嘗書『疎影』、『暗香』二句於孤山香月亭上。當時帝亦推重，豈獨詩人饒舌耶？」自宋以來，聚訟紛紛。余因詳列諸説，其有不專論林詩連類及之者，並述於後。《西溪叢話》：「王菉漪梅詩：『祇應誤識林和靖，惹得詩人説到今。』」信夫！

《歸田録》：林君復居杭州之西湖孤山，梅花詩「疎影」云云，評詩者謂世詠梅者多矣，未有此句也。及其臨終，爲句云：「茂陵他日求遺稿，猶喜曾無封禪書。」尤爲人稱誦。

《詩話總龜》：黄山谷云：歐陽文忠公極賞林和靖「疎影」云云之句。不知和靖别有一聯「雪後」云云，似勝前句。不知文忠何緣棄此而賞彼？文章大概亦如女色，好惡止係於人。

《漁隱叢話》：山谷之論云然。然王直方又愛和靖「池水」云云，以爲此句於前所稱真可處伯仲之句。余觀此句，略無佳處。直方何爲喜之？真所謂一解不如一解也。

《温公續詩話》：林逋處士，錢塘人，家於西湖之上，有詩名。人稱其梅花詩云「疎影」云云，曲盡梅之變態。

《直方詩話》：田承君云：王晉卿在揚州，同孫巨源、蘇子瞻適相會。晉卿置酒曰：「『疎影』云云，此林和靖梅花詩。然而爲詠杏與桃李皆可。」東坡曰：「可則可，但恐杏、桃、李花不敢承當。」一座大笑。

《東坡題跋》：詩人有寫物之功。「桑之未落，其葉沃若」，他木不可以當此。林逋梅詩「疎影」云云，決非桃李詩。皮日休《白蓮花》詩云：「無情有恨何人見，月曉風清欲墮時。」決非紅梅詩。此乃寫物之功。若石曼卿《紅梅》詩：「認桃無緑葉，辨杏有青枝。」此至陋語，蓋村學中體也。元祐三年十二月六日書付過。

《瀛奎律髓》：「疎影」「暗香」之聯，初以歐陽文忠公極賞之，天下無異辭。王晉卿嘗謂杏與桃皆可用，東坡謂桃李不敢承當。予謂彼桃李者，影能疎乎，香能暗乎？繁秾之花，又與「月黄昏」「水清淺」有何交涉？且「横斜」「浮動」四字，牢不可移。「摘索」云云，眼前所可道，亦有味。「終共公言數來者」，此一句當考；「半黏殘雪不勝清」，亦佳也。李雁湖注荆公梅花詩，謂「粉綃」「紅蠟」之聯爲魏野詩，恐不然也。

《彦周詩話》：林和靖梅詩「疎影」云云，大爲歐陽文忠公稱賞。大凡和靖集中，梅詩最好；梅花詩中，此兩句尤奇麗。東坡《和少游梅詩》云：「西湖處士骨應槁，只有此詩君壓倒。」僕意東坡亦有微意也。

《蔡寬夫詩話》：林和靖梅花詩「疎影」云云，誠爲警絶。然其下聯乃云「霜禽」云云，則與上聯氣格全不相類，若出兩人。乃知詩全篇佳者誠難得。唐人多摘句爲圖，蓋以此。

《竹坡詩話》：林和靖賦梅花詩，有「疎影」云云之語，膾炙天下殆二百年。東坡晚年在惠州，作《梅花》云：「紛紛初疑月掛樹，耿耿獨與參横昏。」此語一出，和靖之氣遂索然矣。張文潛云：「調鼎當年終有實，論花天下更無香。」此雖未及東坡高妙，然猶可使和靖作衙官。政和間，余見胡份司業《和曾公衮梅》詩云：「絶艷更無花得似，暗香惟有月相知。」亦自奇絶，使醉翁見之，未必專賞和靖也。

張玉田《樂府指迷》：詩之賦梅，惟和靖一聯而已。世非無詩，不能與之齊驅耳。

《陳輔之詩話》：唐人牡丹詩云：「紅開西子妝樓曉，翠揭麻姑水殿春。」若改「春」作「秋」，全是蓮花詩。林和靖梅花詩「疎影」云云，近似野薔薇也。

費衮《梁溪漫志》：陳輔之云林和靖「疎影」云云，殆似野薔薇。是未爲知詩者。予嘗踏月水邊，見梅影在地，疎瘦清絶，熟味此詩，真能與梅傳神也。野薔薇叢生，初無疎影，花陰散漫，烏得横斜也哉？

黄徹《䂬溪詩話》：西湖「横斜」「浮動」之句，屢爲前輩擊節。嘗恨未見其全篇。及得其集觀之，云「衆芳」云云，其卓絶不可及，專在十四字耳。又有七言數篇，皆無如「池水」云云、「雪後」云云之句。

《雪浪齋日記》：爲詩當飽參，然後臭味乃同。雖爲大宗匠者亦然。「月觀横枝」之語，乃何遜之妙處也。自林和靖一參之後，參之者甚多。

《貴耳集》：詩句中有「梅花」二字，便覺有清意。自何遜之後，詠梅花不知幾人矣。林和靖八首梅詩，惟「疏影」云云，可謂絶唱。

《景文筆記》：和靖梅詩「團欒空遶百千回」句，是不曉俚人語。按，孫炎作反切語，謂「團」曰突欒，林蓋變「突」爲「團」云。

《稗史彙編》：徐覺民云：曾見唐人江爲詩，有「竹影横斜水清淺，桂香浮動月黄昏」。不知和靖意見偶到，抑亦愛其句，取以詠梅耶？但謂「日斜」爲「黄昏」則非是。

李東陽《麓堂詩話》：天文惟雪詩最多，花木惟梅詩最多。自唐人佳者已不可僂數。梅詩尤多於雪，惟林君復「疏影」「暗香」之句爲絶唱，亦未見過之者。

宋蔣津《葦航紀談》：孔天瑞愛和靖「疏影」二句。中有「黄昏」，議詩者謂日斜爲黄昏非也。余嘗宿於月湖外家，而其家有堂，植梅、竹，月白霜清，余至，每宿於此。而花盛開，其香發於四鼓。後起視，月已西下。而月色比當午時黄而更昏，正此時已五鼓矣。蓋晝午後陰氣用事，而花斂艷藏香；午夜陽氣用事，而花敷蕊散香耳。以此知黄昏乃夜深也。

《詩藪》：「疏影」云云，本唐詩易二字耳。雖頗得梅趣，至格調音響，略無足取。宋人一代尊之，黄、陳亦無議，何也？古今無題梅，五言惟何遜，七言惟老杜，絶句惟王適，外此無足論耳。

《瀛奎律髓》：《遯齋閑覽》云：凡詠梅多詠白，而荆公獨云「鬚裊黄金」、「蒂團〔紅〕蠟」，不惟造語巧麗，可謂能道人不到處矣，予亦謂褒許太過。「蒂凝紅蠟綴初乾」，林和靖已嘗道來。此篇惟「向人自有無言意」一句近自然。要之自況，殊覺急迫，無和靖「水邊」「林下」之味也。

王漁洋《居易録》：東坡云：「西湖處士骨應槁，只有此詩君壓倒。」按林詩「疎影」「暗香」一聯，乃南唐江爲詩，止易「竹」字爲「疏」，「桂」字爲「暗」字。雖勝原作，畢竟不免偷江東之誚。如坡言，逋生平竟無一詩矣。然如「雪後」云云，總不失佳句也。

《漁洋詩話》：梅詩無過坡公「竹外一枝斜更好」及「雪後」云云。高季迪「雪滿山中高士卧，月明林下美人來」，亦是俗格。若晚唐「認桃無緑葉，辨杏有青枝」，直足噴飯。

朱竹垞《静志居詩話》：「『竹影横斜水清淺，桂香浮動月黄昏。』非江爲詩乎？林君復易『疏』『暗』二字，竟成千古名言。所云一字之師，與生吞活剥者有別也。」又云：「詠物詩梅尤不易。林君復『雪後園林』云云，此爲絶唱。他如『疏影』云云，僅易江爲二字，以『竹』『桂』爲『疏』『暗』，是妙於點染者。」

紀曉嵐司馬云：「梅詩固忌刻畫，然烘染傳神，至今日又成窠臼。桃源再至，便爲村落。和靖諸詩，亦有一種習氣可厭矣。此難爲外人道也。」見《李義山詩注》。

沈歸愚《説詩晬語》：詠梅詩應以庾子山之「枝高出手寒」、東坡之「竹外一枝斜更好」爲上。林和靖之「雪後」云云，高季迪之「流水空山見一枝」，亦能象外孤寄，餘皆刻畫矣。杜少陵之「幸不折來」一聯，此純乎寫情，以事外賞之可也。

張澤民詩：「孤山遺下十四字，千載一條冰樣銜。」

元劉清叟詩：「休説逋仙兩句工，冰甌滌筆別形容。」又云：「除香除影賦梅花，方許詩中擅作家。」暗香、疏影，已成梅花套語，引用入詩，味同嚼蠟。惟元仇仁近《和靖墓》詩云：「咸平處士風流遠，招得梅花枝上魂。疏影暗香如昨日，不知人世幾黄昏。」神韻無窮。又朱竹垞太史《題李琪枝畫梅》詩云：「平生冷笑林君復，活剥江爲兩句詩。畫到影疏香暗處，始知一字可稱師。」斯褒譏兩得之矣。

孤山八梅，從祖端門爲余書後，有「好同和靖吟千首，憑仗君房筆一枝」之句。按，《湘山野録》：「祥符中，張學士君房以詞學稱，爲時流所重。」余何敢當。

升菴《詩品》：冰崖蕭立等《落梅》詩云：「玉龍戰退鹿胎乾，好在晴沙野水看。舞翠夢回仙袂遠，射雕人去露簷寒。連環骨冷香猶暖，如意痕輕補未完。誰在高樓吹笛處，輕衫當户獨憑欄。」此詩工致似李義山。後六句皆用美人事，甚奇。不類晚宋之作，當表出之。

《載酒園詩話》：陸務觀梅詩：「屑玉定煩脩月户。」用「脩月」事却佳。以玉與梅花同白，比擬有情也。然「堆金難賣破天荒」却俗。「修月」事見《酉陽雜俎》。

《坡仙外集》：《禪宗頌古》：唐僧《古梅》詩：「雪虐風饕水浸根，石邊尚有古苔痕。天公未肯隨寒暑，又爇清香與返魂。」東坡《梅花詩》：「蕙死蘭枯菊已摧，返魂香入隴頭梅。」正用此事，而注者亦不之知也。

《真率齋筆記》：陳郡莊氏女，精於女紅，好弄琴。有琴一張，名曰「駐電」。每弄《梅花曲》，聞者皆云有暗香。人遂藉藉，稱女曰莊暗香。女更以「暗香」名琴。女一日悔曰：「此豈女兒事耶？」遂絶絃，不復鼓矣。

陳懋仁《泉南雜誌》：「紅梅百葉，一花三子，曰品字梅。紫梗疏條，非復霜皮鐵幹可比。」《藥圃同春》：「三品梅有紅、粉、白三種，一花三子如品。暑月用野梅移接，如子發者，枝大始開。」此種梅余目未之見。

《一統志》：「梅關在大庾嶺上，兩岸壁立，最高且險。」《方輿紀要》：「梅關嘗爲天下必争之處，有驛路在石壁間。相傳唐開元中，張九齡所鑿。」朱竹垞《度大庾嶺》詩：「雄關直上嶺雲孤，馹路梅花歲月徂。丞相祠堂虚寂寞，越王城闕總荒蕪。」丞相即張文獻。嶺有張文獻祠。陸堂太史《過大庾嶺》詩：「兒時庾嶺停車處，甲子環周又五年。風度曲江難再覯，古梅瘦影自翛然。」

曹倦圃《梅花》詩：「毒卉痛劉琨。」自注：劉琨詩：「毒卉冬敷然。」按，劉詩泛言毒卉，恐不專指梅花。

《樂録》：「漢横吹曲《梅花落》，本笛中曲也。」唐段安節《樂府雜録》：「笛，羌樂也。古有《落梅花》曲。」唐蘇味道詩：「歌行盡落梅。」郭利正詩：「更聞清管發，處處落梅花。」李白詩：「黄鶴樓中吹玉笛，江城五月落梅花。」皆詠笛中《落梅曲》也。然六朝人已有《梅花落》樂府。江總《梅花落》云：「臘月正月早驚春，衆花未發梅花新。梅花芬芳臨玉臺，朝攀晚折還復開。滿酌金枝催玉柱，落梅樹下宜歌舞。金谷萬株連倚甍，梅花隱處隱嬌鶯。桃李佳人欲相照，摘蕊牽花來並笑。楊柳條青樓上輕，梅花色白雪中明。横笛短簫悽復咽，誰知柏梁聲不絶。」鮑照《梅花落》云：「中庭雜樹多，偏爲梅咨嗟。問君何獨然？念其霜中能作花，霜中能作實，摇盪春風媚春日。念爾零落逐寒風，徒有霜華無霜質。」

程大昌《演繁露》：笛亦有《落梅曲》，今其曲亡，不可考矣。《漁隱叢話》：「《復齋漫録》云：古曲有《落梅花》，非謂吹笛則梅落。詩人用事，不悟其失耳。」余意不然之。蓋詩人因笛中有《落梅花》曲，故言吹笛則梅落，其理甚通，用事殊未爲失。且如角聲有大小，《梅花曲》初不言落。詩人尚猶如此用之，故秦太虚《和黄法曹梅花》云「月落參横畫角哀，暗香消盡令人老」者是也。古今詩詞，用吹笛則梅落者甚衆。若以爲失，則《落梅花》之曲，何爲笛中獨有之？絶不虚設也。謫仙又有《觀胡人吹笛》云：「胡人吹玉笛，一半是秦聲。十月吴山曉，梅花落敬亭。」又戎昱《聞笛》詩云：「平明獨惆悵，飛盡一庭梅。」崔魯《梅》詩云：「初開已入雕梁畫，未落先愁玉笛吹。」黄魯直《侍兒》詩云：「催盡落梅春已半，更吹《三弄》乞風光。」泛觀古人用事一律，可見復齋之妄辨也。

楊升菴《梅花落小序》：「古樂府有《梅花落》曲，唐人諸家作者多矣，皆詠其開，不言其落也。旅行松次，適見梅花落，乃援舊題以成新曲。雖有愧緣情，庶不謬體物云耳。『落梅復落梅，千片復萬片。願借鼓芳風，吹入披香殿。其一』『古梅飄古香，新梅綴新妝。那枝傳妾恨，何樹近君鄉？其二』『梅落復梅開，流光似流水。君心在梅花，妾意憐梅子。其三』『團思更團情，依幌且依楹。朝朝妝靨靨，日日望卿卿。其四』」

《唐音癸籤》：「郭茂倩云：唐大角曲有《大單于》、《小單于》、《大梅花》、《小梅花》，其聲猶有存者。」李益《聽曉曲》：「無限塞鴻飛不度，秋風吹入《小單于》。」大角曲名《小單于》，此云「吹入《小單于》」，與李白「江城五月落梅花」同一用法也。《貴耳集》有作《聽角詞》：「五更角里《梅花調》，吹落梢頭那個花。」又周端臣《落梅》詩：「數聲畫角《單于》塞，一曲山香阿母家。」又陳高《落梅曲》：「梅花開滿枝，無奈曉風吹。風吹花落盡，争似未開時。花開終有落，非關曉風惡。愁殺愛花人，城頭復吹角。」則知角中亦有梅花調也。

林和靖《八梅》後亘千百年，雖有馮海粟、中峰和尚《梅花百詠》唱和詩，誇多鬭靡。然世獨推高季迪九律，而「雪滿」一聯，尤所傳誦。惜選本明詩不能全載，今從《大全集》中録出：「瓊姿只合在瑶臺，誰向江南處處栽。雪滿山中高士卧，月明林下美人來。寒依疏影蕭蕭竹，春掩殘香漠漠苔。自去何郎無好詠，東風愁絶幾回開。」「縞袂相逢半是仙，平生水竹有深緣。將疏尚密微經雨，似暗還明遠在煙。薄暝山家松樹下，嫩寒江店杏花前。秦人若解當時種，不引漁郎入洞天。」「翠羽驚飛别樹頭，冷香狼藉倩誰收？騎驢客醉風吹帽，放鶴人歸雪滿舟。淡月微雲皆似夢，空山流水獨成愁。幾看孤影低徊處，只道花神夜出遊。」「淡淡霜華濕粉痕，誰施綃帳護香温。詩隨十里尋春路，愁在三更月掛村。飛去只憂雲作伴，銷來肯信玉爲魂。一尊欲訪羅浮客，落葉空山正掩門。」「雲霧爲屏雪作宫，塵埃無路可能通。春風未動枝先覺，夜月初來樹欲空。翠袖佳人依竹下，白衣宰相住山中。寂寥此地君休怨，回首名園盡棘叢。」「夢斷揚州閣掩塵，幽期猶自屬詩人。立殘孤影長過夜，看到餘芳不是春。雲暖空山栽玉偏，月寒深浦泣珠頻。掀篷圖里當時見，錯愛横斜卻未真。」「獨開無奈只依依，肯爲愁多減玉輝？簾外鐘來初月上，燈前角斷忽霜飛。行人水驛春全早，啼鳥山塘晚半稀。愧我素衣今已化，相逢遠自洛陽歸。」「最愛寒多最得陽，仙遊長在白雲鄉。春愁寂寞天應老，夜色朦朧月亦香。楚客不吟江路寂，吴王已醉苑臺荒。枝頭誰見花驚處，嫋嫋微風簌簌霜。」「斷魂只有月明知，無限春愁在一枝。不共人言唯獨笑，忽疑君到正相思。歌殘别院燒燈夜，妝罷深宫覽鏡時。舊夢已隨流水遠，山窗聊復伴題詩。」又有《次衍師詠梅》七律五首，其最警句：「未逢人寄千山外，忽訝君來一夜中。」上句用陸凱故事，下句則本盧仝「相思一夜梅花發，忽到窗前疑是君」句也。

惠山天釣和尚《和高青邱梅花詩》九首，余閲其詩，前四首頗有青邱神韻，後五首則力不逮矣。存其前四，亦見是詩之不歸零落，似有數焉。「半依池沼半樓臺，又向東風省舊栽。寂寂是誰和月立，翩翩何處帶雲來。暗香有信先催句，疏影無人静掩苔。天與孤高出群艷，霜中雪里不辭開。」「誰並孤芳瑶圃仙，無言相對静中緣。新圖山閣半簾月，舊夢江村幾樹煙。神浄非關殘雪後，品高常在晚風前。先春玉蕊連根發，人説仙家别有天。」「相逢臘尾與春頭，漠漠寒香一塢收。庾嶺已歸衝雪騎，孤山曾泛隔煙舟。曲傳天上寧無譜，官在人間未免愁。静倚南窗明月夜，恍疑三百樹中遊。」「雪霽銀蟾潔凍痕，夜寒枝上玉誰温。絶憐西子歸吴苑，空説明妃出楚村。悵獨立時頻顧影，淡與人處欲消魂。山蹊踏葉初歸客，半樹横斜掩竹門。」

《遂昌集録》：孤山之陰一亭，在高阜上，曰「歲寒」。繚亭皆古梅。亭下臨水曰挹翠閣，皆斗拱砌成，極爲宏麗。錢塘沈嘉輒詩：「歲寒亭外過西村，横幅窗開坐小軒。半樹梅花流水上，酒標挑出竹籬門。」

陳尚古《簪雲樓雜記》：「故蜀别苑在成都西南十五六里，梅至多。有大樹偃蹇十餘丈，夭矯若龍，相傳唐物也，謂之梅龍。陸放翁在蜀時，歲嘗訪之，曾爲賦詩云：『兩龍卧穩不飛去，鱗爪脱落生莓苔。』」蓋狀其偃蹇如此。王漁洋《古夫於亭録》：「陸放翁詩『扁舟系著古梅林』，初以爲汎然語耳。案，宋繙雲馮時行從諸朋舊十有五人，攜酒具出西梅林，分韻賦詩。林本王建梅苑，樹老，其大可庇一畝，屈盤如龍，孫枝叢生直上，尤怪。古者凡三四，酒行，以『舊時愛酒陶彭澤，今作梅花樹下僧』爲韻，然後知梅林之義。蓋梅林即所謂梅龍者也。余考成都梅龍，好事者載酒往遊，首載石湖《梅譜》。」漁洋所案者，乃出袁説友《成都文類》吕及之《梅林詩序》，是時爲紹興庚辰十二月既望也。十五人者，成都楊仲約、施子一、吕周輔、義父、智父、澤父、宇文德濟、吕默夫、杜少訥、房仕成、楊舜舉，綿竹李無變，潼川于伯永、正法寶印，繙雲馮當可。客有十五，韻止十四。吕義父别以「詩」字爲韻。其日有首眩詩不成者，缺「樹」字一韻。沈犀監税、樊漢廣補之。又有張積者，是日不與。翌日，馮分「僧」字，屬作之。詩七古、五古不一體。俱見《成都文類》。余獨愛馮時行「梅」字韻一首：「霜朝馬蹄無纖埃，錦城城西江之隈。金蘭合沓俱朋來，白沙鱗鱗江水洄。梅花傍江高崔嵬，人言猶是王建栽。豪華過眼浮雲哉，下馬酌酒聊徘徊。飛英送香來酒杯，酒酣疾呼竹籬開。走尋屋角如龍梅，梅龍雖多此其魁。睡龍屈盤肘承膽，風皴雨皵封蒼苔。孫枝迸出誰胚胎，天公撫摩春爲回。慎勿變化隨風雷，年年開花照尊壘。我欲結茅買芋煨，與梅周旋逆衰頹。」吕周甫「愛」字韻，起句云：「去城十里南郊外，突兀老梅餘十輩。玉雪爲骨冰爲魂，氣象不與凡木對。」施子一「下」字韻，中間云：「庭荒六老樹，氣象自儼雅。一笑呼酒來。大盆注老瓦。最後看枯株，何意當大厦。夭矯待風雲，有年天實假。」吕默夫「花」字韻，起句：「出郭豈憚遠，滿城無此花。新枝開玉雪，老樹卧龍蛇。」澤父中間云：「老樹更崛奇，矯矯蛟龍姿。中有調鼎味，幾年江之湄。」樊漢廣「樹」字韻，起句：「牆頭冉冉新陽露，忽作玲瓏玉千樹。老蛟偃蹇獨避人，卷回飛雪江臯暮。」張積「僧」字韻，中間云：「魁然老株忽駭目，雪鱗矯矯雙龍騰。天公一叱困仆地，掀髯弄爪高曲肱。長林望斷千百株，奮首直欲青雲淩。」皆能狀梅龍之奇者也。

趙昱《南宋襍事詩》：「荆山嶺半白雲開，水面横斜盡野梅。」注：「《西溪梵隱志》：春雪菴在荆山嶺左。淳祐中，沙門熙春號雪山，結菴静攝，有樂静堂，植梅花。」閩啟祥云：「梅如高士，宜置丘壑，且以神賞，種不嫌少。」而李日華《六硯齋筆記》則以爲梅無不宜，「梅花在疏林秀石邊，如王、謝、支、許，同入林陰邱壑。其暎綺疏香箔，則道藴内庭吟絮，令芬硯席摛辭。野店溪橋，陶元亮遠社聞鐘；銅瓶竹几，卓臨邛壚邊促膝。得風則列禦寇之揚裾，着雨則郭林宗之折角。雪中高袁安之卧，霞外澹樊女之妝。總之韻格超奇，秀入神骨。比之人倫，但取勝流。不容以男女老少及方内外論也」。

《檇李詩系》：吴瓘自號竹莊人，善畫梅。仲圭題曰：「吾鄉達竹莊人，得逃禪鼎中一臠咀之嚼之，深有所得。寫竹外一枝，索拙作繼和。予不能追古人萬一，自笑東鄰之效顰，醜矣。」竹莊人復云：「余之作梅，聊自吟嘯，豈在悦人心目？適唐明遠求作，寫一枝以贈。今置之禹功後，何堪依附古人！而圭翁序之，故復作一詩題於後：『逃禪親授寫梅法，二百年來徐禹功。竹外一枝清絶處，孤山風雪夜濛濛。』」

張翊《花經》：「一品九命，蠟梅亦在其中。洛陽亦有蠟梅，直九英耳。人言臘時開，故名，非也，爲色正似黄蠟耳。王介甫詩『已覺蜂歸蠟有香』是也。」盧敬甫《白雲集》云：「長安張翊，以蠟梅位一品九命之列，而不言梅花，可謂亂道矣。」《常朝録》：「元稹爲翰林承旨。朝退，行鐘廊時，初日映九英梅，隙光射稹，有氣勃勃然。百僚望之曰：『豈腸胃文章映日可見乎？』」何司明《九英梅》詩：「絶樣奇葩特地生，花魁更擅出倫名。白同瑞雪加三瓣，清比常梅剩四英。天運有終陽數極，化工銜巧物形更。玉堂仙客巖廊曉，腸胃文章映日明。」落句正用微之事。然通首刻畫太粘煞。

《敬業堂集》：「庭有柔木，二月初吐小白花，花皆五出，因名之曰雪梅。詩云：『紅梅已死盆梅謝，五出輸他密綴條。比似雪花看更好，入春一月不曾消。』」夫蠟梅因蘇、黄錫名，遂見重於世。今雪梅由初白先生而定，安知異日不與蠟梅競美乎？存以補《梅譜》之未備。

《無聲詩史》：「金陵金元玉畫梅花，有逃禪老人筆意。嘗自題絶句云：『一别西湖未得歸，孤山風月近何如。春來賸有梅花興，又向君家寫折枝。』」一説金嘗自號赤松山農。

《式古堂畫考》：「曾覯題楊補之《雪梅》卷：『筆端造化出天巧，寫出江南雪壓枝。誰道春歸無覓處，横斜全似越溪時。』」趙希鵠《洞天清録》：「補之作梅，下筆便勝華光仁老。」湯垕《畫鑒》：「楊補之墨梅甚清絶。自號逃禪老人。」湯叔雅宗補之，别出新意，亦佳。《稗史》：「宋江西楊補之始爲墨梅，一時名震，其徒仿之者實繁。然觀楊氏畫，大略皆氣條耳。雖筆法奇峭，去梢實遠，惟廉仲宣所作差有風致。」不知《畫梅譜序》云墨梅始自華光仁老，宗寫者六人，補之亦在其列。則墨梅非自補之始矣。

漁洋《香祖筆記》：予平生不喜集句，惟少時有《謝人送梅》一絶，集黄山谷詩云：「榨頭夜雨排簷滴，誰與愁眉唱一杯。瘦盡腰圍怯風景，城南名士遣春來。」如此集句，恐非李西涯所知。西涯有集句詩一卷。余又愛查初白《二月西阡看梅》集句二首，天趣盎然：「安得健步移遠梅，健如黄犢走復來。春花不愁不爛熳，只恐花盡老相催杜集。」「兩岸山花似雪開劉夢得，一杯一杯復一杯李太白。勸君更盡一杯酒王摩詰，二月已破三月來杜子美。」

《潘子真詩話》：世推方回所作「梅子黄時雨」爲絶唱，蓋用寇承公語也。寇詩云：「杜鵑啼處血成花，梅子黄時雨如霧。」

《全芳備祖》：「賈似道《梅花》二絶：『朔風吹面正塵埃，忽見江梅驛使來。憶着家山石橋畔，一枝冷落爲誰開？』『山北山南雪未消，村村店店酒旗招。春風過處人行少，一樹疏花傍小橋。』」此詩情致凄絶，似貶後之作。所云「家山石橋畔」者，按《宋稗類鈔》云：賈似道於西泠橋之外，架橋臨之，曰「第一春梅塢」。又《癸辛雜識》：賈秋壑梅亭曰「第一春」。

金劉京叔《歸潛志》：「王赤脚《夢梅》云：『鼎鑄陶鈞政格新，横斜疏影慰騷魂。嬰香枕簟黄昏月，懋棣東風笑谷春。』王，不知其名字年齒，居鄽蔡間，以乞食爲事。」王漁洋《池北偶談》：「洞庭山有丐者，貌似狂易，常行乞道上，夜則卧菴寺廡。汪鈍翁嘗記其數詩，有『悟到無生地，梅花滿四鄰』句。」皆乞丐之以梅花詩傳者。

《瀛奎律髓》：東坡《歧亭道上梅花》詩注：「東坡作詩，初學劉夢得，頗涉譏刺。元豐中，李定、何正臣、舒亶彈劾之，下獄，欲置之死。至於今，此三人姓氏，士君子望而惡之。亶有《和石尉早梅》二首，曰：『霜林盡處碧溪傍，小露檀心媚夕陽。天下三春無正色，人間一味有真香。相思誰向風前寄，更晚那辭雪後芳。朝夕催人頭欲白，故園正在水雲鄉。』又：『依然想見故山傍，半傍垣陰半向陽。短笛樓頭三弄夜，前村雪里一枝香。可能明月來同色，不待東風已自芳。幸免杜郎傷歲暮，莫辭吟對釣魚鄉。』此兩詩亦頗可觀，但以少陵爲杜郎，則稱謍不當。亶不識東坡，而謂其識梅花耶？兼亦格卑句巧，似乎湊合而成。惟東坡詩語意天然，自出高妙，懸絶不同，其人品不堪與東坡作奴。故附其詩於東坡之下。」按，厲樊榭《宋詩紀事》何亶《梅花》詩二首，僅選其一云。

宋侯延慶《退齋雅聞録》載蔡天任賦梅花落句：「應有化人巢木末，花間一國自行春。」其冥搜如此。

梅花詩話卷二十

編按：此卷未標卷數，爲「太」字册卷九，今續標爲卷二十。

平湖張誠希和著

騷體一首：「牢落意兮彭城，感人深兮風雨聲。五百年兮銅狄，東閣邈兮凄清。惟□兮式好，羌泖西兮一方，分名勝兮禹杭。佳城兮鬱鬱，宰木兮瓊芳。魂歸來兮月昏黄，仍彷佛兮□□。」

葉九升《平陽全書》有「平地梅花式」，其説曰：「平地金水，小墩三五個，或六七個，曰落地梅花。此龍宜就鉗捍之。」又有「雪裏飄梅」説，曰：「楊公云：大凡平洋之地，無大勢。龍虎最怕西北，謂南枝向暖北枝寒。平陽本是八風摇動之處，更向朔方，乃地無氣，謂之雪裏鎖寒梅。凡是平陽之地，最喜向南向東，吉。」余意此論非楊松筠之言，乃後人附會，葉氏妄引爲證耳。不知立向果合挨星，雖北枝何害。余又見《捉脈賦》，亦云：「南枝向暖北枝寒，雪水融時湖水滿。」謬説流傳，至使時師動以「雪裏飄梅」爲戒，可怪也。

袁文《甕牖閑評》：「先父暮年，他無所冀，獨責望余兄弟不淺。賦紅梅花詩云：『雖云誤失風霜操，不替調羹爲子賢。』概可見矣。」戴石屏《題陳景明梅廬》詩：「手栽梅核待成林，慈母當年屬望深。梅未成林人已往，空酸孝子一生心。」「思親如海渺無涯，睹物傷心感歲華。誰見詩人心苦處，年年揮淚看梅花。」此必陳母手種梅花，景明遂以名廬。是詩乃陳母没後所題者。

杭堇浦《道古堂集》注：「張孝廉次仲注《詩》、《易》、《春秋》，築梅花書屋，讀書其中。元孫大令天翼，能世其業。」杭爲賦其業事：「繞屋栽梅播素風，傳經人往講堂空。不徒鄭志紛綸在，帶草盈階見小同。」古來讀書人愛種梅者極多。《花史》：「宋趙必漣，崇安人，刻苦讀書。開慶間，以父蔭當補官，辭不就。晚植梅數百株，名其居曰『梅花莊』，與弟若槸日吟詠其中。又陳從龍，嘉魚人，少嗜學，每夜讀書至曙。能詩，環居栽梅，倚樹而歌。」按，《宋詩紀事》：必漣，太宗十世孫。有《倚梅吟稿》。

王半山《梅花詩》：「少陵爲爾牽詩興，可是無心賦海棠。」方虛谷云少陵不賦海棠詩，初自薛能拈出。今半山卻引而歸於梅，可矣。「東閣官梅動詩興」，老杜本以稱裴迪，今指爲老杜，亦可也。而劉後村集有《和熊主簿梅花十絶》，自注：「詩至梅花已過，因觀海棠，故詩中全賦海棠。」則又以梅花詩興寄海棠矣。若嚴坦叔《春晚》詩云：「過卻海棠渾不省，夢中猶是詠梅花。」此猶是少陵詩意。

松江梅園，張天瓶司寇照別業。司寇没後，杭堇浦《題程堃張莊探梅》詩曰：「簪毫朵殿日相於，説著梅花便憶渠。今日雪溪消息斷，紅羅亭下哭尚書。」

《韻語陽秋》：「葉少藴效楚人橘頌體，作《梅頌》一篇，以爲梅於窮冬嚴凝之中，犯霜雪而不慴，毅然與松柏並配，非桃李所可比肩。不有鐵石腸心，安能窮其至？此意甚佳。審爾，則惟鐵腸石心人可以賦梅花，與皮日休、宋廣平云云之言異矣。」考葉少藴《梅頌》已不傳，今所傳《梅頌》，惟明劉基一首，序云：「吴興章仲文築室花溪之上，環植梅焉，命之曰『梅花之莊』。頌曰：朱方之秀，梅實碩兮。含章而貞，受命獨兮。扶疏蕭森，清以直兮。元冰沍寒，不撓其節兮。玉之潔兮，夷之特兮。閉而發兮，芳鬱烈兮。黄中絳跗，美而完兮。麗而不淫，物莫能干兮。冬榮夏實，含陰陽兮。青黄纍離，以和羹兮。文質彬彬，德之儀兮。君子之象，君子之宜兮。」

王路《花史》：「嚴州府梅花峰，淳安望之若梅花五出。貴州都匀府梅花洞白石齒，齒遠望若梅花。」山以梅花名者，皆取其形似也。徐葆光《中山傳信録》：「順治四年，中山王遣使進貢。其貢物有在梅花港口遭風淫溺者。」《考夏録》則云梅花所開洋海中，大洋亦以梅花名。不解何故。朱竹垞《汪楫墓誌》：「釃酒梅花洋。」

宋張淏《雲谷雜記》：「艮嶽飛來峰，腰徑百尺，植梅萬本，曰梅嶺。」按《稗史彙編》：「朱緬之進花石也，聚於京師艮嶽之上，以移根日遠，爲風日所殘。植之未久，即槁。率時時欲一易之，故花綱旁午於道。一日内宴，諢人因以諷之。有持梅花而出者，諢人指以問其徒曰：『此何物也？』應之曰：『芭蕉。』有持松檜而出者，復設問，亦以芭蕉答之。如是者數四，遂批其頰曰：『此某花，此某木，何爲俱謂之芭蕉？』應之曰：『我但見巴蜀地討來都焦了。』天顔亦謂之少破。」梅花萬本，不知幾易而成。張文海題宋徽宗畫《半開梅》云：「上皇朝罷酒初酣，寫出梅花蕊半含。惆悵汴宫春去後，一枝流落到江南。」回首梅嶺，何堪卒讀。

梅花詩自子美後，率以清新刻畫爲尚，大約不離孤山窠臼。至於雄深雅健，絶少概見。惟明何大復《二月見梅》詩堪嗣響少陵，其詩云：「二月梅花開滿枝，素心寧與艷陽期。攀桃映李千花妬，弄日含風一樹垂。不向天涯傷歲暮，豈緣江北見春遲。巡簷索笑聊相慰，鬬色争妍非爾時。」次則李空同

《谷園二月梅集》拗體律詩，猶存唐音：「江南梅花苦繁劇，江北有梅花不肥。春枝已矜雪後媚，玉蕊即妨風處稀。金尊綺席不時賞，快馬輕車堪夜歸。遥憶暗香月色動，莫令遽掩東園扉。」

李武曾寄其弟畊客詩云：「怪爾秋衣點香雪，江梅一歲幾回開。」自注：「弟前札云客滇未二載，梅花已三度開矣。」按，楊升菴詩：「放歌曾作昔年遊，千樹梅花滇海頭。」滇海地氣極暖，宜梅花獨勝。然一歲兩開，前人未道焉。得處處一如李畊客所云乎？

《中州集》：元日能，不知何許人，與劉嵓老同時。《紅梅》詩云：「天上瓊兒白玉肌，吳妝約略更相宜。認桃辨杏由君眼，自有溪風山月知。」嵓老同賦云：「一點清香透雲雪，是中那得杏花天。」評者謂二詩同意而日能爲工。

《冬心先生集》：「嘉定楊謙以水墨畫梅見寄，不減清夷長者家風。窗客展看，如掇冷香，漫題二絶：『一枝梅好墨淋漓，寄自逃禪老畫師。所恨未曾親見得，鈎完花瓣點椒時。』『莫認緇塵涴素衣，略同清瘦是耶非？水邊林下從頭想，如此江南不早歸。』」按，冬心先生亦善畫梅。余友朱吉人嘗論畫梅云：「宋人畫梅大都疏枝淺蕊，至元煮石山農起而變其格，叢幹繁花，别開生面。明時陳憲章常師其意。吾友汪巢林、金吉金繼之，益盡離奇夭矯之態。尋常畫手拘於繩墨者，往往笑之。然二君高古之性情，即於紙墨間見之也。」吉金即冬心字，世又稱金髯。金既没後，杭堇浦題其畫梅有云：「清夷長者爾何人，髯豈豪端所憑藉。一圈一圈千百圈，花瓣紛紛照人白。」畫成，珍重復題句：「自寫襟期常嘍饑，來得錢亦復買飽。」則千金不肯易，其志趣可想也。金髯弟子曰顧均，亦善畫梅，畫每署金名。

堇浦《顧均畫梅歌》云：「偶然耽究作詩旨，屈首金髯稱弟子。髯兮愛錢不動筆，均也甘心畫不止。圖成幅幅署髯名，濃墨刷字世更驚。髯今物化梅花在，屏幛時時發光怪。寒香滿腹不療饑，擔向街頭和菜賣。」然則今所賣冬心畫梅，恐項筆居多。

林洪《山家清供》：「掃落梅英，净洗。用雪水同上白米煮粥，候熟，入英同煮。楊誠齋詩云：『纔看臘後得春饒，愁見風前作雪飄。脱蕊收將熬粥吃，落英仍好當香燒。』」按，陳枚《采珍集》：「緑萼花瓣，雪水煮粥，解熱毒。」曹漱秋《老老恒言》：「兼治諸瘡毒。梅花淩寒而綻，將春而芳，得造物生氣之先；香帶辣性，非純寒，粥熟加入，略沸。」李時珍《本草綱目》謂梅花粥與梅花湯，及蜜漬梅花，皆取其助雅致、清神思而已。

《花史》：「梅花不畏寒，且色愈艷，此禀質之異者也。他花遇寒即萎，若隆冬幾於滅跡矣。」然梅亦有時畏寒。范石湖：「《北城梅爲雪所厄》詩云：『凍蕊粘枝瘦欲乾，新年猶未有春看。雪花祇欲欺紅紫，不道梅花也怕寒。』」

洋梅，《群芳譜》及《梅譜》皆未之載，亦罕見有題詠者。近沈萃巖尚書常出所作示余，頗詳本末，可補前人之缺。序曰：「洋梅花三月始開。大視紅梅三倍之，色亦加釅。遠望如千葉緋桃，細辨之，則梅也。此種余少時未之見，近始有之，名曰『洋梅』。大約來自番舶云。」「梅花向屬處士家，格高香冷超群葩。故應素質傲霜雪，豈與俗眼争繁華。紅梅曾入宋人詠，認桃辨杏語已譁。千林如玉照面白，嫩紅幾點當風斜。春前掩暎亦多致，獺髓補赤寧爲瑕。如何開候至三月，山桃落盡新桐芽。碧枝大萼放濃艷，一庭絳彩霏晴霞。暖風遲日共妍媚，黄蜂紫蝶相紛拏。清寒格標固安在，其實非是名徒誇。椎輪大輅辨始末，增華踵事常興嗟。天公亦似厭寂寞，卻與瘦骨添嬌奢。姑射仙人不可作，刻畫唐突將如麻。吟邊意致忽瀟灑，依然澹月横窗紗。」

梅條作杖，乃杖之至雅者。蔣正子《山房隨筆》：「閻子静復，至元間翰林學士，後廉訪浙西。有《梅杖》詩云：『凍盡西湖萬玉柯，春風入手重摩挲。較量龍竹能香否，比並鳩藤奈白何。聲破夢寒霜滿户，影隨詩瘦月横坡。只知功到調羹盡，不道扶顛力更多。』」余又見元劉因詩：「天教一握藏春密，風覓餘香就手吹。」謝宗可詩：「江路策雲香在手，溪橋挑月影隨人。」皆梅杖佳句也。《檇李詩系》：破瓢道人吴孺子，有一緑萼杖，名紫玉。

《坡仙别集》：東坡「暾」字韻三首並妙絶，第二首尤奇。詩云：「羅浮山下梅花村，玉雪爲骨冰爲魂。紛紛初疑月掛樹，耿耿獨與參横昏。先生索居江海上，悄如病鶴棲荒園。天香國艷宜相顧，知我酒熟詩清温。蓬萊宫中花鳥使，緑衣倒掛扶柔暾。抱叢窺我方醉卧，故遣啄木先敲門。麻姑過君急洒掃，鳥能歌舞花能言。酒醒人散山寂寂，惟有落蕊粘空尊。」余讀朱子文集，有《和東坡「暾」字韻三首》，亦第二首最佳。其題曰：「與諸人用東坡韻共賦梅花，適得元履書，有懷其人，因復賦此，以寄意焉。」「羅浮山下黄茅村，蘇仙仙去餘詩魂。梅花自入三疊曲，至今不受蠻煙昏。佳名一旦異凡木，絶艷千古高名園。卻憐冰質不自暖，雖有步障難爲温。羞同桃李媚春色，敢與葵藿争朝暾。歸來只有修竹伴，寂歷自掩疏籬門。亦知真意還有在，未覺浩氣終難言。一杯勸汝吾不淺，要汝共保山林罇。」

《事詞類奇》：水陸草木之花，香而可愛者甚衆。梅獨先天下而春，故首及之。楊鐵崖詩：「萬花敢向雪中出，一樹獨先天下春。」爲世傳誦。

蔣超《峩眉山志》：「白雲禪師道行偶渴，索水不得。望前坡有梅樹，擬此累累梅實，可以回津。至其地，無一梅樹，而渴已止矣。後人因名梅子坡。」宋江湖長翁陳造詩「説梅人不渴」，良然。井研胡世安詩云：「既渴始求梅，非梅亦梅指。寧知舌本中，原自有梅子。」余嘗遊峩眉，知山中絶少梅，惟梅子坡山僧爲栽數株。然據云山高寒，輒易壞。

《夢溪筆談》：「吴人多謂梅子爲曹公，以其嘗望梅止渴也。又謂鵝爲右軍。有士人遺醋梅與焨鵝，作書云：醋浸曹公一甏，湯焨右軍兩隻。」王漁洋嘗引用入詩。《居易録》云：「相傳有送鵝及梅子札云云，傳以爲笑。故友董侍御文驥之子，嘗遺風雨梅。予喜其名甚雅，戲爲口號謝之，云：『吴中五月梅黄雨，想像千林舶趠風。珍重遺來香軟齒，不須將醋浸曹公。』自注：韓致堯詩云：齒軟越梅酸。」按，今吴中所傳風雨梅製法：用蜜浸梅，久而色仍青，或雕作花籃形。天平山僧每出以餉客。然味甜而不酸。漁洋所云「軟齒」，恐另是一種。

《瀛奎律髓》：「柳子厚有《早梅》詩，古體仄韻：『早梅發高樹，迥映楚天碧。朔吹飄夜香，繁霜滋曉日。欲爲萬里贈，杳杳山水隔。寒英坐銷落，何用慰遠客。』單賦早梅，不爲律，易鍛煉也。」余謂其意欲推重昌黎《春雪間早梅》五言排律，故重抑子厚不知梅詩。四韻短古，佳者正復不易。如此作者，宋以後不可得，惟六朝人有之。梁簡文帝《雪裏梅》云：「絶訝梅花晚，争來雪裏窺。下枝低可見，高處遠難知。俱羞惜腕露，相讓到腰羸。定須還剪綵，學作兩三枝。」鮑泉《詠梅》云：「可惜階下梅，飄蕩逐風迴。度簾拂羅幌，縈窗落梳臺。乍隨纖手去，還因插鬢來。客心屢看此，愁眉斂詎開。」王筠《和孔中丞雪裏梅》詩：「水泉猶未動，庭樹已先知。翻光同雪舞，落素混冰池。今春競時發，猶是昔年枝。惟有長顰頞，對鏡不能窺。」庾肩吾《詠摘梅花》云：「窗梅朝始發，庭雪晚初消。折花牽短樹，幽叢入細條。垂冰溜玉手，含刺罥春腰。遠道終難寄，馨香徒自饒。」周庾信《詠梅》云：「常年臘月半，已覺梅花開。不信今春晚，俱來雪裏看。樹凍懸冰落，枝高出手寒。早知覓不見，真悔着花衣。」單此數首，皆高古簡貴，不落後人蹊徑。方虛谷反謂其非全璧，而斷章摘取，所論亦太執矣。

唐楊炯《梅花落》云：「窗外一枝梅，寒花五出開。影隨朝日遠，香逐便風來。泣對銅鈎障，愁看玉鏡臺。行人斷消息，春恨幾徘徊。」李嶠詩云：「大庾斂寒光，南枝獨早芳。雪含朝暝色，風引去來香。妝面回青鏡，歌塵起畫梁。若能逢止渴，何假泛瓊漿。」二作雖是律詩，饒有六朝人詠梅古意。若五絕，則《稗史彙編》云：「忽見寒梅樹，開花漢水濱。不知春色早，疑是弄珠人。」此王適梅花詩也，《唐音》選之一首，足傳矣。余謂在王適，則一首足傳；在唐人，詠梅五絕，亦當以此首爲第一。

杭堇浦《韓江續集》有《槎梅》一歌，爲吳均作也。其詞有云：「槎形宛肖張博望，恍從碧落穿銀河。」又云：「東風吹盡香雪海，但餘根柢刪枝柯。」意取古梅樹根，仿朱碧山銀槎制，鑿削而成者。然云「何年磨洗發光怪，落手奚止千摩挲」，則由來已古，不自吳均始也。然「梅槎」之名自新。

《全芳備祖》：趙師俠《梅花》詩：「南山如佳人，迥立不可親。而況得道者，其間梅子真。」按，《漢書·梅福傳》：「元始中，王莽顓政，福一朝棄妻子去九江，至今傳以爲仙。其後人有見福於會稽者，變名姓，爲吴市門卒。」《一統志》：「梅市在紹興府城西三十里，相傳以梅福得名。」詩中特因其姓借用，非子真有梅故事也。

《宋詩紀事》：李後主嘗與周后移植梅花於瑶光殿之西。及花時，而后已殂，因成詩見意云：「殷勤移植地，曲檻小欄邊。共約重芳日，還憂不盛妍。阻風開步障，乘月溉寒泉。誰料花前後，蛾眉卻不全。」又云：「失卻煙花主，東君自不知。清香更何用，猶發去年枝。」考馬令《南唐書》：周后病，沐浴正妝，自内含玉，殂於瑶光殿之西室。後主哀苦骨立，每於花晨月夕，無不傷懷觸物，寓意多爲詩云。

王路《花史》：「臘梅瓶一枝，香可盈室。」按，宋陳簡齋詩：「一花香十里，更植滿枝開。承恩不在貌，誰敢鬬香來。」然《花史》又云：「臘梅花人多愛其香，但可遠聞而不可嗅，嗅之則頭痛。」試之不爽。

宋鄭令詩：「江梅欺雪樹槎枒，梅片飄零雪片斜。夜半和風到窗紙，不知是雪是梅花。」余欲以梁寅句解之：「向暖早看花似雪，冒寒更愛雪如花。」及觀盧梅坡詩：「梅雪争春未宜降，騷人閣筆費平章。梅須遜雪三分白，雪卻輸梅一段香。」竟直下斷語。若何大復絶句：「梅花開雪中，相看鬬奇絶。常教雪似花，莫遣花成雪。」其意更深。

周必大《省齋稿》：「胡邦衡置酒，出小鬟，予以『官柳』名之。聞邦衡近買婢，名『野梅』，以爲對。賦詩有『湖水欹斜應有意，春光漏洩不無因』之句。自注：蘇詩『野梅官柳漸欹』。」《墨莊漫録》：「王直方父名棫，家多侍兒，而小鬟素兒尤妍麗。王嘗以蠟梅送晁無咎，咎以詩謝之曰：『去年不見蠟梅開，準擬新年恰恰來。芳菲意淺姿容淡，憶得素兒如此梅。』此又不以梅名而比之於梅矣。

沈歸愚詩：「雪後梅叢花小綴，平山千樹聞移置。」自注：「平山堂下揚人種梅成林。」又《題盧雅雨平山高會圖》云：「千樹蒼松萬樹梅。」

朱竹垞《小宛堂》詩：「小宛堂階梅兩枝，疏花點點映清池。分明馬遠圖中見，只少楊家妹子詩。」楊謙注：「趙凡夫有寒山小宛堂。」按，宋牧仲《早春過支硎趙凡夫丙舍》句：「梅開小宛居，想見此盍簪。展墓芳草積，隕涕浮雲陰。」小宛堂，蓋凡夫墓旁居也。余嘗入山中，見梅花兩樹，至今尚存。

眉公《巖棲幽事》：「瓶花置案頭者，惟梅芬傲雪，偏繞吟魂。」元梅巖野人《梅花集古》云：「自笑自吟還自得盧渠，案頭搖落小瓶花方煮瀑。」

《詩話類編》：「簡齋《蠟梅》詩曰：『黄羅爲廣袂，絳帳作中單。』既言帳，又言中單，似覺意重。」僕觀東坡詩曰：「海山仙人絳羅襦，紅紗中單白玉膚。」恐簡齋用東坡意，絳紗作中單，而傳寫誤以爲絳帳耳。

《餘冬序録》：「宣和中，陳與義以賦《墨梅》詩受知徽宗，遂登册。序其集者遂有詩能達人之説。」

《詩話類編》：「高宗問簡齋《墨梅》詩何者最勝？或以『皋』字韻一首爲對。曰：不及『相逢京洛渾依舊，卻恨緇塵染素衣』。」簡齋數詩，結兩朝主知，可謂梅花中奇遇。

《捫虱新語》：「客有誦陳去非《墨梅》詩於余者，且云：信古人未曾道此。予誦其一曰：『潔白江南萬玉妃，別來幾度見春歸。相逢京洛渾依舊，只是緇塵染素衣。』世以簡齋詩爲新體，豈此類乎？客曰：然。予曰：此東坡句法也。坡《梅花》絶句云：『月地雲階漫一樽，玉奴終不負東昏。臨春結綺荒荆棘，誰信幽香是返魂。』簡齋亦善脱胎耳。簡齋《蠟梅》詩曰：『奕奕金仙面，排行立晚晴。殷勤夜來雪，少住作珠纓。』亦此法也。」顧俠君《元詩選》「潔白」作「粲粲」，「萬玉」作「萬木」，「只是」作「卻恨」。以此詩爲梅花道人作，刻入《梅花菴稿》中。想仍原稿之訛。

厲荃《事物異名録》：陸游詩：「凌厲冰霜節愈堅，人間乃有此癯仙。」按，癯仙，謂梅也。

《後山詩話》：魏野性愛梅，攜朋尋幽，終日不倦，自號草堂居士。王槐青《探梅賦》用對和靖曰：「逋仙攜賞，魏叟相招。」

《詩話類編》：秦少游長於詞藻，當世重之。《和黄法曹憶建溪梅花》詩云：「海陵參軍不枯槁，醉憶梅花愁絶倒。爲憐一樹傍寒溪，花木多情自相惱。清淚班班知有恨，恨春相逢苦不早。甘心結子待君來，洗雨梳風爲誰好。誰云廣平心似鐵，不惜珠璣與揮掃。月落參横畫角哀，暗香消盡令人老。天分四時不相貸，孤芳轉盼同衰草。要須健步遠移歸，亂插繁花向晴昊。」東坡亦和云：「西湖處士骨應槁，只有此詩君壓倒。東坡先生心已灰，爲愛君詩被花惱。多情立馬待黄昏，殘雪消遲月出早。江頭千樹春欲闇，竹外一枝斜更好。孤山山下醉眠處，點綴裙腰紛不掃。萬里春隨逐客來，十年花送佳人老。去年花開我已病，今年對花還草草。不如風雨捲春歸，收拾餘香還昇昊。」

彭廷梅《擊空吟詩鈔》：「老梅庵在六合縣治南。」《嘉定志》載滁河東岸果老灘，昔張果老種蔬及瓜於此。唐玄宗錫名通元先生，菴中之梅云其手植。彭有詩云：「菴長千年樹可猜，相傳國老手親栽。羅浮舊有遊仙夢，消息還須問老梅。」

宋趙希桐句：「若使牡丹開得早，有誰風雪看梅花。」純乎貪富貴，未免爲梅花所笑。不若李空同《牡丹》詩：「獨艷不教霜雪妬，先春敢讓凍園梅。」有富貴不淫氣象。然梅樹上亦有時開牡丹花。

徐照芳《蘭軒集》有《題道上人房老梅》詩，落句云：「不來三十載，半樹是孫枝。」徐璣《二薇亭集》則曰「題方上人房古梅」。房即故道書記所居，其詩云：「曾聽道公語，先師愛此梅。但知傳説老，不記若年栽。半樹枯仍發，疏花晚自開。方兄頭又白，常喜故人來。」按，二徐，曹石倉以爲兄弟，吴孟舉決其非。今觀二公所題上人房老梅詩，則其時亦略分先後云。

毛太史奇齡工畫，世所不知。其客湘水時，嘗爲桐城姚孝廉士重作畫梅，孝廉贈以長歌，中有：「憶西園看梅事，時入春一月餘，庭梅未開也。」毛因答詩云：「朔風冽冽冰皚皚，雪花倒地捲作堆。入春一月雪未霽，庭前未有梅花開。樅陽才子客湘水，最愛毛甡畫花卉。紙上從教見早梅，枝頭故復添新蕾。停毫宛轉思美人，一枝恍寄江南春。誰知相顧起感慨，翹首放歌如有神。江南千里邁春月，閣下梅花正當發。獨立方傳韋相詩，同遊争結王生襪。君家世胄不可當，一門群從超諸王。春風吹度嗚珂里，芳草生當朱雀航。東觀禹穴渡江沚，官閣相羈偶然耳。但藉荒厨對步兵時寓其叔氏蕭山署中，何須古驛逢梅使。春空一望生羽翰，君將獻賦遊長安。薊門亦有梅如雪，願把斯圖雪後看。」見《西河合集》。文人多藝，偶然遊戲，豈必與華光、補之争勝哉？

屠隆《娑羅館清言》：「老去自覺萬緣都盡，那管人事人非。春來尚有一事相關，只在花開花謝。」曹慈山以「梅」字易「花」字，作順寧居對聯，更雅。順寧居，慈山壽藏莊屋也。慈山又有《幻不壬屋跋》，云：「『不』讀作乎。花萼，跗也。兹屋在壽藏北，而與梅邇，因以『幻不』名。『壬屋』云者，昔鍾繇築舍墓田，以其在南也，故云『丙舍』，今在北，即謂之『壬屋』也可。」

横斜，竹影也。自林處士點竄江爲句，奪以與梅，千百年從無異詞。湯西厓《題西君侍講梅竹圖》云：「偶攜東觀仙人筆，閑寫西湖處士家。猶恐此花偏寂寞，數枝添得竹横斜。」梅竹並詠，而以「横斜」與竹，猶存古意。

顧俠君《春樹堂集》：「吉士助教偶得漢章，有『梅屋』二字，因以爲號。嘗繪《梅屋圖》屬題，因有『吾家助教官清冷，素性寒葩共孤迥。天錫嘉名漢玉章，直欲將身與畫並』之句。其起句云：『吴中梅花天下無，太湖淼淼白練鋪。三年夢繞熨斗柄，洗眼忽見梅花圖。』」按《六研齋筆記》：「唐子畏畫太湖濱幽奇處，名曰『熨斗柄』。」

朱載颺《霏屑集》：「虎邱梅花樓者，前輩王緱山先生讀書處也。樓不甚敞，其可異處，正以無一株梅花耳。而名人登詠，樓以名傳。試一遊光福，汎下崦，登銅井，三十里香雪撲人。若置此樓於此山，遊人賞梅詠梅，樓或因之不彰。所以登梅花樓者，又何必梅花哉。」朱默軒《虎邱詩》：「準擬停十日，因上梅花樓。昔年事何許，夢思了即休。」

高秋艇示余陳洪綬畫側梅一枝，甚奇古。款云：「老遲洪綬畫於静香庵。」文恪跋曰：「梅於歲晏寒深之候，獨挺幽芳。故古來高人韻士吟詠之，圖畫之，欣愛不置。老遲以墨作花，如有香色。其筆底能奪化工耶？余收楊補之、王元章、唐六如墨梅，而於近代甚許章侯。世當有同鑒者。」其上題絶句二首：「老樹横斜竹外枝，歲寒轉眼着花時。逢開逢落翻增慨，紙上疏疏看最宜。」「花光長老畫梅法，墨暈成花古絶雙。狂醉蓮翁用此意，渾同瘦影上晴窗。」

韓維《南陽集・和詹叔遊廬山》詩：「密藏幽谷梅千樹。」而孔平仲《杜令無隱亭賞梅》詩云：「梅生要孤高，故在城顛上。臘過已多時，花寒猶未放。正前乃廬山，積雪萬千丈。」又云：「直須玉蕊十分開，洗盡煙嵐春氣回。」則宋時廬山下梅花正自可觀。

王應奎《柳南隨筆》：馮定遠《梅花》詩有「錦川最惜文君寡，銀漢新傳織女亡」之句。此學西昆而入於癡者。然出句意，明人曹宏已有之，曹詩云：「清香疏影獨躊躇，脈脈黄昏思有餘。恰似文君新寡後，不施脂粉嫁相如。」按，「或斌媚如文君」，本宋廣平《梅花賦》中語，故元人段菊軒詩云：「誤認文君新睡起，讀書窗下立移時。」

《浩然齋雅談》：涪翁云：「百葉緗梅觸撥人。」陸天隨《蠹化》曰：「或棖觸之，輒奮角而怒。」《朝野僉載》：楊廷玉《回波詞》：「阿姑婆見作天子，旁人不得棖觸。」

《漁洋續集》：金孝章以壬子冬畫梅，寄予兄弟，今六年矣。丁巳七月，先生之子祖生至京師，始見之。而先生與先兄考功皆已下世，愴然賦詩四首：「拗取銅坑玉一枝，江南春贈隴頭時。到來已是塵沙劫，賦得瑶華寄阿誰？」「維摩丈室幾黄昏，春草閑房日閉門。成佛生天兩何處，暗香疏影爲招魂。」「花時鄧尉夢無聊，十七年來似暮朝。恨不相攜風雪裏，短篷同繫虎山橋。」「當年五字寫柴桑，又寄孤山世外香。一幅生綃千載意，也應配食水仙王。」按，「維摩丈室」及「當年五字」兩首，漁洋載入《居易録》，且曰：「孝章所居曰春草閑房。十笏草堂，先兄讀書處也。」尤悔菴《金孝章詩序》：「先生所居有春草閑房。老屋蕭然，焚香讀書。尤善真草法書，間畫墨梅。」汪苕文《孝章墓誌》：「先生墨梅最工，吴人尤傳寶之。曹倦圃嘗題其畫梅云：『南國才人海鶴姿，自拈江筆寫寒枝。春來願寄天涯信，畫角愁從隴上吹。』」

《漁隱叢話》：「梅聖俞在京師，《逢賣梅花》詩云：『驛使前時走馬回，北人初識越人梅。清香莫把酴醾比，只欠溪邊月下杯。』東坡謂此梅二丈絶句。長身秀眉，大耳紅頰，飲酒過百盞，輒正坐高拱，此其醉也。吾雖後輩，猶及與之周旋，覽其親書詩，如見其抵掌談笑也。」余近讀《小倉山房集》，有《買梅詩》云：「爲買梅花手自栽，朝衫典盡向蒼苔。笑他絶代高人格，不等黄金也不來。」其一種豪邁之氣，亦可想見。噫！自世上錢神貴，梅花亦作居奇貨也。詩人其重有感矣。

惠洪《冷齋夜話》：「王文公居鍾山，嘗與薛處士棋，賭梅詩，輸一首。曰：『華髮尋春始見梅，一枝臨路雪培堆。鳳城南陌他年憶，杳杳難隨驛使來。』」公集又有《代薛秀才》一首：「野水荒山寂寞濱，攀條弄色最關春。故將明艷凌霜雪，未怕青腰玉女嗔。」吴曾《漫録》：「荆公在鍾山下棋，時薛門下與焉。賭梅花詩一首。薛敗，而不善詩，荆公爲代作，今集中所謂薛秀才者是也。薛既宦達，出知金陵，或者嘲以詩曰：『好笑當年薛乞兒，荆公坐上賭梅詩。而今又向江東去，奉勸先生莫下棋。』薛書名似丐字，故人有乞兒之稱。向來多謂此詩韓子蒼作，非也。」按，薛名昂，初從荆公遊，後黨蔡京。李雁湖《荆公詩注》：「昂賦蔡京君臣慶會詩：『逢時可謂真千載，拜賜應須更萬回。』時謂之『薛萬回』。」據此，則昂不能詩可知矣。荆公代作梅詩，亦以之也。

顧俠君論詩詩：「疏影横斜水清淺，暗香浮動月黄昏。不似江郎句子好，可能點鐵慰梅魂。」自注：「竹影横斜水清淺，桂香浮動月黄昏。林君復易『疏』、『暗』二字，遂爲千古梅花絶唱。」詳《雙井書屋集》。

梅花詩話卷二十一

編按：此卷未標卷數，應爲「太」字册卷十，今續標爲卷二十一。

平湖張誠希和著

草木之花，有本非梅而名托於梅者，詩家類借梅詠之。曹倦圃《紅刺梅》云：「藥欄春盡倚涼風，蝶粉輕勻絳雪籠。自是羅浮仙子伴，鈎衣還在明月中。」又徐東海《高太常神道碑》云：「京師城南隅，民家有刺梅園。」彭羨門《翠梅》云：「曉色離離露蕊繁，鬟低黛接影翩翻。子蛾競染枝頭暈，幺鳳新留葉上痕。碧玉小時原共蒂，緑華生處不同根。翠幬好倩蘭臺筆，招得梅花爲返魂。」顧俠君《真珠梅》云：「斧劈冰山墮崔嵬，炎天忽坐香雪海。蝴蝶羅浮駝夢來，牆角一枝春色改。浮花浪蕊高下翻，雀啅蓓蕾同山礬。皴染緇塵京洛色，仿佛夜月西湖魂。柳葉桃根顔正好，依倚春風嫁時早。霏霏霧雨舊園林，幽芳狼藉隨百草。結根宜向野人家，隨俟錯落何用詩。甘與安榴紅映白，來時較晚相咨嗟。酒闌索笑評風格，不須踏雪行春陌。捲簾野鳥撲人飛，平蕪落照連天白。」《風月堂雜識》：「玉瓏鬆，浙中謂之睡梅。」《峩眉山志》：「海梅高僅三尺，冬月開小花，結實如櫻桃。」宋牧仲《黄海山花圖詠》云：「『金縷梅似蠟梅，而瓣如縷，春日開時，翩翩欲舞。詩云：『春林發異香，縷縷雕黄玉。已將寫作圖，還擬製爲曲。』又撚蠟亦似蠟梅，一苞四五朵，其開也以春杪。詩云：『豐格擬蠟梅，一苞四五葩。月明林下時，幽香應倍加。』」《鳳山縣誌》：「午時梅，色紅，午開子落。」孫元衡有詩云：「葵葉梅英並可詩，枝枝絳雪受風斜。道人不識先天事，開落庭前子午花。」

楊誠齋詩：「願爲梅兄留一月。」張道洽詩：「此兄自是風塵表，半在山顛半水涯。」劉詵《蠟梅》絶句：「梅兄不見今幾時。」程景明《梅贊》：「巡簷索笑，我呼爲兄。」呼梅爲兄，造語奇特。

升菴《詞品》：「曹元寵《梅》詞『竹外一枝斜，想佳人、天寒日暮』，用東坡『竹外一枝斜更好』之句也。徽宗時禁蘇學，元寵又近幸之臣，而暗用蘇句，真所謂掩耳盜鈴者。噫！奸臣醜正惡直，徒爲勞耳。」又云：「元寵《梅》詞：『竹外一枝斜，想佳人、天寒日暮。黄昏院落，無處著清香，風細細，雪融融，何況江頭路。』甚工，而結句落韻，殊不强人意。曹蓋富於才而貧於學也。」

《查浦詩鈔》注：「任子嚴盤園梅花最奇，古有凌風閣。又張園緑萼梅一株，中空，僅存皮甲，身高丈許，復有孫枝，周蓋數十步。十年凡數易主。」按，兩園皆在西溪。時查浦信宿西溪，因詠古梅云：「仿佛盤園路不遥，冥濛香霧湧寒濤。凌風頂上憑欄處，花與閑身一樣高。」《緑萼梅》云：「半身已脱乖龍殼，萬蕊重抽碧玉叢。莫道新枝年未老，曾經三易主人翁。」

梅花七言排律，香山《憶杭州梅》而外，古今絶少。此體吾邑李因仲《龍湫集》有《賦得梅花落處疑殘雪二十韻》，韻用三肴，字字清麗、穩愜，傳作也。詩云：「豐神澹冶憶初苞，誰惜飄零等幻泡。清韻那堪空處減，芳心都逐暗中抛。休疑積玉堆元圃，豈有遺珠泣夜鮫。今日已成塵土夢，當年誰訂歲寒交。袁安户外枝偏冷，剡水溪邊影漸淆。點點抱情來薜逕，遥遥扶恨去山坳。白殊六出差能渾，香散孤村不並聲。浪跡可憐俱落魄，冰肌或恐是同胞。高樓易惹胡笳弄，斜日猶聞越犬聱。賸粉多看沾野草，殘英少有戀空梢。愁深最怕吹長笛，魂斷何緣借續膠。簾静似容千片入，窗虚微聽數聲敲。人如灞岸催詩思，客向旗亭誤酒匏。月照閑階迷素鶴，風回幽壑舞潛蛟。鷺憐舊識渾無語，蝶更多猜亦漫捎。池上是非疑翡翠，簷前真假問蠨蛸。還隨流水粘魚網，只伴春泥補燕巢。寂莫幾時窺繡户，凄涼何意到衡茅。黄昏和靖知難辨，青眼嗣宗祇自嘲。獨倚闌干看不厭，漫須攜杖踏晴郊。」山人嘗有《梅花百詠》，余曾摘録之。

《香雪林集》有一字至十字梅花詩，創格也。惜不傳作者姓名。其詩曰：「梅，梅。玉削，冰裁。和羹種，百花魁。清勝冰潔，香欺麝煤。欲報早春信，獨向苦寒開。一任風梳雨洗，從教雪壓霜摧。溪殘月移疏影動，樓迴參横畫角哀。東坡先生詩成踏雪，西湖處士詠罷銜杯。歐陽公綽約之句妙矣，山谷老幽閒之語奇哉。雖有前賢賸淡雅致清絶，何如野人淡墨寫出真來。」

《談資》：太倉沙頭之北二三里，地名沈店，其居民多姓沈。沈氏祖墓不種松柏，惟老梅數十株。其西北一株，大合抱，高五六丈，横斜一枝，掩蔭數畝，下可坐千人，一二里外望之，鬱葱同於灌木。又相近蔡氏有梅更大，花開時，主人苦於應酬，伐而焚之。尚存小者十餘樹，猶圍如甕大。問之土人，皆宋時物也。不幸者戕於俗豎；其幸而留者，寂寞窮村孤塚間，無幽人騷客之愛賞。天地間堪爲痛哭流泣者，寧獨梅也哉！

張泰階《寶繪録》：梅道人墨梅二幅，一書二絶句：「粲粲江南」云云，陳簡齋詩也；「玉府仙姝倚淡妝，素衣一夕染無霜。相逢不訝姿容別，爲住王家墨沼旁。」道人墨梅詩。一書七古，云：「千年老枝生鐵色，雪魄冰姿誰貌得。三生石上見逋仙，獨鶴歸來楚雲黑。何郎垂老客揚州，花前勸酒仍風流。江城吹笛月未落，夢回一夜生春愁。」後書「梅花道人吴鎮題」。祝枝山跋云：「予仰慕先生品逸絶事四十餘年。求見先生山水煙雲、古木奇石，勁筆遊龍凡數矣。未見先生畫梅手段，殊勝畫龍也。子重兄得先生墨梅二種，令人炫目奇玩。梅道人之名傳海内不虚矣。此卷予勉留齋中經歲，每出展賞几上，令人不忍釋手。卷秘時有燕飛欲訴，蝶迷復窺，落花飄雪，終日不饑耳。正德乙酉冬杪書《百詠》於左，並識此。」考祝所書《百詠》，即爲馮海粟《梅花百絶》也。不著作詩之人，甚屬可怪。

升菴《詞品》：「吕聖求《東風第一枝》詞云：『老樹渾苔，横枝未葉，青春肯誤芳約。背陰未返冰魂，陽稍已含紅萼。佳人寒怯，誰驚起、曉來梳掠。是月斜、窗外棲禽，霜冷竹間幽鶴。雲淡淡、粉痕漸薄。風細細、凍香又落。扣門喜伴金樽，倚闌怕聽畫角。依稀夢裏，半面、淺窺珠箔。甚時、重寫鸞箋，去訪舊遊東閣。』古今梅詞，以坡仙緑毛、幺鳳爲第一。此亦在魁選矣。」余謂朱文公《滿江紅》詞，不讓二公之作。彭大翼《山堂肆考》嘗摘「塵緣邈隔」四字，以作一條，詞云：「臨風一笑，問群芳誰是，真香純白。獨立無朋，算來，有姑射山頭仙客。絶艷誰憐，真心自保，邈與塵緣隔。天然殊勝，不關風露冰雪。應笑俗桃粗李，無言翻引，狂蜂亂蝶。争似黄昏閑弄影，清淺一溪霜月。畫角初殘，瑶臺夢斷，直下成休歇。緑陰青子，莫教容易摧折。」

曹漱秋《梅花庵》詩「屋下無泉可薦茶」，自注：「仲圭舍旁有梅花泉，今已湮。」按，《寳繪録》：吴先生隱居禾中，對里築圃，遶屋種梅數十株。先生日哦咏其間，因號梅道人。洗硯處左迸一泉，甘寒異常，故名梅花泉，求飲者如上池春水。公没，而泉自湮，蓋天所以奉高人也。

南海程周量會元嘗繪梅花小像，施愚山題曰：「炎海祝融雄百粤，山川鬱奥仙靈光。柳州能言不解事，嶺南少人故多石。君看程侯起海濱，睥睨中原眼欲白。出入承明及郎署，風流共許文章伯。胡爲乎倚樹，孤吟似山澤。把君詩一卷，酌君酒滿樽，朋友膠漆君所敦。幼輿自具有邱壑，東方遊戲隱金門。天南羣盜如蜂屯，干戈未息黄塵昏。羅浮縱好不可往，回首梅花何處村。」少陵無梅花七古詩，但有二語云：「安得健步移遠梅，亂插繁花向晴昊。」此詩後半首蒼茫鬱勃之氣，幾於老杜矣。

《南軒文集》：「舊聞長沙城東梅塢甚盛，近歲亦買園其間。念欲一往，未果也。癸巳仲冬二十有八日，始與客遊。過東屯渡十餘里間，玉雪彌望，平時所未見也。歸而爲詩以紀之：『半生客荆楚，歷覽非一隅。寧知城東路，有此梅萬株。瘦馬路曉寒，清風起菰蒲。度溪上平阪，頓覺景物殊。霏雪下晴晝，香霧迷前驅。近坡與遠嶺，玉立同一區。老樹固瑰特，小枝亦敷腴。有如衆君子，彙聚德不孤。精粗無可揀，酥酪與醍醐。千株未覺多，此語信不誣。班荆或小憩，沽酒時一㪺。勝賞諒難盡，昭質知不渝。我有十畝園，邱壑正盤紆。念此縞袂侣，歲晚足我娱。來遊自今始，琴書與之俱。回首桃李場，冷淡莫邪揄。』」然則長沙梅塢，殆不減鄧尉，特僻在南方，知之者鮮耳。

蒲松齡《聊齋志異》：「王子服上元村外獨游。有女郎攜婢，撚梅花一枝，容華絶代。生注目不移。女遺花地上，笑語自去。生拾花悵然，遂返。至家，藏花枕底，忽忽若迷。適吴生來，就榻研詰，生具吐其實，且求謀畫。吴紿之，自任而去。生由此日就平復，探視枕底，花雖枯，未便凋落。凝思把玩，如見其人。怪吴不至，懷梅袖中，負氣自往。望南山行去，約三十餘里，叢花亂樹，茅屋修雅。俄一女郎含笑撚花，即上元途中所遇。乃出袖中花示之。女接之曰：枯矣，何留之？曰：此上元所遺，故存之。問：存之何意？曰：以示相愛不忘也。自上元相遇，凝思成疾，不圖得見顔色，幸垂憐憫。女曰：此大細事，何所靳惜！當唤老奴來折一巨綑負送之。生曰：癡耶！女曰：何便是癡？生曰：我非愛花，愛撚花人耳。」嘗見張安彦《梅花美人》詩云：「欲尋春訊苦無因，行過梅花卻怨春。妾貌與花俱似玉，可憐不見隴頭人。」令王生讀之，當黯然魂銷耳。

《四時纂要》：「梅熟而雨曰『梅雨』。少陵詩：『紅綻雨肥梅。』東坡詩云：『不趁東樓嘗煮酒，要看細雨熟黄梅。』」梅雨之説，論者紛紛。陸佃《埤雅》云：「江湘二浙四五月之間，梅欲黄落，則水潤土溽，礎壁皆汗，蒸鬱成雨，其霏如霧，謂之梅雨。」陳善《捫虱新語》云：「北人不識梅，南人不識雪。蓋梅至北方，則變而成杏。今之江淮二浙四五月間，梅欲黄而雨，謂之梅雨。轉淮而北則否。亦地氣然也。語曰：『南人不識雪，向道是楊花。』然南方楊實無花。以此知北人不但不識梅，而且無梅雨矣。」二説皆謂四五月爲黄梅雨。昭明太子《錦帶書》則云蕤賓五月之凍雨，洗梅樹之中。《風土記》：「夏至雨，名黄梅雨。」似梅雨專屬五月。《庚溪詩話》亦云：「江南五月梅熟，時霖雨連旬，謂之黄梅雨。」然少陵曰：「南京西浦道，四月熟黄梅。湛湛長江水，冥冥細雨來。」蓋唐人以成都爲南京。則蜀中梅雨乃在四月也。及讀柳子厚詩，曰：「梅實迎時雨，蒼茫值曉春。愁深楚猿夜，夢斷越雞晨。海霧連南極，江雲暗北津。素衣今盡化，非爲帝京塵。」此子厚在嶺外詩。則南粤梅雨又在春。未知是梅雨時候所至早晚不同否？又歐陽脩詩亦云：「春寒欲盡黄梅雨。」是不但四月爲梅雨，即三月亦爲梅雨。大抵如郎瑛所云作書者各自以地方配時候而言。洵然。郎有詩云：「千里殊風百里俗，也知天地不相同。江南五月黄梅黖，人在魚鹽水滷中。」

放翁《老學庵筆記》：「杜子美《梅雨》詩『南京』云云，蓋成都所賦也。今成都未嘗有梅雨，惟秋半積陰令蒸溽，與吴中梅雨時相類耳，豈古今地有不同耶？」又《風土記》云：「天道自南而北，凡物候先南方。今驗江南，梅雨將罷，而淮上方梅雨，又踰河北，至七月，少有黴氣而不覺。」余前在京師，五月梅雨沉綿，無異南方。古今地氣洵有不同矣。

袁文《甕牖閑評》：「今人謂梅雨爲半月，以夏至日爲斷梅日。非也。梅雨夏至前後各半月。故東坡詩云：『三旬已過黄梅雨。』則梅雨爲三十日可知矣。」《碎金集》云：「芒種逢壬入梅，夏至逢庚出梅。」《神樞經》云：「芒種後逢丙入梅，小暑逢未出梅。」《稗史彙編》：「閩人以立夏後逢庚日爲入梅，芒種後逢壬日爲出梅。」我郡虞虹升《天香樓偶得》云：「今吴楚俗，以芒種壬日立梅，庚日夏至即是出梅。若芒種後逢壬早，夏至後逢庚遲，則梅多至十八日；芒種後逢壬遲，夏至後逢庚早，則梅少僅八日。」俗每以此占黴氣之深淺，殊不知天干雖有不齊，而歲序初無伸縮。壬、庚遲早係偶然相值，烏足以限黴氣乎？吾鄉近俗皆從虞説，其時往往雨亦較多。《吴下田家志》云：「黄梅三時纔出門，蓑衣箬帽必隨身。」

漢崔寔《農家諺》云：「黄梅寒，井底乾。」又云：「雨打梅頭，無水飲牛。」即今俗言旱黄梅也。陸放翁詩：「輕雷轣轆斷梅初」。自注：「鄉人謂梅雨有雷，曰『斷梅』。」按，《瑣碎録》：「芒種逢壬入梅，前半月爲梅雨，後半月爲時雨。遇雷電謂之『斷梅』。」《稗史彙編》：「農人以得梅雨乃宜耕稼。故諺云：雨不梅，無火炊。」今吾鄉農家諺有云：「小暑一聲雷，翻轉作讀做黃梅。」其言亦驗。

羅廪《茶解》云：「梅雨如膏，萬物賴以滋養，其味獨甘。」查初白詩：「梅雨降天泉，其甘甚仙醴。」今俗稱梅水爲天泉第一。《紫桃軒雜綴》云：「峽石人積梅雨水，以二蠶繭繅絲織紬，有自然碧色，名曰松陰色，享上價。此法本宋寧宗宫禁，一時號爲天水碧。」又《陳氏手記》：「梅雨水洗瘡疥，入醬令易熟。」

王路《花史》：「江南梅熟之時，輒有細雨連日不絶，衣物皆裛，謂之梅雨。」陸佃《埤雅》：「梅雨沾衣服，皆敗黦。」《陳氏手記》：「梅雨水沾衣便腐，澣垢如灰汁，有異他水。江淮以南地氣卑濕，五月上旬連下旬尤甚。梅雨壞衣，當取梅葉洗之，餘並不脱。」《浩然齋雅談》：「嚴月澗詩云：『梅天雨氣入簾櫳，衣潤頻添柏火烘。』」

曾茶山《消梅花》詩：「未見枚開著子初，聞名已療渴相如。花肌自是冰和雪，那得生兒不似渠。」王世懋《果蔬》：「梅種殊多，既花之後，青而如豆。可食者曰消梅。」文震亨《長物志》：「消梅入口即化，脆美異常。雖果中凡品，然卻睡止渴，亦自有致。」

周密《乾淳歲時記》：「禁中内宴，梅堂賞梅。」陶宗儀《元氏掖庭記》：「宫中紅梅初發，攜尊對酌，名曰『澆紅之宴』。」可作宋元宫詞詩料。

楊誠齋《和張功父梅詩》二絶：「約齋句子已清圓，更賦梅花分外妍。不飲銷金傳玉手，卻來齧雪聳詩肩。」「要與梅花巧鬬新，恨無詩句敵黄陳。約齋詩好人仍好，不怕梅花賽卻人。」約齋，功父號。蓋謂其詩佳也。楊升菴《詞品》稱其詞亦佳，云：「張功父名鎡，有《玉照堂詞》一卷。玉照堂以種梅得名，其詞多賞梅之作。其佳處如『光摇動、一川銀浪，九霄珂月』，又『宿雨初乾，舞梢煙瘦金絲裊』『粉團香陣擁詩仙，戰退春寒峭』，皆詠梅之作，雖不驚人，而風味殊可喜。」

吾鄉沈客子《旅行憶梅》云：「沈郎匹馬走荒臺，故國寒梅開未開。古道春寒無驛使，江南誰寄一枝來。」張匠門檢討《清流道中梅花》云：「駐馬清流香氣吹，東風漸近落花時。可憐躑躅關山路，才見江南第一枝。」兩詩同是隴頭之感，則更所謂看去亂鄉愁也矣。

《本草綱目》：「蠟梅一名黄梅花。」黄山谷詩序：「香氣似梅，類女工撚蠟所成。」張翊《花經》：「人言臘時開，故以臘名。非也。爲色正似黄蠟耳。」謝臯羽詩：「冷艷清香受雪知，雨中誰把蠟爲衣。蜜房做就花枝色，留得寒蜂宿不歸。」純從蠟上着想，絶佳。楊誠齋詩：「蜜蜂底物是生涯，花作餱糧蠟作家。歲晚略無花可採，卻將香蠟吐成花。」設想更精。余尤愛《菊坡叢話》所載高荷絶句，直可作蠟梅壓卷。方虚谷嘗極賞之。王元美亦收入《東坡外集》。其詩云：「少鎔燭淚裝應似，多爇龍涎嗅不如。只恐春風有機事，夜來開破幾丸書。」

楊誠齋《蠟梅》詩：「來從真蠟國，自號小黄香。」按《舊唐書・經籍志》有《真蠟國事》一卷。黄香，人姓名，見《後漢書》。又《梅譜》云：「百葉緗梅亦名黄香梅花，頭差小而繁密，别有一種芳香。」以「小黄香」對「真蠟國」，假借得妙。

《梅譜》云：「蠟梅凡三種：檀香梅爲上；磬口梅次之；花小香淡，以子種出不經接者爲下。」《群芳譜》云：「蠟梅以子種出，經接過，花疏，雖盛開，嘗半含，名磬口梅。次曰荷花，又次曰九英。又有開最先，色深黄如紫檀，花密香濃，名檀香梅，此品最佳。」據此，則蠟梅共四種。近時又有素心蠟梅，前譜皆不載。沈雲椒司馬《蘭韻堂集》：「黄梅始見宋代，但標檀心、磬口，從未有品及素心者。」其《和徐芳圃方伯素心蠟梅》云：「疊石磁盆仿夕嵐，黄梅花發小宜簪。更無間色參紅紫，欲與同心結二三。全學道粧真淡素，不留春暈倍嬌憨。玉妃已遜芳時早，況有奇姿品未諳。」

磬口梅，《梅譜》謂似僧磬之口也。王路《花史》：「蠟梅叢生，葉如桃而闊大，開當臘月。上等磬口最先開，色深黄，圓瓣如白梅，楚中荆襄者最佳。」張翊《花經》：「蠟梅出自河南者，名磬口，色香形皆第一。」東坡云：「天工點酥作梅花，此有蠟梅禪老家。」陳無已詩：「化人巧作緗樣花，何年落子空王家。」皆與磬口義映合雅切。王世懋《花疏》：「蠟梅是寒花絶品，磬口第一，松江名荷花者次之，本地狗櫻下矣。得磬口，即荷花可廢，何況狗纓。」《花史》又云：「荷花瓣者，瓣有微尖，形似荷花又次，花小香淡，俗呼狗纓蠟梅。」

《梅譜》：「纓纓後訛爲『九英』。」張翊《花經》曰：「一品九命，蠟梅亦在其中。洛陽亦有蠟梅，直九英耳。」《常朝録》云：「元稹爲翰林承旨。朝退，行至廊下。時初日映九英梅，隙光射稹，有氣勃勃然。百僚望之，曰：豈腸胃文章映日可見乎？」九英專指蠟梅，今人通作江梅故事用。何司明《九英梅》詩刻畫太粘，落句用微之事，而仍不點明蠟梅，蓋訛以九英爲花瓣紀數也。姑録於此：「絶樣奇葩特地生，花魁更擅出倫名。白同瑞雪加三瓣，清比常梅剩四英。天運有終陽數極，化工衒巧物形更。玉堂仙客巖廊曉，腸胃文章映日明。」

《花史》：「蠟梅開時無葉，葉盛則花已無。」張澤民《詠梅》云：「秃盡千林始一花。」亦可作蠟梅詠矣。又《梅溪詩注》：「東南臘梅，葉落始開。峽中地暖，花開而葉不落。」此亦如雲南梅花開於葉間耳。

《群芳譜》：「蠟梅花多宿葉，結實如垂鈴，尖長寸餘，子在其中。子既成，試沉水者種之，秋間發萌放葉。澆灌得宜，四五年可活。一法取根旁自出者，分栽易成樹。」陳無己詩謂「何年落子」者，蓋分栽亦自子種始也。

方虚谷云：「蠟梅最難題詠。山谷、後山、簡齋三鉅公，但爲五言小絶句。而東坡倡、後山和亦有七言長篇。簡齋又有『智瓊額黄且勿誇』之句。大率不過言黄言香而已。」余觀簡齋一首，實爲蠟梅别開生面，不可忽視也。「智瓊額黄且勿誇，回眼視此風前葩。家家融蠟作香蒂，歲歲逢梅是蠟花。世間真僞非兩法，映日細看真是蠟。我今嚼蠟已甘腴，況有此韻蠟不如。只愁繁香欺定力，薰我欲戰須人扶。不辭花前醉倒卧經月，是酒是香君試别。」

《秘閣文集·遊嶽尋梅不獲和元晦韻》云：「眼看飛雪灑千林，更着寒花水淺深。應有梅花連夜發，卻煩詩句寫愁襟。」按，《朱子年譜》：乾道三年丁亥八月，如長沙，訪南軒；十一月，同遊衡嶽。此詩朱子先有作，故秘閣和也。十二月，朱子歸建陽，有《清江道中見梅》詩，云：「今日清江路，寒梅第一枝。不愁風嫋嫋，正奈雪垂垂。暖熱惟須酒，平章卻要詩。他年千里夢，誰與寄相思。」先是，有《不見梅》七律，云：「舊歲將除新歲來，梅花長是雪皚堆。如何此日三州路，不見寒葩一樹開。野水風煙迷慘澹，故園霜月想徘徊。夜窗卻恐勞幽夢，速把新詩取次裁。」朱子此行，與南軒講學，而有倡酬梅詩。梅花得兩大儒吟詠，亦與分道德光矣。

高詹事《天禄識餘》：黄户曹《和劉後村百梅絶句》内一首云：「林間翠羽啄枯槎，邂逅孤笻次水涯。飛過小橋留數語，殷勤報有隔牆花。」按，黄名祖潤，《後村題跋》别選其《百梅》，中一絶云：「天籟消沉斗柄斜，繞枝忽起護巢鴉。青娥素女新梳洗，來鬬寒梅半夜花。」此詩更佳。

王世懋《花疏》：南中梅都於臘月前便開。吾地稍遲，紅梅最先發，元旦有開者。此花當首植，性多蟲，易敗，宜時去之。閩中有深淺兩種，可致其淺者。次則杭之玉蝶，本地之緑萼爲佳。曾於京師許千户家，見盆中一緑萼玉蝶梅，乃梅之極品，不知種在何處，當詢而覓之。元劉詵《元旦賦紅梅》詩云：「紅梅本遲暮，冬暖遂争先。」元旦紅梅之開，蓋偶然耳。

唐李石《續博物志》：「望梅生津，五液之自外至也。」《夢溪筆談》：「吴人多謂梅子爲『曹公』，以其嘗望梅止渴也。又謂鵝爲『右軍』。有士人遺人醋梅與燖鵝，作書云：『醋浸曹公一甕，湯燖右軍兩只。』」王漁洋嘗用此事。《居易録》云：「故友董侍御文驥之子，嘗遺風雨梅。予喜其名甚雅，戲爲口號謝之，云：『吴中五月黄梅雨，想像千林舶趠風。珍重遺來香軟齒，不須將醋浸曹公。』」按，風雨梅法，先以銅器輕擂，繼浸以蜜，而色仍青，味甘，微酸。吴門天平山白雲寺僧善製此梅。余嘗偕弟琴堂、春農入山寺，寺僧持以餉予，予有句云：「漁洋曾愛吴中味，今見山僧親獻來。」

《湖州府志》：「煙霞塢，武康劉穎士別業。谷口梅花十餘里。」然近人題詠罕有及之者。

《檇李詩系》載時達德有《和施仲芳梅花詩》百二十首，獨選其《瓶梅》一詩云：「斗室凄清事不聞，膽瓶何處得幽芬。入門時見煙雲客，據案頻窺冰雪文。蝴蝶枕邊身栩栩，麒麟爐上影紛紛。不須更踏芒鞋去，春色江南昨已分。」此詩頗似晚唐筆意。

《山谷詩鈔・王才元惠梅花三種皆妙絶戲答三絶》云：「城南名士遣春來，三月乃見臘前梅。定知鎖着江南客，故放緑梢春晚回。」「舍人梅塢無關鎖，攜酒俗人來未曾？舊時愛菊陶彭澤，今作梅花樹下僧。」「病夫中歲屏栝杓，百葉緗梅觸撥人。拂殺官黄春有思，滿城桃李不能春。」又有《從張仲謀乞臘梅》詩：「聞君寺後野梅發，香蜜染成官樣黄。不擬折來遮老眼，欲知春色到池塘。」惠梅、乞梅，風人韻事，蓋不始曾茶山矣。

方秋崖《雪後梅邊》詩云：「莫與梅花筋力倦，且推一雪阻躋攀。」越明年，《元夕》復云：「到得今年人又老，也無筋力看梅花。」二詩大爲梅花掃興。又楊誠齋七古落句：「憶昔少年命同社，月裏傳觴梅影下。一片花飛落酒中，十分便罰琉璃鐘。如今老病不飲酒，梅花也合憐衰翁。」亦有歎老之意。漱秋居士《溪莊憶梅》云：「吾年七十還添八，計種梅花十六年。健飯能撑羸骨在，須知未了看梅緣。」又云：「春意入梅芳信遍，看過今歲又明年。」又云：「花愈清妍人愈老，卻教雪鬢對芳姿。」足爲老年人吐氣。

《香樹齋詩集》：「真如寺有梅花房者，予未弱冠時讀書其下。又五十五年，過之，寺僧無一相識。悵然作詩，有『一笑真成房次律，幾回徙倚月黄昏』之句。」今梅花房尚存。

《於越新編》：「五雲梅舍在府城内。」《會稽地林景熙記》云：「去越城東南三十里，曰五雲村。王自晉爲江左著氏，淳祐、景定間，仕爲顯官。今卧龍府治之西，是其故第。會陵谷變遷，始各治别第於東南隅誥院。梅山君即其居，累土爲山，種梅百本。復爲堂，而扁之曰『五雲梅舍』。」

《台州府志》：「太平縣有梅花洞。昔逸士林原縉、翁子實、邱海、何及、邱鐔、王禮、何起直、狄常、程完九人，嘗爲吟社，號『花山九老』。」陳彬《題梅花吟社》詩：「梅花洞口夾深溪，九老當年任品題。今日青山不容隱，五橋車馬聽驕嘶。」又黄巖縣永寧山，俗號方山，山下有亭，夾岸梅花，綿亘十餘里不絶。

余友徐夢盧光燦《殘梅》詩云：「江南春不盡，留得數枝偏。清白心還見，飄零事可憐。寒煙猶竹外，荒月自籬邊。野老餘生在，臨風一黯然。」屈韜園爲章《梅花詩》：「如入衆香國，結寫清浄因。嫌他脂粉俗，見汝性情真。不作繁華夢，常留仙隱身。無心争百卉，偏自占良辰。」又：「標格澹如此，静閑留古春。山中消歲月，雪裏見精神。冷落無知己，孤高避俗人。相看識誰健，拚醉酒千巡。」二君梅詩頗似杜。

梅花詩話卷二十二

編按：此卷未標卷數，爲「太」字册卷十一，今續標爲卷二十二。

平湖張誠希和著

《夏小正》：「五月煮梅爲豆實。」《本草綱目》：「梅實生漢中山谷，五月采實，火乾。今襄漢、川蜀、江湖、淮嶺皆有之。采半黄者，以煙薰之爲烏梅。青者鹽淹，曝乾爲白梅。亦可蜜煎糖藏，以充果飣。熟者笮汁，曬收爲梅醬。惟烏梅、白梅可入藥。梅醬，夏月可調渴水飲之。」黄山谷詩：「蒸豆作烏鹽作白，屬聞丹杏薦牙盤。」又《農桑輯要》：「作白梅，梅子酸核初成時摘取，夜以鹽汁漬之，晝則日曝，凡作十宿，浸十日便成矣。調鼎和虀，所在多入也。作烏梅，亦以梅子核初成時摘取，籠盛於突上，薰之令乾，即成矣。烏梅入藥，不任調食也。」

和羹始於《商書・説命》，今人用入梅詩，犯張功父論詩禁例。然泛言和羹，固腐，若點名傅岩，轉新。明周金《紅梅》詩：「版築曾聞傅説才，隴梅移向傅巖栽。東風結實成陰後，寶鼎香羹出上臺。」楊文恪《紅梅》句：「名在《商書》第幾篇，春風别自把神傳。」

葉子奇《草木子》：處之龍泉縣飛溪季君問妻萬氏，守節不再適，詠枕上繡梅詩，曰：「洒洒英標别様奇，歲寒心事有誰知？妾心正欲同貞白，枕上殷勤繡一枝。」按，《列女傳》：時有富室求婚，舅始欲奪其志。萬氏賦此詩，求者遂寢。

《柳溪近録》：圓悟未識晦庵，嘗和其梅花詩云：「獨憐萬木凋零後，屹立風霜慘澹中。」晦庵自是與之唱酬。

馬愉《題梅》云：「八閩地暖春先到，畫省須看第一枝。」按，《福建通志》：福州府閩縣藤山，地脈起伏如瓜藤。其地多梅，曰「梅塢」。泉州府南安縣有梅花山，山多梅，故名。延平府南平縣有梅山。汀州府長汀縣佛嶺，舊多種梅。《興化府志》：城東南穀城山舊有梅隱精舍。王元美《東坡外紀》：紅梅來自閩中，故有「福州紅」、「邵武紅」等號。王敬美《花疏》：紅梅，閩中有深淺二種，可致其淺者。八閩梅花與粵東相埒。

《泉州府志》：「陳執中《惠安縣齋詠梅》云：『去年邊上見梅花，醉眼淹留未到家。今日嶺南攀折得，忽驚身又在天涯。』」厲樊榭採入《宋詩紀事》。此乃偶傳其詩，不足爲閩梅增重也。

漁洋《帶經堂集·新安畢嵎谷以畫梅十幅題詩遠寄京師感其意賦答》詩云：「昔我登蟠螭，維舟虎山橋。仙人萼緑華，一笑相招要。十里梅花林，玉雪寒蕭蕭。身入衆香國，天花競飄搖。回首四十載，日望漁洋椒。何意黄山人，新詩慰無憀。一幅花光梅，疏影羅生綃。寒花間的皪，翠羽聞啁嘲。自言白沙嶺，手種青山坳。戴笠風雪裏，滿目英瓊瑶。感此懷舊遊，銅坑路迢迢。寄語漸谿隱，他年希見招。」又《題金孝章畫梅鄧尉花時》，漁洋動憶「漁洋」，則鄧尉一遊堪千古矣。

曹秋岳《永興寺雙梅歌》注：「元見山莊在寺東，梅花尤盛。其歌有曰：『東鄰隱者今狂士，一生愛花顛不已。曾種滿園三百株，每日梳頭便來此。勸我題字懸壁間，長句可壓東風還。』今寺已廢，山莊亦歸烏有矣。狂士既藉詩以傳，而不著其名，可惜也！」

宋許景文《詠梅》詩：「疎影逼真前處士，群花推重老先生。」二語矛盾，既稱「前處士」矣，必不願受「老先生」之名。爲「老先生」者，而仍不愧「前處士」，古來惟彭澤一人。不然，林處士不嘗曰：「茂陵他日求遺稿，猶喜曾無封禪書。」梅花蓋不願爲「老先生」也。雖然，楊誠齋云：「林中梅花如隱士，只多野氣無塵氣。庭中梅花如貴人，也無野氣也無塵。」然則「前處士」、「老先生」，梅花亦無可無不可。

周密《乾淳起居注》：淳熙五年二月一日，上過德壽宫，問起居。太上留坐冷泉堂，進泛索訖，至石橋亭子上看古梅。太上曰：「苔梅有二種。一種宜興張公洞者，苔蘚甚厚，花極香；一種出越上，苔如緑絲，長尺餘。今歲二種同時著花，不可不少留一觀。」上謝曰：「恭領聖旨。」按，德壽宫在望仙橋東。古梅既廢，藍瑛圖石，孫秋寫梅，至今尚存。雍正七年，浙江修通志，開局於此。陸陸堂、諸襄七兩太史、沈歸愚尚書、張鐵珊上舍時同纂修，有《德壽宫梅石》倡和詩，見四人集中。陸云：「德壽宫中芙蓉一片石，至今倔强卧地摩高空。井西鶴樵雲林貌未得，天生透漏小樣飛來峰。呼作丈人且具袍笏拜，雖云米老性癖寧足恭。藍瑛圖石孫秋續寫梅，負牆端拱侍立猶行童。往歲依棲琳宫今榷署，春煙秋露苔蘚滋冥濛。光堯付託得人備尊養，玉妃奏樂儼在廣寒中。一石一花品題經御愛，古梅老去魂夢難再逢。吁嗟乎，光堯四朝奸相傳衣鉢，天目鶱崩早識王氣終。朔雁來過浙潮候不至，江山半壁轉眼飄如風。六百餘年澆酒重對汝，摩挲銅狄感慨將無同。」諸云：「華陽宫成狄難起，壽山艮嶽溝中委。海棠龍柏摧爲薪，絳桃垂楊半成杞。二蔡二惇未厭亂，厲階誰生勔父子。崩騰靖康互絡繹，淒涼南渡開基阯。傷心細柳與新蒲，滿眼殘山兼剩水。六百餘年過故宮，尚存一片青芙蓉。梅花蝕盡空餘影，劫殘曉月淩霜冬。零星石柱見古礎，槎枒枯樹含悲風。冥冥黑水青楓道，杜鵑啼兮山鬼笑。青城寥廓雪窖深，一枝冰玉同誰照。冬青陵攢已無樹，蒼梧路長不知處。惟有長編纂輯餘，一抔義士懷終古。瑛乎瑛乎吾語汝：所南之蘭已無土，石不能言花解語。」沈云：「荒園疊疊芙蓉石，古梅凋萎留碑刻。此是當時德壽宮，光堯遺跡人能識。半壁江山異京洛，上皇老去耽娛樂。聚遠樓前面面風，一德格天舊時閣。宮中別構小湖山，萬壑雲煙在此間。方丈蓬壺真可到，龍沙毳帳幾曾還。飛來峰勢當空走，兩種苔梅世稀有。花石應留朱勔餘，依稀艮嶽成堆阜。內侍傳呼史相公，兩宮上壽斟玉斗。上皇沉醉呼先生，君臣懽然同朋友。寒香深處拜君恩，恩與邱山長不朽。故宮轉眼鑠寒煙，燦錦瑶津事惘然。六帝陵邊無玉椀，萬年枝上有啼鵑。種瓜老圃來作主，石刻蒼涼埋宿莽。風前憑弔小朝廷，獨立斜陽誰與語。惟有園中石丈人，閑看興亡自今古。」鐵珊云：「玲瓏一片青芙蓉，古碑獨矗荒園東。當年梅石兩相埒，猶傳宋代光堯宮。宋家始禍花石綱，朱勔輦載來汴梁。太湖片石重金帶，將軍名號殊荒唐。當時羣小争誤國，鞏固金甌拚一擲。萬里羈棲五國城，南渡江山留半壁。荷香桂子醉西湖，蕊淵環秀供清娛。純孝縱極天下養，栽梅玩石奚庸乎。只今梅朽石尚存，問石不語空嶙峋。藍孫作畫詎無意，真作摩挲銅狄視。君不見北風三吹白雁來，剩水殘山俄捲去。誰澆麥飯傍蘭亭，袈裟不掛冬青樹。」《宋史·高宗本紀》：紹興三十二年六月，名新宮曰德壽。《玉堂雜記》：德壽宫中分四地，東地有梅坡。

德清蔡氏蟠梅一枝，數百年物也。丁謙湖詩：「依約芳魂曾化蝶，之而老幹盡成龍。」自注：「花時有小白蝶數萬，飛繞四日。」

宋施彦執《北窗炙輠録》：龜山作梅花一詩寄故人，云：「欲驅殘臘變春容，先遣梅花作選鋒。莫把疏英輕鬭雪，好藏清艷月明中。」時故人正作監司，見此詩，遂休官。

蔣石林《聞川雜詠》注：明王參議錫命手植庭梅一株。閲百餘年，遺幹具在。又盧氏桑圃有古梅，本幹如車輪，繁枝傍引數丈，無臻上意，被於地，則人設木以支。花時遥望，如雪覆屋，遊者佝僂行香影中。「年年一度看，殷勤太古雪。」石林題盧氏圃句也。見宋蘭城《聞川泛櫂集》。宋詩云：「閑向清門問舊槎，楂枒鐵幹繡蒼苔。最宜乘興扶笻立，積雪深村看古梅。」

莫芝璋《梅花屋詩序》：「園中有老梅數十樹，戕賊無存。癸未春，吴人載梅來鬻。余得其大小一百二十株。隨意佈置，素影暗香，寤寐與居。自謂不減羅浮、東閣矣。庚子上元，放艇鄧尉觀梅。乍晴乍雨，繁英正開。崮徑皆香，步步引人入勝。一望如積雪數千里，真大觀也。遂滿載黹歸，擇西爽一椽，廣袤高闊，取紅緑白梅，間植其中。憶先曾祖時，唐文獻公題梅花屋額，覓其跡而顔於亭。」按，原序四百七十四字，詩三十四首。但序文太蕪，中追叙乃父事，語皆失格，因删存之。詩亦不甚佳，姑録其一，云：「詠梅詩句古今多，我亦逢春發浩歌。繞屋扶疏三百樹，閑憑筆墨老梅窩。」

陳檢討集：「憶半雪，懷緯雲，《南鄉子》詞有云『燕關三度，梅雪不共看』之句。今梅花開候，緯雲南返，而半雪之墓已宿草矣，詞以誌痛，仍用前韻：嗟乎余仲，歎詩顛酒渴，化爲異物。記把一樽長憶弟，白晝吟聲撼壁。每到梅開，便啼鵑血，紅了千林雪。金臺可怪，是他羈絆英傑。今日罨畫溪橋，天涯人到也，梅花重發。只是題詩人去久，字跡也應磨滅。故國茱萸，殘年棣萼，恨事多於髮。水明樓上，窗楞界上纖月。」按，緯雲，檢討弟。時初自京華旋里，尚憩，故檢討前詞有云：「下嵌老梅鋪鐵蘚，點綴池塘峭壁。」又有《南耕堂前緑萼梅華下作》，亦用此韻。其前調尤佳：「空庭何有，笑幽花以外，都無長物。一樹緑毛幺鳳挂，零亂明窗粉壁。斜倚闌干，微抛酒盞，笑玩林間雪。春寒猶沍，凍禽驚起傑傑。」

舒雲亭《訪曝書亭詩》：「梅里荒亭在，傳聞舊曝書。」按，竹垞曝書亭在梅里，舊有梅花。沈岸登《黑蝶齋詩鈔》有《賦曝書亭梅花》三絶，蓋當時投贈之作。詩云：「黄蜂粉蝶未應知，雪後蕭然放白時。好句逋翁都占盡，園林半樹更無詩。」「舊友誰擔酒榼來，風香吹過小池隈。春陰莫悵花寒甚，細看渾身生紫苔。」「天氣陰晴無約束，畫師巧拙在稀稠。山亭未了梅花意，收拾横枝添小樓。」王漁洋《題竹垞雪景寫真》詩亦云：「雪後谿山畫不如，梅花林外跨青驢。相逢莫笑酸寒甚，曾校華林七録書。」

《檇李詩繫》：「陸光宙嘗泛震澤，一白衣叟執紅梅造舟。宙曰：『必佳客也。』載與酣飲，作《紅梅》詩以别。」余憶探梅鄧尉山中，道遇龐處士，邂逅甚歡。約遊漁洋山。雨中偕行十餘里，半途而返。余感其意，贈詩有「家住名山第幾重，梅花萬樹白雲封」之句。惜不及問其名。世外高人，古今未嘗無同調。

楊忠滑《梅軒詩卷》,《静惕堂集》亦有書後七古一篇,後段最警絶,其詞云:「梅軒嗜公如嗜梅,冱寒莫載孤臣迴。和羹調鼎絶消息,碩果不食申生哀。銀鈎當日善寫出,刀鋸之側霜葩開。顔筋柳骨幸未折,龍蹲虎卧相隨來。嗚呼去公今百年,賊臣一滅如浮煙。吾道循環理堪測,梅花欻見孫枝傳。懷賢繩祖兩奇絶,此卷常置星軺前。」自注:「時送渭公入都。」渭公,梅軒孫也。

《白孔六帖》:「大庾嶺上梅,南枝落,北枝開。馮海粟詩:『誰種霜根大庾嶺,地高天近得春先。枝南枝北原同幹,何事東風亦有偏?』蓋翻用前説也。」考庾嶺稱名不一。《十道志》云:江南名山曰大庾。《廣東通志》云:南雄保昌縣北八十里曰梅花山,九十里曰大庾嶺。注:漢楊僕伐南粵,出豫章,令庾勝戍此,故名。亦曰梅嶺,曰塞嶺,曰臺嶺。《漢書》云:元鼎中,越相吕嘉反,破將軍韓千秋於石門,函封送漢節於塞上。《後漢書・郡國志》云:南埜縣有臺嶺。《吴録》云:南埜縣有大庾山、九嶺嶠,以通廣州。《輿地志》云:臺嶺即塞上,今名大庾。《水經注》云:南康縣涼熱山即大庾嶺也。五嶺之最東,故曰東嶠山。《舊唐書》云:東嶠即大庾嶺,屬韶州。一名梅嶺。《元和志》云:大庾嶺在始興縣東北一百七十二里,從此至水道所極,越之北疆也。又云:在湞昌縣北五十六里。《輿地紀勝》云:大庾嶺去保昌縣八十里。《山堂肆考》云:梅嶺即大庾嶺,在南安府大庾縣城西南,磅礴高聳,南接南雄。諸家説各不同。謹按:《大清一統志》:大庾嶺在廣東南雄府保昌縣北,江西南安府大庾縣南。今之保昌,漢曰南埜,三國吴曰始興,隋曰大庾,唐曰湞昌,屬韶州。宋始稱保昌,元、明仍之。今之始興，亦漢南埜地，唐屬韶州。今之大庾縣、南康縣，皆屬江西南安府，漢亦屬南埜。蓋古本一邑，今則析置分隸，山遂跨江、廣兩省矣。

劉嗣之《南康記》：「庾嶺多梅，亦曰梅嶺。高一千三百五十丈。」而《元和志》則云高一百三十丈。按，《太康地志》：嶺路峻阻，螺轉而上。踰九磴二里，至頂；下七里，平行十里，至平亭。潘稼堂《大庾嶺詩》：「嶺頭雲起嘗疑瘴。」豈一百三十丈之山，而有此峻高象乎？《元和志》不足信矣。又《保昌縣誌》：小庾嶺在大庾嶺東南四十里。

《江西通志》：「初，嶺路峻阻。唐開元四年，張九齡開鑿新徑。兩壁峭立，中途坦夷。上多植梅，因又名爲梅嶺。」按，張九齡《開路記》：「初，嶺東廢路，人苦峻極。開元四載，使左拾遺張九齡，相其山谷之宜，革其攀險之故。歲已農隙，人斯子來，役匪踰時，成者不日。轉輸不以告勞，高深爲之失險。」《一統志》云：古之大庾嶺，應在今保昌縣西北，近江西崇義縣界。今所謂大庾嶺，即《水經注》「東溪所出之石閣山」，九齡所謂「嶺東廢路」也。《南安府志》：梅關側雲封寺俗名掛角寺，今爲張曲江祠，祠係元至元中建。潘稼堂詩：「丞相鑿多孤廟在。」陸堂先生詩：「風度曲江難再覯，古梅瘦影自翛然。」

明邱瓊山先生詩：「昔年未到梅關上，只道山前盡種梅。今日到關堪一笑，滿山荆棘野花開。」《寰宇記》：「梅關在大庾嶺上，最高且險。」《南安府志》：「嶺東北爲白猿洞，洞北爲梅關。」《南雄府志》以「梅關」爲「秦關」，非。按，梅關之設，始於宋。舊志：五代以後，驛路荒廢。宋嘉祐八年，蔡挺提刑江西，兄抗漕廣東。乃陶土爲甓，各甃其境。立關於嶺上，植柱碣，名梅關，以分江、廣之界。後廢。明正德八年重修。《山堂肆考》云梅嶺表有關，曰梅關，宋横浦居士張九成築。失考據矣。又按，小梅關有三。一在江西南安府。《一統志》云：大庾嶺稍西北，較大庾嶺差平小。相傳唐開元以前，入粤之路由此，名小梅關。《明統志》謂梅福煉丹於此，今井竈祠址尚存。一在廣東韶州府。《一統志》云：小梅關，在乳源縣西北三十里，地名馬頭淵，爲唐開元時西京通路。一在廣東南雄府。《府志》云：小梅關，在保昌縣東北四十里小梅嶺上。山徑荒僻，舊有土城，明嘉靖中改砌磚城。凡此，皆附梅得名，其能免瓊山先生一笑耶？

王漁洋《紅梅駬》詩：「朝登來雁亭，午過紅梅駬。梅落雁先歸，腸斷天南客。」按，《一統志》：紅梅巡司在保昌縣東北九十里。明洪武十六年置於梅關下，後遷於此，今因之。又羅定州有白梅堡，在東安縣西四十里。

殷堯藩《友人山中梅花》句云：「鐵心自擬山中賦。」胡以梅《唐詩貫珠》皮日休云云。今詩稱「鐵心擬賦」，似指此，比友人於宋廣平。但皮在懿、僖朝，而殷堯藩在前，不宜用皮語。或者詩乃唐末人所作，而姓名有訛耶？然劉禹錫《獻權舍人書》曰：昔宋廣平之沉淪下寮也。蘇公味道時爲繡衣直指使，廣平投以《梅花賦》，蘇盛稱之。自是方列於聞人之目，名遂以振。皮賦序亦有「蘇相稱之」之語。則廣平賦先有品題，或此語不自襲美始與？

詩人但知用宋廣平「鐵石心腸」套語，而不知其獻賦故實。元人何太虚《梅花》首句云：「寄語宋廣平，時無蘇味道。」二語實賦，詞旨含蓄。

《静志居詩話》：「昆山顧武祥官江西右布政。清約自居，有同寒素。吕仲木擷梅花贈之，曰：武祥如此花矣！聞者以爲美談。」《詩話類編》：「胡壽安爲新昌令，性清介，不奢侈，一毫無取。在官惟粗衣糲食。嘗眠一紙帳，自題一絶云：『紫絲步幛最奢華，卧雪眠雲自一家。雪又不寒雲又暖，扶持清夢到梅花。』」蓋官無大小，苟清況蕭然，皆對梅花而無愧色矣。

醉翁亭梅，明人多已題詠。章焕云：「西湖一别孤山客，寂寞空亭伴醉翁。從此香魂頻不醒，日高濃睡倚東風。」張舜臣云：「白梅翠竹傍亭欄，老幹清陰耐歲寒。此去二賢祠不遠，千年風節正同看。」黄廷用云：「南譙誰植羅浮樹，一問山僧不計年。若使醉翁曾醉此，今人遮莫更留連。」又云：「徙倚高枝淩短鬢，摘來懷裏注春愁。也知一别揚州去，他日相思洛水頭。」此外題詠尚多，但不切醉翁亭，皆是泛詠梅花詩。

明諸養敬自號鐵梅。倪文忠贈以詩云：「梅花元似玉，無乃鐵爲名。鎔鑄真天意，堅貞本物情。萬迴經劫火，三弄盡商聲。卻愧柔顔色，紛紛桃李榮。」鐵梅少之。文忠復贈詩云：「鐵梅之號何所似，我是鐵梅之知己。乾坤孕出貞石骨，煽以剛風堅其髓。冰花片片出鎔鑄，風塵迴立瓊瑶樹。柯枝雖與鐵色同，玉中能辨荆山工。人云鐵梅知不知，玉梅花下長相思。」又云：「剛腸不屈劉元城，千載人知鐵漢名。昆吾山邊埋玉骨，瓊枝玉樹一時生。君山老人梅花曲，洞庭三弄盡商聲。夜看金氣淩牛斗，不知乃是梅花精。」

厲鶚《樊榭山房集・趙谷林以汎湖看梅詩見示意林復以詩送梅枝賦答》云：「君家山閣水亭邊，沖曉數花明遠天。宜伴新詩遺春至，一時香韻兩無前。」按，谷林兄弟家西池梅花下，別見詞序。

宋元人梅花詩多描頭畫角，有一種惡習可厭，李東陽所以有「恨不令唐人專詠」之歎。晚唐至皮、陸二家，乃律之最下乘者。然《松陵集》中有《行次野梅》唱和詩，風流藴藉，已非宋以後可及。皮云：「蔦拂蘿捎一樹梅，玉妃無侣獨徘徊。好臨王母瑶池發，合傍蕭家粉水開。共月已爲迷眼伴，與春先作斷腸媒。不堪便向多情道，萬片霜花雨損來。」陸云：「飛棹參差拂早梅，强欺寒色尚低徊。風憐薄媚留香與，月會深情借艷開。梁殿得非蕭帝瑞，齊宫應是玉兒媒。不知謝客離腸醒，臨水剛添萬恨來。」二詩《瀛奎律髓》梅花類不録，殊不可解。明鍾惺《梅花墅記》：許元祐梅墅，唐陸龜蒙故居。

倪文忠《小野集・感梅》詩云：「伊梅母所植，母亡梅還存。見梅而問母，堂上虚黄昏。伊梅未開時，我意未敢言。花開正綽約，欲言仍斷魂。珠簾淡雲態，玉鏡明月痕。花落爲成子，樹老惟成根。冰玉堪比德，燦燦枝頭繁。折之心惻惻，留以候春温。東風忽然至，寂寞緑葉園。青山日落時，伊梅空倚門。」此梅此詩，凄然杯棬之感。又文衡山嘗題顧氏香影堂有《大母手植梅》，詩云：「百年嘉樹未凋零，手澤聊存阿母靈。小檻春風新結構，疏籬殘雪舊儀型。芳情脈脈寒翰鼻，夜色離離月印庭。珍重諸郎好培植，自拈遣語作詩銘。」讀之，又不勝烏鳥私情，動李令伯《陳情》之痛。

張吟樵觀察《和借山僧》詩：「寄語詩家須刮目，梅花千古有知音。」按，借山梅花詩當時傳誦，其曰：「天然第一孤高品，官閣青邱詠欠工。」又曰：「今古傳神無好手，暗香疏影屬陳言。」將前人盡行抹殺，未免大言欺世。今通觀八律，全璧惟兩首：「風格翩翩姑射仙，年年占斷萬花前。輕煙染得朱砂活，嫩日烘開緑萼圓。横玉一絲誰解弄，空山終古有人傳。銀蟾似亦多情致，飛在梢頭伴夜禪。其二」「鄧尉西溪看遍曾，羅浮庾嶺興騫騰。騎來鳳子渾如驥，剪得鮫綃半是冰。六代繁華無處士，一生清苦類高僧。白頭已了芒鞋債，紙被蘆簾慰寢興。其四」

王右丞《早春行》：「紫梅發初遍。」又云：「官舍梅初紫。」按，紫梅本《西京雜記》，有紫花梅、紫蔕梅二種。又《湖州府志》：紫梅溪在歸安縣東北三十里，上多生梅，每歲或開紫花一枝，故名。

貝清江《香影軒記》：雲間之沙門壽公，樹梅楊溪燕坐之所，日與之伍。爲清客題曰「香影」，取林君復詩語也。余嘗論詞人墨客所賦者不一，未有能寫素影於月昏水淺之際，此君復爲能冠於古今。前代之評畫者，謂其不難於位置之工，而難於神氣之完。若君復之詩，可謂得其神氣如善畫者，而梅亦由是益見其高。士無賢不肖，莫不愛其花而誦其詩。此南山所以揭之於所居也。

洪邁《夷堅志》：臨川饒次魏居於彭原，乞夢於郡後土廟，得詩一聯，云：「銅爐柏子香初爇，紙帳梅花夢易闌。」殊自負，以爲大吉也。轉告朋儔，多疑「紙帳夢闌」之語不得爲佳兆。慶元乙卯，秋試罷，入市置得句容銅香爐一枚。歸邸，適有僧餉以柏子香餅。初冬早梅開，折一枝置書室，與同志祝季明飲玩。且即爐中焚香，微爲酒困，醉眠紙帳。次日不疾而卒。

《秘閣詩集》：韓廷玉築亭於官舍之旁，園中故多梅。會有飛雪，予因題其扁曰「梅雪」。蓋取少陵詩語。而劉公貢父《送劉長官掌廣西機宜》嘗用此事，有「雪片梅花五嶺春」之句。今廷玉適爲此官，於以名亭，抑其宜也。因賦三絶。其二云：「南州要是梅開早，北客巡簷倍眼明。一夜飛花來點綴，新亭端復得佳名。」按，少陵詩曰「雪岸叢梅發」，曰「雪籬梅可折」，曰「夜雪鞏梅香」，皆兼梅、雪言者。至此詩所取，意在「梅花萬里外，雪片一冬深」二語與？又《檇李詩系》：嘉善沈氏有梅雪樓。南海鍾順詩云：「小樓人静月初斜，歸思迢迢隔海涯。短笛誰吹腸斷曲，滿庭香雪落梅花。」

查太守梧崗《不若園詩話》：「己卯服闋，挈眷入都。泊梁溪度歲。除夕，夢人贈句云：『黽勉王程三十載，好歸帶雨種梅花。』醒後笑語内曰：『再三十年，余七十有三矣。歸而種梅，雖終農部郎，不快心耶？』入都，語錢侍郎籜石，爲寫墨梅一枝以贈。余於辛卯歸田，屈指僅十有三年耳。鬼神故顛倒其字以戲耶？」太守名虞昌，初爲農部郎，海昌人。今移居嘉善梅花里。所居園□，種梅遶屋。花時，余數過從。春正月，太守病，不數日而卒。余猶得一訣。爲計前夢，剛三十載，事皆前定。

僧元璟《宿三餘草堂》詩云：「美人花近玉簪峰。」自注：「草堂之東即賀知章祠。庭中石笥峰畔，緑萼梅一樹盛開。」以梅爲美人花，本青邱詩。

《述異記》：嘉興縣朱休之有一弟。宋元嘉中，兄弟對坐，家有一犬，來向休之蹲，遍視二人，遂摇頭而笑曰：「言我不能歌，聽我歌梅花。今年故復可，奈汝明年何。」其家驚懼，斬犬，膀首路側。至來歲梅花時，兄弟相鬥，弟奮戟傷兄，官收治，並被囚繫。經歲得免。至夏，舉家時疾，母及兄弟皆死。按，此事蔡寬夫載之《詩史》。阮閲《詩話總龜》收入「奇怪門」。

「和羹」、「止渴」，皆賦梅套語。然用作對恰好。鄭性之詩：「和羹宰相調金鼎，止渴將軍擁碧幢。」

何司明詠梅百律中，有《山梅》一首，每句用兩「山」字，格奇而法。「山木飄零山草凋，山梅山際似桃夭。山空樹冷山雲散，山午花明山雪消。山石山泉共幽潔，山松山竹共蕭條。山翁剩有孤山趣，何憚山深山路遥。」余嘗見《梅竹》七律一首，每句互用「梅」、「竹」兩字。詩不甚佳，然體格亦創，與此略同。惜不傳作者姓名。「栽梅種竹傍東牆，竹與梅花兩樣妝。梅愛竹枝堅晚節，竹歡梅蕊噴天香。梅開竹裏招蝴蝶，竹在梅間引鳳凰。梅竹兩般俱可愛，紅衣偏愛緑衣郎。」

《詩話類編》：劉廷美僉憲薄於仕宦，惟愛作詩。景泰、天順間，爲吴中詩人之最。成化初，邢公郡守以梅花求題，賦絶句云：「歲寒相見在天涯，玉色珠光帶露華。笑殺元都狂道士，種桃何不種梅花。」邢得之甚喜。

陳眉公《梅花樓記》：吾友范象先，有園在横瀓野塘之南。小池上梅花兩樹，婆娑相對，蒼枝老骨，縱横屈曲，排簷而上。其幹可抱，其葉可陰一畝，其子可得五石。范子謂：「吾見梅多矣，未有如此君之老而奇者。」乃結高樓以臨之，倚樓而歌曰：「雪滿山中高士卧，月明林下美人來。」已，復笑曰：「如季迪詩，不過得花之幽韻閑淡而已。吾家老梅，政如碧眼西僧，修眉露額。又若毒龍怒虯，紛拏構鬬。於廣莫之野，攫爪迸鱗，鬼怪萬狀。度他木，詎足與此君争勝？庶幾鍾賈山之嘉樹，四賢祠之紫藤，差鼎足耳。」范子樓既成，而陳子適來。陳子曰：「吾嘗聞往年探梅者過壽安寺中，寺僧爲遊客所困，至析而爲薪。其次惟光福元墓之傍，薄雪輕雲，漠漠數里，一快平生。然村人率以種梅爲業，不復有品題、護持，與梅花兩相韻者。古今梅花之知己，僅得林逋君復。三百年而有范子，塊焉野處，依微獨立於暗香、疏影之外，何異處士孤山？所少者，童子開門放鶴耳。他日抱鶴上扁舟，送之花下。煙沙星渚，短笛悠悠，有巍然破浪而出者，則陳先生至也。子其報梅花吐一枝以候我。」

《詩人玉屑》：楊誠齋愛姚宋佐一絶句，云：「梅花得月太清生，月到梅花越樣明。梅月蕭疏兩奇絶，有人踏月繞花生。」蓋梅花得月，分外清妍。故善賦梅者必兼月言，如「玉人和月嗅梅花」、「自鋤明月種梅花」等句是也。衍聖公孔傳鐸句云：「月明自伴梅花宿。」

夢廬徐光燦《殘梅》詩云：「江南春不盡，留得數枝偏。清白心還見，飄零事可憐。寒煙猶竹外，荒月自籬邊。野老餘生在，臨風一黯然。」

春初寒重，坐梅花下，聽霰聲清入心骨。案頭適有舊紙，因仿煮石山農《萬玉圖》筆法，寫其横斜之致，點椒勾瓣殊不草。潘庭筍畫梅自跋：「探幽每愛到孤村，吟入孤山一縷魂。人共梅花都夢去，只留殘月伴黄昏。」偶檢篋中，得潘侍御畫梅一幅題贈：「吟賞山中月白時。」暗香、疏影，或生於几案間也。

王棫《秋燈叢話》：溧陽林笠夫新婚彌月，偕婦至婦家。晚宿書樓，樓東隅置一木櫃。燈光中見一紅衣婦人，手執梅花，冉冉從櫃中出。兩眉間黑痣數點，繞床旋走。林驚而號，倏忽不見。家人聞聲走視，婦翁亦至。述所見，翁曰：「是矣，余妻來看親壻耳。」啟櫃，出遺像示之，紅衣面痣，手執梅花，宛然燈光中人。

嘉魚方逢時《大隱樓集·某山園見梅》詩：「瓊姿綽約占年華，弄影西園春日斜。卻憶邊庭腸斷處，黄雲白草怨胡笳。」又《送趙中丞子榮左遷廣東僉憲》句：「大庾山高勢入雲，梅花開落古今春。試看花上題名者，多是當年報主人。」

王光禄漱田嘗以《梅花賦》書扇，贈顧響泉。倩俞十一寫梅其上，復索王詩。王題曰：「爲君將出鐵心肝，五月梅花落紙寒。腕弱只慚書不稱，情深應倩畫來看。幽香冷韻仁風扇，跣足科頭禮數寬。一笛江南十年夢，美人只在碧雲端。」見《梁溪詩鈔》。王後從征金川，没於木果木之變。真鐵心肝人也。

蔣雲會《藝苑(巵)[名]言》：朱斯佩曰：坡公《紅梅》詩，古今推爲絶唱。今見蔡友企菴詩：「梅花千樹萬樹白，天遣一枝兩枝紅。不是要誇顔色好，壓他桃李笑春風。」又詩：「羅浮仙子飲流霞，醉倒孤山處士家。幾度東風吹不醒，至今顔色似桃花。」其骨韻不減東坡。

袁簡齋太史嘗與予數近人梅花名作，因出金庭湯擴祖梅花詩二十首示予。予見其《自序》曰：「昔洮湖陳晞顔先生，盡取古人賦梅之作而賡和之。詩至八百篇，猶云不盈千篇吾未止也。」

錢少詹辛楣《淡香樓詩草序》：句曲葛氏玉貞少時，有比丘尼顧而目之，曰：「此青元宫道貞女也，不能久留人世，曷從我學佛？」父母怒，不許。年十七，歸秦澹園爲箍室。澹園倜儻，能文詞，與玉貞唱和，甚相得。嘗同遊西泠。扁舟泛月，忽愀然曰：疇昔夢遊大海中，樓閣嚴麗，榜曰青元之宫。空中聞人聲曰：兒宜歸矣。因嗚咽泣下。玉貞之生也，其母夢吞梅花，性又愛樓，故以澹香名其樓。

卒時年甫十九耳。澹園名鏊。秦澹園序：姬嘗以梨板鏤百花之形。遇群花盛開，即摘花片搗蔗霜印之，如梅片即印梅花，香色俱備，見者嘆羨，謂絶勝剪牡丹。其他慧巧率類是。姬葛氏，名秀英，字玉貞。玉貞《澹香樓詩·折梅》云：「一枝堪折取，玉骨冠群芳。月淡無疏影，春寒有暗香。」《盆梅》云：「不住山中不倚簷，圓爐小閣貯神仙。安排短榻窗横月，徙倚平闌袖拂煙。白石青苔原有主，翠禽縞袂又何年。春風到此應無價，爲共幽蘭與後先。」

梅花詩話卷二十三

編按：此卷未標卷數，爲「史」字册卷首，今續標爲卷二十三。

平湖張誠希和著

周密《癸辛雜識》：開封府衙後有蠟梅一株，以爲奇，遂創梅花堂。北人言河北惟懷孟州，號小江南。得太行障其後，故寒稍殺。地暖，故有梅。且山水清遠，似江南云。《河南通志》：梅花堂在許州治北，蘇軾建。梅堯臣《京師逢賣梅花》詩：「此土只知看杏蕊，大梁亦復賣梅花。」又云：「此去吾鄉二千里，不看素萼兩三年。」

霍山張繼曾《懷嶽堂集》詩有以羅敷擬梅花者。《雨中看殘梅》云：「殷勤此夕如通夢，還爲羅敷拭淚痕。」《訂同人看梅花》云：「惠我肯來還授簡，羅敷含笑待題詩。」妻梅者不禁啞然失笑。

沈葭川言陳副憲嗣龍未遇時，手折梅蕊一枝插瓶中，已而開花結實累累。明年入都，捷京兆試。又明年探花及第。瓶梅結實，前人已有是題詩。程敏政詩：「鈴齋傳盛事，春意着寒瓶。瑞牒徵劉寵，詩郵到管寧。老枝疏綴白，佳實亂垂青。多少閑花木，勾萌待迅霆。」周康僖詩：「南岩攜贈一枝梅，插向瓷瓶土不培。冉冉幽香浮几案，青青嘉實自根荄。玉盤未足璚瑶薦，金彈翻令燕雀猜。回首和羹虚鼎鼐，不須移向日邊栽。」

譚景昇《化書》：梅接杏，而本强者，其實甘以陰。文震亨《長物志》：梅接杏而生者曰杏梅。王荆公《證聖寺杏接梅花未開》詩：「紅蕊曾遊此地來，青青今見數枝梅。只應尚有嬌春意，不肯淩寒取次開。」李西涯《接杏緑萼梅》詩：「青枝緑萼依然在，憑語詩人莫誤誇。」又《郭橐駝種樹書》：桑上接梅，梅則不酸。

今吴門所市盆梅，皆以桃根接。故根上間生桃葉。隴西董斯張《廣博物志》：「古公亶父始接菓木。晉王愷始接花卉。」《檇李詩系》載陳繹《桃根接梅》詩：「未見東風着小桃，先看蓓蕾綻紅椒。種從王母來時度，魂向羅浮夢里招。妙奪天香回造化，巧將雪色補嬌嬈。一聲鐵笛春歸也，回首秦源道路遥。」又無名氏詩：「獨立黄昏人似玉，劉郎重見亦心降。」

明錢塘《聞啟祥集》：「南關署中古梅一株，南宋時物也。」賦詩有「花枝次第巡簷發，使人忘卻西溪幽」之句。毛西河《送徐水部榷使》詩注亦云：「南關榷署有宋德壽宫梅。」嘗和徐詩云：「嶺外何年種，相攜入故宫。風開上林雪，日映壽陽紅。吹笛官亭杳，裁詩水部工。孤山宋處士，苦憶月明中。」

《霏屑集》：唐子西庚嘗見桃李盛開，而梅尚未落。時張無盡天覺被召，因作詩投之，云：「桃花能紅李能白，春來無處無春色。不應尚有數枝梅，可是東君苦留客。」「向來開處當嚴冬，桃李樂在交遊中。只今已是丈人行，勿與年少争春風。」無盡大加稱賞。《詩話類編》：「唐子西立朝，賦梅花云云，執政者惡其自專，一斥不復。後以黨禍謫羅浮。」與此微異。

《七修類稿》：「宋處士林和靖，隱居吾杭西湖之孤山。古今高其梅詩，清高莫比者也。近時宦遊於杭者，或妾或女，死者即葬其地。取其山名近且秀焉，故累累於林墓之先後。有士人題壁云：『太乙宫前處士家，於今换作宫人斜。想因孤嶼人清絶，故使桃花犯命耶。』」《茳圃尺牘》云：「孤山和靖墓側舊有小塚，碑刻士女菊香之墓。余少時嘗見之。今於《四六新書》中，見諸九鼎所作《菊香墓誌》，有云聞諸故老，傳自宋時。生前吟詠慕和靖之詩篇，殁後英靈結梅花之伴侣。」則附葬林墓者，非自明始矣。

明張文海《題宋徽宗畫半開梅》詩曰：「上皇朝罷酒初酣，寫出梅花蕊半含。惆悵汴宫春去後，一枝流落到江南。」按《香雪林畫梅譜》：宋徽宗作墨梅，緊細不分，濃淡一色。焦墨叢密處，微露白道。自成一家，亦不蹈襲古人規轍。

楊誠齋《送人》句：「梅花一夜爲君開。」情致絶佳。周山茨觀察爲余誦沈華坪侍御琳《巡漕至淮揚丹徒王夢樓太守文治贈絶句》：「報君親切江南信，一朵寒梅昨夜開。」

韓子蒼《送僧住梅山》詩：「待得梅開梅子熟，不辭先寄一枝來。」按，《傳燈録》：大梅常禪師初參大寂，問如何是佛，大寂云：「即心是佛。」師即大悟。唐貞觀中居於大梅山。大寂令一僧到，問云：「和尚見馬師，得個甚麽便住此山？」師云：「馬師向我道『即心是佛』。」僧云：「馬師近日又云：『非心非佛』。」師云：「這老漢惑亂人，任汝非心非佛，我只管即心即佛。」僧回舉似馬祖，祖云大衆：「梅子熟也。」

《漁隱叢話》：孫𦏁，字濟師。嘗作《落梅》詞，甚佳。「一聲羌管吹嗚咽。玉溪半夜梅翻雪。江月正茫茫。斷橋流水香。含章春欲暮。落日千山雨。一點着枝寒。吴姬先齒（寒）〔酸〕。」

李壁《王荆公詩注》：章子厚嘉祐中令商洛，日賦梅詩，極佳。因附此詩云：「紡車山下雪成堆，黄澗溪邊始見梅。山吏不知春色早，卻言花是去年開。」

眉公《銷夏》：梅仙祖師，唐僧。常學道於白雲山，篤戒行。夏月偶坐化於梅樹下，數里間聞梅花香，經旬不息，遠近異之。適有御史某過焉，疑其事。命舁於邑，試之曰：「若復能香乎？」香復聞三日。乃命衆即梅樹下葬焉。今爲梅仙祖師墓。鄂文端公《龍泉道院探梅》詩云：「愛作梅花樹下僧。」此僧圓寂，應作如是觀。

《直方詩話》：秦少游嘗和黄法曹《憶梅花》詩，東坡稱之，故次其韻，有「西湖處士骨應槁，只有此詩君壓倒」之句。此詩初無妙處，不知坡所愛者何語，和者數四。余獨愛坡兩句：「江頭千樹春欲暗，竹外一枝斜更好。」後必有能辨之者。

宋廣平作《梅賦》後，詩家贈人，凡遇廣平人及宋姓者，類好引用。王元美《題畫梅詩序》：吴江趙令君季兆，廣平人也。宋廣平嘗賦之，故云：「空庭一樹影横斜，玉瘦香寒領歲華。解道廣平心似鐵，古來先已賦梅花。」毛西河《餞宋員外》落句：「借問開元丞相裔，何時可賦嶺頭梅。」諸草廬《宋貞女詩》：「貞臣貞女一般心，梅花原在廣平里。」

宋趙昌猶以設色畫梅聞於時。自華光而後，皆尚墨梅。明人始有以泥金畫者，今人扇頭恒用之。李西涯有詠詩：「梨花如雪柳如金，俗眼猶將較淺深。争似能黄更能白，兩般顏色一般心。」何椒邱亦有詩：「此花元是玉爲容，金粉何勞點染工。識得和羹風味别，始知來自蕊珠宫。」

金孝章畫梅，諸名公亟加稱賞。余曾於金薴岩處見橫卷一幅，上寫梅兩樹，繁花密綴，枝幹夭矯，真神品也。自記云：「乙酉花朝後一日，山中探梅歸，爲南明道兄寫此紀勝。」詩云：「韻態生花勢出枝，離奇森挺最堪師。俗工不尚真梅識，安得逃禪一問之。」卷尾又有《花朝同南明探梅西山》及《移樽小飲范山人梅下》二律，摘存之。《探梅》落句：「十年塵夢今來覺，何似羅浮翠羽迎。」《梅下》中聯：「主人因風放鶴去，客子枕石看雲眠。」

李國宋《贏隱集・題吴處士金孝章畫梅》云：「天邊何處寄相思，只有閒心在折枝。一自冰霜滿吴苑，江南春色至今遲。」此詩蘊藉，風神在曹倦圃詩上。

高江村侍郎《嗅香圖》，廣陵禹之鼎繪。余見其像，蒼茫獨立，青箬白袷，手執梅一枝。是時爲康熙己巳冬，已賦歸田。上有自題詩云：「青箬裁冠白袷衣，得歸林壑是知機。静中只撚梅花嗅，不問人間是與非。」其二云：「多年京洛宦遊人，歸去田園正早春。自愛寒香開歲晚，冰心耐可伴閑身。」門下士顧圖河題四絶，録其一，云：「槲葉衫輕穩稱身，筍皮笠子代氊巾。冷香一瓣偶拈起，便欲手開天下春。」

徐葆光《中山傳信録》：「使館西南舊使館西有樓，今無存。前使張學禮記云：樓上有杜三策題梅花詩百首，今已漫滅無存。」杜係前明崇禎時使臣，持節異域，詠梅至百首之多。未及百年，而零落殆盡。漁洋《池北偶談》：「琉球天王寺有僧，號瘦梅道人。予門人林舍人石來奉使其國，見之，贈詩云：『瘦梅道者人不識，梵夾吟題聳兩肩。』」僧以「瘦梅」名，兼愛苦吟。

《稗史彙編》：「女子洪惠英《述懷歌》曰：『梅花似雪，剛被雪來相挫折。雪里梅花，無限東君來作主。傳語東君，宜與梅花作主人。』蓋梅者惠英自喻，雪者喻無賴惡少也。」《詩話類編》：「朱端朝闢二閣，東閣正室居之，令妾瓊瓊處於西閣。後之南昌任二載，止東閣有書，而西閣無之。端朝亦不介意。瓊乃密遣一僕，授以書。及書至，端朝開緘，絶無一字，止見梅雪扇面，後寫一詞，名《減字木蘭花》，云：『雪梅妬色。雪把梅花相抑勒。梅性温柔。雪壓梅花怎起頭。　芳心欲訴。全仗東君來作主。傳語東君。早與梅花作主人。』端朝詳詞中之意，即休官歸。置酒，謂二閣曰：昨日見西閣所寄梅扇，讀之使人不遑寢食。東閣乃曰：君今仕矣，且與妾判斷此事。據西閣詞中所説，梅花孰是？端朝曰：此非口舌所能剖判，當取紙筆來，書其是非曲直。遂作《浣紗溪》一闋，以示二閣，云：『梅正開時雪正狂。兩般幽韻孰優長。且宜持酒細端詳。　梅比雪花多一出，雪如梅蕊少些香。花公非是不思量。』自後二閣歡會如初。」二事皆托梅雪寓意。然惠英誤落煙花，瓊瓊托庇樛木，梅亦有幸有不幸夫？

何夢桂《梅邊》詩：「江南何處美人家，認是梅花尚恐差。近向梅邊得春信，始知人好似梅花。」此必有林下之遇，非泛然作者。

陸放翁《湖山尋梅》詩：「萬木僵死我獨存，本來長生非返魂。」梅花何有乎魂。然元人自應梅魂得名後，賦梅魂者尚多。曹文晦七律頸聯，似即翻放翁意，通首切雅，詩云：「或傍茅簷或水限，豈知環佩下瑶臺。幾番風雪凍不死，一點陽春唤得回。春閣夜寒人已去，西湖春早鶴同來。何當唱我新詞曲，時向梅花酹一杯。」國朝彭羨門侍郎七絶，意尤渾成：「南枝零落北枝新，瘴雨蠻煙慘澹春。欲賦大招招不得，冰肌玉骨總成塵。」

吴師昌《悼梅詩序》：「《悼梅詩》爲梅道人作也。道人居邑之梅花里，即埋玉於此。今其墓土不掩，梛碑鮮全制。所剏梅花庵，填塞墓前。使道人見之，當嘔噦遁去。余謂宜仿孤山葬逋翁法，繞墓栽梅數十本，墓前屋悉爲撤去。採訪隱逸，封表邱墓。墓成他日佳話，梅老有靈，故當賞此。」詩云：「勝國名流四大家，迂癡樵客及梅花。黄金不惜收殘墨，白社何人護半跏。」「東築層臺北築亭，紅塵還殞少微星。題詩欲寄飛凫客，好傍梅花再勒銘。」

鄒小山侍郎《蘭州詞》：「覆額烏雲一尺高，慣於驢背著蜂腰。春風揭起蒙絺面，一朵紅梅映絳桃。」自注：「蘭州女多爲壽陽妝。」

湯叔雅《畫梅論》云：「夫子曰工欲善其事，必先利其器。夫畫者，所需曰筆，曰墨，曰紙，曰硯。四者具美，猶言利其器也。器之所在，興亦隨之。故其焚香静坐，神超而氣定。搜索微態，則操筆急移，一掃而成，如兔起鶻落，少縱則失矣。」余讀《錢文端集》，有《贈胡山人指頭墨梅歌》。以指頭畫梅，則毛穎無靈，其技更神。歌曰：「胡生畫梅師元章，指頭更比毛錐强。濃拖淡抹枝欲動，須臾萬朵浮寒香。家近西溪恣磅礴，雪後孤山多色澤。心追目連手畫肚，夜半東風落晴壑。興酣寫出江南春，千枝萬枝皆傳神。不將顔色悦俗眼，要使清氣留乾坤。」

《吴梅村集》：「練川城南三十里爲王菴，學憲王先生著書地也。有梅萬株，不減鄧尉。」余以春日過其廢圃。學憲所著數種，其版籍尚存。賦詩有云：「客來惟老樹，花發爲殘書。」按，《一統志》：上海縣西北三十六里，地名王菴。其地方幅十餘里，土人俱植梅花，時香聞數里。

姜白石詩：「梅花竹裏無人見，一夜吹香過石橋。」較東坡「竹外一枝」句更進一層。蔣錫震《梅花》五絶：「竹裏園深雪，林間無路通。暗香留不住，多事是春風。」意本姜詩，着「多事」二字，尤覺嫵媚。

《國朝别裁集》：長洲宋匡業性愛梅，詠梅詩成帙。兹取其尤高潔五七律各一首。然七律頸聯，蹈襲前人，余前論之已詳。五律則可誦。詩曰：「屋角冷雲破，横空挺一枝。瘦應同鶴立，清似畏人知。寫影惟憑月，傳神不在詩。空山流水外，脈脈寄相思。」原評云：「以『清畏人』品梅，極見成語，從前無人道及。」

《浩然齋雅談》：「康與之伯可詩云：『越王山下千樹梅，逐客年年走馬來。寒玉滿枝風色里，不受暖靄輕煙催。故人千里復萬里，折香欲寄生徘徊。孤吟獨醉常夜半，山月野風騎馬回。』」余家有與之手書古詩一卷，自號「八本」，辭語亦騷雅，往往反爲樂府所掩也。林靖之共甫，吴興前輩，能詩不凡。賦《梅》云：「與月淡交連影瘦，於春無競著花疏。細雨斂塵棲萼潤，輕雲度谷壓香低。」

《咸淳臨安志》：賈似道《題孤山》詩：「半是樓臺换卻春，幾回獨立更消魂。斷隄野水梅花宅，千古春風月一痕。」按，《山房隨筆》：秋壑敗後，有題其養樂園，曰：「笄來祇是孤山好，依舊梅花伴月低。」

王荆公《宿清涼寺》詩：「野館蕭條無準擬，與君對植浪山梅。」蓋謂耿天騭也。先是，耿許贈公浪山千葉梅，公賦詩云：「聞有名花即漫栽，殷勤準擬故人來。故人歲歲相逢晚，知復同看幾度開。」李雁湖《建寧志》：寺在石頭城，去城一里。浪山，地名，出梅花。

葉笠亭《小石林文外》：「馬怡齋倡致政後，豪於詩，催梅之作，疊韻十餘首。每成一首，至小齋商確，必令和焉。先生執筆，尚在推敲，有鹽官僧果山呈詩五十首，遂止。」然果山詩今不傳。《胡東坪詩集》有《和怡齋催梅》二首，曰：「青陽初發上林時，梅萼無端放較遲。傲骨自應冰作伴，冷心如畏雪相欺。好摹瘦影横溪水，待沁寒香入酒卮。花若有情争吐艷，春光不藉玉笙吹。」「漠漠輕煙細雨時，小窗閑寂晝開遲。愁心欲共疏枝笑，春雪偏將凍蕊欺。雪後人來新得句，月中夢好静銜卮。何當花底耽清賞，醉挹香風拂面吹。」

李西涯《紅梅》句：「若逢孟老偏宜雪，恨少林逋别賦詩。」又《墨梅》古詩：「平生知己孟與林，招之不來勞我心。看花載酒不知處，灞雪蕭蕭湖水深。」以西涯之博，猶謂孟襄陽實有尋梅事，可見以誤傳誤者多矣。

《彦周詩話》：「誰人把盞慰深憂，開自無憀落更愁。幸有清溪三百曲，不辭相送到黄州。」「南枝北枝春事休，榆錢可寄柳帶柔。定是沈郎作詩瘦，不應春能生許愁。」此東坡、魯直梅詩二章。作詩名貌不出者，當深考二詩。《陳後山集》：王直方家有蘇、黄字，遂取宋武帝謂謝晦、謝混「一時頓有兩玉人」名亭。亭前有梅，因賦詩曰：「頓有亭前玉色梅，情知不宜破寒開。似憐顛頟兩公客，獨倚東風遣信來。」《瀛奎律髓》：王直方父棫，元祐中延致名士唱和，爲蘇、黄作《頓有亭》。

張泰來《江西詩派圖録》：「山谷一日在市上見蠟梅開，立之投以詩。公喜曰：『數日天氣驟暖，固宜木根有春意者。遂爲詩人所覺，極歎足下韻勝也。』」按，立之，王直方字也。直方没後，其友晁沖之有《感梅》追憶，詩曰：「王子已仙去，梅花空自新。江山餘此物，海岱失斯人。賓客他鄉老，園林幾度春。城南載酒地，生死一沾巾。」立之殆深於梅花者，其爲名人推重如此。

程羽文《清閒供》：「春時晨起，點梅花湯。」林洪《山家清供》：「十月後，用竹刀取欲開梅蕊，上下一醮以蠟，投尊缶中。夏月以熱湯就盞泡之，花即綻香可愛也，是爲湯綻梅。」《本草綱目》：「白梅花，古方未見用者，近時有梅花湯，用半開花溶臘封口，投蜜罐中，過時以一兩朵同蜜一匙，點沸湯服。」今梅花片茶，又是一種。查初白《謝餉梅花片茶》詩云：「摘得梅邊小瓣香，雨餘出焙勝旗槍。茶人預入前宵夢，茗使旋分細色綱。水態花情論臭味，鬢絲禪榻借風光。開籠未敢輕煎點，待瀹清泉自在嘗。」

《樵人直説》：「陳永陽王宿酲未解，則爲蜜漬烏梅，每啖不下二十枚，清醒乃已。」嚴嵩《鈐山堂集》有《賜梅蘇丸》一絶：「煉蜜調梅細作丸，白凝霜雪盡團團。馬上探囊時一嚼，送得清香入肺肝。」詩稱「煉蜜」云云，較蜜漬烏梅法似小異。又《居家必要》：「有冰梅，凡專治喉閉。五月五日合青梅二十個，鹽十二兩，先於初一日，醎至初五日。取梅汁拌白芷、羌活、防風、桔梗各二兩，明礬三兩，豬牙皂角三十條，具爲細末，拌梅，磁瓶收貯。」

《地理志》：洪州土貢梅煎。《居家必要》云：取大青梅，以鹽漬之。日曬夜漬，十晝十夜，便成白梅。調鼎和羹，所在任用。青籃盛突上，熏黑，即成烏梅。用以入藥，不任調食。以稻灰淋汁潤濕，蒸過，則肥澤不蠹，亦可糖藏蜜煎作果。烏梅洗浄搗爛，水煮滚，入紅糖，使酸甘得宜，水内泡冷，暑月飲甚妙。或搗爛，加蜜適中，調湯，微煮飲。顧瑛《蜜梅》詩：「江南煙雨未全黄，誰使青酸墮蜜房。娬媚已能知魏證，典刑時復見中郎。」

《居家必要》：又一法曰糖脆梅。青梅每百個，以刀劃成路。將熟，冷醋浸一宿，取出控乾，别用熱醋調沙糖一觔半，浸没，入新瓶内，以箬紥口，仍覆椀，藏地深一二尺，用泥上盖，過白露節取出，換糖浸。又一法曰梅醬。熟梅十斤，爛蒸去核，每肉一斤，加鹽三錢，攪匀，日中曬，待紅黑色收起，用時加白荳蔻仁、檀香些少，飴糖調匀，服凉水，極解渴。按，梅醬我鄉多用之，但加蘇葉，不用荳蔻、檀香。王世懋《果疏》：「霜梅、梅醬梅，供一歲之咀嚼，園林中不可少。」黄山谷《消梅》詩：「北客未嘗眉自顰，南人誇説齒生津。磨錢和蜜誰能許，去葉供鹽亦可人。」

韓偓詩：「齒軟越梅酸。」梅堯臣詩：「吴郎齒軟食不得。」即香山「食蘗不易食梅難，蘗能苦兮梅能酸」意也。不知梅有可不酸法。吴氏《中饋録》：青硬梅子二斤，大蒜一斤，成囊剥浄，炒鹽三兩，酌量水煎湯，停冷浸之。候五十日後滷水將變色，傾出，再煎其水。停冷浸之。入瓶，至七月後食之，梅無酸味。

《都城紀勝》：暑天兼賣梅花酒，用鼓樂吹《梅花引》曲破。趙信詩：「横笛一聲吹入破，便從竹葉換梅花。」

戴石屏詩：「林間數點雪，錯認是梅花。」曰「錯認」，是以雪爲梅，本非梅花可知。《李空同集》有《雪中枯樹似梅》詩，正是此意。詩云：「憶在江南梅照眼，幾年繁蕊失溪雲。如何枯樹尋常見，一雪垂花朵朵分。」其二云：「可向繁枝問假真，紛紛過眼即飄塵。東風一夜高樓篴，亂落江梅誰耐春。」又金青邱《探梅》句：「庭前一樹梅花白，疑是經春雪未消。」意本前人，翻轉看亦妙。

林洪强認和靖後，前人疑之。然洪猶自謂七世孫，故其孤山詩云：「鶴去空秋影，梅開向日株。兒孫今白髮，持酒酹寒蕪。」而李日華《重修放鶴亭記》乃云：「和靖退隱錢塘明聖湖。初亦婚娶，生子洪者，有《山家清供》一編，每稱先人非不妻而妻梅，不子而子鶴也。竟以洪爲和靖之子，殊失考訂。」按，洪自號可山，理宗時人。徐集孫嘗有《謝可山序》，詩曰：「不枉西湖住兩年，窮吟活計又成編。生平不得春風力，只與梅花結得緣。」當時咸以梅花屬可山，可山其亦愛梅者與？

《楊升菴集》：「何遜有《早梅》詩，杜公以裴迪逢早梅而作詩，故用何遜比之。又以『卻月』、『淩風』皆揚州臺觀名耳。所謂東閣官梅者，乃新津之地也，非揚州有東閣也。宋世有妄人假東坡名，作《杜詩注》一卷，刻之，一時争尚杜詩。而坡公名重天下，人争傳之，而不知其爲僞也。」其注此詩云：「遜作揚州法曹，廨舍有梅一株。遜吟詠其下。後居洛，思之，因請再任。及抵揚州，梅花盛開，相對彷徨終日。」按，何遜未嘗爲揚州法曹。是時南北分裂，遜爲梁臣，何得復居洛陽？洛陽，魏地也。既居魏，何得又請再任？請於梁乎？請於魏乎？其説之脱空無稽如此。略曉史册者，知其僞矣。近日邵文莊寶，乃手鈔其注，入杜詩七言律刻行，豈不誤後學耶？僞蘇注之謬，宋世洪容齋、嚴滄浪、劉須溪父子、馬端臨《經籍考》，皆力辨其謬。而文章鉅公如邵文莊者，乃獨信之，亦尺有所短也。

明焦竑《靈谷寺梅花塢》六言詩：「山下幾家茅屋，郇中千樹梅花。藉草持壺燕坐，隔林敲石煎茶。」又云：「簷葡林東短牆，曾開寶地齊梁。初春老樹花發，深磵無人水香。」按，《群芳譜》：「靈谷之左偏曰『梅花塢』，約五十餘株，萬松在西，香雪滿林，最爲奇絶。第遊人雜飲其下，芬僅敵穢。」按，詩言千樹，而《譜》乃曰五十餘株，「十」字或系「千」字之誤。不然，亦豈得稱爲奇絶乎？

漁洋《分甘餘話》：先伯侍御公《詠梅》云：「繁枝任似火，冰稜自如石。南枝與北枝，不作春風格。」陳伯璣云：公忠烈之性已見於此。

《元詩選》注：「張辰作《王冕傳》云：君善寫梅花，士大夫皆争走館下。縑素山積，君援筆立揮，千花萬蕊，成於俄頃。每畫竟，則自題其上，皆假圖以見志云。」故其詩畫梅獨多。有《月下梅》云：「平生愛梅頗成癖，踏雪行穿一雙屐。」又云：「老夫見此喜欲顛，載酒大酌梅花仙。仙人怪我生何晚，一别已自三千年。」其狂態如此。《七修類稿》載蒲菴禪師《復見心所題》一歌，足以想見元章生平。歌曰：「會稽王冕高頰顴，愛梅自號梅花仙。豪來寫遍羅浮雪，千樹脱巾大叫成花顛。有時百金閑買東山屐，有時一壺獨酌西湖船。暮校梅花譜，朝詠梅花篇。水邊籬落見孤韻，恍然悟得華光禪。我昔識公蓬萊古城下，臨雲草閣秋瀟灑。短衣迎客懶梳頭，只把梅花索高價。不數楊補之，每評湯叔雅。筆精妙奪造化神，坐使良工盡驚詫。平生放浪禮法疏，開口每欲談孫吴。王冕身長多髯，少明經不偶，即焚書讀古兵法。戴高帽，披緑蓑，着長齒屐。擊木劍，行歌於市上，人皆以爲狂。一朝騎牛入燕市，嗔目怪殺黄髯鬍。地老天荒公已死，留得清名傳畫史。南宮侍郎鐵石腸，愛公梅花入骨髓。示我萬玉圖，繁花爛無比。香度禹陵風，影落鏡湖水。開圖看花良可吁，咸平樹老無遺株。詩魂有些招不返，高風誰起孤山逋。」《小石林文外》：「李潛夫嘗和中峰和尚《梅花百首》，多以自況，卒年八十二。」按，《百詠》當日有專刻行世。沈客子《檇李詩系》選十首，今録其尤佳者三焉：「西湖處士舊交神，千古相知此最真。得月總爲荒徑友，棲岩俱是上流人。先將素影驚衰鬢，不爲閒心惱客塵。放鶴亭前三百樹，而今無復故山春。」「蟠桃名姓注三神，爾亦前身侍玉真。一味清虚應近道，幾番榮落豈由人？寧添白板扉邊影，肯羨東華道上塵？我本梁園舊賓客，當年曾識雪中春。」「蕭然無累是清神，深谷如依鄭子真。調鼎未逢黄閣老，臨妝不妬漢宫人。高寒只對中宵月，解脱何憂萬斛塵。若問長安舊知己，漫勞持贈一枝春。」

少陵詩：「四月熟黄梅。」《物類相感志》：「青梅小滿前嫩脆，過後則易黄。」《多能鄙事》：梅將開時，清旦摘半開花，頭帶蒂，置瓶中。每一兩用炒鹽一兩灑之，不可用手觸壞。以厚紙數重密封，置陰處。次年取時，先置蜜於盞内，然後取花二三朶。滚湯一泡，花頭自開，香美異常。俞友仁詩：「吟詩細嚼梅花蕊。」若得是法，可供一年吟詩之助。

袁中郎《花沐浴》八條，謂浴梅宜隱士，浴蠟梅宜清瘦僧。周正《浴梅》詩云：「雪爲脂粉玉爲神，説是妖鬟恐未真。太液池深涵玉體，華清水暖浴佳人。淩波仙子元無垢，湘浦靈妃已絶塵。非是山翁殺風景，與梅妝扮十分春。」

《羅浮山志》：沖虛觀殿階古梅，傳是葛洪手種，芳烈異於凡梅。鐵幹虯枝，堅瘦如削，真千餘年物也。嶺南嘉樹，惟此與智藥所植訶子樹並傳。梁佩蘭詩云：「沖虛觀前有古梅，傳是葛翁手所種。千年老幹積鐵黝，一樹繁花照人凍。石室斜窺入户飛，玉晨上作焚香供。當時葛仙自汲井，豈少弟子代提甕。灌溉年時接混茫，支撐造化排澒洞。丹氣常存舊蘊隆，罡風不畏新摇動。拚死層層大雪埋，爲生日日高人共。世情閭巷誰解識，天骨岩崖自驚衆。生長金庭格已高，結成瓊樹蜂難鬨。童子壇邊執苕帚，瘦鶴階前啄甎縫。分明天地剩寂寥，納取元黄養虛空。名山孤兀不傍人，肯信仙才竟無用？欲去還遲玉女留，雲中幺鳳來相送。」顧嗣立詩云：「虬龍怒佶屈，半夜裂不死。夭矯愛新枝，著花去年始。」自注：「老樹已枯折，根上復長新枝，高四五尺許。」

朱竹垞《題楊補之墨梅跋》：「朱三十五梅詞：『横枝清瘦只如無，但空裏、疏花數點。』梅花有魂，二語攝之。此唯逃禪楊叟能寫出。若煮石山農興酣落筆，便與少陵「亂插繁花向晴昊」句相似。愁眼雖沖，要非逃禪叟意中景矣。」

《山堂肆考》趙彦林注：「江邊曰江梅，在嶺曰嶺梅，在野曰野梅，官中所種曰官梅。」余讀少陵詩，四梅皆曾經用，曰「何當看花蕊，欲發照江梅」，曰「陰風過嶺梅」，曰「皂蓋能忘折野梅」、「江路野梅香」，曰「東閣官梅動詩興」。少陵非林處士比，張澤民以爲梅花中人，蓋不獨《早梅》一首也。

范石湖《古梅》絶句：「誰似西湖處士才，詩中籬落久塵埃。陸郎舊有梅花課，未見今年句子來。」愚意此陸郎必指放翁。放翁嘗有《小飲梅花下作》，云：「脱巾莫歎鬢成絲，六十年間萬首詩。排日醉歌梅落後，通宵吟到雪殘時。偶容後死寧非幸，自乞歸耕已恨遲。青史滿前閑即讀，幾人爲我作蓍龜。」《瀛奎律髓》：「放翁詩至萬首，七言律梅花詩三十餘首，其在蜀中所賦尤多。」雖然，石湖嘗云：「歲華書户筆，年例探梅詩。」石湖亦何嘗無梅花課乎？

程篁墩相國集：成化癸卯冬，在京師對雪思梅，有「花神應笑未歸人」之句，今七年矣。梅花無恙，舊約未寒，漫復成詩：「一樹寒梅半着花，七年憔悴隔天涯。坐驚仙子忽投壁，似慰主人初到家。歘歘暗香侵酒醆，盈盈春色動窗紗。郤思宦海題詩處，幾度狂風捲白沙。」按，程前詩乃係始生日作，詩曰：「故園爲別兩經春，瘦影寒香入夢頻。晏歲壺觴空對雪，一時紅紫謾隨塵。賡酬有約當何日，供奉無聞愧此身。山下短簷脩竹裏，花神應笑未歸人。」又有句曰「手種寒香十八年」，曰「重是山翁手自栽」。

《柳南隨筆》：宋人田元邈《江梅》詩：「冰膚宛是姑仙女。」按《莊子》：「藐姑射之山，有神人居焉，肌膚若冰雪。」注云：「藐姑射，北海中山名也。」據此則「姑仙」二字用來殊不成語，且因一「姑」字而遂誤認爲女，尤可笑。

漱秋《魏塘紀勝・梅花渡》詩：「香雪消殘煙草平，鷺行橋畔鵓鴣鳴。小軒易地聽春雨，寒瘦一枝牆角横。」序云：「西郊寒字圩，明支寧瑕别墅，名梅花渡。地廣五十畝，植梅千樹，流水繞之。」

梅花詩話卷二十四

編按：此卷未標卷數，爲「史」字册卷二，今續標爲卷二十四。

平湖張誠希和著

（前闕）題其後，云：余作此圖，七載而就。所謂「能事不受相促迫」也。梅蘭合圖，豈獨《梅花三弄》與《猗蘭》同操哉？

廣東一梅花都會之區，讀《六瑩堂集》，知不獨羅浮梅花村也。其《黄村探梅》云：「梅花十里黄村路，花候誰能更掩關。滿地月明憐昨夜，一天寒色在前山。冰融野壑崖全拆，僧立溪橋影自閑。擬欲置身茅屋裏，白頭相對不知還。」《靈山寺折梅》云：「山寺尋僧到，梅花折一枝。野情隨處得，香氣少人知。我欲貽芳草，誰從入楚詞。更憐寒鳥雀，窺影入疏籬。」《西臺訊梅》云：「山木已脱盡，岩中猶古柯。候春方氣斂，迎臘向人何。歷磵東西崦，欹崖上下破。一枝先自見，消息較誰多。」《湖嶼梅》云：「素籥情初啟，鴻蒙坼未匀。若無淳樸處，愁絶寂寥人。雪入炎州氣，陽回凍臘仁。任教天地老，湖上一家春。」《玉屏峰頂觀梅》云：「七星天半紫芙蓉，繞入梅花路幾重。石屋正流前日雪，玉屏横立一邊峰。渾忘視聽心同寂，誰覺鴻蒙氣盡封。飛鳥不來雲不見，老僧何事忽相逢。」《南海探梅》云：「廟門銅鼓動波間，黄木行來有幾灣。三十里中皆是雪，不留一片認香山。」「四天垂下遍花峰，一疊峰盤數百重。便欲結茅峰頂住，冬來長日作花農。」黄村諸處，僻在海隅，世罕有知其梅花盛者。自藥亭先生以粵人道其土風，不獨詩格超妙，令讀者如歷遊炎州香雪世界。

《中州集》：蕭尚書《貢假梅》詩：「緑窗嬌小似梅人，素手東風巧思新。鸞尾剪裁千顆雪，蜂脾點綴一家春。長教客枕生幽思，不逐林花委路塵。莫道去非詩破的，兔毫那解寫花真。」細玩此詩，大約剪綵爲花，意假梅法甚夥。王路《花史》：晉新野君傳家，以剪花爲業，剪梅若生。漁洋《香祖筆記》：姚伯右工畫梅，又取鍾山梅瓣，粘於便面，以筆添枝幹其上，極有生韻，號「姚梅」。人多效爲之，渠邱張杞園孔目，仿作甚工。

張南華學士集有《麥梅》、《松梅》二詩，皆夢中作也。叙《麥梅》云：「夢蟠梅一株，綴麥苗作葉，二客請余賦詩：誰將翠羽點宫妝，簇簇新芽拂古香。忽地認梅生緑葉，卻教詩老費平章。」叙《松梅》云：「予舊作《松梅清夢圖》，今復夢此，以爲真也。口占一詩：宛然清夢舊成圖，千尺亭亭玉一株。不信寒花真似許，衹疑松頂雪模糊。」按，學士《松梅清夢圖》詩云：「古梅香韻蒼松骨，千尺亭亭倚雪風。清夢宛然非錯認，歲寒心事本來同。」余意《麥梅》較《松梅》更新，惜當日學士不曾作圖。

《不若園詩話》：曾於張劍泉先生復齋頭，見徐逸生梅花詩十九首。後有曉齋跋，不著姓氏，不知爲何人。稱逸生爲前明進士，鼎革後，放浪山水，不知所終。好事者傳其梅花詩三十首。又逸其三之一，僅十九首。詩絶超脱，尤工落句，如：「惱亂西家護花犬，美人攜燭自開門。」「村店閉門春釀冷，斷除煙火一尋君。」「折來也向街頭賣，叫破東風第一聲。」皆脱離色相矣。又：「濁厠錦茵俱可惜，爲君起拜落花風。」「荷鋤我亦爲傭作，香雪蒙頭過半春。」「肉食主人天末也，滿頭香雪卧園丁。」思路俱超凡近。至中傑句，如：「碧水摇窗月有聲，壓屋冷雲驚定僧。」「春水無塵偶空泊，黄昏急雪不能扶。」「流水在門行處冷，斜陽銜樹望成空。」「平沉海絮渾無地，高揭冰衫下有塵。」又起句：「小閣平看數里餘，古人所以愛巢居。」覺「疏影」、「暗香」，尚落筌蹄，無論「高士」、「美人」句矣。

黄任《秋江集》：「余手植緗梅一株於静鏡堂西。既罷職後，仍居此堂三載，似與梅有夙因未了者。今將歸里，放花倍甚。索笑之餘，不勝離思焉。題廳壁云：『飛花落蕊薄書堆，能得巡簷笑幾回。悔不空山流水去，托根誤汝作官梅。』『横斜東閣百千枝，寂寂鐘殘月落時。記得揚州何遜否，縱無遺愛有相思。』」按，黄嘗宰粤東四會，兼攝高要。未幾，以放曠罷去。此梅在署中，擬之揚州官廨，或庶幾焉。

楊升菴《桐梓驛元夕》詩：「三家村裏無燈火，千樹梅花作上元。」俗呼上元爲「燈節」，詩意蓋以梅花代燈也。古又有製梅花燈者，剪綵爲梅，燃火其中，以作上元更佳。周履靖詩：「不藉陽春發，偏依火樹明。無風香外度，有影月中横。」又無名氏「分明照見鐵心腸」一語甚妙。

尤艮齋《光福殘梅》詩「世外佳人嬌欲娠」，「娠」字絶妙。梅將殘而欲結子，非「娠」字不能形容入細。映合佳人，分外新鮮。

漢崔實《農家諺》云：「黄梅雨未過，冬青花未破。冬青花已開，黄梅雨不來。」梅子黄時，正冬青花開時也。一法：冬青亦可接梅。《華夷花木考》：梅上接冬青，開梅花。茶或冬青上接亦然。

《群芳譜》：「長干之南七里許，曰華嚴寺。寺僧蒔花爲業，而梅尤富。白與紅植相若，惟緑萼、玉蝶植倍之，率以絲縛，虯枝盤曲可愛。桃本者三四年輒膠矣。不善縛，則抽條蔓引，不如不縛者爲佳，以故收藏難。每歲開時但一二本，落後則歸之。」余嘗宿長干寺中，訪華嚴寺，竟無知，因詢張南華學士。《長干寺》詩云：「聚寶山前石路迴，長干寺里塔崔嵬。繞廊盡日清吟遍，誰記當年老雪梅。」

查繼佐孝廉詩：「曾作《梅花讖》，吟詩竟比鄰。漫言三百首，況是一時人。」自注：「梅花讖，拙劇。」劉振麟《東山外紀》：「先是，先生作《梅花讖傳奇》，以翠羽美人陪和靖先生登場。續成許生梅花詩百首。及入粵羅浮，盡緑林摭去，因有《望羅浮》之作。」東山，繼佐號也。《梅花讖傳奇》：許生，名是，字非非。旦曰白如玉，貼曰薄如煙。

臺灣稱梅條直者爲梅箭，亦柳帶、榆錢之意。《鳳山縣誌》：錢登選詩：「紛紛梅箭亂縱横，野鵲來遊亦不驚。月挂新弰雲作彀，天開畫布日爲正。幾番臨水射潮去，半嶺穿雲破的輕。自是聖朝無用處，何如結子且調羹。」梅箭甚新。

吴天章《蓮洋詩鈔》有《白梅》三首，其二云：「冰天屈曲托靈根，猶喜春風入坐温。繡幕燈來纔有影，雕窗月到更無痕。香浮東閣仙郎宅，夢入江南處士村。醉後不辭頻酹酒，也同玉女洗頭盆。」又末首中二聯：「南枝不用悵無媒，早向春風次第開。燭暈紅時明獺髓，蟾光滿處長珠胎。」「當筵恰對一峰雪，照水何須兩岸苔。珍重纖塵都不到，巡簷那許凍禽猜。」皆無詠梅套語。江左蘇薇穀云：「洗削清空，不着色相。『雪滿山中』等語膾炙人口，對此亦覺調卑。」河東劉稼莊云：「詠梅詩，古今作者林立。此獨脱盡窠臼，命意高超，翛然物表，而音節俱縹緲空際，蓋天趣遠也。」

偶見惲壽平墨梅一幅，自記云：「逃禪老人墨梅長卷，余曾借橅，略得用筆意。」題詩云：「曉閣漱冰壺，羅浮夢到無。墨花淩亂處，還似剡溪無？」卷尾自署「雲溪漁」。

張南華學士《紀遊二集》，其紀鄧尉探梅，曲折詳盡。詩不具録，録其小序數則，可當鄧尉遊紀一篇。云：「庚戌正月三十日，早晴，箯輿上鄧尉山。梅花一路如雪。至董家墳，有古柏二株。垂影寒潭，離奇可愛。前繞馬界山，山徑殊澀。視村落，梅花甚繁。欲上銅井，高不可攀。石潭對峙，景亦荒寂。張氏墓柏不及董之古鬱。方池宏演可觀，梅花徧地皆是，而梅村爲盛。古幹繁枝，紅英緑萼，照爛芬馥。可謂花國矣。」又曰：「從梅村望見查山，有亭翼然。至而登閣，始悟爲『六浮』，吾鄉李檀園先生所名。竹垞諸前輩倡酬之地。湖光山色，近接几席，殆觀梅最勝之地。惜今無人主持，爲之悵然。」又曰：「去查山里許，有石壁，不甚高。迴看六浮，梅花真同雪樹。傍湖行至湖東精舍，明憨山大師棲止之地。僧宗尚出迎，留茗坐話。」又曰：「從石壁望見重樓。迤邐而行，過七十二峰閣，扃閉不及上，旋折遶長圻嶺。望元墓，重樓紺宇，如繡如畫。二三里許，到山門，宮牆壯麗，殆吴中所少。尋玩良久，坐對經閣，俯瞰吴山，照映香雪，有觀止之歎。」又曰：「山門左側，鐘樓甚高。蒲牢發聲，宏亮清遠。有僧坐禪，晝夜不睡，客來亦不酬對，蓋自了漢也。登閣徘徊，看夕陽花塢，久之乃下。」又曰：「復上鄧尉，盤旋而下。日雖未晡，遊興已酣暢矣。遂命放舟出胥口，爲東西兩山之遊。作歌紀事，有『更聞西崦萬花深，醉趁曉帆飛一葉』之句。」越五年甲寅，學士重遊鄧尉，賦《探梅》絶句七首：「塔影横波泊釣篷，虎山橋畔步從容。年來春信探尋慣，處處梅花笑殺儂。其一」「湖東精舍舊徘徊，幾樹紅梅間玉梅。遥識西山雞磧里，萬株春雪一時開。其四」「松栝參天古寺門，曳筇吟入上陽村。米堆山下清鐘晚，十里花明夕照繁。其六」「青芝銅井暮雲堆，山路縈紆落照催。船尾帶將香不斷，家家知是看花迴。其七」學士風流，與王、宋二公後先輝映，歸愚尚書不得專美矣。

陳傅良《和張孟阜尋梅》詩：「嗟乎孤山無人老坡死，水邊竹下誰低徊。我嘗欲擬禁字體，不道雪月冰瓊魄。」和靖「暗影」云云，及東坡「竹外」之句，宋時已極推重。

《唐詩貫珠》：羅隱《梅花》詩：「欲寄所思無好信，爲君惆悵又黄昏。黄昏本應第二句，照夜拂衣今正繁。」然與白色掩映自佳。林和靖「疏影」二句本於此。「無好信」，有遺世之意。

《柳南隨筆》：「馮定遠《梅花》詩：『若教帶影和香賞，難得無風有月時。』名句也。近馬扶曦反其意云：『無風有月尋常事，難得人間對此花。』亦佳。」余謂張澤民詩：「纔些子月韻尤古，無半點風香更幽。」乃「無風有月」句張本。

馮海粟學士、中峰僧《梅花倡和百詠》有「評梅」一題，馮云：「屈子騷經遺品格，石湖芳譜謾俱收。試憑西掖判花手，題向百花花上頭。」中峰云：「月旦花前豈乏人，風霜齒頰帶陽春。江南野史餘芳論，絶世清如古逸民。」二公出處不同。「西掖判花手」、「江南野史論」，各隨境地而言，未足爲梅花定評。余觀元王冕、明何喬新、洪璐、姚涞諸公梅花傳記，皆遊戲類野史，然以「月旦梅花」、「西掖判花手」，不能過也。王冕《梅華傳》云：「先生姓梅，名華，字魁，不知何許人，或謂出炎帝。其先有以滋味干商高宗，高宗乃召與語，大悦，曰：『若作和羹，爾惟鹽梅。』因食采於梅，賜以爲氏。梅之有姓，自此始。至紂時，梅伯以直諫妲己事，被醢，族遂隱。迨周，有摽有者，始出仕，其寔行著於《詩》。垂三十餘世，當漢成帝時，梅福以文學補南昌尉，上書言朝廷事，不納，亦隱去。變姓名，爲吴市門卒云，自是子孫散處，不甚顯。漢末，緑林盜起，避地大林。大將軍曹操行師失道，軍士渴甚，願見梅氏。梅聚族謀曰：『老瞞垂涎漢鼎，人不韙之。吾家世清白，慎勿與。』語竟，匿不出。厥後，絫生葉，葉生萼，萼生蕊，蕊生華，是爲先生。先生爲人，修潔灑落，秀外瑩中。玉立風塵之表，飄飄然真神仙中人。所居環堵，竹籬茅舍灑如也。行者過其處，必徘徊指顧曰：『是梅先生居也，勿剪勿伐。』谿山風月，其與之俱。先生雅與高人韻士遊，徂徠十八公、山陰此君輩皆歲寒友。何遜爲揚州法曹掾，虚東閣待先生，先生遇之甚厚。相對移日，留數詩而歸。先生南北兩支，世傳南暖北寒。先生蓋居於南者也。先生諸子甚多，長云實，操行堅固，人謂其有乃父風味。居南京犀浦者，爲黄氏。其餘别族具載石湖《譜》。太史公曰：『梅先生，翩翩濁世之高士也。觀其清標雅韻，有古君子之風焉。彼華腴綺麗，烏能辱之哉？』以故天下人士，景仰愛慕，豈虚也耶？」何喬新《梅伯華傳》：「梅伯華，字汝芳，世居大江之南。其先本若木氏之裔，食采於梅。春秋時復屬於楚。秦始皇遣將軍王翦滅楚，遂移兵伐梅，滅之。子孫散處江南，以國氏其家。杭之西湖，粤之大庾者，宗枝尤蕃衍。伯華自幼好修，丰姿芳潔，翛然埃壒之表。好居山澤，每與騷人處士，徜徉泉石雲壑之間，終日忘返，不識者疑爲仙云。性剛介，士無賢不肖，皆知敬重。好事者或寫其像於屏，見者肅然起敬，不覺鄙吝自消。楚令尹子蘭、申公子椒，以清修自負，願托交於伯華。伯華曰：『若等無寔而外飾，終將委厥美以從俗耳。非吾友也。』淩波仙子、洛迦樊生，亦以雅素絶俗，願與伯華爲異姓兄弟。伯華笑曰：『若等得我一體，非可與共度歲寒者也。』丞相廣平宋公，貞心勁質，於人少許可，獨敬重伯華，嘗作賦以誦其美。伯華覽之不樂，曰：『知人信不易哉！吾嘗以宋公鐵石心腸，乃輕吐綺語，至以文君、綠珠況我。噫！知德者鮮矣。』當陽春和煦時，群葩競榮，紅香翠蔓，燦如也。而伯華恬然於荒寒之野。或以後時誚之者，曰：『大丈夫盍乘時取紅紫，自苦於寂寞，誰復知之？』伯華曰：『榮悴，命也。然有性焉。吾知安吾命，盡吾性而已。且子未睹其終耳：狂飆震盪，彼將漂泊何所戾耶？』言者慚而退。石湖范公與伯華交莫逆。買地於所居之范村，招伯華聚族居之。且爲作譜，辨其韻格之異，而歎寫真者不察也。由是，伯華蓋有聞於天下云。」洪璐《白知春傳》：「白知春，大庾人也。初不詳其得姓之由。或曰太昊氏廷臣有貌皙而傅粉者，帝呼爲白，即遂以爲姓。至商高宗時，有善調鼎羹者，同傅説爲相。大著勳業，天下始重其名。自後族類繁衍，徧處海内。漢末，有族子居鄧襄間，最繁盛。曹瞞師過，渴甚獲濟，歸而勒其功於史，後世稱之。西晉時，曰華魁者，爲江南亭長。遇陸正平於傳舍，遂爲通使長安。故人爲薦，拜秘書省伴讀。二世至飛英，落魄不拘，專事放蕩。其友薦爲上林内史，得入宮禁。爲劉宋壽陽公主飾妝，公主甚喜，宮中爭效慕之。梁何遜官揚州，與清江盛開者爲僚寀，日供賡吟，情誼甚密。唐宋璟未相時，於從父東川官舍，見郡人一本，性姿素樸，儀容古雅。請爲忘年交，作文美之。其後，名九英者，與白樂天、元稹、杜甫輩相友善。京師謂之『連璧九英』。女瓊姬居羅浮，擇壻名士。趙師雄月夜遇之，遂訂婚媾，世傳爲奇遇。宋有奇男子，曰林和靖。隱孤山，甘淡泊，忘勢利。和靖爲詩，美其行，今載集中。再傳曰墨，始策爲吏，除守衡州。宣德澤及於民，有甘棠之思。卒，繪其像，民間多奉祀之。白有遠族，因秦俗，家貧子壯，分贅楊氏。厥類尤繁，生子雖狀貌不類白，而氣味相似，故亦見珍於世。知春字儒華，衡州十世孫。生而骨格清癯，豐神灑落。雖邊幅不修，而天然標格，自出風塵之表。性慧，善推步星數。每歲天子將頒春曆，輒先以消息吐白人間。世以其知春候，故名之。爲人孤潔，不交塵俗，惟與蜀人葉恒盛、衛人管若虛爲耐久朋，嘗曰：『吾雖不見用於治朝，亦當魁芳譽於天下。』一日恒盛、若虛聞之，曰：『吾聞智者不失時，勇者不失勢。陽德方亨，皆爭憐角寵，而子若不聞。迨夫肅殺呈，衆芳謝，子顧抗顔獨出，此何以故？』曰：『竊聞之，有赫赫之譽者，發必淺；無彰彰之名者，養必深。與其揚金石於鄭衛交奏之時，孰若援舜琴而獨鳴；播德馨於桃李喧妍之場，孰若藴蘭芳而獨寫。是故使避秦皆商山，則誰爲漢廷之蕭曹；不仕隋皆河汾，則誰爲唐室之房杜。』當時聞其名者，多跨蹇踏雪尋訪。至有取其連枝，令奚童肩負，館之華堂，静室禮對，閣筆平章，不踰日則斂容而去。知春惟林居簡出，謝紛華，日以甘酸醞釀，成就諸子之德，寔思以宏先人調鼎之業云。」姚淶《梅花記》云：「洪崖仙尉，隱於大庾之嶠。長子孫者，累數百祀。跨躡南北，綿邈遠近。夏暐冬蒨，日衍以蕃。客有過之者，始見之，若聚焉；繼見之，若邑焉，滋茂弗已。宋趙孟藡氏見而稱之曰：『若是其稠乎？是可國也。』於是建國號曰『梅』，奄一方而有之，封域視古宋魏然。其國與諸國異，有父子兄弟，而無君長；有疆圉山川，而無城郭；有榮瘁盛衰，而無征伐；有風雨霜露，而無耕穮；有大小短長縱横屈直，而無妍媸。其居結瑶而構瓊，其俗擷芳而嚅馥，其服被縞而曳素。往往搜冥寄遠，埃壒之地弗處。世慕其潔，至假冰玉神仙以爲喻。國於南州，而性獨耐寒。雖加以嚴霜暴霰，不能虐也。自肇國以來，輒隸於職方。歲遣子修貢於廷，累代嘉之，聽梅氏自爲治，弗奪其土。於是國益庶且大。初，梅氏以鼎味薦於商，商道賴以復興。周人得其名於謡，以列於司樂者，由是聲重天下。華實既符，今古同賞。或謂其風韻獨勝，或謂其神形俱清，或謂其標格秀雅，或謂其節操凝固。如宋廣平、杜少陵、林和靖諸名賢，皆與梅氏爲方外友。類形諸篇什，以摹寫情狀。然其所得，不過一村一圃一林一木之勝，而未有以國名者。自梅氏有國，而其散處於海内者，咸列於附庸，罔或先焉。立國既久，梅氏之英，庾山之靈，相與求其主。劉先生挺生南服，出而臨之，而國於是乎有主。先生猶不敢當，曰：『我，梅花國人也。』或請於先生：『敢問宅是國何義也？』先生曰：『吾之所取於梅氏者，有五善焉。博於濟物，仁也；不撓於時，義也；生不相陵，禮也；審於擇友，智也；出不愆其期，信也。此吾之所以獨樂於梅，不徒臭味之合而已。若夫桑梓之所詔，鞶帶之所佩，朝夕之所玩，几案之所味，皆取足於是。而梅也無役不供，亦惟求吾適耳。奚其主？』問者曰：『梅生數千年乃有國，復數百年乃有主。主是邦者，非先生而誰？天下不被梅之澤者久矣，今世所賴於梅者，微先生，孰能盡其用乎？幸矣！先生之主斯國也。且昔人有所謂烏衣、槐安者，徒托諸寓言，皆《齊諧》之流，非所以語於道也。先生之國，以寔不以名，以道不以物。吾益嘉先生之善爲斯國主也。』先生笑而不答。因書以爲記。」

梅之老者生菌，紫蓋黄莖，其狀類芝，余因命之曰「梅芝」。味微苦而澀，可治反胃。按，反胃病屬土，梅先衆木而華，得木氣之全，故剋土尤力。然症有虚實之異，大約治實不治虚云。慈山先生《芝芝之産梅樹下，非梅芝也。」此乃邱》詩云：「神芝不謂能招隱，還伴寒梅秀草堂。」自注：「康熙己亥，余家東園梅林中産芝二莖。」此乃芝産梅樹下，非梅芝也。

查梧崗太守《同宗詩話》：相傳東山公有春字韻梅花百疊。巖門兄選《詩逸》，存公詩七十首，梅花疊韻居五十。夫疊韻至百篇，已屬强弩之末，且語意多平近，視公《梅花十二詠》，若莛與楹，絶不類公作。考公《東山外紀》及他著述，無一語及梅花百疊者。公《梅花十二詠》雖不及徐逸生之清拔，而超脱過之。如：「一枝清對可人處，幾見空扶别有天。不知何事曾相憶，乍見令人意惘然。」又：「咫尺窻前神倍遠，迢遥嶺外夢俱尊。怪煞獨醒春不睡，生生與月共黄昏。」幾與哪吒骨肉俱析矣。余嘗見《東山詩鈔》，有《答張孺懷讀梅花十二詠》，云：「得句恒關運，傳人亦有時。」又云：「古人嘗閣筆，此日欲留春。」其自負良深也。

《東平雜録》：荆公賦梅花云：「肌冰綽約如姑射，膚雪參差是太真。」莊子曰：「藐姑射之山，有神人居焉。肌膚若冰雪，綽約若處子。」樂天《長恨歌》曰：「中有一人字太真，雪膚花貌參差是。」兩句皆用古語，但易一「如」字耳。

江村《天禄識餘》：「黎常舉《金城記》云：欲令梅聘海棠，但恨不同時耳。洪盤州《海棠》詩云：『自嫌生較晚，不得聘寒梅。』此詩正祖黎語。」近沈啟南一絶云：「粉合臙脂作曉妝，富於春色吝於香。東風不肯全分付，相對梅花各斷腸。」家端門《梅》詩亦云：「佳偶終慳聘海棠。」

梁佩蘭《六瑩堂集》：「史蕉飲有童，甚芳潔，静而昵。予曰：此蠟梅也。戲贈二絶句：『蠟梅幽絶出群芳，側近簾櫳盡冷光。日把一枝香在手，夜來應得枕琴床。』『眤人無語太多情，密座誰當近眼迎。想見玉瓶甘露滿，滴將香雪到心清。』」此與晁無咎贈王直方侍兒可稱絶對。

曹楷人明經《和董帷園素心蠟梅》詩：「磬口含嬌故故斜，芳名也喜托林家。妻梅自是高人意，副妾還應寵此花。」時帷園新納侍姬。以蠟梅爲妾，從妻梅推也，命意甚新。

《露書》：湖廣新寧至益陽，小河僅容一舠，夾岸盡蠟梅。舟中舉手可掬花，落盈艙，可作茵褥。所過者如此三日。夏何能嘗過其地，有詩云：「干戈自是戀繁華，從此春心不看花。欲向水窮山瘦處，蠟梅藂重作人家。」

王大司農日藻秦望山莊，廣百餘畝。中懷恩堂梅花獨盛。孫同太守詩所謂「移來疏影落晴川」是也。太守又有《東山草堂看梅》詩，中云：「輞川咫尺東山堂，一片芳魂招不得。風流獨佔桃李先，幽姿冷淡儔松柏。主賓蘭臭本同心，況添梅萼成三益。」太守子文園給諫語余曰：東山草堂亦山莊堂名。今廢，梅亦無一存。

明錢塘沈行履，嘗集唐宋元以來名人之句，成《梅花詩》一百二十首。陳槲題其後，有「都將翰墨真精髓，唤醒羅浮舊夢魂」之句。然取材非盡梅花詩，信手拈來，未必天衣無縫。余特選其清切而穩者四首，其二十云：「陽和爲爾臈前來唐韓偓，誤作唐昌玉蕊猜宋晁無咎。樹下猶香留客醉元傅若金，水邊花好爲誰開唐羅隱。忽聞啼鳥不知處宋戴式之，欲嫁東風耻自媒宋張澤民。花定有情堪索笑宋范成大，也應臨此重徘徊宋邵堯夫。」其三十四云：「杖藜雪後臨丹壑唐杜牧，卻爲春寒得少留宋林逋。只有名花苦幽獨宋蘇軾，曾將詩句結風流唐元微之。雀驚夢斷神猶在元董閑雲，春淺香寒蝶未遊唐劉兼。卻憶少陵詩上語宋曾子固，還如何遜在揚州杜甫。」其三十五云：「江南何處不寒梅宋徐師川，傲雪淩霜幾度來宋邵仲甘。清介獨持孤竹操張澤民，高標久占百花魁元馮子正。憂花惜月長如此唐胡宿，漸老逢春能幾回杜甫。勾引詩人清絶處宋朱淑真，月明滿樹十分開宋陳去非。」其八十二云：「碧琅玕外見横枝元劉迎，萬里江天欲雪時元黄員父。獨奏瑶琴消客恨元陸敬齋，合將金屋貯幽姿宋陸游。笛吹遠曲還多怨宋梅堯臣，天與清香似有私林逋。莫待東風總吹卻唐鮑君，夜深閑共説相思唐薛逢。」

《京口諸山記》：「焦山觀音閣蠟梅一株，輕風翩反，若傳隱士神者。」《雲間雜志》：「郡西門外採花徑顧氏，有蠟梅一株。其來久矣。風清月白時，一女立樹下，亦不爲祟，殆花神也。」然則青邱子「高士」「美人」之句，蠟梅亦得分一席矣。

金袁燮《絜齋集》中有賦梅絶句，云：「其間妙處不容評，玉潔冰清亦强名。要識此花高絶處，解成佳實作和羹。」此等詩真梅花惡道。

洪邁《夷堅志》：慶元四年初春，鄱陽圃人折紅梅花兩枝，高尺許，以遺外醫黄裳。裳少嘗入道，用磁瓶盛貯於吕仙翁前。經旬花落，將棄之，見花上各已結佳實。先一夕，裳妻汪氏夢人告云：「爾門内生梅花兩樹。」至是始訝其異。聞而來觀者盈室。裳持以相示，各有實二十餘，其大如豆子，益異焉。因加以尊酒，裳酌獻仙翁訖，然後拜而飲之。梅子既成，皆如彈，累累滿枝，甚可觀也。

陳鼎《滇黔紀遊》：大理郡北崇聖寺，又名三塔寺。有唐朝老梅，狀若古松，亭亭直上，枝幹如檜柏。宫去矜《昆明初春》詩注：「大理靈會寺，有千層紅梅，相傳唐物。十年前萎矣。」其詩云：「道人失考梅何始，幹等牛腰根似嵎。靈會千層歸閬苑，黑龍潭上看雙株。」按，宫是詩作於乾隆甲戌，梅萎應在壬戌、癸亥間。可見滇南昔日多唐時古梅云。

黑龍潭上雙株梅樹，古幹樛枝，蓋數百年物也。花時遊人往來不絶。當事者建屋數楹，爲賞梅所。聞昔山右王樓山中丞嘗繪《龍潭探梅圖》，題者甚衆，宫去矜詩云：「幾逢官閣開，復繞龍潭看。馬蹄蹀春風，紅白錦繡段。只今一披圖，冷香尚礱腕。」沈歸愚詩云：「江干仿佛孤山路，香雪叢中暫停步。存得廣平鐵石心，何妨重作《梅花賦》。」

古今大梅之最著者，李（薦）[格非]《洛陽名園記》云：吕文穆大隱莊梅，蓋早梅也。香甚烈而大，說者云自大庾移其本至此。石湖《梅譜》云：「去成都二十里，有卧梅，偃蹇十餘丈，相傳唐物也。謂之『梅龍』。好事者載酒往遊。清江酒家有大梅，如數間屋，傍枝四垂，周遭可羅坐數十人。任子嚴運使買得，作淩風閣臨之，因遂作大圃，謂之『盤園』。余生平所見梅之奇古者，惟此兩處爲冠。」宋劉須溪《梅軒記》云：「嘗觀梅於當塗之野。老枝如龍，到地復起。高花照日者，每枝如蓋焉。又武陵官梅一株如屋，環其下可百客。劉海蟾嘗煉丹於此。」明王世懋《學圃餘疏》云：「予賫園中一緑萼梅，偃蓋婆娑，下可坐數十人。今特坐高樓賞之，子孫當加意培壅。」鈕玉樵《人觚》云：「婁江老梅一株，虬枝遠覆，穹如樓閣。其中置酒，可十四筵。」辻翁雪江爲余言：曾在德清徐氏廳前見玉蝶梅，樹身不甚高，其蔭遮數間屋。家唫樵兄嘗宦遊蕪湖，曾見城外鐵佛寺大殿後古梅一株，傳是宋時物。高出殿簷，枝葉覆屋五間。按，宋毛珝《吾竹小稿》有詩云：「南山有梅花，高者五丈餘。半空發清香，天人爲踟蹰。城中三尺本，登盆綴流蘇。進之畫堂上，笑彼何麤疎。」可以移贈諸梅。

虞御使兆清《忠州迎春詞》：「盡説今年春最好，治平蚤放一枝梅。」注：「治平寺有古梅。」《詩話類編》：「應次蘧字正子，嗜酒，嘗自賞其梅詞，云：『雪意嬌春，臘前妝點春風面。粉痕冰片。一笑重相見。倚竹偎松，誰道羅浮遠。寒更轉，楚騷爲伴。韻繞香篝暖。』」語意細潤。

《檇李詩系》：朱愚，嘉善人。嘉靖乙卯貢，授魯府教授。歸隱，植梅數株，自號梅花東老，日嘯詠其下。

方秋崖《梅邊約客》一詩，余甚愛其筆意瀟灑：「昨日今日雪欲落，一梢兩梢梅正開。攜壺野亭醉復醉，折簡故人來不來？山翁意重百金直，俗士面有三寸埃。臨風歎息重歎息，玉飛片片相徘徊。」

《談資》：米芾同佛印看雪梅，米成句云：「雪里白梅雪映白梅梅映雪。」佛印云：「風中綠竹風翻綠竹竹翻風。」

萬玉菴古梅，相傳宋元間物。吴園次太守從蕪没中表出之。見《施愚山先生集》。愚山有詩曰：「獨樹傳何代，支離復此時。斧斤餘鐵幹，冰雪自花枝。僻傍空山老，閑從野客知。使君勞物色，誰惜歲寒姿。」

梅花詩話卷二十五

編按：此卷未標卷數，爲「史」字册卷三，今續標爲卷二十五。

平湖張誠希和著

《山海經》：「又東北三百里曰靈山，其木多桃李梅杏。」郭璞注：「梅似杏而酢。」又云：「又東北一百五十里曰岷山，其木多梅梓。」又云：「又東二百五十里曰岐山，其木多梅梓。」郭注：「梅或作籔音。岐山今在扶風美陽縣。今武功。」蓋靈山之梅，即今南方梅花。而岷山、岐山之梅，與梓並稱，實乃柟也。然李義山有《十一月中旬至扶風界見梅花》詩，仍是南方梅花。可見自漢以後，秦中亦有梅花耳。義山詩云：「匝路亭亭艷，非時裛裛香。素娥惟與月，青女不饒霜。贈遠虛盈手，傷離適斷腸。爲誰成早秀，不待作年芳。」

李西涯《懷麓堂集》云：「近日紅梅倡和頗多，當職思其外之時，有好樂無荒之戒。再疊前韻二首，以識吾過：『不愛風葩與露枝，此花心緒我知之。老當萬木俱凋後，愁對孤燈半給時。多事不勞頻載酒，有懷應憶舊題詩。相看只合無言坐，小酌清茶當一巵。』『大江南望渺津涯，水涉山行路總賒。內苑移栽雖得地，北來漂泊似無家。閑愁未解雙眉縛，老病從添滿眼花。留卻一枝還舊主，任將春色與人誇。』」先是，西涯與其甥崔儀部世興借紅梅一株，邀楊邃菴太宰同賦。西涯詩有「休勞北客問南枝，緑影紅香信有之」句。閱一載，崔復借梅楊邃菴，又有《紅梅》涯字韻詩來訂，互相酬答。西涯各五疊韻，故有「吾過」之説。其第二首借梅寓意，氣象萬千，大爲梅花生色。

紅梅詩合作尤難。明初李宗表絶句：「滿林紅雪影毿毿，夜静和春浸碧潭。卻憶騎驢二三月，杏花小雨看江南。」此詩深得題外遠神。牛士良五絶：「隴頭人未來，江南春幾許。惆悵玉簫聲，吹落胭脂雨。」亦有古意。至宋梅聖俞「野杏堪同舍，山櫻莫與鄰」，毛澤民「幾過風霜仍好色，半呼桃杏聽群兒」等句，則直率無味。若趙昌父起句云「盡道梅花白能紅」，又一奇，直笑話矣。

慎懋官《花木考》：「一蒂結雙實，名爲鴛鴦梅。」石湖《梅譜》：「鴛鴦梅，多葉紅梅也。花輕盈，重葉數層。凡雙果，必並蒂。惟此一蒂而結雙梅，亦尤物。」梅以鴛鴦名，大約取並偶之意。中峰絶句：「采采雙飛對錦機，翠禽同夢月交輝。有情一處隨流水，莫被風吹各自飛。」馮海粟絶句：「並蒂連枝朵朵雙，偏宜照影傍寒塘。只愁畫角驚吹散，片影分飛立共傷。」蔣百禄七律中聯：「自然玉質爲佳偶，何用金針度與人。」意略相似。獨查初白詩不以爲佳偶，而以爲兩美，詩云：「兩般顔色接栽餘，磁斗交花密復疏。秦虢一門承寵日，尹邢雙美入宫初。淡妝濃抹休相妬，傅粉施丹恐不如。未免孤山高士笑，笑他倚市又克廬。」

《詩話類編》：近時胡仲方《落梅》詩云：「自孤花底三更月，卻怨樓頭一笛風。」亦有思致。自古才德之士，方其少也，不使得以展布，及其衰老乃拳拳歎息，晚矣！元仇仁近《金淵集》中有題云《小梅已緑陰忽見一花甚香》，其詩曰：「北枝緑陰繁，枝上子如豆。一花裦然見，香襞苔蘚透。雖同梨雲夢，亦出桃李右。矜驕若自惜，終覺老而瘦。昔占百花先，今處百花後。春風少年場，尤當敬耆舊。」

此詩尤足爲晚達者吐氣。

古來美人以梅命名者，《吴中往哲記》：陳孟賢侍姬曰梅花居士。蓮臺會品以梅花爲會元。梅花，名姬徐瓊英，小字愛兒者也。黄雪蓑《青樓集》以玉梅名者三人：劉氏、張氏、王氏，色藝皆絶。《李莊靖集》：香梅，鄧姬之小字。賦贈詩二絶：「被誰説破夢中梅，應有羅浮倒挂來。祇爲怕愁貪睡後，返魂才向北枝開。」「一枝瀟灑隴頭香，分付新愁竹葉觴。紙帳不須尋短夢，天涯倦客已無腸。」又《萍鄉花史》：廣陵女士殿最云：「芳傳春信，籍占花魁。移從白玉堂前，窗横疏影；遊在紅綃幄下，夢繞清都。」

《具區志》：梅花莫盛於洞庭山之後堡下鎮，東山之長圻、豐圻。《太湖備考》亦謂諸山皆有梅，惟此二處獨盛。考太湖山之大者：兩洞庭及馬蹟，凡三山焉。馬蹟梅花亦盛。王元章詩：「馬蹟山前萬樹梅，千花萬花如雪開。滿載揚州秋露白，玉簫吹過太湖來。」

費衮《梁谿漫志》：東坡嘗謂石曼卿《紅梅》詩云「認桃無緑葉，辨杏有青枝」，曰此至陋語，蓋村學中體也。故東坡作詩力去其弊。而石湖《梅譜》則云梅聖俞詩云云，當時以爲着題。東坡詩云：「詩老不知梅格在，但看緑葉與青枝。」蓋謂其不韻，爲紅梅解嘲云。二説不同。然方虚谷已云石湖因「詩老」二字，誤以爲梅聖俞詩，非矣。則其爲石曼卿作無疑。若《漁洋詩話》又以此二語爲晚唐人詩，尤不檢點之甚者。《山堂肆考》引梅聖俞《紅梅》詩「笑杏少清香，比桃多俗趣」，其弊與曼卿詩將毋同？

黄徹《碧溪詩話》：曼卿《紅梅》詩「認桃」云云，東坡嘲之，至於「未應嬌意急，發赤怨春遲」，成均、瞽宗無以加也。按，此乃是落句。若其起句云「梅好惟傷白，今紅更絶奇」，則尤陋之陋者。

《稗史彙編》：吴琚留守建康，高似孫授徽倅，道出金陵，投以詩曰：「一笑容陪珠履客，看臨古帖對梅枝。」吴嘗於所居東樓下，設維摩榻，尤愛古梅，日臨鍾、王帖以爲課，非其心交者不得至。高氏獨徜徉於此，故及之。我鄉高文恪書宋搨王大令《保母帖》後詩云：「三日晴和放盡梅，霧籠窗曉暗香來。獨將古帖閑舒卷，似對前賢話往回。」鮑以文刻附《四朝聞見録》後。梅下臨帖，大是韻事。張功父所定「梅花宜稱」，當補此一條。

錢香樹太傅《題沈徵士修到梅花圖》云：「箨應若箇是前身，瘦影欹斜面目真。試看羅浮明月里，幾株修得到詩人。」翻用「幾生修到梅花」語，詩人身分愈高。太倉吴進士翊《西山探梅》云：「吴儂愛花乏花趣，但貪狂賞慳清句。寒花謝客似有言，好勸幽人爲少駐。」蓋不特詩人愛梅，梅亦愛詩人。何歲無梅花，其能修到詩人者鮮矣。此段宜作末卷末段。

惠洪《冷齋夜話》：嶺外梅花與中國異。其花幾類桃花之色，而唇紅香著。東坡詞曰：「玉質那愁瘴霧，冰姿自有仙風。海仙時遣探芳叢。倒掛緑毛幺鳳。素面常嫌粉汙，洗妝不褪唇紅。高情已逐曉雲空。不與梨花同夢。」魯直詞曰：「天涯也得江南信。梅破知春近。夜闌風細得香遲。不道曉來開徧、向南枝。玉簫弄粉人應妬。飄到眉心住。平生箇里傾盃深。去國十年老盡、少年心。」

《芥隱筆記》：「東坡《西江月·梅》詞在惠州作，時侍兒朝雲新亡，其寓意爲朝雲作。『不與梨花同夢』，蓋用王建《夢中梨花雲》詩。」而《高齋詩話》則云：「『高情已逐曉雲空，不與梨花同夢』，後見王昌齡梅詩『落落寞寞路不分，夢中唤作梨花雲』，方知東坡引用此詩也。」《山堂肆考》亦謂東坡詞本王昌齡詩，皆與《芥隱筆記》異。但《筆記》注亦兼引王昌齡詩，或王建又本王昌齡耳。元段菊《覿梅》詩：「玉骨那堪瘴霧傷，好將經卷伴南荒。坡仙鼻孔清如水，老覺朝雲道氣長。」全用東坡故事。

《滹南詩話》：《王直方詩話》稱晁以道見東坡梅詞，云：便知道此老須過海，只爲古今人不曾道到此，須罰教去。《苕溪漁隱》曰：此言鄙俚，近於忌人之長，幸人之禍。直方無識，載之詩話，寧不畏人之譏誚乎？慵夫曰：此詞意屬朝雲也。以道之言，特戲云爾。蓋世俗所謂放不過者，豈有他意哉？苕溪譏直方之無識，而不知己之不通也。《野客叢談》亦云漁隱云云是不思之過也。

袁文《甕牖閑評》：莊季裕《雞肋編》云：東坡謫惠州時作梅詞云云。廣南有緑毛丹嘴禽，其大如雀，狀類鸚鵡，棲集皆倒懸於枝上，土人呼爲「倒掛子」。而梅花葉四周皆紅，故有「洗妝」之句，二事皆北人所未知者。

《復齋漫録》：元豐末，張樞言龍圖守杭。一日，宴客湖上，劉巨濟、僧仲殊在焉。出梅花，邀二人同賦。仲殊即作，曰：「江南二月，猶有枝頭千點雪；邀上芳尊，卻占東君一半春。」巨濟不能繼。後陳襲善云：「我爲續之。」曰：「尊前眼底，南國風光卻在此；移過江來，從此江南不復開。」

梅花涇，濮院鎮八景之一。地在崇德，今入桐鄉。明初宋景濂嘗取八景繪圖賦詩。其《梅涇花午》云：「踏穿清淺水雲奔，皜日當空雪滿村。可笑羅浮山上客，一枝明月醉黄昏。」明末桐鄉沈機居濮川之梅花逕上，自號梅花逋客。有《梅逕草堂集》，事詳《詩繫》。宋蘭城《聞川泛棹集》：「予家世居梅花逕，聚族而處，稱宋家村。先文憲公讀書臺在焉。賦詩有『卻憶讀書臺畔路，梅花雪月占孤村』之句。」蘭城，文憲裔孫也。又慎蒙《山棲志》：宋景濂性疏曠，每攜友生徜徉梅花間，轟笑竟日。

宋劉須溪《探梅》詩：「江天欲雪未雪時，絶江探梅驢倒騎。空中着我放成畫，亂後逢花且賦詩。」《雪濤詩評》：世人畫張果像，皆倒騎驢，劉詩或本諸此。元人遂有「倒騎驢觀梅圖」。先儒吴草廬詩：「見面可憐交臂失，留情聊復轉身來。」最稱是題佳句。

《静志居詩話》：「崇禎辛巳，有道人降乩，賦《探梅》詩云：『輕舟十里五里，殘雪一山半山。我意探梅獨往，誰教放鶴先還。』人莫會意。嘉興王翃曰：『道人起句，謂舟輕則速，十里之行等五里。雪霽而殘，一山所積止半山耳。』乩書：『王子可與言詩。』」《檇李詩繫》：「我邑松塵道院紅霞道人降乩，賦《緑梅》、《紅梅》、《白梅》各二絶，俱以『雲』、『裙』、『軍』三字爲韻，亦頗穩愜。其尤自然者《紅梅》一首：『上苑花開燦似雲，不須妬殺石榴裙。明皇若使隨行在，百萬俱稱娘子軍。』」又語溪有艮嶽山人降壇詩「也非梅影也非蓮，即是梅花即是蓮。半屬梅花半屬蓮，折得梅花又愛蓮」等句。梅同蓮詠，的是仙詩。其同降者又有愛梅仙人，大抵仙人無不愛梅耳。元丁復《題茅山道士梅花仙子畫》云：「緑燕樓寒夜不飛，洞天霜浄月流輝。夜深仿佛梅邊卧，起掇青霞染素衣。」我欲移贈愛梅仙矣。

《詩話類編》：某使君者，有青衣曰寒梅。妻亡，欲圖再娶。青衣過静菴泣訴，静菴曰：吾能止之。因題一絶於扇，令持視使君。云：「一夜西風滿地霜，麄麄麻布勝無裳。春來若覩桃花面，莫負寒梅舊日香。」使君感其意，終身不言再娶。按，《檇李詩繫》：朱孺人名妙端，静菴其字也。尚寶卿祚次女。嘗以所配非偶，形諸吟詠。其《籬落見梅》云：「可憐不遇知音賞，零落殘香對野人。」蓋自傷也。

賦梅花以悼亡者，陸放翁一絶最佳：「城南小陌又逢春，只見梅花不見人。玉骨久成泉下土，墨痕猶鎖壁間塵。」元張翥《悼亡日題畫梅一幅夜夢梅花盛開賦詩》，有「年年此日傷春思，忍把歸心賦落霞」句，通首不甚切。艮齋《於京集》有《重憶江南早梅》四律，首章自注：「悼亡也。」云：「每憶梅花似故人，故人不見見花新。」即放翁詩意。放翁尤覺情致凄絶。

落梅如雪，少陵「此時對雪遥相憶」句，即以「雪」字當「梅」字。陳檢討《啚溪堂看梅》落句云：「坐久齋磬深，江梅落如雨。」易「雪」爲「雨」，甚新。

《艮齋剩稿》注：湯卿謀《賦花吟贈花史》，有「何當封拜羅浮君，月落參横醉花史」之句。花史捲簾侍女，爲卿謀屬意。故艮齋《哭卿謀》詩有云：「曾折梅花贈美人，美人飛作落花雲。遲君定醉羅浮夢，鸚䳇簾前覓緑裙。」

竹垞《探梅六浮閣》詩云：「查山一卷石，太湖彙西南。梅花幾百萬，亂插如箸簪。」按，先生《六浮閣記》：「方閣之未成也，嘉定李長蘅思構草閣，踞梅林之上，不果。後八十年，長洲張翁買此山，始爲建閣。當春梅放，拓西窗俯視，繁花百萬，若密雪之被原隰，遊人詫勝絶焉。」余嘗探梅潭西，訪六浮閣，至今尚存。其額即竹垞隸書。桂林陳相國宏謀題聯云：「千峰翠碧千年閣，萬頃空明萬樹梅。」

《檇李詩繫》：俞梅莊，景泰初歷官吏部侍郎。時議迎復，俞力贊之。朝廷知其清慎，作《歲寒圖》，題詩賜之。工墨梅，著有《墨莊集》，不傳。閩川蔣氏曾於賈人得畫梅卷，有二斷句，蓋英廟未旋駕時作也。「春簾高捲透疏風，瘦影蕭蕭望若空。腸斷不堪還染翰，九宵環珮夜玲瓏。」「生來絶勝董嬌嬈，凍粉含香玉影摇。十二樓頭明月滿，不勝清淚濕鮫綃。」

《瀛奎律髓》：「張澤民生平梅花詩三百餘首。《池州和同官韻》五言十六首，或喜其一《白雪》：『相似獨清春不知。』殊不知篇篇有味。雖不過古人已言之意，然縱説横説，信口信手，皆脱灑清楚。他人學詩，三十年未易及也。七言排律梅花詩六十首，今選其二十首。此二十首詩，他人有竭氣盡力而不能爲之者，公談笑而道之。放翁、後村，亦當斂衽也。」余嘗觀《宋詩存》所選，合作甚多。尤爱其《尋梅》一絶：「澹澹一痕月，疏疏數個花。春風也公道，先到野人家。」然其外亦多重複之句，如「影落寒溪水也香」、「影落寒池水亦香」、「照影寒溪水，溪中水也香」。又如「纔放一花天地香」、「纔放一花春已多」、「纔有一枝花便佳」。又如「園林千樹禿，籬落一枝横」、「禿盡千林始一花」。又如「孤山兩句一條冰」、「孤山遺下十四字」、「千載一條冰樣銜」。又如「纔有梅花便自奇」、「纔有梅花便自清」、「纔有梅花便絶塵」、「纔有梅花便不村」、「纔有梅花便不同」、「纔有梅花便不凡」。此類不可枚舉。蓋篇什既多，不自知其重見疊出也。

《西湖志》：葛徵奇《序》：「是菴家西子湖，姿性警敏，耽讀書，間作韻語。余偶得其梅詩，有『一枝留得晚春開』之句，遂異而納之。」按，《名媛詩緯》：是菴姓李，名因，號龕山女史。是真以梅爲媒者。張澤民《梅》詩云：「欲嫁東風耻自媒。」是菴幾不免矣。

《詞苑》：「朱新仲南渡後，待制填詞。嘗雪中至西湖看梅，作《點絳唇》，詞云：『流水泠泠，斷橋斜路梅枝亞。雪花飛下。渾似江南畫。　白璧青錢，欲買春無價。歸來也。風吹平野。一點香隨馬。』」西湖詠梅者多矣，而不爲雕琢，自然大雅，首推此詞。

釋真一《西溪梅譜》：梅列爲三等，爲老梅、中梅、嫩梅。至今日法華之成林可觀者，皆已接之梅也。自十年、二十年以上者，斷其中腰，取已接樹上嫩枝，接其本間，掩以土，裹以竹籜。不一月，而嫩枝生。然須春時發生之候，其接木之人，亦須少年有旺氣者。若老年衰殘人，便少生意。梅在三十年以上者，便不堪接，接亦多不活。土人稱未接梅爲野梅，已接梅爲家梅。

自和靖愛梅，好事者遂作《和靖觀梅圖》。余觀元明以來，名人皆有題詠。登其佳者數首。元仇仁近詩：「癡童矐鶴冷相隨，笑指南枝傍小溪。到處一般香影色，孤山只在斷橋西。」吳草廬詩：「一枝春信到孤山，冰雪肌膚不覺寒。月下水邊看未足，折來更向手中看。」明陶宗儀詩：「小朵遥岑隔翠漪，背籠衣袖立多時。暗香浮處催詩句，落月昏黄分外奇。」謝常詩：「孤山歲晚水迢迢，竹外横斜掛緑幺。吟到暗香疏影句，黄昏月上雪初消。」又《西湖志》：《真跡日録》：錢選有《和靖觀梅圖》。

古來題林處士墓詩，無慮數百家，獨兩吳公詩最佳。吳錫疇絶句：「遺稿曾無封禪文，鶴歸何處認孤墳。清風千載梅花共，説著梅花定説君。」吳惟信絶句：「墳草年年一度青，梅花無主自飄零。定知魂在梅花上，惟有春風唤得醒。」考《夢粱録》：林處士墓在孤山之陰。《浙江通志》：葉森《修葺和靖墓堂記》：宋紹興間，建四聖延祥觀，詔勿徙墓。賈似道重葺祠宇，命金華王庭書「和靖先生墓」五字表墓道，林泳爲《記》。至元己卯，江浙儒學提舉余謙命森修葺。既成，植梅數百本於山之上。《西湖志》又稱：元余謙嘗構梅亭，後廢。明《杭州府志》：成化十年，郡守李端重修。邑人于冕、沈恒於墓上重種梅花百樹。《西湖志》：雍正十三年，浙江糧儲道朱倫瀚重葺。朱《記》略云：「余年弱冠，過西湖處士墓，尚及見老梅一本。傳爲處士手植。年來承乏監司，朝夕湖山之側。一抔黃土，較三十年前漸至塌毁。而所爲手植之梅，已不可得覩。因捐俸葺其墓，樹表以識。墓之前後，復增植梅花數十樹。」蓋自宋元以迄於今，處士墓上，凡數易梅。梅有枯，而終不至絶者，處士之流風遠矣。朱《記》所云「處士手植梅」，按宋方岳詩云：「惟有亭前古梅在，暗香疏影幾黄昏。」恐即是此樹。

《西湖志》：增修《西湖十八景圖》，有《梅林歸鶴》一幅，蓋爲林處士而設也。《圖》説：「放鶴亭在孤山之陰，宋和靖處士林逋之故廬也。有墓在焉，上多古梅。舊傳逋於孤山植梅三百本，歲多不存。而後人補植者，今已成林。元至元間，郡人陳子安爲建『鶴亭』。明王鈦題曰『放鶴』。每當梅花盛放，輒有白鶴翩躚來歸。處士風節，千古而下，猶可想見云。」李秩詩：「暗香深處巢丹頂，疏影横時曳縞衣。」又王西樵《孤山》詩：「春風不見巢居閣，渌水猶圍放鶴亭。叉手斜陽思處士，梅花寥落暮山青。」又《和靖墓》詩：「眷屬空梅鶴，風流想研簪。」自注：「楊璉真伽發墓，惟端硯一方、玉簪一枝。」此説本《輟耕録》。

《宣和畫譜》：趙昌有《梅花山茶圖》一、《早梅山茶圖》一。《中興館閣續録》：宋徽宗《題趙昌江梅山茶》詩：「趙昌下筆摘韶光，一軸黄金滿斗量。借我圭田三百畝，直須買取作花王。」按，曝書亭山茶聯句，往往入圖繪，或描江梅並，蓋本此。而其起云：「海紅亦佳樹。」楊謙注引類書「茶梅」爲解。若仿《群芳譜》例，亦可入梅花類。又考《成都文類》：宋王覿、胡宗師、徐彦孚、吴師孟諸人，嘗有《海雲寺山茶合江梅花開》唱和詩。王云：「野寺山茶昨夜開，江亭初報一枝梅。」徐云：「萬蘂山茶傍臘開，一番春信入江梅。」吴云：「何處珍叢最早開，海雲山茗合江梅。」皆實賦破題。然絶少交互刻劃佳句，故不俱録。

《楊升菴集》：楊補之，子雲之後，自蜀而移家清江。善畫梅，秦檜求之，竟不與也。有《逃禪詞》一卷。余嘗題其《畫梅譜》一詩云：「逃禪老人楊補之，清江世業錦江移。承家不愧草玄後，藝苑豈獨梅花師。神交早與逋仙素，清節不受檜賊淄。請看麝煤鼠尾外，更有玉佩瓊琚詞。」《六研齋筆記》摘録末二句。升菴又有《題補之梅》一詩，語多雷同。惟中一聯云：「前身應是孤竹子，後世但識梅花師。」差佳，然對句「梅花師」已復。

吴焯《南宋襍事詩》：「除卻梅屏無好梅。」釋居簡《北磵集·梅屏賦序》：「北山鮑家田尼菴梅屏甲京都，高宗嘗令待詔圖進。」

東坡詞：「清香細細嚼梅鬚。」放翁詩：「春回柳眼梅鬚裏。」梅鬚，花鬚中尤有韻致者。然古今賦此題者絶少。張香谷詩：「撚斷數莖吟不得，灞橋驢背坐詩窮。」

潘次耕《遂初堂集·同陳其年諸子集李木菴齋盆梅滿屋燈影横斜分韻四首》，其一云：「小堂容曲宴，盤礴興悠哉。可愛江梅種，偏同火樹開。暖雲烘案隔，霏雪拂尊來。似有林逋老，先春着意栽。」按，木菴名枏，官檢討。是集也，木菴繪梅花圖，故朱竹垞《騰笑集》有《題李檢討梅花圖次韻》詩，即次遂初堂韻也，有「客從元夕暇，花擬故元開」之句。至云「霽雪三楹屋，苔枝四尺長」，尤實賦盆梅滿屋景。

梅花仄韻七律古今絶少，獨《楊升菴集》中有一首：「一辭青瑣滄江卧，山城三見梅花破。正愛家家臨水開，還愁樹樹和煙墮。清尊欲醉不成歡，雪調空歌誰與和。小院迴廊日又斜，高樓短笛風前過。」

《石湖集·新安絶少紅梅惟倅廳特盛有次韻知郡安撫元夕賞倅廳紅梅》詩三首，首章云：「春入林梢一再風，破寒勻染費天工。雖然媚蕩新妝别，只與横斜舊格同。午枕乍醒鉛粉退，曉奩初罷蠟脂融。後來顏色休論似，夾路漫山取次紅。」

《艮齋倦稿·萬峰看梅宿剖石禪師方丈贈詩》有云：「此行非求法，大意看梅花。獨無靈雲悟，空對影横斜。」剖石，即木陳國師也。時卓錫萬峰，謂艮齋云：「留子三日，管領悟去。」艮齋謝未能，故有是作。後圓寂，艮齋以詩挽之，有「萬嶺梅花出定日，一床貝葉説經年」之句。

汪茗文先生所居曰「茗華書屋」。有《種梅》詩云：「窄地纔如手掌平，頗將老伴托寒英。癡頑儘被時賢笑，未必梅花也世情。」又云：「籬落曾無駐屐人，獨攜濁酒酹花神。梧盤草草誰相共，吾與梅花迭主賓。」先生以倔强著，二詩頗寓微意。按，《茗華書屋記》：「地廣袤不越數弓，庭前後老梅各二本。前庭又有石植立，陵苕始華，其蔓循外垣而下，羅絡石之四周。蓋與梅皆數十年物也。予頗樂之，乃顔之曰『苕華書屋』。」書屋本有老梅，詩因添植而作，先生前有「庭中緑蕚梅始花」絶句。緑蕚梅者，殆即所云老梅也。

梅花詩話卷二十六

編按：此卷原未標卷數，爲「史」字册卷四，今續標爲卷二十六。

平湖張誠希和著

漁洋《池北偶談》：李梅公侍郎有硯五瓣，如梅花狀，質如黄玉，雜翡翠丹砂之色，累累墳起，云是灌嬰廟瓦。一時文士多賦之。按，《施愚山集·灌瓦硯》詩云：「范土千年化圭璧，琢作梅花伴騷客。」其詩序與《偶談》所載略同。又《朱幼芝集·許櫂湖以三十六梅花硯名其齋爲作長歌》，起云：「君家出門動即到，三十六梅花硯齋。齋以硯名詑殊絶，惟君與硯求其儕。」中又云：「天心欲見不可見，梅花數點春無涯。是誰妙手解雕琢，一花一蔕同根荄。」此亦硯之托於梅者，皆借人工琢就，若天然形似，更不可解。錢希言《獪園》云：昔嘗見江南豪貴家藏一琥珀，中有半開梅一枝，其疏影横斜之致，如人鏤成。

汪鈍翁《西山觀梅》詩：「丁寧莫問山深淺，但揀梅花多處行。」深得山中觀梅趣，然有所本。陸放翁《觀梅至花涇》云：「不須問通道傍叟，但覓梅花多處來。」

山右吴天章《即事詩》：「越女船窗理明鏡，鬢邊一朵青梅花。」青梅花甚奇，意必剪翡翠羽作梅花様，即今俗所謂翠梅花。又《受宜堂宦遊筆記》云：黑猓玀，女人辮髮用青布纏首，多帶銀梅花貼額。

嚴嵩《徐氏東園觀梅》云：「鸑鷟故移天上種，珊瑚不受世間塵。」二語奇特。「珊瑚」出蕭德藻《古梅》詩。鶯鶯亦有本，梅堯臣《紅梅》篇末云：「放我渾丹鳳凰羽。」

張謙德《瓶花譜》：梅花初折，宜火燒折處，固滲以泥。林洪《山家清事》：插梅，每旦當刺以湯。眉公《巖棲幽事》：「《癸辛雜誌》云折梅花插鹽中，花開酷有肥態。」試之良然已。與家仲乙未正月十四日舟過鍾賈山，大雪探梅，院僧出酒相餉。因論前事，僧言以醃豕汁熱貯，瓶梅卻能放葉結子。余始知古人鹽梅和羹，故自同調。《群芳譜》亦云醃肉滚汁，徹去浮油，熱入瓶插之，可結實。煮鯽魚湯亦可。陳眉公云以乾鹽貯瓶插梅，鹽梅相和，尤覺清韻。熱水插之，耐久。

周天度《十誦齋北郭吟》：「梅花勝日數西溪，永福山門路總迷。試上獨山山頂望，村村香雪壓簷齊。」自注：「西溪梅事最著。近日横里獨山村人，以種梅爲業。花開彌望十餘里。」

《西湖遊覽志》：萬玉軒在石人嶺後時思薦福寺。寺側有萬玉軒，北近西溪，最多古梅。汪文柏題臧侍御《愛梅》卷云：「鄧尉西溪堪悦目，山山如雪烘朝曦。萬玉菴中梅最古，一枝旁茁花紛披。」萬玉菴即萬玉軒，以其在寺側，故稱萬玉菴。汪又有《憶萬玉菴老梅》七律：「鐵片冰心作卷舒，白雲遮斷梵王居。不隨騔使一枝遠，反送溪流十里餘。枕畔横斜孤客夢，山中開落老僧廬。攜琴怪我歸來晚，葉底青青摘已疏。」又《釋氏稽古録》：紹興十四年，詔改天竺靈山寺爲時思薦福寺。

沈松阜處士《詠梅》詩：「半澗是冰雪，一枝横古今。」

武林沈莘田觀察工畫梅。乙巳仲冬，以所畫寄秋魚農部，題詩云：「古趣生香就手裁，不煩驛使寄仙才。能撐鐵骨回春滿，自印冰心對雪開。孤嶼祇今遺數樹，溪莊聞已長千梅。幾時添寫松和竹，四叟重逢話石苔。」又曰：「昔爲晴沙廉訪作《四清圖》，寄意松、梅、竹、石。其後增至六，圖並存晴沙處。今幸四友具存，復爲此花，遥寄秋魚員外，其亦相思之意乎。」四友，其一爲笠湖刺史。

陸孝廉右驤素不以詩名，有《梅花》八首。猶記其三：「輕盈幽艷擅芳菲，碧草痕新玉蝶飛。野店溪橋傳雀語，斷崖峭嶺亂雲衣。閑來蹇衛沖寒去，暮擁氊裘帶雪歸。折得一枝堪對酒，蕭蕭村巷掩柴扉。」「隴上驚看歲已徂，故人消息遍江湖。香侵鶴夢寒初重，月洗花魂淡欲無。草澤孤臣同寂寞，空山處士稱清癯。閑窗卻喜添幽興，細數殘枝一一須。」「何勞翠羽傍新妝，艾蒳斜封古幹蒼。和雨一枝傳越使，倚風十里醉吴王。寒林獨坐吟肩冷，小院初晴日影香。庾嶺北柯春未動，休將遲早怨東皇。」又一首落句云：「最憐白白斜陽外，古渡無人一樹低。」

宋蔡忠惠公集有《遺梅花枕前者因成詩》云：「誰寄梅花置枕旁，怪來枕上有清香。因香夢徹江南路，江水浮天月似霜。」梅花置枕，較枕上繡梅花雅矣，若配以紙帳更妙。

元李孝光《折梅》詩：「短棹扁舟泊釣臺，寒梅一樹倚雲開。折花非爲添題品，要看春從何處來。」余欲以宋戴昺《探梅》句解之，曰：「春在數花中。」

梅都官聖俞祠，在宣城西南雙羊山。都官詩云：「風雪雙羊道，梅花溪上村。」蓋其地係都官故居，後人因以建祠。施愚山《柏山祠堂行》云：「都官昔詠雙羊道，雙羊滅没餘春草。老梅折盡古亭廢，公詩與日同杲杲。」又云：「於乎先生今不作，幾樹梅花自開落。」意都官祠老梅今已無存，後人因其姓而補植之。湯西厓詩：「雙羊路入讀書堂，借問南枝着花未？」

明程本立《發祿豐驛》詩：「若爲看見梅花發，忽亂鄉愁入故園。」神韻雋永，真善脱胎少陵者。又王百斯《對瓶梅作》云：「鄉思那可禁，況復逢驛使。念我欲歸時，已結垂垂子。」有王維筆意。

趙昌父集：分界鋪愛直驛張安道因杉製名。而驛之前有老梅一株，不知安道何爲捨彼而取此也。賦詩云：「杉自誰人種，梅從何代栽？腹空雷有擊，根古土無培。要是百年物，曾經幾客來？直哉雖見録，清矣可遺材。」《鳳翔府志》：雲臺山有樹似杉，別生一枝，葉似梅，九月間花，其瓣亦似梅。

楊誠齋梅花詩散見於各集中，造語瘦健清灑，雅與梅花相稱。余憶其尤佳者數首。《南海集・發通衢驛見梅有感》云：「忙中撩眼雪枝斜，落片紛紛點玉沙。虚過一冬妨底事，不曾欵曲是梅花。」《江湖集・梅花下小飲》云：「今年春在臘前回，怪底空山見早梅。數點有情吹面過，一花無賴背人開。爲攜竹葉澆瓊樹，旋折冰葩浸玉杯。近節雨晴誰料得，明朝無興也重來。」又《探梅》句云：「一樹梅花開一朵，惱人偏在最高枝。」《荆溪集・懷古堂前小梅》云：「梅邊春意未全回，澹月微風暗里催。近水數株殊小在，一梢雙朵忽齊開。生愁落去輕輕折，不怕清寒得得來。腸斷故園千樹雪，大江西去亂雲堆。」其二云：「隨意行穿翠篠林，暗香撩我獨開心。遥看小朵不勝好，走近寒梢無處尋。未吐誰知膚底雪，半開猶護蕊頭金。老來嬾去渾無緒，耐此寒枝索苦吟。」又《池亭雙樹梅花》云：「開盡梅花半欲殘，兩株晴雪作雙寒。團圞遶樹元無見，只合池亭隔水開。」又《正月三日驟暖多稼亭前梅花盛開》云：「春被梅花抵死催，今年春向去年回。春回十日梅初覺，一夜商量一併開。」《西歸集・雪中》云：「雪正飛時梅正開，倩人和雪折庭梅。莫教顫脱梢頭雪，千萬輕輕折取來。」又云：「酒香端的似梅無，小摘梅花浸酒壺。莫遣南枝獨醒着，一杯聊勸雪肌膚。」又《克信弟坐上賦梅花》第二首云：「月波成露露成霜，借與南枝作淡妝。寒入玉衣燈下薄，春撩雪骨酒邊香。卻於老樹半枯處，忽見一梢如許長。道是疏花不解語，伴人醒醉替人狂。」《朝天集·和張功父園梅未開》句：「張家剩有葱根指，不把瓊酥滴一枝。」《退休集·南齋梅花》云：「朝來早起掛南窗，要看梅花試曉妝。兩樹相挨前後發，老夫一月不燒香。」按，先生嘗謝范明州，寄詩云：「撚梅細比新詩看，未必梅花瘦似詩。」先生其自道乎？

《談苑》：吕夷簡詩：「梅無馹使飄零盡。」放翁《老學庵筆記》：國初尚《文選》，故梅必稱馹使。

《潛確類書》：梅有四貴：貴稀不貴繁，貴老不貴嫩，貴瘦不貴肥，貴含不貴開。陸放翁詩：「月中欲與人争瘦。」盧贊元詩：「斜壓疏籬一半開。」戴石屏詩：「玉破稀疏蕊，苔封古怪枝。」陳祖範詩：「人愛全開日，余憐梅蕊時。」三復數語，可以知貴。

元劉詵《桂隱集》：嘗夢崔嵬若仙境者，樓觀肅然，香氣襲人，得二句云：「天懸桂樹三千界，人在梅花萬斛間。」莫知何故。李西涯《題梅月圖》詩：「影娥宫殿月參差，卻認梅花是桂枝。欲采幽芳無處寄，人間天上兩相思。」

《戴石屏詩鈔》：趙用甫提舉夢中得「片雲不隔梅花月」之句，時被命入朝，雪中送别，戴爲對云：「一雪翻成柳絮風。」終遂出句栩栩欲仙。大抵梅花清夢，詩亦俱清，非可强而能也。元揭傒斯《夢題墨梅》云：「霜空冥冥江水暮，江上梅花千萬樹。無端折得一枝歸，一雙蝴蝶相隨飛。」張南華《夢中題畫梅花》云：「瑟瑟霜華帶月侵，凝然鐵骨更冰心。幽香每向淡中得，標格惟於冷處尋。影到虚窗風細細，神來斷碉雪深深。圖成古貌天然瘦，恰稱先生事苦吟。」此皆畫梅之入夢者。

《梅譜》有鶴頂梅，取其色之似鶴頂紅也。王世懋《果蔬》云：「熟而可食者曰鶴頂梅。」蓋凡梅結則可食，惟此種食必待熟。元楊載《紅梅》云：「蜜蕊雲蒸鶴頂砂。」正賦此也。又李俊民《尋梅》詩：「瘦損春寒鶴膝枝。」鶴膝狀枝幹之古，形容特妙。

太仓畢秋帆中丞爲余言：王文肅公錫爵家有老梅夭矯，特文肅命名「一隻瘦鶴舞」。在太倉南郭内，地今屬僧舍。辛丑六月十八日大風拔木，此樹獨無恙。中丞太夫人有詩云：「城南卜築尚依然，石徑幽尋雪後天。幾陣寒香浮竹外，一枝瘦影到闌邊。遥知華表先歸日，應憶平泉手植年。囑與瞿曇勤護惜，亭皋無樹起荒煙。」

《受宜堂宦遊筆記》：「朱晦庵『數點梅花天地心』，蘊藉風流，明明説道學，卻不見有道學氣。」考《仙居縣誌》，此句乃翁森作，非朱子詩也。厲樊榭《宋詩紀事》宗之。

「催人白頭」，創自少陵，遂爲詠梅套語。余獨愛虞伯生《謝書巢惠梅花》云：「紅萼無言餘舊雪，白頭相見又新年。」其最解人頤者，莫若戴復古一絶：「白首無聊老病軀，一心惟覓死頭顱。時人誤作梅花看，今日枝頭雪也無。」

朱默軒《虎邱》詩云：「老僧頗好事，荷插攜遠梅。雖復居盆盎，能無費輿儓。奇姿不用縛，古幹豈易栽。鄰户共争較，旅人徒競猜。或云越百歲，曾聞陪三臺。六朝繼芳跡，遥共吉祥開。」自注：「花户咸云，凡梅樁，無不移接者，此獨元本，本徐冏卿二株園物。後歸曹邨相家。」

謝皋羽《梅花》絶句：「春過江南問故家，孤根生蘖半槎牙。到無香氣飄成雪，未有葉來開盡花。」又：「吹老單于月一痕，江南知是幾黄昏。水仙冷落瓊花死，祇有南枝尚返魂。」此詩宋亡後作。水仙、瓊花，暗指張世傑、陸秀夫諸人而言；孤根、南枝，蓋自謂也。「到無香氣」二語，實賦國亡，卻是梅花絶唱。

元楊載《題文丞相書梅堂》云：「大廈就傾覆，難以一木支。惟公抱忠義，挺然出天資。死既得所處，自顧乃不疑。惻愴大江南，名與日月垂。我行見遺墨，再拜墮涕洟。名堂有深意，亦惟歲寒枝。可知平昔心，慷慨非一時。巍巍著棟宇，昭昭示民知。勿使風雨敗，永慰千古思。」細玩詩意，梅堂乃信國公故居，公手書額也。歷元世尚存。觀梅堂，而平昔忠義昭然若揭。信國公又嘗有句云：「探梅吟罷帶花回。」其風流亦可想也。

《不若園詩話》：楊戒浮先生《詠梅》四律，如「空山細雨人招鶴，短彴斜陽客抱琴」，句雖清絶，猶未脱詠梅蹊徑。

陸悟香有《盆梅發近百萼》詩：「春梅勃發小瓷中，百萼排莖碧間紅。分取一花開一日，預賒九十日東風。」亦「九九消寒圖」意也。

查初白云：「楊誠齋《南海集》，途中多賦桃花，且有『梅花應恨我來遲』之句。」余度嶺，正值梅放時，戲效其體，作一絶云：「我來時候異誠齋，不見桃花只見梅。博得口占詩一句，千枝齊向臘前開。」

然皮日休嘗感廣平《梅賦》，作《桃花賦》。張南湖詩云：「隔竹紅梅酷似桃。」王元章《紅梅》云：「山人不說羅浮夢，卻憶元都觀里栽。」又幾欲渾而同之矣。

明李西涯《詠梅》詩：「須知水部郎官興，不在元都道士家。」又題劉郎中廷信《紅梅》詩：「元都寂寞花無主，劍浦芳菲樹亦香。顔色似同風格異，劉郎非是舊劉郎。」觀此梅花，終非桃花比也。青邱梅詩亦云：「秦人若解當時種，不引漁郎入洞天。」

梅雪相兼，形容特難。楊誠齋最多佳句，如云「梅於雪後更清妍」、「梅於雪後較多花」、「詩人莫作雪前看」、「雪後精神添一半」，皆是也。尤莫妙於《雪中觀梅》七律一首：「小樹梅花徹夜開，侵晨雪片趁花回。即非雪片催梅發，卻是梅花喚雪來。琪樹橫枝吹腦子，玉妃乘月上瑶臺。世間除卻梅梢雪，便是冰霜也帶埃。」方虚谷云：「此詩最爲老筆，千變萬化，横說直說，學者未至乎此，不可便以爲率。」

汪苕文詩：「掀屋卷茅吾不惜，但祈風伯赦梅華。」又云：「天公似壓詩人鬭，壞盡梅花始遣晴。」皆孑孑獨造語。曹漱秋云：「香到十分天不許，年年風雨妬花開。」意正相似。

梅與杏有雅鄭之别。葉景南《詠梅》絶句：「祇添脂粉上冰肌，香影何嘗異舊時。一任俗人呼作杏，溪山風月自相知。」元遺山獨愛杏花，《詠杏》云：「一般疏影黄昏月，獨愛寒梅恐未平。」終非篤論。謝宗可《紅梅》落句：「回首孤山斜照外，尋真誤入杏花村。」以云誤，則得矣。

吴晉《畫梅花》落句：「欲與花神乞延壽，一教桃李識仙才。」恨桃李不與梅同時也。《鈍翁類稿》有《梅花與桃李同開》詩：「一枝冷淡映斜陽，欲與繁花並鬭香。桃李不言惟解笑，都忘渠是丈人行。」若令吴君見之，當爲拊掌稱快。又青蓮禪師《落梅》詩：「莫言桃李多顔色，盡在東風幾日中。」同歸於盡，讀之黯然。

照水梅，梅花中一種，開最早，雲南獨盛。常中丞《宦遊筆記》云：「余於滇中見梅，自十一月間開，至春正月即落盡，俱不甚香，枝繁萼茂，有異他者。意其開獨早，花獨盛，殆發洩過甚，而香是以減歟？然其花蒂朵朵覆下，照水梅居多，植之池畔，不啻美人臨鏡，淡服靚妝，亦雅觀也。」按，照水梅詩，古來絶少名作。陳廷講云：「神遊東閣隨流去，夢轉羅浮帶月回。」昭明禪師云：「風息浪平涵玉樹，雲收溪浄見冰人。」數語差可誦。其全首佳者，馮海粟、中峰二絶。馮云：「玉樹臨流雪作堆，寒光疏影共徘徊。多情最是黄昏月，配合春風不用媒。」中峰云：「一泓映出兩南枝，仿佛明妝對鏡時。波面浮香天作底，芳魂浴雪影娥池。」若周正云：「誠使補之臨水寫，冰姿别是一般春。」俗極。

玉蝶梅，一作玉疊梅。明張寰《觀梅》詩：「玉疊迎眸動酒盃。」蓋取層疊之意。皇甫沖《玉疊梅》七絶：「玲瓏萬玉琢成花，香掩群芳色倍華。可是天邊瓊樹種，乍移江上水郎家。」又何司明《玉疊梅》一聯，比擬巧妙：「歲晚後凋寒茉莉，春風别樣小荼蘼。」

吴門人善以紅白二梅接一樹上，開時花交映，盆梅尤佳。前明倪文毅詩云：「雙幹分開二色花，孤山晴雪絢朝霞。有奇有偶自人作，爲李爲桃從客誇。亞父鴻門撞玉斗，葛翁勾漏煉丹砂。移根换骨非難事，兩種原來是一家。」前人是題詩甚多，摘録數聯於後：「艷籠杏蕊初含日，素騁梨花未落天。」馮忠卿句也。「色借紫雲淩霧薄，香滋玉露入宵盈。」李舜臣句也。「冰肌五出鏤文玉，茜色千英剪絳紗。」胡鎮句也。又薛文清《紅白二梅花落》五絶：「簷外雙梅樹，庭前昨夜風。不知何處笛，併起一聲中。」

姜紹書《無聲詩史》：「錢塘王牧之謙自號冰壺道人，善寫梅。隆平侯張祐聘爲西席，侯之畫法多其指授。有子應奇亦善梅花，能世其傳焉。」余於燕邸張錦衣家，見牧之與戴文進合作一幅，寫梅枝柯如鐵，千花萬蕊，璀璨筆端。花下人物乃文進所寫，聯鑣競爽，真堪合璧。又云：「山陰劉世儒雪湖善畫梅，以所寫《鐵幹回春圖》贄胡元瑞，賦詩以贈。比之花光和尚及王元章，良不虛也。」

《黄州府志》：春風嶺多梅花。《方輿勝覽》云：春風嶺在麻城縣治東嶺，上多梅，故名。蘇東坡詩：「春風嶺上淮南村，昔年梅花曾斷魂。」公自注：「予昔赴黄州春風嶺上，見梅花，有兩絶句。」按，周必大題跋：東坡手書梅花二絶。元豐三年正月，貶黄州道中作。其詩云：「春來幽谷水潺潺，的皪梅花草棘間。一夜東風吹石裂，半隨飛雪度關山。」「何人把酒慰深幽，開自無聊落更愁。幸有清溪三百曲，不辭相送到黄州。」張文潛《明道雜誌》：自新息縣東門渡淮後，入光州境，皆大山峻嶺，其著者曰春風嶺。

黄徹《碧溪詩話》：「用自己詩爲故事，須作詩多者乃有之。東坡赴黄州過春風嶺，有兩絶句，後詩云：『去年今日關山路，細雨梅花正斷魂。』至海外，又云：『春風嶺下淮南村，昔年梅花曾斷魂。』」按，細雨關山，南宋人遂作故事用。韓子蒼《梅花詩》：「只度關山魂已斷，可須疏雨濕梅花。」

《江村銷夏録》：馬遠在畫院中最知名。余有紅梅一枝，菁艷如生，楊妹子題一詩於上，字亦工。毛西河女弟子徐都講有白雪紅梅詞，是仿長慶體者。録其一首：「雪里誰歌白雪詞，紅梅開得似臙脂。雪花堆在梅枝上，半是桃枝半柳枝。」

莫是龍《筆麈》云：種樹必先種梅，何也？雨晴煙雪，無所不宜。疏影暗香，新英老幹，無不可者。枯枝偃蹇，傲骨蒼然，猶勝艷桃穠李。曾敏行《獨醒雜誌》：李布夢祥言，成都合江園有兩大樹，夭矯若龍，相傳謂之梅龍。余嘗聞山陰有古梅，極低矮，一枝才三四花，枝幹皆苔蘚。每一窠至都下，貴家爭取之。又以小爲貴者。梅花見重於世，蓋多寡大小，皆有風韻焉耳。

種梅詩始見香山七絶，云：「池邊新種七株梅，欲到花時點檢來。莫怕長洲桃李妬，今年好爲使君開。」其最著者，宋劉翰詩：「凄涼池館欲棲鴉，彩筆無心賦落霞。惆悵後庭風味薄，自鋤明月種梅花。」鋤月種梅，遂爲千古佳話。明卓敬詩結句直抄劉作，而通首丰度自佳：「風流東閣題詩客，瀟灑西湖處士家。雪冷江深無夢到，自鋤明月種梅花。」又劉文晦、史文卿二詩，皆有遠神。劉云：「佳人天一方，歲暮音書絶。一枝持贈君，猶帶去年雪。」史云：「呼童耕雲種瑶樹，斗掛青冥下風露。隔林野鶴不知寒，爲我飛來復飛去。」余手種梅花數次，大小凡五六百樹，有《種梅詩》一卷附後。

袁宏道《瓶史》：梅以重葉、緑萼、玉蝶、百葉緗梅爲上。蠟梅以磬口香爲上。張謙德《瓶花譜》：蠟梅、梅花皆一品九命。瓶花之佳者，無過於梅。瓶梅詩古今甚多，漁洋《居易録》獨載宋晁公遡詩：「折得寒香日暮歸，銅瓶添水養横枝。書窗一夜月初滿，卻似小溪清淺時。」余愛楊誠齋《小瓶梅花》七絶：「梅萼纔開已亂飛，不堪雨打更風吹。蕭蕭只隔窗間紙，瓶里梅花總不知。」

昔人論人，往往有據詠梅詩而概其生平者。張端義《貴耳集》：「周宗聖師成，雪之長興人。少年秀麗，讀書善記。詩高遠，愛作《選》格，有《梅》詩曰：『采采芳梅枝，瑣碎白雲姿。在山千花怨，出山百鳥啼。操持思所寄，轉趾述所思。清披太史風，寒應太虚月。一日拂人衣，三歲香不歇。』仕不得志，晚年若有所遇，如遊仙散聖之徒。」葛立方《韻語陽秋》：「郛子稍學作小詩。嘗賦梅花云：『玉屑裝龍腦，雲衣覆麝臍。何堪夜來雪，香色兩凄迷。』」程文憲《中洲野録》：「宋程瑞，字希鳳，饒人，與同郡馬廷鸞善。及馬登政府，公隱居，清白自守。嘗詠梅云：『清淺溪橋水，短長籬外枝。這些風骨異，瘦盡古今詩。』」可以想見其清才峻節云。

六言梅花詩，創自金元遺山《題曹得一扇頭》，云：「機中秦女仙去，月下梅花晚開。只見一枝疏影，不知何處香來。」又元趙次誠《雪溪集》有《早梅》詩：「江南冬十二月，溪上梅三兩花。載取小舟香影，月明獨棹回家。」又明葉顒《樵雲獨唱集》有《月夜梅邊即事》，云：「香裏寒雲滿溪，月明津渡人迷。夢入江南舊路，夕陽流水橋西。」

陸悟香《輓陸次莊刺使》詩：「祇恨殘年多契闊，不聞易簀詠梅花。」自注：「公臨終有《梅花十詠》。」

前人輓詞有用梅花者，或取其命字與梅合也。宋吏部尚書林公梅卿卒，林光朝輓以詩云：「百紙梅花賦，聲名出渚東。」見《艾軒詩鈔》。又元侍講張伯淳輓張梅軒詩：「每侍吾兒話，鄉閭稱善人。朱華班武舊，皀蓋姓名新。岩壑何曾老，階庭總是春。梅花香韻歇，雲黯浙江濱。」

晁具茨《過王立之故居》詩：「此地與君凡幾醉，年年同賦蠟梅花。」立之，直方字也。直方家黄梅，名人題詠殆遍。時直方已卒，故具茨云然。具茨嘗和立之《蠟梅》二絶。録其一云：「茅簷竹塢兩幽奇，岸幘尋花醉亦知。崖蜜已成蜂去盡，夜寒惟有露房垂。」又有《懷立之》詩：「不到城南久，黄梅幾度新。」皆因所樹而追懷其人也。又《施愚山先生集·見梅花追悼大美》云：「芹谿書屋一株梅，歲歲花前笑舉杯。今日花開人不見，憑誰移向墓門栽？」亦是此意。

《普明寺見梅》詩，方虚谷謂楊誠齋作，而厲樊榭引《梅花鼓吹》爲據，又以爲陸太初詩。詩曰：「城中忙失探梅期，初見僧房一兩枝。猶喜相看那恨晚，故應更好半開時。今冬不雪何關事，作伴孤芳卻欠伊。月落空山正幽獨，慰存無酒且新詩。」按，太初諱夢發，與虚谷同里，相友善，則虚谷當必有據。

陸太初《見梅雜興》詩：「人間誰是識梅真，棄實求花後世心。何似只如三代日，分甘投老萬山深。寄來陸凱渾多事，説到林逋亦費吟。耿耿知音惟月在，無言相看古猶今。」此詩純是翻空，方虚谷選入《律髓》，論曰：「余友陸太初，平生苦吟好高，《梅興》三十首，今選此一首。五六本前輩遺論。夫草木之花，《三百五篇》已或取之，至楚《騷》而特盛，亦比興之不容已者也，似未可貶。特陳腐襲蹈則可鄙耳。必將如三代之時，取梅於其實，不於其花，則吾太初又何必見之詩？又有一聯云：『生稟東南温厚氣，才當西北苦寒時。』蓋自況也，但太露。」

《離騷》無梅，賦梅者好爲引入。徐璣詩云：「幽深真似《離騷》句，枯健猶如賈島詩。」方秋崖《逢梅》詩：「水仙婉弱山樊冗，我自視之兒女曹。魯直徑令相伯仲，至今未敢廣《離騷》。」

高翥《雪後詩》：「近來行輩無和靖，見説梅花不要詩。」方秋崖翻用其意，云：「人言草没孤山塚，從此梅花不要詩。卻是未嫌吾輩在，一枝開過竹巴籬。」善哉此語，可爲和靖以後詩人解嘲。

芳草王孫，贈別習用語。引王孫入梅花詩，甚有情致。程鉅夫梅花詩：「凌寒折一枝，殷勤寄王孫。」李孝光梅花詩：「歲晚王孫猶怨色，天寒公主欲歸魂。」又《墨梅》後半云：「王孫歲晚客京華，衣上緇塵深一尺。小姬未嫁怨東風，夜夜高樓吹鐵笛。」皆本宋廣平《梅賦》：「匪王孫之見知，羌潔白其何極。」

李宗表《墨梅》詩：「烏不濕而黔，鵠不浴而白。其類雖有殊，各以見真色。畫師亦何心，變幻隨世惑。展圖對梅花，爲爾心惻惻。」蓋恐梅之傷本色也。余友朱春橋云：「渲染金壺汁半杯，依然高潔少塵埃。首陽千古標清節，須識根源出墨胎。」善於附會翻案。按，墨梅宗派古今不同。《紫桃軒又綴》云：寫梅，華光、石室皆以墨漬花頭。至楊無咎補之始用圈法，鐵梢丁橛，横斜水石間，極有格致。嗣之者徐禹功、趙子固、吴瑩之、王元章、吴仲圭。元章雅自標置，不輕爲人作，所作繁簡任意；仲圭奇崛沉恣，務出人意外。余見其一幅，如三四寸蓄縮凍虺，一旁攢五六丁，止作二花，一在紙地勾圈，一就梗漬出，奇哉！可與余所藏一葉竹並珍也。《稗史彙編》：花光長老以墨暈作梅，如花影然，別成一家，正所謂寫意者也。傳世不多。僕生平見四五本。子昂學其枝條，花用別法。

林下美人，天然有情。美人拾梅花瓣，砌成「情」字，尤情之深者。上海凌應蘭嘗賦是題，設想靈巧。詩云：「玉笛吹殘深院愁，佳人試巧寫離憂。簪花格雅宜林下，波尾書工寄隴頭。數點冰心天欲老，一勾春意夢難求。壽陽額上風流盡，零落香魂十指收。」

樊汝霖昌黎《李花》詩注：此詩自「夜領張徹投盧仝」而下，其所狀李花之妙者至矣！蘇内翰《梅詩》舉此云：「縞裙練帨玉川家，肝膽清新冷不邪。穠李争春猶辨此，更教踏雪看梅花。」亦一奇也。

《西湖志》：蟠桃梅來自杭和靖詩句，得孤山也。按李仁山《檻中蟠桃梅調寄南鄉子》詞：「前村瀟灑，雪徑人回，駕一檻、誰移春造化。鬱鬱香浮，青綾半護，冰姿宛然。臨水開時，説與緑毛幺鳳，不妨倒掛斜枝。」

文震亨《長物志》：「梅生山中有苔蘚者，移置藥欄最古。」按，此即苔梅也。《方巨山集》：「客有致横驛苔梅者，絶奇古。劉良叔以詩借觀，次韻奉納云：『雪侵横驛苔枝古，莫作江南一樣看。醖釀春情何遜老，崚嶒詩骨孟郊寒。也知餘子十分俗，雅有書生半點酸。政恐劉郎識桃耳，相逢冷淡亦良難。』」又元仇仁近詩：「有客送苔梅，來自馬塍里。斜枝巧盤折，的皪數十蕊。意欲媚春風，寧免少屈己。獨憐鐵石腸，竟作柔繞指。他鄉忽一見，少慰空谷喜。何當解其縛，條直有妙理。幸不入俗眼，入俗梅亦耻。」

《眉州屬志》：雁湖在丹棱縣北十里，俗名金鴨池。宋李璧置，大三畝許，花木極盛，多梅。李燾《雁湖梅花》詩云：「鏡面千頃闊，脩眉一帶横。湖深有龍勢，山静少人行。似與長仙約，都忘世俗情。鳥啼猿叫歇，軒樂有餘情。」

《愚山集》：余生生過吴門客舍，自言爲梅花作主人。酒閒得三絶句。兹録其二：「遄歸見説爲梅花，鄧尉風光滿眼誇。我夢相隨便東去，一天花壓帽簷斜。」「花時歸客怕花殘，烽火漫漫道路難。斷送春風多少恨，憑誰留寄一枝春。」生生，名畣，四川青神人。自蜀至吴，萬里尋梅，真奇人奇事。

雲南騰越州魯家，其先本蒙古人，仕永昌達魯花赤，入明去官，以魯爲姓。家有梅一樹，是其祖手植，蓋五百餘年物，俗因稱「魯梅」。王蘭泉司寇嘗同趙璞菴中書訪之，有次趙韻詩：「梅花似幽人，相賞不在衆。一枝竹外斜，已足掛幺鳳。況兹古梅古，意外出奇縱。生涯倚破屋，孤瘦誰與共。頻年苦蕉萃，豈免時俗諷。終看標格在，桃李敢伯仲？我欲訪冰花，一洗江瘴重。蕭然白版扉，繫此青絲鞚。更攜三益友，不藉閑賓從。遶枝但清吟，未敢狂擊甕。可憐青銅柯，半倒蒼石縫。餘香仍返魂，洵爲天所種。春禽亦苦寒，深夜絶啁哢。宛然姑射仙，翠袖守僵凍。誰爲聘海棠，佳耦匹齊宋。清愁無可浣，庶幾酒一中。歸途聞霜鐘，煙月宛如夢。」司寇又嘗過貴州黎峨里，入月潭寺，題飛雲山石前古梅云：「香從冰雪鏡中聞，空際疏花尚未匀。開向華嚴樓閣里，不須同夢憶梨雲。」

《湖廣通志》：耒陽鄭祖明，嘗與邑人講論道學，遂厭仕進，著有《梅花百詠》。

梅花詩話卷二十七

編按：此卷原未標卷數，爲「史」字册卷五，今續標爲卷二十七。此卷原有七則，被删存至一則，亦未及撤卷併入他卷，姑仍其舊。

平湖張誠熙河著

南陵劉芸菴開兆《消夏雜詩》：「蹇驢得得水濺濺，積雪侵莎略彴連。記得年時河渚路，萬條寒玉一溪煙。李昌谷句。」自注：「西溪積雪，在後港橋一帶。野徑墟煙，與武林、西溪仿佛，但少萬樹梅花耳。」南陵縣梅花山，如梅五瓣，白山石色如□，俱在七都内。

（李保陽、周薇點校）

考田詩話

考田詩話提要

《考田詩話》八卷，據道光四年掣筆山房刊本點校。撰者喻文鏊（一七四六——一八一七），字治存，一字石農，湖北黄梅人。恩貢生，官竹溪縣儒學教諭。有《紅蕉山館詩鈔》。喻氏生平以養親與教育宗親子弟爲任。又肆力於詩，有詩名。紅蕉山館乃其幼時讀書之地，故取以名詩集。晚年置墓田於黄梅考田山下，又取以名詩話，用志始終不離詩也。所記買墓田事構訟復平，在嘉慶十三年至十七年，書當成於嘉慶末。喻氏處盛世，信奉「不求聞達亦科名」，作詩遣日，亦稍治詩學，大抵以詩教爲歸，故開卷即摘唐宋詩之及於日用倫常者，略可當其詩生活之指南。論詩主張「詩真則新，真外無新」、「詩中有人在，又有作詩之時與其地」、「人各有其面目，無一同者，便已出奇無窮」，諸語乃乾嘉詩學之主音。此外無不可，即連「香奩艷體亦未必盡當棄置，顧其命意如何耳」。故其説雖較袁枚嚴肅，書中亦於「性靈」説不置一辭，性質則相近。又言生平未嘗和韵，作詩不肯犯一「纖」字等，與隨園亦同。其不同者在好作文史名物金石碑帖之類考辨，如卷二潯陽蘄春黄梅地理沿革考、卷四以家藏元祐黨籍碑搨本比對各家著録等，皆能元元本本。至於卷一引汪西亭（立名）語，謂香山「半格詩」乃「本謂卷内半是格詩而附以律詩云爾」而大表贊同，則不免於陋。喻氏嘗從漢陽藏書家黄氏借觀鈔本五百餘種，此在殿本大行前自是難得。凡此均可見喻氏詩學尚學之一面，可謂袁枚詩學之修正者也。書中最爲當行者，自在録評江漢間之詩家詩風，以冲淡爲宗，衆家中以張開東爲第一，評熊士鵬語亦爲人所重。又溢出詩外，謂明季存亡之幾在張江陵，雖云非鄉曲之見，可乎？

刻考田詩話叙略

壽榕父執黄梅喻石農先生，於家先生爲道義交。初每以試事相集於黄州、武昌之寓廬，作竟月游覽。别後致書，每月亦三數。壽榕從先生從弟鶴儕先生學。時先生設教於黄州觀察署，每適館，道過敝廬，家先生出所藏名畫法帖相質正，或縱談古今事，達旦不倦。先生狀貌奇偉，胸懷豁達，豪飲嘔噱，超出世表。榕得侍先生坐，向往之念油然以生。又數年，榕出應童子試，與先生長君鐵仙居士定交，旋聯兒女姻。時先生母蔣太恭人年漸高，不復出遊。嘗有句云：「自引衆雛將壽母，方之兩弟是閒人。」蓋先生弟引山、鸞坡兩先生皆隸仕籍。先生以恩貢當官廣文，辭不就。奉蔣太恭人壽至九十。率子姪輩十三人讀書，皆成立。所刻《紅蕉山館詩集》，久爲世推重。更著《考田詩話》八卷，其中考核精切，記載博雅。凡所歷名山大川，以至一名一物，巨細畢備。而於吾楚耆儒舊宿、遷客詩人湮没且百年者，或因詩以誌其人，或因人以存其詩，所以補正集之闕，其用意固深且遠。而與家先生唱酬吟咏及所藏名畫法帖叙録，凡數十條。今先生往矣。讀先生《詩話》，恍如侍先生左右，見其酒酣耳熱，刺刺道古今事也。榕不學，以納貲爲郎。之官時，先生賦詩寵行，勖以事上御下之道，語甚摯。末有句云：「君詩興最高，又復通畫理。吮豪濡墨時，娱此好山水。」期許之意溢於言外。乃榕浮沉官海近二十年，既無善政及人，筆硯又益荒，其亦重負先生也。夫今將還，遂菽水之志，即刻先生《詩話》，以娱家先生。事既蕆，竊敢誌數語，述其大概。先生晚年置墓田於黄梅之考田山下，自號「考田山人」，故《詩話》亦以「考田」名云。

道光四年歲次甲申夏五月，姻世愚姪王壽榕謹叙略。

考田詩話卷一

黄梅喻文鏊治存甫

詩能感人，愈淺而愈深，愈澹而愈腴，愈質而愈雅，愈近而愈遠。脱口自然，不可湊拍。故能標舉興會，發引性靈，所謂「文章本天成，妙手偶得之」者。如「三日入厨下，洗手作羹湯。未諳姑食性，先遣小姑嘗。」「慈母手中線，游子身上衣。臨行密密縫，意恐遲遲歸。誰言寸草心，報得三春暉。」「不擇南州尉，高堂有老親。」「及第未爲貴，拜親方始榮。」「君此卜行日，高堂應夢歸。莫將和氏淚，滴著老萊衣。」「世亂憐渠小，家貧仰母慈。」「獨在異鄉爲異客，每逢佳節倍思親。遥知兄弟登高處，遍插茱萸少一人。」「柴門鳥雀噪，歸客千里至。妻孥怪我來，驚定還拭淚。」「歲晚迫偷生，還家少歡趣。嬌兒不離膝，畏我却復去。」「人家見生男女好，不知男女催人老。」「打起黄鶯兒，莫教枝上啼。啼時驚妾夢，不得到遼西。」「夜戰桑乾雪，秦兵半未歸。朝來有鄉信，猶自寄寒衣。」「閨中少婦不知愁，春日凝妝上翠樓。忽見陌頭楊柳色，悔教夫壻覓封侯。」

又如「父耕原上田，子劚山下荒。六月禾未秀，官家已修倉。」「二月賣新絲，五月賣新穀。醫得眼前瘡，剜却心頭肉。願得君王心，化作光明燭。不照綺羅筵，但照逃亡屋。」「鋤禾當日午，汗滴禾下土。誰念盤中餐，粒粒皆辛苦。」「朝餐是草根，暮食乃木皮。出言氣欲絶，意速行走遲。追呼尚不忍，况乃鞭撲之。」「朱門酒肉臭，路有凍死骨。」「去年桑乾北，今年桑乾東。死是征人死，功是將軍功。」

「一叢深色花，十户中人賦。」

老杜許身稷契，實有己飢己溺心思，原非夸大語。且不但以稷契自許，並以稷契望人。其《贈韋丈》自序云：「自謂頗挺出，立登要路津。致君堯舜上，再使風俗淳。」此亦稷契自許也。其《同元次山春陵行》亦曰：「致君唐虞際，淳樸憶大廷。」而其詩序有曰：「今盜賊未息，知民疾苦，得結輩十數公，落落然參錯天下爲邦伯，萬物吐氣，天下小安可待矣。」此又以稷契望人也。民之不安，由於治之不淳。淵明曰：「汲汲魯中叟，彌縫使其淳。」老杜蓋達則爲稷、契，窮則爲孔、孟者也。

「將帥蒙恩澤，兵戈有歲年。至今勞聖主，何以報皇天。」自古用兵貴神速，幸恩養癰，流毒靡已，老杜真血誠語也。一生憂憤悲憫之心，括於此二十字中。他詩皆因時即事，發揮此語，領兵者盍反覆讀之？

黄徹《䂬溪詩話》謂李杜齊名，而太白集中愛君憂國如子美者絶少。然《蜀道難》、《遠别離》忠愛之忱溢於楮墨。《戰城南》、《獨漉篇》、《梁父吟》等作，亦寓憂時之意。第其天才縱軼，出入變幻，令人莫可端倪。且凡不能顯言者，每隱言之，是其忠愛之心不能已也。至《宫中行樂詞》一曰：「君王多樂事，還與萬方同。」一曰：「宫中誰第一，飛燕在昭陽。」一曰：「只愁歌舞散，化作綵雲飛。」既規諷之，又深警之。徒以「玉樓」、「金殿」、「翡翠」、「鴛鴦」爲艷詞，則失之矣。

民之質矣，日用飲食。儲太祝云：「春至鶬鶊鳴，薄言向田墅。不能自力作，黽勉娶鄰女。既念生子孫，方思廣田圃。」真質可愛。白香山云：「惟有衣與食，此事粗關身。苟免飢寒外，餘物盡浮雲。」又知足語也。

元次山《喻瀼谿鄉舊游》云：「我心與瀼人，豈有辱與榮。瀼人異其心，應爲我冠纓。昔賢惡如此，所以辭公卿。」是何胸次？《招孟武昌》云：「武昌不干進，武昌人不厭。退谷正可游，杯湖任來泛。湖上有水鳥，見人不飛鳴。谷口有山獸，往往隨人行。莫將車馬來，令我鳥獸驚。」亦此意。可謂以愛己之心愛人者矣。

香山《七德舞》云：「功成理定何神速，速在推心置人腹。」自古未有不推心置腹而能致治勘亂者。少陵亦曰：「僕射如父兄。」君之於臣、將帥之於士卒，一也。司馬温公曰：「君子之感人者，其惟誠乎！欺人者不旋踵人必知之，感人者益久而人益信之。」

連呼姓名，不可施於尊貴，況又賢者乎？香山和元九《陽城驛》云：「商山陽城驛，中有歎者誰？云是元監察，江陵謫去時。忽見此驛名，良久涕欲垂。何故陽道州，名姓同於斯。憐君一寸心，寵辱誓不移。疾惡若《巷伯》，好賢如《緇衣》。沉吟不能去，意者欲改爲。改爲避賢驛，大署於門楣。荆人愛羊祜，户曹改爲辭。一字不忍道，況兼姓呼之。」讀是詩可型薄俗。

「持錢買花樹，城東坡上栽。但購有花者，不限桃杏梅。」想見香山浩浩蕩蕩，胸中一無沾滯。

香山云：「就花枝，移酒海。」「酒海」二字，余始見於此。今酒器固有名海者矣。

香山云：「户大嫌甜酒。」又云：「陳郎中處爲高户，裴使君前作少年。」自注：「陳商酒户涓滴。裴治使君年九十餘。」詩言酒較陳爲高户，年較裴爲少年。「高户」猶大户，然用「高户」者少見。

《新唐書》謂香山爲杭州刺史，始築隄捍錢唐湖，鍾洩其水，溉田千頃。復浚李泌六井，民賴其汲。香山此事大有功德於杭。讀《錢唐湖石記》，其用心可謂至矣。故其《别州民》詩云：「惟留一湖水，與汝救凶年。」近人趙雲崧顧薄其功，何耶？

晉郤詵自稱「崑山片玉」、「桂林一枝」。白公《喜敏中及第》云：「桂折一枝先許我，楊穿三葉盡驚人。」又及第後《上宣歙崔中丞》云：「幸穿楊遠葉，謬折桂高枝。」已作科名事用矣。今乃專用於鄉舉，蓋以八月之期也。

「惟此不才叟，頑慵戀洛陽。飽食不出門，閒坐不下堂。子弟多寂寞，僮僕少精光。衣食雖充給，神意不揚揚。爲爾謀則短，爲吾謀則長。」世之慕富貴者爲子弟僮僕計耳。如見到此，未有不啞然自笑其愚者也。

「言者志之苗，行者文之根。所以讀君詩，亦知君爲人。」香山《讀張文昌古樂府》語也。詩以陶寫性情，故一搦管，其人之身分畢露，豈能掩蓋？

汪西亭編白詩云：「唐人詩集中無號格詩者。元少尹集序著格詩若干卷，律詩若干卷，賦述銘記等若干首，合三十卷。格者，但别於律詩之謂。公前集既分古調、樂府、歌行，以類各次於諷諭、閒適、感傷之卷，後集不復分類别卷，統稱之曰『格詩』。時本於格詩下，復繫歌行雜體字，是以格詩另爲古詩之一體矣。豈元少尹生平獨不爲歌行雜體詩乎？況公後集但曰『邇來復有格律詩』，《洛中集記》亦曰『分司東都及兹十二年，其間賦格律詩凡八百首』。初未嘗及歌行雜體者，固以『格』字該舉之也。

又時本三十六卷，首作半格詩附律詩。半者，本謂卷内半是格詩，而附以律詩云爾。乃直標半格詩，而注附律詩於其旁，是又將以半格詩另爲一體矣。其誤不幾於眇者之捫燭揣籥以爲日乎？今後集既别格律詩，次卷首但標格詩、律詩，不復承譌以留疑。」案：語極明晰。明人張儁「讀罷香山半格詩」、王漁洋「白家半格詩曾見」，尚沿時誤。故備述西亭語，勿令後人再誤，以張非仲、王漁洋爲口實。

摩詰《觀别者》詩云：「愛子游燕趙，高堂有老親。不行無可養，行去百憂新。切切委兄弟，依依向四鄰。」游子不得已之苦衷，真寫得出。難處在「不行無可養」一語，讀此而不迸淚者有之乎？著此語愈覺沉痛，非爲游子出脱也。

人只見世上有許多不平，故每鬱鬱不自得。摩詰云：「一知與物平，自顧爲人淺。」既無忮求之心，又無矜驕之態，乃無入而不自得，故接云：「對君忽自得，浮雲不煩遣。」《雄雉》之詩曰：「不忮不求，何用不臧？」東野云：「山中人自正，路險心亦平。」

昌黎《嗟哉董生行》在集中又是一格。朱子取入《小學》中，見孝慈之行可以式靡。詩云：「淮水出桐柏山，東馳遥遥千里不能休。淝水出其側，不能千里百里入淮流。壽州屬縣有安豐，唐貞元時縣人董生召南隱居行義於其中。刺史不能薦，天子不聞名聲，爵禄不及門。門外惟有吏，日來徵租更索錢。嗟哉！董生朝出耕，夜歸讀古人書。盡日不得息，或山而樵，或水而漁。入厨具甘旨，上堂問起居。父母不戚戚，妻子不咨咨。嗟哉！董生孝且慈，人不識，惟有天翁知。生祥下瑞無時期。家有狗乳出求食，雞來哺其兒。啄啄庭中拾蟲蟻，哺之不食鳴聲悲。傍徨躑躅久不去，以翼來覆待狗歸。嗟哉董生，誰與爲儔？時之人，夫婦相虐，兄弟爲讐。食君之禄，而令父母愁。亦獨何心？嗟哉！董生無與儔。」此天倫之樂，非富貴之所能易也。

「偶然題作木居士，便有無窮求福人。」赴羶逐臭之情，古今同慨。然出詞微婉，與憤激者迥異。

「遍插茱萸少一人」，思親也。「細把茱萸仔細看」，傷老也。二詩各有寄託，説詩者不得妄有軒輊。

子瞻與子由兄弟情篤，詩最多。既曰「嗟余寡兄弟，四海一子由」、「豈獨爲吾弟，要是賢友生」，不獨風雨對牀之詠也。世有賢兄弟而不知其樂者乎？子由《欒城集》半與其兄唱酬之作。其《辛丑除日寄子瞻》云：「一歲不復居，一日安足惜。人心畏增年，對酒語終夕。夜長書室幽，燈燭明照席。盤餐雜梁楚，羊炙錯魚腊。庖人饌雞兔，家味宛如昔。有懷岐山下，展轉不能釋。念同去閭里，此節三已失。初來寄荆渚，魚鴈賤宜客。楚人重歲時，爆竹鳴磔磔。新春始涉五，田凍未生麥。相攜歷唐許，花柳漸牙坼。居梁不耐貧，投杞避糠籺。城南庠齋静，終歲寄墳籍。酒酸未嘗飲，牛美每共炙。謂言從明年，此會可縣射。同爲洛中吏，相去不盈尺。濁醪幸分季，新筍可餉伯。巑巑嵩山美，漾漾洛水碧。官閑得相從，春野玩朝日。安知書閣下，群子竝遭馘。偶成一朝榮，遂使千里隔。何年相會歡，逢節勿輕擲。」而子瞻於是年十一月十九日赴鳳翔任，與子由别於鄭州西門外，馬上賦詩云：「不飲胡爲醉兀兀，此心已逐歸鞍發。歸人猶自念庭闈，今我何以慰寂寞。登高回首坡隴隔，惟見烏帽出復没。苦寒念爾衣裘薄，獨騎瘦馬踏殘月。路人行歌居人樂，僮僕怪我苦悽惻。亦知人生要有别，但恐歲月去飄忽，寒燈相對記疇昔，夜雨何時聽蕭瑟？君知此意不可忘，慎勿苦愛高官職。」二詩俱以愈瑣屑愈見真摯，喜聚首而重别離。《東京夢華録》云：「東坡簪旛勝過子由，諸子姪笑指云，伯伯老人亦簪旛勝耶？」想見一門和樂聚首之歡。

子瞻「髯卿獨何者，一月三到門。我不往拜之，髯來意彌敦。」又「馬生本窮士，從我二十年。日夜望我貴，求分買山錢」。此與子美「柳侯披衣至，見我顔色温。得錢即相覓，沽酒不復疑」同一意境。

「治生不求富，讀書不求官。譬如飲不醉，陶然有餘歡。」此與淵明「傾身營一飽，少許便有餘」同。人能存此心，焉往而不樂耶？又「三年黄州城，飲酒但飲濕。我如更採擇，一醉豈易得。」亦隨遇而安意。

仕宦之中常存退閒之志，子瞻於此三致意焉。故曰：「得郡書生榮，還家昔人重。」又曰：「彈冠苦不早，挂冠常苦遲。」又曰：「養氣如養兒，棄官如棄泥。」又曰：「仕宦常畏人，退居常喜客。」《監試呈諸試官》云：「文詞雖少作，勉强非天稟。既得旋廢志，懶惰今十稔。麻衣如再著，墨水真可飲。」又《知貢舉失李方叔》云：「平生漫説古戰場，過眼終迷日五色。」可知子瞻心地光明磊落，一毫不容遮護。近之頭腦冬烘者，那肯出此語？

「耕田欲雨刈欲晴，去得順風來者怨。若使人人禱輒遂，造物應須日千變。」明於此理，一切儌幸、怨尤之念俱泯。

放翁《送子龍赴吉州掾》云：「我老汝遠行，知汝非得已。駕言當送汝，揮涕不能止。人誰樂離別，坐貧至於此。汝行犯胥濤，次第過彭蠡。波横吞舟魚，林嘯獨脚鬼。野飯何店炊？孤櫂何岸艤？判司比唐時，猶幸免笞箠。庭參亦何辱，負職乃可耻。汝爲吉州吏，但飲吉州水。一錢亦分明，誰能肆讒毁？聚俸嫁阿惜，擇士教元禮。我食可自營，勿用念甘旨。衣穿聽露肘，履破從見指。出門雖被嘲，歸舍却睡美。益公名位重，凜若喬嶽峙。汝以通家故，或許望燕几。得見已足榮，切勿有所啓。又若楊誠齋，清介世莫比。一聞俗人言，三日歸洗耳。汝但問起居，餘事勿挂齒。希周有世好，敬叔乃鄉里。豈惟工文詞，實亦堅操履。相從勉講學，事業在積累。仁義本何常，蹈之則君子。汝去三年歸，我儻未即死。江中有鯉魚，頻寄書一紙。」余前二十年讀此詩，喜其訓子有方，立言不煩，字字真摯，後竟忘却，不能舉其辭，不過有此意境在吾胸中耳。今復展讀，鈔之以備遺忘。

何大復《昭烈廟》詩：「中原無社稷，亂世有君臣。」商景蘭，吏部尚書周祚女，祁公彪佳配。彪佳殉節，景蘭悼亡云：「君臣原大節，兒女亦人情。」

老年兄弟最爲關情。顧光遠《白鴈》詩云：「天涯兄弟離群久，皓首江湖猶未歸。」「有頍」之詩曰：「如彼雨雪，先集微霰。死喪無日，無幾相見。樂酒今夕，君子維宴。」

「先君之思，以勖寡人」，何等忠厚。「毋逝我梁，毋發我笱。我躬不閱，遑恤我後。」猶婉轉不流於激烈。《廬江小吏妻》詩中云：「新婦初來時，小姑始扶牀。今日被驅遣，小姑如我長。勤心養公姥，好自相扶將。初七及下九，嬉戲莫相忘。」庶得温柔敦厚之旨。子建《棄婦詞》自佳，猶未若此之易於動人也。

陳琳《飲馬長城窟行》：「邊城多健少，内舍多寡婦。作書與内舍，便嫁莫留住。善事新姑嫜，時時念我故夫子。」蓋其實不忍終棄也。用意忠厚，正與《焦仲卿妻》語對面相足。

「脊令在原，兄弟急難。每有良朋，况也永歎。」《砮溪詩話》言其赴京師時，伯父坐中兄弟送行詩云：「問人求穩店，下馬過危橋。」及觀《東坡集》，見《送姪安節》詩，言其伯曾有送老蘇下第歸蜀云：「人希野店休安枕，路入靈關穩跨驢。」急難之情，意皆相若。又言其官辰沅時，族弟來相視，送行云：「就舍勿令人避席，過江莫與馬同船。」語淺情真。余又見袁中郎寄弟小修云：「過江切莫食河豚。」數詩皆爲兄弟言也。東坡在杭，文與可寄詩云：「北客若來休問事，西湖雖好莫題詩。」後果罹詩禍。則又良友之忠告也。

「早知身被丹青誤，但嫁巫山百姓家。」詠明妃者。此爲怨而不怒。

吴隱之《酌貪泉》詩：「古人云此水，一（插）〔歃〕懷千金。試使夷齊飲，終當不易心。」自是理語，而不墮理障，但覺其俊爽。

「客游兒廢學，身拙婦持家。」眼前語遂成佳句。

直固美德，過激亦是一病，真則無往不宜矣。少陵云：「不愛入州府，畏人嫌我真。」是不獨直可嫌，真亦可嫌。若但云「畏人嫌我直」，常語耳。嫌真則必喜僞。率天下而僞，成何世界？下接云：「及乎歸茆宇，旁舍未曾嗔。」幸鄉間之不然也。少陵性情無一處不真，不覺於此處逗露出來。世教淪夷，日漸澆薄。至真有不可行於至親者，此世變也。

儲太祝《田家》詩云：「楚山有高士，梁國有遺老。築室既相鄰，同田復同道。糗糒常共飯，兒孫每更抱。」蘇子由《餽歲》詩云：「鄉人慕古風，酬酢等四座。東鄰遺西舍，近出如蟻磨。寧我不飲食，毋我相咎過。」洽比之義也。《伐木》之詩曰：「既有肥羜，以速諸父。寧適不來，微我弗顧。」「既有肥牡，以速諸舅。寧適不來，微我有咎。」又曰：「民之失德，乾餱以愆。」

元次山苦亂南奔，而有瀼溪鄰里之賢詩云：「瀼溪中曲濱，其陽有閑園。鄰里昔贈我，許之及子孫。我嘗有匱乏，鄰里能相分。我嘗有不安，鄰里能相存。」蘇子瞻至黄州二年，而得故人馬正卿哀其乏食，爲於郡中請故營地數十畝，使得躬耕其中。詩云：「馬生本窮士，從我二十年。日夜望我貴，求分買山錢。我今反累生，借耕輟兹田。刮毛龜背上，何時得成氊。可憐馬生癡，至今夸我賢。衆笑終不悔，施一當獲千。」前賢困厄之中，自有善類相引。「民之秉彝，好是懿德。」賢者亦必咨嗟歎美，不掩人善如此。

「生存華屋處，零落歸山丘。」「可惜歡娱地，都非少壯時。」「空游昨日地，不見昨日人。」「今年花落顔色改，明年花開復誰在。」「城邊路，今人犁田昔人墓。岸上沙，昔時江水今人家。」「前水復後水，古今相續流。新人非舊人，年年橋上游。」沉痛語，不堪卒讀。

少陵喜其弟觀即到題短篇云：「病中吾見弟，書到汝爲人。」蓋當亂離之時，忽接觀書。既知觀消息，又自幸其於病中得書，幾幾不見而得見也，欣幸之情如繪。國初人徐蘭《出關》詩：「馬後桃花馬前雪，出關怎得不回頭？」最爲明快。

唐人言其本朝事多有直斥宫闈者，非臣下立言之體。王建《行宫》云：「零落古行宫，宫花寂寞紅。白頭宫女在，閒坐説玄宗。」張祜《宫詞》云：「故國三千里，深宫二十年。一聲河滿子，雙淚落君前。」正以不説出爲妙。

明莊烈帝賜名砫土司秦良玉云：「蜀錦征袍手製成，桃花馬上請長纓。世間不少奇男子，誰肯沙場萬里行？」足令世間男子一齊汗顔。

杜于皇以勝國遺民流寓白門。龔芝麓宗伯招飲，演項羽故事。扮虞姬者固楚伶，坐客曰：「楚人演楚事，先生楚人，請以一語贈之。」遂提筆書絶句云：「年少當場秋思深，座中楚客最知音。八千子弟封侯去，惟有虞兮不負心。」語關名教，不得以駡坐少之。

「醉翁行樂處，草木有光輝。」「雖無尺箠與寸刃，口吻排擊含風霜。」好惡之誠，何減《緇衣》、《巷伯》。

《三百篇》中，室家離别之感、思婦殷望之情，多係在上者曲體人情而設爲之辭。後人閨怨等詩本此而出，語自有分寸。于鵠《江南曲》：「偶向江邊採白蘋，還隨女伴賽江神。衆中不敢分明語，暗擲金錢卜遠人。」正自含蓄不露。黄震《日抄》引《吕氏讀詩記》：「《摽有梅》『求我庶士』，擇壻之辭，父母之心也。」震云：「諸家皆以爲女子之情，不如岷隱説爲善。以『求我庶士』，不應出女子之口也。」

越州妓劉采春《囉嗊曲》：「不喜秦淮水，生憎江上船。載兒夫壻去，經歲又經年。」語非不佳，然觀其口角，已知其非良家子女。

「使君自有婦，羅敷自有夫。」詞嚴義正，凛若秋霜，而斬釘截鐵，要言不煩。如此，尚何《行露》之沾濡哉？

香山《蜀路石婦》云：「夫行竟不歸，婦德轉光明。後人高其節，刻石像婦形。儼然整衣襟，若立在閨庭。似見舅姑禮，如聞環珮聲。」而開端便説：「道傍一石婦，無記復無銘。」是其人之姓名竟不必傳，傳其心耳，俗之淳可知。

「雨露由來一點恩，怎能霑灑遍千門。三千宫女如花面，幾個春來没淚痕？」蓋士之抱才不遇者多也。今乾隆乙丑臚唱第一人錢文敏維城口占七律一首，末云：「自慚才出劉蕡下，獨對東風轉厚顔。」

「邑有流亡愧俸錢」，則平日之體卹民隱，不至有流亡可知矣。居官者不以此居心，故只見民有不是處，官無不是處。香山居士不獨諷諭諸詩有關國計民風，即其感傷、閒適之作，亦俱有寄託，非爲風雲月露之詞者，蓋與少陵之忠愛異苔同岑。不善學少陵者，流爲粗拙；不善學香山者，流爲淺率，皆由無少陵、香山之心而徒襲少陵、香山之貌。如得其心，則粗處皆精、拙處皆老、淺處皆深、率處皆真。學者合二公之詩讀之，求其異而同之故，則思無邪之旨庶幾近之，不獨「萬間厦」、「萬里裘」語吻合也。

韋左司《送李十四山東游》詩「聖朝有遺逸，披膽謁至尊。豈是貿榮寵，誓將救元元。權豪非所便，書奏寢禁門。高歌長安酒，忠憤不可吞。欻來客河洛，日與静者論。濟世翻小事，丹砂駐精魂」等語，沈歸愚云：「李十四即李太白。」余亦謂詩能説出太白心事，亦惟太白可以當之。然杜集云「李十二白」，賈至亦有《洞庭送李十二赴零陵》詩，不聞行十四，歸愚不知何據？他本又有云「送李山人者」。

東野《列女操》：「波瀾誓不起，妾心古井水。」貞女之心真是壁立千仞。張文昌《離怨》：「妾身甘獨没，高堂有老親。」並寫出孝婦心思。其婦如此，其子如之何？

「余辭郡符去，爾爲外事牽。寧知風雨夜，復此對牀眠。」澹語耳，遂爲千古絶唱，情真也，動人處正不必在多也。其《新秋夜寄諸弟》發端云：「兩地俱秋夕，相望共星河。」不待言之畢，而已令人悽絶。左司之詩，純以淡處見腴，至其兄弟之情見於集中尤多。

（右丞）〔常建〕「賢達不相識，偶然交已深」，兩賢相遇，實有此心境，必有觀人於微之處。不然輕交不慎，鮮有不失者矣，豈賢達哉！

「一人計不用，萬里空蕭條。」千古同慨。然國之失計，由於失人焉。知賢者之計而用之，故其原在知人。

余於唐人詩，李、杜外最愛元道州、韋左司、白太傅，謂其情真語摯，不愧古人立言。陶詩之所以獨有千古，非三謝之所能及在此。韋詩猶從陶出，道州、太傅則自闢畦徑。

子由《黄州陪子瞻游武昌西山》詩：「千里到齊安，三夜語不足。」眼前語，人都不能道出。兄弟别久之後，實有此情。先是子瞻《獄中寄子由》云：「與君世世爲兄弟，更結人間未了因。」到此時萬念俱灰，所懷戀者惟子由。子由聞兄下獄，乞以官職贖兄罪，責筠州酒官。子瞻責黄州，乃與相遇於黄，則「三夜語不足」者，又不同於安樂之時矣。

《湛淵静語》：「眉州蘇先生果，老泉之祖。輕財好施，急人之急。」東坡云：「我家韋布三百年，只有陰功不知數。」袁絜齋之所以重世德也。

近人詩爲應酬而作，牽率附會之語，豈有佳詩？少陵《同元使君舂陵行》序云：「簡知我者，不必寄元。」東坡《和王晉卿》詩序云：「欲使詵姓名附見子詩集中，然亦不以示詵。」則是自抒胸臆，詩之所以佳也。

古人程試之文原不甚重，然非此則進身無階，得第後多不復省視。蘇子瞻云：「文詞雖少作，勉强非天稟。既得旋廢忘，懶惰今十稔。」至雖在科試，猶不廢素業，則有之矣。白香山本傳：「年二十七，始從鄉試。既第之後，雖專於科試，亦不廢詩。」歐陽公以古文推尹、謝，逮舉進士後爲之，則詩亦可俟爲之於舉進士之後。然今舉進士者，習爲甜熟之文方可中程，則又詩古文之所忌也。

秦漢之文、唐之詩、宋之講學、元之詞曲，《至正直記》已有是説。明則以四書文。本朝初，則以考据。乾隆後，則以排律。功令五言排律取士，自當以藻繪爲工。近賢刻畫典麗之處，竟欲突過唐人。然求如《月中桂》之起，《湘靈鼓瑟》之結，又不多覯，蓋渾成之氣不及也。五言長排則必以杜爲宗。

方言諺語非不可入詩，總在命意超卓，一經鑪鞴，自爾風雅。若類於俳優打諢，取辦閲者發笑而已，烏足爲詩，或以爲活法，或以爲風趣。「雲山經用始鮮明」，用之者能使之鮮明，「雲山」猶是也。

香奩艷體未必盡當棄置，亦顧其命意何如耳。果能寄託遥深，皆詩人興比之義。義山《無題》不礙爲出入老杜，同一忠君愛國之心也。

詩真則新，真外無新也。詩中有人在，又有作詩之時與其地。總之其人也無不真矣，即無不新。人心不同如其面，子肖其父，甥似其舅，審視之則各有其面目，無一同者，便已出奇無窮。有意求新，吾恐其墮入鬼趣矣。彼陳陳相因，如富家子乞人諛墓，裝裱匠貨行樂圖，雇衣店借萬民衣、傘，衹因未嘗真耳。

詩以立教，不外日用倫常之理，發之於喜怒哀樂之情，託之於風雲月露之詞。傍花隨柳，雲影天光，道學語未嘗不具有風致。特不可如「太極圈兒大，先生帽子高」。即《明妃曲》必曰「畫師休盡殺，夢弼要人圖」，亦是詩魔。至於陽明、白沙，詩非不並佳也，豈得以説理則近於腐而棄之。「天生烝民，有物有則。民之秉彝，好是懿德。」「不顯亦臨，無射亦保。」「不聞亦式，不諫亦入。」「維天之命，於穆不已。」「聖敬日躋。」「學有緝熙于光明。」理語也。「服之無斁。」「仲氏任只，其心塞淵。終温且惠，淑慎其身。」「不忮不求，何用不臧。」以至「秉心塞淵，騋牝三千」，皆理語也。衛武之《淇澳》、《賓筵》、《抑戒》，無論矣。不戒綺語而戒理語，此近來求新者之所爲，吾不信其然也。詞章不足爲道學病，道學又豈足爲詞章病哉！

漁洋提唱神韵，而以藻麗之才行之。篇篇愛好，其弊至於千首雷同，行役之作尤甚。初讀之無不擊節嗟賞，覆閲之頗令人厭。歸愚别裁僞體，宏闡正音，老於場屋，至晚乃昌其身，以昌其詩。選詩獨具隻眼，而自著未脱時文習氣。近三十年來諸賢務炫新奇，非不新奇也，恐流弊滋甚耳。

古人論學書者，不恨己無二王法，但恨二王無己法。詩、古文亦然。蓋必各有心得而不規規於古，有心得者爲真詩，易古人而爲我亦如是云也。若一意炫異矜奇，務爲悦人、駴人，自謂己無二王法，不知二王亦無己法矣。善學者必先恨己無二王法，而後恨二王無己法。

放翁詩：「琱琢自是文章病，奇險尤於氣骨傷。」昔人謂杜詩韓文全是元氣渾淪，信然。

考田詩話卷二

黄梅喻文鏊治存甫

黄鶴樓，崔司勳題詩故址，在陸放翁入蜀時已不復存。葉慕廬封云樓爲張獻忠所燬，今樓乃故楚勑書樓移建。是明樓址不知果唐宋之舊，今址已非明之舊。《元和志》云江夏城西南角因磯爲樓，名「黄鶴」。放翁云詢之老吏，云在石鏡亭、南樓之間。蓋故址在西南，今址視故址又移而西。潘稼堂耒《黄鶴樓》詩云：「武昌三面臨江水，横山如屏亘城裏。西峰蜿蜒欲入江，壓以高樓半天咫。三層迴與三霄齊，八面平當八風起。遥看縹緲接蜃樓，近睇峥嶸叠霞綺。」樓之形勢與其規制，括此數語中，後有變遷亦可循是而得其址矣。

黄岡陳大章，字仲夔，號雨山。康熙戊辰進士，改庶吉士。自幼隨父肇昌提學廣東之任，得交梁藥亭佩蘭、陳元孝恭尹。所爲詩和平恬雅，著有《玉照亭詩鈔》。弟大華，年十四與諸文士賦《鸚鵡洲》詩，曰：「漢祚日已非，志士憤不已。褊心固其常，英氣亦何偉。不見大小兒，捐生同一理。長嘯倚大江，日暮酸風起。」此題詩如此作，可謂簡當矣。大華康熙庚午鄉試第一人，早世，今罕知其名者。

孝感程光鉅，字二至，號蔚亭。雍正甲辰進士，由翰林出爲浙江糧道。《閨詞》有云：「青衫薄薄襯宫緋，上繡鴛鴦並翅飛。勉强著來都不稱，可身還是嫁時衣。」蓋轉外非其志也。余愛其藴藉，每喜爲人誦之。

柳七墓,《芥舟撮記》:「永死,家無餘貲,郡伎合金葬之郊外。每春月上塚,謂之『弔柳七』。」蓋指潤州,今鎮江也。《避暑録話》只言卒殯潤州僧寺,王和甫葬之,不言墓所。國朝王阮亭爲揚州司李時,作《真州絶句》云:「殘月曉風仙掌露,何人爲弔柳屯田。」又紀志於《分甘餘話》,以爲柳耆卿葬於真州非潤州,則得之目驗可知。余案:真、潤鄰接,魏文帝所謂可以一葦杭者。真州城西仙人掌或即和甫所卜兆也。曾敏行《獨醒雜志》又謂在棗陽縣花山,遠近之人每遇清明日,多載酒肴,飲於墓側,謂之「弔柳會」。不知何据。詢之棗陽人,亦不知花山之名。潤州固有花山,蘇舜欽詩所謂「寺裏山因花得名,花今不見草縱横」者。敏行豈以墓在潤州花山,潤在唐爲丹陽軍,而棗陽即丹陽之譌耶?余《泊儀徵》詩云:「曉風殘月路,芳草緑楊船。」蓋依阮亭說。「曉風殘月」,柳詞中語也。

余於游金山之次日,放舟至焦山。長老練塘導之入,方丈即枯木堂。堂列古鼎,啓櫝,古色斑駁,寶氣熊熊射人。其長身玉貌前而揖客者,僧巨超也。偕謁焦仙祠,觀《瘞鶴銘》舊址,遂躡吸江亭,至海雲閣。飯已,更歷石壁、別峰、海門諸菴,坐竹樓,望松寥夷山,覺海水汨没,能移我情。夜宿松寥閣,余乃索《鼎銘》及《瘞鶴銘》搨本,僧並出宋吴雲壑琚所書《陀羅經》觀焉。雲壑書學襄陽,此蓋得其小楷嚴整遺意,其真贋則余卒不能别也。鼎之在是山也,王西樵據韓如石之言與《清明上河圖》已事正相類。然黄應龍《丹巖集・游焦山》詩即云:「僧堂列古鼎,款識成周鑄。」應龍名雲,崑山人。由歲貢生任瑞州府學訓導。與沈石田同時,文衡山輩行猶後,當是嘉靖以前人。雖與嚴惟中登進士之日相距不遠,而惟中事敗在嘉靖之四十三年,此鼎流轉江南,方入焦山,又不知幾何年,何以應龍於數十年前已見諸吟詠？恐西樵得之傳聞者。雖以如石丹徒人言丹徒事，既經隔代，亦未必盡確也。練塘、巨超皆知詩。

露筋祠事，傳聞異詞，然必以爲貞女之祠乃可詩，詩亦以漁洋絶句爲絶唱。余過祠，竊其意而爲之。此等題一落考据家，便索然寡味矣。

直沽一帶，漁人得魚，牽繩貫腮挂船尾，出水潑刺。黄魚者，狀似鯉，長尺餘，江南有之，松江所謂「石首魚」，俗曰「黄魚」。而三沽尤爲肥美，皆取於海洋。余於天津登陸，飯西沽，主人出此爲饌。余詩云「四月黄魚入市鮮」，以立夏後始盛出也。近人山東歷城朱式魯曾傳《黄花魚歌》云：「水芹釵脚蘆芽蕤，丁字沽頭蜻蜓飛。白下正誇河豚膾，津門初詫石首肥。菜子開時魚一度，字以黄花理非誤。沙頭亥日夕陽西，擕魚人渡黄花去。」

武昌縣西郎亭山臨江，與樊山相望，杯湖、退谷在其閒。唐裴鶠於永泰元年築亭是山下，李陽冰名之曰「怡亭」。裴虬爲亭銘，即於江邊石磧小島摩厓書之，陽冰篆序，李莒八分書銘。李監書妙絶古今，此罕有傳者，惟見歐陽題跋及山谷吟詠。《明統志》稱蔣穎叔以爲「三絶」。他攷金石者，未著於録。蓋夏秋之際爲江水所没，往來者不暇求索，如歐陽所云也。然字却完好，不過粗石礱鐫，不能匀貼耳。《入蜀記》所稱黄鶴樓李監篆書樓傍石刻，今已不存。此又汨没巨濤之中，而完好如此，可寶也。《唐書·世系表》：「裴天壽八世孫曠，御史中丞；曠子鶠，容州刺史；次子虬，諫議大夫。」歐陽以爲不知何人，豈《世系表》吕夏卿所撰，歐陽公未寓目耶？虬初尉永嘉，杜少陵有《送裴二虬尉永嘉》

詩，又有《湘江晏餞裴二端公赴道州》詩。朱注：浯溪觀唐賢題名，河東裴虬，字深源，大曆四年爲著作郎，兼侍御史、道州刺史。《唐書・本紀》「大曆二年十二月道州刺史崔渙卒」，虬蓋代渙爲刺史。詩云：「鄙人奉末眷，佩服自早年。」少陵蓋以前輩推虬矣。又有《暮秋枉裴道州手札率爾遣興寄遞呈蘇渙侍御》詩，詩云：「道州手札適復至，紙長要自三過讀。盈把那須滄海珠，入懷本倚崑山玉。撥棄潭州百斛酒，蕪没瀟岸千株菊。使我晝立煩兒孫，令我夜坐費燈燭。」知少陵與虬投分最深，其來札所云，亦非如詩首所謂「虚名但蒙寒暄問，泛愛不救溝壑辱」者。又《江閣對雨有懷行營裴二端公》詩謂「端公」者，《通典》唐侍御史凡四員，内二員號爲「臺端」，他人稱曰「端公」。昌黎爲其子復作墓銘，亦謂父虬有氣略。惜鷗事不傳，其所以構亭武昌，不可考。莒爲華之弟。華文章負盛名，莒事亦不見紀載，然其八分書猶有漢人之遺，不似唐之肥笨也。余來武昌循江澨得之，爬剔數四，命工搨十數紙貽好事者，以廣其傳。

《梁溪漫志》：「臨安石屋洞崖石上有題名二十五字，云：『陳襄、蘇頌、孫奕、黄灝、曾孝章、蘇軾同游，熙寧六年二月二十一日。』内東坡姓名磨去，僅存髣髴，蓋崇寧黨禁時也。」今武昌江邊怪石，如象如馬，如屏如几，磊磊彌望。有題名二處，其一「江綖、蘇軾、杜沂、沂之子傳、俣游，元豐三年四月十三日」二十一字；其一「蘇軾、李嬰、吴亮、趙安節、王齊愈、潘丙，元豐五年二月二十二日游□十日嬰□來」三十一字。東坡姓名亦只存偏旁，豈盡黨禁被剜耶？抑巨濤之所薄蝕耶？余《九曲亭》詩云：「寒濤嚙盡元豐字。」注蘇詩者不知杜沂爲何許人，據此則固得其二子名矣。

李治人先生本質，「質」《通志》誤作「植」，字羲民，號治人，又號屾山，余婦翁也。家貧。教授生徒所得脩俸，悉以買書，且讀且飲，飲已，輒長嘯。與人終日，怡然甚樂也。善詩，喜寫墨菊。題自畫墨菊云：「畫菊不畫香，香空詎堪掬？畫菊不畫色，色似便已俗。都無香色在，焉用此爲菊？登堂見孤標，入手疑可觸。自非識菊者，但看桃李足。古色今不如，世人空有目。」

蘄州陳愚谷詩，字觀民。母袁孕數月而父亡，遺腹生愚谷，荻訓綦嚴。愚谷於乾隆甲午中鄉試第一，與余季弟同出蒲圻縣知縣何公光晟之門。乙未冬來拜先君子於葆光堂，遂與余訂交，曰：「僕識君久矣，君今始識僕耳。」晨夕商確古今。手把一卷，飲食坐卧不輟，客至不罷，嗔之如故。彌月，與余季弟同去之蒲圻。戊戌成進士，官工部虞衡司額外主事。假歸養母，不復出。其論余詩則謂如萬斛泉源，不擇地而湧出。又如四山風下、九天雲垂，百變萬怪，使觀者惴慄戰掉而不自止。及夫風日清夷，波恬浪息，天容水色，駘宕容與，又使人樂而忘倦，而要其歸於性情之正。嗚呼！其亦劉邕落痂之嗜與？

鮑參軍，史書爲亂兵所殺，墓乃在黄梅城西。他書不及，僅見《明統志》，不言所据。俗又傳縣廨即參軍故宅。廨後有墳，曰鮑母，或曰其妹令暉。余嘗求鮑氏宅墳出處，不得不據依參軍《登大雷岸寄妹書》。惟《書》云「吾自發寒雨，全行日少，加秋潦浩汙，山溪猥至，渡泝無邊，險徑游歷。棧石星飯，結荷水宿，旅客辛貧，波路壯闊。始以今日食時，僅及大雷。塗發千里，日踰十晨。嚴霜慘節，悲風斷肌。去親爲客，如何如何」等語，大雷今望江縣地，去黄梅不過百有餘里，書云「千里」，與宅之在梅者不合。廣濟德化與梅鄰接，廬江亦曾爲梅所隸，皆有參軍讀書臺遺蹟。豈參軍隨臨海王子頊之鎮荆州，後子頊過廣陵，有逆謀，參軍既作賦以諷，而自廣陵之荆，道必由大雷，即當道梅，因嘗宅梅宅，不必寄妹書前事，故不必與書詞合。宅梅遂葬梅，其妹亦卒葬於梅耶？參軍自有墓，他不詳。而有於梅，無與梅争者。梅之有參軍墓，自《明統志》迄今三百餘年，固宜梅之終有之，不宜遂無之也。後人於墓迤近蓋亭，曰「俊逸」，用少陵語。

山之以「西塞」名者不一。大冶西塞山即道士洑，一曰「道士磯」，其地其狀與《水經注》合。《太平御覽・江夏風俗記》曰：「西塞山，高一百六十丈，周三十七里。峻崿横江，危峰斷岸，長江阻以東注，高浪爲之西翻。袁宏《東都賦》：『沿西塞之峻崿。』」韋莊詩：「孤峰漸映湓城北，片月斜生夢澤南。」羅隱詩：「吴塞當年指此山，吴都亡後緑孱顔。」王周詩：「千尋鐵鎖無由問，石壁空存道者形。」張耒詩：「危磯插江上，石色擘青玉。」又云：「已逢娬媚散花峽，不怕艱危道士磯。」皆是也。放翁《入蜀記》所云：「晚過道士磯，石壁數百尺，色正青，了無竅穴，而竹樹迸根，交絡其上，蒼翠可愛。自過小孤，臨江峰嶂，無出其右。磯一名西塞山。」又云：「抛江泊散花洲，洲與西塞相直。」而所引玄真子《漁父詞》「西塞山前白鷺飛」者，則湖州磁湖之西塞山，唱和此詞正顔真卿爲湖州刺史時事，其第五首明言「霅溪」。放翁山陰人，不應泛引如此。然其詩亦云「斜風細雨苕溪路，我是後身張志和」，則是未嘗誤認也。西塞山側有回山，山有飛雲三洞，一名「猗玗洞」，元次山結避亂讀書於此，自號「猗玗子」。顧黄公景星《三洞詩》：「漫叟昔避世，結屋幽崖裏。窪樽倚石竈，鑿削就崐壘。何年起祠屋，香火走村里。號爲元道人，祀同木居士。塑形飾金碧，御物列髹几。扇拂持黄冠，道州必不爾。燬從崇禎後，山水得清泚。三洞少游人，猿聲亦歡喜。淫祠踵訛妄，流俗方未已。不見西塞山，亦祀玄真子。」西塞山側亦有磁湖，見兩蘇公集。蓋亦因張詞而附會之也。

春草園，即葆光堂之西偏，余兄弟幼時讀書之地。後藝紅蕉，名其館曰「紅蕉山館」，因以名吾詩文集。吾季弟則即入仕後所作統名之曰《春草園集》，蓋不忘對牀風雨也。

南訥齋心恭，字伯容，一字豆塍，蘄水諸生。負才不羈，跌宕文酒之場，年三十餘卒。同里王根石雲輯其詩曰《豆塍遺詩》，不過吉光片羽耳。其在燕中，題酒家壁上《赤壁圖》云：「圖中赤壁吾家在，夢裏黄州舊釣磯。北轍十年同老馬，不如烏鵲向南飛。」人謂「南烏鵲」。余《對酒行》云：「憶初定交時，我年甫十七。汝更少於我，氣力堪比匹。」訥齋己巳生，年十四即有能詩名。

大滿禪師之有東禪寺，猶大醫禪師之有衆造寺也。衆造之名，人無知之者。東禪寺僅存，他遺跡無可考。墜腰石猶見疑於王新城，石上刻詩釋晦山顯所留，即吴梅邨所謂願雲師者。其云：「分明一片東禪月，遍照支那四百洲。」「支那」猶言中土。《宋史・天竺國傳》：「天竺表來，伏願支那皇帝福壽圓滿，壽命延長。」

南徵君昌齡樗野先生，訥齋之尊人。嘗次余寄訥齋詩韵云：「金昆玉友妙誰儔，的的人閒薛賈流。却寄新詩當酷暑，恍如冰段照寒秋。珠囊挈得傾三島，寶鼎扛來鑄九州。爲屬過庭應問我，更生歲月總擔愁。」徵君前年八月嘔血幾絶，故云。

王公西園鴻典，一字慎齋，直隸雄縣人。乾隆癸酉舉人，湖北廉能吏也。所至有循聲，可謂神明之宰、慈惠之師矣。署黄梅縣篆，甫下車即拜先君子於葆光堂，詢一邑利弊、百姓疾苦，進余兄弟而勖以讀書勵行。簿領稍暇，即策馬來，或至夜分，漏三四下。具蔬食數柈，酒一壺，公則縱論古今而雜以詼諧，出之風雅。每出行村落間，一騎一僕，結束如山人。逢村童館舍必下馬，與其師談文藝甚愜。已而問其僕，始知爲長官。或曰：「此紗帽山人耳。」余詩云：「紗帽山人騎瘦馬。」紀實也。以丁本生父憂去。再來楚，補應山知縣，移鍾祥。緣事鐫級，報罷。余有《王西園先生别傳》，頗具其軼事焉。

邑令曹雲瀾麟開，貴池人。乾隆乙酉舉人，工詩，善畫。嘗爲余寫《讀書松桂閒圖》。在黄州，與余同游武昌寒溪，寫《寒溪圖》。將入都候代，邀余同游廬山，余不果往，寫《廬山册子》見貽。余用摩詰語「廬山我心也」五字題籤。嘗自署一章曰「師法雲林」。

《黄梅志》載江心寺在蔡山，上有峰頂寺，名「勝志」。蔡山，曹成王皋敗李希烈於此，並見昌黎《曹成王碑志》。據《侯鯖録》，李太白詩即在此山。按：趙令畤《侯鯖録》云：「曾皐爲蘄州黄梅令，縣有峰頂寺，去城百餘里，在亂山群峰間，人迹所不到，皐按田偶至其上，梁閒小榜，塵流昏晦，乃李白所題詩，其字亦豪放可愛。詩云：『夜宿峰頂寺，舉手捫星辰。不敢高聲語，恐驚天上人。』」《事實類苑》載楊文公數歲吟詩云：「危樓高百尺，手可摘星辰。」下二句全與《侯鯖録》同。王梅溪注蘇《真興寺閣》引「手攀飛星」句，即援楊文公詩，與《事實類苑》同。《西清詩話》又據《侯鯖録》，以爲非楊文公作。楊文公名億，宋初人。此詩之爲李爲楊，尚未知孰是，而《侯鯖録》所云「峰頂寺在亂山群峰間」，與今蔡山不合。蔡山昔孤峙於江心，今雖去江稍遠，然一山獨秀，不過小有凹凸起伏，無所爲亂山群峰也。且趙録亦只云「峰頂寺去城百餘里」，未明指蔡山。蔡山濱江，韓碑可證。張祜亦有《峰頂寺》詩：「月明如水山頭寺，仰面看天石上行。夜半深廊人語定，一枝風動鶴來聲。」與趙録所載，都無一字及江。惟《説郛》所載無名氏《金玉詩話》云「蘄州黄梅縣峰頂寺在水中央，環伏萬山，人迹罕到」云云，與今名「江心寺」者合。所謂萬山，豈因在水中，故侈言之耶？丈人夸詞類此。今江已南徙，無復水中矣。曾阜，字子山，南豐人，於子固爲從兄弟。子紘，字伯容。孫思，字顯道。阜嘗帥漕湖南，後家襄陽。見陳直齋《書録解題》《臨漢居士集》，並《臨峴居士集》題語。臨漢居士紘，臨峴居士思也。顧阜爲黄梅令，既見趙録，志作元人，誤甚。

《地理通釋》：朱文公曰：「漢九江郡，本在江北。後以江北之尋陽並柴桑而立郡，又自江北徙治江南，故江南得有尋陽之名。」《寰宇記》：「廣濟、黄梅皆漢蘄春郡地。」江州，則引《尋陽記》云：「本在大江之北，今蘄州界。」明乎今理，德化之尋陽，非古尋陽也。《水經注》：「青林水，又西南歷尋陽，分爲二水。一水東通大雷，一水西南流入於江，經所謂刊水。右對馬頭岸。」刊水，今武穴聚。馬頭岸，今江南之瑞昌縣地。《注》又云：「東逕積布山，俗謂之『積布磯』，庾仲雍所謂高山者，即西陽、尋陽二郡界。」《廣濟志》云：「積布磯，在今馬口巡司下，田鎮上，尋以是爲界。」則自此訖武穴、龍坑湖外，江浦皆尋地。道元云「青林水又西南歷尋陽」可證。龍坑即今龍坪。東五里保賽口即黄梅縣地。沿江三十里，新開三十里，清江三十里，楊穴段姚市皆梅地，應即漢尋陽縣地。清江對岸乃晉徙治江南之尋陽。今九江府治德化縣，古柴桑。陳愚谷詩輯《湖北通志》於廣濟云：「漢蘄春、尋陽二縣地。」於黄梅云：「漢置尋陽縣，屬廬江郡。後漢因之。三國吴屬蘄春郡。晉太康元年屬武昌郡，二年仍屬廬江郡。永興初徙尋陽於江南柴桑，遂爲蘄春縣地。」蓋梅至晉以後始爲蘄春縣地也。今人但知梅曾屬廬江郡，而不知晉以前爲尋陽縣地。《一統志》按：「尋陽分郡在晉永興初，而温嶠徙治則在南渡後。」《尋陽記》：「今蘄州界古蘭池城，亦謂之『尋水城』，即漢尋陽縣。」今考《水經注》，已有「江水口右東得蘭溪水口並江浦」之語，或即蘭池所在。第尋陽故城不可考。「尋」或作「潯」。本字「尋」，後人加水。

涇縣趙偉堂帥，字元一，乾隆壬午舉人。來梅見余《大别山謁禹廟》詩，訂交焉。後晤於鄂州，曰：「吾嘗誦君詩於家，星閣先生爲之擊節歎賞，以爲何減少陵。」星閣先生，趙公青藜也。偉堂爲余題雲瀾刺史所畫《讀書松桂間圖》，即乞余題其登高小影。有云：「丹青曹霸今何求，我又扁舟江漢游，登高作者張房州。我題君圖君題我，展觀應笑花盈頭。」張房州謂雪鴻敔，詩、書、畫兼擅長。桐城人，以歷城籍與山東鄉薦。時爲房縣知縣。歷任應城等縣。後以冒籍去官，僑寓金陵。聞又去之歷城。他日片紙尺幅留於人間者，皆可寶貴。

又錢唐張雲塍凱，乾隆壬午舉人。來梅，雲瀾曹侯招余同飲俊逸堂，次雲瀾韵各賦七律一首。又題余《讀書松桂間圖》云：「松後凋，桂香飄。中有人，歌且謡。讀何書，讀《離騷》。松飛花，桂吐芽。静四壁，富五車。讀何書，讀《南華》。聽松濤，拾松子。白氎巾，烏皮几。讀何書，讀遷《史》。」

《麓堂詩話》：「羅明仲嘗謂三言亦可爲體，出『樹』、『處』二字迫余題扇。余援筆云：『揚風帆，出江樹。家遥遥，在何處？」又因圍棋，出『端』、『觀』二字，余曰：『勝與負，相爲端。我因君，得大觀。』」

客攜唐子畏所畫《春夜晏桃李園圖》索題。余思二公遭時多艱，其事略同，因是圖而以史家合傳體題之。

南樗野徵君詩多散佚。同里王根石雲輯遺詩數百首，屬余爲序。杭堇浦世駿《詞科掌録》：「蘄水南昌齡念貽監生，湖北巡撫歸安吴公應棻所薦。秀水萬柘坡光泰題其行卷云：『軼事津津述晉唐，春松秋菊各分行。他年剪割成圖陣，好句寧輸李十郎？』」並著録《江漢澄清賦》一篇。余始見徵君於黄州。十餘年後再至黄州，而徵君不録，聞訃愴然。唐大曆中，隴西李益稱十郎，見蔣防《霍小玉傳》。《唐書》：「益長於詩，每一篇成，樂工争求之。至《征人》、《早行》篇，天下皆施之圖繪。」樗野之詩，爲柘坡所傾倒如此。然所稱「晉唐軼事」詩，逸去久矣。

先伯祖物外公自東城徙居西城，葺别業於城隈，名曰「匏園」。公書法先學李北海，晚年喜爲懷素草書，興酣墨飽，使筆如飛，而筆如屈鐵，結構天成。一一精妙，不知其用三錢筆也。至今零紈斷素、巨幅矮箋都堪寶貴。「匏園」二字則又力倣晉賢，迺亦逼肖。吾梅城小而陋，居者幾滿。惟匏園隙地可數畝，田可稻，圃可蔬，池可溉。余爲《匏園四詠》，曰「自知堂」，曰「一勺亭」，曰「留耕山莊」，曰「以俟書屋」。公著有《素業堂雜著》。

無錫嵇晴軒侍讀承謙督學秦中，南訥齋游其幕。詩特雄拔。《華山》云：「半生五岳峣嶒志，仗策先登太華山。十指劈河飛碣石，一丸擲地走潼關。上方烏兔誰羈絆，下界魚龍任往還。咫尺天梯躋不得，青蓮花在白雲閒。」《平城》云：「漢皇慷慨大風歌，親領貔貅北渡河。六國叛王甘斧鉞，百年驕子奮干戈。他時樊噲兵爲戲，此日陳平計更多。枯草白登流戰血，雁門青塚恨如何。」又《出都》云：「料峭春風不解寒，敝裘典盡客衣單。灰心只爲三條燭，妙手誰施九轉丹？冰雪逼人增馬齒，友朋畏我累猪肝。國門此去頻回首，淚落塵裾未忍彈。」讀之者可以悲其遇矣。

雲夢許秋巖兆椿丁憂家居，客黃州。余客武昌，盈盈帶水，一棹往還。其送余月夜渡江云：「帆挂月初上，江寒潮未生。秋心將明月，同到武昌城。」已，秋巖將別去北上，贈余云：「秋柳無絲不綰塵，蒲帆欲挂且逡巡。年饑去住皆難策，別近雲山解戀人。歧路生歧安世味，客中送客愴君神。相如信有凌雲賦，直比金臺氣象新。」「到處逢人説項斯，近來鎮日把君詩。論才信悔成名早，惜別重嫌識面遲。紅樹青山秋色澹，曉風殘月客愁知。子游欲倦吾方始，兩地蒼茫有所思。」又題余詩卷云：「談詩説劍總堂堂，對酒剛從伏武昌。一夜清歌聞不得，柳花如雪月如霜。」「一生傾倒是詩名，沈宋當筵眼倍明。真箇把君詩過日，峨眉雪水一江清。」「一生傾倒是詩名」，即用余卷中句也。

余九齡讀《詩》，至「仲氏任只，其心塞淵。終溫且惠，淑慎其身。先君之思，以勖寡人。」請於師，而得其解，遂恍然若有得於作詩之旨。已而先君子曰：「不數年，鄉、會試必增詩。」乃授之聲律。余竊取二南、十五國之詩篇爲一詩，參用毛、鄭、朱子之説，而互證以歷代之史，歌詠成帙。秋水老人見之，曰：「此子詩口爽甚，可與學詩。」一日雪作，先君子命作雪詩，余提筆書「隴頭隴外」四字，老人曰：「開口四字便有詩味，便是雪意。」老人石姓，室名書藏字，「秋水」其號，先君子從母之子。自漢陽、長沙游歸，暱就先君子，與共晨夕，余因得聆其談論，至夜分猶娓娓不倦。其生平侘傺無聊之況，偶發之於詩。隨作隨焚棄，故其詩不傳。今吾里人亦無有能舉其名者矣。

《帶經堂全集》雖勉强應酬之作，亦有可觀。《精華録》尤爲完善，然語病亦間有之。《南史·梁宗室傳》：「元帝圍河東王譽於長沙。請救於邵陵王綸，綸與元帝書曰：『大敵猶强，天仇未雪。余昆弟在外三人，如不匡救，安用臣子？如使逆寇未除，家禍仍構，料今訪古，未或不亡。夫征戰之理，義在克勝。至於骨肉之戰，愈勝愈酷，捷則有功，敗則有喪。侯景之軍所以未窺江外者，正謂屏蕃盤固，宗鎮强密。若自相魚肉，是謂代景行師，醜徒何快如之！』」非真代景行師也。《精華録·臺城懷古》云「可憐代景行師日」，殊失史意。《藝苑卮言》：「分宜貴後，詩不能復唱《渭城》。」用劉伯芻「安邑里賣餅人，匆匆不暇唱《渭城》」語。《精華録·論詩絶句》：「十載鈐山冰雪情，青詞自媚可憐生。彦回不作中書死，更遣匆匆唱《渭城》。」劉語本謂不暇唱，故曰「匆匆」，今既翻用，猶曰「匆匆」，於義未安。甚矣，其難也。

葉雲素繼雯，乾隆庚戌進士，漢陽人。早歲名噪江漢間。余於丁酉秋與蘄水南豆塍造訪焉。後余客漢上，陳虞部愚谷假歸，就雲素爲教授其子。余過從甚密，麗澤之益良多，往來漢上者，無不知余三人之交最篤。厥後雲素次子爲余季女委禽，愚谷媒焉。雲素績學嗜古，守禮行義，不徒以文藝擅長，故其贈余詩有詩外有事之勖。詩云：「我生恨晚，不及周旋李杜高岑之詞場。安得追隨五雲上天閶，親見古來作者一二相頡頏。作者亦代謝，元氣何渾茫。在天爲雲漢，在地爲陵岡。於時爲寒暑，於律爲宫商。造物聚以五色筆，丈夫落筆關陰陽。吾友石農萬夫傑，權奇天骨森開張。十一詠銅雀，十七賦阿房。只今冉冉三十九，猶守鉛槧從諸郎。有時擲筆離座起，化爲千尺百尺長虹長。屈鐵没石仍繞指，騰躍故楮開新光。風霆鬱律蛟龍藏，招呼萬象來君傍。大敵小敵無不當，長槍大戟何堂堂。萬古心胸費開拓，偏師那得相測量？麟山一傑遥相望，天馬德驥古所方。譽人不中甚於毁，非我孰能語其詳？我獨何爲濫笙簧？刻脂鏤冰恍自失，導余前路駿鴈行。縱横上下彌旁皇，詩外有事君毋忘。」「長槍大戟」語，蓋緣時有爲《論詩絶句》者云：「獨立蒼茫萬仞峰，直教雲海盪心胸。長槍大戟誰能敵，除是黄州喻石農。」「麟山」謂愚谷。

漢陽黄氏於鳳栖山後傍湖蓋亭，名曰「荷亭」。花開時，余嘗游覽焉，因得借觀其抄本書五百餘種。是時殿本各書未出，愚谷、雲素、根石次第傳鈔，而余顧未暇。其書多抄自竹垞老人，兼有文淵閣及曝書亭、范氏天一閣等書目。審其圖記，蓋舊爲高氏所藏，不知何許人。《辛巳泣蕲録》即其一種，根石鈔寄鮑以文。

雲素尊人葉松亭先生工詩，清真微婉，有唐人遺韵。雲素嘗貽余一單幅，即胡牧亭先生書其尊人五絶一首。詩云：「何處問泉源，飛花落亂石。似雪復有聲，仰面足千尺。」詩意書法可稱雙美，余甚寶貴之。

段寒香老人嘉梅，字孟和，一字夢鶴，漢陽人。詩才富贍，其《無題》百首、《梅花詠》百首，爲世所傳誦。未刻稿一巨簏，余嘗訪之於其孫，秘不示人，今不知猶存否。

彭丈湘懷，字念堂，一字棟塘，亦漢陽人。事母孝，詩清和潤澤，古文亦有家法。漢陽詩人自王孟穀戩後，無有與之齊軌者。與余諸世父多有酬贈倡和之作，刻有詩、古文集若干卷，無子，板漸佚，余從雲素借鈔。後畢秋帆尚書總督湖廣，延杭州章實菴誠修《湖北通志》，余以所鈔送志局。會軍興，不暇爲。而實菴愛其古文，亦遂携是集歸浙中。他日當更向雲素鈔之。

應城程是菴先生大中，字拳時，乾隆丁丑進士。余十三歲見之於黄州先七伯父座上。學有根柢，古文出入於歐、曾，詩以清曠絶俗爲工。如《對月》云：「山寺月初出，窅然秋氣深。空江明獨鳥，落葉響疏林。群動有時息，故人同此心。何當具尊酒，乘興坐梧陰。」《雨中訪楊映人憩倚山亭》云：「春雨花争發，歸期竟若何？夢隨關路永，山倚故人多。息慮尋芳草，輸心引白波。會當晴月夜，乘興一來過。」又如：「岫邊雲漸嬾，花底客初歸。」「黄花空復好，白酒不禁愁。」「野花開到嶺，春水静于山。」「詩從歸路少，夢自入山清。」「事有千年在，官真一病休。」「亂山蹲古佛，急雨響晴天。」「思親雙淚眼，送子一虚舟。」「早春寒雨歇，孤艇大江行。」皆能不墜王、孟宗風。

楚人吟詠之富，無如蒲圻張白蒓開東，天才敏贍，所歷名勝莫不有詩。當路貴人慕其名，争相接引，以故應酬牽率之作亦所不免。詩逾萬首，鍾祥某刪存二千餘首。余嘗甄録其尤，亦四百餘首。而其興會所至，天然不可湊拍，但覺滿紙性靈，一片天籟，有不可以繩尺拘者。或以爲謫仙人，或以爲廣大教主，無不可也。

張江陵救時之相，功過不相掩。「恩怨盡時方論定，邊疆危日見才難」二語，竹垞老人稱爲「詩史」，石首王啓茂，字天根，一字天庚，謁文忠公祠句也。全詩云：「袍笏巍然故宅殘，入門人自肅衣冠。半生憂國眉猶鎖，一詔旌忠骨已寒。恩怨盡時方論定，邊疆危日見才難。眼前國是公知否，拜起還宜拭目看。」天根崇禎末以明經薦，不就。朱儼鏞《郢書》云：「石首王天庚，閒雅淹博，有古名士風。飲不一蕉葉，而能竟夜快譚，以故流輩多親之。著述最富，尤長艷詞。詩中佳句如：『荷鋤千嶂曉，洗藥一溪香。』『留客竹風細，近人螢火微。』『秋深晴日少，鄉遠僕夫愁。』『墜葉鳴兼雨，寒花欹向風。』又絶句二首：『出郭未停午，到門星月斜。非關行步緩，一路看梅花。』『餉君岕山名，但少惠山泉。城中無好水，留待雪時煎。』此先生寓余雍臺別業，信筆代柬者，清幽一氣，非復人間烟火矣。近過白下，陳伯璣遺我《詩慰》，中選天庚《渚宮集》數十首，庶幾嘗鼎一臠」等語。余聞天庚著有《拙修堂集》、《玉鳧齋樂府》、《茶鐺三昧》、《曬書瑣語》、《松槐録》等書，今不存。

考田詩話卷三

黄梅喻文鏊治存甫

雲素爲余言，秦小峴瀛官户部時，爲軍機司員。於軍機處與人偶譚張江陵事，輒誦余「元戎塞上鴛鴦陣，丞相宫中治亂圖」二語，聞者譏屬對不工，小峴亦不復置辨，移時乃退。蘇長公詩云：「身行萬里半天下，僧卧一菴初白頭。」有疑「白」不得對「天」者，欲改作「初日頭」，謂此僧負暄於初日耳。蘇公聞之曰：「若欲改作『日頭』，也不奈他何。」

唐明皇爲鄭虔置廣文館，以虔爲博士，此特設之官，與校官無與。然虔不知廣文曹司所在，訴之宰相，宰相曰：「上增國學置廣文館，今後世言廣文博士自君始，不亦美乎？」既云國學，則學官亦可通稱。近代應俗换字之習相沿已久，大約假借古稱以爲美，遂爾名實混淆。如以生員爲秀才、爲茂才，以舉人爲孝廉，以貢生爲明經。又如以知縣爲明府，以知府爲太守，以知州爲刺史。如此之類，不可枚舉，不獨校官之稱廣文也。

王少林嵩高，乾隆癸未進士，寶應人。樓郵式丹之孫，孟亭箴輿之姪。詩筆雅健，《大梁懷古》之作爲時所稱。詩云：「摇落偏驚旅客魂，秋風回首眺中原。三花樹色開神岳，萬里河聲下孟門。形勝鬱盤終古在，英雄慷慨幾人存？信陵策士俱黄土，獨有侯生解報恩。」宰漢陽，重葺石榴花塔，余詩所謂「賴有漢陽宰，重來昭覆盆」也。太白《郎官湖詩序》「漢陽宰王公」，不詳其名，余借以謂少林，故曰

「重來」。

曹刺史麟開，天才縱軼，歌行長篇源於太白，近體亦力追盛唐。五律《過無錫》云：「鼓枻隨漁父，相將路不遥。秋風生蠡瀆，木葉下夫椒。鄉夢冷侵月，波聲寒上潮。忘機羨鷗鳥，烟水自迢迢。」《泊秀水》云：「柳隄閒泊處，涼露滌煩襟。浦樹澹秋靄，天河澄夕陰。烟霏蠡塢合，潮落鴛湖深。何處一聲笛，蒼茫發浩吟。」《夜宿丹陽湖》云：「長川豁澄霽，薄暮繫蘭橈。夜氣波間月，秋聲枕上潮。烟平連樹斷，雲動挾峰摇。不盡懷歸思，天空鴈影遥。」七律《過昭關》云：「楚尾吴頭路渺茫，英雄曾此託行藏。蘆中唤渡西風急，市上吹簫夜月涼。爲報父兄甘馬革，與人家國倚魚腸。無端遠逐鴟夷去，白馬銀濤怒未償。」《姑蘇臺》云：「錦帆何處落晴霞，香水溪寒罷浣紗。烏喙計成尤宰嚭，蛾眉情重誤夫差。半規斷碣要離塚，一葉扁舟范蠡家。終古錢唐潮有恨，銀濤白馬挾風斜。」《淩歊臺》云：「輦道淩空俯大荒，雕題繡幰動凄涼。六朝事業悲南宋，一代風流歎武王。漫道神兵馳白下，已看天命厭丹陽。行人下馬尋遺跡，巖畔飛花徧野棠。」又五言如《真州舟次》云：「暝失三山樹，晴開百越烟。」《過常州》云：「白雲來海邑，黄葉遞秋聲。」《棘城》云：「疏柳半藏屋，斷雲時出山。」《過高唐州》云：「問河尋古漯，飲馬歇孤城。」《喜王愚邨章南圃過訪留宿養雲齋》云：「秋聲自蟋蟀，露氣滿梧桐。」七言如《潤州懷古》云：「第一江山籌宋武，萬鈞弓弩破盧循。」《揚州懷古》云：「絲竹中年謝太傅，天人射策董江都。」《嶧山》云：「祖龍空駐鈎陳蹕，丞相難留鳥篆蹤。」《銅雀臺》云：「公子尊前吟興劇，狂生營外鼓聲催。」

王西園大令由應山至鄂城。一日，招余與仲弟，偕許石泉兆棠，秋巖弟也，飲黄鶴樓側之費公祠。余賦「木落江深鴝鵒哀」七律一首。他日，秋巖語及曰：「破損廉吏錢奈何，然此會難得也。」兆棠於乾隆己亥鄉試第一，次年成進士，入翰林。

漢陽府治在鳳棲山之麓，山不甚高，瀕江，故見高也。其巔有秋興亭，唐刺史賈載建，舍人賈至爲之記，所謂「不出户庭在雲霄」，信然。余所居寄軒，即在此亭下，前守紀秋槎淑曾所構。江雲窅窕，帆影參差，時出没於危欄曲檻、湘簾棐几之間，可以怡情，可以破寂。秋槎，獻縣人，時與顧牧原駉有能詩聲。

宋築禮賢館，以招李煜，卒不順命，以至於亡。長春殿，太宗之所宴吴越王也。後即以禮賢宅賜之。如吴越不識天命，則吴越王妃亦小周后之續耳。故余題《釣磯偶談》云：「禮賢宅繼長春殿，惆悵錢唐陌上花。」龍衮《江南録》：「李國主小周后隨後主歸朝，封鄭國夫人，例隨命婦入宫。每一入輒數日而出，必大泣罵後主，聲聞於外，多宛轉避之。」

仁和諸生吴枚菴翌鳳，多蓄世間未見書，鮑以文《知不足齋叢書》藉其佽助。其游楚時，知蘄水王根石有嗜古之癖，多俾鈔録。余亦得借觀，今别去數年矣。余詩云：「茶温酒熟又三年。」惜好友之難得而易散也。

《復社姓氏》，余鈔自吴枚菴，因作《復社悲》。乃吴氏次尾所刊本，其子孟堅重録，孫銘道取竹垞老人所得吴氏扶九手書本，再加較正補録者。阮亭《分甘餘話》：「汪文治洋度以《復社姓名録》見寄。」不知係何本也。余詩題《復社姓名録》，其實即題《復社姓氏》之本。銘道云竹垞老人編次復社語附卷末，今已佚去。然竹垞語散見所著各種内，可取而觀也。吾梅石煒公、吴士申名在前卷，詢之二姓後人，並不能舉其名，是又可慨者矣。

吴梅邨先生《東皋草堂歌》爲瞿稼軒式耜也。瞿公，錢謙益門生。謙益少負盛名，既不得志於首臚，壓於韓敬。信王登極，首舉枚卜，列名第一，又不得志，壓於温體仁。當其回籍聽勘，里居築東西皋爲菟裘，與瞿公矜尚名節，慎立交與。謙益惟抱膝長吟，擁柳如是，選刻明季詩文，雌黄古今人物，幾欲出無門。直至弘光擁立，奮袂彈冠。江南既平，又復屈身本朝，謬謂「史料在我，修明史舍我其誰」，欲以蔡邕自蓋。迨絳雲樓火，典籍盡焚去，徒爲兩朝罪人，含羞對門生矣。時有譏之者，句云：「黑頭久已羞江總，青史何曾待蔡邕？」余題《瞿公朝天圖》云：「東皋草堂蒼狗墮，虞山羞見絳雲火。」瞿公，乾隆間賜謚「忠宣」。

《香祖筆記》：「唐時有走馬應不求聞達科者，傳以爲笑。宋亦置高蹈丘園科，許於本貫投狀乞應，與唐正同。」其實高似孫《唐科名記》，建中元年即有高蹈丘園科，不始於宋。余自己酉歲已不復應舉，因有「不求聞達亦科名」之語。

吴雲衣森，南豐人。乾隆癸未進士，建始縣知縣。因事被議，居黄州，和盡東坡黄州詩以寓意。羅旭莊暹春以翰林守黄，與爲文字交。時過江來武昌，與余論詩，其愜，有「壁壘森嚴張我軍」之語。又代武昌令謝君撰《脩城記》，甚佳。

雲南、貴州、廣西三省苗，屢撫屢叛。雍正初，鄂爾泰公奏請改土歸流，此用兵之權輿也。土官自漢唐世襲，雄富一隅。一旦入版圖，受官吏約束，漢奸又陰嗾之，不馴者數起，至是有鎮沅之事，知府劉洪度被害，總督鄂爾泰公討平之。袁簡齋枚《小倉山房文集·鄂文端公行略》云：「公慙怒次骨，奏請褫職，討賊贖罪。世宗以爲多一次變動，加一次平定，優詔不許。公感恩益奮，督軍鏖戰。所獲苗皆刳腸截脰，分挂崖樹幾滿，見者膽裂。繳上苗寨弓刀鎗砲軍器無萬數。丙午用兵，至庚戌功成，乃造橋雲貴交界處，號庚戌橋，開通黔滇路八百餘里。」是文前有鎮沅苗縛知府劉洪度云云，語侵眷屬，蓋傳聞失實，是時眷屬在會垣也。劉公洪度，字若千，廣濟人。由岑溪縣知縣，擢石屏州知州。以進藏功調師宗州，進威遠同知。適猓黑焚漫哈地方，公率衆擒捕之。臺使知其能辦賊，檄密拏土官刁瀚，因署鎮沅府知府，仍兼管威遠同知，並攝恩樂縣事，此雍正四年冬十一月也。次年正月，猓黑驟圍城，城陷，武弁先遁，公坐堂皇，曉以大義，不得。拔刀手刃數賊，力戰死。事聞，卹贈鎮沅府知府，諭祭，廕一子入監。七年四月初六日，上念署鎮沅知府劉洪度守土苗疆，捐軀盡職，皆由厥父自理義方之訓，諭詢本籍地方官，若劉自理尚可服官，加恩録用；倘年老不能仕，著照其子品級，給與知府封誥。後以年老，封誥如令。其時僕人同被害者五人。眷屬在會城，僅以免。子恩謨、恩訓，方數歲，弟洪佑率其子扶櫬歸。恩謨，廕生。恩訓，乾隆癸酉舉人，江蘇溧陽縣知縣，以清操聞。余《鎮沅太守行》，爲劉公也。

傅野園垣，漢川人，諸生。其尊人官蘄州學博，與兄培滋圃、弟均成叔隨侍黄州，皆能詩，力追唐人，饒有清氣。余記野園詩如《憶家》云：「二十初爲客，淹留久未歸。夢回秋水闊，心逐隴雲飛。地僻黄花瘦，霜高侣雁稀。遥憐兄若弟，慈母爲添衣。」《寄漢南諸子》云：「芝山望不見，江水日悠悠。故人住家好，而我獨遠游。一别成三載，相思又到秋。追念平昔歡，凄其動客愁。」《九日登高》云：「西風九月又秋殘，黄菊茱萸滿翠巒。莫怪登高人易感，年年花在異鄉看。」應城孫偕鹿甡，號林菴，其中表也。因野園與余交，詩亦清絶，所謂平妥之作，正自使人難及。《山居》云：「我愛深山裏，青松和白石。結廬山水間，長此數晨夕。看雲便出門，忘却歸來路。山中有樵子，爲指門前渡。東月照西峰，流光滿林木。老猿時下來，就我茆簷宿。」《月夜》云：「興來每孤往，行行上釣臺。梧桐忽有影，凉月在扉柴。」「閣外鳥初静，溪頭人漸稀。隔林見漁父，相對兩忘機。」《答野園》云：「前與故人相見時，篋中攜得惠連詩。曾憐異地兼愁病，更向高秋怨别離。千里傳書長未答，一年有夢只空隨。欣逢令弟歸帆便，得句還須報爾知。」林菴，乾隆壬子鄉薦，司諭大冶。而野園則終身屯鬱蹭蹬。别去二十餘年，今年近七十矣。

《列朝詩集》：「僧古淵，字慧深，黄梅人。《題松雪山水》云：『雪後潮痕上釣磯，江南山水一絲微。萋萋芳草連禾黍，何事王孫尚不歸？』」今乾隆初有曙山上人，一字澍山，亦黄梅人。剃髮後遍參諸方，能詩，善書法。先大父於邑治南二水合流處，與邑子建文昌閣，旁翼學舍數十間，俾邑師生講肄其中，時上人在都門，先大父招之來住持。上人自顏其室曰「停橈處」，筆法頗有歐、虞之遺。有詩數百首，示寂後遂佚。

癸巳九秋，同人集余昆弟黄州寓舍。酒罷賦詩，以漁洋「明燈池館夜涼初」爲韵。箬舟、巽山詩未成去，而漢川傅野園垣、蘄州李竹溪猶龍適來，遂得「燈池」二字，書之以志一時清興。中岑云：「連年惆悵故人疏，江上相逢又旅居。千里月明碪響後，一庭花影雁過初。和成白雪新歌曲，到處青帘舊酒罏。他日梁園俱賓從，莫辭迢遞寄雙魚。」訥齋云：「空庭葉下夜初涼，北雁聲寒九月霜。酒渴正逢柑子熟，蟹肥猶識稻花香。十年磊落飛騰志，一代風流窈窕章。莫道故人多契闊，高吟真過孟襄陽。」野園云：「八載黄州見面遲，座間名士半新知。何當酌酒談心夜，正值清秋落木時。短角聲寒霜滿地，小園客散月臨池。他年畫壁旗亭上，誰是雙鬟後唱詩？」竹溪云：「牛耳憑誰執，騷壇許我登。文章懷赤眼，風雨共青燈。木落空山静，天高爽氣澄。翻嗤河朔飲，難語夏蟲冰。」以載云：「露下晚涼生，月出清光滿。客路感秋聲，鬱鬱愁虚館。喜逢素心人，敦盤燒燭短。座上蓬池客，能入嵇阮伴。共説李生狂，訥齋更廉悍。野園酒陣豪，詩成破編剗。齊心歡彦會，聊以寄蕭散。今夕復何夕，相將吐深款。四座發高歌，清香激簫管。坐久夜方長，直待銀河轉。」典掖云：「小閣夜初涼，木葉蕭蕭下。緬彼素心人，幽思託遥夜。我亦淡宕情，天懷時自瀉。白月在高梧，臨風相慰藉。」余詩「同是黄州客」云云。徐中岑愈達，乾隆壬辰進士。潘箬舟紹經，乾隆丁未進士，改庶吉士，歷官御史。巽山紹觀，乾隆辛丑進士，改庶吉士，歷官廣東韶州府知府，升浙江寧紹台道，俞旨下，已前没。皆蘄水人。

閔貞，號正齋，廣濟人。僑寓漢口，晚游都中。寫人物花鳥，寥寥數筆，栩栩欲活，尤工寫真。吴侍郎省欽題貞《牛飲鍾馗圖》注：「貞父母早亡，求遺挂不得，心想手摹，落紙惟肖，遂以白描名於時。」

朱學士筠題閔氏墓碣云：「貞爲小幅饋食之圖，坐父母於案，貞躬進食，朝夕薦食如平生。」曹御史錫寶題其《奉饌圖記》云「今來日下，王公貴人争得其片紙尺幀以爲幸」等語。余嘗聞某邸甚愛其畫，其時班禪額爾德尼來朝，緣出痘示寂，某邸命繪其像。時謂活佛死矣，經貞畫，死佛又活。性簡僻，酒酣興至，抽豪欲飛，不則，雖百金不能得其一幅，人呼爲「獃子」。好狹邪之遊，嘗圖其生平所閲，各爲一照，共裝褫一册，統曰《百美圖》。求畫者亦多於伎席得之。在京邸歲除，百逋俱發，却伏案揮灑曰：「汝等毋太急，我正爲汝輩要緊也。」衆大笑。余作《閔獃子歌》。

金川土司在四川徼外，本吐蕃遺種，《明史》所謂金川寺也。乾隆十三年，因其不靖，稱兵進討，窮蹙乞降，籲呼請命，始詔班師。貸存餘息二十年。兩金川索諾木僧格桑復滋事，曾噩齋承謨爲榮縣知縣，在軍中主兵者，知其能，倚任之。嗣主兵晉定西將軍，收復美諾。兩金川平，噩齋議叙升宜昌知府，調漢陽知府。噩齋，湖南桂陽州人。余《江漢風雪歌》有「太守昔踞峨嵋峰」云云，爲噩齋也。

郭元釪補輯《全金詩》，謂劉豫前既背宋，終亦非金之幹臣，反覆僭冒，婦孺所不齒，而遺山《中州集》録金相首登其詩者，以爲宋臣、齊帝，豫皆不得而有之，登之金庭，其罪自見。豫所鐫《禹蹟》、《華夷》二圖，乾隆間出於陝西土中，嵌西安府學碑洞。豫本嫻於文學，界畫精緻，題識俱有可觀。方其在宋爲臺官時，累章論禮制，而不自知其卒陷於大逆。余題二圖詩若曰：「此宋侍御史高論禮制者也，胡爲乎完顏氏之庭哉？」「河北村叟不識禮」，即用徽宗語。

王石華瑜，太倉州諸生。石華老矣，素羸善病，以故人誼楚游，因之來梅，與余交，遂携余詩遍示同游諸子，多手録以去。其所自作，則如幽燕老將，氣韵沈雄。五古《春郊》云：「稍聞谷鳥聲，杖藜適吾事。和風拂襟袖，寓目皆堪喜。窮陰閟生氣，暢泄今方始。四運妙弛張，綿延迭相俟。陽春寧少吝，厚力難久恃。斂退裕新機，展舒非故理。孰能與之遊，超然謝成毁。」《晚赴淮北問冰上人相送》云：「扁舟赴晚潮，烟景起寒色。道人遠相送，小憩空塘側。半載東峰下，于焉散愁疾。龕燈引夙智，爐香澹塵憶。勞生未能謝，世累還相即。帆開烟外秋，雨過林間黑。側聽水風聲，悵望歸飛翼。孤蹤易生感，去去渺無極。」《重遊拈花菴有懷少林》云：「孤懷忽不豫，還造幽人室。凉氣滿高秋，奈此清秋節。古樹上流雲，遥山帶新月。水木交澄鮮，烟芳乍明滅。故人曾共此，素心澄冰雪。蒼茫芳序更，杳渺湖波闊。清景一相遇，離懷紛如結。」《晚行玉峰山徑》云：「幽磵遞清響，石氣益蒼肅。颯然飛雨過，落日在高木。藉兹孤筇力，聊縱四野目。幽鳥入烟暝，閒雲傍岸宿。沿迴趣呈異，登頓景延獨。歸路窅如迷，蒼蒼渺林麓。」《秋夕池上》云：「微痾倦時燠，漸喜新凉送。庭虚暮景清，携酒欣賓從。螢飛波影亂，鵲噪風枝動。稍起步南岡，苔滑知露重。四顧流烟合，新月已生棟。歸坐怯衣單，幽思發清誦。」《年來久不作詩友人索觀近稿書以睎之》云：「詞壇老尊宿，初豈欲名家。植根既湛深，出言自高華。而我少學語，枝葉徒矜夸。花鳥與烟雲，刻劃兼搜爬。辛勤不自耻，理道日以遐。嗷名復何益，内返良可嗟。有作必有爲，無思翳無邪。春風正澹蕩，俯仰窺天葩。」七古《宣和畫龍歌》：「誰攝急雨旋腥風，眼中突兀挂真龍。真龍窟穴香海重，鱗而爪鬛不可窮。畫手惟昔僧繇工，點睛破壁驚愚蒙。誰與好事角兩雄，腕底合沓波濤憧。以龍狀龍精神同，意在筆先殊凡庸。興酣潑墨聲隆隆，蒼龍夜墮明光宮。雲堆坌湧横復縱，億萬水族如飛蠓。不知扶桑何處東復東，但覺奮迅夭矯直欲飛去排青空。宣和國事天夢夢，自求辛螫誰拌蜂。胡不噴雲泄雨振神功，雷公電母左右從，用降爾德奠爾凶。令後世稱天子聰，與龍合德位正中。區區一鱗片甲工，形容經營慘澹毋乃勞聖躬。瞥眼東京王氣終，真龍俯首隨雄虹。鼎湖之髯烏號弓，飄零魚服無還蹤。君不見太清樓頭絶技在，猶得揚頰掉尾生氣盪心胸。」《宣和畫鷹歌》云：「黄沙捲地聲蕭騷，涼秋八月驅獰飈。悲臺颯沓木怒號，蒼鷹突出干雲霄。是何殺氣藏匹綃，神妙直欲争秋豪。霜睛注射光如刀，懸芒鈎爪凸而凹。振十二翮天爲高，道君妙手工白描。墨花怒捲翻秋濤，生氣外拓精内包，四壁漠漠風烟交。即今陰崖古木上有鷙鳥巢，跂喙翔走紛其曹。掉頭瞥見開風毛，十隊五隊争騰逃。安得臂爾披腥臊，子規已啼洛陽橋。赤狐黑烏勢轉剽，正須奮擊辨鸞梟，驅出六合填坑壕。胡爲吮筆決眥窮搜雕，獨向鵝溪紙上犇突無昏朝？想當清暇破寂寥，凝神已過幽燕郊。先機感召如相要，滿眼沙塵生翠幬。牟駝岡上風蕭蕭，横天白雁起江皋。」《金川門懷古》云：「老奸奪嫡志未就，又借周公作戎首。偏師南渡門不守，白帽已成緇衣走。無使朕負殺叔名，叔父偏弗於汝忘，撫夷求仙敕使四出何倉皇。至親那有此變異，真憐小子不解事。榆木川，宫車旋，易名竟得周公謚，到底難逃一箇字。爾子亦能師爾智，一炬銅缸底下死。」《負鹽女》云：「車聲轣轆鈴聲和，十隊五隊人影歌。肩挑手挈雜負荷，赤足踏石愁無那。其間老婦慣苦辛，奔騰舉重踰百觔。少婦嬌羞汗流面，少女彳亍時頻呻。山花插髻無完裙，緣坡坐卧誰能嗔。别有形殘肢折人，邪許邪許離其群。我行怪此聊駐問，私鹽負得來鄰郡。鹽榷自有程，鹽官大有名。爾利復幾何，爾何以身試法輕其生。游徼千群善恐喝，好僞況至不可説。官鹽十八私十三，居民處處苦官鹽。以鹽易粟計非左，往來只費千步擔。鞭撲幸弗同丁男，腹飽豈復知顔慙。吁嗟乎！東海之王大神聖，餘波尚足拯千命。桓寬作論徒爾功，齊累刱法長爲病。君不見揚州大賈自豪華，左右侍女顔如花。」五律《梁谿》云：「樹静白烟合，蒼蒼山月低。孤篷來水驛，獨夜訪招提。燈暗驚山鬼，潮來聽石雞。壞牆還似舊，更覓十年題。」《出塞曲送徐昉虞》云：「躍馬出飛狐，腰間佩虎符。獨馳大羽箭，射殺五單于。戰氣陰山動，腥風白日孤。玉關獻凱入，麟閣畫圖殊。」《不寐》云：「誰遺窗前葉，蕭蕭作雨聲。涼風一夕起，流恨滿江城。孤月澹相照，寒燈耿不明。空餘殘夢戀，杳杳向南征。」《朦朧渡訪葯上人》云：「湖上白雲飛，褰裳趁夕霏。清風響林樾，落葉滿荆扉。石瘦泉聲急，松高鶴影微。從兹息塵鞅，學製水田衣。」七律《宋太祖廟》云：「著得黄袍便罷兵，陳橋轉眼又青城。百年父老思金匱，兩戒河山恨北征。玉座飄零餘此地，英姿颯爽尚如生。最憐篳篥秋空起，不是當時夾馬營。」《吴越王廟》云：「衣錦無營問草萊，表忠遺觀漫崔巍。空傳鐵券中朝賜，依舊秋花陌上開。十四州分唐鼎日，三千弩射海潮迴。英雄割據兼文采，容得江東羅秀才。」其在梅則因病廢吟久矣。去梅後，余懷以詩，答余函云「千秋大業，先生既自得之。獨惜香火緣慳，東禪寺下，不得經年聚耳。所惠詩極欲奉和，然弟所負逋，如鮑參軍兄妹、盧行者師徒，殊屬不少」云云。後復晤於黄州，似已介紹於某尚書者，而余性迂疎，奈何？余亦爲書答之，以明余志，語多不録。

王次岳岱，字雲上，昭文諸生。工詩，偶涉筆爲墨梅，亦有姿致。在梅時，嘗爲梅署令永保畫梅，與同人成七言排律聯句云：「老梅席上暗飛香，炙酒閒庭瀉玉漿。疎艷迎人欣共賞，素心無語澹相忘。雪消不覺官齋冷，春早先添小院芳。雅客正宜三徑闢，寒林喜得一枝狂。傳杯莫負韶華好，刻燭偏宜逸興長。風信待看占蝶使，蜜房初啓賺蜂王。最憐抱質超凡卉，劇愛巡簷露薄妝。鐵石心腸緣爾動，羅浮魂夢爲君忙。娟娟月影横窗白，隱隱烟痕壓帽蒼。記得斷橋驢背上，恰如孤嶺鶴亭傍。眼前景色清如許，座裏情懷樂未央。漫詡竹溪稱韵事，可曾縞袂勸瓊觴？」蓋聯句六人，故曰「竹溪」。余亦題七古一篇。永保，正黄旗内務府漢軍舉人。沈姓，號梅庫。署黄梅令，旋於黄岡任内丁憂去，服闋，發陝西，以避統兵大員名，改永佑。其曾祖名喻，號玉峰，歷官内閣侍讀學士。畫學黄子久。嘗奉敕畫《避暑山莊圖》三十六幅，名在張浦山《畫徵録》，而不知其爲何許人。梅庫於余案頭見之，惻然於中，乃向余述其在仁皇朝受知梗概，並純皇於其叔祖述德官盧鳳道請訓時，垂詢畫幀尚有存否等語，乞余代撰傳。余又别爲之記，且記以詩云：「令公家世東京彦，太祖天命七年，築城於遼陽城東，曰「東京」。玉峰學士承優眷。官司緗帙稟宸裁，身惹爐烟薰甲煎。怡情游戲吮霜豪，被詔從容展鵞絹。仁皇寰寓際昇平，法師董巨繪清晏。我聞二十餘丈《萬壽圖》，畫史甄綜流丹絢。又聞《耕織圖》成四十六，稼穡艱難揭朵殿。學士祗候更經年，離宫佳景何婉孌。木石歷落門清真，天子呼來留巨卷。微臣慎言温室樹，中官宣賜南宫硯。銀牓頒看御墨新，翰林跋尾宏文院。垂老聲名不自矜，片楮零紈人罕見。但念出入銅龍樓，回首韶華倍依戀。四十餘年侍玉皇，説向人間那不羨。即今猶荷至尊詢，咫尺天開紅雲片。秀州月旦張浦山，吴筆項墨幾兼擅。棗木傳刻入編排，未能一一識其面。文孫覩此生感泣，開緘述祖淚如霰。會成恭紀聖恩詩，莫祗浪誇畫人傳。」蓋玉峰受知仁皇，供奉四十餘年，所繪《避暑山莊圖》，外間只見雕本。康熙四十一年，御賜「表裏常交正，動静自弗違」匾額，張文和廷玉、蔣文肅廷錫、查詹事昇爲之跋。其任内務府司庫時，特命監督上海關税務。嗣復垂念，不欲遠離，令舉一人往，仍食俸，於是其兄以布衣往代。恩眷之隆，罕有倫比。

從弟鍾，字宫聲，己卯生，故余呼卯君。屢見之於詩，猶子瞻之有子由也。

定陵初政，張江陵柄國之力也。遼陽主守，熊江夏不易之論也。余作《江夏行》弔熊襄愍公曰：「江陵死，幾人相？江夏誅，幾人將？」明季存亡之幾決於此矣，非余鄉曲之見也。然二公者，雖受萋菲於一時，終獲湔洗於萬世。而熊公又恭遇我純皇，感前明刑章之失，憫忠臣爲國之心，特旨褒卹，並録用其後人。熊公其亦可以無憾矣。

金正希先生遺札，漢陽孫仁節琬得之金陵，以示余。黔兵事，詳趙恒夫《寄園寄所寄》。先生與當事往來文劄甚多。最後弘光時巡按來牌，猶云：「奉旨云徽人慘殺黔兵，掠奪馬匹，情罪可恨。但已經大赦，姑從寬結。」案：汪爵依擬監候處決，趙文光提到另究。是時馬士英柄政，先生丁母憂，有《與陳雪灘書》，所謂「黔人不能無所防而不改道，既改道，或不能無紛紜；徽人不能無所防而不堵禦，既堵禦，必不能無相傷。大抵同一不得已之勢也。於黔人乎何罪？於徽人乎亦何罪？固不必定一有罪，而後可以明一無罪也。」黔案於此遂結。此札言黔兵事，亦弘光時所作。「貴陽」謂馬士英。兼及光禄，謂阮大鋮。末有「拜書之後，亦遂長辭」語，蓋先生之致命遂志，決之早矣。乾隆四十年，奉上諭，前明殉節諸臣分别定謚，予專謚者二十六人，通謚忠烈者一百二十人，忠節者一百九人，烈愍者五百七十六人，節愍者八百四十三人。館臣論次事實，爲《勝朝殉節諸臣録》。又四十一年，奉上諭，明末諸臣入仕本朝者，於國史内另立《二臣傳》。先生以團聚鄉民，敢拒王師，被執授命。百餘年後猶得邀易名之典，曰「忠節」以示褒卹。此我熙朝盛軌，前古所未有也。

《景隆觀鐘銘》，顧亭林、朱竹垞以爲即睿宗書。郭嗣伯以爲姓名未著。余詩用顧、朱之説。

吾梅處蘄皖交。清江鎮俗名小池口，即梁太子洑。在唐爲臨江驛，與今九江府城即晉惠以後之尋陽，南北相直。宋之問《途中寒食題臨江驛》詩云：「馬上逢寒食，愁中屬暮春。可憐江浦望，不見洛陽人。北極懷明主，南溟作逐臣。故園腸斷處，日夜柳條新。」崔融《臨江驛》云：「春分自淮北，寒食渡江南。忽見尋陽水，疑是宋家潭。明主閽難叫，孤臣逐未堪。遥思故園陌，桃李正酣酣。」張籍《宿臨江驛》詩：「楚驛南渡口，夜深來客稀。月明見潮上，江静覺鷗飛。旅宿今已達，此行殊未歸。離家久無信，又聽擣寒衣。」皆由北渡南之作，與今清江正合。又白太傅《九江北岸遇風雨》云：「黄梅縣邊黄梅雨，白頭浪裏白頭翁。」皆其地也。至今南北輪蹄如織，往來問渡必於此，而莫名其即臨江驛也。

敷淺原，漢唐諸儒皆以爲豫章郡歷陵縣南之傅陽山。師古謂「傅」讀曰「敷」，「易」，古「陽」字，在今德安縣境。後儒疑傅陽山卑小，且與江流無關，而廬阜在大江彭蠡之交，最高且大，宜可紀志，乃欲直以廬阜當之，然亦無確據。禹碑既渺茫，紫霄峰「敷淺原」三字，後人所增刻，皆未可取證。余按：

原之爲義「高平」，不必指一山爲言。惟《水經注》「廬江水」條内所引孫放《廬山賦》曰：「尋陽郡南有廬山，九江之鎮也。臨彭蠡之澤，接平敞之原。」則不必指名「敷淺原」，而敷淺原得其解矣。傅陽之卑且小，廬阜之高且大，皆此原内之山耳。余詩「嵐光近在屏風叠，春色平鋪敷淺原」即本此。「接」字近刻作「按」，今殿本依《永樂大典》改正。

考田詩話卷四

黃梅喻文鏊治存甫

明皇奔蜀，非遂亡天下，靈武即位，非禪受。黃、張《中興頌》詩論甚正。惟山谷以頌中事有至難，爲微詞，故瞿存齋謂「識者謂此碑乃一罪案耳，非頌也。」此即范石湖語也。在元次山，當唐室再造，四海歡騰，老於文學者，泐石銘功，有美無刺，豈有含譏之意？山谷語似不免於誤認。然先儒無不以即位爲非，此萬世公論也。迨石湖詩、誠齋賦出，後遂專以不朝西内爲肅宗罪，而恕其即位之非，以爲以權濟變。不知惟其始之不善，故其終不臧。余於《浯溪碑》詩見之，而又爲《肅宗論》以深切發明之，不欲此義之不明於天壤也。《集古録》謂此碑因崖石剥裂，故字多譌闕。近時人以墨增補之，多失其真。趙崡《石墨鐫華》謂王元美云：「字畫平正方穩，不露筋骨，當爲魯公法書第一。」又謂其所自獲之本，却恐是棗刻，雖筋骨不露而神氣全亡，惜不得至永州崖下一證之。漁洋山人《浯溪考》則因其族姪某知祁陽，以一本見寄而爲之或缺或完，不著於録。余家所有本則所謂「筋骨不露而神氣全亡」，信有之矣，亦官永州者所貽，據云是磨崖真本，但後人就其缺殘鐫深而新之，故反得完耳。武昌李陽冰《怡亭篆經》，余摎得手搨數本。後聞今亦有鐫深而新之者，此古蹟之所以就湮也。

《韵會》：「衣領曰船。」注杜者遂以「天子呼來不上船」爲披襟見帝，斷無此理。《演繁露》云：「杜詩『天子呼來不上船』，或言衣襟爲船，誤。按蜀人呼衣繫帶爲『穿』，俗因改『穿』作『船』。」余前在漢陽，偉堂寓舍去余寓不過數武，晚熱未退，白月方升，披襟過我，故有「蹋月過我衣不船」語，實用《池北偶談》陸冰脩「跣足到門衣不船」語也。又曰：「蜀人以衣紐爲『船』。」或即「穿」義。

魏叔子云：「天下之勢將在客。」非客之能移天下之勢，而士之抱魁奇絶特之才者，不得志於時，往往藉爲名藩重鎮之客，發抒其才，見之文告奏對之詞，即細而酬贈，大而碑版，牀頭捉刀，不昌其人，亦得以昌其所學。而士之才者趨之，則客之勢成矣。李武曾、邵青門皆始終於幕。漢陽段寒香先生嘉梅，詩才博雅，游於幕而於桂林陳文恭公宏謀交處尤久。先生卒後二十餘年，余始造其館，即明王章甫袗水明樓遺址，因誦袁伯脩《水明樓》詩云：「經年勞碌馬頭間，久客雖歸也不閒。争似水明樓上坐，浪花影裏看青山。」先生，余從弟宫聲之外大父也。

余家《元祐黨籍碑》搨本，嘉定時權知融州沈暐所重摹。文臣曾任宰臣執政官二十七人，曾任待制官以上四十九人，餘官一百七十七人；爲臣不忠曾任宰臣二人。又備載武臣張巽、李備、王獻可、胡田、馬諗、王履、趙希夷、任濬、郭子旂、錢盛、趙希德、王長民、李冰、王庭臣、吉師雄、李愚、吴休復、崔昌符、潘滋、高士權、李嘉亮、李玩、劉延肇、姚雄、李基共二十五人。内臣梁惟簡、陳衍、張士良、梁知新、李倬、譚扆、竇鉞、趙約、黄卿從、馮説、曾燾、蘇舜民、楊備、梁□、陳恂、張茂則、張琳、裴彦臣、李偁、閻守懃、王紱、李穆、蔡克明、王化基、王道、鄧世昌、鄭居簡、張祐共二十八人。自識其下方，云：「右元祐黨籍，蔡氏當國時爲之。徽廟滋悟，迺詔黨人出籍。高宗中興，復加褒贈，及録其子若孫。公道愈明，節義凜凜，所謂詘於一時而信於萬世矣。其行事大槩，則有國史在，有公論在。餘官第六十三人迺暐之曾大父也。後復官，終提點杭州景真觀，贈奉正大夫。暐幸託名節後，敬以家藏碑本，鐫諸玉融之真仙岩，以爲臣子之勸云。嘉定辛未八月既望，朝奉郎、權知融州軍州兼管内勸農事古霅沈暐謹識。」餘官六十三人者，沈千也。此本與《説郛》所刻《陶朱新録》較，餘官内《録》少孫謂，此少錢希白，合之乃足三百九人之數，惜未見桂林本也。明郎瑛《七脩類稿》云：「廣西融州真仙岩元祐黨碑，爲本朝胡文穆公所碎。文穆自載於己集，諒不誣。」則是碑本已不可多見矣。惟竹垞所見者桂林本。阮亭所見乃喬石林萊所遺，見於萊《使粤日記》，仍是融縣真仙岩，則是碑猶存矣，安得親至融縣驗之？桂林碑至今存，見《甌北詩話》。

孝感程端伯正揆，崇禎辛未進士，選庶常，官尚寶卿。初名正葵，入國朝改正揆。歷官工部侍郎。以繼祖母憂解任，遂老林下。晚僑寓江寧之青谿，自號青溪道人。漁洋山人謂其畫《江山卧遊圖》多至數百本。余所見立軸一，雲素所藏也。册子一，余仲弟代友人舒博菴元廣所購。後雲素入都，博菴以貽雲素。每幀題語，論畫入妙，書法蒼渾，如其畫。卷子二，其一根石所藏，據自跋，海逆鄭成功滋擾鎮江，江寧城中防江時所作。其一余從兄皡亭本鎬所藏，皆自署本第數目。此百八本者，乃胡友薌聞若之故物。友薌，牧亭侍御之子，青溪道人之從外孫也。余見此本而愛之，將攜以歸。友薌曰當以一詩報謝，率賦長句。友薌書亦工，有外家青谿筆意。青谿自跋第一百十二本《江山卧遊圖》後云：「己亥三月，海上鄭成功自焦山直入，遂破瓜州，獲操江。揚州鹽御史高爾位聞風先逃，淮督自沉於高郵湖。成功又兵起鎮江，僞司馬張王言竟趨蕪湖、太平、寧國諸郡縣。惟江寧會城孤立，自守江渡及諸口路俱爲阻絶，成功擁衆據上清河。城中滿將軍傳各鄉紳不論流寓見任，咸入舊皇城公署中，約數百家，余亦在焉。朝夕議事，夜宿同處。幸梁以二千騎入援，且携餉一十二萬兩至。六月二十三日得捷，賊遂大舉攻戰，屯兔兒山。二十四日全師擊之，遂大敗。成功短衣遁，獲三僞督甘輝等，斬首四萬餘級。偶覆閲此卷，見所記年月，不覺感懷書之。乙巳夏六月二十三日。」此即根石所藏本也。附録以誌一時兵事。

郎世寧，西洋人。乾隆初準噶爾進大宛馬，上名曰「如意驄」，因命郎世寧爲圖，題詩云：「凹凸丹青法，流傳自海西。」唐尉遲乙僧善凹凸花畫法，于闐人。自明利瑪竇來，中土人亦頗有學泰西法者。

周蓮塘兆基，吴江人。自幼隨其尊人客於江夏，以江夏籍入庠。己亥膺鄉舉，甲辰成進士，改庶吉士。乞假旋楚，與余聚晤於漢陽府廨者月餘。嗣余造訪，留酌黄岡，李小松鈞簡在焉。縱談酣飲，不覺漏下三更，城門闔矣。乃賨緣啓鑰渡江，酩酊無所知，但覺飄飄有淩雲之意。口占一詩「把袂浮丘子，趨會清虚宫」云云。後小松即以丙午科領解，己酉入翰林。今兩公俱官侍郎，蓮塘今升工部尚書。

晦山顯者，即吴梅邨集中所稱願雲師也。侯朝宗《與吴駿公學士書》力言學士之自處不可出者三，而當世之不必學士之出者二，真千秋高誼，絶大文章。《壯悔堂集》具在，可取而讀也。至願雲之於梅邨，相約入山，相期出世，見於梅邨集者屢矣。迨梅邨五十初度，其贈詩落句猶云：「半百定將前諾踐，敢期對坐聽松聲。」何懇懇也。梅邨之於朝宗也，曰「死生總負侯嬴諾」；其於願雲也，曰「辜負十年盟。」願雲曾住四祖道場，余過其禪院，有曰：「長安故人列仙儒，聞師曾寄山中書。殷勤更有侯生諾，只今問訊當何如？」謂此也。然侯生於鼎革後尚一應鄉試，以視師之「一瓢高挂亂雲頭」者，殆不及矣。「一瓢」云者，師登黄鶴樓句也。沈歸愚選《别裁集》以此爲僧詩之冠，而不知戒顯即願雲，太倉州諸生王瀚，字元達，國變爲詩哭文廟，焚棄衫巾爲僧事，詳程迓亭《婁東耆舊傳》。

陸飛，字筱歙，錢唐人。乾隆乙酉鄉試第一。初客漢口，與孝感胡牧亭紹鼎、漢陽彭棟塘湘懷、上元葉松亭廷芳諸君子友善。詩筆雄放，畫作亦極蒼勁。余來漢上，於雲素處得觀之，即《荷風竹露圖》並《山水圖》，余竊爲題長句。時三君子已委化，惜風流之不再也。

程拳時丈爲筱歙詩集序云：「予獨怪論詩者，知詩以窮而工，而不知詩以窮而變。知詩之工工於窮，而不知夫窮，而不知其窮而詩乃工也。」又題筱歙畫卷後云：「詩之原出於性情，而其流不能不寓於物。善寫物者，能使物之情狀豁然開露於耳目之前，若按圖而觀其高深榮落翔動游息之故，而莫之或爽。是故詩之流可以通於畫，而善畫者不必能爲詩，則其原異也。」可謂善言詩，亦善言畫。

杜牧之詩云：「東風不與周郎便，銅爵春深鎖二喬。」漁洋詩云：「腹痛思前事，分香惑後人。二喬得佳壻，不是洛川神。」曹瞞以甄女故，父子兄弟争之，屢爲後人揶揄如此。余《潛山道中》云：「喬公有快壻，肯數黄鬚兒？」亦用此意，幸二喬之不歸曹也。漢陽戴喻讓，字思任，一字景皋，乾隆辛酉舉人，歷官惠民縣知縣。其《臨漳曲》云：「暮雲深，英雄逝。水天横，歌臺廢。玉龍金鳳已千年，古瓦已鐫銅雀字。賣履分香兒女情，讀書射獵書生氣。看君横槊對東風，老年欲作喬家壻。」皆此意也。

景皋有《春聲堂詩文集》七卷。

余自幼與豆塍交情最篤，我輩中詩才敏邁亦推豆塍。其出游也，别余兄弟云：「匏園居士後，嗣者負才華。大事今誰問，黄梅舊作家。江干烏桕子，洲畔白蘋花。歸路相思切，高吟下坂車。」其在西安題楊子安鸞《邈雲集》，憶余云：「賤子臨江宅，蓬門晝不開。幾曾傾白墮，至竟憶黄梅。林表醫公院，池邊鮑照臺。清詞多俊逸，法界洗塵埃。」其在兖州寄余兄弟云：「北風吹雁拍冰水，乾菊枝頭抱霜死。天寒歲暮不歸人，酒闌夜半推衣起。少年顧藉慎交游，見君兄弟發狂喜。自從落拓愛輕肥，生事可憐亦可耻。薊北關西又海東，逢人是處還倒屣。丈夫意氣原驍騰，赤手那辭脚萬里。姓名淪落問學荒，田園一别愁知己。君家山館好蕉花，蝙蝠翩蹮紅蓓蕾。解事諸兒能讀書，咸英韵在青霄裏。奮飛無計獨沈吟，七尺昂藏今老矣。相思長跪緘短歌，泰霍烟雲横尺咫。」其再至都中，除夕同仲弟以載守歲晉陽菴，用以載韵云：「人海中藏繡佛龕，今宵真合散人譚。朱顔幾日青燈照，白眼長年緑酒酣。憶自蓬飄來冀北，每逢梅放望江南。故園兄弟應憐我，短刺長裾總不諳。」送余仲弟宰懷遠云：「又作窮途别，方知行路難。春風吹短鬢，舊雨夢長干。蕉鹿尋蹊誤，雞蟲倚閣看。黄精山雪盛，何用勸加餐。」「總角承先訓，交游不敢輕。鄉園崇德望，昆弟復聲名。白雪求相和，朱絃耻獨鳴。臨皋亭下水，秋灩女王城。」「長年都作客，儉歲况無田。蓬轉寧知地，鴻飛亦在天。冷官愁柱玉，名士老風烟。留得驚人句，狂吟莫浪傳。」「夫君生是佛，偶現宰官身。願矢同心語，行爲有脚春。苞梅迎早歲，黄柳送歸人。一第吾何恨，餘生萬事屯。」歸後題曹雲瀾刺史爲余畫《讀書松桂間圖》云：「紅蕉山館黃梅雨，夢到君家十七年。茶銚筆牀虛結約，松花桂子欲參天。」「丹青曹霸尚風流，澮涴雲烟一幅秋。畫裏有詮圖不得，待君詩句傲滄洲。」「老屋殘編飽蠹魚，塵衣纔浣又征車。誅茆他日相鄰並，憑誓青山更讀書。」又寄余有感云：「江干雲樹倍愁予，無限心期悵索居。棧櫪何嘗羈駿馬，竹竿都苦上鮎魚。北邙草没應劉塚，東閣人傳賈董書。惟我與君狂似昔，肯抛文字倣迂疎。」嘗語余云：「余在兖州張虞溪太守鳳鳴署，一夜枕中作寄懷君兄弟詩，比明而引山至，可謂文章有神交有道。」引山，余仲弟以載號也。

邑南城内高塔寺磚塔，嵌有宋天禧四年造塔記碑，沙門志全撰文並書，書得晉法，猶北宋遺蹟也。余與愚谷往觀，殘闕過半，因搨數紙，並賦長句。後愚谷採入《通志》。今葉壻志詵，屬兒子元洽搨寄，又殘去十餘字，建塔號、年亦皆剥落，後來幾不可考。余命洽兒取前搨本，赴碑所逐字辨識。文云：「梵云窣堵波闕云《通志》佚，下闕。今所謂塔者，「所謂」二字，《通志》作「之磚」，誤。乃梵語之略也。或藏舍利，或窆全《通志》作「金」，誤。身，皆所以表功德之《通志》佚「之」字，下闕。凡《通志》佚，下闕。者《通志》佚。也。今之磚塔者，即天台沙門仁稟勉上春坊信士唐君守忠與弟《通志》佚「弟」字，下闕。守真、守珪、守習闔家眷屬之所造也。是地唐真《通志》作「貞」。觀中爲衆造寺，即四祖大師傳《通志》佚「傳」字，下闕。地也。咸亨初，造百尺彌陀閣，後爲巢寇所焚，但有故碑舊《通志》佚「舊」字。址存焉。大中祥符闕。歲在乙《通志》佚「乙」字。卯，稟師與唐氏昆季季，《通志》作「弟」，誤。而議之曰：『吾聞三界可依者勝福也，塵劫不泯泯，《通志》作「滅」，誤。者道種也，闕。此古基重建高閣，像設崇焕，顧如往碑。君等或力之所及，不亦善乎？』

咸曰：『我等世奉《通志》佚「等世奉」三字，下闕。輕徭，沐浴聖化，豐《通志》佚「化豐」二字，下闕。負荷。佛《通志》佚「佛」字，下闕。師垂慈，敢不聞命？』方備材《通志》佚「材」字，下闕。復思闕。像閣穿雲，終成朽腐，塼塔闕。方能久長。《通志》佚「方能」二字。于是命《通志》佚「命」字。彼《通志》作「被」，誤。陶人，兼之郢匠。唐君信奉，欣然悦。《通志》佚「悦」字，下闕。是塔就三字《通志》佚。焉。高百七十尺，縱闕。百尺，總十三層，每層皆以珤缾盛瘞舍利，次闕。模像闕。于《通志》佚。塔中，復自刺臂血，和香以嚴闕。相表其誠《通志》佚「誠」字。也。遷《通志》佚「遷」字，下闕。金《通志》佚。秉心至誠，梵容克肖。塔《通志》佚「塔」字，下闕。層夕二字《通志》佚，下闕。龕室二字《通志》佚，下闕。儼觀音及五十《通志》佚「觀音及五十」字，下闕。皆陶闕。所《通志》佚，下闕。下《通志》佚。層散水，禮拜獻供亭子一十六間，八面闕。大上十三字，《通志》佚，下闕。自《通志》佚，下闕。相《通志》佚。初塔闕。一《通志》佚。層舍利闕。若星燦漸如，塔久而方滅，一邑闕。瞻歎。耀光闕。北上三字，《通志》佚。寶誦誦，《通志》作「踊」，誤。出，然闕。其闕。自非上三字，《通志》佚，下闕。宜闕。一言善三字，《通志》佚。應億二字，《通志》佚，下闕。之闕。志全《通志》衍一「應」字，誤。薦入雙。闕。」前題「大宋蘄州黄梅闕。慧闕。人志全撰並書」。志全，不知何許人。後書「天禧四年闕。十月八日辛闕」。是時閲一年而改元乾興，真宗崩，仁宗即位。仁宗御名「禎」，時兼避貞、徵、楨、偵、郎、媜、湞、隕、賓、損、於、癥、鄭等字。碑内貞觀之「貞」作「真」，豈文成於天禧？而上石則在仁宗之世，故謹避之耶？碑稱百尺彌陀閣咸亨故碑已不存。至曹成王出師碑之在衆造寺，更無闕之者。《輿地碑目》：「曹成王出師碑，戴叔倫撰，在黄梅衆造寺中，不著書人名氏。」《寶劍叢編》：「江西節度出師記碑，戴叔倫撰，鄧宴書，建中四年三月十四日立。」皋時遷御史大夫，授節帥江西而奉遣爲先鋒，收黄梅，次長平，拔蔡山，遂下蘄州，奏授安黄節度使者，伊慎也。長平，地名，不詳何處，俟再考。衆造寺並見惠洪覺範《石門文字禪》。

余偶用成語屬對，如：「洛下書生詠，幽川馬客吟。」「阿翁真得壻，愛女甚於男。」至「襄陽耆舊杳，荆楚歲時深」，與竹垞老人「襄陽耆舊傳，荆楚歲時心」，只「杳」、「深」二字不同。而「東南飛孔雀，西北有高樓」，昨見近賢吴穀人錫麒《有正味齋集》，竟全同矣。

余前之榆林，過永寧州，謁于清端公祠，有句云：「薦牘人如是化身。」康熙中名臣數兩于公，一謚清端，一謚襄勤，皆名成龍，而襄勤又清端之所薦，皆著清節，真熙朝佳話也。清端公，山西永寧州人。襄勤公，世爲奉天蓋平人，徙廣寧，本朝隸旗下，爲漢軍拜他喇布勒哈番。父得水，光禄大夫，三等阿達哈哈番，以公貴，進封光禄大夫、都察院左都御史、鑲紅旗漢軍都統。本生父國安，貤贈如前官。見王文簡公所作《襄勤公墓誌銘》。隨園爲《清端公傳》，既知爲永寧州人，其《詩話》又云：「曾識襄勤孫，號紫亭，並識其曾孫，號静夫。」乃以襄勤爲清端之族弟，是不知其漢軍也。豈相沿通譜之陋耶？爾時一總督、一知府同姓名不以爲嫌，無復迴避改易，即此一端亦可知兩公之居心行事質而近古矣。

馬遠畫梅，楊妹子題詩原不少。余云：「楊家妹子題都偏，遺却孤山處士圖。」不過謂娃題遠畫多，而此却無，以襯埶其寵遇耳。如項鼎鉉《呼桓日記》所載，馬遠畫《白玉梅》、《著雪紅梅》、《烟鎖紅梅》、《緑萼玉蝶》四幅，俱楊妹子題名，有楊娃之章小印。《銷夏記》「紅梅一枝，菁艷如生。楊妹子題詩其上，字亦工」之類。

爲范文正公詩者，都知以「天下憂樂」、「胸中甲兵」屬對。余在延安作范祠詩亦爾。黄岡王徒州鑾曰：「此獨佳在『秀才』、『老子』四字。」《静志居詩話》云：「『竹影横斜水清淺，桂香浮動月黄昏。』非江爲句乎？林君復易『踈』、『暗』二字，竟成千古名句。所云一字之師，與生吞活剥者有間也。」《紫桃軒雜録》亦云。然余因思前自漢陽歸，有句云：「出門必春初，還家必冬季。」已而繙閲林茶郵詩亦有「出門必上元，還家必除夕」語。又歸愚叟《今詩別裁》所録許侍讀孫荃詩，亦云：「出門必春初，入室必冬暮。」皆先我者也。

葉淇，字本清，山陽人。景泰五年進士。其奏罷商屯，乃其爲户部尚書時事。余《榆林懷古》有云：「况聞御史罷商屯。」蓋途中無書可考，但記其曾官御史耳。

昌黎自御史貶連州陽山令，徙江陵法曹參軍。其赴江陵途中詩，追叙獲咎之由，中云：「商山季冬月，冰凍絶行輈。」後以刑部侍郎上《〔諫〕迎佛骨表》，貶潮州刺史，有《左遷至藍關示姪孫湘》詩，所謂「雲横秦嶺」、「雪擁藍關」者，蓋一再遷謫，皆在嶺海，取塗皆由商雒。余《過秦嶺謁公祠》詩：「兩度藍關路，韓公譴謫頻。」

東坡云：「（來）〔去〕得順風（去）〔來〕者怨。」近人戴景皋云：「莫羡上流風便好，好風也有卸帆時。」余亦有句云：「行人勸爾少延佇，捩舵開頭是順風。」

余《途中遇舊》云云，寫久別之情頗真。偶閲《對牀夜話》云：「馬上相逢久，人中欲認難。」「問姓驚初見，稱名憶舊容。」「乍見翻疑夢，相悲各問年。」皆唐人會故人之詩。戴叔倫亦有「歲月不可問，山川何處來」句。余詩真處頗肖，而簡處遠不逮矣。

趙琴士紹祖，涇縣諸生，偉堂帥之族弟也。余遇之偉堂鎮江府訓學舍，同宿於種竹栽花軒。酒間出示所作，讀《天發神讖碑》聯文詩，甚佳。序云：「碑石三段，在上元江寧學宮尊經閣下。宣州梅石居既綴三段，連貫其辭，懼有繆誤，復與鄧子石如，要余同往，摩挱其下，考訂偏旁點畫。然後剞其釋文，與石如各爲跋，以附於後。余惟先生愛古好博，有功金石，乃就所綴讀之。竊謂『上天帝言』以下、『天發神讖』以上，必當時符瑞之言，即碑所謂得五十七字者。其字數不合，以當時本有空白跳行之書，今更殘闕不可知耳。至『天璽元年七月己酉朔』以下，則諸臣考訂讖文，刊石頌功之事也。今依梅氏所釋裝界之而書其後。」詩云：「石居先生性嗜古，考正金石辨魯虎。神碑三段苦倒置，連綴文辭貫如組。誰與參者鄧懷寧，偏傍思索窮杳冥。慨然作文記梗槩，跋後乃得書余名。憶昔東吴天璽日，孫皓好佞符瑞出。臨平歷陽有石文，陽羨之山有石室。此碑所記毋乃同，記言神讖稱吴功。詔書屢遣使者視，五十七字光熊熊。上天宣命當四世，天書昭告太平字。大吴一統億萬年，褒贊靈德傳神意。刊銘就石答休祥，江流木柹何湯湯。可憐鐵鎖沈江底，青蓋終看入洛陽。舉家都作西遷客，迴視纔經五載隔。始知天命自有歸，豈在區區一佞石。此碑近今二千年，挑燈細讀心茫然。摩挱古物良足惜，敢云過眼如雲烟。」次日，同游北固山甘露寺，約明日訪城南諸勝圖，謁鶴林寺伽藍而拜其墓，不果，遂别去。今見其所刻《涇川叢書》，蓋有功於桑梓先賢不小也。别後不復一通問訊。回首二十年前，能無悵然於懷耶？

萍鄉劉金門侍郎鳳誥，詩才雄贍。未第時游鄂，與雲素善，爲題《借書舫圖》。已而余來漢上，雲素屬余繼作。金門見余詩「夢捉」、「醉飲」二語，詢所出。雲素笑曰：「蘇文生，啖菜羹。」雲素爲余言如此，余固未面金門也。後己酉萬壽恩科，以公車道梅，過余廬，兼探雲素消息，余適他出。歸，走晤於旅次，已二鼓。余曰：「試期迫，奈何？」曰：「吾劵健騾，倍程可至。」飯已，遂拍鞍行。即以是科第三人及第。

雲素自都中假歸至蘄水，約游不果，余走晤於根石掣筆山房。出示《都中移居用田山薑韵》詩云：「我家家具書幾車，江頭指數藏書家。口沫手胝從所好，前身蟫蠹今麏麎。冷官幾年飽苜蓿，笥篚負擔趨官衙。朅來浮家抵通潞，卜居街對櫻桃斜。觀萊園南宅再徙，北堂春翠開萱花。東榮三間對妻子，點《易》誓折三鐵撾。風簾夜静月墮地，冥心太始尋羲媧。」屬而和之者頗衆。余生平未嘗和韵，亦未嘗用韵，乃書曰「我欲萬里乘飛車，每逢佳處便爲家」云云。方將集諸君子之作，裝成巨卷，亦可爲邨夫移家破岑寂也。

根石之祖廣東運使心齋先生，名國英，工書法。前在京邸，得宛平王氏閣帖板本，藏於家，根石屬余爲詩紀之。所謂「舊是青箱堂中之故物，楚人之弓楚失楚得之。」又云「文貞、文靖收藏應不誤，珍此棗木何似球圖垂」者也。青箱堂謂王文貞公崇簡。文靖公熙，其子也。至此板之所自，不可識矣。李龍眠《五百羅漢卷子》亦根石所藏，豈即岳珂《桯史》所記《海會圖》與？余亦有詩，皆九言。《文章緣始》：「九言詩，魏高貴鄉公所作。」

東坡前後赤壁之游，皆夜景。一則曰：「月出東山之上。」再則曰：「仰見明月。」《七脩類稿》又据其跋《龍井題名記》以爲游赤壁者三，且以記中所指爲第一游，亦曰：「月出於房、心間。」興國州葉司諭脩贈《赤壁懷古》云：「不逢一代神仙侶，空負千年風月秋。」稱傑句。余於赤壁爲少年游憩之地，然未嘗夜游，故曰：「坐待一更山月出，更憑夜色繪新圖。」然恐非高房山，不能爲夜山也。

王元之《月波樓》詩：「郡城無大小，雉堞皆有樓。」又曰：「茲樓最軒豁，曠望西北陬。」今指郡城西北漢川門城樓爲其遺址，庶幾似之。《竹樓記》曰「與月波樓通」，蓋亦不遠。《入蜀記》：「竹樓下稍東即赤壁磯。」則竹樓又當在赤壁稍西。袁簡齋以元之不解月波出處，詩序所云「月波之名，不知得於誰氏」，謂不知以月波名樓之人耳，非不知月波出處也。故曰：「何人名月波，此義頗爲優。」又曰：「三五金波滿。」則簡齋所謂漢樂府「月穆穆以金波」，自矜得出處者，詩内已引用之矣。

秀水張浦山庚著《畫徵前後録》，蓋於六法用力深矣。余一見其畫於漢口裝潢氏，山水小幅，寥寥數筆，冷趣幽韵不減元人。浦山幼孤，家酷貧，節母金勤針黹以養姑，浦山賣畫以養母，題絶句一首以志傾慕。浦山原名燾，字溥三，既改今名，易浦山爲號，而字公之干，又號瓜田逸史，又號白苧村桑者，又號彌伽居士。乾隆丙辰舉鴻博，不遇。余詩云：「笑賣雲山利市錢，歸來博得老親憐。只今一幅流傳在，相對寒村落木邊。」

張菊坡道源，浮山人。以刑部郎中出爲廣州府知府，升寧紹台道，今補漢黄德道。蔣苕生所謂張十六者。白蓮教匪滋擾籌饟，隨襄勸民築堡數十座以自固。先是其尊人體乾號荆圃，官刑部員外郎，得吴蓮洋雯手稿二大册於其嗣君敦厚、姪秉厚，皆漁洋丹黄點定，互校抄刻各本，質之大興翁覃溪方綱，鏤板以廣其傳。又藏蓮洋小像，上有覃溪題語。

蓮洋書法疎秀，筆有仙氣。張氏又合楊椒山、黃石齋、傅青主與蓮洋四先生詩翰，都爲一册上石，余各有詩。題蓮洋云：「新城門下最知名，嶽色河聲一座傾。近日遺編分甲乙，紛紛耳食説新城。」

孫偕鹿別余久矣。庚申秋，余以兒姪秋賦至鄂，偕鹿持所刻《林菴詩抄》示余，得盡覽其生平諸作。題詩云：「故人不見鎮相思，幾度秋風古寺時。忽漫人如天上落，相看惟數鬢邊絲。」「輕舠曾泛洞庭波，秋水澄清句更多。讀罷新詩江月上，滿天風露奈君何。」偕鹿少時以詩質於程丈拳時，謂其佳處在自然，五言尤勝。

張水屋道渥，浮山人。工詩善畫。性任達不羈，跨一黑驢，朝踏長安街，夕飲新豐市，人目之曰「黑驢兒張」，又曰「張風子」。以貲入仕，爲州牧，分發江蘇，借補揚州運判。余至揚州，繫纜竹西水屋。以與余主人有舊，並邀余爲平山之游。出鎮淮門，命艇飛觴，徵歌奏伎，復自蜀岡返棹，至於夜分，燈船簇集，簫鼓喧闐，三更始散。余亦乘醉回竹西，清晨遂別去。後十餘年，其從兄菊坡道源官漢黃德道，延余於廨，屬其子受業焉。時水屋已因事鐫級，判簡州。余憶前事，作七律一章兼示張生。已余弟以載守保定，水屋亦以最績升霸州，畫山水一幅寄余，且題其上云：「爲寫雲山寄所知，好將畫意答新詩。曉窗夜雨雞鳴後，是我三湘入夢時。」「新詩」指余「回首紅橋十二年」七律之作也。

余在蘄州見歸元恭畫松，乃畫以贈顧黃公者。因感其祖孫、父子、友朋、親串皆高士，遭時不偶，文藝自豪，遂題一絶句，亦史家合傳體也。黃公有《題懸弓頭陀像用懸弓韵》詩，又有《題歸高士畫竹》

詩，有云：「元躬取神兼取肖，雨至如啼風若笑。即令折取一枝來，正看旁觀無此妙。」自注：「藏，字元躬，震川孫，文休子。」是元恭又名藏，字元躬矣。此竹垞先生詩話中所未備者，蓋亦取名曰「歸妹」，曰「歸乎來」之類也。

有持王叔楚翹草蟲兩卷子求售者，余從兄詢於余。余曰：「筆墨生動，此真叔楚矣。」審視，有檀園印章，乃知爲李氏長蘅流芳之故物。檀園與叔楚同里閈同時，且同工畫，其鑒藏不誣。以銀二鋌得之，時一展玩，如置身籬根竹際也。《思勉齋集》：「王翹，號小竹，嘉定人。少爲諸生，不遂，去而學畫。工草蟲。其畫花草、蛺蝶、叢菁藤蔓而蚱蜢絡緝隱跳其間，或巨蟹踉蹌行亂葦沙渚中，蝦行鼓水作勢，又水荇一帶，群小魚攢會其底。大約運筆似粗率，而生氣奕發，絕得其神勢。雲間孫雪居極好之，以爲逸品。」數語絕似評此二卷者。余詩所謂「豪端乃亦有化工」也。惜竹垞、阮亭只見其畫竹，未見其畫草蟲也。

廣濟劉妹壻家藏沈石田《雪中歸吴門圖》卷子，石田自題詩云：「眼中飛雪作奇觀，江山一夜皆玉换。前岡坡陀帶複嶺，小彴淩兢連斷岸。水邊疎樹如華髮，忽有微風似飄散。紺宫幾簇林影分，白鷗一箇江光亂。老漁蓑笠祇自苦，冰拂凍鬚莖欲斷。江空天遠迥幽蹤，只有一竿聊作伴。此時此景此誰領，一笑此漁從我玩。圖成一笑寒戰腕，萬里江山在吾案。弘治改元臘月，吴門歸途中遇雪，此景特異可愛，因寫此圖並詩。新正四日試筆也。長洲沈周。」畫幅、詩幅俱有師儉堂芸菴吴氏朱文方印。余甚賞玩此卷。適余自武昌歸，日行大雪中，飽領雪中之趣。因憶此卷，題絕句一首，末句云：「尚有一分難比較，箇儂不是石田翁。」

衡山謂石田翁四十以前畫皆小幅，其大幅乃四十以後作。今嘉善錢竹西清履所貽小幅係弘治新元七夕畫，而《雪中歸吴門》巨卷即作於是年臘月，是四十以後非不並作小幅也。竹西本生祖第五先生家暨曾令黄梅，與余先祖韋齋公交善。其五月五日得先大父書，却寄詩云：「十年蹤跡類飄蓬，落月停雲有夢通。尺素忽聞來日下，自注：「書於香樹司寇處寄來。」燈花初報恰天中。人經別久交方見，詩到秋深句更工。何日重游仙佛地，無分主客訪龐公。」

梅郎先生心事見於詩者，《答願公》則曰：「辜負十年盟。」《弔侯朝宗》則曰：「死生總負侯生諾。」《遺悶》云：「故人往日燔妻子，我因親在何敢死？不意而今至於此。」病革《絶命詞》云：「忍死偷生廿載餘，而今罪孽怎銷除？受恩欠債須填補，從比鴻毛也不如。」見於詞者，病中有感作《賀新郎》詞「萬事催華髮」云云，識者悲之。又《望江南》十八首，蘄价人曰：「有明興亡，俱在江南。固聲名文物之地，財賦政事之區。梅郎追言其好，宜舉遠者大者，而十八首中，止及嬉戲之具、市肆之盛、聲色之娱，皆所謂足供兒女之戲者，何與？蓋南渡之時，上下嬉游，陳卧子謂其『清歌漏室之中，痛飲焚屋之内』。梅郎親見其事，故直筆書之，以代長言詠歎，十八首皆史也。可當《東京夢華録》一部，可抵《板橋雜記》三卷。」此言誠然。頃見先生畫《江南春》一幀，是亦《望江南》詞之意。先生於畫不多作，故不多見，此可寶矣。余題云：「一樣江南風物美，落花時節最憐君。」

考田詩話卷五

黄梅喻文鏊冶存甫

吾梅山中産茶，見《茶經》。味殊不佳，蓋採之失時，而焙之失法也。吾父新阡在考田，即産茶處。吾母厭其味苦，頗嗜六安州茶，故余詩曰：「年年天柱山，尚得分一角。」用李文饒語，是淮北酒以角計者，茶亦以角計也。六安州，隋置霍山縣，霍山亦名天柱山，即潛岳。又曰：「小峴山，在六安州。名小峴春者，六安茶也。許次忬《茶疏》：「天下名山，必産靈草。江南地暖，故獨宜茶。大江以北，則稱六安。然六安乃其郡名，其實産霍山縣。河南山陝人皆用之。南方謂其能消垢膩，去積滯，亦共寶愛。」

吾楚近時稱詩者，南樗野、彭棟塘、段寒香、程拳時、吴鶴關、李立夫、胡曉山、李蓼灘。至於才高調逸，俊爽無前，最推白蒓。起句如《飛山鄧將軍詩碑歌》云：「豐城劍氣高青雲，其精化爲鄧將軍。」《迴車巷》云：「相如不畏秦，乃畏廉將軍。」《出殺虎口》云：「殺虎口前風烈烈，忽然爲雨忽爲雪。」《謁閔子祠墓》云：「不仕季孫易，承歡後母難。」《漢武帝茂陵》云：「既能表六經，又好工騎射。既欲求神仙，亦復親艷冶。」聯句如《介亭送别舟中》云：「孤舟雙淚落，萬里一歸人。」《洪江一帶陸行》云：「茆檐藏石穴，竹筧落泉聲。」《偏髻山》云：「凝眸窺一隅，移步失全勢。」《渡河宿石渠北岸》云：「倒窗窺月色，欹枕納河聲。」《代州演武場》云：「并兒常挽月，代馬欲驚風。」《登雁門關戍樓》云：「馬駐邊庭色，鴻飛故國心。地灑千年血，天吹萬里雲。」《途中憶施刺史》云：「每載游山酒，新裝出塞衣。」《將之大同余勁齋徐敬亭送之郊外》云：「日色三關遠，風聲萬里來。」《宿華嚴菴值雨》云：「海天同一色，林瀑有餘香。」《白雲洞》云：「一雨遍天下，千峰落海門。」《大名即席與鄒筠溪表弟》云：「九河重渡日，五嶽一歸人。」《登嵩山頂夜歸》云：「華蓋垂天張北斗，黄河劃地鎖中原。」《早行太和山道中》云：「但聞衆鳥春相語，不辨何花風自香。」《太和宫》云：「因知天上星辰近，却見雲中草木多。」《四月初一日五龍宫牡丹盛放》云：「不計客途來幾日，始知仙館自長春。」七律如《杜明府雲亭置酒蓬萊閣與諸同鄉》云：「岳陽黄鶴兩仙樓，未若今朝此壯游。海角天涯同一望，故人杯酒自千秋。金龜醉倒雲中客，紗帽閒隨水上鷗。回首江鄉俱萬里，不知何處是歸舟。」七言斷句如《送張子歸偃師幕客歸長沙》云：「鶴山一夜滿城霜，君發渠陽向洛陽。更有同行中道别，武陵東去是瀟湘。」《柬劉石池》云：「一别漢江五載餘，瀟湘鴻雁武昌魚。南來北去三千里，不帶渠陽一紙書。」《九月初七過古唐城懷舊》云：「北征曾過洛陽西，歸渡南湖到五溪。九月重來山頂望，穆陵關上雁初啼。」《柬李二立夫元奮》云：「白兆東來木葉飛，雲中一過舊人稀。停車城北聊相問，君自江南何日歸？」白蒓豪於詩，又豪於游，蓋其語有興會，而助以山川奇偉之氣。朱石君珪、畢弇山沅、胡牧亭紹鼎諸公爲其詩序，推挹甚至。

南丈槫野自謂其詩少學松陵唱和，繼學義山，晚嗜昌黎。然自幼育於外家黄岡王氏，與聞昊廬、西磵之學，故所造自深。如《新年》云：「新年無一事，日誦六一詩。瓦盆傾淡酒，膝上著小兒。小兒初學語，向我學唔咿。山妻指之笑，汝效此奚爲？汝父近五十，窮年誇居稽。雖有萬卷書，不充一日飢。不如三尺鋤，稼穡飽饔飧。我聞此語笑，婦言近太癡。還當務經訓，力作爲畬菑。」《細女》云：「細女最堪憐，牽衣繞膝前。潤喉烹碧碎，煖足撥紅然。曉起即來問，宵深猶不眠。有兒俱似此，歡喜過餘年。」《有感》云：「誰經百歲只區區，過眼榮枯孰有無？人在夢中都未覺，我於身外更何需。圍場老馬心常悸，側翅飢鷹勢欲呼。莫道近年多病廢，病中心境不模糊。」《憩緑楊橋亭》云：「緑楊橋久付荒塵，怪道尋春不見春。賴有此亭聊一憩，菜黄麥緑正宜人。」其真質處不可及。

東坡云：「夏旱臞麥人。」然雨多正不佳，且南北地氣各殊。余曰：「少雨麥人肥。」

偉堂以大挑二等補鎮江府學訓導，嗣以本班截取選授安肅知縣，緣事報罷。種竹栽花之軒，官鎮江郡博時所築也。偉堂詩人，不習吏事。余曰：「賦詩作吏難兩能。」去官後聞留滯揚州，顧不得歸卧敬亭山也。

初頤園侍郎彭齡，萊陽人。乾隆庚子進士，改庶吉士，授編修。今上即祚之三年，以通參視學福建。走書約余閩游，余以母老不能遠行。明年，天子親政之初，百度維新，知先生清忠彊直，諸所彈劾，不避權貴，方嚮用，洊有雲南巡撫之命。過鄂趨見於館，先生索觀余近詩，爰賦五古一章。其曰：「大憝距斯脱，小醜孽就夷。」蓋去年方翦除權奸，又秦、豫、楚、蜀白邪教不日蕩平也。

秦武公作羽陽宫，漢武帝於長安作飛廉桂館，二瓦見宋元人記載。《東觀餘論》亦云：「近歲雍耀間耕夫，得益延壽館瓦。」明貝季翔有《長樂未央瓦頭歌》。國初林同人始獲甘泉長生瓦。罔不寶愛，施之圖繪，形諸詠歌。乾隆五十年間，畢秋帆沅撫陝時，所出秦漢瓦無慮數千百枚，考訂釋文約有數家。陝人識其寶貴，争掘以充幣。余詩所云「淳化咸陽之野」言之略也。至於賈客作僞，遠方貨賣，率得重值，而贋瓦紛如。《東觀餘論·古瓦辨》謂：「歐陽公《研譜》云相州真古瓦，朽腐不可用，世俗尚其名耳。然近有長安民獻秦武公羽陽宮瓦十餘枚，若今人筩瓦，然首有『羽陽千歲萬歲』字，其瓦猶今舊瓦，殊不朽腐。疑相瓦朽腐之説，爲傳聞之誤。」今見陝中諸瓦雖不朽腐，而質理頗粗，不可爲研。其當篆法，古雅可愛，猶秦漢之遺，良堪寶重，正不在以研材貴。自此發掘之後，搜剔爬羅殆盡，後之人罕有得覯者矣。畢公嗜古，幕客亦多畸士，搜獲關中碑刻沉埋二千餘歲年者，一旦競出世間，兼可資考据。所著《關中金石志》，新獲者亦著録。聞又别有彙歸靈巖山館者矣。

古剌水罐上鐫「永樂四年熬造古剌水一罐，净重八兩，罐重三觔」等字，蘄水南徵君樗野家物，余見之根石座次。左蘿石、厲太鴻所見，號年雖異，分量不殊。簿録分宜又有宣德年熬造者，袁簡齋家藏，則云「重一觔十三兩」，裏面皆黄金包裹，然罐皆銅鑄。《山左詩鈔》程先貞《海右陳人集·葛巴剌椀歌序》内有云：「客來燕市，見古剌水十餘罐。古剌水用錫罐盛貯，罐上硃刻款識『永樂二年熬造，罐重二觔，水八兩』，香氣酷烈。」二觔疑三觔之譌。以余所見，罐實銅質，口扃未開。而程正夫、袁簡齋皆開而挹其香者，一以爲用錫罐盛貯，一以爲裏面皆用黄金包裹，其説不侔。至其用處，言人人殊。故余詩云：「只今用處語各殊，可知今日不用此。」其熬造用花，見之王元美《袁江流》樂府，爲分宜作，有曰：「薔薇古刺水。」至其鐫題之字，皆中土楷體，非夷書也。

黄州王徒洲鑾，年十三齡能詩文，負早慧之譽。坎坷不遇，年四十餘，乾隆丙午秋賦始中副榜。

嘗於場屋中誦余「明月一林霜」一首，聲琅琅動人，鄰號諸生亦爲之擊節起舞。題余詩卷云：「王朱宗派各紛然，北秀南能幾輩傳？横出一枝偏得髓，黄梅終是大乘禪。」「推敲五字作長城，不比芙蓉太俊生。大海紫瀾天半雪，就中尤數《放歌行》。」「鄂城香雨素秋時，賭遍黄河遠上辭。試與詞人索冠冕，何人解讀喻凫詩？」一日謂余曰：「君詩遠宗漢魏，近亦在盛唐，坦之詩恐非所樂。」余曰：「坦之自謂其詩無綺羅脂粉，洵吾老宗子也，吾何能爲役？」徒洲生平游蹟在閩越、黔南、廣東諸處，晚乃生一子，卜居高士莊。索余詩，高士不知何人，余詩所謂「高士無名士亦高」也。

小峴侍郎前見余詩於雲素京邸，既爲余序，又有襍詩八首，中一首爲余作，即題余《黄梅出山圖》。詩云：「黄梅喻石農，詩才頗卓犖。我未見其人，却見石農作。時流競蟬噪，君詩若鸞鶴。其源祖太白，上與風騷薄。日月供摶弄，山川恣磅礴。蘄黄百年來，大雅稍寂寞。不謂黄公後，斯人奮詞鍔。祖庭秋泉清，濯港秋風嫋。知君出山未，蕭寥邈雲壑。」徐朗齋鑅慶，原名嵩，健菴尚書之曾孫，於小峴爲中表兄弟。乾隆丙午舉人，來攝梅篆。小峴寄以詩，有「倘因簿領暇，一訪石農居」之句。朗齋和韵云：「江南渺雲水，楚北急軍書。舊宅荒蕪盡，偏隅簿領初。雙峰插霄直，夾磵抱城虚。時見石農弟，殷勤問索居。」余時在郡城，不常在家，季弟典掖日相過從。典掖，小峴鄉試同年生，故並及之。朗齋詩筆穎秀，脱手天成。九日期予不至云：「九日西山寺，蕭條雲水横。江連吴甸冷，雁過楚天清。亦有登高興，相攜采菊行。幽期不果至，尊酒若爲情。」《山行見憶》云：「孤負重陽却憶君，山行木葉落紛紛。獨尋幽磵穿紅樹，回首高峰化白雲。」一日札余云：「君詩七古雄直獨勝，已采入《名山集》矣。」

蓋朗齋所選輯近人詩也。

《十錯認》，阮大鋮傳奇。南海鄺生少游阮門，阮攻東林，乃作絶交書，徧示同人。此余題其所撰《赤雅》，所謂「當日師門亦錯認」也。

余客蘄州，與劉憩亭進士之棠交善。其兄弟復皆賢，晨夕過從，談諧甚狎。醉且繞牀大叫，傾吐濺地，數日後猶酒痕宛然，相視一笑。别去，懷憩亭兄弟，有「月華滿地霜華冷，狼藉秋風涴酒痕」之語。

烟客太常畫妙絶古今。麓臺少司農，其孫也，其畫亦爲本朝冠冕。今永州太守蓬心宸工詩畫，麓臺之孫也。前官内閣中書，出爲宜昌同知，既守永州，以老乞休。仍僑寓武昌，時年八十餘矣。余寄石華詩云：「近日永州老太守，幾年一寄畫中詩。」

彭淑，字谷脩，號秋潭，長陽人。乾隆庚寅恩科舉人，大挑一等，分發江西試用知縣，題署崇仁。丁本生母憂，服除，補吉水，調臨川。初以吉水令卓異引見，時余仲弟權守西安，季弟試令直隸。直隸方患水災，秋潭自都中南歸，過保定，攜季弟家書來，留飲，漏盡三更矣。明日次江頭，寄余書並詩。書云：「十五年來晤想維勞，不意得重登大雅之堂，快邀良覿。紅燈緑酒，藉慰旅人。白飯青芻，兼及僕馬。雄辨馳風濤，歌聲出金石。友朋之樂，想亦寥寥天壤也。大集風雅正聲，才情兼到，其幽憂抑鬱之思，合於《小雅》。以淑所見，詩人如先生可謂雄傑者矣。」詩云：「梅川下馬即幽尋，認得草玄門巷深。硯北花南一尊酒，吴頭楚尾十年心。燈前説劍餘豪氣，海内論詩有正音。感激高歌危苦急，爲君讀罷一長吟。」「秦關烽火望平安，三輔流亡撫郵難。我輩窮愁原不諱，詩人歌哭豈無端。荒黄初月和春淺，料峭東風向夜寒。焉得天涯二三子，一時來共酒杯乾。」蓋席間憶及秋巖、愚谷、雲素諸子也。次年三月，奉檄轉粟二萬石入秦，八閲月然後至於興安。其舟行黄梅道中，憶余僅隔三舍而近，悵然有懷云：「晴雲岳色草堂陰，欲覓詩翁何處尋。落日誰知游子意，光風正轉美人心。長鑱春劚嶺雲白，短笛夜吹江水深。倚棹思君一尊酒，燈前揮淚更長吟。」次黄州又寄余書云：「中春京旋，道出新蔡，便得惠邀良晤。高齋把酒，逆旅挑燈，歌聲出金石，至今猶琅琅盈耳也。二月九日於德化郵函寄兩小詩，敬想得呈雅覽。嗣於十二日抵章門，正在還縣之次。三月一日，遂有領運秦中軍米之檄。四月十日舟發章門，十八日至黄州守風，十九日一葉亂江，游西山，向夜還舟，可云極平生之樂。寺僧慧光輩俱可與語，乞詩甚堅，便留與之。刻間未得抄寄，或吾兄游履所至，亦可得覽笑也。廿日偶步入郡城，學使者正按臨，因訪謝家群從，未得見面，且知吾兄亦未乘輿入城，殊爲悒悒。船窗草草，布函奉聞，附呈拙刻數種，惟指正。此行溯襄鄖而上，至興安交卸，秋冬之際得以回舟，便爲至幸。因思去歲爲三萬白鏹擔憂，今兹爲二萬石米受險，淑真粗才也。惟至秦界與引山通問，又快事耳。」引山，謂余仲弟也。

王艮齋峻，乾隆初在臺垣有聲，論詩頗詆漁洋。今其族弟次岳來爲黄梅山長，性迂僻，不合時宜，貧日益甚。其來梅爲畢制軍沅所屬，制軍時已治兵辰州，乃至以脩脯之微，與主者不合，跋涉二千餘里投刺軍門，欲於籌饟辦賊之餘，接見山長，代索束脩，何迂之甚也。以是人多詬病，而於此外則不忮不求也。其論詩則推袁簡齋，故余贈詩有「騷壇近日主風趣，買絲都欲繡袁絲」之語。而尤以余「生平一字不肯腐」句爲知己，嘗題余詩集云：「去國二千里，得君豪放詩。」

毛洋溟燧傳，武進諸生。康熙間有毛子霞名會建者，其伯高祖也。子霞能詩，工書法，好游。在楚久，卒葬大别山之腹。百餘年後，洋溟來，始一挂紙錢。余所謂「千里爲名死，麥飯無子孫」，吁，其可悲也已。洋溟少工詩，緣江行，遭風覆舟失去，只記憶二三十篇，風骨頗似少陵。洋溟因是不欲以詩名專，肆力於古文。痛其母之苦節，聞以節著者，輒訪求其行實，爲之傳，人亦因以傳請。故其《味蓼齋集》中節母傳頗多，各得其性情面目，無一語相複。與余晤於武昌，即出其所爲文相質。大抵取精於《國策》，縱横排宕，不斤斤求合於八家間架。在本朝尤嗜侯朝宗，故其爲文足以横騖於一時。吾友中工古文，陳愚谷以簡潔勝，洋溟以俊爽勝，他不多覯也。曾向余言其與譚默齋萃論古文，默齋頗不滿震川，乃起而與辨論不平，至於極口誚責。余笑存之，去則遺之書，兒輩録存文集中。

蘄黄人宋以前文學不顯，惟吾梅李玭，唐開元時應詔撰廬山《九天使者廟碑》，稱旨，文至今存，他文不著録。宋則潘大臨、大觀、林敏功、敏脩暨夏倪數人，皆《江西詩派圖》中人也。《直齋書録解題》有潘大臨邠老《柯山集》一卷。林敏功子仁詩文百卷，號《蒙山集》，兵火後不存，時存《高隱集》七卷。林敏脩子來，敏功之弟，《無思集》四卷。《詩派圖》：「二林詩文千餘篇，號《松坡集》。」《宋史·藝文》：「《林敏功集》十卷。」曾端伯作《高隱小傳》謂「二林」。《尚友録》：「政和中賜號『高隱處士』，子仁有謝表。故宅在蘄州山中，地名三十六水。」據王龜齡纂集《百家注蘇詩姓氏》，蘄陽林氏敏功、敏脩之次，有敏中，字子敬。又有林氏明仲、林氏致約。是蘄陽林氏，能詩不止子仁、子來也。《文獻通考》：「夏倪《遠游堂集》二卷。」倪，字均父，先自府曹左官祁陽監酒，及赴江守，張彦實贈行詩：「未覺朝廷疎汲黯，極知州郡要文翁。」其詩文吕紫薇爲之序，論學詩須識活法，極其明快。

白蓮教燒香惑衆見於《元史》，起潁州妖人劉福通。今乾隆六十年冬，收捕白蓮邪教。次年嘉慶新元，賊起襄鄖，教首潁州劉之協，其地同，其姓同也。聞入教者給根基錢，以傳授道法爲名，淫及婦女，被污者終不敢言。彼此糾結，聚徒滋多。始漢陰不甘受污者，告官鞫治。黨羽至於倡亂，有司不能先事預防，所以致此，非一朝夕之故也。嘗閲明楊公循吉《吴中故語》所書都御史王公文捕許妖事：許道師者，尹山之小民，以白蓮教惑人。其術以五月五日取蜈蚣、蛇、蝎、壁虎等五種毒物封置一甕，聽其相食，最後得生者其毒特甚。取而刺其血，和藥浸水貯之。婦人欲求法者，令先洗其目。不爾，不清浄，不可以見佛。洗後入室，金光眩然，妄見諸鬼神相。愚無知者於是深信之，以爲誠佛也。道師坐一大竹籃中，令婦人脱衣，抱持傳道。婦人不肯者，則請小兒摸其勢，果若天閹，於是竟不疑。及親體，則迫而淫焉，無不被污，而出不敢語人，故其後至者不絶。其情事與今絶相類，此余詩所謂「始以利相訌，繼以色相蠱」也。《鄖陽撫治地圖》，王襄敏公以旂於嘉靖年間爲撫治時所刊，且爲之記，石在鄖陽府學。襄敏公爲嘉靖間名臣，以治軍旅著録於史，而所歷鄖陽撫治，史不及。嘉慶初，白蓮教匪倡熾即在是圖所轄之内。余札軍府諸所知，自鄖陽搨以來，乃書其後。襄敏公意在撫治之不撤，余詩云：「撤藩更幾時，亡命實雜處。」蓋自康熙六年裁撫治，今百有餘年。今平定邪教議善後事宜者以爲言，雖未復設撫治，而添設提督於鄖焉。

灊山山中多儲姓。隨州儲進士嘉珩，號太璞，避白蓮教匪之亂，奉其母就之，情意款洽，至爲肫摯。太璞往返過余，具言其詳。先太璞自成進士後，不願爲令，投牒改注教職。既部銓，得襄陽府學教授。檄之，還楚，晤余於武昌。余詢其在灊山所得，輒高吟曰：「萬仞峰頭萬仞峰，峰峰削出青芙蓉。」終以賊氛未息，將母灊山，以病自劾。後賊平，循例補原缺焉。

《本草》：木棉有草、木二種。廣東木棉樹花開甚繁，然不中衣用，此木種也。今所藉以爲布者，草種也。花時曰花，實後綻出如綿者，亦曰花。昔人謂洛陽人稱牡丹直謂之花，此正相同。而論其有補於世用，則此花更寶貴。方問亭尚書觀承栽棉花，招客賦詩，桐城馬蘇臣云：「五月棉花秀，八月棉花乾。花開天下暖，花落天下寒。」常州楊公子揩云：「誰知姹紫嫣紅外，衣被蒼生别有花。」余作《吉貝花詞》云：「含苞花後如垂實，破殼霜前亦唤花。」又云：「任爾彈章抨擊甚。」則借用劉棉花事，然已纖矣。又云：「收花結子事相侵。」用賈似道齋雲游道人缽中語「收花結子在棉州」也。余生平作詩不肯犯一「纖」字，此則未能免俗。

余題文何印章詩有曰：「秦九字璽流傳久，從來莫辨贋與真。」余固未見此篆也。近山陰董小池洵善篆刻，則且見而疑之。所著《多野齋印記》云「秦九字璽曾入宣和内府，登印史之冠。雲林、石田、包山並蓄之，及袁尚之，歸於顧光禄。劫後流傳江南，爲淮陰杜氏收藏，入俞氏仲茅、朱氏迂伯。戊戌冬客揚州，一日侵晨，張石民踏雪叩門甚急，余時小病，爲之驚起。石民不暇寒暄，開軒拂几，鄭重出諸懷袖，則此璽也。方不盈寸，盤螭紐，玲瓏生動，玉質經火已枯。余不覺狂喜，病已愈矣。因兩人相攜至管平原、羅兩峰家，共相忻賞。時朱氏後人售於汪庸夫，吾友洪疏谷復以百二十金得之。余細玩是印，印紐工細，乃宋時製作，印文亦非秦篆，愚謂此必宋人贋作，不得以諸譜俱冠卷首，文壽承定爲李斯小篆之語，信而不疑。顧氏引雲林詩句爲證，恐倪、沈二公亦以訛傳訛」等語，録以質後之博雅者。

余過遂平，見女子題壁云：「村落千家睡未醒，月明如水浸疏星。寒風吹斷征人夢，半在西湖半洞庭。」款署女史汪畹。又於梅東關外旅店見題壁云：「征人獨自理征衫，苦雨狂風太不堪。妾意渾如江上水，奔流一夜到江南。」「釵撥殘燈惜别深，寒宵切切此時心。春潮如箭帆如鳥，獨倚蘭橈思不禁。」款署邗江女史。蓋自九江來梅風雨渡江之作。閨秀無所薰染仿傚，故能有唐人風韵。

客有誦其同人《過邯鄲吕翁祠》詩者：「富貴功名過眼花，紛紛客子各天涯。枕如可借還相屬，不夢封侯夢到家。」余弟典掖亦有句云：「我今也入邯鄲夢，夢侍慈闈在故鄉。」

東坡《與孫巨源》詩云：「我褊似中散，子通真巨源。」謂其人與名稱。予《過陳仲弓祠》云：「身在桓靈際，名真德行科。」即謂奪胎於蘇可也。

孔元舒《在窮記》：「劉殷有七子，五子各授一經。一授《太史》，一授《漢書》。一門之内，七業俱興。」家弟以載自陝寄來唐石經，余詩云：「我家兒姪十三郎，各專一經那易得。」坡公和陶詩：「嘵嘵六男子，絃誦各一經。」又先我者。今閲蔣苕生詩亦云：「函書恰授十三經。」謂鄭東里有子十三人也。

縣東有北山，稍轉不三四里即南山。兩山幽勝，北山尤。余祖澤所留巨碑二，皆紀余曾祖以來，三世買山捐田，締構殿宇，始終歲月。再拜讀之，嗚咽者移時。問王漁洋《皇華紀聞》所云節婦柘，不可復見矣。住持僧乞詩，余題北山，如「高士深藏不淺露」云云，頗與山肖。擬於次日往南山。南山，烏牙山也。欲尋《古今碑刻記》所稱烏牙山碑，白居易文在黄梅靈峰院者，竟不果云。

嘉慶甲子春，上幸翰林院。自大學士以下進獻頌册，上親挑二十八册，陳設齋宫。葉壻志詵以國子生進册與選。余有詩勖之云：「頌册齋宫睿賞同，青袍如草凜微躬。他年經進還名集，不數當年顧謹中。」姚福《青溪暇筆》：「太常博士顧禄，字謹中，善詩歌。有《過鄱陽湖》詩，其一聯云：『放歌今日容豪士，破敵當年想至尊。』聞入禁中，太祖命盡進其作。一日近臣入便殿，見上常御之處有禄詩數帙。」《列朝詩選》云：「謹中即以『經進』名集。」

日間猶子元沂得朱文震詩箋，乃用張葯齋宗伯韵者。文震，山東人，字青雷。嘗館慎郡王紫瓊主人邸中，主人畫《翛竹吾廬卷子》贈之。《隨園詩話》載其《過揚子江》詩云：「憑君説盡風波惡，貪看金焦漫不聽。」此與孫豹人《焦山渡江遇風》云「自知賦命原窮薄，尚欲西歸太華眠」，各極其妙。

兒子刊余詩，校讐再四。今一展閲，魯魚亥豕之譌尚多。如「夜詩料峭掩重幕」，「料峭」誤作「峭料」；《陳仲弓祠》「碭雲開沛縣」，「碭」誤作「碭」；《涪翁休亭賦墨蹟》「朝逢三足之烏東邊升」，「三」誤作「獨」；《王莽錢》「昌興亭長夢天使」，「昌興」誤作「興昌」；《高且園指頭山水》「胸中自有崑崙根」，「崑崙根」誤作「崑都崙」；《古剌水》詩注「罐重三觔」，「觔」誤作「雨」。

先伯祖匏園公工古文，其稿爲黄岡故人攜去，遂佚，《素業堂雜著》所存無幾。詩則不多作。其《自營生壙》詩云：「身外亦何求，此生惟有骨。及今未死期，營此水雲窟。極目衆山環，兹山何傲兀。與吾骨正宜，兩不相唐突。但求此骨安，山亦應勃勃。勿謂謀何先，好憑歲月忽。」

黄岡王昊盧宗伯捐貲贖甲寅難婦百餘口，沈方丹用濟詩云：「紅淚千行濺鐵衣，傾家不惜拔重圍。揮金欲笑曹瞞吝，只贖文姬一箇歸。」蓋康熙甲寅吴逆起事，此盛德事，宜其傳也。

臺灣在東南海中，爲閩、粤、兩浙屏扞。自鄭朱既平之後，享太平之福者百有餘年。厥土肥美，百穀繁昌，番貨鱗萃，閩粤流氓耕種、懋遷其中，械門居奇，争相雄長。官吏視爲利藪，賄賂公行，白晝殺人，挾賕不問，掊克取辦，恣爲淫奢，致釀乾隆五十七年林爽文等之變。陳良翼者，蘄州人，字孔十，號卦峰，乾隆癸未進士。以福清縣知縣調臺，治諸羅三年，有惠政，陞雲南嵩明州知州。因母老乞養，以疾留未行。會爽文陷諸羅，被執，衆鬨救曰：「莫殺好官。」得不死。起義集鄉勇二十餘人，殺賊復諸羅。賊焚笨港，絶諸羅餉道。城内外兵千餘人，益募義民數千人，總兵柴大紀紮城外。良翼諭義民併力掘築，爲堅守計。賊大至，自六月二十五日至十月二十八日，賊晝夜攻城，勢日張，大小六十餘戰，屢刺臂血，上將軍書乞援不至，城内糧絶，蕉根樹皮亦盡，屑市中油粃爲糧，衆難之。良翼先自食，衆乃食。亦盡，兵民死者日百餘人。而陝甘總督福康安爲將軍，海蘭察爲參贊大臣，率巴圖魯侍衛帶領黔粤並四川屯練兵六千人至，乃於十一月初十日入城圍解。上嘉諸羅義民，改縣名「嘉義」，即以良翼爲嘉義縣知縣。俟料理一二年後，再予歸養。時陽湖趙雲崧翼從李制府在軍中，作《諸羅守城歌》

云：「諸羅城，萬賊攻，士民堅守齊效忠。邑小無城只籬落，衆志相結成垣墉。浸尋百日賊益訌，環數十里屯蟻蜂。援師三番不得進，出頭連夕唯傳烽。是時矛戟修羅宮，賊爲天魔車呂公。賊用枋車來攻，爲砲擊碎。吼聲轟雷震遥空，噓氣滃霧迷高穹。孤軍力支重圍中，草根樹皮枯腸充。翾飛鳥雀不敢下，恐被羅取爲朝饔。裹瘡忍餓猶折衝，壯膽寧煩蜜蜜翁？百步以外不遥拒，待其十步方交鋒。一砲打成血衕衕，尺腿寸臂飛滿空。戈頭日落更夜戰，萬枝炬火連天紅。何當范羌拔耿恭，赴援艦已排黄龍。會有長風起西北，揚帆直達滄溟東。」又有句云：「但存清吏埋羹節，那有奸民歃血盟？」「甲鎧煮來聊作食，蠟丸書罷不成章。」錢唐吴南墅文溥時亦從軍，句云：「直待鄭人思子産，始知秦法誤商鞅。」他日吴白華省欽題《卦峰守城圖》云：「巡遠輸君遇，龔黄誦爾慈。」

季弟典掖，屢試春官不第。嘉慶六年，大挑知縣，分發直隸。初至保陽，感賦云：「九上公車志已灰，翻持手版應官來。名山空負千秋業，仕路終慚百里才。鴻爪當年留雪迹，黄金此處有高臺。平生卅載長安道，也算皇州得意回。」「大府沉沉列戟居，轅門守候聽傳呼。調羹新婦厨初下，入學村童禮尚粗。薄宦心情渾似夢，書生習氣本來迂。從兹傀儡登場後，難説今吾是故吾。」觀此詩，可以悲其志矣。

典掖詩不求奇崛，時露新警。五古《將去青縣留别二首》云：「讀書慕前哲，筮仕談循良。道旁去思碑，顛仆委風霜。所貴名與實，寸心自評量。我昔來兹邑，牽絲百里疆。及瓜行當去，臨去轉徬徨。謂我爲貪吏，無物充官航。謂我爲廉吏，安得祀桐鄉？貪廉兩無據，自笑行自傷。公論憑人口，決川安能防？」「設官以養民，官朘民脂膏。設官以教民，民愚官怒號。百姓視官輕，官不卹民勞。所以毛摯治，民風日以澆。憶予下車始，煢煢困差徭。豈不資民力，儉以養清操。豈能免吏猾，毋令恣闞虓。催科甘下考，鞫獄戒刑招。愚民以我故，悻悻頗自豪。殷勤告我民，守分慎毋驕。須防後之人，鞭扑將安逃？」二詩尚有次山《舂陵》之遺。七古《登岱頂放歌》云：「泰山七十有二峰，峰峰盡被白雲封。捫蘿歷磴躋絶頂，一峰一峰日曈曨。俯視白雲截山腹，晻靄糺縵群峰伏。上界晴明下界陰，人在天上雲在足。須臾天風浩蕩來無邊，離奇變滅化作齊州九點烟。羽衣道人揖我前，指示日觀越觀秦觀相鈎連。遥望迷離一條白，劃破世界分南北。東指滄溟海一杯，青蒼一堆疑是島間國。嵩恒衡華岱尤尊，其餘宇内名山盡兒孫。我來一覽氣愈振，慙媿人間絶頂人。乃知孔子小天下，信是聖人之中集大成也者。」五言如《隨制府古北口接駕》云：「出關三伏雨，清蹕九秋霜。」《古北口隨營至瑤亭子》云：「飛鳥難投樹，耕氓半是兵。」《病起寄兒輩武昌》云：「靈藥頻投誤，庸醫聚訟囂。肘後奇方古，胸中我法多。」《度齊雲巖》云：「怪石作人立，奇峰撲面來。」《畿南雜詩》云：「九派河聲滄海暮，三關樹色薊門秋。」「日中爲市風仍古，水次開田俗似南。」「草冠揖讓諸生服，春韭鬅鬙上客餐。」「估客停舟攤粤産，女兒擁髻學吴妝。」「民逋慣待蠲租詔，歲歉從無漏賑家。喜説先朝猶父老，相忘帝力是桑麻。」《瑶亭子宫門侍班》云：「洞開雙闕千官肅，首列西天一佛尊。」《白澗》云：「前驅虎將金戈肅，夾道鵷班玉珮和。」《薊州曉行》云：「一角雲山微有樹，千家村落半臨溪。」《三河縣城外尖營》云：「帳殿日華深駐輦，天厨烟裊乍傳餐。」《哭沈醫》云：「老爲謀生遭客死，身因多病痛醫亡。」《初秋》云：「謝病偶然容我懶，借書時復畏人嫌。」《即事》云：「得句待鈔思已斷，買書無力眼偏饞。」《買書》云：「快意比求田宅好，癡心還望子孫賢。」《喜姪元準公車來寓》云：「馬從上谷城邊過，人自中華界外回。」《病愈謁長吏》云：「問到科名驚老大，算來歲月感升沈。」《再登望海樓》云：「屬國遠環諸島外，日華高擁五雲頭。」絶句《秋夜不寐感而有作》云：「九上公車一第難，二毛頻向鏡中看。讀書事業何須問，五十頭銜七品官。」「府符飛下敢遲回，三輔流亡劇可哀。不向村氓問疾苦，長官新自草茆來。」「接到家書紙露丹，封函半損字猶完。高堂健飯猶如昔，惟説思兒淚未乾。」「白雲回首是家山，五夜孤燈客夢殘。僕僕紅塵緣底事，得官容易去官難。」

考田詩話卷六

黄梅喻文鏊冶存甫

宋張魏公是非千古，自有定論。余《宿州懷古》云：「一敗符離淚暗吞，枉談心學重朝論。相公曾與高皇約，要到東京作上元。」「隆興鋭氣截虹霓，朝列乘機罷鼓鼙。空對宸章元祐脚，高宗書法先學山谷。大書裴度定淮西。」「淮西戰骨幾人收，三十餘年志未酬。無復軍中張曲幟，至今遺恨白符鳩。」愚谷見之，嫌其與考亭異議，語予删之可也。非袒魏公，不欲詆考亭耳。

南豆塍七律擅場，其所作新樂府音調亦佳。時粤西廠徒逃出安南者千餘人，朝廷貸其死，徙之塞上、關中，方伯富公人給一裘，作《粤兒裘》云：「阿耨池頭椰葉黑，粤兒臘月苦炎熱。炎天銅柱劃天闌，粤兒跳梁爾自絶。長安古道草色枯，黄河風勁冰上鬚。大府姬人坐氊車，羔裘豹袖貂貙貐。蒲桃酒酌琉璃壺，粤兒流涕向城隅。城隅野老喧傳説，方伯恩深暨縲絏。前途便賜粤兒裘，披裘不怕天山雪。」又《同州羊》云：「沙苑蒺藜黏天黄，牧兒晝驅同州羊。同州羊尾大如橐，同州羊毛白如玉。縣吏催皮下空村，兒女喧呼驚打門。明朝索辦官皮去，燈下織皮天未曙。當年誰叱石成羊，至今不遺羊還石。石田犖确庚馬耕，羊裘剥落行人惜。」又詠史樂府《癡頑老子》云：「劉參軍，李書記，唐中書同平章事。晉司徒封魯國公，周太師兼山陵使，追封瀛王謚文懿。無城無兵敢不來？無才無德誰能似？長樂老書數百言，壽同孔子七十歲。五代七姓十一君，癡頑老子真兒戲。」

元遺山云：「黄河千里扼兵衝，虞號分明在眼中。爲向淮西諸將道，不須誇説蔡州功。」蓋遺山早見及此。甚矣，宋之愚也。余《題歸潛志》云：「北人何喜南人泣，又見紅羊换劫時。」《過樊城》云：「空聞江上捷，早兆蔡州亡。」

孫仁節楚池，侍御漢之季弟，家漢口，曰「鐵門孫氏」。仁節既析居，得鐵門舊宅。余與愚谷即以「鐵門」爲仁節字。雲素贈詩云：「君不見浩然亭，姓氏入脣生古馨。又不見郎官湖，形勝可改名不渝。公墩我屋争未艾，勝境本與幽人會。我家别業小西湖，秦淮舊址今猶在。况君門才冠晴川，鐵門高並蘇門傳。白眉年小尤俊偉，充間瞥見鸞凰騫。千軸萬卷惟其有，喻樗陳櫟足師友。字君以門君不慚，門第得君應不朽。狂呼落筆鏘金聲，元精耿耿震户牖。何須遠叩七客寮，將毋老鐵驚斂手？我時避席思擇言，乃祖乃父勤墉垣。承家夙奉義門訓，宜以世澤名後昆。舉酒屬君君不語，鐵骨寒香梅一墅。如此門第如此人，莫袛樓頭憶孫楚。」余因有「喻樗陳櫟」之語，賦《樗櫟篇》。

雲素五古，氣息最爲醇古。《送潘瑶圃歸杭州》云：「兔絲附樸樕，嘉樹生朝陽。與子有成言，白日何堂堂。長風東南來，吹我如參商。黯澹咽不語，攜手登高岡。下有萬里流，九折奔迴腸。上有團團月，清浄浮天光。神州照聚散，各各鳴中藏。於我爲遠道，於子爲故鄉。落日見關河，客心生白雲。豈不惜離别，子有高堂親。高堂心惻惻，念子行邅迍。萬里共痌瘝，百年爲晨昏。嗷嗸雲間鴻，浩浩波中鱗。今日故人酒，明日故園春。竭力事菽水，天涯多苦辛。不見《負米圖》，胡牧亭先生繪《負米圖》。卓行齊古人。春月易爲歡，秋月易爲悲。粲粲芝蘭花，奈何披其枝。韶光萬錦繡，流鶯嘑哀哀。憂來不可止，况乃飢驅之。盈虚悟元化，達者調心脾。行行多歧路，勿忘初别時。守身如衛疾，力學如赴歸。榮名古所寶，富貴安足期？」

葉孝廉恩綸，雲素上元從姪，詩才華妙，不永其年。《題羅兩峰聘畫張麗華圖》云：「月地雲階好女子，正寫烏絲砑紅紙。胭脂有水水無情，使我美人不得死。玉樹歌兮後庭舞，教成一曲真千古。豈有無雙張麗華，到頭不及王夷甫。黯黯夕陽如作意，見面時難别容易。鬢絲强半爲留情，山鳥空啼奈何帝。五更寒雨驚沈睡，獨自憑闌幾曾會。家亡國破事尋常，安得許多閑涕淚？風流帝王江南少，李煜何如陳叔寶。機牽到底不相容，心肝却是全無好。年年慣過青溪渡，埋玉埋香在何處？落花飛絮老蕭孃，歸來依舊雷塘路。可惜人生好頭頸，繁華如夢須拚領。一雙醉骨語興亡，他生未卜何時醒。解道才人能好色，作個君王行不得。風鈴雨霤怨三郎，菱謳蓮唱愁吴國。剩水殘山何足問，三十六封差過分。唤起芳魂到廣寒，和成璧月真無恨。」通首换韵，俱仄聲。施愚山謂何大復《昔游篇》十轉皆平，龔孝升鼎孳《老蕩子行》八轉皆仄，愚山自著《黄山怪松歌》，亦通篇純用仄轉。

野園之弟成叔均，諸生，亦能詩。《馬嵬懷古》之作頗不落前人窠臼，詩云：「假兒本自負君王，驍騎驚聞發范陽。麥飯野人遮道進，上方翻勝茘枝香。《霓裳》無復奏芳辰，烽火西來入望頻。節鎮威權原過重，枉將興敗怨佳人。纖月沈西夜氣微，他生曾誓願無違。河橋攜手年年事，不似香魂永不歸。華清宫殿晝常扃，遥指驪山一髮青。獨有路傍憔悴客，新詩重譜《雨淋零》。」

余前在鄂渚，因張菊坡巡道道源爲祖舫齋侍郎之望，買舟載書回閩，附之東歸。篷窗無事，成兩絶句：「打鼓開頭極遠天，一江帆飽送書船。良臣事業良朋誼，結此耽書風漢緣。」「圖書滿載剩容身，與我同舟盡古人。縱未殷勤通款曲，暫時相近也相親。」解纜後連日阻風，至蘄州，大風鼓浪，高數尺。歸心如箭，乃信口度曲數闋，命榜人歌之，遣悶而已。興至而歌，意盡而止，不必調合《一剪梅》也。詞云：「曰歸曰歸歸即休。行去悠悠，望去悠悠。雙雙柔艣掉輕舟，三日黄州，七日蘄州。早夜江豚起石尤。浪也白頭，人也白頭。思親望子各登樓，一處山樓，一處江樓。歸期早報一書郵。是我輕浮，悔我輕浮。天工排定不人由，歌解人愁，酒澆人愁。」

蘄州徐琮，字侶蒼，號顛客，歲貢生。康熙中，夏逆叛武昌會城，蘄土賊乘亂竊發，琮率壯士火其寨，鄉人德之。工詩畫，精六書之學，著《古文篆韵》五卷。負氣節，好游覽，陳滄洲鵬年客之。畫學小米，參以大癡染法，而魄力沈雄，蒼渾獨勝，大幅尤佳，顧世罕知之者。余家藏有數幅，實不出石谷諸人下也。孝感夏觀川編脩力恕，爲蘄水閒雲閣宗印上人題《顛客蘄水縣圖》云：「我聞昔者有二顛，在唐曰張宋曰米。墨花淋漓酒氣濃，石色突兀筆鋒偉。今之顛客何爲哉，風流與昔相鼎趾。高懸鐵畫凌漢秦，恣意蒼緑倒山水。解衣磅礴天地間，白眼科頭冠蓋裏。浠川城外閣最高，我時巡簷跨其涘。山禽入座盟幽香，老樹浮天塌素紙。廛市聲常渡水來，疎鐘亦逐漁歌起。老僧示我卷軸佳，彈丸城郭論萬里。遠觀不暇視標題，顛氣勃勃來口耳。貼水雙橋兩岸支，摩霄一塔半天倚。雲生衣袖朝雨青，霜過秋林暮霞紫。此閣飄然入畫圖，最幽最僻最聳峙。參差巖壑横高堂，重複烟雲互屬委。倉黄兵氣起絃歌，浩劫荒城幾屈指。萬竹叢陰研瓦香，顛翁意匠此間是。前年我寓鄂州城，邂逅見翁之二子。長君磊落尤好奇，一身飄泊家如洗。只存顛氣酷似之，高士箕裘乃若此。夢隔鄉關遠別離，眼看丘墓生荆杞。蒼涼遺迹滿江湖，珍重摎羅歸眼底。即今展圖重慨慷，南州榻在空爾爾。今人不復憶古人，三顛名乃從兹始。老僧若肯繼大顛，參伍以變亦奇詭。」

黄州府廨雪堂、快哉亭諸勝，本非故址，前守好事者榜而揭之，即謂前賢遺跡也。雪堂迤南皆隙地，稍西與快哉亭對。倘葺而爲亭，則雉堞齒齒在履下，俯瞰大江，遠覽武昌、樊口諸山如几案。顧閡於形家言，無經營之者。江右羅旭莊暹春以翰林出守德安，移黄。賓從以爲言，守曰：「無傷也。亭以木石，一成不遷。易之以布，張弛維便。四時佳日，與爲流連，誰曰不宜？」亭成，名曰「不繫」，《南華》之義也。吴雲衣作七古一首：「東風作力吹瀛洲，仙之人兮乘蒼虬。霓旌遷轉來黄州，兒童竹馬迎細侯。與民更始民安堵，萬室織作相咿嚘。政閑時復寄吟眺，永嘉屐齒攀風流。誰歟太守昔好事，顔額假借亭榭幽。風微人往幾代謝，空餘山鳥時鈎輈。我公選勝闢灌莽，佳處乃在西南陬。江流嗑足自滉瀁，樊山列屏疑雕鎪。置亭其間頗曠絶，閡形家言且復休。我公沈思施良謀，易木以布楮撑遒。亭成捉麈坐虚室，名以不繫如浮舟。幔亭雲霧仙迹杳，錦幛汰侈山靈羞。豈如兹亭傍迴澳，一覽萬象歸冥搜。爲張爲弛隨動息，無心成化古爽鳩。噫嘻我公此夷猶，彤庭述職宣大猷。此亭緹襲隨鳴騶，金臺日麗風和柔。擴爲萬間突兀屋，覆億姓如開翠幬。芒鞵布韈容我輩，雲卧八極承嘉庥。」

潛山丁孝廉宏遠與先伯祖匏園公爲文字之交。其少子珠，字星樹，號薪墅，乾隆庚寅舉人，有「艷到海棠香不得」之句，爲時所稱。他如賦秋草云：「隄邊河畔都成恨，底事王孫戀遠游？」俱有寄託。

以大挑知縣改授靈璧縣訓導，白下謁袁簡齋，投以詩云：「身閒但急千秋業，官罷還貪一縣花。」其興致如此。長公承培，字玉華，歲貢生，亦能詩。《蕪城懷古》云：「三十六封書信寄，一千餘里柳陰成。」

女子而有貞烈之行，變而不詭於正者也。至於終身不字，孝事孀母，稽之舊聞，尤爲罕覯。雲素以朱孝女事索詩，余詩云：「三日刺一繡，五日織一綺。軋軋機中絲，不學鴛鴦紫。生小入孃懷，能諳孃心苦。宛轉牽孃衣，劇於十五女。生女終須嫁，生男莫遠離。不見朱氏女，端的勝男兒。」昔嘉禾女子李鳳，事父不嫁，吴梅邨爲之立傳，曰：「威后之對齊使曰：『北宫之女嬰兒子無恙乎？撤其環瑱，至老不嫁，以養父母。』古固有不嫁之女矣。而《列女》不書，《内儀》不載，異常之事不可教世而訓俗，是以著其實於記，而没其文於經，固未嘗不深與之也。」

人每寬於論今，刻於論古，且喜信古人之知，由俗不長厚故也。朱文正公珪謂白蓴獨身閒關載書數千卷，屈折走數萬里，其愛古悱惻出於至誠。表章幽逸，尚論忠厚。至謂明妃必不二節，足徵性情之摯。其《弔明妃墓》云：「美人不可見，寥寥遂終古。昭質自無虧，所傷在何許。昔見篋中圖，又聞曲中譜。惆怊神欲即，佇望江南浦。游魂竟何之，不得返故土。獨立盼邊城，飄零路脩阻。微風本無迹，孤月空有影。念我漢宫人，憂心獨耿耿。求媚素不工，抱恨將誰省？譬彼缾中水，安得還故井？漠漠白雲飛，不到我故鄉。悠悠黑河水，不流漢宫牆。莽莽漢廷使，音書不我將。翩翩南征雁，不與我同行。生當長相思，死當永不忘。」

白蓴坐隻輪車遍游五嶽，北踰朔漠，東眺滄溟，宿蓬萊宫者四十日，客岱山之頂四越月而後下。

畢秋帆中丞撫陝時題「海嶽游人」四字贈之，白蕁因自署一幟豎於車上，夜度潼關，致來關吏窘詰，乃書一詩答之云：「元日夜逢潼關吏，三車都署游人記。見者驚訝且停驂，我請詰朝爲發筍。詩文心製五千篇，典籍手摹五萬字。岳瀆高墳皇輿圖，賢豪鉅州名家志。其餘仙釋并雜流，寸楮尺牘不可計。茶鐺酒醆多闒茸，箬笠芒鞵半凋敝。累代不工商販謀，隻身獨探山海異。願君摎檢莫辭勞，自喜太平一無事。挾書之律已久除，當今聖明重文儒。達官每賜華翰札，榷使不徵青箱租。東涉蓬瀛北大漠，三關許我頻馳驅。若問姓氏敢藏匿，五嶽峰頭滄溟隅。」

譚永齡，後改蔚齡，字白畦，天門人。贅於漢川萬氏。詩尤善五律，以閒澹清遠取勝。邂逅鄂城，出其詩以相質，余甚欣賞之，惜未付胥鈔。未五十，循資貢成均，旋卒。今閱熊兩溟士鵬集《哭白畦》詩，不勝愴然。詩云：「故人窮到死，併不愛留詩。白首天難問，青山我詎知。武昌一折柳，風雪正相思。不信江頭雁，聲聲爲汝悲。」

江漢間近來稱詩者，以沖澹爲宗。精求五律風旨，幾欲由昌穀、子業上追青蓮、摩詰、襄陽諸公。野園、林菴、白畦皆然。故其詩境超曠，脱去塵坌，皆程丈拳時啓之也。今天門熊兩溟寄來《鵠山小隱詩集》，宗法大抵相同，而稍加矜鍊，不落活套，七律並佳。五律如《舟夜》云：「涼風起戍樓，中夜漢西流。鳴笛忽沈水，暮鴻遥傍舟。長天生遠夢，獨樹得高秋。共此一江月，依依蘆荻洲。」《澄湖泛舟懷諸舊友》云：「湖光生月白，雙槳響空烟。岸闊皆成水，舟輕欲到天。懷人沙鳥外，憶別酒樓前。一任乘風去，蛟龍正穩眠。」《秋思》云：「斜陽猶在樹，新水恰當門。暝色趁蟬語，秋聲縣杵痕。邀來花外客，吟就月中尊。永夜葛衣冷，滿天風露繁。」《送燕客》云：「夜行河朔地，車馬度城壕。月墮明星大，風吹曉角高。燕人初識面，蜀盜尚如毛。別我西川去，青驄白雪刀。」《湧月臺同平憨樓太史》云：「落日大江流，飛鳴響暮秋。羈心如遠水，極目在高樓。烟草楊朱路，沙棠李白舟。升沈君莫問，吾已付沙鷗。」七律如《岳廟》云：「痛飲黄龍去不遲，兩河父老盼王師。五千騎墮金人膽，十二牌回岳字旗。長恨徽欽歸朔漠，空留松柏向南枝。衣冠不返湯陰里，愁絶西湖夕照時。」《黄鶴樓送彭寶臣殿撰》云：「如此江山如此樓，楚天一柱跨滄洲。看君有意招黄鶴，問我何心對白鷗？衡嶽雲連湘水竹，鄗湖酒入洞庭舟。都門異日應回首，芳草晴川並是秋。」《訪友人不遇》云：「集霰霏微濕岸沙，板橋行近故人家。寒塘枯樹不成雪，老屋朔風無數鴉。恰好到門逢稚子，旋疑何處就梅花。欲歸更訂明朝約，不負山陰一葉槎。」《答汪雨堂》云：「九月黄花又早歸，鯉魚風起冷斜暉。君方有子成佳樹，我已無親失綵衣。白髮漸生兒女大，青山如故友朋稀。年來落拓頻看劍，霜氣横秋一道飛。」佳句五言如：「門掩暮蟲冷，窗生秋月微。」「樹歸棲鳥鬧，秋養暮雲閑。」「渚紅斜日影，沙白曉霜痕。」「離人見孤月，流水上空樓。」「鷺舂藕花水，牛飯柳塘烟。」七言如：「渡頭樹色故鄉近，村裏人家殘照低。」「孤鶴安知非道士，古松初悟是禪師。」「高歌幾見如卿輩，酣飲何曾誤乃公。」「豎子何堪登廣武，虬髯空説霸扶餘。」「飢鼠向人疑有粟，流民如雁已無家。」「臨水人家花墮冷，近秋天氣鳥飛高。」「游雲一縷捷於鳥，怪石幾堆高似人。」《登黄鶴樓》云：「無邊漢水入江水，不盡吴山連楚山。」《鄴中用陳元孝韵》云：「死慚男子孔文舉，生怕英雄劉使君。」《江夏懷古・鸚鵡洲》云：「千人欲殺寧黄祖，四海相知一孔融。」兩溟乙丑成進士，引見，以知縣即用。乃自分不能爲令，投牒改教職，授武昌府學教授，士論高之。

《春渚録》謂東坡爲五祖戒後身，故東坡嶺外詩有「父老争看烏角巾，應緣曾現宰官身」之語。《冷齋詩話》：「子由在筠州，雲菴居洞山，聰禪師亦蜀人，居壽聖寺。一夕三人同夢迎五祖戒和尚，及曉相與告語，拊手大笑曰：『世間果有同夢者，異哉。』久之，東坡書至曰：『已至奉新，旦夕相見。』三人同行二十里，而東坡至。各追繹所夢，坡曰：『某年七八歲時，嘗夢某身是僧，往來陝右。』雲菴驚曰：『戒，陝右人也。暮年棄五祖，來遊高安，終於大愚。』逆數蓋五十年，而坡時年四十九。」是戒爲陝右人，晚遊高安，終於大愚，已見惠洪覺範紀載，邑志顧云所出無考，又附會以爲塔在山麓，名山塔灣，可知地志之陋。戒事見《五燈會元》爲隨州雙泉山師寬明教禪師法嗣青原下八世，戒法嗣則有洪州泐潭懷澄禪師、瑞州洞山自寶禪師、復州北塔思廣禪師、蘄州四祖瑞禪師、舒州海會通禪師、明州天童懷清禪師、越州寶嚴叔芝禪師、隨州水南智昱禪師。

南城曾賓谷方伯燠之兄以鄉賦被落，至不得其死，見賓谷《賞雨茅屋集》哭兄詩。科名之繫人生死如此。吾邑先輩黄懷亭工部利通送下第老友云：「君歸抱璞拭啼痕，一第升沈那足論。定要狀元名不朽，昌黎只合媿兒孫。」昌黎子昶、孫衮皆狀元。諧語亦莊論也，所以進之者深矣。懷亭，康熙甲戌進士，朱文端公軾同年中交最契。文端稱其詩似岑嘉州，文似宋景濂，明白正大，人人易曉。與先伯祖匏園公有連，歸田後日相過從，尊酒論文甚洽。其題先伯祖書屋云：「匏園新築擁書城，褦襶無勞客款門。雉堞青飄深柳色，燕泥香染落花痕。臨池似舞公孫劍，作賦能爲大小言。北馬南舟有歧路，好從西洛問真源。」先伯祖工草書，故並及之。

京山李太初元，乾隆間舉人，官四川南充知縣。時前後藏互相爭攘，一等嘉勇公福康安進討，太初從軍，轉饟深入。事平入都，過陜西，遇典掖於西安，備述經歷險阻，可謂勤於所事矣。所著《蠕範》一書，博極典籍，甄綜群動，比物連類，部別州居，分爲門十六，曰物理、物匹、物生、物化、物體、物聲、物食、物居、物性、物制、物材、物知、物偏、物候、物名、物壽，顔曰《蠕範》而自爲之序曰：「道範天地，天地範萬類，變幻周通，萬有不窮，如陶斯模，如冶斯鎔，惟妙惟肖，是謂大造之化。涵以日月之精，暢以山川之英，氤氳磅礴，爰有植鈍而蠕靈。靈之最，其惟人乎？禽獸蟲魚之屬，或寄而或分。寄焉者，暫也。分焉者，散也。要之皆範也。綜其紛紜不齊之數，亦足以包天倪，備民務，故或俯仰而慕之。老子猶龍，不如龍也。莊子夢蝶，不如蝶也。惠子羨魚，不如魚也。夫何故物之就範也？能其所能，力其所力，守而勿忒以順天，則天地無心而成化，萬類乘化而有爲。問之天地，天地不知。問之萬物，萬物不知。無名天地之始，有名萬物之母。槖籥之門，元牝之户也。賅而存之，其或可思。」余題絶句云：「造化何心狡獪爲，窺天比類信稱奇。先生自具鑪錘手，重補山經海志遺。」

紀曉嵐尚書昀《如是我聞》：「漢敦煌太守裴岑破呼衍王碑，在巴里坤海子上土關帝祠中。屯軍耕墾，得之土中也。其事不見《後漢書》，然文句古奧，字畫渾樸，斷非後人所依託。以僻在西域，無人摹搨，石刻鋒稜猶完整。乾隆庚寅，游擊劉存之摹刻一木本，洒火藥於上，燒爲斑駁，絶似古碑。二本並傳於世。賞鑒家率以舊石本爲新，新木本爲舊。」余兼有新舊二本，誠如所説。碑文云：「惟漢永和二年八月，敦煌太守雲中裴岑將郡兵三千人，誅呼衍王等，斬馘部衆，克敵全師，除西域之灾，蠲四郡之害，邊竟艾安。振威到此，立德祠以表萬世。」「德」字，他本作「海」字，誤。我國家威讋二庭，西極大濛，如在闤闠。郡縣其地，設堠開屯，無有遐邇，罔不率俾。覩此益慶昇平，爰賦七古一章。張白蓴《歸化城醉歌行》有云：「太平好作吟詩客，何須真封萬里侯。」

白蓮教匪滋擾，時鄖陽鄉勇最爲驍健，余詩所謂「健兒結束好身手，自乞轅門張一軍」也。秋潭大尹以奉檄運兵米至興安，其《鄖陽詩》氣足神王，筆力甚雄健：「落日空山礮火鳴，風吹殺氣作秋聲。弓刀齊擁良家子，袴褶多隨漢將營。秦隴羽書傳箭下，均房鳥道與雲平。衹今父老思原傑，徵調何時罷用兵？」又《摸椿行》，並録之，以志變。序云：「宜城縣下流水溝，薄暮泊船，閒行村落間，有村老人爲余言：賊初起時，將至一村，必先得其村一人，夜縛以八村，使之以姓名搥門，門啓即殺先縛者。而又縛此人入其室，搜殺已，即又以所縛者叩鄰之門，門啓亦如之。搜殺盡一村，人無覺者，謂之『摸椿』云。爰傷賊之黠，哀我民之易屠，使賊滋蔓也。因作《摸椿行》。」「夜半黑風吹怪雨，前驅豺狼後猛虎。鵂鶹嘯群作人語，妖狐頭戴髑髏舞。犬不吠，雞不號，鬼伯叩門求其曹。以火來照揮霜刀，殺人如草無喧囂。東鄰殺盡西鄰及，問客何來開門揖。千門萬户排闥入，男婦駢頭但柴立。尸骸撑拄如丘山，祝融入夥飛炎烟。以人爲燭光灼天，群魔血牙飽腥羶。千牛炙，萬石傾，上馬捫腹腹彭亨。平原廣廣縱且横，不聞哭聲聞笑聲。摸椿摸椿在何處，千村萬落條條路。白蓮花死不回顧，摇旗打鼓前頭去。」

惲子居敬云：「雍正五年設軍機處，人以爲如宋樞密院。然樞密院止掌兵事，與中書省並重而已。本朝軍機處主受天下之成，如宋中書平章事；主内制，如宋翰林學士；主徵發賞罰功罪，如宋樞密使。三者惟明之内閣兼之。今内閣在午門，不能常見，止票擬進呈。軍機處在乾清門，大臣每日面取進止，益嚴重。故軍機章京常急速趨事以爲能。」夫軍機無專官，入軍機者俱以本官兼軍機處行走，司員亦然。設立數十年，見於詩文不過曰「樞庭」、「樞要」、「機務」而已。子居之言始詳。趙雲松以中書爲軍機章京，《軍機夜直》云：「鱗鱗鴛瓦露華生，夜直深嚴聽漏聲。地接星河雙闕迴，職供文字一官清。鑾箋書剪三更燭，神索風傳萬里兵。所媿才非船下水，班聯虚忝侍承明。」時方用兵西陲，故有第六句，固未嘗以樞密院爲軍機處也。

書院盛於南宋，聚同志以爲學，師弟子皆以道德相淬勵。《荆湘近事》：「五代蔣維東隱居衡岳，受業者號爲『山長』。」宋元書院各設有山長。宋何基婺州教授，兼麗澤書院山長。徐璣建寧教授，兼建安書院山長。元仁宗賜會試下第舉人，七十以上從七流官致仕，六十以上府州教授，餘並授學正、山長，後勿援例。則山長亦同官授。今山長不命於朝，而書院不廢掌教者，稱山長如故。小者屬府州縣官主之，大者屬行臺省大吏主之。其掌教，例得延鄉先輩之曾官京外而致仕者。束脩豐約，皆可資供養，論者調笑比於祠禄。愚谷假歸後，屢掌楚省府州縣書院，至是掌省垣江漢書院有年，所遇當事皆賢，故得久於此，從容閒暇，以著述自娱。偶讀太白《黄鶴樓》詩，有「中峰倚紅日」之語，舊不詳中峰在何處，乃徘徊黄鶴山首尾之間而得之。遂披榛莽，構太白堂數楹，招客賦詩，可謂好事矣。兒子元沖改名元鴻。亦得追陪杖履，觴詠其際。余則以僻在荒城，未克與此會也。

《墨客揮犀》謂王荆公過金山寺，壁間得一絶句。反復諷詠。問知爲郭功父所作，由此見重。尤愛其兩句云：「鳥飛不盡暮天碧，漁歌忽斷蘆花風。」此聯阮翁詩似與之近，而其《書青山集後》謂是無足取，且言介甫事事與人異趣，於此可見，何也？兒子元鴻得阮翁殘札二紙於蘄水王氏，王得於漢陽孫氏。一屬人作山東巡撫王東侯國昌壽文，即《刻邊華泉集緣起》記時事。以中丞之尊，阮翁以華泉先生奉祀之事屬焉，則東侯亦甚可人。一書「雞豚籬落茅茨雨，鳧鴨陂塘菡萏風，爲滮泉賢甥。」不解書此意何屬，或是楹帖。即此一聯，亦絶好阮翁詩也。阮翁書法不著名，而其跋門人陳子文奕禧裝潢小札册云：「予文書入晉賢之室，每得予尺號，輒篋櫝而藏之。」今觀其書，洵有唐臨晉帖筆意。聞孫氏尚有十餘紙，當有首尾完善者，可寶也。

余於嘉慶十三年戊辰，買得王姓鼓角鎮雙塘坳印坡山，將爲吾母卜吉。旋因彼族互嫌，借此構訟，余即具牒許贖，與東坡陽羨買曹姓田事絶相類。戲占一絶云：「買田陽羨事如何，雲雨近來翻覆多。我已無心還任運，也教一事似東坡。」後四年，彼族嫌已，造訟者自知翻異之非，仍乞歸於余。别有五古紀事。是時吾母棄養已二年，至是始得歸窆焉。《宜興續圖經》：「東坡初買田黄土村，田主曹姓已鬻而造訟，有司察而斥之，東坡移牒，卒以田歸曹。」周益公云：「公責黄州時，買得宜興姓曹人一契田段，因其争訟無理，轉運司已差官斷遣。公不欲與小人争利，許其將兑價收贖。今公孫曾猶食此田，豈曹氏不復贖耶？」余此事蓋始終與坡同也。

嘉慶元年三月，安南使臣阮偍自朝貢回，過吉水，秋潭方令其地，問其宗姓，語不可辨識，乃引秋潭掌，以指畫字。蓋黎姓，乃國王懿親。阮光平篡國後，因從阮姓，中心猶鬱鬱，所作詩亦時露其意。秋潭索其冬春往返詩本十，手鈔録，終夕而竟。其《行次東山偶憶蘭溪漁者》云：「東魯行車雨雪飛，偶懷閒客釣魚磯。二倫情誼心相厚，原注：漁者與我分兼兄弟、朋友，故云「二倫」。十載窮通命每違。不審役形當世事，何如拭目看時機。首陽今日無人問，也任夷齊喫盡薇。」結銜稱兵部左卿、宜城侯。蘭溪漁者，其同心之侶與？

初，安南舊藩黎維祁失國内附，殁於京，遺一嬪一女。甲子春，上以其國復，改姓，遣其從臣黎侗等百數十人扶櫬歸葬故墟，命沿途官吏津送。竹西時署應山令，職是役，口占《紀事和彰德通判潘吟序鷺韵》：「歌聲齊唱大刀環，回首觚棱金碧間。日下十行新詔令，天涯萬里舊雲山。式微中露輕塵度，重譯炎荒古道還。猶是青青楊柳色，春風吹送出邊關。」「星火南交夢海隅，九天雨露蟄蟲蘇。從亡黎耇憐遺孑，偕老妻孥痛寡凫。子弟八千兵已散，河山十六道難圖。只今丘首能如願，自署蠻夷舊大夫。前黎維祁與阮光平構兵，一時曾招集其故家子弟、民勇數萬餘人。天厭黎氏，以致星散。播遷失國，所隸十六道均爲阮有。其從亡臣顯恭大夫黎侗所著《北行叢記》甚詳始末。」「者番燕子故巢飛，負骨孤臣泣素衣。爲感滄桑前劫換，彌悲鴛鷺舊行稀。山川險阻五虵在，華表凄涼一鶴歸。未必寢園仍麥薦，富良江外草菲菲。」「郵車此去莫遲淹，撫邺懷柔恩自兼。黥面纍囚仍薙髮，前黎侗、鄭憲、黎植、李秉道等堅不薙髮，羈禁刑部獄十餘年。雕題酋長又虬髯。近阮福映又除舊阮，敂關籲封。奉勑封越南王。秦簫欲譜堪呼玉，謂黎維祁女黎氏娥。陳鏡相攜不破奩。初上以外夷内附，准娶中土民人之女爲室，令其仍攜歸團聚。總是聖朝天子意，要荒綏靖各無嫌。」竹西爲楊蓉裳芳燦弟子，詩得其指授。昨貽予七律四首，有云：「廿年長自爲前輩，三世交尤是故人。」叙舊懷人，情真語摯。又有云：「楚江東去一閒鷗。」所著有《松風老屋詩稿》。

考田詩話卷七

黄梅喻文鏊冶存甫

鶴峰州舊爲容美土司，土官田姓。國初有名舜年者，字韶初，號九峰，嫻文墨，好接引勝流。所著有《廿一史纂》，流布海内，頗爲時賢所賞。愚谷虞部題四絶句云：「風流競説長官司，懋德承恩載筆隨。非道非僧非俗吏，其所自署章也。唱經樓上續彈詞。有《廿一史彈詞》。」「竹林堂共藕花居，藉草拈花樂未如。南面百城殊不假，圖書船内擁圖書。」「張村細柳步從容，走馬屏山八九峰。却怪茆簷讀書客，輸他文史足三冬。」「紀年癸亥到壬申，十載丹鉛墨瀋新。舊曲桃花零落盡，嘗出家妓演《桃花扇》傳奇讌客。容陽何處覓陽春。」雍正戊申，四川天全土司改土歸流，其宣慰使楊翊清挈其二子藏用、鐸仲江西南昌安置。藏用、鐸仲皆能詩。藏用側室子亶，字子載，號已軍。少負才名，與東南名士争長壇坫。工書，甚奇勁。其將殁也，自録其詩纔數十首，開石以傳，餘俱焚棄，此尤人所推挹者矣。

愚谷又嘗憾黄蘄人宋以前文章不顯，惟吾邑李玭開元時奉詔撰《廬山九天使者廟碑》，見明桑喬《廬山紀事》所引宋臨川守王阮録寄事實並碑全文，故有「獨恨無人識李玭」之句，因采其文入《湖北文載》。洪駒父芻顧以爲俚俗膚淺。不知其事本出於方士之説，故其文類浮誕而理則恍惚，「功惟」、「泰寧」二語已明言之，且其時文體如是也。文既稱旨而詔召不赴，則其人更有足重者。廟額爲明皇賜書，當時香火猶未極盛。五代李唐號曰「通元府」，宋太平興國中始以紀元易名，曰「太平觀」，在老君崖西者是也。熙寧二年又置祠官以寓禄，與杭州洞霄、建州武夷、成都玉局等同，其官名有使，有提舉，有管句。宣和六年，徽宗御筆改太平觀爲宫。紹興十二年，罷知鎮江府劉子羽以提舉江州太平宫而歸。他《宋史》所書提舉、主管太平宫者甚衆。道家以爲詠真第八洞天，焚脩常數千人。崇軒華構，彌山架屋。放翁游記頗紀興廢之由。建炎以後燬而復新。明嘉靖中，楊家穴人在江北。以争立許旌陽廟訟諸府，知府鍾卿使送旌陽之像於太平宫，以息其争。由是江南北人無遠近咸走太平宫，曰朝許真君矣。宫志與《録異記》或加號「採訪」，謂採訪善惡，且見夢明皇丐立廟；或言使者化爲道士，從陳氏乞地，一夕風雷遷陳伯宣之宅於山之南崦，皆誕之又誕者，無足深論。余因邑先賢之文，据桑書略具立廟之顛末如此，使里之學者，有所考焉。余亦有詩云：「青城自有丈人峰，廬山乃立使者廟。五嶽真形果何形，灊霍儲君説幻眇。惟山有神祀孔虔，明皇賜額誇九天。號加採訪託夢寐，既奉勑建何乞地？其事怪誕不足論，其文雄偉猶當存。當時文體類如此，嗤爲膚淺宜含冤。功唯泰寧理恍惚，碑中二語尤卓越。昌黎不出誰返醇，我撫其文重其人。徵召不赴甘貧賤，曲江丞相歌海燕。廬山碑字綰龍虵，至今人弔麻林窪。」

吾邑趙丈士泰，號雪亭，稱詩於康雍間。字烹句鍊，頗學明七子。在國初諸家則橅仿梅邨、櫟園而得其似，故無懦響。第其才氣横溢，一篇之中利鈍互見，求其渾然天成者少矣。余從祖匏園公爲其存稿序，發明作詩之旨，誠得詩中三昧。從祖古文多散佚，附録之於此。序云：「余媚友趙君雪亭敏而好學，以舉業之暇工比興，愷切而纏綿，妙麗而鏗鏘，黄懷亭先生既爲之序以行世矣。歿後三年，其令子書江、蘭江復輯其未刻遺稿付梓，而問序於余。余不工詩，焉知君之詩之工而序之？雖然，余亦嘗習舉子業矣。舉子業務闡聖經賢傳之藴，而詩務會天地萬物之情，其體各别，其理相通，而總以道其中之所自得。故夫世之吊詭炫異、儷花門葉，究歸於牛鬼蛇神、蠅聲蟬噪而已，於詩文奚當也？今由所以爲文，求君所以爲詩，不騁奇於篇什，不求工於字句，亦不必光焰而即爲李、杜，排奡而即爲韓、孟，暢而即爲元、白，清而即爲郊、島。非其胸臆所自流出，不肯下筆。《書》曰：『詩言志，歌永言。』非志，胡詩爲？非永言，胡歌爲？乃知纏綿愷切，言志之方也；鏗鏘妙麗，永言之則也。君於此事不已深乎？余自受傳以來，羈束舉業中，未遑及詩。中間嘗試爲之，是正於懷亭先生，謬相推獎，一時騷人争推轂余，君亦亟援爲同志。余且自忘其醜，境與情會，輒有所作作，輒爲君賞。然竊自念詩才本下，纔一著想，百感紛集，半日不能成句。恒以研苦而獲刻露，轉以刻露而入凄清。雖言非無物，要與《三百篇》之温柔敦厚者遠也。絶意不復作，蓋不能不以此事讓君矣。抑以方今應舉，所需不在此，惟且壹志時藝，冀得一當，然後從君請益，而卒業於詩。如歐公既以古文推尹、謝，逮舉進士後，始學爲之，未晚也。卒乃進取無成，蹉跎以老。素所期從君卒業者，未有其日，而君今且死矣。憶余匏園新築，君信宿題詠，因與縱論古今詩派源流得失，酒闌燈炧，屈指三十年，事杳然如昔夢，獨君死而詩句傳誦人間不衰。合前後所作，詣隨年進，渾蓄之至倍愷切，古澹之至實妙麗，信口縱筆靡不適，如其志之所之，而有以成一家之言。余既老無所遇，深悔生平從事舉業，徒爲荒廢時日。亦幾思吟成一字，以稍舒憤懑，而侘傺失志，老益昏憒，不惟君詩如天仙語，即余向者之刻露凄清差堪興寄者，不復可得，是則可歎已。然則余今之序君詩也，不終爲强顔乎哉！在昔元時范德機善作，劉會孟善評。君詩直軼宋追唐，於范德機有所不屑。以余之陋，不知於會孟何如？聊弁一言，爲採風者告焉可也。」余嘗摘其五、七律句，如：「狎鷗隨野水，飯犢習春山。」「花棚微雨上，柳岸暮風吹。」「午榻蟬風緩，秋田螢露香。」「松隨月色灣成路，竹引泉聲直到厨。」「遠山摇過舟人櫓，細雨沾來客子衣。」「單衾午夜生成鐵，短劍千年繡作花。」《蘇臺弔古》云：「鶴市烟沙埋伍相，琴臺花鳥夢西施。吴王父子圖金虎，越國君臣練水師。」《吴城弔古》云：「武宗事事因人誤，不表婁妃更不平。」皆佳句，不徒以用豪語構壯字自高者也。

懷亭工部自甲戌成進士，出宰賀縣，擢虞部主事，一載即告歸。朝士贈行，有集句詩：「孺子亦知名下士，詩人例作水曹郎。」蓋其人有翛然於埃壒之表者，天才敏異，其生平所著，文勝於詩，詩律勝於古，五律勝於七律。余嘗選其五律佳句爲摘句圖：「夜深漁火寂，岸近草蟲飛。」「側枕夢難熟，推篷眼一明。」「漁網縫山窟，人家傍水湄。」「稻田斜挂岸，石磴曲通天。」「沿溪分竹蔭，鄰舫借花香。」「纜牽天影直，石偪水痕清。」「駈雲旋石窟，脅樹走驚濤。」「山雲喞石壁，梵鼓落江天。」「烟氣荒平野，霜痕畫淺沙。」「疎星明岸柳，叠巘拱窗紗。」「雨後烟迷岸，天空月滿山。」「夕陽低遠樹，碧岫落殘雲。」「烟隨帆泊岸，雲逐鳥還山。」「雲歸千岫晚，秋入一江深。」「岸回風乍歇，人定月初明。」「天連青嶂繞，水受夕陽勾。」「草含春意淺，烟護柳枝嬌。」「帆輕雲逐影，風定水無聲。」「渡江風定後，停棹月明時。」「鐘聲山寺月，燈火郭門船。」「烟隨殘岸轉，鳥傍夕陽還。」「月明漁火歇，山静佛燈高。」「江雲低落葉，暮色老秋山。」「爨烟漁艇集，燈火酒家明。」「雨聲寒客路，木葉下秋山。」「雲歸千嶂暮，月寫一江秋。」「浴鳧依斷岸，饑雁下平沙。」「樹斜連澗合，石怒觸濤飛。」「帶濕村烟瘦，含香野稻肥。」「林環無暑到，山近有雲來。」「烟樹涵秋影，天風送海濤。」「井烟低暮影，風葉作秋聲。」「石路人烟錯，鐘聲佛屋閒。」「氣寒鷗罷浴，風急鶴先棲。」「秋容隨樹老，雲影入江深。」「岸曲風無準，江平雲自閒。」「星静無雲夜，烟生欲曙天。」「十年官不調，五夜夢常安。」「千里人何處，一年春又過。」「邨烟浮水白，古寺入林深。」「風清山更碧，雨過豆初花。」「花陰垂地淺，夜氣洗天青。」「鳴蟬喧岸柳，立鶴戀沙汀。」「花影風前幻，蟬聲雨後徐。」「荷風香不定，邨樹影同流。」「茆屋疏林下，郵亭古道旁。」「霜生明月夜，葉下晚秋天。」「岸崩官路改，霜重馬蹄寒。」「無憑塘卒鼓，有限主人壺。」「日中春睡足，雨後竹萌肥。」「石臨泉水碧，人與落花遲。」「野人争辦勝，時務愛傳訛。」「風清移竹影，泉響落漁磯。」「野水瀟瀟碧，隄楊淡淡黄。」「隱樹聞樵斧，沿溪溉麥田。」「流泉三徑竹，晴日萬家烟。」「雨中烟樹緑，花下水泉香。」「竹風烟析縷，泉溜玉分條。」「朝烟升屋淺，夜月印階深。」「名埸羞雨集，世事厭雷同。」「烟浮野水白，霞襯夕陽肥。」「野水青含樹，邨烟白湊雲。」「濃烟薰岸草，細雨寵林花。」「浴雲虹影亂，著石水聲寒。」

秋巖凶聞至，余哭之以詩，有云：「於我爲吟友，公忠實藎臣。幾能籌國是，不爲哭詩人。」蓋余與秋巘訂交以詩，故有「看人有句如丁卯，爲我删詩訖丙申」語。其實秋巘負經世之具，有體有用，固不以詩見也。詩之爲余作者，已見前卷。今檢篋笥，得其自書所作二首，撫之泣下。名臣故友奄焉徂謝，零箋斷素良可寶貴。即其詩亦可知其「顧視清高氣深穩」矣。《次潤州》七律云：「篷背輕霜足曉晴，舳艫銜尾集江城。岷濤隔岸聲先到，草色連山緑不平。赤塞近收馮盎部，朱鳶聞罷郭昌兵。由來北府雄南國，西望長教羨請纓。」又《白公隄》絶句亦楚楚有致：「七里山塘積翠連，羅衣風動撲溪烟。紅樓斷處聞簫鼓，一樹垂楊一畫船。」

雲素楷法精妙，一時無比。乾隆庚戌會試中程，殿試策淹通該洽，負鼎元之望。閱卷大臣俱擬極選，惟某摘卷中小誤，抑置三甲。引見壓於同省之名次在前者，僅用内閣中書，不與館選，時論惜之。余戲占絶句調之云：「紫薇小鳳拜新除，持比槐廳恐弗如。一錯緣何成鐵鑄，中書君豈不中書？」「慎重絲綸閣下才，緑頭牌裏出宸裁。五花六押承新詔，看取條冰换得來。」時奉諭旨，内閣中書以新進士引見，記名補用，著爲令。本科選用六人，雲素其一也。又以雲素名與田山薑先生同，用中書同，生年乙亥同，爲故事云。

昨兩溟寄來野園詩數首，皆得閒澹之趣。如《山中》云：「柴扉敞不關，疏林涼葉墜。夜静一聲鐘，知有前溪寺。殘月上遥岑，寒烟横積翠。」《聞笛》云：「美人凭畫閣，玉笛弄高秋。一片中天月，清光若爲留？我情亦何遣，歸夢渺難求。消息經年斷，征途阻且修。」《舟次大漁塘》云：「歷盡辰沅險，牂牁一線通。孤舟來暮雨，客淚墮秋風。木葉山山老，灘聲處處同。鄉關知漸遠，望杳北來鴻。」《武功道中》云：「尺五高寒四塞低，故鄉東望楚雲迷。在家愁説長安道，况别長安又隴西。」

乾隆間，上軫念寒畯，命各省鄉試老生年過八十以上三場完竣者，奏賜舉人，一體會試。會試舉人年八十以上，賜檢討；九十以上，賜司業等銜。此唐宋之特奏名歟？然賁緣冒濫、竄易學籍、增加年甲，宋固有之，今亦不免。湖北督學某公燭其弊，將各縣老生年歲據實書於榜，遂不敢冒。竟有入學時減年注籍以爲榮者，雖年已及格，而學籍懸殊，不敢竄易，空歎向隅。時有嘲之者云：「八十過頭健似仙，考官覈册却相懸。於今慎重耆英選，悔煞當年學少年。」

楝塘丈詩境静穆，惜余所抄全編已失，兹檢其吴越游覽之作録之，以見豹斑，李客山果所謂緒密而思深、辭微婉而不激者也。《同稚升三省夜坐湖干》云：「平湖微風發，疏林纖月墮。解襟待涼颸，掃石事團坐。柳陰拂簷低，槐露滴衣大。水明出孤鐙，魚響發夜課。亭外櫓聲來，烟中人語過。尊罍還可開，塵氛誰能涴？談深景逾幽，神清興彌作。莫問南屏鐘，厭説今宵卧。」《覆舟蕉石山房》云：「柳外出翠螺，遥指覆舟山。披荷維孤艇，仄徑登迴環。何人洗山骨，構屋當高巒。亂石團蕉葉，一泓俯潺湲。飛鳥過窗底，流水浮松間。六橋繁麗外，忽得此幽閑。倚闌動遐思，俯首生長歎。誰言白蘇後，高風不可攀？」《自靈隱至韜光》云：「披草尋幽徑，颯然修竹林。細泉瀠屐齒，空翠滴衣襟。午静鳥聲寂，雲生山閣陰。入門已半里，孤磬杳何深。」《夏夜王溯山姚玉亭屈思齊朱草衣過寓菴用韋公乘月渡西郊韵》云：「深林生微涼，群蟬逐日暮。野色紛蒼茫，遥聞吟聲度。剥啄啓山扉，意外驚相遇。良夜事幽尋，清談領玄悟。鐘聲清道心，松陰引閒步。碧華上層城，斜影移高樹。送君下烟閣，幽然敞懷愫。」

蘇州之韋應物、柳州之柳子厚、黄州之王元之，其文采風流令人傾慕，固得奄有其名，亦以曾官於此。太白云：「但願一識韓荆州。」則徒有其官也。若孟浩然之於襄陽，生於襄陽而已。「孟簡雖持節，襄陽屬浩然」，唐人已有此語。唐以來之稱黄梅者，謂震旦五祖大滿禪師，不獨釋家之徒爲然，王摩詰遂有《黄梅出山圖》。雲素欲寫是圖爲余照，而未嘗圖，亦未嘗詩，蓋以余固未出山、亦未入山耳。余因之自作七古一首，將補爲是圖以實雲素之意。雖然，忍公之精進了悟，倜乎遠矣。

愚谷殫見洽聞，勤於著述，暝讀晨鈔，手胝口沫，罔間寒暑，其天性使然也。生平纂輯繁富，如《湖北舊聞》、《湖北文載》、《湖北詩載》、《湖北叢載》等書，均係湖北山川事跡，不入閒泛。又有《歷代地理志彙纂》，專記沿革。又有《質疑録》，自天神地祇人鬼，以至道釋鬼神，一一考其原委，而以詩文附之。又有《姓氏書》，以姓爲經，氏爲緯，每種皆以數十卷計。其小小記録，如《紀元韵譜》兼及中外，《名物類編》先事後文，《科舉考》，《陶詩鈔》，《老逸集》，《道聽録》，近又有《宋韵合鈔》，取《廣韵》、《集韵》合爲一編，而以三十六字母次第之。前歲贈余詩云：「山林竟許詩人老，歲月還教我輩長。」蓋相勖之意深矣。余前於聚首漢上時，每有所作必是正，得其許可，始覺怡然涣然。

金匱楊荔裳揆，乾隆庚子召試舉人，歷官四川布政使。自少與其兄蓉裳農部芳燦二難競爽。詩學初唐，有清麗芊眠之致。近其公子慧來宰吾梅，得見《桐華吟館全集》。其從軍衛藏諸作，奇横古峭，得未曾有。蓋其地爲前古未經之地，其詩爲前古未有之詩，而才足以運之，氣足以振之，美不勝登。我朝威棱震疊，其從事戎行者，類能歌詠，以紀其盛。而摻奇藴秘、别鶩横馳，未有如荔裳方伯者。至其往返，道經甘肅，與其兄唱酬及塗中寄懷諸什，尤徵至性。蓉裳前在伏羌守城，著績卓卓，有《紀事百韵》詩傳於時，余未之見。而荔裳寄懷四律甚佳：「秦鳳涇原路幾千，沈魚翔雁兩茫然。孤城兵火存三日，絶塞風波近十年。東走河聲環木峽，西來山勢接祁連。官程屈指應堪數，消息誰傳到日邊？」「五載慈顔一笑開，板輿先御向燕臺。自憐薄宦長安往，反累衰年遠道來。話到存亡俱有淚，身離憂患尚餘哀。輸他兒女齊誇口，曾聽嚴城戰鼓催。」「風前心緒劇懸旌，倚枕中宵夢不成。豈有池魚驚失火，休疑社鼠更憑城。防秋事早煩籌策，行部威猶費送迎。曾記軺車西去日，有人韓范許平生。」「三山縹緲隔塵紅，破浪雲帆會許通。詞客今能談出塞，才人俱艷説從戎。嗚甄計就心先壯，磨盾詩成句更工。何日對牀風雨夜，重提舊事一尊同。」

辰州西南苗處楚、黔、蜀萬山之交，其種不一，列寨數百處，倚菁岗、鑿巉巖，上下如飛鳥。内巢生苗地尤險峻，頑獷狡悍，拊循爲難。窮則稽首乞命，强則率衆跳梁。自新息侯屯兵五溪，馬希範振旅武陵，未有能芟除殄絶者也。我聖祖仁皇帝開宥紅苗，不勦而撫，争先歸順者百數十寨，亦如唐虞之世有苗逆命，則曰「惟德動天，無遠弗届」，不欲勤民以險，苗疆寧謐八十餘年。向來苗民均有定界，各守其地，與漢民只通貿易。乾隆之季肇衅，自近年來，苗人生齒日繁，三廳傜役甚重，漢人往往誘以微利，盤剥其田土，苗人幾不足自給，訟輒不得直。並有就苗地婚配因緣爲姦者，積怨日久。黔苗石柳鄧、楚苗石三保等，同時構亂，咸呼曰「殺客家」，無不響應。苗人呼漢人曰「客家」。擾及川東、酉陽州界，三省會勦，嘉勇公福康安公在滇，自請督師赴黔，與四川和制府勦撫兼施。事竣，余詩有云：「服叛代常有，錐刀事不無。流官恩信立，莫更漢彝殊。」

古人章奏皆自書，至元始停。故東坡有云：「乞郡三章字半斜，廟堂貽笑眼昏花。」宋時士大夫書簡莫非親筆，小官於上官亦然。歐陽公與梅聖俞書亦有「日夕匆匆，非答書簡、寫門刺，未嘗親筆硯」之語。

張菊坡觀察書法學子昂，得其神似。蔣心餘又稱其善畫梅，詩不多作。余偶見其詩，亦清穩。守廣州時，袁簡齋來游，索其詩入《隨園詩話》。菊坡笑曰：「誰不知予貲郎，而以詩見，毋乃累先生盛名，吾不爲也。」

金門宫保札予猶子士藩云：「余攜《紅蕉山館詩》於黑龍江，邱芝舫方伯見之，朝夕摩抄不去手，諷誦不絕口。邊外人怪之，又爲之講解，以釋其怪。於是者已三年。至於圈塗點㪺，斷爛滅損，頗難辨字，而伊伊牙牙中猶有鄙人手書。是編在，幾於流播雞林，可謂未謀面知己。」余因感賦二絕。又思余稱詩數十年，取自怡悦，雖在里閈，未嘗輒語及此。而單詞隻字流布人間，遂亦不能匿其姓氏。甚或素昧生平，寄聲存問，余亦無從報謝，負慚不少也。芝舫名庭瀍，順天宛平人。乾隆壬辰進士，改庶吉士，授編修，歷官山東布政使。

釋子石濤，明楚藩之裔，世所稱「苦瓜和尚」。善畫，筆力雄放，尤工小幅，維揚多有其蹟。余仲家舊有所畫册子，雜畫梅、竹、杏、枇杷、荷花、石榴、雞頭、芭蕉、芋、山水。自題山水云：「夏日揚城霖雨三晝夜，牆崩屋倒者十之二三。正説話間，後岸聲如霹靂，卸去數丈許。兒輩不能出，拆牆爲路。我且揮翰爲樂，得石榴、山水二紙。」其風致如此。後余得其《雪景》一幅，余題長句，有云：「苦瓜和尚王孫裔，人天弗與鷗波同。落筆雄放三昧通，槎枒咫尺凌蒼穹。此圖閒澹偏有致，力斡炎夏盟心冬。掃除六鑿毋熱中，要瑩霜節昭冰容，法輪轉處何匆匆。」

根石書法入晉賢之室，詩不多作。憶余與愚谷、雲素往返論詩，未嘗不在坐，唯唯而已。然間出一二小詩，清婉有致。今老矣，又數年不得一面，余偶於音函内詢及近詩，云：「有唐人風調，屬勿遺棄。」答云：「拍肩未許聳吟肩，投老曾無一字傳。珍重故人能愛我，小詩艷説似唐賢。」

麻城李丈佐，字良哉，號螺峰。家居九螺山麓，即張憨子住處也。與余先祖暨諸世父誼最篤。工書法。詩力摹少陵五律，得其神骨。余少時見其所書多自作五律，後於雲素處見沈方舟先生用濟所選國朝詩未定本，李丈詩入選者亦俱五律。方舟五七律擅場，鑒賞不誣。此選在《别裁集》未行之先，惜甫脱稿，尚未刊布，旋即散佚。雲素所得鈔本僅數卷，李丈詩適在其中。余匆匆未及鈔録，猶以家藏尚多，不知零紈斷素，又已遺失。迄今追憶，徒存髣髴，爲可悼也。當向麻城人詢《鄰坡堂集》存否。

世傳望溪先生以詩是正於鈍翁、阮亭、公䵣三先生，均不見可。公䵣勸之攻古文之學。是時，黄岡二杜皆其父執，自少從之游，且受業於蒼略先生之門。又其家畬山老人巋然猶存，其他能詩者甚多。望溪獨舍詩而以古文鳴，豈詩有别才之説，信歟？抑人當善用所長、棄所短，專長有極詣而兼顧則兩廢歟？即以詩論，太白、浩然、昌黎不妨少七律，孟東野缺七律，少陵絶句不妨爲别調。

洪容齋云：「京師盛時，諸司老吏類多識事體，習典故。翰苑有孔目吏，每學士制草出，必據案細讀，疑誤輒告。劉嗣明作《皇子剃胎髮文》，用「克長克君」之語，吏持以請，嗣明曰：「此言堪爲長，堪爲君，真善頌也。」吏拱手曰：「内中讀文書不如是，最以語忌爲嫌，既尅長，又尅君，殆不可用也。」嗣明悚然，嘔易之。又《清波雜志》云：「客有言表章所用字，有合回互處，若『危』、『亂』、『傾』、『覆』之類。通朝士言，如『罪出』、『憂去』，甚至以『申謝』爲『叙謝』。初以爲過，及見元祐一小説，言蘇明允作《權書》，歐陽大奇之，改書中所用『崩』、『亂』十餘字，奏於朝。哲宗嘗書鄭谷《雪》詩於扇，『亂飄僧舍茶烟濕』，改『亂飄』爲『輕飄』。」據此二説，可見古人行文，即字面亦宜檢點，至於措詞用意宜慎不待言。先君子教余弟兄學詩，即禁「悲」、「哀」等字，不得輕用。無病呻吟本非性情之正，且亦非吉祥相。

廣濟一士夫家有册子求售，皆正、嘉、隆、萬間人小牘，間雜詩幅，計四十餘人，人各一頁，頁索白金一鋌。余不能具，爲有力者購去。半月來朝夕展玩，如與古人晤叙一室，既别之後，不勝悵怏，追題絶句二十餘首。至今憶之猶惘然也。

乾隆間，楚南詩人不乏，而才氣横鶩、陵轢古今，無如湘潭張紫峴先生九鉞，乾隆丙戌進士。《張鍋魁》新樂府摹寫入妙，古節古音，逼真漢人。序云：「張鍋魁，秦人。鬻麵鍋於成都市，遂以所業名。年三十許，爲征金川兵卒負糧赴軍營。蠻酋十餘從箐中突出，劫糧縛衆，將刃之。鍋魁奪賊刀，砍賊殆盡，解衆縛。裨將聞其事，報大將軍，呼至帳，詢殺賊狀甚悉。將官之，不肯。與之金，不受。仍歸，賣鍋魁成都市，今尚在。崇寧米生同客樂安，述其事，余壯之。秦州仲松嵐官蜀作詩，在廣陵示余，余迺作《張鍋魁歌》。」「張鍋魁，賣鍋魁，成都城，家無妻孥身無名。衆卒强邀之，負糧隨西征。猥何群蠻奴，伺箐突赴之，縛衆劫糧將屠之。鍋魁怒跳呼，左手奪賊刀，右手擲賊顱，如風如電如霹靂，賊盡屍横目光瞿。白日爲破山，刀氣横淋漓。衆卒言感恩，偏裨咄哉奇。飛報大將軍，呼使來，頭無巾，足無完屝。偏袒笑立，不跪不揖，口稱鍋魁，刀躍躍猶濕。將軍喜，汝鍋魁，汝殺賊幾何，報功勿遲迴。大旗悠悠，萬夫無語。帳中秦聲，青天風雨。鍋魁愚，但知賊盡事了心快輕，不知爲功，不知數賊顱腰環報大營。將軍曰壯士，吾當奏天子。官汝千夫長，錫汝金滿笥，錦袍具帶冠駿驤。有妻羅敷秦氏女，有牛有馬有羊豕。鍋魁愚，不願官職，不願金與銀。但願放歸賣鍋魁，長作太平一細民。將軍笑聽之，鍋魁棄刀走不顧。仍挑鍋魁擔，叫入長街深巷去。賣鍋魁，滿城聞之駭且疑。士民接腰臂，婦女看鬚眉。咄哉奇，傭販二十年，豈知有力如虎貔？鍋魁不讀書，不識字，忠義何由知？國家風化百餘年，激此鹵莽好男兒。大牛噉芻豆，不如一羸牸。鷂子飛上天，能擊巨鳥没。將軍班師入成都，不聞張鍋魁，但聞城中人作歌。不歌《周南》《兔罝》野人詩，歌我朝，張鍋魁。」

蒙古正黄旗人法式善公，字時帆，號梧門。乾隆庚子進士，歷官翰林院侍讀學士。詩宗唐賢，不爲么絃仄調。聞選近人詩爲《及見集》，余詩亦入選。惜今已宿草，不知此選本猶可長留天地間否也？

機、雲，軾、轍兄弟競爽，藝林佳話。今蓉裳、荔裳争長壇坫，而且宣力危城，勒勳異域，風雅之才而有汗馬之功，洵爲古今稀罕。定生大尹再任吾梅，以其伯蓉裳農部《芙蓉山館詩》來。得讀《伏羌守城百韵》詩，魄力沈雄。其全稿藻情綺思，體本初唐，而五言古律長篇出入杜、韓、元、白。至其至性所流，見於兄弟唱酬之作，纏綿悱惻，沁人心脾，真可與《桐華吟館詩》壎箎相應。

顧謌齋斗先，金匱諸生，蓉裳、荔裳之從舅父也。蓉裳與其猶子敏恒從之受業，蓉裳所謂「昔在辟彊園，從公授章句」。敏恒，字立方，乾隆丁未進士，官蘇州府教授。所謂「憶昔少小時，曾從叔父學。諄諄勸讀書，檟楚未曾扑。歎息謂阿咸，吾生老場屋。願爾早策名，無爲效癡叔。」謂齋身短小，不滿四尺，胸臆中饒有萬卷。曾爲吾梅調梅書院山長，梅人稱「矮顧」。著有《列女樂府》。吾季見之，極爲嗟賞。余自漢上歸，吾季爲余言。問之其人，則已病殞於梅。余因署一聯弔之，云：「非緣病死實窮死，未卜他生惜此生。」

乾隆間，湖北督學某按試黄州，生有犯懷挾者，露索得之，荷校於門，已數日矣。忽一日，枷黏一詩於上，有云：「鳳皇本以文章美，應爲山雞惜羽毛。」須臾傳入試院内，遂得釋。

考田詩話卷八

黄梅喻文鏊治存甫

明人積習，喜譚性命之學。吾邑瞿睿夫先生九思亦以此自負，在籍著書表上比於吴康齋。生平著述頗富，《六經以俟録》議論踳駁，不爲醇儒所采。史謂學極奥博，文不雅馴。余嘗見其詩，亦縱横馳騁，極才人之筆而已，故《列朝詩集》、《明詩綜》俱不著於録。其壻曹長卿飛以廩膳生中萬曆戊午科武舉人，亦黄梅人。崇禎七年目擊時艱，疏上籌兵三十六字。余訪求十餘載，僅得殘本。首卷兵事夙弊曰「悖」、曰「懈」、曰「怯」、曰「諱」、曰「掣」、曰「耗」、曰「姤」、曰「恥」八字，餘盡佚。大抵提陳明末軍政之壞，切中時事。此書見朱氏《曝書亭書目》，《日下舊聞》采節數語，其見賞於名賢如此。而全帙無有存者，可惜也夫。

瞿氏之書，惟《孔廟禮樂考》語最粹，吾邑中已無存者。《四庫全書》稱其考證頗詳，注兩淮馬裕家藏本，是其書未佚也。余季弟典掖試令保定，見於某署几上，未及繙閲而去。今服闋赴補山左，屬滋陽張生性梓訪求，聞覆信云已得之，尚無便寄。性梓，予季庚午東闈分校所取士也。余自幼聞余五世祖上之公於瞿氏《孔廟禮樂考》中有論著語，今果得之，更可寶矣。因思余先種德績學，自上之公以下，高、曾兩世單傳，生大父兄弟六人，三伯祖與余祖俱臻大年，閨門友愛，接引名流，式閭問字無虚日。時有贈余三伯祖者曰：「曾於書卷識先生。」余祖以質行重於時，亦有贈之者曰：「到處還榮此地夢，逢人總説先生名。」

《圖畫見聞記》：「江南徐熙有於雙縑幅素上畫叢艷叠石，傍出英苗，雜以禽鳥、蜂蟬，乃是供李主挂設之具，謂之『鋪殿花』，次曰『裝堂花』。意在位置端莊，駢羅整肅，多不取生意自然之態，故觀者往往不甚采鑒。」余謂詩乏魄力，無神味，不能真氣坌涌，徒以排比鋪張、雕鏤藻繪爲工者，是亦鋪殿、裝堂花也。近人謂詩才小而少有風致者爲「盆景詩」，亦善謔矣。

書生一行作吏，遂廢謳吟，陋矣。然徒然嘲風弄月，無關於民隱，其於古人采風之義何居？蓉裳以伏羌守城功升寧夏牧，五年得寧夏風土詩十首，曰《沙鹻田》、曰《糧草税》、曰《渠工税》、曰《堡渠長》、曰《山田訟》、曰《醮婦辭》、曰《賣兒詞》、曰《兩蕃部》、曰《栽絨毯》、曰《小當子》，其諸香山諷諭之旨歟？

吴太守鎮，字信辰，號松崖，又號松花菴主人，狄道州人。盛有詩名，瑰偉奇抃，不落凡近，初爲興國州牧時，余方客武昌縣署。武昌令某携余詩問之，頗加歎賞。余亦抄存信辰詩十數首，終未晤其人，今所抄詩亦佚。

近日遼東産參之地參苗稀少，價值昂貴。有種參售僞者，名曰「秧參」。坡詩云：「細劚黄土栽三椏。」自注：「程正輔分人參，歸種韶陽。」是秧參宋已有之。香山云：「黄蓍賤如草。」今黄蓍之禁亦頗嚴。

國家自討平三藩之後，腹内之地未嘗用兵，迄今百有餘年，四海昇平，閭閻乂安。自乾隆六十年秋冬之際，湖北查辦白蓮邪教，賊起襄鄖，連染秦、豫三省。士卒不習行陣，突遇此變，客兵益集，賊勢益張，僅僅尾追，鮮有迎頭截勦者。民間謡曰：「賊至兵無影，兵來賊没蹤。可憐兵與賊，何日得相逢？」蓋承平日久所致。其所以未能登時撲滅，亦勢使然也。

陳友諒塚相傳在鄂城臬司署内後山，即黄鵠山，俗所謂蛇山。余親至其地，有詩，而紀載無有及之者，姑妄言之，姑妄聽之可也。孔邇《雲樵館記談》多載元末諸僞國事，有云：友諒愛姬茗華夫人，善月琴，友諒出師必以隨，呼爲粧駕。未幾物故，葬於左耳峰猴溪橋側，樹石月琴以表之。至今人名「月琴塚」。又有桑妃者，友諒所至愛。海賈進金絲紐花襖、紫霞帳，皆以賜之。及敗，投武昌井中死。

宋汪文定公爲徐壽卿集序云：「古之學者非有意於文也，其於天下之義理，講習之明、思索之精、藴蓄之富熟，既已昭晰而無疑，從容而自得，其發於文字言語，如指白黑，如取諸左右，如楚人之爲楚語、齊人之爲齊語，不期然而然矣。」此論誠然。故詩之爲道，轉益多師，不必專守一師説，而取材於卷軸，亦視其性之所近與其學之所成。以我朝言之，漁洋之詞華，竹垞之詞質。厲太鴻以在揚州得馬氏玲瓏山館藏書，多見宋以來名人别集及稗史、小説，點竄入詩，時有「偷將冷字騙商人」之誚。然杜工部云「熟精《文選》理」，蘇長公却不喜《文選》，均不礙其雄視千古也。

襄州羊侯祠石幢一枚，刻宋慶曆七年十一月六日中書劄子及尚書工部員外郎、直龍圖閣、知襄州事王洙原叔《重建羊侯祠廟》詩，和者范文正公、李淑、李宗易、張去惑、孫抗、韋不伐、吴育、李康伯、劉敞、裴昱、馬雲、黄通、連庠共十五人，此漁洋《蜀道驛程記》之所紀載也。今愚谷至襄陽，入羊侯祠摩抄之，更得著作佐郎范微之詩，爲十六人。漁洋《池北偶談》謂詩可辨者三首，王洙、吴育、李宗易。愚谷就而讀之，云諸詩字畫完好，孫抗詩缺十二字，黄通詩缺二十五字，下皆可讀。惟范微之詩僅存七十五字。其文不具。蓋漁洋行路匆匆，不暇詳考，而先後撰志乘者，亦因塵翳苔封，遂怠於搜剔辨識也。又《池北偶談》載石幢下一層宋人飲餞題名甚多，知名者張唐英、趙德麟、魏道輔、岑巘起、李方叔，凡七則。愚谷云自皇祐癸巳至淳熙乙巳，凡九則。

黄鶴樓，唐宋圖經皆以爲費文禕登仙，乘黄鶴憩息於此，又或撫梁任昉記，謂駕鶴之賓乃荀叔偉，皆因黄鶴之名而妄爲之説，然未嘗以爲吕巖。自明以來，始撰出辛家酒樓橘皮化鶴事，易費而吕，塑像樓中，不顧崔詩在吕前，著作家竟以吕入詩。余亦有「笑問辛家之酒樓」語。近且塑盧生於吕旁，展轉附會，可笑甚矣。田間老人錢澄之曰：「擬將遺蹟詢沽叟，無復臺邊舊酒家。」又曰「自昔臺邊酒味醇，吕公買醉往來頻。笛從竊换仙音杳，枕到眠酣世界真」等語，難免後人口實。

國初廣濟多詩人。劉醇驥，字千里。張仁熙，字長人。舒逢吉，字康伯。峻極，字漸鴻。王衍治，字恂度。金德嘉，字會公。皆工吟詠，有名。楊晉，字子馬，名遜之。余嘗見其《悲高山》詩，雄偉悲壯，可誦。序云：「高山郵舍也，距廣濟三十里。崇禎丙子冬，設險高山，廣濟尉夜襲賊有功。翌朝賊大至，尉馬靮斷，被縶，不屈死。」詩云：「殺氣障天天不雨，中原白晝驅豺虎。無賴少年好英武，擁尉登壇建旗鼓。尉也膽氣本粗豪，百金市馬如人高。馬上結束青絲縧，左右馳繫雙寶刀。搴旗斬將不足數，渺視秦寇同鴻毛。軍中昨夜傳飛箭，鐵騎西來亂如霰。不聞犄角有何營，獨引鄉兵當一面。健兒身手等閒强，矢石未交先怯戰。衆寡相持大不如，支吾日久情形見。尉也膽氣真絶人，夜叩壘門惟一身。歸來笑擲人頭臥，不知禍福如轉輪。亂流馬嘶侵曉渡，山高遥望寧知數。竹筒一吹已會圍，塞斷孤軍歸去路。此時拔劍怒衝冠，翻身上馬據危鞍。黄巾赤眉有羽翼，有將無兵勢難測。兜牟脱處戰欲酣，靮帶斷時死不得。可憐壯士在垓心，援師望絶無消息。高牙大纛坐城中，薄禄微官死山側。疆圉有事須將材，豈復下僚多屈抑。高山燐火繞忠魂，爲爾悲歌淚沾臆。」

東坡云：「淵明欲仕則仕，不以求之爲嫌；欲隱則隱，不以去之爲高。飢則叩門而求食，飽則具雞黍以迎客。古今賢之，貴其真也。」惟其有真性情，是以有真詩。余答金門書云：「今之堆垛以爲富，狂易以爲奇，皆其於真處不足也。」

王伯厚謂少陵善房次律，而《悲陳陶》一詩不爲之隱；昌黎善柳子厚，而《永貞行》一詩不爲諱。公議之不可掩如是。國初梅邨祭酒《圓圓曲》：「痛哭六軍皆縞素，衝冠一怒爲紅顔。」可稱詩史。世傳吴三桂以重賄遺梅邨，求改「爲紅顔」三字而不得也。

鄰幾《雜志》：「永叔書法最弱筆，濃磨墨以借其力。」今之爲詩文而筆弱者，好隸事，亦猶是也。遁而考据，則性靈愈汩。惟長江大河之水，泥沙瓦礫與流俱下。隸事滿紙，了無痕迹，愈見筆力之强。羅大經曰：「作詩要健字撑拄，活字斡旋。」

蔣安亭廉使嘉年，漢軍鑲藍旗人，藿邨憲副國祥之從姪，余再從兄之外舅也。初，藿邨守黄州，余五伯父實其府試時所取冠軍，因之識廉使，相厚善。已而牧蘄州，遂締姻焉。廉使家世仕宦，雅好詩書，尤重質行。憲副與其弟國祚，字一臣，自少隨其父方伯毓英，字集公。公任在江西，即爲宋西陂中丞所賞，謂其好學，喜文章士，於裘馬、聲色、玩好，鮮華美麗之習，泊然無所動。又屢訪求古書遺集之有裨於世者，思表章之，於是考證同異，訂厥舛譌，鐫刻精好，廣其傳以資後學。王漁洋亦稱爲奇士，見《居易録》。廉使雖早仕，而教子則願以讀書圖進取，不得已入仕。其弟二子攸鎬得武職，非其志，初出爲廣東守備，寄書勖之，云：「古人云：『勞則善心生，逸則惡心生。』勞逸之間，心之善惡分焉。善惡既分，則人之賢愚、事之成敗、家之興廢，莫不由此而分，則勞逸之攸關亦鉅矣。汝幼不聰穎，長少學問，在我膝下，殷殷訓誨，數年來稍稍習事。今得一武職，如隸大標之下，或衝要之區，經歷漸多，見聞漸廣。奔走之事煩，則鞍馬不能離；考核之日勤，則操演不敢疏。有上司之可畏，有同官之可法，即地方事務亦可朝夕聽聞。少開知識，從此小心翼翼，以圖上進。在公爲有用之人，在家爲克肖之子，豈不甚幸？今得一偏僻之地，所管僅百十餘兵，除自行操演外一無所事。且同城無長官之尊，居家無老成之人，目不覩正事，耳不聞讜言。蒞事之初，或少知自勉。日月既久，閒曠時多。外而應酬之事少，則禮儀日生；奔走之事無，則筋骨日懈。天下之□出乎彼則入乎此。久之，身耽安逸，心邇聲色，其究竟不知至於何極也。第思我家自入關以來，百有餘年，曾祖以旗員從征雲南，授遊擊；祖父以筆帖式從征臺灣，洊擢方伯，皆以武功得官。我父幼時即隨侍軍營，未能讀書。後由縣令以至太守，叔父三人除四叔未仕外，餘俱身歷仕途，由少至老。彼時風尚古，人情頗厚，蔭庇之下，家道尚可支持，人知廉隅，同堂四門子弟彼時尚皆可觀也。而我父望子之心更切，延師頌讀，每思得一科甲以慰宿願。無如我兄弟四人，俱不能成先人之志。且正少年，即令出仕，並未與一考試。迨後汝五伯父中年卒於官，汝七叔中年被參賠帑，汝九叔由州判以至縣令，司馬河上，公務尚知黽勉，而立身持家，不知循理，年未六十亦已去世。至於諸姪，幼無父師之教益，長無職業之可爲，以至鮮知禮義。雖本不肖，亦其漸使之然也。至我素性嚴於教子，延師課讀，卒無一成。汝長兄微末旗員，年幾五旬，惟恂恂然逐隊隨行。汝三弟質本庸懦，以縣佐效力河干，難有起色。汝四弟尚可讀書，而志氣不堅，精采全無。五弟姿性魯鈍，毫無成就，且二人身更孱弱。我之諸子所望可繼家聲者，誰哉？汝守備雖屬微小宦，階五品，如肯努力上進，武職之中由行伍而得提鎮者，不知凡幾，是亦可以有爲之基也。我年已望七，期汝之深，望汝之切，不覺緦緦過慮。《抑》戒之詩曰：『匪手攜之，言示之事。匪面命之，言提其耳。借曰未知，亦既抱子。民之靡盈，誰夙知而暮成？』汝苟不自暴自棄，當書之座右，以觸目警心也。」又賦《瓜瓞篇》云：「種瓜已得瓜，得瓜還得子。種子瓜又熟，五色燦表裏。詩人頌瓜瓞，綿綿言不已。儼若子與孫，遞代相依倚。迢迢繼前徽，欣欣看後起。隙地出瓜蔓，顧盼顔色喜。蔓衍實更繁，不讓東陵美。霍山有神品，此種應相似。蔕落承雕盤，甘涼凝玉齒。辛勤好護持，不教沾泥滓。即此一物微，在在含生理。迴首語諸兒，吾老將至矣。」廉使歷官政聲卓卓，即此一書一詩，不獨教子義方，亦可知立政之有本。余因親故備録之，以爲諸子告，爲其事近而語覈，切於法戒也。今兩廣總督礪堂先生攸銛，其姪也。廉使作此書時，方在髫齔，以甲辰進士入翰林。吾姪在都中相與往還甚密，已任浙江巡撫，升今官。表正影直，天子寵遇方優云。

「獄中拔起雙龍劍，天上修成五鳳樓。」此顧黄公喜方樓岡邵郵兄弟放歸之作也。時以修葺前門樓告成遇赦。

翟晴江進士灝《薄暮驟雨》云：「黑雲𪑲𪑲西南來，狂飈挾勢驚奔雷。夕陽倉卒收不及，劃住半壁青天開。」寫景奇妙。韋堂《在蘄州雨湖遇雨》云：「千峰晴日一峰雨。」似更簡鍊不喫力。

康熙間，隨州妖人朱方旦挾妖術遊公卿間，或奇中。所過大吏，郊迎百里外，供張甚盛。後禮部尚書王公鴻緒疏其奸狀，乃伏誅。先是金會公德嘉任安陸府教授，方旦過安陸，會公有左道之憂，賦紀事詩四章，云：「舉俗霾犀炬，宵人岸簪冠。術巄傾幕府，名漸到長安。小伎馮龜甲，偷生遲馬肝。感時蒿目者，徒有劍鋩寒。」「傳送厨鯖盛，郊迎厩馬忙。何曾工射覆，祇是信如簧。肉食謀俱左，師中鼓不揚。最憐手板吏，僕僕堠亭旁。」「踞坐臨公府，奴顔暱隸人。無端從祀竈，所至或如神。出祖家垂橐，停驂衆望塵。周官左道法，司寇幾時陳。」「婚宦俱須卜，菀枯總乞靈。大都盲顯者，容易蠱鄉亭。軺舫官儀具，杯柈弟子銘。煌煌天有監，曾不畏風霆。」「已見少君死，旋聞欒大誅。後來仍傅會，百慮一虚無。斧鑕垂腰領，禎符尚囁嚅。龍門史筆在，不媿聖人徒。」方旦所至坐受顯者拜謁，而蒼頭來將命，則卑禮厚賂以結之，因以勾得其瑣情隱事，言之輒中，溺於富貴者不知墮其術中。詩中「踞坐臨公府，奴顔暱隸人」，真若輩伎倆也。

白香山云：「忽驚鬢後蒼浪髮，未得心中本分官。」陸放翁云：「寧教酒欠尋常債，耻就人求本分官。」「本分」二字煞是難盡。余亦有句云：「千秋留得循良傳，只是人間本分官。」

益都李文藻，字素伯，號南澗。乾隆辛巳進士，歷官桂林府同知。性好集書，見異書，輒典衣舉債致之。又好搜討金石文字。官嶺南，嘗乘舟出迎大吏，小憩南海廟，命僕拓碑，秉燭竟夜。比曉，聞大吏舟已過矣。錢辛楣大昕序其《嶺南詩集》云：「似近而遠，似質而雅，似淺而深。」《抵任新安》云：「暫綰新安印，東官更向東。安衙山色裏，爲市海潮中。地瘠憑膏雨，房低畏颶風。秋來魚信少，甚念此邦窮。」又《夜過南塘邨父老出迎於路甚有作》云：「大小南塘邨，曾稅勸農駕。喜汝不好訟，題詩在田舍。得替今復來，行輿困深夜。忽覩火龍走，照耀僕從訝。夾路數十人，縛草以代樺。麾之不肯去，父老跪相迓。媿我四載餘，奔命無休暇。教養爾自爲，課書與力稼。苟不奪爾力，僅足免怨駡。不駡亦不頌，直道非澆詐。何爲以德報，俗醇事太借。感此過情舉，顔汗車欲下。」此良吏之言，不以文字工拙論。又高密李憲喬，字子喬，號少鶴。乾隆丙申召試舉人，官歸順州知州，與兄懷民，名憲噩，以字行，號石桐；憲暠，字叔白，號蓮塘，俱以詩盛名於時。閨門友愛，互爲師資，出入唐宋諸大家，而各有自得之趣。石桐、蓮塘皆諸生，少鶴一官令牧，以風節相尚，爲清白吏。歿後，妻子不能歸葬。有江西友李松圃秉禮者，向從受詩法，以千金經紀其喪，乃得歸。所著有《少鶴詩鈔》。秦小峴見其《歸順示父老》之作，極許爲元道州不啻也。《詩示州父老》有序：「庚戌歲，鶴生權歸順刺史，軍興之餘，加以官吏剥削，民勞極矣。方擬卹傷懲弊，去其太甚，而父老已争爲傳述，聞於外境。揆諸本懷，百未一施，徒增慚耳。因書此以示之，且以自儆焉。」「朝廷置群吏，本以爲爾氓。豈爲奴隸輩，朘爾厚其生。不知當事者，何以冥此情。前因外番亂，近防皆去兵。廟謨在不戰，民困實所矜。輓輸已累歲，十室九不羸。誰謂於此際，而反暴其征。僕隸專指揮，衆心那得平？我來承其乏，又切擊此形。無能救彫瘵，中夜心怦怦。召集諸父老，積弊爲我明。敢云即蠲蠲，庶使漸已輕。長謝奴與隸，不能爲若營。稍待民氣復，吾志當得行。勤勤諸父老，告報喜亦驚。譬疾未得藥，遽有良醫名。我聞實内愧，亦可感爾誠。何以相究竟，勿自負吾盟。」

顧立方與蓉裳户部中外自幼齊名，時有「洪顧孫楊」之目。謂稚存亮吉、淵如星衍，其二即立方、蓉裳也。蓉裳詩，或疑其穠麗處多。立方則如臨清泠之淵，澄澈見底。兄弟四人，次敦愉，字學和；次敬恂，字斐瞻；次勷憲，字傅爰，皆能詩而皆不壽，皆先立方卒。立方登進士，爲杭州府授，亦奄焉殂謝，年僅四十有五。余得其《辟疆園遺集》讀之，歎才且永年之不易得也。

箬舟在都下寄余七古詩扇，有「别我廿載當成翁」之句。余答以七律一首，中云：「百年强飯看兒女，鎮日忘機自鷗鷺。」後士藩姪再娶潘氏，即其弟巽山之長女也。追憶前詩，竟成讖。

余昔在漢上與愚谷、雲素往返論詩。一日，以坡集屬余甲乙之。余謬加丹黄，不覺渣滓去而清光大來，無復才多之累。雲素曰：「此坡公真面目也。」爲誦遺山詩云：「蘇公果有忠臣在，肯放坡詩百態新。」

漢明妃生於歸州之香溪，杜詩所謂「生長明妃尚有邨」也。范石湖曰：「歸之爲州，男有屈、宋，女有昭君，闕閲如此，政未可忽。」作《歸州竹枝詞》有云：「東鄰男兒得湘纍，西舍女兒生漢妃。城郭如邨莫相笑，人家闕閲似渠稀。」明妃嫁單于，單于以漢賜厚，獻白璧、騵馬、珍寶之物，請爲天子守燉煌，休中國士卒。妃痛非本意，作詩曰：「志念沈抑，不得頡頏。翩翩之燕，遠集西羌。」採楚風者，宜著於録。

蘄自宋景定三年移建今治，背麟山爲城。明荆藩分茅於此，依山築邸。相傳蘄艾竹皆産此山，外人猝不能得。談長益《麟山歌》云：「夜讌未已鳴朝鐘，日午君王夢正濃。一承顧盼殊恩寵，蕭艾亦與椒蘭同。」「竹生禁地能高潔，疏疏爲節密爲葉。截成長笛聲裂雲，織作冰紋簟似雪。」今麟山艾竹俱無，鬻艾與簟者，皆取材於江南興國州山中。

曾賓谷中丞，乾隆辛丑進士，出秋巖之房，即繼秋巘爲貴州巡撫。其由部曹爲兩淮都轉，宏奬風流，不減王揚州。秉臬湖北時，從愚谷處見余詩，嗟賞以爲唐音不墜。《賞雨茅屋集》忠厚悱惻，出入少陵、次山之間。五古如《安東道中大雪》云：「夜聞舟人語，齒戰聲復澀。曉起搴帷看，飄霰入窗隙。兩岸無寸土，波光忽減白。茫茫際東溟，不辨蒼山色。舟人强持篙，手硬苦無力。豈不憐汝寒，蒸黎待哺迫。他方卜豐稔，今日雪盈尺。惟彼昏墊區，秋來未種麥。祁寒反生怨，表瑞不爲德。博施道所難，天工謝無策。吾將告災黎，汝勿過悲惻。汝蒙天子恩，倉廪坐飽食。忍待明年耕，乘屋今且亟。終南接峨嵋，雪大更如席。三軍裹鐵衣，血染雪中磧。糗糧難遠運，竈冷幾曾炙。誰醫不龜手，但見不掩骼。黄竹誠可哀，楊柳空成憶。言念倘及兹，海濱猶樂國。何時李西平，入蔡遂擒賊。率土皆力農，犁鋤銷劍戟。」七古如《食黄虀》云：「大雪晨興食指動，尺書傳到阿都統。上言射獵京口山，得一黄麞迺遺送。兔苑剛逢賦手來，鹿鳴喜爲嘉賓誦。座中大嚼飲極歡，惟我素餐還自訟。憶從法駕秋獮時，上蘭虎落森槍旗。羽林萬師寂若水，蒙古諸部環如碁。天弧發射頻獲鹿，蒙古山呼拜馬足。割鮮嘉宴羅名王，賜熟餘波及官屬。聖明講武復柔遠，意使中外長率服。兔罝肅肅思干城，豈爲長楊樂禽逐。於時我似曹景宗，亦能騎馬兼拓弓。逐麞數肋飲其血，快覺耳後真生風。都統時方典禁旅，定當同在靈囿中。祇今出鎮尚勤肄，如都統者堪元戎。我叨肉食真自鄙，五年晏坐肉生髀。昨聞貙虎尚縱横，媿不從軍角且掎。我期都統扼臂起，楚澤秦郊奮弧矢。急乘雪夜俘蔡囚，莫獵鈃山哀凍死。」蓋己飢己溺之懷，露於楮墨之間者久矣。

張度西九鉞七古歌行天才縱軼，五七律亦極一氣盤旋之勢。余尤嗜其《京口對月飲酒》五律云：「明月如孤客，飄飄東海來。出當甘露寺，飛過妙高臺。風浩蘆花雪，山浮蓮葉杯。此中真酒地，但飲勿徘徊。」「曾記桓元子，京江酒可沽。蒼茫鐵甕在，感慨曲阿無。且把東湖蠏，休呼北固鱸。君看猘兒墓，秋月久荒蕪。」《中秋偕京江張冠伯邀李虹山丁南柯飲千人石》七律云：「公子雄豪不可當，行厨載酒石生涼。百年今夕有明月，萬古空山餘廣場。笑擁鯤絃歌越艷，醉騎金虎問吴王。美人散後天如水，獨倚琴臺望杳茫。」

榆林邊地，河流遷轉無常，彌望黄沙漫漫，大風揚沙亦復朝遷莫徙，雖老馬不能識途。驛傳絡繹如織，官督民夫插柳枝兩行夾道，始不迷於指向。余口號云：「黄沙一騎馬蹄輕，插柳條條夾道明。分付臺員須子細，野雞箱子荔支瓶。」蓋上賜哈密等城駐札大臣克什道由此也。

根石於去冬小除日不戒於火，灰燼之餘，得舊作詩數十首，輒以寄余，蓋經患難而漸知愛惜也。

五律如《留别新安諸友》云：「信美非吾土，秋風又戒寒。已嗟行役久，共惜别離難。短笛吹楊柳，歸心戀釣竿。最憐明月夜，只解照征鞍。」自注：「時八月十四日。」《復雪》云：「復雪春纔半，農人望麥秋。啼飢嗟稚子，畏冷説耕牛。遠道苦行役，他鄉困旅愁。移家將作計，消息望杭州。」七律如《新秋曉起即事》云：「蟋蟀聲多秋草肥，寒螢無力曉還飛。銀河射角月初落，白露横江客早歸。籬菊瘦依堆薜石，柴門遠對打魚磯。平生不愛脩奇服，闊領新裁越布衣。」數詩不矜才，不使氣，其一種清曠之致，溢於楮墨。

小峴先生詩筆清蒼渾健，當箏琶襍奏之時，獨能不失正者雅調。五律如《多景樓》云：「獨鳥去悠悠，滄波如此流。山川盡吴楚，戎馬失孫劉。帆與江雲遠，天連海樹秋。數聲京口笛，吹恨上高樓。」《雨坐寄暢園》云：「高閣樹皆響，山空多雨聲。入松寒翠滴，隔竹暗泉生。石冷調沙鶴，池香洗藥鐺。彈碁不識暮，風磬出雲清。」七律如《韓蘄王廟》云：「百戰波濤舊壘空，小朝廷賸幾英雄。沈冤獄已成三字，絶塞人誰問兩宫？南渡江山驢背雨，中原鼙鼓鬢絲風。千秋巾幗還留迹，祔食荒岡廟祀同。」《蘇臺懷古》云：「滄波苑外碧沄沄，楊柳烏啼幾夕曛。三百人消金虎氣，八千士散水犀軍。烟花南國愁西子，潮汐東門哭伍員。轉戰夫椒餘故壘，秋來閒殺太湖雲。」至其五七古俱臻絶詣，不具録。

王惕夫芑孫，江南長洲人。乾隆丁未召試舉人，官教諭。深於古文之學，詩亦雄拔。袁簡齋太史以所藏文信國緑端蟬腹硯贈曾賓谷都轉，集同人賦詩，詩云：「一硯流傳信國公，近從漁網出龍宫。謝翺文字分明在，蝕盡稜稜捫有鋒。當日從容陪象戲，豈知倉猝旋捐棄。海上縱横死士墳，舟中慘澹勤王幟。草檄常隨玉帶生，濯波屢灑銅仙淚。《正氣歌》成硯不隨，《西臺記》外寓深悲。六陵烽燧今荒土，半壁江山舊夕暉。惟餘一片洮河石，色映冬青樹上枝。隨園詩老剛收得，脱贈南豐詫奇特。乍逃魚腹謝波濤，却來鶴背供烟墨。南豐愛古親圖史，公餘染翰加題紀。每逢嘉客輒傳觀，應和篇篇各清綺。嗚呼！昨來盜刈襄陽麥，縱火晝燒吕堰驛。生平四海一子由，化作重泉萬年碧。道聞消息幾倉黄，驚定方知到蜀岡。使君迎慰留同飯，示我琅玕厚扶寸。我待此硯獨歔欷，忠孝翻埋死喪機。文山雖死猶存硯，我弟曾無一髮歸。鶺鴒原上行摇處，夢裏空回慘緑衣。」蓋是時秦、豫、楚、蜀中賊，愓夫方抱鴒原之痛也。悽楚之聲，令人讀之嗚咽欲涕。

宋汝南孫何廷試第一，弟僅亦負盛名。王黄州覽僅文，書其後云：「明年就應堯階試，應被人呼小狀元。」此期許之詞也，騐則其詩傳耳。乾隆間某公廷試第二人，其弟某寄詩賀之，有云：「他年令弟魁天下，始信人間有宋祁。」時謂自命不凡，後果得第一。然壎篪之間寓輕薄之意，宜其年之不永矣。

閨秀徐元象，字奇孺，黄州廣濟人。天啓甲子舉人，張楚偉字小損之配。其《在父來建蘇州同知任送外歸鄉試》云：「送君入楚江，悠悠歸路長。一去隔千里，魂夢伴瀟湘。」《居易録》稱其詩文有雋才，並録其《過京口報父書》云：「兒自襁褓，未離掌膝。江頭道别，意緒凄然。舟行風水便利，遂達京口。江南佳麗，過眼成陳。廣谷大川，靡能記憶。舅氏出鮑明遠《大雷岸寄妹書》，與兒讀之，如賦如頌。篷窗瑣瑣，恨不能竟所思。官舍清華，几案如滌，挑燈夜坐，日起奉甘旨，晨昏念切切耳。阿爺阿母無恙？四時之序，成功者退。山川觴詠，幽情暢遂，何必紆青拖紫乃稱貴乎？」子仁熙生未彌月而元象亡。仁熙有詩名江漢間，康熙庚午曾一致書於漁洋，時年已八十矣。漁洋知元象之才，而不知即仁熙之母也；知仁熙爲楚材之傑，而不知其父其母之皆以詩文名，實啓之也。楚偉著有《雪巓集録》，又稱張氏潛江人，有絶句云：「病廢機梭老廢蠶，牙籤緗帙興猶耽。唐詩元曲都收捲，日向紗窗讀二《南》。」《詠留侯》云：「子房稱病藏機早，只待功成辭漢家。已復韓讎無所事，此心元自在烟霞。」此必漁洋得之朱悔人載震所云，亦吾楚閨閣之賢，士夫中有不能道者矣。

（姚蓉點校）

青芙蓉閣詩話

青芙蓉閣詩話提要

《青芙蓉閣詩話》二卷，據國家圖書館藏清紅絲欄傳鈔本點校。撰者陸元鋐（一七五〇——一八一九），字彡石，一字冠南，浙江桐鄉人（一作烏程人）。乾隆五十二年進士，歷任禮部主事、員外郎，四川、廣東、甘肅等省知府。去官後主講於西安各書院。有《青芙蓉閣詩鈔》。按此書無序跋，以評康、乾盛世人詩爲主。推宗沈德潛，主温厚藴籍，詩人則以施閏章、蔣士銓爲先後最當此旨者。於漁洋已有微辭，尤以隨園之性靈説爲謬，其論自可謂正矣。然觀其評《忠雅堂集》之正，乃在「闡揚忠孝等事，不獨激昂悲壯，感動一時，抑且詳其姓名及其年月，使千載下如見其人，居然龍門史筆也」，推其《李貞女》詩頌女之懷清不滓，而於心餘「寢饋於山谷」之特點反有所保留，則開卷譏李調元不知心餘，豈亦非自謂乎。其評同時之浙派詩人，亦大抵以山谷爲遠近，不喜錢載、王又曾一路，而標舉許燦之振起唐音，未免主次失當。雖然，一時名家如楊芳燦、洪亮吉、法式善、彭兆蓀、郭麐、吴錫麒、舒鐵雲、嚴海珊、商寶意、張問陶等，多有切實之評，不没其長。惟於屈復批評不假辭色。又頗録人佚作，大抵爲盛世一干「官可不做，書則不可不讀」者，頗可窺見時風。此本卷下一則有闕文，而别無他本可補也。

青芙蓉閣詩話卷上

桐鄉陸元鋐彡石

近時詩人，盛推袁枚、趙翼、蔣士銓三家。袁詩云：「賦詩似爲政，焉得人人悦。但須有我在，不可事剽竊。」趙詩云：「一火又一火，層層去粗垢。及夫燒將成，所存僅如豆。」蔣詩云：「讀書確有得，落筆當孤行。數語立堅壁，寸鐵排天兵。」所言皆能自道其甘苦，而筆鋒所到，横出鋭入，仍不失古人典型，斷以心餘詩爲最。川中李雨村調元謂：論詞曲，袁、趙俱不及蔣；論詩，蔣不及袁、趙。非定論也。

王蘭泉司寇昶，自謂其詩五言期於抒寫性情，七言長句，頗欲幾於驅使典籍。余觀先生之詩，早歲吟詠一以三唐爲法，然尚不出漁洋流派。至其丁年出塞，親歷行間，敘次戰功之作，直使臨陣諸軍踴躍紙上，使漁洋執筆爲之，亦當退避三舍也。

崔曼亭觀察之夫人錢浣青孟鈿，文敏公之女也。甫能言，即解人意。自幼耽吟詠，而筆墨間不染纖毫脂粉氣，集中如《始皇冢》、《華清宫》諸篇，氣格沈雄，非閨閣中人所能道。文敏嘗有《讀孟鈿所寄詩》云：「嬌女如嬌鳥，嚶鳴寄意微。吹來花底曲，勸我不如歸。」亦可想其婉娩之致矣。又嘗序其詩云：「家之興替視所生，男慧女鈍多興，女慧男鈍多替。」又似惜其出兩公子右，而恨其不爲丈夫子也。

錢文敏公維城，稱詩一遵杜陵，尤具經濟才。《謁諸葛武侯祠》云：「若非天下士，何以弔先生。」

又《王文成公祠》云：「經綸本是儒生事，敢挾空談入廟來。」可以想見其胸次矣。執法過峻，論者惜之，今後嗣亦零落不振。陽湖洪稚存亮吉出使貴州，道中柬崔曼亭（見龍）〔龍見〕云：「我今行役敢厭遥，昔者司寇馳星軺。相傳一日行五驛，髀肉總向忙中消。稜稜執法原無礙，過峻差貽後時悔。王令先悲少子亡，鄭公幸有孤孫在。」蓋因公曾往貴州讞獄，而曼亭又爲公之女夫，故并及之也。

文敏登第後口占云：「深居拚已過春殘，淚漬青衫尚未乾。曉日忽開三里霧，輕舟竟上九重灘。平生温飽何求足，畢世聲名欲稱難。猶有舊交司户在，十分春色厚顔看。」志和音雅，不亢不卑，知其胸中不徒以忘卻「狀元」二字爲高者。

漁洋詩，無噫鬱之音，無淫靡之習，自不失爲一代宗工。而隨聲附和者，直以爲人天手眼，幾欲駕乎韓、杜以上，未免推許太過。近見杭堇浦先生世駿評本，索垢求瘢，幾於體無完膚，謂《精華録》再删去六分，身價乃高，似又失之過刻。余謂不如袁子才《論詩絶句》云「不相菲薄不相師」，爲兩得之耳。

論漁洋詩，莫如紀文達公。《灤陽消夏録》云：「漁洋如名山勝水，奇樹幽花，而無寸土藝五穀；如雕闌曲榭，池館宜人，而無寢室庇風雨；如彝鼎罍洗，斑斕滿几，而無釜甑供炊爨；如纂組錦繡，巧出天機，而無裘葛禦寒暑；如舞衣歌扇，十二金釵，而無主婦司中饋；如梁園金谷，雅客滿堂，而無良友進規諫。」雖託於寓言，實爲不易之論也。

陳其年詩，清俊如王、謝子弟，健利如幽、并少年，七古尤極淋漓跌宕之致。同時鴻博中可與抗行者，不過竹垞、稼堂數公而已。世人但賞其四六及詞，是猶棄崑玉而寶燕石也。

朱竹垞以嵚崎跅弛之才，飲食經史，轅轢古今。其少作摹古，猶痕迹未化。中年以後，舍筏登岸，前無古人，又豈餘子所能及？即以詩論，亦當以第一等人目之，不得謂爲鄉曲阿私之論也。

人當垂暮之年，雖有十二分本領，漸亦頹唐不振。詩聖如杜陵，亦所不免。竹垞如《題李營丘古柏圖》及《玉帶生歌》、《高麗蔆歌》等作，其時年已七十餘，而精力猶何等神勇，安得不歎爲天仙化人？

桐鄉蔣初陽紹輝好論詩，酒闌燈灺，娓娓不倦。余少時曾師事之。其論詩云：「詩須得鍊字訣。鍊之爲義，喻取金丹。必章鍊其句，句鍊其字，錘去膚屑，獨存精華，斯爲繞指純鋼。必鍊精歸氣，鍊氣歸神，融盡渣滓，獨留元虛，斯爲大還九轉。此乃鍊字真訣。徒以工麗爲鍊，去此意遠矣。」又云：「詩之妙，不外一真。真非直白之謂也，惟從真境真情，實實寫出，以真意蓄之，以真氣行之，平奇濃淡，無往而不得其真矣。此古人真命脈也。」先生詩不輕作，而持論如此，真得詩家三昧。

南昌彭文勤師學富五車，集成一品。平時詩不多作，曾見有《瘧止》一律云：「痁作惟堪伏，秋天不肯明。杜句。陰陽疑必戰，（小大）〔水火〕激相争。止藥經兩日，安眠到四更。始知朋黨禍，欲去在持平。」偶爾吟詠，而大臣公忠爲國之心，已不覺自然流露。易簣前一日，作詩示家人云：「諄囑兒孫書要讀，秀才便是克家賢。」詞意肫摯，非具夙根者，豈能如此神明不亂？

文勤師《橋亭卜卦硯歌》云：「其修九寸博半尺，其厚不及寸，斑斑土花蝕。云是橋亭賣卜時，曾漬孤臣淚和墨。」跌蕩離奇，音節極妙。王蘭泉《湖海詩傳》乃改爲「其修九寸博半尺，厚不及寸土花蝕。云是朝天橋上亭，賣卜簾前淚和墨。」平鈍無生氣矣。

沈歸愚宗伯詩，規格有餘，未能變化。論者或以唐臨晉帖少之，然終不失爲正聲。當主持風雅之時，門下士如王禮堂鳴盛、錢竹汀大昕、曹習菴仁虎、趙璞函文哲、王蘭泉昶諸君，亦皆别裁僞體，彬彬乎大雅之音。自公殁後，竊據壇坫者謬主性靈之説，於是胡釘鉸、張打油紛然競響矣。

「言之者無罪，聞之者足戒」，詩所以能懲創人之逸志也。昔張文和公廷玉分校春闈，有同事者以微詞相探。公逆知其意，因作《闈中對月詩》云：「簾前月色明如晝，莫作人間暮夜看。」其人覽之，懷慚而退。見公所著《澄懷園語》。

阮芸臺學使元選《兩浙輶軒録》，搜羅極富，然皆蓋棺論定者。金文沙女史淑亦經采入，而其時金尚在也，因作詩二章，有「未亡人得從寬例，文選臺應被誤傳」之句，一時傳誦。

金陵方子雲正澍，早負盛名，繼遊秋帆制府幕中，過爲奬借，子雲亦高自矜詡。然其詩衹長於七言八句，又往往流於宋、元纖穠一派。五言律不多見，曾記其《出關圖》云：「一斗眼中淚，蒼茫灑暮天。風聲來萬馬，草色斷三邊。旅食聊依水，征程不計年。殘春龍磧上，寒氣尚森然。」又《送夏湘人出關》云：「前朝百戰場，極目莽茫茫。山勢盤元氣，河聲坼大荒。雲消三伏雨，風結五更霜。古戍吹笳客，猶能説武皇。」雄豪磊落，頗有奇氣。又《道中寄内》云：「河冰堪躍馬，風力欲飛人。」亦佳。

江右吴蘭雪博士嵩梁，弱不勝衣，骨稜稜出衣表，與之處，終日無鄙言。余官禮曹時，常相往來。丁卯再入長安，蘭雪適因奉諱欲歸，未及聚談。今全集不可得見，曾於芸臺學使《定香亭筆談》録其《蟂磯靈澤夫人祠》詩云：「虛堂劍佩晝無聲，門外青山遠黛横。宫女如花猶列陣，洞房燒燭記論兵。

銷魂萬古黄陵廟，遺恨三分白帝城。比似湘靈心更苦，寒江嗚咽暗潮生。」漁洋斷句後，應推佳唱。

武進黄仲則景仁與洪稚存交最深，而持論時有不合。嘗戲謂稚存曰：「余不幸早死，集經君定，必乖余之旨趣矣。」生平著作甚富，而倦於哀録，多所遺佚。余初見之《吴會英才集》，後得劉松嵐觀察大觀所刻本，往往彼此互異。近復見蘭泉司寇《湖海詩傳》，又有《英才集》及劉刻所未載者。諸本中七古如《觀潮行》、《余忠宣祠》、《聞龔愛督歸自河南》、《觀劉貫道蘭亭禊飲圖》諸篇，皆卓然可傳。七律如《錢塘舟次》云：「風雪衣單知歲晚，江湖酒病與年深。」《將至京師》云：「親在名心留百一，我行客路慣三千。」《送張春帆歸揚州》云：「春水將生君速去，此江東下我西行。」《春日客感》云：「人間別是銷魂事，客裏春非望遠天。」哀感頑艷，使人之意也消。

馬秋藥奉常履泰詩多竚興之作，衹以抒寫性情，不規規於唐音宋調。嘗有句云：「梅花一樹鼻功德，茅屋三間心太平。」人皆取以爲楹帖。

「醉鄉磊落封侯骨，詩國縱横定霸才」，何蘭邨水部道生讀張瘦銅舍人塤詩集句也。瘦銅胸次灑落，篤於倫紀，有古君子風，飲酒未嘗見其醉。詩格不甚高，少時與蔣心餘齊名，心餘贈詩有「友君無異黄與蘇」之句，傾倒可知已。其實才力不逮心餘遠甚。

楊升菴曰：「宋人論詩云：『今人論詩，往往要出處，「關關雎鳩」出於何處？』此語似高，而實卑也。聖人之心如化工，然後矢口成文，吐辭爲經，自聖人以下，必須則古昔、稱先王矣。若以無出處之語皆可爲詩，則凡道聽塗説，街談巷語，酗徒之駡坐，里媪之詈雞，皆詩也，亦何必讀書哉？此論既立，而村學究從而演之曰：『尋常言語口頭話，便是詩家絶妙辭。』噫！《三百篇》中，如《國風》之微婉、二《雅》之委蛇、三《頌》之簡奥，豈尋常語、口頭話哉？」升菴詩不免過於穠縟，而斯論實可爲專主性靈者進一解也。性靈之詩，亦須有學問人爲之。若謂專主性靈，即可以詩名家，則打油腔卓絶千古矣。方子雲詩「學荒翻得性靈詩」，亦有語病。

香匳體最易壞人心術，雖屬寓言，大雅弗尚，而摹繪入微，閲之使人回腸蕩氣。王次回《疑雨集》，其尤甚者，歸愚宗伯不録其詩，正見别裁之意。陸魯望云：「攻詩者抉摘刻削，以暴天物。是作詩尚恐其有傷天和，況復以艷語蕩天下淫心。犂舌之獄，得不爲此輩耶？」王西樵以孝友稱，而其自序香匳詩乃云：「情至之語，風雅掃地，然不過使我於宣尼廡下無分耳。」亦傎甚矣。竹垞亦工此體，《閒情》八首，雖尚不失雅音，而錢唐陸麗京誦之傾倒，作《望遠》思勝之，亦不免詞人習氣。至《風懷二百韵》，排比鋪陳，語多穢褻，即不作亦可也。

浙中近時詩人，余於湖州最喜嚴海珊遂成，於紹興則推商寶意盤。兩人諸體皆工，而七律尤多琅琅可誦者。海珊長於詠古，如《三垂岡》云：「風雲帳下奇兒在，鼓角燈前老淚多。」《李元禮墓》云：「如臨虎穴攖常侍，忍僕龍門負黨人。」《樊城感左甯南事》云：「山河運盡英雄老，侯伯封高盜賊輕。」《齊泰黄子澄》云：「忍因發難誅鼂錯，恃以成功相李綱。」《于忠肅》云：「定策飴甥惟卜貳，成功魏絳不和戎。」《孫太師承宗》云：「老夫淚向君前落，諸將兵從壁上觀。」《史督輔可法》云：「國殤有母呼遼鶴，家祭無兒拜杜鵑。」俱能以議論運化故實，絶似義山詠史。寶意工於隸事，尤善言情，如《彭蠡》

云：「已見孫(思)〔恩〕逃海上，不教項籍王關中。」《詠史》云：「敗後參謀無馬謖，平時坐鎮有韋皋。」《幕府營》云：「要使夜郎知漢大，漫勞回紇與唐和。」《題鄭布衣秋郊餞别圖》云：「帳中白髮依嚴武，城上黄雲弔赫連。」《懷仲燭庭》云：「絶代才人成佛易，向來名士過江多。」《輓沈蘆山》云：「世路鶺鴒行不得，才人鸚鵡恨如何。」《歸里寄同學》云：「名心未斷難遺世，晚景無多怕受恩。」此類數十首，情文俱到，不減古人。

徐玉崖觀察長發，長身玉立，鬚鬢如銀，豪於酒，尤好談詩。余初官雅州時，甫謁見，即握手笑謂曰：「聞君能詩，相見恨晚矣。」從此遂歡好無間。嗣以年老乞歸，賦詩留别諸僚友，有句云：「風雨將闌防失足，溪山大好要回頭。」余嘗書爲楹帖，每一吟諷，輒如醍醐灌頂。

余在蜀七年，僚友中得能詩者三人，一太倉毛海客大瀛，一錢塘吴秋漁昇，一義烏程息廬尚濂。息廬詩學太白，長於古體。海客、秋漁皆有陳琳、阮瑀之才，磨盾作書，千言立就。與余往來投贈，俱極相得。未幾，海客以禦賊被難，余亦奉諱東歸。迨戊辰歲再作蜀遊，息廬已引疾閒居，秋漁亦雙鬢壓雪矣。秋漁有題余吟稿句云：「落紙餘音喑萬馬，運書神力汗三牛。」客窗展誦，猶憶當年攬環結佩、酒酣跳踍時也。

海客以軍功進簡州牧。庚申春，教匪渡江西犯，逼簡之東界。海客自將團勇數百人，至金堂縣之土橋溝，出境禦賊，遂遇害。死越日，寄魂於僕某，入中門集家人於庭，言臨陣時爲馬踣所誤，今被召敦迫，不及留，遂去。所著有《戲鷗居詩鈔》，楊荔裳方伯揆爲付剞劂。曾記其《羊太傅祠》云：「讌遊直欲争千古，人物居然領六朝。」又《黄太常墓》云：「削藩本爲安劉計，論將空存救趙心。」皆雅健可誦。又有《十國宫詞》一百首，援引極博，摛詞亦妙，惜不能記憶矣。

詩之所以能感人者，惟在一「真」字。漁洋自謂六七歲時，讀《詩》至《燕燕》、《绿衣》等篇，便覺棖觸欲涕。稍長，遂悟興觀群怨之旨。而其生平所作詩，又往往文勝於情，則以愛好太過，而天然真色反爲脂粉所掩耳。若西樵則不然，如《寄季弟貽上》詩云：「離居足憂端，忽忽苦無懌。睽違感至今，提攜念在昔。執手既未卜，所願眠食適。頃者家郵至，言汝資藥石。置書坐沈吟，芒芒中懷迫。移時取竟讀，書言頗詳覈。比當發使時，汝體業已澤。恐爲虚見慰，此意頗難逆。叢雜緘牘末，最後得手蹟。把讀語良符，筆勢更奕奕。終苦魂夢淆，連宵役精魄。翹首望南雲，安得雙羽翮。送我置汝旁，覩汝肥與瘠。」纏綿婉篤，全是一往真氣，坌湧而出，讀之使人生友愛之心。

少讀尤西堂《題韓蘄王廟》詩云：「英雄短氣莫須有，明哲保身歸去來。」每歎其一岳一韓，兩兩對照，而「莫須有」、「歸去來」，如玉盒子底遇著蓋，妙在恰好。近見吴門殷果園秀才如梅《韓蘄王碑》句云：「尚憶使船如使馬，獨憐擒賊未擒王。」亦復天然湊泊，不可以思議而得。

竹垞《漕船》詩云：「安用百斛寬，邪許百夫役。過牐逆上魚，迎風退飛鷁。臘開徂暑到，久而蟲鼠咋。惟以便輓丁，夫婦得泛宅。南去挾枲絲，北來收果核。誰爲迂緩圖，因循匪朝夕。」蓋謂舟大費浩而運遲，宜撤而小之也。彭文勤師嘗舉以質之漕帥楊勤恪公，公大以爲不然，爲之指陳利弊，始知書生之見隘矣。文勤師嘗有詩述其遺語云：「材大用可久，質薄朽必亟。胡爲憚補苴，而乃勇變革。」

又云：「牽挽集百夫，其面有菜色。惰民不耕稼，貧人雜盜賊。千舟十萬衆，仰此以衣食。一朝忽奪之，誰歟非黔赤。」又云：「商固便附載，軍亦資僦直。懋遷有無通，彼此均樂得。屯田業久虚，僉運費孔劇。一物不能容，終歲何所獲。市冷物價昂，運艱商利窄。豈惟軍告病，四民被其厄。」通達政體，洞悉民情，雖檃括成詩，而非吾師之健筆，不足以達之也。

朱文(成)〔正〕公珪《喜雨》詩「司牧顙上泚，農夫眼中淚。齋心哀龍公，迸此雨脚脆」，四句中笑啼俱有。

嵇文恭公嘗謂白米飯淡喫最佳，聞者歎公廉貧。吾鄉沈青齋觀察啓震居官之日，每於朔望日聚家人會食白米飯，以示不忘粗糲之意。清節俱可風也。余家素無恒産，歸田後益饔飧不繼，日惟一飯兩粥。久而相安，轉覺粥味深長，即進以飯抄雲子白，亦不能下咽矣。向在京師，曾見阮吾山司寇《茶餘客話》載有《食粥》詩二首，頗佳，今已不能記憶，其書亦不可復得矣。

楊蓉裳農部芳燦驚才絶艷，照耀一時。其詩源於六朝、初唐，人皆艷羨其詞采華藻，余獨愛其《寧夏采風詩》，謂不減《春陵》、《秦中》之作。尤工駢體文，曾爲予作詩序，揄揚過當，君子失辭。至謂「足以裨補風猷，扶翼禮教」，更不能無愧於知己之言也。

大興舒鐵雲孝廉位天才亮拔，如俊鶻生駒，未可施以羈勒。春闈不遇，流寓江、浙間。己未不及赴試，榜發後，家人買題名録送閲，其細君屏不與觀，曰：「異日必爾乎？取之得臣，與寓目焉。」鐵雲感其意，遂不閲，仍作詩以解嘲，中有句云：「正愁此事終難免，得似卿言亦復佳。」

明張志道《題淵明歸隱圖》云：「豈知英雄人，有志不得豁。」淵明一生心事，爲明眼人一語窺破，徒以「羲皇上人」目之，陋矣。鐵雲有論淵明詩云：「仕宦中朝如酒醉，英雄末路以詩傳。」亦同此意。後見鎮洋彭湘涵上舍兆蓀《題陶靖節像》詩云：「代易元嘉號，詩留正始音。桃花身世感，秫酒聖賢心。黄綺貌猶在，荆高悲獨深。誰知填海志，歸鳥是冤禽。」尤爲淋漓入妙。

彭湘涵著有《小謨觴館詩鈔》，取材於古，獨出冠時，絶不爲袁、趙二家所濡染。余嘗於楊蓉裳案頭見之，歎賞不置。如《壯士》云：「壯士黄皮袴，農民白桿槍。原田春輟耒，私憤晝争桑。此輩好身手，臨風念茂良。調馴定何術，留勇獻明堂。」格調何減杜陵！

初白《夾馬營》詩云：「隔河便是遼家地，鄉社枌榆委邊鄙。當時已少廓清功，莫怪孱孫主和議。」蓋咎宋祖不能恢復燕雲，致貽子孫積弱之漸，自是正論。山陰邵無恙大令颿有詩以駁之云：「燕雲十六州作賂，事由石晉難爲功。若云割疆太示弱，亡宋況復非遼東。」議論警闢，得未曾有。乃知文人之舌，瀾翻不窮，只須説得近理耳。無恙又有句云：「懷鄉似酒多餘味，作吏如詩有别才。」

建文遜國一事，自竹垞有「十三不足信」之説，而火作自焚，遂爲定論。沈方舟用濟《天下大師墓》詩云：「解道龍蛇潛草野，何年弓劍傍橋山。緇衣那有中官識，御馬誰迎老佛還。」故作疑似之詞，卻句句是辨其不足信，具見詩人措詞之妙。近見趙雲松《羅永菴》詩云：「亡國非以無道失，此意率土同悲含。人心未死即帝在，焉知不薙爲瞿曇。」有意翻案，而語尚近理，筆力亦頗堅卓。

山谷《書摩崖碑後》云：「撫軍監國太子事，何乃趣取大物爲。」讀詩者每謂其立論深刻，似是而實非也。史書靈武即位，復書制以太子充天下兵馬元帥，則非有所受之也明矣，不得以發馬嵬時曾有傳位之命，遂爲肅宗寬之也。尤滄湄珍有句云：「禍亂方殷以權濟，苟不帝制衆志離。」袁子才亦有句云：「若非靈武張位號，九州不見天皇旗。」詞異而意同，雖議論透闢，終當以山谷詩爲正。

詠古詩固宜高著眼孔，自出心裁，方足以知人論世，而好爲雌黄，又往往過於刻覈。如張留侯、諸葛武侯諸人，亦欲妄加訾議，幾使三代下無完人。既傷忠厚之懷，亦失風雅之旨。楊升菴云：「《張良傳》曰黄石公、曰滄海君、曰赤松子，皆莫須有之人，以見四皓之傳聞亦如是云爾。後人爲之互造姓名，《陳留志》、《孔父秘記》所載互殊，任昉《文章緣始》以惠帝立《四皓碑》，爲人臣賜葬之始，俱附會之説。《通鑑》删之，温公可謂有識。」袁子才《隨園隨筆》曾備載其説，乃其《詠史》詩則又云：「子房非正士，可傳惟一椎。自見黄石公，陰險無不爲。爲韓非其心，滅韓皆其計。不肯立六國，韓宗遂隕地。野雉幸辟陽，夫妻義已絶。立賢不立長，殷周有成迹。胡爲召四皓，爲之張羽翼。」持論如此，自相矛盾。至謂「爲韓非其心，滅韓皆其計」，尤爲紕繆。子房之志，固將輔韓成以馳騁中原，志雖未成，而其始終報韓之心，已昭然共白於天下。「不肯立六國」乃在韓成既殺，復歸於漢之後。既已委身於人，自不能不匡救其失，豈得因此而遂坐以「滅韓」之罪哉？「辟陽」之事，更非儒者所宜言。作詩而悖理亂常，所關於心術不小，學者當切戒之。

何大復謂不讀唐以後書，固不免英雄欺人，然自是至論。詩中徵典，取材於古，則詩格自然高雅。凡稗官野史、荒誕不經之説，俱不可以入詩。又説部中替代字樣亦不宜用，如「青奴」、「黄嬭」、「碧翁翁」之類，縱極博奥，而不知其詩已落小乘家數矣。近又有引用「劉唐腿」、「哪吒臂」等語以掉書袋者，其語亦有所本，非竟出於《水滸傳》、《封神演義》，而此種詩材定爲大匠所棄。段成式云：「庾信作詩用《西京雜記》事，自追改曰：此吴均語，恐不足用此。」亦可爲隸事猥瑣者之鑒也。

海鹽朱笠亭大令炎，博雅好古，所著《甌説》一書，考核精審。詩亦沖融和易，不失雅音。今所傳《華清宫》詩云：「竟使豬龍掀宇宙，獨留鸚鵡憶君王。」乃其少作也。曾點定歸愚宗伯《唐詩别裁集》，謂是集嚴於持擇，辨格最正，一切旁門外道，芟除殆盡，以之導後學，是爲雅宗。入手須辨雅俗，近今有兩種俗體：一是爲考試起見，讀試帖，做排律，如翦彩刻繪，全無生趣；一是爲應酬起見，翻類書，用故事，如記里點鬼，絶少性情。此固畢劫不知詩也。又或取法於古，各立門仞，亦有兩體：其從《瀛奎律髓》入手者，多學山谷江西一派，或失之俚；從二馮所批《才調集》入手者，多學晚唐纖麗一派，或失之浮。是皆不能無偏。且《律髓》止載律詩，《才調集》第及中、晚，亦頗未備。又若阮亭《三昧集》，立論太高；《十種唐詩》，散入各集，未易尋其塗徑。惟歸愚先生此書最便拾誦。此書外，更取阮亭《古詩選》玩習，則五七古已得其大凡；再以《十種唐詩》參看，近體亦略該備。然後於《文選》、《樂府》，採擷菁華，以爲材料，於宋、元名人詩集，博其機趣，揮霍萬象，惟我所欲矣。

詠物詩妙在不即不離，黄唐堂之雋《楊花》詩「不宜雨裏宜風裏，未見開時見落時」，乃謎語，非詩也。自不若查初白「春如短夢初離影，人在東風正倚欄」爲有神無迹。

詩至詠物，最難著筆，亦視其題之雅俗何如耳。題已近纖，不必更看其詩矣。歸愚選《别裁》詩，摘録張岳維景崧《甘蔗丞相》句云：「是長樂老焉知苦，非讀書人終欠酸。」謂其工巧，不意先生晚年亦作此小家語。當其初選《唐詩别裁》時，定不出此。

余官粤東時，博羅令梁接山賓繩曾以羅浮蝶繭見贈，越三宿，即破繭而出，色黯如灰，無所謂神光陸離、五彩錯雜者。竹垞遊粤時曾有詩，後杜雲川太史詔亦有句云：「香魂只合伴梅花。」人皆稱其天然名雋，確切此題。余謂惟確切此題，此其所以不能大家也。

蜀中李雨村觀察歸田後，放浪不修禮節。自填雜曲，付優伶傳唱。遇有演劇者，即闌入座上，不復問主人。詩亦不循正軌，嘗自附於袁、趙、蔣之列，合刻《林下四老人詩》，人多訕笑之。余獨取其「耳還欲塞聾何害，身各無官醉不妨」二句，謂不啻代余寫照也。

長洲王愓甫芑孫貌甚寢，性亦孤峭。余嘗於客座中識之，知其爲狂士，未與接談。後見其《題何蘭士方雪齋集》詩云：「自非讀書多，何以實其腹。妙處不關書，無書苦磽确。」又云：「言中苟無物，憍氣非堅蒼。絃外苟無音，虚響寧久長。」非於此道中三折肱者，不能作此語，宜其兀傲不可一世矣。

袁子才爵位不高，享名最盛，遊跡所至，冠蓋溢巷，珍錯盈筐。自名公鉅卿，下至菰蘆曠士、閨閣名媛，莫不以望見顔色爲幸。管韞山客秣陵，有勸其往謁者，韞山以詩謝之云：「耆舊風流屬此翁，一時月旦擅江東。寸心自與康成異，不肯輕身事馬融。」可謂不爲習俗所移者矣。

錢嶼沙方伯琦《歸興》詩云：「劇憐到處都如客，最怕逢人尚説官。」袁子才極稱之。余謂不如上二句云「八口尚餘婚嫁累，一生纔得夢魂安」較爲老健，亦有意味。

鈕西齋編修汝騏與余家比鄰而居，幼時猶及見之。著有《南雅堂集》，今已散失不全。《别裁集》録其五律二首，亦未盡其妙。記其《三過堂》句云：「聖后尚聞先帝歎，相公苦憶黨人碑。」又有《寄友人》句云：「十年好友如雲散，獨夜相思怕月明。」皆清朗可誦。

李嘯雲大令傳杰，同年(王)〔玉〕漁庶子傳熊之弟也。余初未相識，戊辰重至成都，始得讀其《恬養知室吟稿》。其中如《周高克尊歌》、《唐鐘歌》諸作，俱磊落有奇氣，而人争賞其《聞歌絶句》云：「瀟瀟暮雨彎彎月，兩樣天光一樣愁。」貴筝琶而賤清琴，此調正未易彈也。

吴江郭頻伽麐著有《靈芬館集》，芸臺中丞極爲奬許，謂其靈氣入骨，奇香悦魂，殆深於《騷》者。詩如「二月落花如夢短，一湖春水比愁多」、「此地逢君俱是客，故鄉如我已無家」，皆善於言情，不屑屑求合於流派。余尤愛其《臨平絶句》云：「魚霞初斂晚風清，低亞青山掠面迎。一鳥不鳴桑翦響，緑陰如水過臨平。」如見故鄉採桑南陌時也。

韓信嶺在靈石縣西二十里，嶺上有韓侯墓及祠，壁間題詩甚夥。漁洋《蜀道驛程記》謂明常明卿外，殊少佳者。今并常作亦不復存矣。踰嶺而下，羲、娥蔽虧，土逼若衖。吾鄉吴胥石孝廉蘭庭曾有句云：「日御歷綫天，見午不見未。」頗能狀難寫之景。

詩不可不陳言務棄，然或刻意求新，則又乖大雅之旨，詩所以言温厚和平也。如陳元孝恭尹之「十年士女河邊骨，一笑君王鏡裏頭」，趙秋谷執信之「食客三千兩雞狗，島人五百一頭顱」，語雖新警，極其弊，必入於粗豪一派，非正聲也。

張虞山養重「南樓楚雨三更遠，春水吴江一夜生」，漁洋極稱之。今閲其原詩，乃用十蒸韵「增」字，易以「生」字，何等自然。又陳香泉奕禧「斜日一川汧水北，秋山萬點益門西」，亦漁洋所激賞。原詩「秋山」作「秋峰」，調不響亮，詩亦爲之減色矣。古人一字之師，洵不誣也。

初白詩「千點桃花一江水，妙高峰下作清明」，自是絶唱。清明何以言「作」，妙在可解不可解之間，若改「度」字，豈不又如「暝色起春愁」耶？此荆公所謂「詩要一字兩字工夫」也。

初白詩出入於蘇、陸，往往病其不留餘藴，要不失爲名家。趙雲松《十家詩話》獨以之列李、杜之後，失之過當矣。其效爲摘句圖，亦不免瑕瑜互見。余嘗於七律中摘其警句，如《黔陽雜詩》云：「田横客已辭窮島，樂毅功難敵謗書。」「閒道無人防豕突，叢祠有火散狐鳴。」《詠史》云：「一時管統援師盡，同日臧洪赴死難。」《送友人入蜀》云：「盜賊鋒銷諸郡僻，英雄祠入亂山多。」《長沙雜感》云：「君臣如此猶嗟命，絳灌何人乃忌才。」《楊長蒼重來都下》云：「舊家春燕烏衣巷，故國秋瓜覆盎門。」《瞿相國春暉園》云：「戰後河山非故國，記中花石尚平泉。」《新樂有感》云：「輿圖西漢中山國，恩澤先朝外戚侯。」《鳳陽城外》云：「時來將相皆同里，淚落英雄有故鄉。」《戊寅除夕》云：「一家懸磬豐年後，萬事挑鐙此夕中。」《重陽入古北口》云：「官馬散隨黄犢卧，戍兵秋較老農閒。」《重過高旻寺》云：「四海僧歸康寶月，三生人説杜樊川。」《登密雲縣鐘鼓樓》云：「出塞雙雕盤遠勢，入關萬馬壯秋聲。」以上十數聯，雄豪磊落中，仍不失事外遠致，覺初白面目，爲之一變。

蘭泉司寇軍中諸作，固不減「周羅睺，執筆制詩，還如上馬入陣，不在人後」。而其於死事諸君，尤不勝眷眷故人之意。讀之於邑。如《示莘田太守》云：「河外一軍亡傅燮，鄴中七子失劉楨。」《題蘇門聽泉圖》云：「寧朔參軍亡尉静，征西長史痛楊怡。」蓋謂趙璞函舍人文哲、吴鑑南農部璜，皆殉難蜀中者也。

趙璞函《娵隅集》皆從軍時作，試新險於山川，揚清音於鐃吹，又皆妙有情致，不徒作秋笳曉角之音也。其《媕雅堂集》俱未通籍時詩，而天然韶秀，已不可及。余尤愛其《劉文成祠》云：「隆中自切酬三顧，湖上虛傳卜十年。尚憶圍城思蹈海，如何辟穀滯遊仙。」又《題亭林遺書》云：「白鶴東歸非故國，青牛西去有遺經。十陵雨露攀弓恨，四塞河山聚米形。」俱能以議論運化故實。

宋張文潛詩云：「重瞳陟方時，二妃蓋老人。安肯泣路旁，灑淚留叢筠。」豈老人便不哭其夫耶？宜方樸山譏其無理。此種積久相沿之故實，欲作翻案，便涉學究氣，去風雅之旨遠矣。曾記黄仲則有詩云：「地老天荒處，千秋帝子心。人間離最苦，竹上淚猶深。目斷珠丘杳，魂歸澧浦陰。至今嗚咽水，七十二絃音。」不著議論，而風格高超，神味雋永，幾欲希踪古人。

山陰陶篁村元藻《題良鄉店壁》云：「欲語性情思骨肉，偶談山水悔風塵。」袁子才見之，至有「沿路訪斯人」之語，其爲傾倒亦甚矣。篁村之子午莊大令廷珍亦工於詩，專學唐音，不作纖纖細響。如《天寧閣大佛歌》云：「金身丈六倍以五，星辰手摘天爲低。陽烏陰兔正子午，光景照耀眉稜齊。」《謁華陰廟》云：「聚精在骨不在肉，陡立坎虎欺離龍。迴峰遞轉面忽正，大方廣闢金天宫。」造語奇警，上追昌黎。

宗芥颿郡丞聖垣亦山陰人，與余先後爲宋彩航師門下士，繼又同官粵東，而緣慳一面，始終未得識晤。其詩如《題吴檢堂課射圖》云：「寫力易見寫氣難，雙韝不動安如山。猶之畫馬畫神骨，不在掉尾騰蹏間。」亦不肯局束爲轅下駒者。

竹垞《題楊補之墨梅》云：「朱三十五《梅詞》『横枝消瘦只如無，但空裏、疏花數點』，梅花有魂，一語攝之。此惟逃禪楊叟能寫出。」紹興童二樹鈺亦以畫梅擅名，芥颿題句云：「畫家畫花窮毫髮，畫梅只畫神氣骨。當其欲畫未畫時，不見梅花見明月。」又云：「求畫於空不於色，舍筆與墨亦云得。觸之即是拈即來，筆墨之外有高識。」不特爲梅花攝魂，亦且於畫理悟詩境矣。

余官禮曹時，獲交揚州善詩者二人：一爲儀徵施小鐵府丞朝幹，一爲興化任子田侍御大椿。二人俱廉介自守，且皆貧而無子。小鐵詩全學盛唐，如《過峨嵋院》云：「流水不可住，孤雲行未還。峨嵋院中月，已照江南山。理自獨遊悟，心隨清夜閒。他時結茅屋，相對一開顔。」《聞琵琶》云：「琵琶絃急對秋清，彈作關山久别情。借問黄河東去水，幾時流盡斷腸聲。」子田長於考據之學，詩不多作，然如《登烟雨樓》云：「漾舟及平湖，竹樹引佳興。渚近棹愈遲，沙平纜初定。拂（木）〔衣〕緣木杪，躡屐臨丹磴。疏雨寺門來，春寒在蘿逕。」《至了義寺》云：「過塢指疏林，到寺繫雙楫。風吹烟穗斜，入户氣騷屑。境僻罕來蹤，日落見殘雪。隔竹聞歸僧，相遇無言説。」此二首亦得左司遺意。

程魚門吏部晉芳學問婞雅，詩不免好掉書袋。余最喜其《題夏寶傳橐中集》云：「磨刀冰作水，暖客火爲衣。」又《送弟述先之廣陵》云：「春水方生夜，孤帆獨去時。」一以奇警勝，一以清遠勝。

錢宗伯載《蘀石齋詩》如食諫果，味不驟得。嘗有二絶句，散見於詩注中，今爲録出。《驢背》云：「葛衫草笠趁風輕，驢背青山掠面生。一直柳陰涼似水，亂蟬聲裏出東平。」《桐江歸舟》云：「九田灣裏雨蒸苗，閣閣蛙聲欲上潮。不忘故人相送遠，榴花紅過戴家橋。」頗近北宋人風致，不知何以不載集中。

鎮洋胡安公溶，癸酉解元，詩不多見。記其《春雨漫成》句云：「留心世事如書讀，過眼功名比夢看。」詩格不高，非老於世故者不能道。

川中嘓嚕，最爲民害，偵察守土者，有羅鉗吉網之稱，乃斂迹不敢入其境，否則探丸之黨，公行無忌矣。李雨村有《嘓嚕吟》一篇云：「黄鱔長，綫雞短。青天白日兵戈滿。黑錢去，紅錢來。山橋野店雞犬哀。殺人不償命，都冒古名姓。夜來假面劫鄉人，平明縣堂充保正。刀爲益州劍爲閣，天何不將此輩戮？安得再來關内侯，盡使帶牛兼佩犢？」只以謡諺近語入詩，而古質自不可及。

洪稚存天分既高，學力又富，餘事作爲詩歌，莫不精穿溟涬，鋭走雷霆。惜此才晚出，未獲與竹垞、稼堂諸公掉鞅詞壇耳。其十五歲時，讀書北郭鄰翁家。翁憐其貧，欲以女妻之，聞已有所聘，乃止。稚存感其意，作《郭北篇》云：「兒家城東偏，翁家郭北隅。附翁錢一千，伴翁兒讀書。讀書書何多，翁言兒大好。枉生七八男，無如此兒矯。翁言欲壻兒，設此堂上尊。十三名家息，十五廉吏孫。兒言苦濡澀，坐客顧告翁。强自致一辭，奈此兩頰紅。兒宗實蕭蕭，母淚復縷縷。前織一匹縑，已聘貧室女。門前田十雙，屋内錦十箱。翁言雖至誠，厚意固不當。」即其少作，風格已自不凡。

四川張船山檢討問陶，才力不減洪稚存，兩人俱豪於飲，情好亦最篤。楊蓉裳有《柬檢討詩》云：「君昨示我詩，曠代驚奇才。猛炬出犀焰，寒星迸驪胎。」可想其才之横絶一時矣。尤工於七律，其先世有官皖江而祀於宋四賢祠者，船山過其地，有句云：「功名立後田園盡，恩怨消時俎豆公。」

竹垞最不滿於張魏公，晚年《謁韓蘄王墓》詩，猶有「輸與喪師張魏國，史家具狀得徽公」之句。嚴海珊亦有句云：「傳中功過如何敘，爲有南軒下筆難。」較之明江盈科詩「子聖焉能蓋父凶」，更見措詞之妙。

管韞山《論近人詩絶句》云：「富平李與郃陽王，驂靳三原有漑堂。何事秦人少真識，誤憑弱水作津梁。」蓋皆關中詩人也。余在同州時，各購其遺集。李天生因篤《受祺堂集》卷帙既多，瑕瑜互見。王幼華又旦《黄湄詩選》，經漁洋手訂，決擇頗精，洵足以行世傳遠。孫豹人枝蔚《漑堂集》購之未得，而杭堇浦謂《漑堂》三集具在，詩文粗惡，浪得虚名。則《今世説》所云「豹人以詩文名天下」者，亦不無溢美矣。《弱水集》乃蒲城屈悔翁復所著，悔翁於乾隆初年薦舉鴻博，詩筆纖俗，好作大言，當時同徵諸公已有譏之者矣。至其注漁洋《秋柳》詩，泥「白下」、「洛陽」、「帝子」、「公孫」等字，妄謂憑弔勝朝，尤爲穿鑿。

「詩貴有禪理，勿入禪語」。此就釋子之詩而言則可，若儒者立言，原本性情，關乎人倫日用，自應光明俊偉，昭然若揭，方爲出言有章。即好作理語，如白沙、定山一派，且爲大雅所勿取，況近於禪耶？今人慣學口頭禪，那得不斥爲野狐外道！

青芙蓉閣詩話卷下

桐鄉陸元鋐彡石

律詩須争起手。一起得勢，以下便迎刃而解，此力争上游法也。能得此法，思過半矣。近人中，五律如施愚山閏章《送梅子翔》云：「朔風一夜至，庭樹葉皆飛。孤宦百憂集，故人千里稀。」顧鶴巢大中《登歌風臺》云：「一劍收秦鹿，秋風萬里心。悲歌誰掩泣，壯士已成禽。」汪于鼎洪度《送黄扶孟》云：「從來經易水，誰不念荆軻。有客自驅馬，秋風正渡河。」錢稼軒維城《諸葛武侯祠》云：「若非天下士，何以拜先生。魏晉無良史，雲霄自大名。」蔣心餘士銓《掃葉樓》云：「落葉掃不盡，幾年存此樓。天空群木老，寺古一山秋。」周漢川元涪《淮陰釣臺》云：「如何臺下水，今尚作哀聲。天靳王孫食，人傳漂母名。」畢秋帆沅《漂母祠》云：「誰知千載後，香火感荒村。我陋千金擲，人高一飯恩。」此皆起調之最高者，學者從此種著眼，駸駸乎入盛唐之室矣。又有一種以澹遠勝者，如于涵一養志《不寐》云：「秋風吹白帝，枕上落江聲。」沈芝岡懋華《渡江》云：「路盡鳥飛外，微茫一葉舟。」謝皆人芳連《溪村》云：「早起杏花白，飯牛人出門。」吴穀人錫麒《晚渡》云：「一鳥入寒色，數峰斜照餘。」此數聯亦爲起手高格。

七律亦有破空而來，以起手争勝者。如馮文毅溥《漢文帝幸代圖》云：「漢帝當年歌大風，歡留父老樂融融。誰知將相和調後，更有君王賞讌同。」王子側士祜《渡揚子江》云：「長江不盡來荆蜀，天塹平分控五州。地近沈舟悲戰伐，人從擊楫想風流。」葉星期燮《京口》云：「朔風動地大江鳴，猶説南徐北府兵。鐵鎖幾人籌異代，布衣終古悔成名。」朱竹垞《雲中至日》云：「去歲山川縉雲嶺，今年雨雪白登臺。可憐日至長爲客，何意天涯數舉杯。」陳其年《秋日懷幔亭先生》云：「秋日蒼茫上佩刀，故人消息夢魂勞。石城劇報收袁粲，魯國驚聞捕孔褒。」七律中難得此龍跳虎卧之筆。少陵「群山萬壑赴荆門」諸詩，其先聲也。若專於中二聯力求佳句，則淺矣。

宋左彝助教大樽恬淡不樂仕進，好從釋子遊，詩亦絶去塵垢。所著《茗香詩話》雖非以禪説詩，而造語微妙，使人不能言下頓悟。寓昭慶寺，一夕無疾而逝，有類於禪家之解脱者。

法時帆學士式善詩能用短，不能用長。五言多王、孟門庭中語，清遠絶俗，未易問津。楊蓉裳序其詩云：「桃花流水，靈源自通。桂樹小山，清夢長往。」可以想其旨趣矣。

項墨林之孫孔彰，嘗乞酒於友人，後來索甕，而甕已破，乃作《酒甕桃花》畫幅報之。此幅今爲蔣春雨明經所得，索同人題句於上。汪雲壑修撰如洋詩云：「墨林之孫善畫兼好酒，畫日百幅酒一斗。酒乾難佐筆墨豪，不謀諸婦謀諸友。書來索甕甕已破，報乏瓊瑶情則那。折枝一幅聊解嘲，逸態寧容塵土涴。垂髫綽約神仙姝，淡素不買胭脂塗。殘甎賸瓦少形似，酒香微潤桃腮腴。麴生烏有墨濡吻，此中已覺仙源近。請君卧甕尋醉鄉，定有漁人賦招隱。蔣君嗜古癖最深，得來此紙珍璆琳。晴窗示我玉叉挂，宛然攜酒花下吟。詩成試問花知否，花已沈酣欲墮襟。」此詩《葆沖書屋遺集》不載，亟録之。

孫淵如觀察星衍嗜六書之學，於許叔重信之最堅。嘗題李斯泰山石刻後云：「我言嬴秦罪，在廢籀古文。改篆而篆亡，毁經而經尊。幾令周孔字，禁抑不得傳。非有叔重功，六義無淵源。」淵如夫人王采薇著有《長離閣詩集》。亡後，於乩上致《寄外》八絶，自言尸解仙去，居忉利東宫，掌上界書三百架。故孔顨軒檢討廣森序其詩集云：「或者謂結璘有藥，弄玉疑仙。三髻雲鬟，蓬壺已隔；層波羅襪，洛浦重逢。偶作異聞，傳諸好事。則綢繆贈答，將皆戴勝之瑶觴；宛轉音聲，盡入彩鸞之《唐韵》。」其詩如《春夕》云：「一院露光團作雨，四山花影下如潮。」寫難狀之景，洵非塵壒中人所能吐屬也。

張瘦銅詩亦有學杜之作，如《廣州》云：「鶉鳥司南紀，蒼茫海國間。虎門當絶（檄）〔徼〕，龍户界諸蠻。氣類無藏蟄，精華不受閑。顛爲擎斂計，衣食到惸鰥。」氣格不減杜陵。

黄莘田任詩云：「到底不知離别苦，後身還去化浮萍。」宋玉才樂詩云：「不如飛絮隨流水，化作浮萍個個圓。」同一「化浮萍」，而用意各極其妙，絶不相犯，此足見詩人心思之巧。

孫文靖公士毅在四川時，聞逆苗滋事，即趣裝前往視師。是時，公年已七十有六，而軍書旁午之餘，猶能不廢吟詠。初至秀山，即作四首，寄僚屬和韵。中有一聯云：「流亡未復無分土，創痛方深仗稔年。」猶見大臣軫念民艱之意。

文靖公初征安南時，亦有詩云：「豈有夜郎能自大，果然飛將竟從天。」又有結句云：「軍門執法臣應爾，聖德如天本好生。」尤爲立言有體。其他如「寅霧蛟涎工揜日，丁男鴉觜慣耕霜」，注云：「安南惟諒山百里内有霜，其地一面隕霜，一面耕種，土人謂之耕霜。」「耕霜」二字頗新。

「自從和靖先生死，見説梅花不要詩」，語雖近鄙，實爲至論。梅花詩自來無佳者，和靖之「疏影」、「暗香」，差强人意耳。高青丘「雪滿山中」、「月明林下」，不免俗塵三斗矣。今人往往好作此題，以畫牡丹之筆，而欲爲姑射仙人寫照，宜爲梅花之所唾棄也。此題總以不作爲高。

周劉雲上舍爲漢，浙之浦江人。其先世官甘肅山丹縣，遂流寓關隴，貧不能歸。詩在昌黎、昌谷之間，時有用力太過處，而語奇句險，比之利劍，寧寸寸折，不爲繞指柔也。《静寧州早發》句云：「虎晴燈遠戍，蟲響雨孤城。」亦工於造句者。楊升菴所云「以雹、霜、風、雷實字爲眼，惟初唐人有此句法」。

余秋室中允集博奥嫺雅，詩書畫稱三絶。甲寅夏，爲余作《碧柳新蟬圖》，題句云：「纔從土壤舒新翼，便向清宵噪晚涼。多少池塘緑楊柳，被他調弄到斜陽。」語不必深，妙有雋味。

德州程正夫自作一棺，題曰「休息菴」，作詩云：「板屋蕭然四壁周，愚人息矣聖人休。」漁洋載之《池北偶談》。近山陽阮吾山司寇葵生亦預製𮉚器，題詩其上，有「未死何妨暫貯書」之句。均可謂達者，而阮詩較雋永有味。余昔於馮鷺庭齋壁見之，惜不能全記矣。司寇又有《西曹判筆》詩云：「狼藉雲司黑與朱，朝朝依樣畫葫蘆。三錢價本輕寒菽，一字鋒能奪湛盧。幾度停毫防出入，可憐落紙判生枯。淋漓敢快如刀筆，湘管何時淚始無。」芬芳悱惻，藹然仁者之言。其不爲羅鉗吉網可知矣。

季父竹坡公少負雋才，人皆以大器期之，惜年甫踰冠，即以瘵疾亡。詩學《才調集》一派，今亦散失無存。余幼時曾見壁上貼有《曉起》詩一首，猶記其中四句云：「宿火沈香鼎，殘花貼畫欄。句多敧枕得，妝愛隔簾看。」語皆清麗，而「妝愛隔簾看」句尤爲入微。

春橋之姪薌圃茂才鴻猷，以父含叔緣事留蜀，往省親，復因母病歸，有句云：「殊方作客憂疑并，兩地教兒去住難。」悱惻動人，亦非至性人不能道，惜生命不諧，年甫四十而歿。

家中丞朗夫先生耀，居官清介，不名一錢。相傳其歿後爲神。癸卯歲，曾謁見於嘉興之切問齋，清言娓娓，俱可作格言讀。著有《扣槃集》，余少時曾見之。嘗有句云：「諸事退飛如宋鷁，不妨吾作後時人。」胸次沖淡，已可略見。又嘗作《王昭君詞》，謂：「世詠昭君，都據《西京雜記》，謂元帝案圖召幸，宮人皆賂畫工，多者十萬，少亦不減五萬。昭君自恃貌美，獨無所賂。工人乃醜爲之圖，帝遂以妻匈奴。夫漢元即富過往時，而未幸之宮人，安所得此多金以賂畫師哉？宮廷跡閟，誰代爲游談通賄者？至其輦金暮夜，亦豈漫無呵禁？固近誣不可信也。自梁王叔英妻劉氏詩曰：『丹青失舊儀，玉匣成秋草。』由是陳後主則曰：『圖形漢宮裏，遥聘單于庭。』隋薛道衡則曰：『不蒙女史進，更無畫師情。』沿至唐人，遂爲典實，梁以前初無此説。爰作此詞，以貽好事。」詩不具載，節録序言，以正文人沿襲之謬。

商寶意《上冢歌》云：「生前有酒不成醉，酩酊年年到子孫。」較之鄂西林相《掃墓詩》云：「一陌紙錢三滴酒，幾家墳上子孫來。」更爲藴藉有味。

畢秋帆《咏燕來筍》云：「碧玉剛三寸，雕梁又一年。」人皆稱之，然猶未離色相。不如金壽門《咏苔》云：「小雨偏三月，無人又一年。」更爲不著一字，天然湊泊。若意取雙關，超脱而又精切，則莫若《隨園詩話》所載《咏燭》云：「只緣心尚在，不免淚長流。」尤見詩人咏物之意。

袁子才，人皆推爲詩人，未嘗以循吏目之也。然如《沭陽雜興》云：「獄豈得情寧結早，判妨多誤每刑輕。」使司牧者俱能常存此心，則百姓受益不淺矣。至如《丈洲絶句》云：「長官作奏須珍重，賦入司農鐵鑄成。」則關係民生甚大，尤爲通達治體。

袁子才有句云：「不先詣客來還答，最愛看書過亦忘。」與吴梅村詩「不好詣人貪客過，慣遲作答愛書來」風調相似，而氣味較薄。

吴縠人祭酒錫麒工詩善書，美鬚髯，飲酒亦未嘗見其醉，望之者如玉局仙翁也。所著《有正味齋集》，五言古近體，大約得力於其鄉樊榭先生者居多，而七古則非樊榭所能抗行也。晚年刊定其稿，則集中如《泰山摩厓銘》、《出古北口》等篇，俱已删去，殊爲惋惜。或所詣益純，别有所見，未可知也。

縠人篤於友誼，自嚴江歸，聞其友沈朧莽病劇，急往視之，但及一執手而已。哭之以詩云：「我作孤遊君獨愁，獨愁春去又成秋。半年愴我方歸棹，一病聞君已卧樓。舊事可憐如夢過，輕帆幸不被風留。只争片刻猶相見，得見能教不淚流？」一氣旋轉，字字從肺腑中流出。今亦不載。

應酬詩以不多作爲佳，而好名之人，往往不免。遇有貴官上客，及一時名下士，無論相知與不相知，輒勉作數首，登諸集中，以示其交游之廣，何見之陋耶！毛西河文筆縱横，雄視一代，當時浙中諸名家，惟竹垞可與抗行。爲詩近萬首，嘗自言酬應者十九，宴游者十一，登臨感寄無聞焉。工拙概可知矣。《西河集》中不少登臨感寄之詩，而其言猶若此，亦可見應酬之作不宜多見，不必竟如搢紳一部也。西河詩以唐爲宗，歸愚宗伯謂其《打虎兒》一篇爲集中拔萃之作。雖未足以概西河之詩，自是正論。近來阮芸臺中丞稱其「三月暮春行海畔，兩年寒食渡江東」、「歲暮他鄉還作客，春來何處不思君」兩聯爲天然湊泊，則語太鬆脆，漸近宋人，恐非西河得意之筆也。

洪昉思昇爲漁洋入室弟子，相傳其道經烏程縣之南潯，墮水而歿。或又謂其甲申夏泊舟烏鎮，因友人招飲，醉歸失足墮水死。生負異才，而不免於捉月懷沙之厄，良可悲已。偶閲仁和王百朋錫《讀〈稗畦集〉》詩云：「烏烏痛深寒雨夜，脊令音斷白雲天。關山暗灑思鄉淚，花月都成恨別天。」知昉思少罹家難，客遊京師，其《長生殿》諸院本，俱以寫其抑鬱無聊之思。讀者當哀其志，勿徒艷其詞也。至謂楊妃以六月朔日生，明皇於是日命梨園小部奏《荔枝香》新曲於長生殿，故昉思亦以六月朔日死，則文人好奇之論，以資諧噱可耳。

嘉興錢文端公陳群生有異稟，讀書得神解。嘗謂昌黎《石鼓歌》「孔子西行」二句，一篇喫緊處也。若無此二句，則石鼓出落處未明，且後人疑上「陋儒」二句，安知孔子非其人耶？作詩人不具此節制，作不得詩。著有《香樹齋集》，沖和淵雅，風格遒上，誠有如陸堂先生奎勳所云：「當其弱冠里居，孝親友弟，睦姻族戚，所謂仁義之人，其言藹如。及乎壯歲登朝，忠於君，信於友，志在行道濟時，兼利民物，則猶少陵之許身稷契，而昌黎之洞視萬古，愍惜當時者也。」集中《古意》一篇，反《楚詞》「佚女」之意，寓聖明遭際之隆，爲自古詞人所未及。蒙温旨褒賞，入國朝書畫上等。母陳太夫人工繪事，自稱

「南樓老人」。文端幼時，家中落，嘗於紡績之餘，鬻畫以供饘粥。集中有《敬題夜紡授經圖》一篇，并蒙御題二斷句，以奬母德子孝。如公詩真有得於聖人教人學詩之旨矣。

袁子才詩，如《巴陵道中》云：「山縣城荒關店早，戍樓鐙遠泊船遲。」《到江口》云：「海色夜涼雙雁語，江心人静一鐙來。」《挂冠》云：「未能閉閤常思過，且乞還山再讀書。」《題慶雨村詩册》云：「自無官後詩纔好，但有春來病即消。」《病瘧》云：「衰年一病先防死，騷客三生最怕秋。」此數聯情景都到，令人擊結不盡。若「萬古少圓惟月色，四時多恨是春心」，則力很而無餘味矣。

沈青齋觀察之母孔太恭人繼瑛，幼習經史，兼事吟咏。于歸後，家甚貧，觀察弟兄皆親自督課。嘗有《寄外》詩云：「窗下看兒温魯論，燈前教婢揀吴棉。」又云：「夜枕先愁明日米，朝寒又典過冬衣。」皆紀實也。及觀察既貴，猶時以古來之先豪侈而後困窮者爲戒。嘗云：「惟儉可以自養，亦惟儉可以養人。」又嘗謂觀察云：「汝得廉俸已厚，毋慮不足而多取一錢，毋恃有餘而多費一錢，庶緩急有足恃耳。」相國嵇文恭公喜其語，手書「慎一」二字以顔其齋。

翁覃溪視學廣東，作《粤東金石略》，附記《蘇佛兒》一條云：「乾隆三十五年，莅瓊南試竣，謁蘇文忠公祠，有青衿迎者，稱文忠後人，持家譜一帙，云：『公在儋耳娶符三婆，生一子，名佛兒，留海南，今其後也。』然無由直斷其僞。今年秋，學官來省，曰：『此人所恃譜内一語，與王氏年譜合，曰「蘇公渡海，歸至廉州，於合浦清樂軒有寄蘇佛兒語」耳。』因檢王氏年譜，非『寄』字，乃『記』字。檢公集，此文是八十老人蘇佛兒來與公論契，而公記其語，豈公之兒哉？」閲之。（下缺）

海鹽家孝廉太沖以謙，目短視而好學，至老不倦。篤於内行，與其弟和仲明經以誠恂恂友愛，猶不啻推梨讓棗時也。丁酉秋，與余同寓吴山之青衣山房。山空月上，輒自誦生平得意句。記其《林處士墓》云：「明時清節同巢許，蓋世勳名讓范韓。」

錢竹汀宫詹大昕長於考據，詩亦不苟作。《荆軻里》云：「成敗論人易，從容舍命難。」不用本傳一語，自然入妙。又《安陽弔韓侂胄》云：「一樣北征師挫衂，苻離未戮首謀人。」尤爲平心之論。嘗手批漁洋《古詩選》，謂吴淵穎之學韓、杜，徒有其貌而已。議論似高於漁洋。

宋周方泉《金塗佛塔歌》：「錢王本是英雄人，白蓮花現國主身。蛇鄉虎落狗脚朕，何如錦袍玉帶稱功臣。」未曾確指爲忠懿也。竹垞謂鄉人蔣爾齡得一版，作「放下屠刀立地成佛相」，周青士所目擊。是竹垞固未之見，故謁稱武肅，而繫周詩於後。趙味辛舍人懷玉藏有一版，縱二寸有奇，横約寸半。陽面佛像已漫漶不可辨，其陰有「吴越國王錢宏俶敬造八萬四千寶塔，乙卯歲記」十九字。下有「人」字，蓋編次意也。吴竹橋儀部蔚光有長古一篇，以證竹垞之失，惜其詩不稱。竹橋又有《道士洑》詩云：「舟上與水争，若車鍥其軸。十進九成退，以風鼓之速。舟師健於虎，至此牛觳觫。攝魄歸一心，貫精入雙目。」可謂游神溟涬，挫思毫芒。

蕭山汪龍莊大令内行純篤，所著《佐治藥言》、《臆説》、《庸訓》等書，俱有關於世道人心，不徒作紙上空談也。其令寧遠時，輿中得句云：「長憂官折兒孫福，難副人稱父母名。」又病中自製輓聯云：「賸有餘慚名過實，差無遺憾死如歸。」真不負心語。

同年沈芷生清瑞，初名沅南。劉石菴參知視學江南，特加賞識，謂「此生如芝草鳳皇，清時之瑞也」，因易其名曰「清瑞」。十六歲時，賦《廣陵懷古》詩云：「瓊花有恨無雙蔕，明月多情只二分。」爲衆所艷稱，而年命不永之讖，已兆於此矣。詩學齊、梁，而絶去其佻巧之習。殁後，石琢堂學使搜其遺集，刻之楚中。卷頁無多，昌黎所謂「流落人間者，泰山一毫芒」也。

李敬堂大令集，《梅里詩輯》謂其詩多雄偉奇傑之作，無纖靡佻巧之音。今讀之，信然。嘗見其《岳忠武墓》詩云：「道服已傳韋太后，墓門猶説賈宜人。」能洗去「三字獄」、「十年功」一切陳語。尤工古文，有云：「書如水，我則如魚。使一日無水，我能爲涸轍之魚乎？」非深知書味者，不能説得如許親切。

檇李多詩人，而梅會里爲尤稱極盛，不獨朱、李二公也。如王介人翃之「前路夕陽外，行人春草中」，沈山子進之「梅花高館落，春草斷垣生」，王邁人庭之「一艇獨歸雨，千山相對雲」，張博山劭之「老樹得秋色，空庭留夕陽」，李敬堂集之「出郭野梅放，到門春水生」，許晦堂燦之「風雨又寒食，鶯花非故園」，皆非滌筆於冰甌雪椀而寢饋盛唐諸家者，不能道也。

崔不雕華，太倉之直塘人。予主婁東書院時，詢所謂「直塘一鶴」者，罕知其名。其詩如「丹楓江冷人初去，黄葉聲多酒不辭」，殊未見其佳處，而人顧艷稱之，目之爲「崔黄葉」，不可解也。予謂不如其《宿靈隱寺》詩云：「此中枕簟客初到，夜半梧桐風起時。」猶有生趣。

「浮渲梳頭宫様妝，春風一曲杜韋娘」，劉禹錫《席上贈妓》句也。楊升菴謂「浮渲」字妙，畫家以墨飾美人髻髮，謂之「渲染」，近人罕有用此二字者。漁洋曾有詩云：「黛螺幾斛藥匳隨，浮渲新妝淺淡宜。記得稿砧詩句好，晚晴山色斂眉時。」此詩《精華録》不載。

余舅氏施借林曾錫先生少有文名，兼工詩賦。曾記其《杏花春雨江南賦》云：「聽消息於聲中，明朝深巷；助斷魂於村外，何處行人。」清麗中殊有惻愴之致，遂爲生不永年之讖。丁卯中副車後即殂謝，今後嗣不振，遺稿久已散失。配金孺人，以節孝稱，亦工吟詠。嘗有《病中寄外》詩云：「多事日長添病課，一窗花影校醫書。」爲時所稱。

康熙己未鴻博，兩浙考取者，尚有一等之倪燦，字闇公，錢塘人；汪霦，字朝采，錢塘人；陸棻，字義山，平湖人。二等之沈筠，字開平，仁和人；陳鴻績，字子遜，鄞縣人。此數人自必各擅詞章，家有藏稿。阮雲臺學使輯《兩浙輶軒録》，惜皆未曾采入。

揚州張世進《哭幼女》詩云：「閒中尚悔醫師誤，愁裏偏逢乳媪來。」太倉黄〔燮〕鼎《悼亡》詩云：「無多奠酒諳卿量，未就埋香諒我貧。」情至之語，不減香山。

壽詩絶少佳者，然或述其生平出處之迹，彼此交好之素，尚有出語真摯、不落頌禱浮詞者。至新婚詩，不過少年狡獪，遇此等題，輒復塗飾滿紙，備極搔頭弄姿之醜態，存之稿中，讀者欲嘔。若袁子才《賀陳古漁新婚》詩「阮修婚費名流助，張祜才華女子聞」、「貧士家原須健婦，高人妻亦唤先生」，超妙絶倫，足使郤扇一顧，粉黛無色。

趙雲崧《甌北詩鈔》五古太涉議論，七古才力恣肆，或非正聲。七律遠宗放翁，近學初白，其使事典切處，正不易及。今録其尤者數聯，如《鄴城懷古》云：「英風馬上鮮卑語，老淚尊前勅勒歌。」《赤壁》云：「烏鵲南飛無魏地，大江東去有周郎。」《金川門懷古》云：「削藩禍起書生計，負扆圖懸叔父名。」《題吳梅村集》云：「仕隱半生樗散跡，興亡一代黍離歌。」《崑崙關詠古》云：「何必梁公爲遠祖，不妨季布是黥奴。」皆不愧作者。

陽湖劉芙初嗣綰編修，楊蓉裳之高足弟子也。余未識其人，嘗於蓉裳案頭見其吟稿，中有《送巢松下第出都將省親潮州官舍》四律云：「酒客如塵散，離人共葉飛。開顔今日乍，識面此才稀。浪跡容歌哭，浮名有是非。大江休濯足，先浣洛陽衣。」「往者征南日，從軍意氣豪。詩篇追杜甫，羽檄數韋臯。馬骨行邊瘦，鯨身蹋浪高。即今搖筆去，天半落風濤。」「遽作風塵别，仍衝瘴癘行。流亡誰議撫，游惰盡談兵。海鱷驅無力，天狼射有聲。賈生能慟哭，何策荅昇平。」「海氣南荒暗，河流北地渾。以余勞歲月，羨子侍晨昏。柳罷纏綿意，楓來黯淡魂。相思腸百轉，一昔繞吳門。」悲壯淋漓，骨采内藴，是真能以浣花翁爲崑崙墟者。

杭堇浦世駿《道古堂集》尚不離乎學人之詩，而考據典博，自是竹垞、西河一流人物。即其手批《漁洋精華録》，如批展子虔《高歡歸晉陽圖》云：「元郝文忠經《陵川集》中亦有此題，乃高緯，非歡也。」《宣和畫譜》有《齊後主歸晉陽圖》六幅，益知郝集有所據也。綿津、漁洋惜未見此書，品題皆謬。」又批《顏修來寄孔廟碑十二種》云：「孔廟漢隸碑計七通，曰《禮器碑》，曰《禮器碑陰》，曰《禮器碑側》，曰《五鳳二年碑》，曰《建寧元年碑》，曰《建寧二年碑》，曰《建寧三年碑》，曰《孔宙碑》，曰《孔宙碑陰》，曰

《孔文禮碑》，曰《孔謙碑》，曰《孔彪碑》，曰《孔彪碑陰》，曰《孔宏碑》，曰《乙瑛碑》，曰《鍾太尉碑》，曰《魏陳思王碑》。除去碑陰、碑側，應有十三種。其詩中『龜龍或虧缺，蛟螭無錯互』二句，『龜』指碑陰，漢碑無飾龍，復何所指乎？『蛟螭』尤不可解。」其他評駁者，不勝縷指，雖或有意從嚴，亦可以正隨手援引之誤。

漢分烏程、餘杭二縣之地曰武康，浙西下邑也。時出異才，往往昌於詩，而嗇於遇。近時如高東井文照孝廉，風藻艷發，天才掞張，人皆以柯亭劉井閒期之。而生命不諧，卒以客死，且無子，其窮殆有過於東野者。詩多散失，所傳者僅見之諸家選本中。曾記其《金廣文新葺樓亭落成》句云：「南人結屋都如舫，東里窺鄰不隔牆。」雖偶然小詠，而娟秀如西湖春柳，綽約可愛。近又有徐渭揚熊飛孝廉，其才不減東井，而學不療飢，亦不能不歌《行路》之難，而賦《登樓》之恨也。

桐鄉朱瑜仲玨，余少時即來定交，題余《夢花樓初稿》有「玄鶴唳九天，讐彼鷰與鶯」之句，竊愧故人之稱許過當也。其詩古體宗漢、魏，近體亦不落大曆以後，特以臨摹太過，或不免痕迹未化。客閩中數年，殁於海外。壬戌歲，余奉諱家居，其子小鶴以遺稿乞余點定，則客中諸作皆頹放，而無復向之遺響矣。猶記其少時《擬昌穀雜謠》一篇，情景逼肖，口角如生，音節俱從古樂府得來。

吳白華省欽總憲詩，人或以餖飣病之，然尚不失爲正派。如《蒲州》云：「到海長河尊一柱，度關太華俛雙旒。」《武昌懷古》云：「周家班爵遥封子，鄂國分支競僭王。」《南天門》云：「直北關山浮魏闕，自西風雨蔽崤陵。」《雞頭關》云：「豁達星辰中土斷，蕭寥鐘鼓上方寒。」《赤甲山》云：「晚照一天標石色，斷流九地枕江聲。」《雨抵（榮）〔滎〕經》云：「人家聚落空嚴道，漢相威名始孟橋。」《初抵成都》云：「豈有山川歸李特，更無父老怨唐（家）〔蒙〕。」《陳壽墓》云：「勸進有文懸漢室，辨亡無論斥吳侯。」《王文成誓師處》云：「卧壁條侯真破敵，行營丞相故懸軍。」以上十數首，尚爲七子中之矯矯者。

漁洋《蜀道集》自爲《帶經堂全集》之冠，葉文敏公謂其有十二分力量，如獅子搏象，皆用全力，後此罕有能繼之者。白華詩如《益門鎮》云：「前峰盤後峰，峰上太古雪。百蟲不到處，石骨釀枯蘖。奇勢抗蹇嵼，真氣祕菀結。澤垂人涕長，血灑馬蹏熱。」《煎茶坪》云：「隨轉隨上坡，坌湧立四壁。燭龍儵吐空，炯碎蕩心魄。孤青界積素，乘氣混開闢。下坪魂稍蘇，捽髮受一擲。」《馬鞍嶺》云：「磨牙伺奇鬼，猨玃伴宵哭。百上始絶陘，一下即墮谷。力持軒輊交，伎倆見差熟。」《觀音碥》云：「非無倒馬虞，且努鰲行力。崚嶒幾扇屏，扇扇堤欹仄。晴天打急雨，白練中深墨。」皆視學川中時作，尚堪繼武漁洋。

淵明《乞食詩》云：「銜戢知何謝，冥報以相貽。」古人一飯之恩，不敢忘報，然猶託之於身後而已。蔣心餘詩云：「更恐瑶環無處覓，可憐人怕受恩深。」用意更進一層。人能常存此心，自不至徒呼負負矣。讀之令人愧悔俱集。

查儉堂中丞禮《石經洞觀隋静琬法師所刻佛經》詩云：「遥思隋時歐褚猶未生，筆蹤乃爾多精英。恐是貞範先生劉元平，或者司隸大夫薛道衡。」妙能從空落想，惜後幅太覺冗長，頗類仲宣體弱。

宋澹思嗚珂進士恂恂自好，詩亦不染宋、元習氣。戊申冬，需次在京，同作消寒會，酒酣輒自誦其詩。猶記其《讀宋紀》云：「定應再世生孫皓，可免中朝送彦回。」《行經泰山遂謁嶽廟》云：「幽有鬼神資翊贊，古無封禪亦尊嚴。」相與激賞不置。嗣因中城指揮需人，澹思適得此缺，鬱鬱不樂，竟以佩刀自剄而死，亦文人中之命厄者也。戊辰余重遊蜀中，於其弟雲墅鳴琦處見其新刊遺稿，則前二詩已删去，不復存矣。

紀文達公《我法集》載其先德姚安公云：「詩須百鍊而成，成時乃老嫗可解，方是上乘。用典如水中著鹽，飲水方知鹽味。如所用典故，非注則不省爲何語者，決不是天然湊泊之句。」此論深得詩家三昧。公不以詩名，而持論如此微妙，惜未得其家藏詩集讀之也。

歸愚宗伯嘗有句云：「半壁夕陽山雨歇，一池新漲水禽來。」句不必奇警，而風華韶秀，自非中唐以下所能及。循誦一過，覺明七子之鋪排門面，自詡盛唐宗派者，真不免傖父面目矣。宜尤滄湄之歎賞不置也。

敬堂之子厚齋明經旦華，生有異禀。童年即貫通《太玄》、《元包》、《潛虚》諸書，繪圖默視，能探其底藴。稍長，用力於史，著有《十六國春秋世系表》二卷，以補萬氏之漏略，《後唐書》若干卷，起天祐四年至宋開寶八年，唐爲正統，以正歐《史》及《十國春秋》之失。其《題馬令〈南唐書〉後》云：「君亡國未亡，正朔在天祐。」大義懔然，《春秋》之筆也。

元人詩曰：「老不甘心奈鏡何。」錢文敏公有句云：「肯信吾將老，其如明鏡何？」命意雖同，而用作起句，便覺突兀可喜。

詠物詩亦須小中見大，同年彭侍御希洛配陶慶餘《詠鸚鵡》句云：「一夢唤回唐社稷，千秋留得漢文章。」超妙而不落小乘，不意出自閨門之筆。

吴梅村詩，人但稱其七古、七律，而不知其五古沈雄悲壯，具體杜陵。如《遇劉雪舫》、《哭志衍》、《臨江參軍》、《南廂園叟》、《直溪吏》、《臨頓兒》等篇，一時無與儷。至其情文相生，聲有餘哀，則各體皆然。讀者略其迹，原其心可也。維揚王載揚藻《題梅村集》詩云：「百首淋浪長慶體，一生慚愧義熙民。」語欠藴藉，絶似里老罵座，殊失詩人忠厚之旨。

温厚和平，詩之教也。故其入人也至深，而其感人也亦最捷。得其旨者唯施愚山，爲非諸家所能及。公由部郎分守湖西，時軍餉嚴迫，屬邑多逋賦，追呼急，輒相聚爲盜。公作《勸民急公歌》，召諸父老，垂涕而諭之。父老見公長者，相率輸將恐後。又遍歷崇山廣谷，備悉民間疾苦，作《彈子嶺》、《竹源阬》諸篇，以告諸長吏。讀者感泣，比諸元道州之《舂陵行》，而民亦相勸輸賦，各郡盜風皆由此息。仁人之言其利溥，豈獨「朔風一夜至」一篇爲驚心動魄，一字千金，不愧《古詩十九首》也哉！

心餘編修《忠雅堂集》，未嘗不寢饋於山谷，而絶不爲西江派所染，故其詩騰踔陵轢，如鞭赤虬蒼螭，而上下於彩虹碧落之間，未許下界人窺其鱗鬣。而余所尤心折者，詩中遇有闡揚忠孝等事，不獨激昂悲壯，感動一時，抑且詳其姓名及其年月，使千載下如見其人，居然龍門史筆也。以視調鉛吮粉、滿紙妓名者，不啻蜣蜋之於蘇合矣。

潘稼堂詩，跳宕不及竹垞，而雄深渾厚，如對古尊彝，另有一種肅穆氣象。集中七古，如《別裁集》

所選諸篇，雖同時被徵諸公，罕有與之抗敵者，黄唐堂之雋豈能駕乎其上哉？《隨園詩話》乃謂唐堂七古遠勝稼堂，又謂潘稼堂詩不如黄唐堂，以一木而一靈也。偏僻之論，令人作十日思，未得其解。

竹垞不喜黄山谷詩，《題王給事過嶺集》云：「江西宗派各流别，吾先無取黄涪翁。」可以識其意旨矣。自竹垞殁後，槜李之言詩者，如錢載、王又曾、祝維誥、萬光泰及二汪孟鋗、仲鈖諸公，大率以山谷爲宗，操唐音者如《廣陵散》矣。梅里許晦堂燦起而振之，雄豪磊落，縱横莫當，一掃生硬枯淡之習，不獨《燉煌》一集有秋笳曉角之音也。嘗慕禹穴、蘭亭之勝，遊山陰，與越之詩人童二樹鈺相唱酬，人或比之皮、陸，未足與言晦堂之詩也。

嘗謂作詩者必纏綿悱惻，出乎心之不容已，而後借吟咏以宣其志，不如是，寧不作也。詩篇益富，詩道益衰，無所爲而爲之，可以已而不已，性情之不存，勸懲之無當，尚足以言詩哉？

吴澹川文溥《南野堂集》，七古尚未到家，五古學淵明，時亦有近太白者，五律宗尚王、孟，頗具標格，而於起調尤爲著力。如《雪後晚眺》云：「殘雪欲無白，暮寒溪水生。」《沈二振鵬西行》云：「不覺送君去，居然萬里人。」《初夏泛舟白蓮塘》云：「不信春歸去，開門眺夕陽。」《蓮隱精舍訪樸上人》云：「一棹落花裏，孤村春水香。」《淮南》云：「自古悲秋地，淮南落葉多。」《蒼鷹》云：「白日走蒼氣，一飛無九垓。」《秋感别諸友》云：「隔浦怨横笛，瀟瀟江上秋。」《送汪孝廉歸吴門》云：「海月對愁生，霜天送客行。」《和友人秋夜黄鶴樓相憶之作》云：「萬古青天月，飛來黄鶴樓。」《次沙縣》云：「峽樹萬行秋，滄江急暮流。」《寒食掃墓》云：「目斷荒岡外，高高但有天。」《獨秀峰訪小顛上人》云：「看老青山色，雲中一個僧。」《楚江秋思》云：「秋色來天地，滄江一夕風。」《簡楊二崇治》云：「聞君歸思急，未別已淒然。」《陶朱里》云：「落日看飛鳥，孤蹤何處尋？」此數首俱非寢饋於盛唐諸家者不能道。芸臺中丞稱爲浙中詩士之冠，未免推許過當，要不失爲鐵中錚錚者也。

詩以言情，情之正者，孰有過於忠孝？故聖人教人學《詩》，興觀群怨，即繼之以事父事君。誰謂詩不本之於忠孝哉？乃世之言詩者，遇有談忠説孝之作，輒目之爲腐。曾記（李）〔季〕天中開生有句云：「雞鳴夢訝參朝晚，烏哺心傷進膳違。」汪舟次楫亦有句云：「客夢無多時上冢，君恩未報敢思鄉？」忠孝之人，其言藹如，何嘗近於腐哉？人無芬芳悱惻之懷，而好爲浮薄纖佻之語，甚或譏彈嘲笑，等於劉四罵人。下而至於調鉛吮粉，以韓致光《香匳》詩、王次回《疑雨集》爲枕中秘，非不風流自賞，而不知其得罪名教已不淺矣。學詩者尚其知所本哉。

鄭板橋燮常刻一小印云「麻了頭鍼綫」，又一印云「徐青藤門下走狗」。鄭燮玩世不恭，足資諧噱。書畫俱極怪恣，詩亦取其適意而已。如《揚州》云：「千家養女先教曲，十里栽花算種田。」《秋夜》云：「滿階蕉葉兼梧葉，一夜風聲似雨聲。」乃其集中之最佳者。丙辰成進士，初宰濰縣，後調范縣，以歲飢爲民請賑，忤大吏，罷歸。嘗有詩云：「長官好善民已愁，況以不善司民牧。」人初以狂士目之，而不知其實爲循吏也。賢者不可測，吾於板橋見之矣。

曹習菴仁虎學士詩，余幼時於《七子詩鈔》中見之，皆少作也。蘭泉司寇《蒲褐山房詩話》載其七律中雄渾之語，如「雙峽天低連雪嶺，五丁地險接維州」、「校尉盡看紅帕首，材官齊號黑雲都」、「奸細幾曾誅趙信，征人空見老班超」、「紫霧千盤開漢碣，碧霞四氣拱秦封」、「西京專閫推横海，東漢登壇數伏波」、「初添蜀郡三城戍，更遣秦川四道兵」、「執法烏臺秦御史，談經絳帳漢儒林」，高華典貴，陳卧子、吴梅村之流亞也。而《湖海詩傳》俱未載其全篇，七古録其疊韵之作，多至十餘首。人之嗜好，實有不可解者。

宋葉水心於《竹枝》、《柳枝》之外，創爲《橘枝詞》。汪鈍翁亦嘗擬作，近見時人詩集中，顧涑園光別作《桃枝詞》云：「昨日中酒今日遊，日日醉歸湖上頭。美人到底不經老，桃花到底不經秋。」「吴中阿娘工刺船，獨來渡口與門前。柳枝唱罷竹枝唱，若唱桃枝更可憐。」王竹所初桐又作《棗枝詞》云：「秋來纂纂滿山莰，又是豳風八月時。東土不歌洞庭橘，新翻别調棗枝詞。」「樂氏移來樲棘場，樂氏棗，相傳樂毅遺種。儂家自合棗名鄉。棗花織就簾櫳樣，棗核燒爲荳蔻香。」么絃獨奏，惜無老鐵諸公爲之繼響也。

江寧孫蓮水韶清才艷思，夙有詩名。楊蓉裳序其集云：「其爲詩也，靈響獨結，僊心自超。玉壺滌毫，金門鍊魄。餐九陽之清瀣，咀五色之華芝。平揖錢、劉，高視沈、謝。海内推之者無異詞也。」曾佐阮芸臺學使衡文山左，輶軒所至，時有唱和之什。記其《登州試院》句云：「一城蜃氣天常濕，四月羊裘夏不温。」《登蓬萊閣》句云：「一閣獨臨天盡處，三更先見日生時。」

海鹽董東亭潮編修，本江南武進人，詩才清艷，以《紅豆樹歌》得名，人稱爲「紅豆詩人」。惜年命不永，早賦玉樓，遺稿亦多散失。《蒲褐山房詩話》謂其詞句凄鏘，如《感事》云：「已悲閲世同劉峻，莫更逢人説項斯。」《芙蓉池》云：「豆泣釜中空有恨，蒲生塘上更含顰。」《姑蘇懷古》云：「歌殘白苧春方醉，采得黄絲夏已銷。」《料敵塔》云：「戍捲寒沙騰櫪馬，城荒晚角下韝鷹。」《中山雜感》云：「郡控三關雄巨鹿，峰連千里走飛狐。」《劉去華詞》云：「青史幾人高諫議，白麻當日哭延英。」皆不愧作者。余尤愛其《易水旅壁或題四斷句用其韵》云：「蕭蕭易水亂雲深，壯士千秋氣未沈。我亦要離墳畔客，西風吹動少年心。」「雕弓白衛記當年，巾幗英雄莫浪傳。安得魚腸三尺水，半生恩怨説尊前。」「紛紛輕薄炫新妝，血染香丸一縷霜。不識縵纓燈下髻，丰神何似十三娘。」「落日天涯感遇遲，故將綺語幻人疑。虬公心事猿公術，知是黄衫老劍師。」詩蓋爲劍俠蓉娘作也，聲情悲壯，亦不減李十郎塞上之音。

同年仇一鷗養正，貌豐腴而性澹泊，官桐廬學博，簿書錢穀中，固未可位置此人也。嘗夢人預以死期示之，醒後得句云：「準煩宋玉招魂魄，莫向君平問吉凶。」「著屐算來能幾兩，騎牛從此話前生。」後果於是日怛化。

鄒曉屏炳泰尚書，清介不名一錢，著有《午風堂集》。五言如「疏梧不藏月，深竹解迎秋」、「晚風漁火小，細雨估船稀」、「歸僧松影外，清磬竹聲中」、「細雨高城雁，秋聲古戍笳」、「潮聲到關盡，帆影上城來」、「人歸穀雨後，門掩竹風初」，七言如「山鐘過澗初知寺，江月升舟欲上潮」、「長廊古佛明燈夜，高館秋槐聽雨時」、「霜後園林如我瘦，溪前門巷幾家新」、「山迴晴郭猶含霧，風定寒蘆不作秋」、「石磴茶香清暑後，書窗梧韵晚涼餘」、「極浦帆檣浮郡郭，秋山風雨到城樓」，蘭泉司寇謂如列子御風，泠然而善。洵不誣也。

吴蠡濤俊廉使，聰明精鋭，有匡濟才，詩亦戛戛生新，不肯拾人牙慧。五古佳者甚夥，記其近體二句云：「境美最貪茶後睡，身輕差熟夢中歸。」亦醰醰有味。

丹徒程荆南夢湘有《松寥山館詩》，造詣古淡，不染一點纖穠之習。五律如《促席》云：「促席坐寥寂，素絲琴未張。高齋客久去，滿院松花香。徑僻喧山鳥，人閒遲夕陽。稍看巖壑暝，衣袂早生涼。」《惠山》云：「迢迢十八澗，路轉復幽通。坐倚泉邊石，時來松下風。攜琴修竹裏，躡屐亂雲中。欲就愚公隱，心期或許同。」《春晚雨餘池上獨酌》云：「雲薄不成雨，夕陽開又晴。園林極幽瑟，池館悉空明。酌酒穠花發，懷人春草生。登樓起遐思，棖觸謝公情。」《晚步甘露港看桃花》云：「春雨過幽塢，芳林明晚霞。閒臨清溪水，隱見碧桃花。欲問仙源路，還來就釣槎。何當入深處，一訪隱淪家。」《立秋日偶作》云：「西堂不受暑，況復晚風清。一葉落無意，悄然秋思生。蘿陰歇微雨，荷沼作新晴。爲問淮南樹，招人若有情。」《優曇菴看梅》云：「不復似人境，好風來自東。花明鳥影外，香滿磬聲中。徑入春籬短，窗開雪澗空。只愁迷去所，隔水訊樵僮。」一勺水可知大海味矣。王敬美謂徐昌穀、高子業二家之詩，更千百年，李、何有時廢興，二君必無絶響。此種詩亦復如是。

西泠朱青湖彭豪於詩，老而不倦。爲馬秋藥之外舅。秋藥通籍後，始學爲詩，未必非泰山之力也。其論詩專以歸愚宗伯《别裁》諸集爲宗，故無纖靡之習。然句如「春當三月原如客，人過中年欲近僧」、「病餘人比寒山瘦，秋晚詩如落葉多」、「人當晚節多憐菊，天爲重陽特放晴」，聲情俱佳，而謂得力於《别裁》之旨，則未盡然也。

同年何蘭士道生水部，傾倒袁簡齋，而其詩卻不爲小倉山房所染。簡齋有《山右兩賢歌》，其一即蘭士也。由御史出守九江，再任甘肅、寧夏，少無宦情，二千石非其所樂，鬱鬱不得志以歿，人皆惜之。著有《方雪齋集》。蘭泉司寇謂其風骨清蒼，如千金戰馬，騰溪注澗，無所不宜。洵定論也。

阮芸臺元中丞德器温醇，才情宏富，自經史注疏，以及《説文》、算術，靡不參稽鈎貫，蓋非僅以詞章名世者。詩不必力分唐、宋畛域，而格調自然入古。記其《鄒縣謁孟廟晚宿孟博士》第七律云：「霸王代謝百年間，夫子風塵又轍環。若使靈臺開晉國，豈能秦石上鄒山。遺書賴有邠卿較，古廟惟餘博士閒。今夜斷機堂外住，主人燈火照松關。」視學浙江時，又有《謁會稽大禹陵》七古一篇，考據精核，筆力亦不在杜、韓以下。

上虞陳少亭愛童二樹鈺五言，爲《摘句圖》，仿阮亭之於施愚山也。然句如「蟻閒緣水過，蜂健負花歸」、「野花含子放，林鳥帶雛飛」、「竹新雲影薄，梅熟雨聲酸」、「立花蜂並翅，逐絮燕同聲」，琢鍊太過，殊欠自然，遜於愚山遠矣。余謂不如其《得舍弟書》云：「昨接殘冬札，開緘淚滿巾。聞渠寒至此，使我愧爲人。茅屋秋風坼，荒田苦雨湮。年來生計惡，何以慰亡親？」孝弟之心，溢於言表。「王子擊好《晨風》而慈父感悟，裴安祖講《鹿鳴》而兄弟同食。」讀此詩，亦應油油然生感。

桐鄉朱春橋方藹《喜兄含叔赦還故里》二律，吴澹川《南野堂筆記》謂其詩讀者酸鼻，比於東坡出獄與子由相見時光景。閱之信然。近見其《春橋草堂詩集》，如《北行有感》云：「吴根越角近遊頻，又作三千里外身。此去不堪回首憶，十年前有倚閭人。」《哭女》云：「硯匣塵封粉盝殘，花前月下總悲端。旁人一語聊相慰，只作殊鄉已嫁看。」二詩惻愴動人，字字從至性中自在流出。作詩而不本之至性，又何足以言詩哉？

韓城王文端師入贊綸扉，垂二十載，褆身清介，矢志公忠，不僅如曲江風度也，而嘗引曲江詩「美服患人指，高明逼神惡」二語以自警。五典春闈，士論允服。蔣心餘《懷人》詩云：「巍科康對山，直節李崆峒。關節不能到，孝肅將毋同？用以作人鑑，庶幾明而公。」蓋謂公也。生平不欲以文章自鳴，故著述不多見。嘗見其與門下士汪龍莊輝祖諸書，名言至論，無非律己之道，大要以脚踏實地工夫爲本。謹摘一二語，以志不忘。如云：「息足杜門，安貧自守，益徵定見不摇。貧無不可對人者，惟不貧足患耳。」又云：「子孫不以能文得官爲賢，惟願以知廉耻、明道義爲賢。窮通知有命在，讀書不爲利禄，則出處俱可自信。」又云：「近日小暇，專温習經書。從前偶有識記，尚不爲無見，亦不欲以此傳名，藉以澆灌此心。所見漸覺不同，竟不但以之養心，并可以之養身。」又云：「近日風氣，經求古義，文講金石，此各視其學識所至，大概近名之念爲多耳。多一分近名之念，即少一分務實之念。後生小子能於此處劃開界限，心地便另有一番瀟灑光景。」又云：「兒孫輩資質俱屬中平，來書謂官可不做，書則不可不讀。與愚見正同。天命、人事，各居其半，解得此意足矣。」

先君嘗館於嵇文恭公家，課其四公子承群，以道義交，賓主相得無間。己丑報罷南還，出篋中《拂珊圖》索公題句。公即題云：「兩載深情惜我遐，一尊酒盡即天涯。披圖并觸思歸興，西定橋邊日未斜。」一往情深，溢於楮墨。

海鹽俞丈是齋堤能詩善畫，少與沈雲椒、董東亭諸公絃匏倡和，麗藻流傳。獻賦被放，奔走燕趙齊魯間，爲人司筆札，亦嘗館於嵇文恭公家，與先君論詩亦極相得。南還之時，繪《春雨人歸舟圖》以贈，并題句云：「梨花酒熟雙溪店，春雨人歸八字橋。」先君藏其詩畫甚多，至今四十餘年，俱已化爲烟雲矣。

烏鎮天香閣舊爲唐武曾明經之鳳讀書之所，武曾弱歲尋親鐵嶺，不愧孝子之目。秀水諸襄七宮贊錦極稱之。所著《天香閣集》，謹案《欽定四庫全書》録入別集存目，稱其詩「多愁苦之音，擬古諸作，亦頗具體，然未能變化」。余幼時曾見古詩一册，當時不甚愛惜，隨手散去。今閣已屢易其主，問所謂唐武曾者，更不知爲何許人矣。每過其地，不勝華屋山丘之感。

蔣心餘《李貞女詩》「上日月，下冰雪，女中央，共光潔」，即此十二字，而貞女之履潔懷清，皭然不滓，已無以復加。余第三女繪華許字菱湖孫孝廉杓，因在京會試，尚未完娶，報罷南還，即以病歿。女聞之，即涕泣不食，誓不再字他姓，并欲即歸孫門，以全其從一之義。金石之性，堅不可移，惜無此巨筆爲之表揚。每當歸寧時，見其裙布荊釵，心如止水，輒不覺淚之盈盈承睫也。

（吴忱、楊焄、劉奕點校）

竟陵詩話

竟陵詩話提要

《竟陵詩話》二卷，據《鵠山小隱全集》本點校。輯者熊士鵬（一七五五—一八三八？），字兩溟，號東坡老民，湖北天門人。嘉慶十年進士，選武昌府學教授。有《鵠山小隱全集》。此書未標卷數，然前半輯録《詩歸》、彭石浪《史疑》及《吾同山館雜記》，頁碼連標；後一種摘録張清標《楚天樵話》，頁碼另起連標，故當爲二卷，今予補出卷數。全書即彙摘此數種書而成。《詩歸》作者人屬竟陵而書非限一地；彭氏未詳（或是鄧石浪之譌），當亦是楚人，書則從春秋吴越述起，秦漢、唐宋而下，末以明人兩則止，内容更非屬楚地。《樵話》話兩湖詩人，亦非專限竟陵。惟《吾同山館雜記》庶當「竟陵」之題，此書爲熊氏自撰，前半專録《池北偶談》等論鍾、譚語，後半叙其交游，亦多爲鍾、譚詩風所宗者。又引人詩謂「休論王李傳宗派，惟有鍾譚闢異途」，以錢虞山「身蒙不潔」反比鍾、譚爲「無垢人」，至認鍾、譚與袁校「一樣性靈才力大」，不免稍嫌鄉曲之偏護。雖然，其所標舉之竟陵詩風，昔日之幽峭終落於此時之平淡矣。又其所録之《楚天樵話》，與今存同治刊兩卷本文字頗有出入，或爲熊氏删節所致。

竟陵詩話卷一

《黄帝兵法詩》：語語先發制人。黄帝用先着，老氏用後着。

《箕山歌》：堯、舜熱腸，巢、由冷眼。

《採薇歌》：真有一段不滿於周之意，非獨不忘殷也。前不生夷、齊，後不生管、蔡，覺世界雷同，索然無色，不見造化與君相之大。

《忼慨歌》：優孟蓋古義俠而篤於友者。到溉輩何處生活？且不獨振其子之困，而又表其身之廉。知人哉，叔敖也。

《烏鵲歌》：何氏雉經，緑珠墮樓，敗盡千古聲色中驕矜勢力之興。

《瓠子歌》：武帝塞宣房，實有一段憫人畏天之意。所謂以秦皇之力，行堯、湯之心者也。功成而利亦溥。

《安世房中歌》：無雅頌之和大，亦無漢以下之膚近。質奥幻杳，自爲一音。在四詩爲雜霸，在漢以後爲正始。

《諷諫詩》：四言之法有兩種：韋孟《諷諫》，其氣和，去《三百篇》近，而近有近之離；魏武短歌，其調高，去《三百篇》遠，而遠有遠之合。

蔡琰《悲憤詩》及《廬江小吏妻詩》，累千數百言，詳至而不冗漫，變化而不雜亂，斷續而不碎脱，惟老杜頗優爲之。元白長詩亦本於此，特其力疲而體率也。

蘇李、《十九首》，與樂府微異。工拙淺深之外，别有其妙。樂府能着奇想、着奥辭，而古詩以雍穆平遠爲貴。樂府之妙，在能使人驚；古詩之妙，在能使人思。

「橘柚垂華實」詩：託物之旨，深婉巽順，得微賤自達高遠之意。上本《離騷》，下爲陳正字、張曲江《感遇》諸詩之祖。

〔十五從軍征〕：旅穀、旅葵，亦是從周公《東山》脱出，寫出庭户無人光景。曹氏父子高古之骨、蒼涼之氣，樂府妙手，五言古則減價矣。

有才人不必其爲朋友，有色人不必其爲妻妾。讚歎愛慕，千古一情。漢武帝曰：「憾不與此人同時。」予讀陳思《美女篇》，輒抱此想。

鄴下西園，詞場雅事，惜無蔡中郎、孔文舉、禰正平其人以應之者。仲宣諸人，氣骨文藻，事事不敢相敵。公讌諸作，尤有乞氣。

程曉《嘲熱客》，李白《嘲魯儒》，盡情盡理。每閉户讀之，大笑失聲。

嵇叔夜《幽憤》自怨自艾，自供自悔。知其所以殺身之道，而性不可化。此病總由才多識寡也。

古今極博人，下筆出口，多不能快。人謂司馬遷高才，恨其不博。予謂使其極博，恐胸中、腕中反不能如此。觀張茂先詩，有何高妙動人處？

哀至便哭，喜至便歌，不必中節，不必諧衆，而自有一往至性。如劉伯倫《北芒客舍》詩，藏細響於麤服亂頭之中，發奇趣於嶔崎歷落之外。

二陸才名，千古一辭。然手重不能運，語滯不能清，腹所有不暇擇，韵所遇不少變。「民動如烟」，大陸一生筆墨，留此四字。「天地則爾，户庭已悠」，乃是小陸佳處。

太沖筆舌靈動。《詠史》在事，卻入情；《招隱》在趣，卻入理。《嬌女》又盡情，又盡理。兒女在一二歲以後，七八歲以前，掌中膝下，真有一部鼓吹。無論後此情欲世故，依依孺慕不如前，即鼓篋後，父母胸中有成人之望，趣亦稍減矣。此太沖所以賦《嬌女》也。

「寓目理自陳，適我無非新。」真右軍通識所發，非一意孤高絶俗之流。

題是念佛三昧，却無一字禪家熟語，虚心實際，淵衷静旨。令淺躁人有着脚，是學道人好派頭。

坡公謂陶詩外枯中腴，似未讀儲光羲、王昌齡古詩。儲、王詩極深厚處，方能髣髴陶詩。知此，則「枯」、「腴」二字，俱説不着矣。《榮木》、《勸農》、《命子》詩，是小心翼翼，温慎憂勤之人。《乞食》詩無悲憤，亦非嘲戲，是尋常素位而行之人。《移居》詩是意重求友，和粹坦易之人。唐人田家詩，從《田園》等詩中出。偶然作，從《飲酒》諸詩中出。如此寄託，如此含吐，祇如感遇、雜詩之類，所以爲遠，其妙全在不枯。東晉放達，故皆少此一段原委也。

詩序與諸文不同。高僧詩文，又與文士不同。若使望而知其從經史子集中出，則不如看文士詩文矣。然一入内典語尤俗。《遊石門序》，是鄙道元筆，然鄙有其字其句，而無其篇。詩妙在文士假託不得，李太白輩無處着手。

古人舞法不傳。讀晉人《杯槃》、《白紵》二舞歌，可想其「風雨馳驟」、「水石漱激」，使人耳目不遑，心魂忽寂。常疑白帝皇娥諸七言，爲漢以後擬作，而無的據。觀此伎倆，辨之有餘。大抵於此等情艷處稍改裝，作質奥面目也。

《西洲曲》聲情摇曳，太白妙派一曲中，折開分看，相續相生，音節幽亮。其下愈盡，其上愈含蓄可味。

晉宋以後《子夜》、《讀曲》諸歌，於情艷二字，參微入妙。其發爲聲詩，去宋、元填詞途徑，甚近甚易。讀者當知其深妙處，有高於唐人一格者。然非唐人一反之。順手做去，則填詞不在宋、元而在唐人矣。

謝靈運「初日芙蓉」，顔延之「鏤金錯采」，顔終身病之。乃其《秋胡詩》、《五君詠》清真高逸，似别出一手。如對名士，鄙吝自消，不敢復言俗事。

康樂是古今第一遊山人，遊具遊情，可通今日。如「遭物悼遷斥」、「遠峰隱半規」、「芳草亦未歇」、「虚舟有超越」、「懷新道轉迴」、「懷遲上幽室」、「幽人常坦步」、「清淡索幽異」、「山水含清暉」、「乘流翫迴轉」、「空翠難强名」、「異音同至聽」、「巖壑寓耳目」、「景夕群物清」、「樵蘇限風霄」、「早聞夕飈急」、「晚見朝日暾」，如與結伴共遊，領略逼真。當爲摘句，寫置舟輿間。

鮑參軍能以古詩聲韵達樂府，五言性情入，七言别有奇響。《行路難》似晉《白紵杯槃歌》，極柔厚，極悲涼。

康樂詩，排得可厭，却不失爲古詩。玄暉排得不可厭，業已浸淫近體。其驚人處，如「風草不留霜，冰池共如月」、「日出衆鳥散」、「斂性就幽蓬」、「滅燭聽歸鴻」、「秋華臨夜空」、「折荷緝寒袂」、「微風吹好音」、「落日飛鳥遠」、「國小暇日多」、「竹外山猶影」、「高琴時以思」、「輕鳴響澗音」、「遊蜂花上食」、「揮袂送君已」、「獨此夜琴聲」、「葉上涼風初」、「墮珥答琴心」，較「澄江静如練」等句，尤爲清絶，勿爲太白所限。

沈休文在梁，猶宋之有康樂，齊之有玄暉也。然其邊幅位置，較二謝稍窄。「生平少年日」一首，字字厚、字字真，《十九首》中所難，似又非康樂、玄暉所能厝手。蓋顔延年之《五君詠》也。

江文通所擬諸詩，獨《陶徵君田居》爲妙。蓋其心手秀麗而少真至。以徵君真至一路，發其思理，則秀麗之筆，不爲浮華用，而爲性情用，所以幽細入妙。今人先無此手筆，又無此思理，而文之以枯槁膚窘，曰此「陶體」也，其誰欺？

任昉哭范僕射，情辭宛至，幾與「生平少年日」一首同妙。然沈詩是全副做到極妙處，任詩是逐句做到極妙處。「名士悦傾城」一題，不在文詞而在情，使沙叱利、党太尉輩，不敢復言好色。

陳、隋五言，不足爲律詩之始，而祇覺其爲古詩之終。由其工整後，忽帶衰響。氣運所關，心手不知。

梅花遠體遠神，妙在情，而不在事。知此，可讀鮑參軍、庾開府梅詩。

以上摘録《詩歸》。

韋蘇州《郡齋燕集詩》爲一代絶唱，惜結處不稱。及閲韋集，并附顧况和詩，俱止十六句。宋人《麗澤篇》亦然，乃知後四句爲吴中淺學所增也。

杜詩「避人焚諫草，騎馬欲雞棲」是大臣之體；「明朝有封事，數問夜如何」，是諫臣之心；「無才逐仙隱，不敢恨庖厨」，讀此知世上聰明人取禍，不得藉口「高才」二字。

以上二條並摘録《詩歸》。

《吴越春秋》逸篇載吴亡後，越浮西施於江，令隨鴟夷以終。楊升菴謂「浮」爲「沉」，反言之也。子胥死，盛以鴟夷，沉西施以報子胥也。子胥嘗欲滅越，殺句踐，長頸烏喙人，恐未必有此大度。杜牧詩曰「西子下姑蘇，一舸逐鴟夷」，以范蠡去越，號鴟夷子也。有蕭山屠生《題西施廟》云：「紅粉溪邊石，年年漾落花。五湖烟水闊，何處浣春紗。」時學使按部試越，西施夜見於夢，自白吴亡後，並未有浮湖事請絀。屠生後學憲使詣廟請罪。見《西河詩話》，並誌此以傳疑。

汝陽隱士秦鎬，字京，文行卓然，爲中州冠。著有《頭責集》。晚爲當事者疏於朝，與江左劉伯宗、江右萬時華同徵，京堅辭不就。有詩云：「潁水半瓢岩月細，桐江一線野雲寛。堪笑年來多一事，逢人争勸我爲官。」闖逆陷汝，京駡賊，求死不得，絶粒而死。《自題墓石》云：「人間貧孝子，地下老書生。」足以想見其人。

秦以全盛天下，誰敢首難？陳涉自是出頭做事人，不必有其識，而膽自勝人千倍。李密之於隋，方谷之於元，皆是也。予《詠史》詩云：「鴻鵠欲飛天，先耕隴上田。名雖不甚大，膽在重瞳前。」

蘇長公《題虞姬墓》云：「帳下佳人拭淚痕，門前壯士氣如雲。倉皇不負君王意，只有吴姬與鄭君。」鄭君，即鄭當時父也。漢高命曾事項者皆名籍，鄭君不從而貶死。前有范增，後有利幾，亦皆不負項王者。「疾風知勁草，板蕩識忠臣」，諒哉。

予《詠史》詩云：「垓下悲歌日，美人卿劍時。凌霜才見節，媿煞魏薄姬。」或曰：「何以獨愧薄姬也？」曰：「吕雉不足媿，薄姬既不爲魏王死節；且以夢龍巧言惑漢帝，又不及息嬀矣。此虞兮所以節高千古也。」

漢家有禄産專制之厄者數年，皆自留侯召四皓爲之也。不然，何至如惠帝之柔懦哉？張志和詩云：「翻嫌四皓曾多事，出爲儲皇定是非。」蓋歎其無安漢之功，而有危劉之禍也。

漢烏孫公主侍者馮嫽，能書史、習事，常持漢節爲公主使城郭諸國。諸國見其錦衣來臨，皆敬信之。已而天子召問，甚悦，復遣諭諸國，此亦漢廷奇女子，張騫不能遠過。駱賓王詩：「錦車朝促候，刁斗夜傳呼。」徐堅詩：「雲摇錦車節，月照角端弓。」勝於詠明妃、文姬矣。

劉季好酒色而成，項羽好酒色而敗。當羽垂盡時，將酒與妾與馬，旁皇踟蹰，英雄人殊有致也。吴梅村詩云：「千夫辟易楚重瞳，仁謹居然百戰中。博得美人心肯死，項王此處是英雄。」

韓信嶺，俗名竹竿坡，在太行山中，相傳信葬此。楚士奚蘇嶺過而弔之，有句云：「誰知轉戰連營處，即是弓藏鳥盡時。」

班婕妤遭飛燕之讒，求供養太后長信宫，此避讒上策。其自悼賦有云：「惟人生兮一世，忽已過兮若浮。緑衣兮白華，自古兮有之。」大有我思古人之意。

司馬遷挾其妾清娱，以遊名山。後被召入京，留清娱於同州。爲李陵事發憤著書，未幾卒。清娱聞之，悲憤死。及唐褚遂良刺同州，乃感夢求志其墓，光揚幽懿，褚公忻然志之。清娱死已八百年，猶求忠臣文字以自顯，真不愧太史公側室。

唐人《歌風臺》有句云：「莫言馬上得天下，自古英雄盡解詩。」張別山詩云：「垓下大風歌繼出，一時馬上兩文人。」可爲劉、項不讀書解嘲。

《昭君出塞》詩：「高山峩峩，河水泱泱，父兮母兮，道里悠長。」覺此時欲言難言，何等悽惋。石齊奴詩直直説出，有錢穀氣。近有才士作《反昭君怨》云：「不成爲漢后，便去作閼氏。亦足當人主，還能殺畫師。琵琶歌毳帳，酥酪醉金巵。强似長門裏，秋風老黛眉。」語語絶無怨苦，乃真怨苦者也。

《韓詩外傳》解詩，皆於詩義若不相涉，惟得其靈趣而已。其叙曾子論三樂，曰有親可畏，此一樂也；有子可怒，此二樂也。妙在畏與怒，皆樂也。至性骨肉中，恐懼駡詈，皆成至樂，非歷盡孤獨之苦者不知。

賈誼《惜時賦》有句云：「惜予年老而日衰。」至死時，年甫三十三。李賀《南園》詩有句云：「文章何處哭秋風。」至死時，年甫二十七。豈兩人作賦吟詩時，先有夭札之鬼憑其筆端耶？拈出以爲子弟歎老嗟卑之戒。

自古惟高才能虛心服人。蔡邕見王文考《魯靈光殿賦》遂焚其草。陸士衡見左太沖《三都賦》自悔失言。白居易除蘇州，沿流赴郡，過巫山，見士人繇知一先題《神女祠》云：「蘇州刺史今才子，行到巫山必有詩。爲報高唐神女道，速排雲雨候新詞。」遂歎曰：「劉禹錫《巫山》詩古今絶唱。」乃邀繇生同濟而不復題。此其所以爲高才歟！

自陶先生宅旁有五柳，柳遂韵絶千古。吾邑王叟有古柳一株，贈號曰「柳翁」，彭釜山歌之云：「翁者古今以爲壽，王子曰宜贈吾柳。潯陽幾株傍名高，不及此翁天年久。」語意古甚。

山季倫鎮襄陽，每出遊習家池，置酒輒醉。兒童歌曰：「山公出何許，往至習家池。舉鞭問葛疆，何如并州兒？」疆何人，竟以季倫一問，傳名千古。孟浩然工詩，人稱爲孟襄陽。張祜詩云：「高才何必貴，下位不妨賢。山簡雖持節，襄陽屬浩然。」士能自立，王公大人尚遜之，山季倫又不足取重矣。

魏高洋將篡，母婁太妃曰：「汝父如龍，汝兄如虎，猶以天位不可妄據。汝何人欲行舜禹之事？」洋不聽。明宸濠將反，妻婁妃，題《樵夫回首語婦圖》云：「婦語夫兮夫轉聽，採樵須是擔頭輕。昨宵雨過蒼苔濕，莫向蒼苔險處行。」宸濠不聽。卒皆不免於禍。兩賢妃皆出婁家，可爲奉春君後雙璧。

開皇中，詔舉秀才，杜正元試策高第，楊素惡之，而難其題，擬司馬相如《上林賦》、王褒《聖主得賢臣頌》、班固《燕然山銘》、張載《劍閣銘》、《白鸚鵡賦》，限未時繳卷。正元及時脱稿，素讀而驚賞，命吏部優叙。次年其弟正藏舉秀才，蘇威監試，擬賈誼《過秦論》、《尚書湯誓》、《匠人箴》、《連理樹賦》、《几賦》、《弓銘》，亦應時並就，又無點竄。金益都童子劉住兒，年十一，能詩賦，誦大小六經，所書行草皆有法。尤夙著孝行。章宗召至内殿，試《來儀賦》、《魚在在藻》詩、《憂旱》詩，上嘉賞，爲賜本科出身。此三人者，袁宏倚馬，子雲吐鳳，何以加兹，真秀才也。

杜牧《木蘭廟詩》云：「彎弓征戰作男兒，夢裏曾經學畫眉。幾度思量還把酒，拂雲堆上祝明妃。」木蘭爲女英中孝子，此詩在小處着筆，不能寫出身分。友人李鶴汀言蜀士《贈秦良玉》詩甚佳，其詩曰：「從來兵事推忠勇，豈必將軍盡丈夫。試看麒麟高閣上，丹青先畫美人圖。」勝牧之多多矣。

鮑生在開元間，無可稱述，但以妾之善四絃者，易韋生紫叱撥傳，所謂「除却風流成壯士」也。張祜詩曰：「休憐柳葉雙眉翠，却愛桃花兩耳紅。」雖然，美人一去，四絃杳然，不知鮑生此後乘紫叱撥，將安之乎？

學士十八人，許敬宗與焉，昔人比之摘瓜手。宋時有鬻學士軸者，以畫中僅有十七人，不獲售而泣。遇白玉蟾題之云：「臺閣峥嶸倚碧空，登瀛學士久遺蹤。丹青想出忠良手，不畫當年許敬宗。」妙哉仙人！此圖遂足千古。

李江夏遊多景樓，值僚友賞楊妃菊。妓持箋索詩，李即吟云：「身委馬嵬坡畔泥，驚魂飛上傲霜枝。西風落日東籬下，薄倖三郎知不知。」狄昌《詠唐再幸蜀》云：「馬嵬烟柳正依依，重見鑾輿幸蜀歸。泉下阿蠻應有語，者回休更罪楊妃。」端正樹去馬嵬一舍地，德宗幸奉天，愛其蔽芾，故錫以是名。有士人經過樹下，云：「昔日偏沾雨露榮，德皇西幸錫嘉名。馬嵬此去無多地，合向楊妃塚上生。」三詩俱爲玉環憐惜，曾不如雪衣女瘞於苑中，猶爲鸚鵡塚也。

詩能窮人，子美困餓，元、白無兒，固也。然高達夫五十學詩，官爲節度，爵封子男，詩人未嘗不通也。詩能夭人，長吉早賦《玉樓》，子安身滔洪波，固也。然秦系五言著聲，避地九日，年躋九旬，詩人未嘗不壽也。

余邑魯文恪公使安南，其國頭目尹宏滋，送公詩曰：「南甸春多木不零，歸期況復柳條青。皇華所過千山賁，旭日初升萬國寧。人道仲連天下士，誰知博望漢邊星。使君迢遞臨湘渡，風送輕帆上洞庭。」天啓編修姜曰廣，出使朝鮮，其國臣金鎏和《登峰有感》詩云：「鰲背岧嶢切太虛，倚風雲幔卷還舒，清湖合有郎官號，翠壁仍留太史書。窮島幸叨扳鶴馭，壯懷還欲斬鯨魚。江山勝概皆堪造，氛祲當年賴掃除。」二詩工力相敵。不獨雞林行賈能辨樂天詩歌，契丹館客王師儒能誦《老泉文》及子由《茯苓賦》也。

紅線於夜漏三時，往返七百里，經五六城而入危邦。此劍客之神妙者，聶隱娘不能及也。但田承嗣爲安史之餘，竊據犯順天子所宵旰者，盍刺取其首以報潞州，而僅取牀頭金盒以恐之，誠可惜也。吴梅村詩云：「銅雀高懸漳水流，月明飛去女諮謀。何因不取田郎首，報與官家下魏州。」此詩先得我心。

杜子美《夢李白》詩：「水深波浪闊，無使蛟龍得。」後世遂有捉月騎鯨之説，蓋因此詩附會也。考

《唐史》載太白卒於當塗李陽冰家，葬於謝家青山，安有沉江之事？《耒陽少陵祠堂記》謂子美「出瞿塘，下江陵，登岳陽樓，覽衡岳，抵耒陽。值江水暴漲，絶糧數日，有詩干聶令，饋牛肉白酒，因飫死，爲驚湍所漂，僅得遺靴，令築虚塚瘞之」。解大紳詩曰：「蔡倫池上霧如紙，杜老祠前秋日黄。爲問靴洲江上水，流船三日到衡陽。」詩人之窮，何至於此？按元微之誌子美，旅殯岳陽四十年，其孫嗣業歸葬首陽。元去杜未遠，當以嗣業所葬者爲真。則靴洲之墳與采石磯沉江之事，人皆知引李、杜以爲重，而不知所以重之也。

鄭棨拜同平章事，搔首曰：「奈天下笑何？」既而曰：「歇後鄭五作宰相，時事可知矣。」視事未幾，即致仕去。此蓋明見篡勢將成，一木難支，不欲以此身作天下笑端，故去也。劉灊夫詩曰：「不是朱三能跋扈，只緣鄭五欠經綸。」尚未窺見其意。

趙王鎔書記韓定辭，聘燕帥劉仁恭所，仁恭幕客馬彧接之，贈詩云：「燧林芳草綿綿思，盡日相攜陟麗譙。別後巏嵍山上望，羡君時復見王喬。」韓即於座上酬之：「崇霞臺上神仙客，學辨癡龍藝最多。盛德好將銀筆述，麗詞堪付雪兒歌。」他日彧持命答聘常山，定辭亦往，逆於館。時有妓轉轉者，韓所眷也。彧於酒席頻目之。韓曰：「晉文分季隗於趙衰，伯符綴小喬於公瑾。名色可奉名人，願垂一詠，俾得奉之。」彧即援筆作轉轉之賦，其文甚美，由是兩相悦服，結交而去。當此僭竊割據之時，聘問往來，猶不失春秋僑札之雅。

杜祁公經撫關中，布衣張洞謁以詩：「昨夜雲中羽檄來，按兵誰解掃塵埃。長安有客顔如鐵，爲報君王早築臺。」及補官，以贓敗。韓魏公鎮陝，布衣姚嗣宗獻《登崆峒》詩云：「踏破賀蘭石，掃清西渭塵。布衣能辨此，可惜作窮鱗。」及授官，不殊冗吏。之二人，好作大言，不可以陳平爲護軍、韓信爲連敖時並論也。

馮當世讀書僧舍，有詩云：「琴彈夜月龍魂冷，劍擊秋風鬼膽酸。」僧有犬，烹食之，訴於縣，縣令作《偷狗賦》，援筆立成，其警聯云：「團飯引來，喜掉續貂之尾；索綯牽去，驚回顧兔之頭。」令擊節，延之上座。明年遂第三元。初應薦，至江浪幾覆舟。及第歸，風帆恬然。因題詩江亭云：「江神也世情，爲我風色好。」

杜舍人制策登科，名振京邑。遊城南僧舍，僧擁褐獨坐，問杜姓字，從人以聯捷誇之。僧顧而笑曰：「皆不知也。」杜有句云：「禪師都未知名姓，始覺空門意味長。」鄭禮臣初入內庭，頗自矜，同席者皆不堪。有妓曰：「學士言語，無乃得色？然清貴在人，李隙、劉承雍亦嘗爲之，又豈能增其聲價耶？」

荆公提刑過饒州，見稅官劉季孫題壁詩云：「風吹燕語落梁間，底事來驚夢裏閒。說與旁人都未信，杖藜攜酒看芝山。」公極歎賞，遂令攝學事。盧秉爲江南小郡司户參軍，《題館驛壁》云：「青山瘦馬病參軍，放羅官倉置酒尊。但使有錢留客醉，也勝騎馬傍人門。」公亦屢薦致大用。此儘有前輩風，原與忌才妨賢者霄壤。

黃山谷自荆州上峽入黔中，作巴東樂府三疊。傳與巴娘，令以竹枝歌之。可補郢中下里巴人之缺。

潘筠於人間世無所甚敬，獨服古孤竹君二子。嘗有句云：「娶妻須聶隱，虬鬚要人肝。」又云：「古稱燕趙多奇士，我欲載酒遊邯鄲。庶幾一笑倘相遇，何處人間無白猿。」後以學劍不成，從海瓊仙人遊。

「昨夜江頭湧碧波，滿船都載相公鹺。雖然要作調羹用，未必調羹用許多。」此太學生誚賈平章也。後斃生於獄，故有木綿菴之阨。

方正學試畿輔，得劉正卷，喜曰：「此鳥中孤鳳。」方公死後，正哭泣不食，死。當捕方氏時，公之友魏澤，悉力保護其遺孤。後過公故居，有「黄鳥向人空百囀，青猿墮淚只三聲」之句。一爲師死，一爲友存孤。兩君真不愧嬰杵哉。方公裔孫名振節者，登崇禎己卯賢書。陳琪園贈詩曰：「讀書種子真難絶，正學先生已有孫。」

趙燧本文安諸生，爲劉六所得，遂爲盜。後敗，過河南驛，題壁云：「秦廷有劍誅高鹿，漢室無人問丙牛。」謂宦豎專權，宰相尸位故也。此賊亦佳。

以上摘録彭石浪《史疑》。

陸文學，嘗與顔真卿、吴筠、李蕚、楊憑、耿湋、皇甫曾、劉全白、釋皎然爲聯句詩，不盡可傳，然亦可彙紀，以誌一時之盛。《登峴山觀李左相石尊》云：「松深引閒步，葛弱供險捫。」《水堂送諸文士戲贈潘丞》云：「林棲非姓許，寺住那名約。會異永和年，才同建安作。」《水亭詠風》云：「動樹蟬争噪，開簾客罷愁。」《溪館聽蟬》云：「危湍和不似，細管學難成。」《南樓翫月》作三言云：「雁聲苦，蟬影寒。聞裛浥，滴檀欒。」作七言云：「漢朝舊學君公隱，魯國今從弟子科。只自傾心慚煦濡，何曾將口恨蹉跎。」作醉語云：「狂心亂語無人並。」餘前後諸人，不暇録也。翫月辟疆園，有逸句云：「辟疆舊林間，怪石紛相向。」又云：「絶澗方險尋，亂崖亦危造。」出《海録碎事》，其題康王谷泉，有「瀉從千仞石，寄逐九江船」二語，殊大有筆力。外更有七絶云：「月色寒潮入剡溪，青猿叫斷緑林西。昔人已逐東流去，空見年年江草齊。」則在會稽東小山作也。神韻尤佳。

李純元字長叔，以工部主事督修皇極殿。陞陝西布政司左參議，上疏乞休，憩寶樹菴前，構烟水閣、濠上亭，超然有出塵之想。譚友夏贈詩云：「六旬鬢黑四旬斑，自是輪君淡與閒。頻喜常師黄叔度，不須親見白香山。官宜水部梅花裏，身在沙門貝葉間。更欲摳衣重下拜，日從歌笑學朱顔。」

讀退谷家傳，自高、曾及子肆夏，皆有傳。深情苦語，數令人酸鼻，大有李崆峒「逖哉寥乎」、「仰天而哭」之意。尤愛其傳弟悭字叔静者，意勃勃欲作詩。其《出塞詞》有云：「試看手中劍，未知何究竟。從古應募人，豈皆不得還。大將雖自貴，少小爲奴隸。男兒不殺賊，自應死邊城。本無開拓功，應與卒徒群。夢想通侯貴，意氣始得雄。」真得老杜骨法。後付退谷舟南遊，《初泊》如：「爐火半消家漸遠，湖天相對意何孤。」《初曉》如：「帆響客心隨水去，夢餘寒被與霜連。鳥争晴氣飛從日，門擁晨光開向天。」《夜泊》如：「疎星入水成微照，獨鶻飛烟去一聲。」五言如：「桐新春後葉，竹正午時陰」。病中作《徐元歎將到》詩，遂爲絶筆。有《半蔬園集》，用譚友夏所贈詩語也。曹能始爲作序。其材自成一家有餘，退谷輒以虛聲掩之，使不得有名於世。

徐元歎《落木菴記》云：「癸酉十月，與竟陵譚友夏寓其弟服膺德清署中。曉起盥漱，見予白髮盈梳，云：『子從此別，計必住山，請擇嘉名，以名其居。』服膺出幅紙，俾作劈窠大字，友夏執筆，擬議曰：『子還吴，可謂落葉歸根矣。』遂有此目。」云云。乙酉後，有《寄楚僧寒碧詩》云：「楚鬼微吟上峽謡，中元法食可相招。憑君爲譬興亡恨，雨打秋墳骨亦銷。」寒碧少遊鍾、譚間，此詩蓋爲二公作也。《池北偶談》

簡則能古，真則能永。寫性情則能奇，無定格則能細，不强作則能成品。《詩歸》不無偏處，然予所見數十家選詩，無過此者，大率鍾、譚心細有閒工夫。《日損堂文存》

蔡敬夫《與友夏書》云：「自愛其詩文者貴少，愛人之詩文者貴嚴。必嚴，而作者之精神始見。又少，而觀者之精神與作者始合。且吾輩終日獻酬人事，神明如珠，豈能從萬斛泉中，湧出滔滔莽莽？趁筆而爲之，豈能盡滿作者之意，而何以接天下後世之眼？子他日爲我精選數十篇，令其可傳，足矣。」《遯菴全集》

施愚山《與陳伯璣書》云：「昨承寄到《伯敬集》，適以筍輿中，遂至讀盡。其手近隘，其心獨狠，要是著意讀書人，可謂之偏枯，不得目以膚淺。其於師友骨肉存亡之間深情苦語，數令人酸鼻，未可以一『冷』字抹煞。史論諸篇有別解，筆力從《左》、《國》、秦漢中來。大抵《伯敬集》如橘皮橄欖湯，在醉飽後，洗濯腸胃最善，飢時卻用不得。然當伯敬之世，天下文士酒池肉林矣，那得不獨推爲俊物？伯

敬謂『後生學中郎不成，不如學于鱗』。吾兄又謂『近人學于鱗不成，似不如仍學伯敬』。並是救時之言。」《愚山文集》

伯璣《復愚山書》云：「伯敬所處在中、晚之際，復爲黨論所擠。當時以大行擬科，忽出而爲南儀曹，志節不舒，故文氣多幽抑處，亦如子厚之不能望退之也。黨論以十亂呼之，與鄒臣虎諸公同列，皆好學孤行，不肯逐隊之士，幾同子厚見累於王叔文矣。『冷』之一言，其詩、其文皆主之，即從古人清警出，如東坡《留侯論》。且其意不在書，史遷贊留侯，意爲魁梧，乃如婦人女子，此皆是冷處，豈以專近寂寞，不用事，不换字爲冷乎？」不俗之説，尤爲至言。曾記與楚中曹弱生論書法，謂某某今日草書，可謂登峰造極。曹云：「我但覺愈登峰造極，愈俗耳。」此是禪家三昧，難以言詮。今人功力不深，遽求不俗，遂流爲李賀、盧仝與夫「郊寒」「島瘦」矣。賀之出於《離騷》，郊之原於漢、晉，此豈一切不學者所能然哉？伯敬之究心經、史、莊、騷，以宦爲隱，以讀書爲宦，其人實不可及。而於友誼尤篤。惟徐元歎、張草臣諸君絶不師古，附和景陵靈朴之説，日趨俚弱，致伯敬獨受惡名，詞場諸公無不相譏刺，何哉？

讀退谷《遊浮渡山記》，如讀應劭《漢官儀》，語森秀而思崎嶇，刻露盡致。由三曲洞反會聖巖，夜雨，將就枕，念石廊所刻《建安雷鯉》詩，佳甚，相與執燭鈔焉。「已從浮山來，更覺浮山好。萬壑染秋雲，乾坤怪未了。遊人無古今，天風醉花鳥。我欲煮烟霞，呼童拾瑶草。」此詩固飄飄有仙氣，足見真讀書人虚心服善，不肯匆匆放過也。

予於鍾、譚二公詩，探幽索隱，各取其勝。其尚有奇奥之語、深秀之詞，猶珍如吉光片羽，非拾瀋者比也。五言如：「沿岸攜初月，登庭及暮鴉。」「空林行有得，静夜坐方知。」「細火霑林露，遥鐘過浦霜。」「湖晚收殘暑，林秋戀夕陽。」「新水分冰半，孤烟出樹難。」「酒色藏孤憤，英雄受衆疑。」七言如：「行經絶澗數花落，坐見半山孤鳥翻。」譚詩如：「慈親漸老無多望，執政方嚴敢亂吁。」「颯爽時飛千澗雨，蕭森不學衆峰晴。」真得古人味外味意。後來詞壇諸公，群吠同嗥，忌其名，太盛也。使當日不登壇，不著書立説，如陳白雲、宋登春輩甘心枯落，一旦爲諸公得之，能不歎爲嶔崎歷落之士？

偶閲唐堂尺牘，録二則自警。一《與程石門》云：「『等閒緝綴閒言語，誇向時人唤作詩。昨日偶拈莊老讀，萬尋山上一毫釐。』此唐祐《讀老莊》詩也。每見詞人自矜一藝，頓忘天地之大，真爲可耻。」一《與馮伯宗》云：「伯敬柬友夏曰：『曹能始覺近日詩文，有淺俗之病，亦是名成後不交勝己之友，不聞逆耳之言所致。』近日范仲闇謂自《詩歸》行，無一人敢向伯敬言，誤伯敬不淺。此非名人遮相誚也，人苦不自知耳。」

張心畬立誠，歸自都中，相傳内城山上，嘗有人題詩云：「寒蛩暮鳥其喧喧，把酒來招帝子魂。金鼎無人閒白晝，石臺有客哭黄昏。五登絶頂空題柱，一望長安盡閉門。看劍那堪秋又老，西風落葉滿中原。」蓋古劍仙之流。

胡月岩太史晚年吟詠自適，多警句。《晚眺》云：「半潭秋水碧，一樹晚烟青。」《秋郊》云：「晚烟平斷壠，落木瘦空村。」《梅花》云：「一枝淡洒烟中寺，幾樹高寒水際樓。」《落花》云：「燕尋故壘憐疎雨，鶯過新枝剩夕陽。長門春雨燈前淚，紫塞秋霜馬上魂。」《客館》云：「月當旅邸偏如水，人到中年易感秋。」《秋柳》云：「紅雨夢遥沽酒市，青燈人静讀書堂。」逼真唐音。

《楚天樵話》載周鶴汀「一碧藻平湖」五字，滔滔清絶。予亦愛魏匯古「雙槳打波去」，馬冒亭「一樹淡如僧」，俱味在酸鹹之外。

吴水簾有《月池》詩，描寫村落如畫。予題其尾云：「緑葵紅莧數畦開，夏晝人稀長蘚苔。池上讀詩兼讀畫，身從摩詰輞川來。」其贈予詩云：「新詞定比張三影，舊院都知李十郎。」竹樵頗賞之。

泗洲寺僧雲光，學詩於魏匯古。忽得《喜雨》詩云：「農滴日中汗，雲蒸天上雨。汗苦沾我衣，雨喜膏我黍。沾衣酷似吏，膏黍慈似父。如魚得流清，如子得母乳。」予歎真釋子語。

劉月壁喜博，善吟詠，每得錢與詩，隨手散去，博以孤注敗，詩以苦吟成。其《早春》句云：「柳風吹染鵞兒酒，杏雨飛成燕子泥。」又《客夜》句云「四天白月獨登臺」，魏匯古朗詠數回，幾欲出涕。

予與魏匯古登郢中陽春臺，適孟君華藻至，謂匯古曰：「魏武帝，君幾世祖耶？」匯古曰：「非孟德乎，乃汝祖也。」聞者絶倒。

予兄醉亭癖嗜酒，一日赴五席，不爲增減，張竹樵星海雄於飲，皆退避。星海云：「一番酒渴思吞海，幾度詩成欲上天。」謂予兄弟二人也。竹樵於醉亭生日，贈長歌，有句云：「酒敵在前神勇生，有如褒公、鄂公來酣戰。」觀此，可知百觚千鍾矣。每到詠哢大笑時，輒出兩手示人，如十瓣香。然始信東坡所云「酒氣拂拂，從十指出也」。

閲《虞山全集》，有粗俗語，至於不可耐、不可醫者，凡百數十條。復細看鍾、譚詩，洗刷殆盡，解衣浴此無垢人，非虞山身蒙不潔者可比。乃其論詩絶句有云：「不服丈夫勝婦人，昭容一語是天真。王微楊宛爲詞客，肯與鍾譚作後塵？」謂不及北里兩妓也。率口輕薄，目爲浪子不虚。

周小山次韵《香奩詞》，可奪韓偓、羅虬之席。摘其中尤佳者，如：「錦瑟無端五十絃，雁橋秋水柘皋烟。一雙翡翠相憐影，祇在荷花落照邊。」「湖光無浪復無烟，碧落秋空鏡裏懸。遥望故園千嶂隔，相思一夜到晴川。」「到晚何人唤小憐，風吹長袖獨飄然。捲簾斜指樓頭月，笑問今宵圓不圓。」「一舟隨意到仙源，滿徑紅情又緑痕。祇恐石城吹折柳，重來不見莫愁村。」一時題詠甚夥，惟周方村、張竹樵、譚白畦最居其勝。周云：「哀怨聲聲曲裏論，春風再到泣王孫。酒鈎歌扇渾抛卻，落盡溪花畫掩門。」張云：「紅粧季布俠心丹，百穀遺編帶淚看。南部烟花零落盡，到今重見馬湘蘭。」譚云：「沙才董白藐姑姿，長板橋西舊酒旗。題遍桃花扇頭血，更無人比杜紅兒。」卷尾復有一絶云：「碧天明月入秋河，照見高樓似水多。無可奈何人去也，不知還有夢來麽？」則維揚歌妓沙柳柳題也。

《三生堂》詩，徽人詹聲山三姬人作。有聯句詩：「一雨洗殘暑，微風生嫩涼。」朱柳衣歎爲女王孟。

嚴秋槎《拈花録》有閨秀汪沅蘭題辭云：「一笑拈來總是春，青蓮座上語前因。塵寰記取蓬萊路，都是當年墮劫人。」

長洲歸佩珊懋儀，著有《繡餘集》，名章雋語，如火齊木難，璀璨滿目。今但記其「蘆花兩岸雪，明月一船霜」而已。嘗寄予舊作十八首，用益州錦箋，寫衛夫人簪花體，工秀絕倫，竟爲夫已氏竊去。內有題《鴿山集》二律云：「一卷琳琅詠，千秋屈宋心。曠懷凌太古，盛世發元音。久仰天門峻，初窺學海深。欲窮微妙旨，鎮日對花吟。」「新詩憑雁足，流韻滿江南。妙句風行水，清心月印潭。花封榮不慕，苜蓿味原甘。想見談經座，蕭然老學菴。」

予夜飲周鶴汀家，出周月樽詩佐酒。《思家》云：「少小離家久，思親淚未乾。明知異鄉月，强作故鄉看。」《雨夜》云：「蘭燎無焰照清宵，雨冷窗虛悵寂寥。滴破愁人殘夢醒，悔依粧閣種芭蕉。」佳句如：「楊花易遣爲萍去，鄉夢難憑化蝶來。」「家如明月圓時少，人似春雲散處多。」亦今之李易安、朱淑真也。

長洲顧劍峰性豪放，雄於論辨。詩宗仰隨園，而能青出。其贈予詩云：「半年喜食武昌魚，又見詩人冠郢都。漢水白連雲杜遠，楚山青到竟陵無。休論王李傳宗派，惟有鍾譚闢異途。一樣性靈才力大，如君何處覓葫蘆。」「盡道經師觸觸生，誰知名士是傾城。種來苜蓿無迂味，吟到烟霞少宦情。一代傳人何獨秀，千秋慧業定先成。知君空谷非今日，那得跫然禁不行。」又在嶺南寄詩云：「天才如此人間少，又重交情奈別何。楚北雲從詩裏遠，嶺南霜是鬢邊多。折楊分手成飛絮，絭艇隨春逐逝波。西向洞庭通漢水，月湖堤畔等君過。」

陸季疵嘗寓靈隱山，作《二寺記》，鐫諸石，惜殘缺不傳。閱《咸淳志》，有逸句云：「南有巉崖，北有卧龍，石横澗中。」蓋石門澗即冷泉所經也。又論書法云：「徐吏部不受右軍筆法，而體裁似之，以得其皮膚眼鼻也。顏太保受右軍筆法，而點畫不似，以得其筋骨心肺也。」觀此則書法必佳。著《茶經》，其餘事也。

徐元歎詩宗退谷，所藏《茶汎詩卷》，以顧渚一片香爲鴻魚往來之路，真交情中佳話也。而虞山戲題其尾，至比之屠門大嚼。乃寄元歎詩云：「皇天老眼慰蹉跎，七十年華小劫過。天寶貞元詞客盡，江南留得一徐波。」又推服元歎如此。此人前後矛盾，宜其爲兩口蟲也。厥後元歎叙退谷遺稿云：「鍾如寒蟬抱葉，玄夜獨吟；譚如怒鶻解絛，横空盤硬。」二子同調，其義何居？贊歎不情，同於污衊，斯之謂矣！

馬平山與予遊月湖，曾有《滿江紅》一闋云：「大別山西，石頭路，長虹卧碧。最好是，寵柳嬌花，含風笑日。畫棟高樓豪客坐，呼茶取酒遜人織。悵春歸，似向此中歸，長春國。春水滿，春舟急。琴客韵，梅仙跡。記當年，披豁曾留青壁。舊雨感隨花上下，斜陽望遍江南北。羨歸船，晚翠上人衣，湖山色。」此調散失已久，忽於舊書篋中得之。風流駘宕，真是東籬後身。

蘇州閨秀陳秀生爲周築東甥女，工詩。予曾叙其集，比之徐淑。郵寄予七律四首，極工麗可喜，有託處螟蛉之意。予喜而寄詩云：「粧罷裁詩類我詩，女蘿原是寄生枝。蒼松已作支離叟，猶欲扶藤上翠微。太沖太白女兒腸，一愛平陽一蕙芳。今我重添嬌女詠，秋風昨夜起鱸鄉。」秀生以詩集寄予，予歎其無閨閣兒女氣。五言如：「温清千山隔，平安兩字稀。岩光開曙色，樹影亂江聲。春如人漸老，景入夜逾清。」七言如：「廿五年中頻折柳，二千里外獨懷君。」「一聲雁過瀟湘水，四壁蛩吟竹石秋。」又儼然一歸珮珊矣。

胡彭舉字宗仁，有詩二千餘首，鍾退谷爲論定。每誇其「寒星徹夜疎，明月爲我至」，爲神來之句。《明詩餘論》

李青房匡之《霞漱軒集》久佚不傳，忽有人寄到鄂渚東坡，不告姓名而退。得五七律五首。五律如《晚晴》云：「雨逐殘虹盡，雲從缺岸歸。千江浮水動，一鶴映沙飛。松檜過時老，蓬蒿得地肥。更樓當落日，回首忽希微。」如《久陰》云：「西嶽盛陰氣，邊沙萬里來。風横山郭動，日暗嶺雲迴。嗜酒陶元亮，耽書邢子才。消愁無一可，莫負海棠開。」七律如《題華山圖》云：「壯志無從遂遠遊，乾坤守拙在林邱。處宗窗壁雞談夜，何諷書函蠹化秋。架木有人誰絶頂，餐霞此日是良謀。興來五嶽終須徧，即向三峰天外求。」如《潼關西眺》云：「秦山驂望叠嵯峨，百二雄關分陝多。路人長安懷鳳闕，城當太華擁卷阿。車箱谷裏雲平樹，繡嶺宫前水灌河。不愧白頭趨幕府，願攜笻竹上青柯。」如《潼關寒望》云：「高墉獨倚悵無群，古塞蕭條對夕曛。九水北消秦嶺雪，三峰南接楚天雲。仙人掌近虬松見，毛女洞幽香草聞。樓上仲宣休作賦，自憐飄泊遠從軍。」俱蒼蒼莽莽，有前後七子風格。

以上摘録《吾同山館雜記》。

竟陵詩話卷二

麻城邱長孺坦、攸縣劉長六葵，皆以武士能詩。長孺《無題》詩云：「亂山深處且停驂，村酒雖渾亦共酣。日落棠梨花樹下，數聲布穀似江南。」長六有《東事》詩云：「蓮花飛雪又飛霜，玉匣時時出上方。殿上新恩都着錦，絶無人説復遼陽。」魏冰叔曰：「古英雄名將，未有不能文者。但不肯以文人自命耳。」

六朝人最工絶句，爲唐人先河，如襄陽范彦龍雲：「自君之出矣，羅帳咽秋風。思君如蔓草，連延不可窮。」襄陽王臺卿：「空庭高樓月，非復三五圓。何須照牀裏，終是一人眠。」荆州庾子慎肩吾《長信宫中草》云：「委翠似知節，含芳如有情。全由履跡少，並欲上階生。」庾子山信《寄王琳》云：「玉關道路遠，金陵信使疎。獨下千行淚，開君萬里書。」《和侃法師》云：「客遊經歲月，羈旅故情多。近學衡陽雁，秋分俱渡河。」《别周尚書》云：「陽關萬里道，不見一人歸。唯有河邊雁，秋來南向飛。」

明漢陽魏延賞晉封《易水寒歌》云：「田光死早，漸離死遲，合以從卿事可爲。光既老，武陽少，高郎筑聲天下妙。豎子往不返，雙瞳一矐筑聲短。矐雙瞳，燕臺空。」大有知人論世之識。

湘陰夏忠靖元吉有勳業，而詩才亦復卓犖。其《泗州訪僧詩》云：「行盡吴江興尚濃，卻從寺裏訪瑄公。未論石上三生約，且喜山中一宿同。詩句新題蕉葉雨，茶香熟送藕花風。明當百八蒲牢吼，重整雲帆向五茸。」又《題宋徽宗墨竹》云：「寶殿無心論治安，碧窗着意寫琅玕。枝枝葉葉真瀟洒，争奈金人不愛看。」

蒲圻魏杞山觀，宋景濂稱爲孝敬人，以知蘇州府事，坐誣死，天下寃之。觀有詩才，五言如《寧國溪上》云：「鳥啼山翠裏，人語水聲間。茅屋連溪塢，松舟繫淺灣。肅霜千里思，明月一舟開。水花凝鶴渚，山翠落漁舟。竹逕歸黄犢，柴門度白鷗。」《遂安舟中》云：「一牛臨水立，雙鴨避舟迴。」七言如《送鄭國公常茂等授經》云：「宫花細浥研朱露，禁柳微濺灑墨雲。」《寄李泰適安》云：「楊柳春風官舍静，桃花流水釣舟閒。」

楚詩僧自皎然、齊己、貫休外，時時有能者振發。如茶陵大奣《陳溪晚眺》云：「鳥投烟外樹，月出浦前雲。」常寧智旦《懷本師》云：「岩花飄夕漲，瀑布近寒燈。」《客夜》云：「鐘寒驚夕鳥，菊花傲霜天。」衡陽行微《經船子道場》云：「孤舟三泖夢，疎磬半林燈。」湘潭琛大《聞杜鵑》云：「怪爾曾亡國，憐予已喪家。」《山居》云：「猿啼終日雨，樹老隔年秋。」長沙本雲《送澤瞿》云：「千山紅葉晚，一笠白雲晴。」耒陽良矩《送别》云：「溪門疑草緑，驛路記楓丹。」七言如攸縣德惺《訪古燦師》云：「寂寂無人秋葉屯，一林真可度朝昏。紙窗依樹書分緑，翠竹摇天客到門。話入清機知見别，坐來閒況衲瓢尊。不須市腐營香積，便摘園蔬佐晚餐。」本雲《一覽樓》云：「傑構茸城獨此樓，綺窗開向亂峰幽。雨餘白見千村水，暑退黄驚萬木秋。」《秋日書懷》云：「鄉書欲達苦無由，一割鴻溝兩地愁。九日臨高徒極目，十年瀕海只孤舟。砌蟲入户先知冷，社燕翻空尚戀秋。看罷茱萸傷晚景，年來衰病怯登樓。」清新無蔬筍氣。

神靈臺在南湖，相傳魏武破荆州時，下東吴，一夕而成。地志不載此事，予經此，有詩云：「層臺屼嵂晚烟寒，倚盡西風興未闌。疎樹萬家秋色老，平沙十里水痕寬。蠻争觸鬬終蝸角，廢壘荒榛記老瞞。遥望巴西丞相寺，威儀猶見漢衣冠。」

攸縣劉杜三友光《過赤壁》二詩最佳：「萬古此山在，獨傳壬戌秋。揮杯聊勸月，長嘯自登樓。木葉霜微脱，松鱸釣未收。飛鳴誰過我，斗酒大江流。」「横槊推前輩，微茫獨振衣。月明烏鵲在，江迴霸圖非。一粟觀滄海，百年此釣磯。洞簫何處是，空扣夜舷歸。」意象沉渾，有釃酒横槊之風。漁洋見《題江陵相故宅》詩，有「恩怨盡時方論定，封疆危日見才難」二句，初不知爲何人作。余讀《渚宫集》，乃知石首王啓茂詩也。其全首云：「袍笏巍巍故宅殘，入門人自肅衣冠。半生憂國眉常鎖，一詔精忠骨已寒。恩怨盡時方論定，邊疆危日見才難。眼前國事公知否，拜起猶宜拭目看。」啓茂字天庚，王子荆序其詩曰：「王子以語言妙天下五十年，不善飲而有飲致，不學琴而有琴心，不佞佛而日與禪僧爲侣。漢之大北海，宋之小東坡歟？」

華容秦兆穀維楨《幽居》詩云：「醉不分南北，悠悠隨所之。峰腰烟斷處，浦口日斜時。水闊鴉來遠，風微鐘到遲。偶然值衲子，問我近來詩。」《題畫二絶》云：「疎楊夾岸垂，冥冥一川緑。船上支頤人，去看誰家竹。」「江闊曉烟消，沙平春水退。漁舟不見人，流入白雲内。」

嘉隆間王、李登壇，吾楚詩人與相酬唱者，吴明卿外，復有蒲圻魏潤甫裳、京山高伯宗岱。伯宗五言如《出塞》云：「雲暗旌旗色，風吹鼓角聲。塞鴻乘月度，邊馬向人鳴。」《關山月》云：「隴河浮夜色，羌笛怨清輝。風急刀鐶望，霜寒玉鏡飛。」《秋夜獨坐》云：「暝入盆魚色，秋疎塞雁聲。」七言如《寄徐荆州》云：「雲開夢澤浮空盡，天到巴江入楚流。」《中秋集子畏宅》云：「砧杵秋聲連雁塞，關山夜色滿龍沙。」潤甫七言如《送萬章甫兵憲滇南》云：「仙郎擁傳出燕關，開府西南控百蠻。萬里烟濤青雀舫，千秋詞賦碧溪山。主恩題柱雲霄上，時難論兵天地間。春到昆明懷漢苑，幾回鳴玉共朝班。」皆氣格高亮之作。

松石湖七甲菴，明陳司徒所學別業也。李中翰維楨有「德星堂」三字，疎竹亭亭數千竿，與湖波映射。有五律云：「早日松門契，一徑幽尋深。迴川含雨色，密竹聚春陰。鶴靜孤僧梵，雲知野客心。寂寥人境外，命意入森沉。」

李大泌維楨爲明末五子之冠，今披其集，如《別楊元素》云：「綠樹三山通御苑，青樓十里帶横塘。銀光紙養芙蓉粉，金縷衣薰荳蔻香。」《鄜城春望》云：「一徑寒烟通古戍，幾枝疎柳帶春城。彎弓月倚欄杆上，列陣雲扶睥睨行。」《立秋觀蓮》云：「相看菡萏千花色，不受梧桐一葉秋。」《文昌祠晚眺》云：「雙流江漢含春水，萬井烟花媚夕陽。」饒有盛唐風格。

鍾伯敬《愛妾換馬》詩：「功名仗驥足，志節略蛾眉。不貴此時意，難於無後思。疆場方有事，閨閣亦何爲。忍待承平日，明珠買侍兒。」真能寫出忠君報國之忱。而氣格沉渾，雖七子執筆爲之，亦不能到。

宋人詩，亦有不易及者。如米襄陽《甘露寺》云：「兩州城郭青烟起，千里江山白鷺飛。海近雲濤驚夜夢，天低月露濕秋衣。」《望海樓》云：「幾番畫角催紅日，無事滄洲起白烟。三峽江聲流筆底，六朝帆影落尊前。」

湘潭王山長岱《可菴集》頗近杜韓。五言如《海月菴》云：「麥浪春方漲，天風海欲潮。」《歷下》云：「沙暗天難白，春深草不青。」《雨後》云：「麻鞋過亂水，野服受涼風。」《螺浮山莊》云：「海色千尋立，人烟一帶黄。」《永州道中》云：「寒花隨澗落，細路入峰高。」七言如《銅雀臺》云：「青塚草深蘭麝淚，白楊風起管絃哀。」《江樓》云：「遥峰入幕青無已，野水平天穩不流。」《魏武故都》云：「黄初白骨悲文塚，赤壁青燐泣鼓鼙。」《元日雨花臺》云：「萬户管絃新歲事，六朝花雨舊荒臺。鍾陵王氣瞻龍虎，楚國狂歌泣鳳凰。」

譚白畦極稱廣濟張長人仁熙詩。五言如《二層崖訪僧》云：「白髮憐孤杖，疎鐘變暮霞。」《夜坐五老峰》云：「闔門殘磬注，清夜菊花開。」《齊昌悼舊》云：「山鬼棲蘿緑，人烟墮柳黄。故國書千卷，他鄉月萬家。」《夜示勖兒》云：「月白新秋樹，雲黄舊隱山。」《遣兒就室》云：「少孤予欲老，多難爾成人。」七言如《友人置新姬》云：「冰簟自眠香雨夜，羽觴偏醉落花時。」《吴木倩過訪》云：「世態豈能容老鬢，山光容易到漁蓑。」

周濂溪有《江上送人一絶》云：「落葉蟬聲古渡頭，沙灘人擁欲行舟。別離情似長江水，遠亦隨君日夜流。」光風霽月人深情乃爾。

宋嚴滄浪羽，湖南樵川人。善説詩。有《聞笛》詩云：「江上誰家吹笛聲，月明霜白不堪聽。孤舟萬里瀟湘客，一夜歸心落洞庭。」

山谷逸士，萃心力五七字中，清思遠致，殊不易到。如湘陰朱伯有《秋夜》云：「月高千嶂曉露下，百蟲清澧州楊瑛。」《過衡山縣》云：「亂峰堆晚翠，孤塔挂斜陽。」鄢縣鄒中石《登石嶺》云：「涼風吹帶緩，斜日下山遲。」湘鄉易爾眉《懷僧》云：「秋爭一片月，人在數重山。」「人悟空山緑，猿歸古洞深。」「一燈人語淺，半壁霧痕青。春草本多露，高天獨有星。」

黄州葉井叔封，官刑曹時，與王黄湄、謝方山輩結十子社，漁洋稱其《郢中懷古》詩無一字不佳。余尤愛其《懷古》中《五客堂》云：「楚國采瑶琨，一雙宋玉石。銷沉到今疑，悵望猶陳迹。層霄下羽翰，揖之爲五客。彼鳥可同群，空庭暮雲碧。」

杜蒼略岕，茶村弟也。茶村峻厲廉隅，遇豪貴人必氣折之。方朔則溷俗和光，木榻敝帷，數十年不易。而戚友座中，有盛衣冠者，即嘿嘿去之。殆和而介也。

予嘗於竟陵王逮存家見潛江朱悔人《東渚詩鈔》，五言如《西征告捷》云：「秋草飢鷹疾，寒雲塞馬肥。」七言如《和楊筠湄秋懷》云：「闗山漫引鵾絃調，湘澤長連驃騎營。」《寄吴延皋》云：「書翻蕭寺風前榻，烟冷青谿雨後燈。」《答黄湄》云：「小築河濱帶洑洄，野梅疎柳得新裁。青蓑已向蘆中去，白舫誰從雪後來。兩地闗山清夢杳，數行書札好懷開。沉吟獨倚茅檐下，愁聽溪聲送晚雷。」皆極意烹鍊之作。京山劉正言侃一絶云：「山樹參差石徑斜，雨餘飛瀑過桑麻。山翁放罷村前犢，倚杖溪田護稻花。」寫田家風景如畫。

竟陵七十二院，有鵝湖，多菱芡。婦女刺船採之者甚多。予嘗有《採菱詞》二首云：「湖頭風細雁雙飛，湖上女兒紅苧衣。采得青菱秋正晚，白蘋香裏棹船歸。」「大姑船尾慣撐篙，小姑船頭慣把橈。穿過紅橋秋草長，西風吹緑上裙腰。」

沔城東紅蓮關，有廢樓。榜曰「唐狄刺史問政處」。予同陳石溪灩過此，有句云：「委節金輪豈自由，一麾刺史澤南州。河山人物銷沉盡，落日猶啣問政樓。」

川邑名勝，以梅城爲最。嘗泊舟山下宿。有詩紀事云：「縹緲群山一水圍，孤舟盡日泛清暉。夕陽浦口閒鷗鷺，愛爾經年入鏡飛。」「浮宅心情寄此湖，蒼葭渺渺夕陽孤。醉來一枕船山月，合署烟波老釣徒。」

鍾叔静悜極工五言。如《欲泊》云：「暝色圓天地，凄風吹渾淪。」《將泊》云：「岸隨潮出没，人與夜虚無。」《見月》云：「江低光欲落，人寂影無邊。」《露坐》云：「暗村遥夜氣，晚木易秋聲。」《生月齋夜坐》云：「帆影從烟去，桐陰賴月成。」《飲文叔草堂》云：「席外即春草，山中有暮花。」《舟晴》云：「暖氣專亭午，凄風附夕陽。」

杜茶村以《燈船鼓吹歌》得名。沈歸愚詆是歌頽唐，則大不然。茶村於區區燈船瑣事，衡其盛，推原江陵之當國，考其衰，歸咎馬、阮之秉政。一篇中理亂興亡，三致意焉。是謂能見其大。予嘗題其後云：「煞尾聲傳感逝波，南朝往事已銷磨。蒼凉一掬興衰淚，迸入漸漸麥秀歌。」「河山半壁滿斜陽，一載南都事可傷。地老天荒杜陵叟，新詞大好繼連昌。」「何處聞歌不可憐，秦淮絲竹委荒烟。傷心寄語阮司馬，慚愧春燈燕子箋。」「麗句新詞不可删，當年一字重金鐶。酒酣唱徹江關賦，愁絶蘭城庾子山。」「彩筆吟成氣若雷，百金直與潑芳醅。白頭流落鍾山下，只有紅粧解愛才。」「半生薾足老雲嵐，十里清淮路未諳。吟罷新詩燈影白，今宵有夢到江南。」

土官田文社慶年父兄弟皆工詩。文社有《黄鵠磯九日》一絶云：「萬里秋風九日來，干戈載道此登臺。故園秖在清江裏，不識黄花開不開。」

胡君信承諾文學《井》詩云：「茶井覆釜洲，至今淪没久。專祠表祇園，亂後亦何有。清風動孤磬，湖烟散高柳。」乾隆丙戌，漁者淘湖得之。有茶鼎、岕片諸物，邑宰馬君置亭其上，榜曰「文學泉」。余己丑秋，同譚白畦過笑月菴，望此，有句云：「青青覆釜洲，鷗鷺飛不息。微雨城上來，一派西江色。」

客遊鹿湖，見主人故紙中有吾邑程維楚廷村詩。五言如《午日集飲》云：「杯迎花在手，蟲逼雨依人。」《登陽臺山》云：「雲衣垂夢澤，水氣接洞庭。」《秋雁》云：「影斜中夜月，聲落一天秋。」《秋草》云：「曉霜浸水白，斜日結雲黄。」《登黄鶴樓》云：「絶頂盤孤鶴，歸帆下急湍。」《集飲》云：「秋惟菊花素，月向酒人明。」七言如《别李别駕》云：「五年始共一尊酒，萬里還爲兩地人。」《懷友》云：「客歸霽雪揚帆日，秋老空山落葉聲。」《静坐》云：「園閒小草青無賴，窗宿團雲白有情。」《與友人》云：「鶯花陌上三春夢，風雨窗前一卷詩。」皆非苟作者。

蘄州顧黄公景星《白茅集》中，有《秋閨即事》云：「烏蠻新樣撲雛鴉，竹檻涼生潑乳茶。漫道秋來芳事歇，十分春在海棠花。」

川邑西赤壁街，爲五赤壁之一。予作客新陽，數過之。見垂楊數十株，摇曳西風落照間，作詩曰：「街南街北幾停車，無數垂楊綰暮鴉。唯有夕陽消不盡，又隨秋水上蘆花。」「摇落新河欲上潮，西風吹浪打山椒。憑誰問取孫曹事，閒聽漁歌出葦蕭。」

竟陵戴南堂祈手録《東遊草》一帙，爲張南村愬勘訂者，舊從友人處得之。五言如《除夕集蘧莽齋》云：「芋熟爐移火，禽喧樹落冰。」《雪後郊行》云：「北山殘雪外，南澗夕陽深。故國哀喬木，荒原没燒痕。」《起句》云：「山豁霞標遠，梅花一磬寒。」《梅花塢》云：「接籬横橘刺，蓋瓦出藤花。」七言如《曉發》云：「遊興濃如江霧起，客裝薄似嶺雲生。」《梅花塢》云：「青草不來窺柏路，白頭枉作看花人。」《别金陵諸子》云：「楊柳含青遲燕子，蘼蕪鋪緑上江船。」絶句如《訪龔半千》云：「雙童匹馬去何探，虎踞關頭冒曉嵐。刺字莫嫌都漫滅，無多耆舊在江南。」《别環川和上》云：「拚歲長干冷雪堆，淹留端的爲追陪。春風日日邀同出，何處梅開不看來。」

吾邑周海成暹有《贈友人》一絶云：「青山叠叠渺難分，内有梅花便不群。浮黛樓頭瀟灑客，今年種得幾多雲。」

徐鵠亭志《遊伯牙臺》詩云：「頗爲鍾期整屧來，杳無人處故徘徊。垂楊影裏日初落，流水聲中花亂開。山迴片雲生絶壁，亭空一鳥下平臺。東風草碧莎青路，自抱孤琴寂寞回。」

國初名士贈杜茶村詩甚夥。陽羨陳其年云：「浮雲雙皂帽，落日一新亭。」湘潭黄九烟云：「去國屈原終婞直，無家李白只佯狂。」太倉吴梅村云：「一氣元音接混茫，想落千山絶飛鳥。」新城王漁洋云：「詩成吟望無人會，寫寄黄岡杜水東。」吴江潘次耕云：「男兒無家復無國，六合飄然一孤客。」然總不及龔芝麓詩「飛仙入海客，江烟供咳唾。」茅止生詩「性靈發樸音，大巧無纖詞。漢高一籜冠，六王無威儀。」尤爲妙絶。

竟陵東南有蘆埠，嘗與熊兩溟、家星海飲於蕭氏酒樓者，殆一年，後復過此，有詩曰：「别來幾度暗愴神，立馬西風一問津。同貰酒人驚散雨，舊攤書處悵凝塵。紅閣零落雙鬟去，狂客支離兩鬢新。堤下清波堤上草，依稀記得往時春。」

鍾居易快，退谷季弟也，詩、字、畫稱三絶。亂後，草衣木食，如在家僧。京山王昺伯吉人贈詩云：「所謂伊人在，祇從舊圃尋。是窻堪坐隱，有澤可行吟。水木生閒課，雲烟長慧心。澹然籬落外，種柳續陶陰。」胡君信承諾云：「此日鍾居士，他時二隱林。癯唯食松子，閒只數家禽。樹葉安禪合，溪雲宴坐深。一燈無障礙，常照妙明心。」又《候鍾居士不至》云：「居士採藥歸，澗底無行迹。幾年罷火食，雲氣生兩腋。偶逢負薪侶，寄聲道傍客。孤飛盧耽鶴，迢迢不可即。」

鄰林在南湖南，余嘗有句云：「萬緑漲晴天，林斷溪光補。石徑不逢人，落日響秋雨。」

應城李鼐有《春日》詩云：「一江水鳥銜船去，不定楊花撲面來。寒食已過春又老，青烟漠漠菜花開。」安陸友人陳中傑《初夏》詩云：「江頭菖葉緑扶踈，江上人家半業漁。一點白鷗飛不去，月明長伴小芙蕖。」

陳峙亭梧竹草堂，野水四圍，風物孤清。夏時荷香數里，延緑洲渚間。嘗招余遊，紉蓮葉爲衣，相與流連竟日。予賦古近體三首，中有「千林蟬響急，一水藕荷肥。野緑頻承履，秋紅欲上衣」。

漢陽諸園亭，推梅子山爲第一。他處多藻繪，此獨以澹瘦勝。同友人酌酒石几上，有句云：「暫憩勞薪到此來，萬竿烟雨旅懷開。石牀影静秋花落，消受湖山酒一杯。」

川邑吴東皋吐鳳姿慧絶人，老而病，耳復善聾。其《詩草》絶句更工。五言如《登高》云：「置我孤峰上，雨雲生下頭。長天横一雁，何處不驚秋。」《曉起》云：「晨倚竹窻前，静中傳細響。濛濛烟霧生，一鳥夢枝上。」七言如《登樓》云：「柳衰桐敗滿林秋，鄰笛聲聲唤客愁。明月清風江上好，不堪人在異鄉樓。」《贈山叟》云：「閒採松花履石苔，雲烟長日鎖山隈。不緣花瓣隨流水，那得尋幽到此來。」

譚白畦艷浦《紀興》詩極清逸有致，如《嬉戲》云：「清姿愛近一壺冰，小屋春嬉笑語增。最是賺人防覷影，故將釵子落紅燈。」《私語》云：「話同七夕夜茫茫，帳揭流蘇不斷香。坐看燈花紅又落，小疎櫺外月如霜。」《遲誤》云：「春衫漬得酒痕香，草露塍烟興更長。橋外月華空似水，今宵有個隔横塘。」《病中》云：「豈爲支離損艷華，香紅偎枕竹牀斜。柴門鎮日不通燕，落盡溪頭鶯粟花。」《宴别》云：「急切離懷悄莫言，紅裙坐裏酒微温。當筵唱得關山月，白日如秋下石門。」「小池楊柳引人來，白板依然映緑苔。不見凌波川上跡，月明昨夜藕花開。」

漢川李雪坪《踏青詞》云：「梁褒城上草芊芊，梁褒城南春可憐。寒食清明看又到，紫簫吹散緑楊烟。」「小園花鳥正芳菲，百尺青樓捲翠帷。燕子也知春色好，啣泥只傍畫梁飛。」「藥臺薜薬俯迴廊，早見遊人到上方。一簇紅裙開笑口，滿階風遞麝蘭香。」「駿馬高乘白鼻騧，春衫葉葉映朝霞。道逢火伴踏青去，只在橋西賣酒家。」「水酌山觴到處宜，筍輿春擁萬花枝。香濃日午陽臺路，樹樹珍禽叫畫眉。」「鬭雞走馬迎佳節，杏酪餳湯不論錢。最是江州好風景，桃花開遍麗人天。」

以上摘録張竹樵《楚天樵話》。

（郭星明、周雪晴點校）

鵠山小隱詩話

鵠山小隱詩話提要

《鵠山小隱詩話》一卷，據《鵠山小隱詩集》本點校。此十數則，乃輯各家之評熊士鵬詩語，附於《詩集》後。略云其承竟陵派遺風而變化之，所謂「是竟陵而不宗竟陵」（周凱《鵠山小隱詩集》序）者也。各家又頗爲之作摘句圖，各體中大抵以樂府、五言稍長。嘉、道間江漢一帶詩風冲淡，熊氏則有孤峭之氣，略不同也。其《詩集》成於嘉慶十五年庚午，初刻於次年，二十三年戊寅又曾重刊，今據初刻置於此。

鵠山小隱詩話

辛筠谷侍御云：「予在鄂與兩溟交，且重其辭知縣而就教職，固宜詩格高淡。其贈予詩，有『一冠獬豸曾鳴鳳，七澤蛟龍早避驄』之句。予亦嘗書其楹云：『清吟逸似鶴樓客，小隱高於梟烏人。』」

周方村蓉云：「予見蒓灣有《題畫梅》一首云：『疎影淡依竹，一枝低入簷。美人方索笑，佳月忽横簾。清瘦池邊立，高寒雪後添。徐熙畫不到，坐夢羅浮尖。』最爲清絶。」

李雪坪蕉云：「汪稼門先生謂：『兩溟詩從鍾竟陵派來，而格調高，筆力健，故能變其面貌。』誠非誣也。五古、五律俱佳，固宜有目共賞；而七絶往往有入妙處，在劉賓客、李庶子之間。」

田秋禾穮云：「集中樂府諸作，力追魏晉。如《秋胡行》中有『一笑採桑婦，一哭贈金人。君有父母在，妾無兒女依。君心如蓬轉，妾髮如蓬起。如何同根生，不得同根死』等語，真是樂府神理。《烏哺兒》及《流民歎》等篇，悲歌淋漓，獨闢畦徑。而五古、五律尤高於七古、七律。五古如『頭上幽州雪』一篇，真妙絶一時。《遊湖山寺》及《觀音巖聽瀑布》《泛湖》等詩，並皆出入三謝，其餘近陶、韋者亦不少。五律清微淡遠，直可追蹤右丞、襄陽。然如『朔風翻野鶻，落日射江蛟』；『赤日盤空野，青天落旱雷』；『馬嘶青草少，風響白楊多』；『楚雲漳水隔，燕雪薊門深』等句，其氣體沉雄，亦何減子美也！」

孫偕鹿牲云：「偶讀兩溟詩集，別有會心，不必皆爲他人所同好也。於樂府則愛《休採蓮》云：『片片擲流水，望君回顧君不憐，憐亦不似前。』《貧士歎》云：『朝掐木皮，暮掘草根。道逢富人，騎馬如顛。酒肉皤其腹，泉布悍其顔。揚鞭捋鬚向我笑，書不如田，田不如錢。』《新婚別》云：『啜泣啜泣羞不續，風亦爲之摧，雨亦爲之碎。人販人歸利三倍，雄者賤，雌者貴。』《江上吟》云：『高樓扇春風，吹我桃李樹。桃李花復飄，春風亦多誤。燕燕相背飛，征人江上去。燕燕相向歸，征人江上住。江上多落暉，歸帆在何處？』於五古則愛『探奇如飛鳥，獨入無人境』；『泛此湖上舟，遂爲湖上宅』；『亂山横面來，奇絶名不著』等篇。於七古則愛《釣臺歌》云：『東西釣臺兩不遇，淮陰富春持竿處。故人可自釣臺來，大將可向釣臺去。』《春江花月夜》一篇，予詩以簡勝，兩溟以多勝。於五律則愛其諸體具備，無美不臻。於七律則愛其清新俊逸，亦復沉雄激宕。而《月夜同星海登黄鶴樓》詩云：『今夜登樓如此月，昔年跨鶴是何人？與君弄笛猶前日，看我淩風定後身。吟罷欲吞雲夢澤，醉來還憶洞庭春。木蘭艇子沙棠枻，去到烟波採白蘋。』一氣揮洒，尤爲七律之冠。於五、七言絶句則愛其語近情遥，有王、裴輞川倡和風味。」

虛谷蘭云：「家兩溟詩天才豪放，諸體俱佳。而予尤愛其平淡古樸一種，有不可湊泊之妙。五律如：『昨夜鄉心切，買舟將戒行。曉烟人外起，秋草客中生。兒獨不依母，家何空累兒。所思惟菽水，無用五侯鯖。』『開門一林雪，昨夜朔風寒。客久故鄉遠，家貧兄弟難。幾人飢未起，孤鳥暮求安。終日梅花笑，亭亭立素欄。』『葉舟湖上去，恰受兩三僧。飛鳥指何處，白雲横數層。空懷一聲磬，未了六朝燈。余亦抱幽石，卧看明月升。』七律如：『頻年漢沔獨奔馳，每向塵沙泣素絲。落日遄歸舒母望，曉風潛去畏兒知。家貧顛倒生奇想，客久艱難得静思。好買青山多貰酒，草堂趺坐醉吟詩。』『家貧彌見老親慈，初着萊衣便解頤。春自何來人老大，梅纔新放影參差。乾坤此夜仍如客，書劍今年幸有兒。最是關情兄弟語，只須飲酒莫吟詩。』外如『終日倚閭惟有母，百年知己不如兄』；『雞豚告匱無餘物，鴻雁追飛自一群』；『幼無父母依兄嫂，老有詩書託子孫』，俱非流連光景語。五古如：『老人愛生孫，孫入老人抱。遂爲掌中珠，復如明月照。種桑成鵲巢，鵲還欣鵲噪。種黍成子家，子亦欣子孝。求食如欲啼，挽鬚似相告。與之共嘔啞，借以發歡笑。老人向我言，讀書吾所好。異時教我孫，吾去溪外釣。』又如：『閣上《華嚴經》，問僧僧不顧。我有千卷書，紅蟫不知數。僧高吾亦閑，共作林下步。攜手看青天，白雲墮何處？吾意欲高眠，僧亦打鐘去。』皆矢口天籟，不假修飾。五絶如：『秋月上園柯，依人奈汝何。故鄉凡幾見，不及異鄉多。』『獨遊九峰山，時與白雲遇。袖雲下山來，放雲歸山去。』『春風柳吹緑，秋風柳吹白。人上石城橋，曾經幾回折。』俱得唐人三昧，無經營慘淡之痕。」

譚白畦蔚齡云：「予愛兩溟集中五律多名句，欲倣漁洋作愚山《摘句圖》，如『寒雀不依樹，野雲空上樓』，當呼爲『熊寒雀』。『高柳受霜早，幽苔生月遲』；『人去湖烟白，鴻飛塞草黄』；『平沙鷗夢穩，高柳鵲巢危』；『悲風孤雁落，暮雪兩人寒』；『遠嶠如依水，飢鷹欲上天』；『雁叫月逾白，蟲鳴燈更青』；『月高孤雁影，秋墮百蟲聲』；『泉飛山吐雪，江動水春雲』；『水光横遠樹，鳥路入疎鐘』；『鷺影夢秋水，漁衣横岸霜』；『塔影如孤鶴，山容似故人』；『樹禿横流卧，沙寒捲日飛』；『櫓聲窗外過，漁火樹中來』；『僧衲野天雪，佛燈春夜心』；『遠山平似掌，落日卧看山』十數聯，可謂在泉成珠，着壁成繪，當於右丞集中求之。」

張竹樵清標云：「予家川邑之南湖，湖有地曰荷花渡，從無有人詠之者。兩溟過渡云：『雙槳荷花渡，南湖水拍門。白烟孤鷺影，青草遠天痕。犬吠垂楊岸，人歌紅豆村。竹樵有句云：『家在南湖紅豆村。』草堂來幾度，待月又開樽。』」《楚天樵話》

陳盤谷治策云：「見鵠山集中有『鴉曉聚聲飛』五字，覺字字有着落。」

魏雁古正鈺云：「兩溟與予月夜泛舟詩云：『江風吹月寒，江水洗月白。不知深夜時，中有泛舟客。漁火鷺鷥飛，寺鐘林木隔。往尋江上人，來飲江上宅。』又：『江上兩人來，扁舟隨去住。寒月依菰蘆，遥天入雲樹。差擬牛渚吟，詎慚赤壁賦。俯仰成古今，一鶴横江去。』歎賞似常建詩。」

喻石農文鏊云：「江漢間近來稱詩者，以沖澹爲宗，精求五律，幾欲由昌穀、子業上追青蓮、摩詰、襄陽諸公，野園、林菴、白畦皆然，故其詩境超曠，脱去塵坌，皆程丈拳時啓之也。竟陵熊兩溟詩，宗法大抵相同，而稍加矜鍊，不落活套。七律並佳。五律如《舟夜》云：『凉風起戍樓，中夜漢西流。鳴笛忽沉水，暮鴻齊傍舟。長天生遠夢，獨樹得高秋，共此一江月，依依蘆荻洲。』《澄湖泛舟》云：『湖光生月白，雙槳響空烟。岸闊皆成水，舟輕欲到天。懷人沙鳥外，憶别酒樓邊。一任乘風去，蛟龍不得眠。』《秋思》云：『斜陽猶在樹，新水恰當門。暝色趁蟬語，秋聲懸杵痕。邀來花外客，吟就月中尊。永夜葛衣冷，滿天風露繁。』《送燕客》云：『夜行河朔地，車馬度城壕。月墮明星大，風吹曉角高。燕人初識面，蜀盜尚如毛。别我西川去，青驄白雪刀。』《湧月臺同平憨樓太史》云：『落日大江流，飛鴻響暮秋。羈心如遠水，極目在高樓。烟草楊朱路，沙棠李白舟。升沉君莫問，吾已付沙鷗。』七律如《岳廟》云：『痛飲黄龍去不遲，兩河父老盼王師。五千騎墮金人膽，十二牌回岳字旗。長恨徽欽歸朔漠，空留松柏向南枝。衣冠不返蕩陰里，愁絶西湖夕照時。』《黄鶴樓送彭寶臣殿撰》云：『如此江山如此樓，楚天一柱跨滄洲。看君有意招黄鶴，問我何心對白鷗？衡嶽雲連湘水竹，鄱湖酒入洞庭舟。都門異日應回首，芳草晴川並是秋。』《訪友人不遇》云：『集霰霏微濕岸沙，板橋行近故人家。寒塘枯樹不成雪，老屋朔風無數鴉。恰好到門逢稚子，旋疑何處就梅花。欲歸更訂來朝約，不負山陰一葉槎。』《答汪雨堂》云：『九月黄花又早歸，鯉魚風起冷斜暉。君方有子成佳樹，我已無親失綵衣。白髮漸生兒女大，青山如故友朋稀。年來落拓頻看劍，霜氣横秋一道飛。』佳句如『門掩暮蟲冷，窗生秋月微』；『樹歸棲鳥鬧，秋養暮雲閒』；『渚紅斜日影，沙白曉霜痕』；『離人見孤月，流水上空樓』；『鷺舂藕花水，牛飯柳塘烟』。七言如『渡頭樹色故鄉近，村裏人家殘照低』；『孤鶴安知非道士，古松初悟是禪師』；『高歌幾見如卿輩，酣飲何曾誤乃公』；『豎子何堪登廣武，虬髯空説霸扶餘』；『飢鼠向人疑有粟，流民如雁已無家』；『臨水人家花墮冷，近秋天氣鳥飛高』；『遊雲一縷捷於鳥，怪石幾堆高似人』。《登黄鶴樓》云：『無邊漢水入江水，不盡吴山連楚山。』《鄴中用陳元孝韵》云：『死慚男子孔文舉，生怕英雄劉使君。』《江夏懷古鸚鵡洲》云：『千人欲殺寧黄祖，四海相知一孔融。』兩溟乙丑成進士，引見，以知縣即用，乃投牒改教職歸，士論高之。」《考田詩話》

「譚白畦詩善五律，以閒澹清遠取勝，余甚欣賞之。及卒，詩皆散佚。兩溟嘗哭以詩云：『故人窮到死，併不愛留詩。白首天難問，青山我詎知。武昌一折柳，風雪正相思。不信江頭雁，聲聲爲汝悲。』讀此不勝愴然。」《考田詩話》

傅野園垣云：「白畦爲兩溟作《摘句圖》，尚未盡其勝。如『林白飛星速，沙鳴去雁孤』；『兵驕無寇處，狐嘯少人時』；『山隨帆影走，鷗傍櫓聲過』；『風高鳴戍鼓，木落挂參旗』；『關遠日斜度，風高鴉退飛』；『歸去友朋少，老來哀樂多』；『老樹如迎客，高僧不媚人』；『日落千山暮，風高五月秋』；『人對遠山坐，鳥横秋水來』；『野渡知帆重，荒城覺草生』；『薄俗賓朋淺，微官歲月深』；『簷晴山入畫，窗夜水生風』；『春水輕輕燕，疎籬短短花』；『怪石臨江活，餘霞學鳥飛』；『嶺雲秋不落，沙渚鳥孤飛』；『櫂歸流水暮，人去亂蟬鳴』；『草生人去後，木落雁來初』；『簷低當檻竹，窗見對山花』；『石罅吹竽籟，江濤入酒樓』十數聯，此白畦所未見者，其中清空一氣、無迹可尋處尤多。鮑覺生先生亟稱其逼真青蓮。如『月湧中流白』、『一夜武昌雪』數篇，皆昔人所謂『轉石萬仞手』者也。」

（楊焄點校）

梅村筆記

梅村筆記提要

《梅村筆記》二卷，據嘉慶十六年蘇州獅林寺刊本點校。撰者釋明理（一七五七—？），俗姓欽，名允恭，字學山，别字梅村，法號恒性。蘇州人。承父業行醫，嘉慶四年出家爲僧。此書有嘉慶十年至十五年多人序及題辭。書中記事最晚爲嘉慶十五年庚午夏六月，當即成於此後之數月間。其筆下頗存乾、嘉時吴中一帶寺廟興廢、住持僧衆法事，每係之以詩作，故近詩話。諸家評謂非語録誠是，非詩話則不然。明理禪師少即好吟咏，遲至四十三歲始出家，自謂「不會參禪懶誦經」，故其詩殊無疏筍氣，即所録釋子詩，亦大抵合轍。然並不以説詩見長，如以「雄渾」歸唐詩，以「纏綿」歸宋詩，即屬不類。潘奕雋序以唐僧皎然比之，過譽也。書中述家世始末及本人出家前後事蹟，皆甚詳備，末附劉逢慶所作傳，竟可不必作矣。

題詞

筆記盛於唐宋。詩僧之爲筆記，古未曾有。文氣疏通雅正，知其浸淫於古者深矣。吴下江山之勝，人文輩出。其鍾靈漫在方外，可謂盛矣。當與《傳燈録》《百丈語録》同傳，卻以不落禪理爲超。

武進沈伯昭、劉春農同評

拈花若證菩提果，猶落言詮色相中。

江上芙蓉生題

予不識梅村，前從兄湖村齋頭一晤君。君之出所著《筆記》囑題。觀其命名著書之意，亦嗜古之流也。

六月下浣平江高翔麟書

古人三不朽，立言居一。著作家代傳者，自名公巨卿至騷人逸士止矣。獨方外家居不欲傳之地而有必可傳之理，故唐宋以迄我國朝，詩僧輩出，類前騷人逸士而傳之之久，且軼乎名公巨卿。梅村和尚工於詩，不自表暴。近以《筆記》見示，詞多峻潔，一掃塵障，真古人文章中逸品。較之韵語，又超而上之，宜其流播藝林也。則所謂居不欲傳之地而有必可傳之理，吾於梅村益信云。

嘉慶辛未首春，樂餘韓是升書。時年七十有七

古今來非儒必歸於墨，非墨必歸於儒，儒與墨相仇而不相合者也。然亦有墨名而儒行者，其名不足稱，而其行實足傳者。烏可以名廢其實乎？雖然，墨名而墨行者多矣，墨名而并失其爲墨行者，又豈少哉？吾鄉懶庵上人賦性恬淡，讀書好古，恂恂如書生。閉關不與世通，往來者類多佳士。或鬥茗論詩，或剪燭讀畫。余自把臂，歡若平生，心竊許其爲人。其方外友梅村，懶庵素稱之。近觀其《筆記》，及農部序其梗概，殆即昌黎所云「墨名而儒行者」，其人歟？無論其名之足稱與否，考其行又何可以泯焉無聞邪？余所以許懶庵者，又許一梅村矣。是爲記。

元和金有容小憨識

白雲在抱，清風在林。悟澈禪理，參入詩心。採輯佳句，成山水音。於意云何，莫名其妙。有所別裁，不拘格調。質之維摩，拈花一笑。會如如旨，想非非天。墨名儒行，別有真詮。我師其人，可佛可僊。

元和韓質琴題

雪綏和尚以梅村上人所著《筆記》示余，真瀟灑以出塵，無纖毫之近俗。潘丈榕皋農部謂其微言俊旨，耐人咀詠，殆曲盡其妙矣。因書數語以誌賞心。

庚午十月稚泉彭希鄭書

慧日峰頭話宿因，遥知明月是前身。白蓮社里香風遠，願共高賢步浚塵。七字吟來別樣新，貫休最是箇中人。譚經猶有重來感，記取當年一段因。

武進墨紆劉承緒拜題

余弱冠即聞梅村先生名，而未識其面。不數年，又聞梅村和尚名，而亦從未識其面。豈同時兩梅村皆以詩鳴者耶？丁卯冬，適遇於婁陽誠齋戈丈家，乃先向所聞之兩梅村，一而二者也。第不數言即別去，卒以未扣所藏爲憾。邇者誠齋次男恬安攜其所著《梅村筆記》，囑予一言。展讀數四，始嘆某卻爲名不虚傳也。蓋其言大抵皆動若活水，止如槁木者。夫活水，文人筆也；槁木，禪師心也。雖卷中嘗自謙爲口頭話，然即今之學儒學佛者，亦安得此口頭話作當頭棒喝哉？所附數言，未識有當梅村意否？至於梅村之品、之才、之學，則諸前輩論說在前，予不被贅。

嘉慶戊辰夏正，麻城徐勖小憨氏書於婁陽寓次乙丑客吴門，因友人董公病，識梅村上人，蓋梅村知醫也。梅村貌古質樸，異乎方外者流，見之令人起敬。庵距旅居甚近，塵事紛如，常少過從。今年夏後，從金陵來謁梅村於庵中。煮茗劇談，且出示《筆記》一編。清而有味，如啖諫果，益知其心之静，由静而入乎道，直可爲操券矣。讀竟，漫題數言於後。

雪泉施衡

題糕時節扣禪關，冉冉斜陽映遠山。我愛恒公詩句好，栴檀安得日躋攀。

擊鉢聲隨搗藥聲，菩提心事在生生。卻看文字緣難斷，《筆記》琳瑯照眼明。

巘亭翁義山

梅村少時聲名藉甚，中年悟道入山。余晤於獅林，方丈出示《松風閣坐雨》詩，知其非應酬筆墨，蓋深相契也。平生雅善岐黄，活人無算。梅村以詩人而爲佛家弟子，其利濟之功，有近取即是者。人但以詩僧目梅村，猶非深知梅村者也。今讀其《筆記》數則，名言奥義，有禪理存焉，即以此作傳燈語録觀可也。

樹庭潘世榮拜題

梅村，余方外友也。工詩詞，精岐黄術，余素知之矣。今觀《筆記》，古峭宕逸，抑何雋哉！其旨遠，其詞文，其言曲，而中禪悦耶？詩情耶？余又安得而測之？

念陶李飈拜題

韓子有言「浮屠氏善幻，多技能」，其梅村之謂乎？素善岐黄術，頗濟人，寧止工詩善談論已哉。讀《筆記》，入禪悟，擅詩評，亦可謂超然入妙者矣。

松琴陳圮拜書

超超元箸，空空法門。言近旨遠，目擊道存。生公抗席，辯才同論。是耶？非耶？還以質諸梅村。

長洲李逢吉

梅村筆記序

昔唐詩僧清晝居杼山，往來贈答者有皇甫述、裴方舟、陸長源，皆一時名流。而魯公爲刺史，亦有酬唱之什。魯公集文士，撰《韵海》，清晝亦與論著。説者謂詩盛於唐。清晝爲靈運後人，所造不同流輩，風流文采，足以雄視珠林，固不獨魯公之賢也。吾吴故多詩僧，不自炫燿。梅村以名家子，中歲棄家，素工韵語。歸心净土後，不復多作。今以所著《梅村筆記》見示，語録、詩話互見於篇，微言俊旨，耐人咀咏。而中間所録己作，亦往往出入九僧間。勺水一臠，可知全味，固不必如西嶽玉壘繁富自矜也。然吴下故多詩僧，梅村曷不取國初以來至於今日，方外所作名篇佳語，或全録，或摘句，附見記中，以備三吴故事。如是，則韜光匿采者既不致日就沉湮，他日有續《韵海》之輯、采緇流之詩者，亦必以梅村所著爲首選也。梅村其亦有志乎此歟？

嘉慶丁卯六月初吉，榕皋潘奕雋撰。

梅村筆記序

達摩西來，不立文字。故世尊拈花，迦葉微笑，遂付以正法眼藏。區區語言文字之迹，皆末也。然因聲教而悟入者，名曰聲聞，此貝葉之書所由起歟？第其中言辭尖新、羌無故實者，禪家擯之爲鸚鵡車，愚無取焉。梅村上人精通内典，風雅能詩，兼詣岐黄術，以十指活人無算，諸名士咸樂與游。余以詩筒相往返者十餘年矣。今年春，予來吴下，上人以《筆記》一帙，屬爲點定。余讀之，詞近旨遠，含味無盡，如聽高僧説法，而可悟其心印也。昔晉慧遠以書招淵明入白蓮社，後遂往來無間。余自幼讀書武林，寄迹古刹道院中。每多方外之交，如侖山、雲巢、静安諸長老，姚中黄、屠雨蒼、施佐周、張樹聲諸羽流，今皆已歸道山。然其詩篇咸采入之大中丞阮公《輶軒録》中，梓以行世。獨余詩富百數十卷，庋諸敝簏，蟲蝕鼠嚙。嘗欲删訂成集，仿白香山、王漁洋故事，繕寫一分，藏之名山，以訂香火因緣。而老病交加，終難卒業，遠愧前哲。是《記》詞旨雋永，他日梓而行之，當有奉爲文字禪而作頓、漸二義以觀者。余將盥手薔薇，覆以讀之。是爲序。

嘉慶十有一年丙寅暮春月，牧塘董錬金書於吴門水榭。

梅村筆記卷之一

古吴衲明理恒性著
潘榕臯先生鑒定
星溪趙芝彰吉較

秋日，至吾與菴謁寒石老人。明日，同心誠師遊天平山、白雲泉及無隱菴諸静室，回菴已一更餘矣。叩門而入，直至雲堂，正老人禪坐在榻。予曰：「今日可謂暢遊矣！」老人曰：「未暢。」及問何故，曰：「未能忘返。」此語真耐人尋味。今世俗人管兒子閒遊浪蕩，或至暮而歸，父謂子曰：「還不算晏，何不再白賞賞歸來？」此口頭話耳，一經老人口中説出，如春風披拂，便是不同矣。

一日，同寒石老人、遠塵大師往天平山觀楓，正過山嶺，行者疲足。老人攜杖朗吟曰：「一步高一步，拄杖生精神。」曰：「即爲起句，汝等當聯之。」初嫌其率直，然又改竄不得。後觀沈桐威《諧鐸》中嘲笑儒門一段，有兩句云：「佛門至百尺竿頭，更圖進步。儒門乃一步低一步法耳。」「一步高一步」正是「一步低一步」之對面，老人稱性而談，自合道趣。

丙辰冬日，未脱白時，遊師林寺。寺中正提唱宗乘，禪堂緊策，因盤桓四五日。予亦隨衆坐香，并二時課誦。忽天雨大雪，冷氣迫人，和尚借方袍一襲衣之。和尚即今本師。偶作小詩一章爲贈，並紀一時良會，内有兩句云：「廬岳峰頭尋慧遠，金山會上愧蘇公。」和尚曰：「金山會上，此用東坡玉帶事，今日老僧却輸與蘇公一襲衣矣！」此真天然名語，拈來便好。録詩于後：「正是雲堂度暮鐘，參禪來到梵王宫。一林烏雀寒烟外，滿閣松風夕照中。廬岳峰頭尋慧遠，金山會上愧蘇公。世間多少清幽事，偏是閒人不放空。」

予友詹芹溪喜作四言詩，每言《三百篇》詩情含蓄，有一唱三歎之致。近日有《題小照》詩五六章，戲問於予曰：「此詩有《三百篇》遺響乎？」予曰：「此詩未能直追正始風味，只好在漢魏之間耳。」大意竟以漢魏許之。適有一友在旁曰：「此語似諧非諧，非諧似諧，絶妙韵語。」予性情不羈，形骸放浪，懶來打睡，興至酣歌，因新安董牧塘先生贈我聯對云：「是老全無蔬笋氣，此來同領木樨香。」詹芹溪謂予曰：「牧塘先生道『無蔬笋氣』，言其有酒肉氣耳。」聞芹溪一言，吾甚疑之，不知先生畢竟是好語、惡語、虚語、反語，將來先生過吴門時，吾當問之。旁有一友曰：「酒肉氣人説酒肉氣話耳，君毋疑牧塘先生可也。」

新安程緯堂先生一日過庵，向予索《梅村筆記》觀。予問是言何來，曰：「董松垞言已經刻過。」予曰：「有吾將記之，不知將來能爲董松垞掩飾誑語否？」前年祖翁昆老人五十壽誕，王夢樓太守唤優人十數人唱白面戲，曰「今日與大師門擺架子」，蓋所唱者《北餞》、《醉菩提》等戲，皆爲和尚生色者。董松垞一言誑語，亦夢樓太守之意乎？

詹芹溪近作《立春詩》有兩句云「數點寒梅催臘去，一聲啼鳥唤春回」，絶似明人佳句。初以「數點寒梅」句命生徒屬對，有金生者以「一枝楊柳送春回」對之。字面未嘗不工，但「梅花」與「楊柳」皆屬所見。「啼鳥」對「梅花」，是一見一聞，對仗是活，畢竟先生勝於學生矣。

庚申夏，本師和尚命余住檀香庵，予以不諳常住事辭之，因轉撥悦師兄辦理。時正天氣炎暑，庭中有一龜，行至中堂，閣閣有聲。予以足按地戲之，龜便縮頭。予因曰：「龜享長年會縮頭。」師兄在座曰：「即是不肯當家者。」一時相傳，咤爲名言。吕朗峰先生有《龜享長年會縮頭詩》兩章見贈，詩意極妙，時人用原韵唱和者甚夥。

王夢樓太守一日與予論書，曰：「今大清國無有人寫字者。」又曰：「吾之書法妙處，世人看他不出。」夢樓之字，一時所重。無論通顯家，凡布帛菽粟之輩，以及茶坊、酒肆、闤闠中，皆喜用夢樓款。還説「世人看他不出好處」，若要世人看他得出好處，不知又當何如也？

潘榕皋先生書法恬静古雅，吾甚愛之。然世人未能知其好處。一日與夢樓太守論時人書，皆不肯許可。予曰：「畢竟先生意中可者誰人耶？」曰：「還是榕皋先生有晉人風致。」然則荆山之玉，畢竟惟卞和能知之。

戊午秋日，訪吾與老人。有詩一首，頸聯點早景兩句云：「疎鐘迢遞月初落，野店寂寥天乍明。」自以爲得意。後觀《劍南詩鈔》有早行詩一首，三四一聯與我兩句無二。雖字面不同，筆法則一。吾甚怪之，自疑爲放翁後身，不然何意見之同也。一日見薛一瓢《唔言日録》云：「一日在廣，席間即席賦詩，予有『老來詩句變風多』，滿座嘆賞。謂：『年老則氣血就衰，失其温厚柔和之氣矣。』及觀前人詩話中，早已論及此意，故今人偶然得句，毋自矜誇，總跳不出古人範圍耳。」由是觀之，吾亦偶然得句，不必疑爲放翁後身，但曰古人先得我心可也。録詩于後：「策杖支硎趁曉行，峰迴溪轉遠塵情。

疎鐘迢遞月初落，野店寂寥天乍明。深草獨尋放鶴處，高山猶仰遁公名。白雲古寺橋邊路，有客來過聽梵聲。」

趙雲岩，名芝，字彰吉。新陽真義人。訥齋名鈺，字有能。先生，其父也。訥齋爲新陽名士，事多義舉，楷範一方。子皆克家，雲岩尤爲白眉。鍵户攻書，不與外事，胸懷磊落，意氣激昂，人以奇男子目之。予脱白後，雲岩有《九日野步寄懷》詩三首。其一：「牢落襟懷步野塘，西南烟樹接天長。遥知百里神交客，此日相思定望鄉。」其二：「昔年携手攬芳華，兩地追思興倍賒。把酒小園明月夜，詩情誰肯負秋花？」其三：「别後相思與日長，寄懷聊爾托詞章。何時得轉婁江棹，重話星溪舊草堂。」詩情繾綣，詞意纏綿。來書筆札並工，風華點染，富麗有則，而又慷慨悲歌，文情無盡。予與雲岩闊别久矣！雲岩能不忘世外人，雅誼殷殷，見乎文字，可謂交道之厚者也。並録來札于左。

舊雨暌違，星霜五易，别懷種種，言不能盡也。每觀淵明廬岳之遊，亦幾欲倒衣命駕。遞想戊午歲，小園籬菊方開日，與吾先生偕同里諸君子，判酒分題，嘯叱其間。鉢響詩成之後，更闌燈盡之餘，猶得窮究古今，考論是非，一種牢落不群之氣，見于眉宇。君今已踏羊車，可謂遊行自在矣。所恨光陰倏忽，知己無多。回首當年，能無悵悵？弟于吾先生高蹈後，亦屏却塵緣，不與外事。惟于傍舍池亭，略加修葺。耒鋤蕪徑，安置竹石。閉户攤書，以消歲月耳。更喜家嚴健飯，田穀豐收，足資三徑。想禪關風月與竹裏烟雲，約略如之。未知君于課罷長吟之後，能念村邊一野人否？今乘令弟安呆先生之便，走候起居，聊伸思渴。去年蒙惠雅扇，厚誼長握。雖白露晨零，何敢緬邈。又有《九日寄懷詩》三首，附録于後，並請教正。不宣。

陳松琴，名圮，字受書。婁關人。讀書好古，穎慧過人。與予最稱莫逆交。松琴短札極佳，明浄簡潔，如蘇長公小品。書法歐陽率更，秀勁清拔，在《醴泉銘》之間。襟懷灑落，風雅能詩。父曉山翁，兄霽眉先生，皆鍾愛之也。松琴好野趣，嘗記與予閒步春郊，于水邊林下，坐聽黄鸝聲，久之而歸。謂予曰：「當日戴永風味，今日却讓我兩人消受矣。」其興味如此。曾吟句云：「漠漠垂楊淡淡風，鶯聲細雨夕陽中。雙柑斗酒風流遠，更有何人似戴公。」詩亦倜儻。

太倉顧容堂太史，名王霖。善畫山水，名重一時。一日，在星溪王半半家，觀文徵明畫，歎曰：「妙極高遠，吾愧不到此。」予曰：「若使徵明在，要學容堂先生，吾恐亦不能到也。」滿座咸歎余措辭之妙。然我禪家論之，只算口頭話耳，何足奇哉！

星溪王半半，爲人豪邁絶倫，好結交，喜周人急。一日謂予曰：「吾輩當居何等？」予曰：「當是第二等人。第一等深沉厚重，第二等是磊落豪雄，第三等是聰明才辯。若梅村，還在三等外也。」翌日，語于徐西亭先生。西亭曰：「就我，還不是這樣答法。當曰：『君之等數，落後得極。第一等是三皇，三皇之後是五帝，五帝之後周公、孔子，孔子之後是孟子，孟子之後還算朱子，朱子之後方算得着吾半半，豈非等數甚後耶？』」不知半半喜居二等，還是喜居落後也？

予今秋病咳，服吕朗峰先生藥，甚效。一日與朗峰書曰：「服尊方後，飲食加進，精神日旺，咳嗽亦漸減矣。但現在尚未能使拳頭、踢飛脚過日子耳。有費清神，不知何以報之。常言道『秀才人情紙半張』，在我僧家自有報謝之道，我當念『阿彌陀佛』數聲，時附寄對紙兩副，求其大書者。」我又曰：「屢煩椽筆，將來當捉一對大白鵝報之。」或曰：「何不再念『阿彌陀佛』？」予曰：「若再念佛，使吕公索然無興矣。」

吾鄉陳湘帆，與之爲總角友，又吾母朱太孺人門牆桃李也。吾母朱太孺人爲女塾師。爲人謹厚，作事端詳，里人皆敬禮之。與趙訥齋、雲岩父子日夕唱咏。《琴鶴堂菊社吟集》中所載佳什甚夥。向來詩筆平和柔順，大都如宋人詩，葛巾野服，便娟適體。近日追步唐人，魄力俱厚，竟有搢笏垂紳氣象。想因日與少陵相接，故能造其真實境也。予懷想湘帆，每勞夢寐。今讀其寄來近作，如親言面，亦可慰我積懷矣。湘帆艱于嗣，聞今已獲麟。清真抱璞之夫，每享厚福，湘帆晚節，亦當與黄花並也。録詩三首以見一斑。寄予云：「闊别幾年夢裏過，良朋相勖已蹉跎。而今始覺死生大，且喜還餘歲月多。詩債欲消猶未得，酒魔先去是如何。近來忽厭心殊想，删盡從前醉後歌。」又《登圓覺菴閣望馬鞍山追次杜甫九日藍田崔氏莊原韵》云：「憑欄高閣望中寬，接目應多世外歡。居此不難宗佛教，皈依何必脱儒冠。放歌仙境愁消去，回首塵寰心覺寒。欲結茅菴文筆下，朝朝常得玉山看。」又《九日登馬鞍山》云：「風急山高萬木凋，登臨祇覺興蕭條。下方人跡渾難辨，上界星辰轉不遥。勝事當年傳落帽，感懷此日聽吹簫。秋光已到重陽節，又見岩前野菊饒。」

我玉峰自明以來，科甲之巍峩，爵禄之高大者，指不勝屈。然至于今日，所謂「百年事業隨流水，一代豪華付夕陽」矣。惟乾隆初年，有顧文康公，後號洲士者，名登。好善樂施，事多義舉，凡鄉里小兒、三尺童子，皆知其善士。今門風家法，猶令人欷歔艷羨。視夫居高官、受顯爵，不修名節，爲鄉里人唾駡者，豈不遠哉？然顧公之後，則又有人焉。吾鄉正義趙訥齋先生，世業儒爲清獻公後。孝友天成，居心仁厚。爲父唯默公建孝子坊，爲母王太夫人建保慈庵。揚美報孝，親親之誼篤矣。又凡里中橋梁廟宇，爲之創修；貧苦急難，爲之周恤；官訟是非，爲之解紛。一切善事，總爲之首先領袖。人咸曰：「趙公，善人也！」無間言矣。當知典型楷範，令人仰止，顧公、趙公兩不休矣！吾又悲夫掇高科、登大位，專以肥家潤身，百年後泯泯無聞者，有深惜也。吾不知趙公之後，能繼趙公者，又何人哉？

寒石老人避喧在支硎山吾與庵。世人慕其道德者，争請老人作佛事。因其舊相好者，又不能卻，故應世亦甚忙也。夏間與老人書曰：「近日聞老人應世甚匆匆，弟子近況亦甚碌碌。弟子向有入山之願，但恐如老人之欲求静而不可得也，不知老人又將何以教我？」若此言當面與老人説，我恐老人目瞪口呆，不能答也。一日老人與我書曰：「接得手書，知公應酬碌碌，迨無虚日。大丈夫收放自由，卷舒在我，當無煩細囑也。」予秋間害病後，又與老人書曰：「一病五十日，恍然又是一夢。健時多半爲人忙，真正徒自苦耳。前老人曰『大丈夫收放自由，卷舒在我』，弟子不知能有此力量否？」書中之意似乎志道，然而空言無補。古人云：「强順人情，免就世故。」八個字誤卻一生大事，悲夫！

新安董潤軒先生，與予爲莫逆交，爲人風雅可掬。牧塘先生乃其令姪，松垞、湧泉是其從孫，洵可謂「謝家多玉樹」也。癸亥春，潤軒齋中有白桃花一盆，瑩潔可愛。時潤軒、松垞、湧源、芝庭諸君皆有作，予亦效顰三章，聊爲寫情。詩曰：「不隨紅紫鬥芬芳，別有清標世外妝。片片淡雲來水榭，溶溶明月照書床。總然露井無雙品，誰識瑶池第一香。且喜當年離色相，冰肌玉骨作仙郎。」其二：「愛爾名花最出群，有人相賞趁朝曛。春當欲暮何來雪，客到多情喜看雲。玉洞舊栽還我記，水亭移植是誰分。因同骨格成交契，共此冰心不染塵。」其三：「水閣窗開净俗氛，品題來往會仙群。光摇虚室渾如月，花放疏簾半似雲。天上昔年曾識我，人間此日又逢君。瑶臺謫降同時候，只爲緣深兩不分。」三章詩首作一結，謂花可，謂潤軒可，梅村自謂亦可。後兩首謂潤軒與花可，謂梅村與花亦可，即謂梅村與潤軒，亦無不可也。由是論之，潤軒之心即梅村之心，一而二，二而一者也。

遊山塘詩，凡僧家最難下筆。予上年有七言絶句七首，時唱和甚多。吕朗峰先生令兄耽吟咏，客於廣，朗峰爲之傳去。有友人謂予詩曰：「遊山塘詩要在不脱不粘，粘則隨聲逐色，脱則便成佛偈。此七首詩中，妙在首首有個梅村在内，而又不落乎空，不住於色，所以謂佳。」録詩于後：「撲面紅塵七里長，春來日日看花忙。時人道我顛僧好，只把山塘作道場。」「紅欄緑幔水邊樓，酒客登臨快繫舟。借問濟公誰得似，傳聞佳話説杭州。」「踏青人渴且停車，紅袖當爐也賣茶。參學趙州禪不了，但看滿座落楊花。」「勝日尋芳清興添，招朋相約到怡賢。墨公腕下春風暖，寫得幽蘭碧似烟。墨泉上人雅擅墨蘭。」「種菊仙人號菊仙，二非老人性愛菊，人稱「菊仙」。恰逢深入定中天。值老人禪静在關，未得面晤。觀瀾逸興追彭澤，亦愛東籬秋色妍。觀瀾上人惠我墨菊，亦極寫生之妙。」「乘興還來到虎丘，香車人面若雲稠。何須更讀西廂曲，留畫東廊壁上頭。」「説法臺前花氣稠，山光鳥語兩悠悠。生公一去繁華甚，日日笙歌不肯休。」

《懷杲堂上人》一首，上人一字芋香。詩曰：「桐葉滿庭書滿牀，當時問道到雲堂。一從惠我山家味，贏得年年憶芋香。」隔秋訪上人于牧石居，蒙上人薦我山盤，中有銀杏、香芋等果。分我真味，茗椀鑪香，麈談永日。一時興會，至今猶耿耿不忘也。

秋日，呂朗峰過菴，余適他出。時小庭玉簪花盛開，朗峰盤桓久之，咏詩三絶而去。余作此以寄之，曰：「朝來放鶴前村去，小院無人客到家。幸有秋風能拂座，階墀開遍玉簪花。」

予有《秋山晚步》詩曰：「炊烟出深林，山家日已晚。尋幽迤邐來，行行不知遠。忽到白雲間，高風憶支遁。泉寒入窗静，松古當門偃。小坐啜香茗，談禪欲忘返。但聞西巖下，樵歌發清婉。」此詩呈潘畏堂太史，曰：「風味在王、韋間。」適令兄榕皋先生至，以小詩閱畢，曰：「直是淵明！」畏堂太史曰：「在晉言之，固是淵明；就唐論之，當在王、韋也。」二公之言，雖非確論，亦是韵語，存之以博一笑。

予友朱椒堂先生，胸襟洒落，才思超群，人皆以千里駒目之。不意今之正月初六日，王二安先生過庵，報道椒堂去世矣，予聞之不勝驚駭。嗚呼！電光石火生死關頭，之乎者也原無用也，我乃更有悟焉。且椒堂平日所著詩文，前年皆失于火。二安先生不忍使其湮没無傳，于相好處廣爲搜索所遺，欲付之梓。予尚記其贈詩四首，餘皆忘失矣。七律兩首，其一曰：「九月柴桑菊始花，有人江上繫輕槎。良醫心苦肱三折，名士才高手八叉。頻過蓬門慚倒屣，偶題仙像悔塗鴉。時託題呂祖像。歸時若晤諸同調，爲道秋來望眼賒。謂陳勿齋、徐西亭諸君子。」其二曰：「經歲相思繞夢魂，屋樑時見月移痕。江邊繫棹人初到，市上懸壺道自尊。新製錦囊裝麗句，常依繡佛净塵根。嗜痂縱忘予書拙，敢與籠鵝一例論。」又七絶二首題云：「六月二十八日，欽梅村先生放舟陽城湖去，下午大風陡作，林木皆拔，咏七絶兩章以誌懸念。」詩曰：「砲車雲起勢飛颺，急雨隨風亂草堂。野水孤篷何處泊，敢貪今夜十分涼。」又：「千金傳得活人方，縱涉波濤也不妨。笑我幾回江上立，暮烟濃處望歸航。」相好關切，情見乎辭。不知今日乃爲椒堂哭。余不哭其不能見用於時，而哭其能此去分明否？佛印送東坡曰：「此去不可再誤。」曉風殘月，黯然神傷。

予弟安呆，姓欽氏，名允和，字義山。天資敏捷，識見超人，吾甚愛之。一日，論唐人「故國江天外，登臨返照間。潮來無別浦，木落見他山。沙鳥晴飛遠，漁人夜唱閒。歲窮歸未得，心逐片帆還」一首，予曰：「此詩中兩聯，俱是寫景，略于寫情。」弟曰：「五六原是寫情，言客途在外，離别鄉關，反不若飛鳥之來去自由、漁人之安閒自在也。」一經道破，便覺通體靈活，詩有生氣矣。又論《春怨》一首：「蓬鬢荆釵世所稀，布裙猶是嫁時衣。胡麻好種無人種，正是歸時不見歸。」予嫌其起句迂緩膚売，安呆曰：「此兩句是怨詞，言不可以糟糠見棄。但詞意含蓄，令人不覺耳。」味之果然。故曰吾弟具有卓識，前人亦有議其一起不佳者，蓋亦未達作者之意也。

予鄉正義趙雲岩刻《琴鶴堂菊社吟集》。既竣，託安呆舍弟寄來示予。係令尊訥齋先生與子姪輩，并諸同人唱和者。外有大作數章，予尤愛其《甲子秋對菊》一首，感物興懷，抒寫時事。是有意法古，然非積學功深，不能道也。古人吟咏皆有關係，不是偶然弄筆，古人之詩所以傳耳。吾謂雲岩此詩爲之「詩史」可也，又豈同吟風弄月之比哉？詩曰：「荒村讀書罷，静坐撫瑶琴。菊花展晚節，相對披幽襟。今此甲子歲，毋乃夏雨霪。田園波浩漫，浸淫及果林。未寒飢已迫，遊食互相侵。注云：「逞雨搶掠者，不勝數紀。」幸逢賢邑宰，德政群黎欽。先平市米價，注云：「李侯勸諭紳士減價平糶，家嚴同里中善士首先領袖。」再爲捐俸金。李侯捐俸買米四百餘石，遍施貧乏。鄉農雖愚頑，得無感激心。大官達九重，沛澤真甘霖。寔惠毋旁飽，申令嚴森森。即非四窮民，亦得荷恩深。年來餘舊醅，欣向菊前斟。」寫事精詳，輕重得體，想雲岩胸中自有卓識。

黄山谷有友人，善誦詩。一日作詩一首，誦于山谷聽，問曰：「有幾分好處？」山谷曰：「有十分好。」友人曰：「真正何如？」山谷曰：「詩三分，誦七分，豈非十分乎？」予亦善誦詩，無論好詩、惡詩，一經予誦，便是有聲、有調，人皆悦耳喜聽。予自作之詩固必自誦，然則他人之詩，若要十分好，豈可不出予之口誦哉？

予師兄嬾庵，世家子也。性雅澹，不喜塵事，樂與諸名宿近。本師及祖翁，皆欲以方丈事託付，終不肯受。有杲堂和尚者，吴下名僧，爲人過高成癖，與嬾庵雅善。有人謂杲公曰：「嬾庵之不肯與方丈事，偏好高潔者，皆吾師之教壞也。」杲公曰：「我住菴三十年，教壞一個人，未知始終還穩否？」此一句是絶妙語，又是惡極語，杲公意中更欲爲嬾庵兄轉一釘脚耳。

京口顧鶴慶先生，爲寒石和尚作《吾與庵圖》，其點綴設色，淡遠可人。但細看此圖，僅見庵背，並無門户可尋。因問寒石老人曰：「此圖固好，但不知門户何在？」老人曰：「已在門内人，何必更問門户。」吾不知老人所説何話，大家爲我參之。

嬾庵兄與予，皆出于懷西老人之門。吴下名僧，近數牧石、寒石兩人。嬾庵爲牧石所重，予則忝在寒石所愛。兩兄弟爲兩名宿不棄，吾本師亦私謂得人矣。打油漫筆，用博一笑。

戈恬安，字韞輝。元和人。隱于婁關外之婁陽。地名沈店橋。父曰誠齋，仁厚家風，謙謹自處，里人德之。恬安遵父教習，勤家事。而于書卷不廢，每偷閒燈火。其古文與四韵皆有可採，蓋得之深心討取者也。有《贈言》一首云：「悟得禪家意味真，便將慧劍斷紅塵。山間謂體成完品，水際行吟作隱淪。賦就八叉才入妙，功深九折手生春。一編筆記幾回讀，不解點頭也鈍人。」梅村曰：「沉着頓挫，功深煅煉。」

徐小憨，名勖，玉峰望族。少有神童之譽，一目數行，敏捷過人。于入泮以來，幾困場屋，至今猶老驥伏櫪也。秋風桂子，其在晚年乎？其詩學清麗芊綿，大都才人筆墨，皆由于天分中來。有見贈詩一首，可見一斑矣：「藥房禪室未經尋，一卷先教反覆吟。指可生春殊俗手，語堪點石豁塵襟。要知野鶴閒鷗意，試認寒灰槁木心。閉户已應凡客少，結廬何必入山深。」並有《梅村筆記序》一篇，亦清雋可喜。

有婁陽在婁關外，地名沈店橋，元邑所屬。戈恬安名坤，字韞輝。之次女，名蓮，字懷芳。生而敏婉，少嫻女訓。恬安愛之，字我荻溪在婁陽之西十里，地名王巷。唐蕙圃名榮業，字道華。表叔之次子耕堂名厚福，字裕昆。表弟。耕堂丰標玉立，威儀楚楚，寡言語，不苟笑，亦蕙圃之掌中珠也。蕙圃與恬安締結朱陳，往來姻好，所謂志同道合者。戊辰秋，耕堂病歿，懷芳有矢志守貞一事。其母舅錫山太學秦子半俗名玠，字建侯。有《貞女記》。今備録之，以見乾坤正氣、王化宏敷，而恬安之家教亦千貞女見之也。《記》曰：「甥女姓戈氏，名蓮，字懷芳，元和太學恬安妹丈之仲女，而字長邑唐公蕙圃之仲子厚福者也。年十七未成婚。歲戊辰秋，耕堂患痢病歿。女聞訃，告父母，竟奔喪。至靈前痛哭搶地，悶絶再甦。舅姑憫其年少，勸之歸父母家，親戚亦如勸，俱不聽。女曰：『聞之夫婦之禮，始于問名。一問名而終身不改移者，義也。至榮枯得失，蓋有命焉。女既字唐氏，生死無他，志也。』幾欲以身殉死，舅姑止之。乃請易服執喪，並請立伯氏之仲子爲嗣，舅姑亦憐而從之。寢苫嗜苦，哀痛骨立。親戚鄰里咸爲懷芳苦之，亦爲懷芳嘉之。噫！古來斷髮明心、柏舟矢志者，代不乏人。我朝教化宏敷，德宣閫内，其完貞全節、名垂史册者，亦有見之矣。惟是深閨弱女，貞心自矢，荼苦自甘，雖尊長之言，不能奪其志也，斯爲難之難耳！他日降九重之紫綍，題雙闕以黄旌，光耀一生，輝映千古。我于今日卜之，嘉以詩曰：『未成吉禮痛夫捐，弱女能將名教閑。此日貞心堅似鐵，他年闔望重于山。却期歐柳爲同調，定擬共陶合一班。爲語采風賢執政，上邀綸綍下塵寰。』」

懶庵兄惠賜枇杷一筐，來書曰：「昔日有人送枇杷于友人，而誤書爲『琵琶』者，友人答書曰：『承惠琵琶，聽之無聲，食之有味。乃知古來司馬淚于潯陽，明妃怨于塞上，皆爲一啖之需耳。』今呈上枇杷一筐，是洞庭佳種，不敢獨自消受也，然亦幾乎寫作『琵琶』耳，一笑。」予答書云：「前人有誤書『枇杷』爲『琵琶』者，頃惠嘉果，口中食之雖甘美可人，然到腹中便不快爽，令我頻頻咳嗽。想是『枇杷』原是『琵琶』，蓋其胸中有司馬淚、明妃怨者，方氣味之相投也。如我腸冷如冰、肺清如雪，故其類之不從也。如此質諸高明，以爲然乎？否乎？」會一上座戲謂予曰：「司馬淚、明妃怨傾入愁腸，非於唯識觀王三昧有少分相應者，大難抵當也。」文人慧舌百辯百聰，洵然。

會一上人，予未脱白時即與之交。時人皆稱其有重關工夫。予不會佛法，不知關有幾重耶。近來時人又稱其通明教學，予又未讀内典，不知教從何處通起。今夏五月寓于小菴，每每又以浄土法門開示我，又不知浄土畢竟在于何處，被他説長道短、舞弄經月。有時敬信他，直欲以師事之。有時懊恨他，幾欲一棒打殺與狗子喫。臨别時有《留别詩》一首，竟似作家面目。予亦只得順風吹火、酬贊幾句。我將來參學十年之後，當與他結一重今日之公案也。要知宗教浄土還是各立旗幟，還是即三即一，定不隨人脚跟轉也。附詩曰：「客窗日日雨瀟瀟，纔見新晴恨轉饒。行跡飄蓬隨處轉，光陰荏苒逐時消。禪參五味情忘久，經演三車語不離。珍重師林遺典在，師林天祖有《浄土或問》書。好憑徑路脱塵囂。」予贈云：「論心日對雨瀟瀟，忽地分襟别思饒。君似鶴情飛去遠，我同江漲恨難消。隨機説法皆成妙，稱性談詩不喜雕。羡煞清名滿吴越，飄然杖笠出塵囂。」

京口顧弢庵，名鶴慶。雅好山水花木，每出遊忘返。善丹青，不肯輕與人。或相好處有顧公舊時所寫字畫，見攤置案頭、不甚珍重者，輒袖歸去。一日山遊，見梅園中有僧去其屋旁梅樹者，大抵因礙牆垣耳。弢菴見之，大聲絶呼曰：「爾僧何俗如此，好物何欲去之？我當禀之當道，不許爾住持此庵也。」時人傳爲佳話。或謂其書腐，然此人此事自可傳矣。米顛、倪瓚皆有偏好，先生即其人耶！瑞光上座曰：「若使吾在，當撇去钁頭，問彼還是山僧俗？還是居士俗？」梅村曰：「我不知弢庵處此又作麽生，若能一心皈依、五體投地，則可與言道矣！」

秋日，吕朗峰先生見過，時黄菊滿庭。問曰：「近日道况何如？」予曰：「秋來大有閒心事，怕見黄花滿眼多。諺云：「郎中最怕菊花黄。」」十月中，又過小菴，朗峰先生曰：「尚是滿庭黄菊。」予又曰：「冬來縱有閒心事，尚喜黄花滿眼多。」先生曰：「前云『怕見』，今云『喜見』，何前後不相蒙耶？何不云『冬來却有閒心事，庭外黄花滿眼多』？怕見、喜見，任人猜測可也。」

雪島上人，湖廣人。喜寫蘭草，並善書法。聳肩古貌，狀若老梅。筆墨之興，老而益健，亦一奇士也。有《小照》一卷，皆名公鉅儒所題。又欲求潘榕皋先生大作，囑予作札，以致其意。予與榕皋先生年餘未面矣。書曰：「經年闊别，未及走候。衲性情日懶，蹤跡荒唐，無以似之。但日于山窗之下，作筆記一兩則，以消歲月耳。他日録有成帙，當質之大匠，用賜斧斤也。」以下及題照云云。此書雪公未曾送去。或者曰：「雪公意中嫌此書殊少通候頌禱語耳。」予曰：「若作如此見解，不特雪公俗，并看榕皋先生亦俗矣。他日當質之榕皋先生，以爲然乎？否乎？」榕皋先生《題照詞》集唐人句，作《菩薩蠻》一闋，「幽栖地僻經過少，一瓶一鉢垂垂老」云云，别樣新裁，出人意境。

遠塵兄適有微疾，予爲處方。吴下風俗方前有落款稱呼，如某公上人、某公大師之類。予與遠兄有名分，若稱上人或大師，則殼。若稱法兄，便落俗套。予寫「遠公」兩字，下便難措詞。予即問遠兄下兩字當用何者，遠兄曰：「不用增添，此語却是風流藴藉。」一日語于寒石老人，時三人同在。老人曰：「汝去問他，汝便是門外漢。他云『不用增添』，未免自尊太大。」遠兄謝曰：「學者雖不敢高比前人，然微斯人，吾誰與歸？」

嘉慶六年五月，隨本師及嬾庵兄、能法兄，祝祖翁昆老人五十壽。舟行將抵京口，本師命作壽詩幾首頌禱頌禱，予因賦近體四章。予自出家以來，未曾拜見祖面。詩從我未脱白時孺慕起見，寫到今日祝壽之意。第三首云：「五月榴花爛熳開，子孫齊列拜階來。願將八德池中水，擬作長生酒一杯。」嬾庵兄曰：「此首未免涉俗。」予曰：「妙在此首，祖翁見之，當必有喜者。」明日至寶蓮菴拜見祖翁，呈上壽詩。看到此首，祖翁忽開顔一笑。予對本師及懶庵兄曰：「何如？」時皆爲解頤。録詩于後：「當年曾到梵王宫，丈室門深路未通。未脱白時，訪老人於師林寺。老人正閉關謝客。聞道老人餘興好，松風閣上墨香濃。禪餘之暇，老人雅好臨池，故云。一從脱白計三春，未及堂前拜老人。今日挂帆風力穩，揚舲直渡鎮江津。」「五月榴花爛熳開，兒孫齊列拜階來。願將八德池中水，擬作長生酒一杯。」「百尺蒼松上壽身，一輪慧月見精神。寶蓮庵裏春風永，種得菩提啓後人。」

張眉山先生書娟秀平淡，絶無烟火氣。即王夢樓、徐大榕諸先生見之，皆不敢用貶語，皆曰「筆下無塵」。前人論書法之秀雅者曰：「秀似芙蓉出水，雅如珊瑚映樹。」吾于眉山先生當曰：「潔似梅花映月，皎如玉樹臨風。」

眉山先生近日館課自勤，不甚作詩。然或于山水之興，偶一爲之，便見出色。曾記《同遊天平山宿上白雲洞》古詩一首，一股清氣，如讀王孟，要是胸中別無滯礙耳。其詩曰：「山脚陷暮烟，楓林夕照晚。相與故人遊，閒步不知遠。忽然月當頭，遥望白雲返。踏磴攀古藤，坐石藉蒼蘚。巖穴滿清輝，尋幽喜徑轉。叩扉登石屋，剪蔬飽餐飯。清磬響千峰，安卧繩牀穩。」

今冬，予修《欽氏家譜》，請崑山陳景川先生謄寫，將欲謀之梨棗。或曰：「君既出家，何用此爲？」予曰：「不出家，猶可不爲。彼在家人會養子育孫，綿延宗祀，自可報答祖先。予已出家，當念身從何來，父母祖宗何以報之，修是譜者，所以深感水源木本之意耳。出家人舉此正宜矣。」

戊辰春三月，予應相城王路菴之請。菴居四面皆水，人跡罕至，茂林修竹，鳥語間關，一窩清景，足爲栖息之鄉矣。適有故鄉舊友章翰香，名懷，字炳基。設馬融之絳帳，距菴不過數武。時來過訪，論詩談笑，殊不寂寞也。小室中懸字一幅，係新安程緯堂太守所書。題畫詩一首，詩云：「月影涵霜玉宇清，白雲紅葉最分明。數間茆屋深林裏，尚喜門無剥啄聲。」予謂翰香曰：「起句是夜景，若夜静更闌，門無剥啄，此大概境界皆然，不足爲奇。此時此處偏有人來敲門打户，方有別致。」翰香乃吟句曰：「數間茆屋深林裏，偏有僧來扣户聲。」予曰：「有無之間，便成佳句。緯堂先生見之，當亦以我兩人所論爲不謬也。」

章翰香《過王路菴詩》，不減宋人佳句，録出以公同好。詩曰：「問渡村南又水南，江天一棹趁風酣。乘流欲訪詩僧處，楊柳鶯聲王路庵。」神酣氣暢，讀之如坐春風中。

高竹香，名思義，字鋭伯。居陽城之瀔涇里。爲人誠謹古樸，惟務讀書，並好韵語。父曰守成，人稱里中碩德。慈和處世，利濟爲心。天之報善不于其身，而于其竹香乎！竹香爲令叔紱堂太史名翔麟。雅愛之，蓋亦重其品也。每過王路菴，論詩談道，消閒永日，時有見贈篇章，寶貴珠玉。今録詩三首，以見一概。其一曰：「烟溪迢隔路重重，何處尋求大士踪。且喜蕩舟蘭槳健，前村隱隱已聞鐘。」其二：「寂寂雲房遠俗情，座間惟有篆烟清。談禪一片玄機妙，總付花香鳥語聲。」其三：「經案香臺出世情，吾人入座已心清。遠公社裏慚靈運，十八賢中肯附名？」

葑溪毛意香先生，名懷。性情雅淡，樂道安貧，一高士也。方伯吴公名壇。愛重之。福建中丞浦公名霖。慕其名，聘爲幕僚。先生意欲不往，猶豫未决，問於寒石上人，寒曰：「家内雖淡泊，還是寫字過日子好。」又問於牧石，牧曰：「去去罷了！」明日語于法光師曰：「兩公之言何兩見也？」法公曰：「原是一樣，去去罷了，有何好處？」于是竟不往。未幾浦公獲罪，二公之言固不謬。而於意香先生比之，他人謀而不可得者，亦天壤之相遠也，故曰一高士也。

徐澹安先生名錦，字炳南。屬舊相好。予脱白後，時于山中吾與菴遇之，每有相訂過訪之會。澹安好山水，爲人頗雅，人多樂近之。癸亥夏，訪澹安于葑溪之烏鵲橋，深堂簾静，碧水荷香，清風拂拂，滌我煩襟。清談久之，午餉而歸。作詩十首，即用工部《夏日過何將軍林亭》原韵。其一曰：「不識葑溪路，今知烏鵲橋。牆東有隱者，高義薄雲霄。邂逅常相遇，慇懃幾見招。感君幽意好，不惜路途遥。」其二：「滿院風光好，憑欄百慮清。盈階生細草，深樹有鳴鶯。饌具黄粱飯，盤開白藕羹。主人足幽興，幾度約山行。」其三：「病骨精神少，詩情懶不支。吾人慚避席，有客快臨池。階静雲常在，林深暑到遲。欣看名士帖，時觀薛一瓢墨蹟。案上且閒披。」其四：「梅雨初過竹，階蘭恰放花。松高能引鶴，地潔不藏蛇。買棹情偏愜，觀荷興不賒。相約黄天蕩觀荷。他時重踐約，還到老詩家。」其五：「花徑微風入，閒軒爲客開。林禽鳴翠羽，園果落黄梅。覓鶴支硎去，尋人葑水來。祇因昨夜雨，階砌長莓苔。」其六：「沉李調冰雪，浮瓜汲井泉。主人何瀟灑，詩思最纏綿。問字因來我，求醫不用錢。澹安精醫理。予有弱疾，因就教焉。葑溪有佳處，真作小山川。」其七：「細草侵階緑，盆花入座香。堂深暑不到，簾静晝生凉。雲影林間散，蟬聲樹裏藏。偶來庭下望，天色正蒼蒼。」其八：「蓮花初透水，荷葉密鋪池。瓜李盤中出，園蔬座上羅。彈琴來老丈，看客聚兒童。翡翠聲聲好，幽人興自隨。」其九：「謝家有寶樹，意氣欲凌雲。康樂推能賦，惠連總尚文。令嗣皆俊秀能文。品茶同暢飲，論古各條分。此日成高會，堂前笑語紛。」其十：「忽忽日云暮，其如分袂何。躊躇不能去，惆悵更偏多。欲别留深誼，裁箋作短歌。今朝一相訪，從此好頻過。」

予在師林寺中松風閣上，一日曉窗坐雨焚清香，數木槵子，凉風颼颼，飄人襟袖。作近體詩一首，曰：「爐燒沉屑火初紅，一句彌陀學遠公。小院秋深梧葉老，禪心總付雨聲中。」翌日，潘榕皋先生來寺，見案上草稿，爲之評綴曰：「此詩氣定神閒，讀之令人百冗俱寂。」

癸卯春日，顧容堂太史與余泛舟陽城湖之荻溪，訪舍親唐蕙圃。時偕管城子、楮先生載酒携琴，作湖上十日遊。不意被友人促裝入都，竟匆匆而返，徒載滿船明月歸耳。有詩四首，云：「摒擋茶具與詩筒，相約招朋一棹風。七十里湖十八峽，人家都住水晶宫。」其二：「波平沙淺浪花低，絶勝江南罨盡溪。落日櫓摇紅碼碯，遠天人浸碧琉璃。」其三：「水路迢迢不見村，烟波人静月黄昏。舟師舵轉輕帆卸，曲曲溪流送到門。」其四：「柳枝金嫩不勝鴉，落盡梅花見杏花。流水石橋村一曲，此中人語有烟霞。」四作寫景俱妙，可作一幅陽城圖畫觀，乃知桃源洞外，又有一天。

予法兄静緣師者，琴川人也。性情恬淡，不喜諠譁，頗自高潔。喜書法，雖不甚佳，却無俗氣。好作詩，亦不計工拙，惟求適性而已。故琴川搢紳先生樂與之交。簞瓢屢空，晏如也。「勢利」兩字全然不會。或戲謂曰：「静公還要窮去。今人處世之道，總要會得勢利纔好，况出家人乎？欲求不勢利而不窮，不可得也。」一日遊玄妙觀，有相士指静公曰：「爾僧相貌孤高，頗不落俗，但自數年以來，至于今日，甚無財氣，是即孤高之累也。」静公微笑不語。時同我嬾庵兄在，嬾庵兄乃指相士曰：「俗俗。」兩人乃拂袖而回。如静公微笑，意極含蓄。而嬾庵兄一答，更多韵致。

予未脱白時，問寒石老人曰：「參禪起于何祖？」曰：「起于釋迦老子一手指天，一手指地。」嗣後又問婁東顧容堂太史曰：「畫學起于何人？」曰：「起于伏羲一畫。」二公言語超脱，若合一契。一是名僧，一是名士，洵不誣也。

魏思陔先生爲新陽名孝廉，少有神童之譽。博學好古，不肯輕許人可。予弱冠時，作文每就教焉。過蒙奬許，謂曰：「君之筆墨，即前一輩人才中甚少也，無論今日。若能造進，自可成一家作手。」既出家後，潘樹庭中書見予古作曰：「梅村師文字非應酬筆墨，豈特一時爲人傳誦哉！」兩公之言雖屬過譽，然或庶幾近之。但數年以來，筆硯荒蕪，殊少進步，有負兩公之言多矣。

寒石和尚爲吴下名僧，凡騷人逸士，無不願識其面。故到彼往來者，皆風流跌宕，而迂闊者絶少。然我梅村一到，則和尚興致倍生，或寫字，或作詩，或山遊，或清談，勃勃精神，連日忘倦。故和尚時謂人曰：「諸君興致雖佳，總讓梅村第一。」但近年來遊興亦衰，惟好茗碗爐香，終日静坐而已。

一日在吾與菴，同寄樵師即遠塵兄別字。遊華山歸來，月下問路松間，叩門時已更餘矣。予對寒石老人曰：「今日出門去，却見兩俗物。青山頂上有一墳塚，雪白耀目，孤凌空際，經行半晌，總在目前。又到一寺中，座間一幅字軸，亦未能雅稱。」老人曰：「總之梅村量貴，滿目青山容不得這兩物。」一日語于秀峰和尚曰：「梅村果量貴，吾與長老却被青山轉去矣。」我不知老人以爲然乎？

偶同安杲弟往善慶菴，適石遠梅、周處默亦在。時遠梅持寒石上人《倚杖吟》在詩囊中，序文遠梅作之，將付梓矣。集中有《贈嬾庵兄》一首，五六云：「入室忘言指，安居轉法輪。」安杲弟曰：「第六句尚要斟酌。」嬾庵兄曰：「詩是好的，但我不喜轉法輪耳。」處默曰：「何不云『静息忘言指，蕭閒任橐貧』？」嬾庵兄戄然起曰：「若如此説法，則我亦最怕者也。」時同人皆爲之絶倒。

新安董牧塘孝廉，善畫山水人物，而尤擅墨竹。在吴時，每過小庵，或臨池，或作畫，時多見贈，不悋瓊瑶也。辛酉回新安，去今已别四五載矣。前年惠寄墨竹數幅，予甚寶之。因作小詩兩章致謝，亦所以不虚牧塘先生一片雅意耳。詩曰：「高節虚心是我師，新篁寫就一枝枝。故人家在新安水，猶記山窗風雨時。」其二：「一别經年冬又殘，畫圖寫此報平安。春來天上多如許，惠我琅玕玉數竿。」或曰：「筆情淡宕，詞意悠長，詩在王、韋間也。」予曰：「聊以寫情耳，詞之工拙不計也。」

陸鐵簫，爲人豪放磊落，詩亦近之。生平好飲麯糵，每過僧舍，輒索酒飲。或不與者，便興致索然。一日到善慶，嬾庵兄曰：「君欲飲酒乎？」鐵簫始曰：「不欲飲。」已而笑曰：「若許我飲酒，君真遠公矣！」嬾庵兄即沽酒與之。鐵簫曰：「他處吾索且不許，何君獨愛我哉？」嬾庵兄曰：「惟酒無量，但不及亂耳。戒者原爲佛門中人説法也。李白飲酒，詩情倍佳。張旭飲酒，草聖入神。若好酒人而强不與之，則天真不全矣。且君飲君酒，吾守吾戒，何礙乎？漫曰破例，毋乃太拘。雖然，飲我酒，還咏我詩，方許飲耳。若但如畢卓之飲酒，醉倒缸邊，何取乎？」鐵簫曰：「師酒令太嚴。若如此言之，則又束縛我天真矣！」梅村曰：「兩人之言，令我欲思。」

周鐵叟善山水詩，亦倜儻。予初識于師林寺中，相貌魁梧，語言磊落。問予名號，同座潘樹庭先生曰：「即梅村師。」鐵叟曰：「未識梅村面，先讀梅村詩。」蓋拙作鐵叟早已見之也。往後時晤于善慶，每見其山水筆墨淋漓，風華點染，蓋自胸中流出者。大抵詩與畫皆可以見人之情性，知鐵叟也，一豪邁士耳。

秋日訪遠塵上人于支硎山，相聚甚愜。作别時，遠公有見贈詩曰：「欲别難留奈若何，殷勤重問幾時過。明朝放鶴亭邊路，别思應添芳草多。」明日天雨，不得出山，又暢叙一日。又作詩曰：「茗碗鑪香晝閉關，今朝翻喜破愁顔。天龍也愛吟詩客，風雨留君不出山。」故人雅愛，情見乎辭。

嬾庵兄詩一股清氣，全無俗韻。近有《答周東田》二首云：「麥秋天氣少晴和，階下苔痕積漸多。一棹城南曾有約，其如風雨惱人何。」「雙雙幽鳥花間語，也愛詞人到草堂。一卷新詩消瞌睡，小窗不復羡羲皇。」「羡羲皇」是美事，乃云「不復羡羲皇」，想頭自佳。

江芸閣，濠上人，瀟灑士也。凡勝地名藍，到處留題。上年秋到檀香菴，作兩絶句，詩筆清新，頡頏開府。詩曰：「尋勝來登古佛堂，此間真足傲羲皇。山人心事清于水，閒著新書日數行。」又：「主人窗外有芭蕉，桂樹林間香更饒。留得一庭清景在，禪餘自可掛吟瓢。」吟罷，芸閣謙退曰：「一時率筆，還期評定。」予曰：「兩作不敢過譽，但不落俗耳。」芸閣曰：「但求『不俗』兩字足矣。」

安呆弟姓欽氏，字義山。《和陸葭菴詠沈西峰遺植盆梅》一首云：「瓦磁遺得歲寒梅，霜雪兩相着意催。百卉凋時將玉吐，六陰盛處挽春回。好詩絶似何郎作，瓊樹還思和靖培。明月如知花有格，故移疎影到階苔。」初，陸葭菴以詩索和，予擱筆經年，未成隻字。一日，吾弟安呆過菴，獲見此題，不待思索，便握筆吟成，而于題亦不漏一字，可謂敏捷之至矣。

錫山蔣醉和先生寓古桃花菴，日以詩酒自娱。善畫竹，即仿壁間桃花仙人詩體，題於畫卷。其高情逸韵並美前人。予打油趁韵，亦咏一首，云：「桃花庵裏桃花仙，酒興詩情出性天。每折花枝當酒籌，銜杯樂聖稱避賢。先生愛桃兼愛竹，風流逸韵寧後先。揮毫寫竹更娟娟，市上還來换酒錢。賞花對酒發酣興，一斗二斗詩百篇。愛眠花下坐花前，酒醉酒醒兩流連。世人莫笑忒風顛，桃花仙人作並肩。」

予年來多病，不耐煩勞，幾廢禮誦。近收小徒安愚，早暮佛前功課，爲我代之。詹芹溪曰：「梅村師既得爲僧，已跳出一俗家圈矣。今得高足，又跳出一出家人圈矣。」芹溪大意戲謂我不作功課耳。

予曰：「芹溪學究，但知日與三家村小兒號嗄叱咤，抗顔爲師耳，安知不念《法華經》，不理梁王懺，別有大乘境界哉？」芹溪好謔，故予亦時時應之綺語，口過不復顧也。

予愛雪島上人蘭草天真爛漫。年前僑寓小庵，人有求其書畫者，幾踏破我鐵門限。予欲得其一兩幅，竟不暇及。今冬，又欲于小庵度歲。予曰：「且與師約，師能日畫蘭草一幅，予便欣然下榻。」師曰：「可。」予曰：「當各立筆據，更無異言。」予曰：「立筆據檀香庵主：今許雪上人掛搭庵中，並許其日高三丈，眠食自由，尋山弄水，放誕逍遥，概不與清規一例論也。只要日畫蘭草一幅，以供清玩。竟如所約。」雪公曰：「立筆據雪島：檀香庵主留我安單，情願日畫蘭草一幅，以供主人清玩。餘如庵主所約，兩不食言。」此據雪公與余可謂韵矣，予于雪公蘭草，可謂愛之深矣。

吕朗峰先生令兄號古山，予初識于沈氏吟遠樓。與朗峰並善書畫，所謂難兄難弟也。闊別數載，時動遐想。雖有音問，何能解我渴懷。因思寄我絶句五首，惜不能全記，今僅存三首。其一曰：「齊女門前水一方，栴檀林子夜聞香。浪仙偶向人間住，可要天花作道場。」「繭絲絮果總前因，玉麈難揮五斗塵。結習未消人漸老，半生多誤是頭巾。」其三：「蕭然短褐夕陽風，策杖推敲冷淡中。自笑詩魔除不了，漫書箋紙寄恒公。」我道中有定圓上人者，抱才自負，目空一世。見此詩，乃曰：「古山先生可稱一作手矣！情詞俱妙，令人一唱三歎。」今夏訪古山于三鄉里，相見歡然，快叙平生。古山性情古雅，不喜繁花艷草，庭中惟有菖蒲石數塊，蒼翠奪目，秀色可餐。古山割愛分我一盆，置之座上，滌我煩襟，相對時如見古山也。

彭尺木先生爲我吴一大善士，廣行利益，普濟群生。吴人咸仰其德，海外亦知其名。今簡緣先生名希洛。係尺木令姪，近年致仕在家，亦有好善之風。崇奉三寶，爲我佛氏金湯，不幸今秋已去世矣。一日，予與吾與和尚談及簡緣，和尚曰：「簡緣没福。」問其故，曰：「簡緣方欲大開善門，而身乃去世，豈非没福乎？」予從前聞一出家人善于説法，凡常住中有功德事，不與施主勸緣。有施主問及，必曰：「等一有福氣人做之。」能做是有福氣，與不能做是没福氣，正是相合。

予初出家時，在師林寺中。一日，潘榕臯農部偕令弟畏堂太史來寺，清談半晌，興致倍生，乃借予衣帽穿着之。振衣喜曰：「似一大和尚否？」乃謂畏堂曰：「二弟亦妝扮與我看看。」畏堂乃戴上僧帽，穿起直綴。榕臯曰：「二弟乃似一茅山道士矣。」蓋畏堂身面俱長，形如雲鶴，故云。梅村曰：「諸大老皆具有宿因，不昧本來。宋王文正公旦閒暇在家，亦喜着僧人衣帽。常曰：『我慚愧不能爲僧耳。』大凡有來歷人，雖迷于初，而終醒于後也。」

我祖翁老人名祖證，號昆峰，别號白雲山人，姓徐氏，吴中宦族也。少鶴太史是其堂弟，老人素性恬淡，不喜塵事。年一十九歲，棄家入道，遍參知識，早悟三空。卅三歲即師林主席。十年之間，繼紹前型，恢宏先緒。建禪堂松風閣，造祖塔，并置飯僧田百餘畝，四方仰德，緇白皈心。祖乃曰：「持而盈之，不如其已。」遂付衣鉢于本師和尚，諱先松，字道林，别號懷西道人。即隱居于京口之八公洞。老屋數椽，風雨不蔽，而荒凉寂寞，惟我祖處之晏如。越二年，王夢樓太守請住北門外寶蓮菴。夢樓重其品，時以筆墨相贈，兩人意甚得也。後吴中紳士請復住師林，門庭熱鬧，酬應煩心，决意退居于天平山之白雲洞。先是住八公洞時，本師和尚遣侍者走候，并禮物數種、白銀二十兩。祖翁僅受蘑菇少許，餘皆却之。乃作書囑本師云：「常言創業難，守成不易。得公保護山門，抱道自重，不獨余欣樂之，而先老人在寂光中亦解頤含笑也。送來禮物，今撿收蘑菇一二，已見爾意，餘皆存貯常住，供養大衆可也。余在山中得以安飽放曠，無勞掛念。況出家人以淡泊爲貴，十方膏血，因果昭然，豈可爲我一人受用乎？振起家風，廣招來學，便是報佛深恩，便是大孝，爾其勉之。」嗚呼！若祖翁者，素行清白，高潔自守。即寥寥付囑語，讀之如見冰雪肺肝，令人仰德。置之寶訓中，可以風後之人矣。

予在嘉慶四年八月，祝髮于師林上道下林和尚座下，代刀師父是上永下静和尚。師父曰：「聞爾會做詩，即于今日『祝髮』爲題，吟一首來。」因成七律一章，聊以言志。曰：「今朝面目是新開，洗却從前舊染埃。灌頂已經逢法水，振衣且喜换凡胎。但存志願明心地，那敢希求得辯才。身似庭前柏樹子，還期師長好栽培。」「振衣」兩字原本「此身」，潘榕臯先生見之曰：「『此身』兩字，用『振衣』較有力量。」因改之。然一時唱和者，不知凡幾，如榕臯昆仲子姪及吴下名流、吾鄉舊誼，皆有和作。鸞箋十樣，五采陸離，置之案頭，皆爲人携去，不一存矣，深可惜也。

師林寺中松風閣上，于夕陽返照時，聽鴉聲鳴噪，最是清絶。茶爐竹榻，漫與其間，此境令人想念不置也。曾題絶句一首曰：「不會參禪懶誦經，茶爐竹榻最關情。晚來獨坐松風閣，落日寒鴉幾處聲。」

予脱白時有《辭家》三首，張芝崗先生曰：「真摯可讀。」録之以備大方採擇。其一：「昊天何罔極，母恩亦如之。嗟哉不孝子，何以報親慈？」其二：「雁翼忽南北，那堪手足情。寄言兩兄弟，還效田家荆。」其三：「緣重爲夫婦，緣盡還分離。大道苦未明，去去從茲辭。」

送祖翁昆老人隱居天平山白雲洞，時舟過楓橋。停橈曉市，命嬾庵兄及余聯句：「舟泊楓江岸，祖翁秋光雨乍晴。人烟米市早，嬾菴城郭日華明。古渡三篙水，梅村寒山一磬聲。白雲遥在望，祖翁指點話前程。嬾庵」

安呆弟《題小兒手中芭蕉扇》兩首，言近情遥，予甚喜之。曰：「原來此扇不尋常，曾記當年搧枕凉。子道若然能盡孝，不教專美話黄香。」又曰：「夏日炎炎火令揚，人間苦熱最難當。兒曹今有黄香扇，能使親帷夜夜凉。」

《訪遠塵禪友》一首曰：「夕照楓林欲暮天，丹黄幾處艷秋妍。山前村落溪邊寺，樹裏寒鴉竹外烟。此地經過才一月，與君迢隔似多年。只因同調成交契，剪燭論心夜不眠。」林遠峰曰：「此詩居然温李。」遠峰爲隨園高弟，爲人落拓不羈，惟酒是務。奇中丞、李觀察留爲幕友，皆愛其才也。于詩學工力兼到，可稱一作手。今兩三載未面矣，不知又在何處吟風弄月去也。

《丹徒道中觀龍舟即事》一首曰：「江行一路景無邊，村店垂楊處處連。今日端陽客裏過，不妨隨俗看龍船。」又《登北固山》一首曰：「清晨閒興好，策杖到高丘。城郭日華早，山川曉氣浮。關心聽鳥雀，懷古話孫劉。我是忘情者，還來一弔遊。」婁東顧容堂太史來吴下，過菴話舊，見此詩曰：「不脱不粘，妙在恰好，移掇他人不得也。」

《登焦山》二首：「江心獨立勢岧嶤，有客閒來一泛橈。千載高風誰得似，青山今日尚名焦。」又：「古木琳宫若畫圖，遊人到此我忘吾。長江萬里風濤闊，洗得塵心一點無？」顧容堂太史曰：「詩思清人肌骨，讀之有遺世之想。」

秋日至支硎山，宿印心菴。明晨同遠塵禪兄登法螺峰絶頂，朝日初暾，曉露未收，林木蒼蒼，鳥聲上下，幾不知更有人間矣。作七律一首，曰：「何事秋來逸興長，招朋相約趁晨光。山當缺處日初出，露未乾時花更香。携杖共登青嶂頂，振衣直到白雲旁。回頭欲辨來時路，林木深深已渺茫。」

己未十一月，時嬾菴兄住天平山之上白雲。予亦喜此山之秀，嬾菴因分我半榻。一日，天雨大雪，千山寂静，玉屑霏霏，曉來積深竟尺。寒林漠漠，一鳥無聲，路斷人蹤，連日閉户。而瓶中粟盡，幾絶炊烟，惟有煮白雪、烹苦茗而已。因作斷句一章：「玉屑霏霏一望收，寒林古木鳥聲休。山僧已盡瓶中粟，取雪烹茶置滿甌。」

《脱白後謁吾與老人》一首：「芒鞋踏破白雲堆，到此深山欲忘去聲回。楓葉林間秋兩度，隔秋入山求度，未果。支硎道上我重來。昔年師弟成虚願，今日心情尚未灰。慚愧不如毛侍者，空勞妙手費椎槌。」予親近吾與老人二十年，屢求剃度，然竟不能，亦緣也。己未秋，乃投師林懷西老人座下脱白焉，因有是作。

雪舟和尚住支硎之何亭。自錫山南禪退院，居此蓋二十餘年矣。予同心誠大師過訪，蒙和尚款留，茶話既久，予因辭去。和尚曰：「本無生滅，有何去來。既無去來，現前又作麽生，大家爲我參之。」三人乃歡笑出門。和尚風韵大類如此。明年秋復過支硎，和尚已西歸矣。吾與老人曰：「可作挽章弔之，以了從前一會之因緣也。」作斷句三章，其一曰：「山中高隱已多年，道氣翩翩孰與肩？此去分明知不誤，定生西土不生天。」其二：「幽棲曾記昔年過，今日秋風秋雨多。若果禪談生滅盡，不須此去問如何。」其三：「愛栽花木喜談天，半是詩僧半酒仙。只爲多情偏好客，烹茶每試白雲泉。」吾與老人曰：「詩固風韵，但詞氣柔弱，不過如宋人詩耳。」

《長江懷古》一首曰：「當年征戰話孫曹，鼎足三分事已銷。只有青山終不改，中流砥柱大江潮。」吕朗峰曰：「此詩可爲今古英雄説法，非世外人漫管興亡事也。」

文海大師結茅于雞籠山之麓，同吾與老人、遠塵禪兄聯句一章贈之，曰：「茅蓬如斗大，别是一壺天。蒼翠雲邊樹，潺湲門外泉。采松可飽腹，眈石足閒眠。愛爾山中客，安禪不計年。」文海大師始欲刻詩于石，以留佳話。孰知僅住兩三月，更移茅屋入深山去矣。

予弱冠時，即有出世想。聞葑溪有高僧曰「澄谷」、「性宗」、「杲堂」三上人者，到蘇每嘗過訪，盤桓旬日始歸。故雖身居城市，而心慕空王。因世網難逃，直至兩鬢生花，始脱白于師林座下，時年已四十三矣。已而謁杲堂上人于海會，一見歡然。上人謂予曰：「今日海闊從君跳矣。」予執弟子禮，慇懃問道，師亦亹亹開示，不覺向晚，遂借榻焉。松聲滿院，燈火半沉，一枕黄粱，早已十年前覺矣。故夜來清夢頗穩。明晨復叙道情，重求清誨，乃喫朝餉而歸。作詩三首以紀其事，其一曰：「一點村墟郭外斜，夕陽影裏到山家。廿年依舊河頭水，我已蕭蕭兩鬢花。」其二：「去昔衣冠已改更，入門相笑喜相迎。曾經此地三年别，今日重來證舊盟。」其三：「剪燭雲堂百慮清，慇懃問道快心生。待來借榻更闌後，松竹蕭蕭滿院聲。」

予脱白後，雖心無罣礙，然于思母之念，耿耿于懷，不能釋也。慈烏反哺，我豈空桑子哉？《己未除夕》、《庚申元旦》二首，亦一筆一淚之詞也。《除夕》曰：「爆竹聲中一歲除，竹聲偏是動離思。遥知此夕高堂母，柏酒樽前獨憶兒。」《元旦》曰：「桃符又見一年新，一見新符亦愴神。記得去年今日裏，椒花還獻白頭人。」

秋日，過支硎山謁吾與老人，欣然有山居之思。因作詩一首，曰：「不到支硎已一年，今隨杖履漫周旋。爲嫌城市難驅俗，擬就鄉村學種田。童子有情可問訊，山翁無事即談禪。若能了得平生願，便是人間自在仙。」予在俗時訪杲堂上人。時維九月，天氣初凉，破曉溪行，直至海會。款扉進院，花徑烟霏，階苔露滑，一鈎殘月，隱隱猶在西方也。問訊童子，知上人早已出門去矣。躊躕半晌，意謂上人其圯上老人乎？因留詩一首于壁，曰：「鐘聲月落曙光微，踏破蒼苔露未晞。誰識鶴情清更遠，秋山曉帶白雲飛。」

予在天平山白雲洞。薄暮時，風雨霏霏，聞門外剥啄聲，啓户見一禪友。赤脚擔杖，環眼虬髯，形容古怪，有仿佛我達摩像者。欣然留宿。因作詩以贈之，曰：「赤脚仙人本在山，偶然蹤跡到塵寰。杖頭一擔西來意，風雨瀟瀟夜叩關。」

秋日有詹芹溪、孫國祥、程新安過庵，同我道友覺雲師談笑歡愜，哄然一室。詹則詩狂，欲上青天。孫則酒渴，思吞滄海。程新安髯鬚如戟，覺雲師病形如鳩，亦一時雅集，至今猶想像間也。因作詩一章以紀其事：「月照中庭笑語傳，今宵良會豈無緣？詹公詩興青天外，國老酒情滄海邊。病骨山僧如鵠立，髯鬚騷客似坡仙。若將妙筆圖成畫，絶勝西園雅集筵。」

葑溪彭墨苔先生後更敦圓，名紹復。爲人深沉厚重，不喜浮華。日務吟詠，屏絶外事。書法在顔、歐間，筆姿瘦潤可愛。時客于正義之塘南外甥陸氏家。陸固富室，園亭幽廠，有蘭雪軒、蔭緑亭、自在舫諸勝。予時時相訪，茗椀清談，每至竟日。時人謂先生與予爲莫逆交矣。嗟嗟。二十年來，滄桑改變，人亦云亡，蘭亭、梓澤有今昔之感也。向者與之酬唱詩稿都已散失，不復存矣。今僅記《寄懷》詩一律一絶，云：「更深月色轉迴欄，一點孤燈清夢殘。塵榻蕭蕭秋瑟瑟，魚書寂寂夜漫漫。胸多別恨詩難就，壁有蛩鳴枕不安。何日與君重泛棹，相看楓葉醉江干。」又：「霜寒風冷又冬殘，別後江雲幾度看。記得開樽蘭雪畔，蘭雪，軒名。杏花春雨醉闌干。」

黄鸝坊戴緘三先生，向于真義之塘南陸氏會之，今已三十年矣。丰姿秀逸，才思翩翩，人皆目之杜文、衛玠。今鬚髮皓然，竟成一老丈矣。先生如此，我亦可知。回首昔年能無動念乎？予向有《寄懷》一絶，云：「蘭雪軒前記別君，風流雲散幾經春。星溪兩岸千條柳，底事青青偏向人？」今復有《感懷》一首，曰：「青山不改水還仍，百歲光陰不可憑。誰識朱顔兩年少，一已霜鬢一爲僧。」

寒石和尚名古風，字澄谷。自天台龍山修道，至江南來已三十餘載矣。初芝庭彭大司馬請住文星閣等處，師辭謝不應。葑溪有天寧寺，創自前朝，興廢不一，里中父老聞師名，議請興建之。師乃往瓦礫場中，豎起法幢，師即于殿旁設竹榻一具，焚修在此，禪卧在此，瓶鉢外無長物。居兩月，施捨漸來，皈依日衆，凡有求師祈禱懺悔者，種種靈應，筆不能盡述也。蓋師道德充滿，鬼神呵護。不二三年，殿宇重新，四方來歸，遂安雲水，開戒堂，叢林興焉。十年之間，佛道大隆。彭尺木先生作《新開叢林記》有「街談巷語，共演圓音；樵唱漁歌，同宣正法」之句。已而遊力既倦，思静入山，付衣鉢于座下弟子，隱于支硎之吾與庵居焉，時年六十。予作壽詩四章述其始末，然未能頌功德于萬一也。其一曰：「山中有人，優遊天真。雅抱如秋，和神當春。外其形骸，超乎僧倫。昔之支遁，前身後身。」其二：「昔住龍山，絶跡人間。蒲團趺坐，白雲共閒。龍天推出，僧俗齊攀。道場新建，葑水灣環。」其三：「有緣應世，思静入山。應世入山，隨時往還。山中有柏，可以駐顔。嶺上溪邊，扶筐自攀。」其四：「山中日長，静裏天大。桃花正開，春光和藹。磐石可樂，林泉是賴。從此養真，壽超劫外。」

新安董潤軒先生偕俞芝庭、令姪孫松垞、湧泉過庵茶話。諸君子先有贈章，作此答之。芝庭書法黄庭，松垞畫宗北苑，潤軒、湧泉皆賞鑑家也。詩曰：「野鶴孤雲物外身，欣逢名士結爲鄰。我來此地三年住，客到閒庭二月春。看畫應知多巨眼，品茶且喜挹清塵。新詩取次俱吟就，文采風流似古人。」

梅村筆記卷之二

潘榕皋先生鑒定　古吴衲明理恒性著
星溪趙芝彰吉較

徐西亭先生名傳詩，字韵存。爲我星溪一詩家作手，著有《星湄吟稿》及《星湄詩話》行世，内多闡幽發潛，表揚忠孝節義之事，有關風教，作詩史讀可也。沈歸愚、王西莊兩大老皆稱許之。蓋其尊伯祖畏壘太史昂發、尊大父石泉公皆一代詩人，淵源有自。且西亭游嶺南數載，經歷名山大川，胸懷開拓，眼界自寬。惜其長才未用，以青襟終老。爲人磊落豪放，慷慨明决，高談雄辨，四座皆驚。星溪代不乏人，西亭果一傑士也。其大作皆刊刻行世，概不録記。所有《正義咏事詩》末後一首，係自弔詩，予每讀不置。曰：「所謂伊人水一方，他年誰與論行藏。緑陰三徑蒼苔滿，認取星湄舊草堂。」淋漓感慨，無限低徊。的是後之人憑弔詩人懷抱。

薛一瓢《晤言日録》曰：「讀書要以經解經，其理自明。」此真善讀書者。一日，在善慶庵見毛意香名懷。所書聯對，偶聯云：「柔日讀經，剛日讀史。」予問嬾庵兄曰：「何以解之？」嬾庵曰：「喜時畫蘭，怒時寫竹。」予點頭會之。又問上聯「有酒學仙，無酒學佛」句，嬾庵曰：「下句諒弟亦知之，若要會上句，請問學仙者便得如此。」又非以經解經者所能道也。

詹芹溪善詼諧，詩多别趣。去冬有《窮魔詩》一首，曰：「羞惡之心人皆有，惟獨窮魔爲最醜。年年送去復又來，寸步不離常厮守。拍檯拍櫈罵賤囚，越攙越醉如中酒。偶因窘迫皺眉頭，哈哈大笑抒金斗。我今悟得不知窮，他自没趣亦放手。」李笠翁輩往往有此筆墨。

《和吕朗峰先生春草原韵》四章，其一曰：「芳草萋萋着眼根，總然蝴蝶也銷魂。連朝細雨青鋪地，一路春風緑到門。池上苦吟憐謝客，天涯落魄怨王孫。山僧久已離家慣，故少閒愁與淚痕。」其二：「陌上溪邊慣託根，偏教游客動吟魂。杏花酒店山家道，楊柳春風處士門。攜屐人皆如杜牧，思鄉我不似王孫。尋芳有興歸來晚，已見前村月一痕。」其三：「零落郊原秋草根，春風依舊返芳魂。踏青到處雲生足，拾翠歸時月映門。方外吟身隨杖笠，田家酒榼共兒孫。請看滿目離離者，一半勾留屐齒痕。」其四：「東風送暖到枯根，便覺眼前欲斷魂。正喜陽和來大地，却看春色徧閒門。當邀詩客攜茶具，莫作牛兒爲子孫。物理細推行樂好，緑茵可襯馬蹄痕。」吕朗峰曰：「梅村師《春草》詩四章，首首有個眉目。其一曰：『山僧久已離家慣，故少閒愁與淚痕。』其二：『攜屐人皆如杜牧，思鄉我不似王孫。』三曰：『方外吟身隨杖笠，田家酒榼共兒孫。』第四又作如來説法，點化多少人，忙忙碌碌，錯大光陰，當頂門下一鍼去，乃曰：『當邀詩客攜茶具，莫作牛兒爲子孫。』最是耐人尋味。」

予在俗時有《曉窗漫興》一首，曰：「獨坐曉窗静不譁，蕭然風味似維摩。楞嚴一卷經看罷，活火平鐺自煮茶。」武進劉春農先生曰：「心境蕭閒，絶無塵垢。今日得能出世，於此見之。」

吾友唯亭朱椒堂著作，昔年皆失于火。王二安先生於相好處爲之搜索所遺，余處有見贈詩四章，已録出寄去。尚記先父樸齋道明府君去世，有《輓章》一首，云：「人説懸壺入市中，豈知高隱學墻東。

曾從江上尋吾友，未及堂前拜乃翁。大藥自能傳後起，少微忽已落長空。可憐最是皋魚淚，洒遍麻衣點點紅。」筆勢排奡雄渾，絕似唐人作手。而里人陳古琴賜輓二章，和平柔順，悱惻纏綿，則又宋人風味也。各有佳處，亦不能以優劣分耳。詩曰：「高隱江村結比鄰，每隨杖履話情親。君緣愛客頻開徑，我未能詩輒效顰。同氣自求總角友，高風終仰老成人。那知一旦騎鯨去，不及稱觴壽六旬。」其二云：「典型凋謝總堪傷，況復良醫比太倉。卅載青囊足高寄，一林紅杏自流芳。活人不吝爐中藥，課子兼傳肘後方。他日象賢爲國手，更看家學共稱揚。」至徐西亭、魏思陔、王蘭圃、翁巘亭、朱蘭洲、孫西麓、顧莩亭、李澹初、趙淡香、蘇石廉、彭西村諸君子，皆有賜章，悉已忘失，不及備録。

予先世宜也吉多公，西南徼長也。自宋靖康間修汴京歲事，值金兵，不得返，遂留中國。扈蹕南渡，帝嘉賴之，進開府儀同平章事。理宗朝追理前功，賜欽姓，謚忠毅，是百世不遷之祖也。按靖康南渡，帝室播遷，其時之懷忠抱義者，咸踉蹌赴行在，共與勤王。忠毅公實從汴京之西浙。亡何，議戰者誅，議和者賞。兩河淪棄，二帝跋涉，死沙漠。中原父老涕泣籲天，當事弗爲動也。忠毅公慷慨時艱，鬱鬱不得歸故里，即武林家焉。至第七世萬一公遂遷于吴，故萬一公又爲遷吴始祖云。

至第八世有萬一公之姪，名德載，字均厚。南宋時仕爲都督計議官。宋亡，不肯送降款，元兵欲生致其人，議欲官之。德載裂其版授書，即遁隱吴興碧岩山中，自號「壽岩老人」。今又爲吴興一支。楊鐵崖有《弔壽岩老人歌》曰：「壽岩老人宋都督，不肯新朝食周粟。水晶國裏七寶山，別有天地非人間。山中黄石眠怒虎，圯上傳書曾有語。歸來牧羊尋赤松，萬年枝上盤冬龍。冬龍萬年與石門，老人一杯持自壽。煉石未補天南孔，坐見瀛洲生軟紅。嗚呼！壽岩之人兮原不死，南斗化石齊崆峒。」

第九世有萬一公之孫，名介福，字子壽，贅尤氏爲壻。尤氏無後，以子裔改名尤義爲後焉。裔字從道，號牧庵。舉明國初人材科，授湖廣布政司經歷。文章、德行、博學宏詞，公兼有之。子禮安任少參，孫淳知縣，曾孫樾進士，六世孫大方伯雲谷公錫類，十世孫博學宏詞晦菴公侗實，皆欽産也。故吴下有欽、尤同姓之説云。

第十二世有謙者，于萬一翁爲五世孫。《九朝野記》載欽謙事云：「正統己巳，英廟北狩。太醫院使欽謙扈從，殉也先土木之變。先是，宣廟時任院判。上索房中藥于謙，謙對以『臣讀聖賢書，未諳此方也』。最後責謙，謙曰：『衛身治疾，臣則能之。若伐性喪生，輕宗廟社稷，當以職事死諫，不奉詔。』上怒，命内侍縛送秘獄，外庭無有知者。親屬惶恐，以爲定死。已而上悔悟，釋出之。」其忠謹大類如此。

第十五世有名泰，字朝亨，號思閒。自下遡上，是余之八世祖。《吴縣志》載：欽泰者，縣之閶門人，治金爲業。雖溷跡市廛，而醇心質行，鄉里素推重之。家亦不甚饒，專能赴人之急，生平未嘗一欺暗室。世宗朝，日本國貢使過吴，與貿易，亦稔泰誠樸，遂出布囊相授，凡三角。自言行李不便，歸當見還。泰受而謹視之。越三年，後使者始蹤跡泰，云：「前使以他道歸。若寄物在耶？」出之，封識宛然，塵埃積寸。啓而視之，燦燦皆麩金也。夷使大駭愕詫，謂：「中朝人固爾爾，正由聖化厚歟？」因相率西北向叩首，復轉向泰家亦叩首，至再始去。一市人盡皆歎服。尋舉鄉飲。晚以子進士封。

至十六世思閒公之子，名拱極，字子辰，號虹江。是予之七世祖。嘉靖庚戌進士，仕都水司員外郎，出守高州。守者治河房村，神降兆祥，拱極授都水司，擢管沽頭閘。時值河患，拱極以方略進督河使者，使者以狀聞，承命以拱極兼治河事。房村歷年填淤數十里，病轉漕。拱極捐俸入，立法募錢穀，晝夜露處，親畚插，督帥開鑿。房村有神祠，拱極時憩祠中。河卒長皇甫貴孫曉行巡工，遥見燈火數百，從上流下。稍近則車馬喧闐，甲士環擁，有儀觀若貴臣者，大冠玄衣，舉手如指麾疏導狀。貴孫大驚，屏息躡同列足，同列駭睹，頃之俱滅。未幾水功成，士民讙傳，皆以爲都水公精誠所感也。又嘗申救楊椒山，致書嵩相。當是時，嚴相以險譎用事，稍失其意，立見破滅。南兵部員外郎容城楊椒山以諫開馬市，廷杖貶謫。拱極心異其人，然未嘗交接。已而繼盛自陝西狄道縣典史，累遷北兵部武選司員外郎。甫到官，即上封事疏嵩相罪惡，逮下詔獄。嵩諷刑官栲訊文致，坐死。拱極奮然曰：「吾與椒山無平生歡，然當爲國家愛惜豪傑，不可不申救。」平時與國子監王才善，遂因才致書于嵩，其略謂椒山直臣，當顯擢以示天下，激勸士大夫，閣下誠能仿佛文潞公遇唐介事，則轉悔吝爲厚福云云。公之公忠直節，可謂一代偉人矣。

又十七世叔陽公，牛若麟修《吴縣志》有載：欽叔陽字愚公者，祖即拱極，成嘉靖庚戌進士，歷高州守。叔陽少補縣弟子，有盛名。中歲改肄國學，七試應天不售。性樂與同人周旋。凡文讌酒場、山水禪悦之會，悉倚叔陽倡之。多讀書，修古今詩文業。旁涉時事，酒酣耳熱，送難紛紜。其所能爲、所欲爲甚夥。鄰郡有緣舊誼邀致叔陽，欲修宋元二史迄明，接司馬《通鑑》，勒成一家言。同人忌之，不果。鬱鬱不得志，慷慨侘傺，語多見之詩歌，有刻集。

又十八世見道公，《志略文苑》載：「欽見道者，字望之，爲縣學生。閉户勤修，孝友敦睦，躬行實踐，惟恐人知。姊儷申尚書，父子官業隆盛。見道不因之熱，歲藉館穀自給。而巨室争延之，尊爲師範云。」若數公者，皆以名節自重。吾道自尊，宜其名垂史乘，爲世教風也。見道是拱極之姪孫。祖名會極，字子元，號椿庭，以明醫襲太醫院，實授冠帶醫士。父止善，字懋熙，號改菴，官邵武府通判。

錢三元公湘舲先生《題成親王畫梅》一首，對物興懷，抒寫往事，從反面摩神，詩情旖旎，風度翩翩，如見三元公。《鄧尉山中垂鞭馬上》詩曰：「記曾踏雪銅阮路，初月昏黄認崦西。醉眼倦開香似海，春風纔到玉成蹊。一枝影雜檀欒好，片石寒生烟靄低。今日畫圖重識面，江鄉宛轉夢凄迷。」親王曰：「湘舲先生題余畫梅詩思清迴，我甚愛讀之。」因即書所題詩幅爲贈，以供文玩。今南匯縣儒學教諭孫少迂銓以親王所書，已勒石行世矣。

五月二十八日，天雨初晴，禪窗岑寂。喜章翰香見過，清談久之，薄暮而去。翰香有《歸渡》詩一首，云：「一雨初晴夏亦凉，江頭緑暗柳條長。因過竹院逢僧話，問渡歸時已夕陽。」時在相城王路庵。

我叔父陽明先生，爲人深沉厚重，無時下澆漓習氣。有一友爲村學師，失館無措。時已初春，並無就緒。來叔處，欲託爲推薦者，却又暗裏即謀我叔所教之生徒。叔乃歎人心之不古，友道之不敦。適天雨大雪，即吟詩一首以寄慨，云：「長空飄下寂無聲，遂致寒衾忽轉輕。六出奇花風内捲，一團冷氣暗中傾。紛紛亂落庭階滿，密密斜飛門户盈。夜卧不知春雪擁，曉來起視卒然驚。」詞意含蓄，得詩人深婉之遺。

《真義十景詩》，諸君子皆有佳製。予亦有十首，未經合刻，稿亦失去。今所記《依緑霜楓》一絶，録出質諸大方。曰：「寒林古木舊遺踪，一代詩人記盛公。欲問名園消息絶，空山斜日遍霜楓。」依緑園在真義之北，黄泥山之麓。宋時有待制盛德肆居此，今存廢址矣。董牧塘孝廉云：「情深弔古，無限低徊。」

《九日訪支硎山寒石老人》一首，曰：「好趁登高興，尋師到此間。入門看黄菊，上閣見青山。揮塵譚忘久，論詩意自閒。廿年來往慣，不覺鬢毛斑。」老人曰：「此詩冲和平淡，多讀有味，梅村性情本復如是。」

章翰香，予故鄉舊誼也。予脱白時，翰香年纔弱冠。十年不晤，今于湖上一笑相逢，握手談心，重伸契闊，何快如之。贈我五言詩一章，曰：「十年不相見，一見倍情親。面目猶如故，鬚眉别樣新。高談空色相，説法悟迷津。早脱紅塵外，襟懷異俗倫。」梅村曰：「一氣渾成，魄力俱厚。如此筆墨，未易多見。」且翰香書法並佳，在歐陽率更、文待詔之間，其造就正未艾也。

吴鶴亭夫子，名大綬，字經傳。居新陽之正義鎮。精醫術，授業于予。恩深教誨，得侍數載，如坐春風，令我猶在想像間也。嗚呼！今夫子已歸道山久矣。哲人萎兮，吾將焉託？一林紅杏空春色，兩世青囊悲後人。贍岐、奉岐兩世兄，皆早世。吾夫子尚友古人，有孔融風，座上客常滿也。飢寒周急、惻怛存心，漂母、龐公亦時時爲之。七十年來刀圭治病，活人無算。後無能相繼其盛。餘事栽花種菊，養鶴調琴，興致老而不衰也。吾謂夫子爲神仙中人，今在五城十二樓中，定分一半座矣。獨是吾夫子積德行仁，功深利濟，宜其昌裕後昆，而今乃有零落之感者，天道難明矣！要知人世無常，盛衰興廢，原同幻裏空花，得出世法觀之可也。

戊辰冬日，舍弟安呆同玉峰陳君景川來庵話舊。陳君係剞劂名家，星溪趙訥齋之《菊社吟》、《退省録》及徐西亭之《星湄吟稿》、《星湄詩話》，皆出其手。予有《梅村筆記》未經付梓，陳君云：「趙雲岩先生有言，《梅村筆記》當及早行世，以備三吴佳話，並有助刻之許。」予謂雲岩愛古人而不薄今人，雅人而有深致者也。寄來諸作，皆有雋旨可思。雲岩造詣正有進而無已矣。兹録《玉峰返棹》一首，曰：「片帆飽掛破寒流，廿里風光瞥眼收。樹色已含江閣暮，雁聲猶繞玉山秋。曠觀世事如碁局，穩計生涯只釣舟。翹首阿瑛歌舞地，垂楊蕭瑟亂烟浮。」梅村曰：「情景兼到。」

吾友朱君步蟾居正義鎮之塘南，曰貞里。昔梁天監年建信義縣于此，今已廢爲村落。貞里一帶得玉峰之秀，故代有人材。勝國時有奚大蒙，亦居貞里之白坊灣。大蒙舉孝廉，磊落豪放，縱情詩酒，睥睨一世。我友朱君氣槩仿佛。朱君尚義，有古人風。憂人憂，樂人樂，恩周親戚，誼重鄰朋。尤喜挫强扶弱，計曲直，不計利害。心交數載，意甚相得。嘗與讀《楊椒山傳》，考論是非，見其有勃然不平之氣橫于眉睫，志趣亦可想見。倘出而爲仕，必公忠直節，爲國爲民，決不肯阿私權貴以邀榮禄。今去世數載，受其恩施者，猶念之不忘。生平高誼，于我尤獨厚，緩我之急，蓋數四難。其家不甚饒，而意氣如虹，未嘗有一時之難色，一言之相吝。古之交道共稱「管鮑」，管仲曰：「生我者父母，知我者鮑叔。」可知古人念恩不忘甚，亦揚之于口。每見今之交道有初鮮終，始以勢利訂交情、同刎頸，一旦爲錙銖相較不相讓，竟成吴越，比比而然。吾與朱君有深感焉。

予本師和尚上道下林，諱先松，别號懷西道人，浙之寧波鄞縣人。脱白于齊雲山，具足于維揚之隆覺寺。聽教參禪，游學十年。來吴，職事于獅林，參堂頭和尚契旨，即師祖昆老人。即付衣鉢，主獅林席師。廣招來學，領衆修行。開戒堂，安雲水，宗風大振，緇白咸仰。會里中善信錢君賓階等來寺作佛功德，重建大殿。師辛苦經營，搬磚運木，身先大衆。二年之間，規模充擴，廟貌聿新。四方士庶共來瞻仰者，皆生大歡喜。師因操勞過劇，得肝風疾，半身不遂。乃退院于善慶庵養静焉。庵亦錢君出佈地金得之。閲二年，病體稍健，即發心朝五臺山。中途遇水灾，并被匪人竊去行李。囊鉢既空，蕭條旅邸，辛苦萬狀，言不能盡也。抵京，幸遇信士及皈依弟子孫君、吴君等安排居住，養息半月。乃又料理車輛，脚夫送至五臺，仍得朝拜名山，成全心願。五臺者，有道場五處，每臺相距四五十里。道路崎嶇，人跡罕至。最高處但有佛像，並無僧衆。至第四臺，遥見殿門有一老人，既進，並無人跡。或曰是菩薩顯現，未可知也。歸途亦有自朝山回者四五人，乃作伴行，頗不寂寞。惟是前途涉水，寒濕交受，至是乃發下痢腹疾，然猶可强飯支持到家。十月中，天氣漸冷，病勢日重，諸藥罔效。師曰：「生死無常，本屬幻化。今得到五臺，夙願已了，别無掛礙矣！」十一月下旬圓寂。嗚呼哀哉！師舍我徒衆而去矣。此時蓮池會上，定得上品金臺也。遺命徒衆，不必舉哀掛孝，以作俗態。謹守清規，毋隕越前修，足矣。然師恩難報，此豈特心喪三年哉？先是，師退院時，一肩行李，别無長物，曰：「我如此來，如此去，毋蹈前人誡，毋詒後人誚。」以行李示大衆，大衆咸歔欷感嘆，謂師高道行。有《退院詩》兩絶，云：「十年辛苦號堂頭，足破蹄穿似老牛。今日是非都不管，七斤衫子任青州。」其二曰：「記得獅林我到初，一肩行李更無餘。而今猶愧貪慳甚，已富從前滿篋書。」

《自楓江放棹至支硎山訪寒石老人》四首，其一：「澄公棲隱處，西去支硎路。乘興且拏舟，掛席楓江渡。」其二：「江上春風穩，帆檣如駛去。到岸快攜笻，問路雲深處。」其三：「高閣出深樹，禪林對小山。到來橋畔路，只見白雲閒。」其四：「扣門鳥雀喧，入座吾心静。主人揮麈譚，夕照來苔徑。」呂朗峰以詩作畫四幅，題曰《支硎訪道圖》。梅村曰：「詩中未必有畫。朗峰之妙筆，烘染丹青，生機流動，自有詩意在也。」

潘榕皋奕雋農部贈我祖翁白雲山人名祖證，字昆峰。二十韵曰：「京口昔駐錫，天平此安禪。迢遞中白雲，茅屋六七椽。邈爾人事隔，悠然時序遷。我來當春殘，氣候初暄妍。石亭緬絶壁，一綫中見天。岌嶪登磴疲，始得臻其顛。跫然聞音喜，迓我來山前。詫我腰脚健，導我穿雲烟。峭岩有舊題，拂蘚認歲年。入門几硯浄，翰墨尋前緣。曛黑下山麓，分手蒼崖邊。僧歸雲中去，我亦雲中眠。遥岑蟾影流，半嶺鐘聲傳。清晨復相過，晴窗聳吟肩。同心來静侣，謂寒石上人。濡筆還分箋。隱几坐啜茗，扶笻行聽泉。離緒既云展，鬱襟因以宣。逍遥羡解脱，蹇劣仍纏牽。歸途寄長謡，愧未離言詮。」天平倘有記，他日當同編。」長篇大作，如黄河之水，源源而來，寫景言情，各極佳妙。自是君身有仙骨，世人那得解其故。予有《懷王學海先生名濤》一首，曰：「一雨連朝不放晴，隔江常繫故人情。幾回欲買星溪棹，河水深時那可行。」王君鹿城望族，少失怙恃，辛苦自立，居鄉爲村塾師。詩學迫近唐人，星溪徐西亭先生輩見之，皆擊節歎賞。今去世將二十年矣，每一念至，令人黯然神傷。其詩稿皆散失不存，深可惜也。

脱白後，訥齋趙丈暨雲岩二兄，惠我帳被。予時在獅林寺中松風閣上焚香兀坐，梧桐已老，涼風薦至。跫然聞户外足聲，忽喜春來天上也。京鎬范丈來寺，致趙公喬梓恩與之意，予不勝感愧。漫吟七字，用伸謝悃。詩曰：「禪帳梅花夜夢清，移來相贈丈人情。牀頭暖氣春常在，擁被相思對月明。」又徐西亭、湯逸亭、宋通梅、宋晴川、曹杏圃、周纘武、沈家駿并妹倩、陸在山諸君子，並有布帛之贈。殷殷雅誼，何敢忘之？亦有句云：「西風瑟瑟奈寒何，一榻蕭然秋又過。縱有荷衣穿不盡，陽和争及木棉多？」

毛意香先生輓先母朱太孺人詩曰：「天上一來往，人間成古今。母儀傳沛國，家世重儒林。恭儉生全性，慈和具足心。梅花霜雪裏，枝上叫寒禽。」顧醉經先生一首，曰：「昔日從何來，今又從何去。道韞固能詩，名句留飛絮。閫範閭閻存，靈蹤已仙馭。五城十二樓，應是歸真處。」意香、醉經皆通禪理，故筆墨自有别致。二公爲吴下高士，並善書法，人皆寶貴之。意香爲董香光嫡派，醉經取法鍾繇，咸臻上乘也。

周鏡齋名寧寰，字韵初。先生以《雪詩》原韵索和，漫吟七字，不計工拙也。詩曰：「漠漠江天雪乍晴，寒林古木鳥無聲。即今城外千山白，昨夜窗前一片明。和靖溪頭擕蠟屐，襄陽驢背動詩情。南村報道梅花放，我便扶筇得得行。」周君少時折節讀書，博通古今，而抱璞荆山，卞和未遇。幾年來溷跡囂塵，營營擾擾。今新安程彝香先生名鼎。爲毗陵郡掾，聘爲幕友。想周君胸有珠，袖有筆，經濟自有可觀也。

予在俗時有《陽城湖泛棹》一首，曰：「陽城一碧景無涯，沙淺波平足泛槎。雲水天邊宜射鴨，蘆花洲上可爲家。帆來遠浦秋風穩，山帶寒烟落日斜。回首岸頭歌舞地，不堪重問昔年華。」元顧仲瑛築玉山草堂，延攬四方名士。而湖邊一帶歌館相連，樓臺甲錯，碧瓦朱欄，高低遠映。五百年來，風流消歇。過此湖者，猶令人情深懷古、憑眺流連也。

予有輓彭西村名紹益，字葆元。先生詩二首，曰：「憶從卧病時，把袂愁雙眉。豈期忽焉没，竟成永別離。」其二：「生別會有日，死別會無期。嗟哉西村叟，歲在龍蛇時。」西村爲人天真爛熳，酷有詩癖，性好佛，早晚焚香禮誦，功課綿密，人稱爲「老佛」焉。病時，予往問之，握手談心，情詞繾綣，不忍相別也。世人傳説西村成佛去矣，謂令兄尺木先生至天台一寺中，見壁間題詩一首，有西村與尺木于此相會之意。梅村曰：「西村此去升天成佛，均未可定；而留詩壁上之説，得非好事者爲之乎？」

《贈穹窿嘯臺道士》四首，一曰：「日向山中覓紫芝，仙家風味是何如。而今別有人間趣，種得芭蕉自愛書。」其二：「應是前身黄大癡，丹青筆底有仙姿。孤松流水花飛處，獨坐焚香寫畫時。」其三：「鳥雀聲聲洞裏天，風情占盡爛柯仙。林間掃石安棋局，人坐桃花溪水邊。」其四：「松間石上理琴絲，明月清風作伴時。養我性情流水曲，此音原不爲人知。」嘯臺道士，予之同鄉人。于穹窿入道。穹窿，固洞天福地。修持功課之暇，或書或畫，或棋或琴，隨意所適。嘯臺則雅擅多能，飄飄然有仙骨，故予亦樂與之遊。

《同寒石老人遠塵大師山行聯句》一首，曰：「一步高一步，拄杖生精神。峰迴兩三折，流泉聲粼粼。忽來楓樹林，大地紅于春。乾坤一圖畫，相對忘主賓。散髮白雲間，真是羲皇人。萬事若秋毫，何能羈我身。」此詩已摘句記在前卷中，特全首未録耳，今備載于此。鹿城王湘春先生曰：「通體俱善，而一起更爲老健。」

《庵居漫咏》一首，曰：「菱香細剥供朝餉，鑪火輕埋對梵書。無事倦來閒打睡，芭蕉窗外午晴初。」潘樹庭中書曰：「蕭閒無事，高枕午窗，令塵勞碌碌者讀之，襟抱一清。」

《冬日山居》一首，曰：「茅庵結山麓，一榻閒雲宿。窗前雨欲來，肅肅風敲竹。」張芝岡先生曰：「凄凉寂寞，如見寒山古寺中枯禪獨處景况。」

嘉慶三年，予于支硎山吾與座下，欲求剃度不得。惟在見山閣日夕危坐，鳥聲上下，蒼翠滿前，令人百慮俱捐也。徘徊連日，何忍去之。歸家後，清夢頗多，因作兩絶，寄寒石老人，以誌綣綣之意。詩曰：「尋師直到白雲邊，正是秋高九月天。記得夕陽山色好，閣中人似畫中仙。」其二：「禪林未許絶塵寰，依舊如人一例還。只爲此心安未得，歸來清夢不離山。」

《寄彭尺木居士》詩曰：「西江雅望舊時聞，今日閒吟對暮雲。勞擾風塵猶愧我，空諸簪組孰如君。入廛垂手情何切，閉户觀心思不群。一卷二林居士集，中吴人共仰斯文。」予初識尺木居士于杭之王庵，時在禪堂究明宗乘。有谿谷和尚爲一時之善知識，居士虚懷問道凡五年，同參者有一公、會公兩上人。今一彬和尚爲靈鷲主人，會一上人爲江浙名僧矣。既後，居士歸吳，又于文星閣序之。予有出世心，問居士一言指點。居士曰：「全在自己作主。」予志遂決。

吾吳有善士錢濱葭先生，名鴻輝，號賓階。氣度春容，喜怒不形于色，心慈性孝，好善樂施。里中有獅林禪寺爲吳下名藍，自元創建，興廢不一。國朝來有杲公、宏公、昆公祖孫三代相繼興葺，各殿宇、寮舍俱已建造，獨大雄寶殿尚未重新。錢君遵母夫人命，同諸善信來寺，與本師和尚上道下林經營籌畫，踴躍鳩工，大興土木。不二年，工程告竣。規模充擴，殿貌巍峩，輝煌金碧，足以雄視珠林也。木石工需計費五千餘金，除諸善士捐施外，餘皆錢君獨力任之。夫錢君遵母夫人命而爲此也。太夫人性好佛，錢君承歡左右，熙熙然惟言是聽。居恒爲太夫人作福，供佛及僧，或航南海，或上台山。錢君艱于嗣，今喜已獲麟。天之報善，理自然也。吾今且美錢君能承母志，施家珍于四千而不惜，成功德于佛門而不朽。得親順親若錢君者，可謂孝矣。

寒石老人《山居》八首稱性而談，自成宮徵，純乎天籟。蓋其胸中無一點渣滓，故冲和之氣，盎然溢于言外耳。詩曰：「草庵惟剩地，破屋不成間。于此渾忘世，悠然心自閒。聽泉歸別浦，掃葉見空山。俯仰同今昔，支公孰可攀。」其二：「我來秋欲老，落葉下庭除。夜火煨黃獨，晨窗擁梵書。性慵喜事少，地僻覺人疏。却愛栽松竹，荒畦帶雨鋤。」其三：「小閣憑虛住，清幽遠市塵。白雲如舊識，黃鳥自相親。樂矣能知足，飄然獨耐貧。掛瓢今日遂，從此賸閒身。」其四：「寂寂深林裏，渾忘歲月遷。秋風催落木，山雨漲流泉。定後空諸相，閒多信宿緣。一鑪茶已熟，正值月中天。」其五：「未知寒熱性，焉敢説人情。眼倦經還掩，身閒夢亦清。山房留石火，覓水注茶鐺。倚杖徜徉處，池花夕照明。」其六：「骨性生來懶，深慚與世違。栖山同輩少，放鶴古人稀。石徑雲還繞，茅庵花自飛。一窩塵不到，竟日掩柴扉。」其七：「六十眉稜上，隨身一短笻。坐禪頻對月，得句忽聞鐘。世念秋雲淡，山居人事慵。不愁生計拙，常伴百年松。」其八：「亦有閒心事，低徊對菊開。蜂銜猶未散，雁字已重來。石隱無巢父，荷衣想大梅。題詩何處寄，古路長蒼苔。」丹徒顧弢庵有和韵八首，已合勒石，弢庵并有跋云：「嘉慶壬戌季冬，住支硎吾與庵將二十日。寒石上人出舊作《山居》詩八首屬和。余愛上人襟懷閒曠，真趣盎然，故所爲詩亦天籟自鳴，有興來情往之樂，依韵奉答，結一重翰墨緣，當不止作雪鴻觀也。」

丁字剛，名謣，字亘三。相城里人。與吾友章翰香爲婣婭，又爲詩文交好。一日同翰香見訪，予因識之。時正荷香透水，薰風送暖，夏五月也。字剛爲人倜儻，才情大雅，而功名不爲躁進，安于操守。議者謂其篤于讀書養性之説耳。予高其人，因樂與之遊。有寄予七絶三首，其「倜儻風流」四字之操券也。其一：「悠然一隖白雲深，問藥曾經挈伴尋。自有貫休傳好句，風流文采振珠林。」其二：「當年訪道入名山，去住無心世路閒。縱有俗塵都不染，祇今天許一身閒。」其三：「維摩半偈許誰知，惟有南村處默師。翰香謂師得《維摩經》大義。我亦欲來數晨夕，友窗先讀碧雲詞。時于翰香齋頭讀《梅村詩鈔》。」

秦逸溪先生，名谷暘。錫山人。深沉厚重，迂謹自持，有古長者風。予與今嗣半俗，名玠，字建封。令坦戈恬安相善，最後識秦君于戈氏之敦厚堂。一見如故，談笑歡然。予目秦君品格不凡，言規行矩，後進當以之爲法可也。見贈七律一首，真長吉錦囊中佳句，過譽處特不敢當耳。詩曰：「怕聞人世説功勳，別具高懷有異芬。洗盡凡心同水月，參通妙法笑風雲。濟人藥採拈花手，隨口詩成覺世文。今日避喧湖上路，朝朝常得狎鷗群。」劉春農先生曰：「無上醫王，大雅詩僧，兩事夾寫，雙管齊下，措辭用意，各極其妙。」時在相城王路庵。

趙朖廡，名青來，字宸望。新陽之正義人，與訥齋先生爲同祖兄弟。《琴鶴堂菊社吟集》中唱和詩有古作一篇，筆勢排奡，縱橫上下，如赤手捕長蛇，令人把捉不住。其詞意悲歌慷慨，俯仰徘徊，真傑作也。詩曰：「君不見柴桑宅畔玩花叟，無錢買醉重陽酒。又不見齊山頂上登高客，插花滿頭開笑口。況值天涯霜霰侵，白髭兄弟中年後。獨看晚節戰西風，宛如青瑣添黄綬。此花開後更無花，拚醉花前須大斗。詩壇文社逞豪雄，酒徒畫史叢談藪。莫道黄花寂寞香，其英粲粲能長久。爲問東皇曾幾時，嫣紅姹紫今存否？夜深秉燭忽思親，猶記賞花同聚首。仿佛音容几榻傍，月光屏影分軒牖。叔伯三人樂事多，至今艷羨稱無有。一回相見一回老，先君子與伯叔賞菊時句也。名句會來本孝友。阿兄花甲歲初週，嗜菊延齡臻大壽。儲種分秧兼釀土，惜花護葉仍芟莠。春苗秋花恣採擷，服餌常供杯案右。幽情不肯負秋芳，作頌花神出老手。弟亦花間澹蕩人，茹荼以後慚衰醜。風冷北窗抱孤影，雲封三徑蒼苔厚。今宵酒力敵霜颸，醉後放筆龍蛇走。無須高語託羲皇，暢飲長吟樂亦有。」朖廡讀書好學，克承先業，然秋闈屢躓，厥志未伸，今乃付青箱于雛鳳焉。今嗣蘭溪名安止。聲名鵲起，已爲名下士矣。秋風騏驥，吾將望之。且朖廡近年來善名籍籍于鄰里朋友間，情誼甚殷。其親親之義，更可知矣。予謂朖廡積德行仁，栽培元氣，天之報施，定不爽也。時秋雨初過，爽然几席，握筆記此。

趙秀岩，名允中。新陽之正義人，與訥齋先生亦同祖兄弟也。秀岩文章浩瀚廣博，如「韓潮蘇海」。秋闈屢經薦取，而朱衣不點頭者，亦遲速有時耳。《菊社吟集》中有四言詩一章，一唱三嘆，有漢魏音。詩曰：「英英者菊，經寒不摧。花黄葉緑，照灼林隈。愷悌君子，於焉徘徊。懿兹真色，一片屏開。何以贈之，酌彼金罍。」予選秀岩詩入記付梓，令嗣梧崗爲父助刊，遂解囊貲于不吝，乃知「王謝子弟」具有孝友，不獨翩翩風流已也。

湯澹如，名瑒。新陽之正義人。爲人瀟灑，有晉人風致。文章而外，雅擅丹青，尤工花草。酒酣之後，興致倍佳。予脱白後，見訪于獅林寺中松風閣下。猶記鑪烟裊裊，晝漏沉沉，一樹斜陽，半階梧葉，庭前秋色，爲澹如平分一半而去。澹如能詩，《星湄詩話》中載其數章，予甚愛之。每每臨風把卷，朗吟一二遍，令胸次爲之爽然也。《畫魚》云：「吾本星溪一釣徒，偶然赤鯉繪成圖。不知筆底鱗鬐出，傳得濠梁樂意無？」《畫紅白海棠》云：「一施薄粉一施硃，同此秋芳兩樣姿。好似阿環微醉後，招來虢國話相思。」《紅葉題詩圖》云：「霜落疎林似染脂，飄來一葉好題詩。只因下筆愁難盡，錯道深閨得句遲。」《聞雁》云：「夜深颯颯起悲風，驀聽征鴻度碧空。正是南樓人獨倚，一時詩思入雲中。」

星溪詩社舊有胡梅崖之菊花亭、徐石泉之嘉穟堂、陳勿齋之平緑軒、翁傅梅之浣花居、金肇武之安廬草堂，一時唱和之盛，膾炙人口。後有王蘭圃、魏思陔、徐西亭、孫西麓、朱蘭洲亦相繼其美，今諸君子皆歸道山去矣，詩壇零落，有今昔之感也。

陳雲樵先生，名世楷。新陽之正義人。善八股，以清雋勝人。利于童子試，故星溪桃李半屬公門。並善填詞，工巧雅麗，同人中無能並其美者。今于《菊社吟集》中録其一闋，餘可類推矣。詞曰：「霜醉楓林，烟寒蘆渚，别有秋容成圃。一片清幽，誰似堪誇蘭杜。錦屏高列最宜人，名種收羅皆按譜。細數。真冷艷參差，晚香含吐。謾道東籬可愛，只今日南窗，自成千古。五色雲箋，花下分拈韵府。琳琅佳什賦秋風，杯茗清談念舊雨。歡聚。且擬進霞觴，岡陵祝補。」調寄《月華清》。雲樵之父曰勿齋先生，七試金陵不售。潛德弗彰，平緑軒中，與諸同人日夕唱咏，以抒懷抱。語多忼慨佗傺。雲樵則又專意讀書，淡然利禄，其志在有待也。令嗣古琴盛年英俊，考試每冠等，詩文並茂，名噪一時，扶摇直上，將拭目俟之矣。

翁巇亭，名義山。爲人温恭克讓，孝友敦睦。父曰虎臣先生，剛方正直，古道自處，且誼重友于，與令兄龍士先生，至老而塤箎迭奏也。巇亭守其家風，故昆仲之間，亦和樂且耽。予脱白後，巇亭曾過望。齊門外，檀香庵中，芭蕉窗下，披襟相對，握手道故，依依不忍去。此君厚道，令我雲外孤蹤，不能無思矣。其文章和易，一如其人。予在俗時，曾以筆墨就教之。至詩學，則又自具别才，如廣平之《梅花賦》，後人謂之鐵石心腸而有媚舌。予謂巇亭深沉厚重之人，而有倜儻之詞。有《江閣眺望》一首可見一斑矣。詩曰：「凌虚高閣與雲齊，江上風烟入望迷。楊柳鶯聲啼不住，輕舟飛過驛亭西。」風流絶調，是從太白詩中脱化而來。

葑溪有三高僧，曰：性宗、澄谷、杲堂。性公筆下如汪洋大海，波浪出没，乩仙降筆，謂是韓昌黎後身。澄公筆下淡宕疎落，從性情流出。杲公則又一股清氣，塵垢全無。性公所著《楞嚴》、《金剛》等經，已刊行世，詩句概不多見。澄公《倚杖吟》有洪更生先生爲序，石遠梅爲之付梓。予摘其《山居》八首已入記中。杲公詩向來不肯存稿，惟留在人間若干首，然恐零珠碎玉，歲久彌湮。今于懶庵處册頁中録《庵居》詩四首，以存一概。至三公之佛法、人品，各自具足，兹不多贅。詩曰：「百衲禪衣短蒺藜，廿年出入幾招提。秋霜兩屐嵩山北，夜雨孤帆漢水西。磨破青磚頻自笑，拾來黄葉止誰啼。而今頗得安閒法，矮屋寥寥傍水溪。」其二：「庵居郭外頗相宜，脱粟酸虀可止飢。往昔劍痕徒自記，而今弓影已無疑。當門苦李連根斫，隔院幽篁帶土移。典却袈裟買蓑笠，渾身烟雨竟忘疲。」其三：「放下蒲團拗折篠，九疑五老懶重登。數弓廢圃親除蔓，一帶荒塘擬種菱。留鶴平分晨鉢飯，避蚊不點夜窗燈。雙扉晝掩無人扣，石上青苔層又層。」其四：「牀頭麈尾罕生風，客到談禪我詐聾。畢世一枝栖物外，頻年無事入城中。寒窗補衲雲嫌薄，老眼題詩紙畏紅。閉户渾忘庵近市，買山不復慕支公。」

僧家詩要清遠閒曠、流運自然，故唐之王孟詩爲近道之作。如工部之雄壯、太白之高昂，總于僧家不稱。予師兄懶庵詩，人謂其不食烟火，身有仙骨。有《睡餘詩抄》，其中美不勝收。今録斷句四章，雖一勺之水，亦可知全味矣。《自虞山歸舟口占》云：「近水人家半掩扉，清溪窈窕柳陰微。數聲柔櫓烟波裏，才自琴川買鶴歸。」又《漫興》云：「梧竹蕭森晝不譁，爐烟裊處試新茶。春來頗有閒心緒，頻捲湘簾數落花。」又《庵居》云：「零落柴關掩碧蘿，長年車馬少經過。山童不耐園林淡，添得秋花屋角多。」又《宿牧石禪屋》云：「禪關寂歷掩松蘿，地僻無聞擊柝過。幽夢不知誰喚醒，芭蕉葉上雨聲多。」

吕朗峰名光普。一别經久，殊深想念。今兀坐蕭齋，見瓶梅半放，水仙花依依近人，如兩好友相對，忽憶朗峰昆仲，謂其令兄古山。不覺神往。二公在三鄉里，亦有此情否乎？因展篋中上年寄余近體詩四章，捧讀一二遍，欲慰飢渴，不意轉增别思也。不知把袂談心，又在何日？詩四章，謹録于後。一曰：「一别春風又十旬，柳花如雪草如茵。客來欣説梅村健，到處人呼秦越人。秦越人，古之神醫。」其二：「梅花香裏曾相訪，轉眼青青春又闌。知已别深無絮囑，簡書先擬勸加餐。」其三：「蘇門長嘯似孫登，澤國游來勝武陵。羨煞陽城明月夜，一聲欸乃載詩僧。」其四：「我欲尋師湖上過，同來小隱是如何。願分一半湖中景，飽看閒雲野鶩多。」時在相城王路庵。

吕古山先生令姪，名椿，字師莊。童年俊秀，時年十三歲。才調翩翩，風儀楚楚，洵是謝家玉樹也。前年見寄近體詩四章，情致纏綿，若有深乎道念者，讀之令人不忍釋手。予欲録入記中，求之篋笥，竟不可得，心甚怏怏。今忽于叢書中見之，可知夜光之珠，總不久湮于世。快付梨棗，以公同好。詩曰：「檻内人將謁上方，樂沾法雨散花香。飛箋敢問菩提子，可許狂生懺佛場？」其二：「未結蒲團香火因，擬將玉麈拂蒙塵。一從吟遠沈氏樓名。傾名後，幾度徘徊厭幅巾。」其三：「光陰易逝等流波，世路艱辛荆棘多。不向道林求妙理，繁華忽忽片時過。」其四：「摇落俄驚一徑風，東籬香冷有無中。我來細讀山塘句，時讀大師《游山塘》詩。知是恒公即濟公。」

貞女戈蘭芳爲未婚夫唐耕堂守貞，作詩者長篇短什，不一而足。雖各有佳處，然聲調高華，情詞

調，經演三車覺衆人。鳥語溪聲雲外意，松蒼竹翠洞中春。已知妙具拈花手，醫似軒岐並絶倫。」風流

戈桂庭，名熒。元和人。詩有别才，贈予云：「十丈蓮花託化身，偶然游戲入紅塵。詩吟五字誰同

利心爲障礙，即學詩作畫，于生死關頭，全無干涉也。此豈非爲吾輩作一榜樣乎？」

爾。」梅村曰：「今之人業識茫茫，無有休息，故臨終時不能如道者之解脱耳。當知學道人不獨名心、

之駭愕，鄰人乃出所遺，爲之備飾終云。懶庵兄與牧石上人論其事曰：「想道士已忘盡世緣，故能爾

曰：「道者今日遠行，合當一送。」推門入内，户皆閉。至卧室，見端坐在榻，蓋道者已化去矣。人皆爲

洽。今某將有遠行，並有事相託。」出所積鉢資付鄰人，曰：「去後有庵中事，煩爲料理。」至期，鄰人

依一和尚，餘不可曉，得非道而學佛者乎？一日設齋與鄰人款接曰：「我來此數年，與諸鄰人殊少讌

絶少。道者日惟收盞飯幾鍾度日，息交絶遊，雖鄰人亦莫往莫來，故人皆不知其爲高士也。平素唯皈

有葑溪道士，惜忘其姓氏，亦不知其何所從來。住一破觀，老屋頹垣，飄摇風雨，施主不至，香烟

心匪是江頭水，已誓波瀾總不生。」

心摧折未開時。莫言風雨相侵急，縱有冰霜也耐之。」其四：「不改終身一問名，少時讀禮記分明。女

翅何堪一折摧，阿兄江上日徘徊。幾回望斷天邊路，月下雲端不再回。」其三：「夫婦分明連理枝，芳

之。」其一曰：「玉折蘭摧正早秋，鳴蟬嗚咽樹梢頭。聲聲催動親心苦，日夜思兒老淚流。」其二：「雁

耕堂病故，戈蘭芳守貞事略見示。予既輓耕堂之蘭摧玉折，又嘉蘭芳之立志守貞，乃作詩四章以弔

悱惻，如高紱堂太史名翔麟。四首，則無出其右矣。題云：「予告假旋里，有梅村上人持唐蕙圃之次子

倜儻，一如其人。桂庭平日與從兄恬安及秦逸溪、徐小憨、談迂村諸君子唱和聯咏，不肯稍負花朝月夕也。以其沉漬功深，故能隨手指揮，無不如意耳。

韓旭亭先生名是升。過我祖翁白雲山人聞思講院，贈言一首，筆致清老，詩情真摯，足見情深交契。詩曰：「撥草尋幽徑，禪扉晝亦關。孤雲任來去，一衲自安閒。壁破牽蘿補，村荒乞食艱。五年一別後，兩鬢各添斑。」旭亭先生令嗣桂舲，名封。身膺顯爵，殷隆赫奕。先生乃德益加修，謙恭自下，有萬石風。聞六十壽誕，桂舲自都寄歸白金二百爲壽，先生曰：「母難日宰割延賓，子心何以安耶？」乃往穹窿等處進香酬願，悉以金散之故舊親鄰。并親至所親門，慰安問訊，殷勤懇至。其家風惟存孝友。吴下咸以先生爲有德之士云。

印石唯先生爲吴下一詩伯，精通内典，喜與名僧往還，能説不二法，亦佛門中之維摩居士也。《過聞思講院》有句曰：「龍象摧殘講席空，垣欹樹倒夕陽中。怪君已是逃禪者，尚有儒門淡薄風。」又：「門庭一向絶躋攀，此更荒寒少往還。身與白雲同去住，出山翻比在山閒。」祖翁先是住天平山白雲洞。白雲風景圖畫天開。春秋佳日，游人踵至，雖比咒鉢庵、高義園等處喧静有間，而祖翁尚怕叩門人也。聞思在楓橋之西，不近城，不近山，路徑偏僻，足可避喧，我祖翁樂而居之。聞思講院前有石杉法師者，博通教學，爲一時知識。三十年來無人相繼其盛，門庭寥落，樹倒垣欹，過之者有追古傷今之感。乃我祖翁偏喜而居之，與世人之所好不同歟？抑别有所見歟？予小子焉能知之。

董牧塘孝廉名錬金。爲新安第一流名士，詩文並妙，吾吴潘榕皋先生擊節稱賞之。寄予畫竹兩幅，題句云：「瀟洒襟期一寫之，胸中節節復枝枝。正如佛印同坡老，相對湖山風雨時。」又：「新安江水雖清淺，打槳纍纍百八灘。用寫此君相問訊，爲師日日報平安。」又《題畫竹》云：「雪爪鴻泥到處留，偶遺浮篠寄僧樓。重來晚食同燒笋，玉版禪機會悟否？」又《畫蘭》云：「雪島蘭花信出塵，鐵舟跌宕更通神。鄙人點墨原無着，試與師門充下陳。」「鼠尾釘頭鮮定形，偶然手腕亦通靈。拈來不語微含笑，當寫維摩一段經。」「化雨香風悟上乘，山中好與續傳燈。散花天女當前是，我亦人間有髮僧。」又《題雪島和尚畫蘭》云：「歲除抖擻見精神，爲讀騷經愛寫真。我亦急完詩畫債，天涯忙煞兩閒人。」梅村云：「牧塘詩，能于小中見大，不爲題目所拘。風流跌宕，不脱不粘，得詩中三昧。」

有京鎬范丈者，父輩交也。又爲我同修道長，與予同時發願奉佛持齋，真誠一念，專志翹勤。時偕王君蘭圃、趙君訥齋、周君憲章四老人于保慈庵中，誦經念佛，日夕相叙。予脱白時，王君、周君皆歸仙去矣。范丈爲予料理出家事，約趙君訥齋喬梓，并諸故舊親長惠我帳被、布帛等物，予因作《引針詩》一章，以鳴其感激之意。詩曰：「條條正直本生平，縫緀縫要密密情。縱有木棉與線布，非君那得製衣成？」憲章周丈與寒家兩代交好，二十年如一日。予耿耿于心，不能忘情耳。後之人讀是記者，當知我欽、范、周三家通好也。

王蘭圃，名永年，字謹言。新陽人。貢生。初署常州府廣文，繼授安徽全椒廣文，未之任，尋病終。蘭圃之祖天錫先生，名醫也，精通外科。濟人無算，德蓄不弛，乃生其孫。蘭圃詩文並妙，書法在二王之間，筆致如玉薤銀鈎，人皆珍玩之。生平喜頭陀事，持齋奉佛，嘗皈依高僧寒石。名古風，字澄谷。日課佛號幾萬聲，雖造次顛沛不離也。里中與趙公訥齋、范公京鎬、周公憲章爲三道友。每于趙氏之保慈庵，焚修講道，開浄土法門，闡揚極樂，一時感其化者甚多。蘭圃爲人春風和藹，喜怒未嘗形于色也，足覘其所養功深。典型猶在，想念彌窮。

魏思陔，新陽之正義人。少有神童之譽，年十四入泮，二十四舉孝廉，兩赴禮闈不售。三十年後，方掄選廣文。尋病，故不得一官，亦命也。思陔長于性理，紫陽一脉。獨勤抽繹，而四韵非其所好，然亦偶一爲之。有《咏崇文書院牡丹》一律，曰：「小溪斜徑藏書院，日淡風和綻好花。鋪出桐陰千尺錦，捲開石畔數層霞。玉堂侍史神仙女，金谷詩人富貴家。零落何須愁穀雨，伴君一醉足生涯。」筆致閒雅，有儒者氣象。梅村又曰：「五六一聯，清華富麗，而配入一結，則特爲名花作感慨耳。」思陔一生，懷才不遇，有志未伸，對物興懷詩多如此。

孫西鹿名柱，字天擎。人才秀逸，風致翩翩。長于詩，古作尤妙，有《正義十景詩》可見大概。西鹿文章清雋勝人，天資敏捷，時人以孫楚目之。朱蘭洲有贈句云：「座中誰啖牛心炙，孫楚翩翩正少年。」惜其年壽不永，人皆有蘭摧玉折之嘆。西鹿之父曰欽安先生，古方正直，業擅岐黄。與予道明府君，父輩交也。當時詩酒往來，兩家通好。今西鹿父子皆歸道山去矣。低徊往事，不能無興感于懷也。悲夫！

鏡庵大師者，崑山人。薙髮于台山，結茅山居者十餘年。來吴駐錫金閶，與寶林寺鄰近，故寄樵兄與往來交好，殊相契也。師善山水，好吟咏，爲人閒放不羈，所謂外形骸，以理自勝者也。予與之一見歡然，便如舊識，得非與師臭味相同乎！蓋予亦本無蔬笋氣人耳。新安董牧堂先生贈予有「此老全無蔬笋氣」句。一笑。

顧星橋名宗泰。爲沈歸愚先生得意門生，歸愚每稱「吾哩星橋」。星橋之父封翁者，雅好賓客，風韵絶人，杯酒歡場，山水文讌，老興不衰，故星橋得以交盡都輩名流，座上客常滿也。封翁平日好微服閒行，隨興所之。一日于金閶市上烟店門前，適星橋乘軒而過，後從者數人，殊炫耀人目。封翁謂人曰：「此轎中者，乃蘇城中第一時人，即顧星橋耳。」衆人爲之艷羨不置，時旁有一人却認識星橋父也，吴人乃傳爲佳話。封翁風韵大類如此。梅村曰：「當知世間之樂，般般是假。惟天倫之樂爲真樂。況子能貴顯，又爲名士，此樂何極哉？譬如食蜜，中外皆甘也。吾望爲天下之人子者能如星橋也，可謂養父母之志矣！」

大凡作詩頌禱，要搔人癢處，不在乎多文也。今潘榕皋先生七十大壽，門生陶梁等，皆有壽詩。有小門生李馥堂，名逢辰。受業于理齋先生。亦有賀章，中有「孫時繼巍科，公年晉九秩」句，因榕皋先生喜得令孫，方週一歲耳。榕皋曰：「諸門生壽詩，總不及小門生馥堂之『孫時繼巍科，公年晉九秩』句耳！」陶梁曰：「門生却未嘗學得推算甲子法。」此語亦趣甚。馥堂昆仲令兄卓堂，名逢吉。入泮時，予贈聯句云：「元芳季芳，此日才華原濟美；大宋小宋，他年科甲看同登。」又：「翰苑才華，蓬萊仙客；謝家玉樹，李氏芳蘭。」既後馥堂之父念陶先生謂予曰：「王二安名逢午。見此對，云『前無古，後無今』。」此時念陶先生心中與榕皋先生諒有同情矣。

《寄董牧塘孝廉》三首，一曰：「春來何事最關情，夢裏新安千里程。花信一番今又了，滿天晴絮撲吴城。」二曰：「丹青北苑舊家聲，風月襟期分外清。偶爲梅村題筆記，才名贏得滿吴城。牧塘爲予作《筆記序》，潘榕皋農部、高紱堂太史見之，皆極激賞。」三曰：「旗鼓相當翰墨林，從來文字重知音。先生老矣情偏健，力疾還題《菊社吟》。星溪趙氏有《琴鶴堂菊社吟》，諸搢紳題序，先生之作當爲壓卷。」丁卯春，牧塘先生過吴，爲予作序兩篇，並書畫數件。因婺源修志事未完，匆匆而返。戊辰春，予應相城王路庵之請，牧塘再過吴門，未獲言面。暌違至今，已三易寒暑矣。暮雲春樹，能無繫念乎？諒牧塘亦不忘風雨山窗相對時也。

庚午夏六月，董夢堂先生自新安來吴，過庵茶話，因知令弟牧堂先生肝疾未瘳，殊深念念。牧堂詩才大雅，先生亦難兄難弟。見贈一首，筆墨老渾，力健思湧，浸淫于古者深矣。詩曰：「野鶴閒鷗兩作朋，紅塵覷破冷于冰。詩才敏似八叉手，醫術良稱三折肱。握筆燃藜修譜牒，原注：師脱白後，修《欽氏家譜》。焚香開册續傳燈。吴中向號人文藪，占斷風情屬老僧。」先生耄而好學，書不釋手。善填詞，人稱「董填詞」。爲人磊落豪雄，慷慨仗義，坦衷直腸，獨存真實，盛德士也。宜其令嗣小叢名桂山。孝廉，文舫、名桂洲。松坨名桂莊。茂才，鳳毛濟美，慶有餘矣。

徐澮安先生名錦，字炳南。《登穹窿山》詩曰：「勝地來登洵宿修，放懷直欲恣遨遊。撥雲古道尋雙膝，泉名。策杖高峰極上頭。寶界香生仙闕迴，玉臺春暖洞天幽。桃花開遍桃花澗，何是五城十二樓？」梅村曰：「詩以見志，澮安今日名重醫林，爲多士冠，宜矣。」

我曾祖妣恩旌節母史太孺人，性本柔順，志稟堅貞，淑德懿行，難於盡述。蓋其少讀《孝經》，習姆訓，知婦道者也。太孺人之父爲陽城巨室，舅氏振之公爲吴下名門。太孺人初聯姻欽氏，兩親家尚裘馬翩翩，門楣赫奕。我振之公好善樂施，事多義舉，於所當爲者不吝乎財，故太孺人于歸欽氏，家道已中落。太孺人儉約自處，親操井臼，夜寐夙興，裙布釵荆，隨遇適安。叔伯凡十有二，我曾祖聖時公行居其九。太孺人之適我曾祖也，凡五年，聖時公没，生子一，即我大父蓋臣公。門衰祚薄，孤苦零丁。太孺人撫孤，依母家陽城史氏居之。且我大父蓋臣公，少多弱病，太孺人撫之、育之，備嘗辛苦。及長，和丸畫荻，身兼師保，教以成立。乃聘我祖母唐氏孺人爲媳，繼宗嗣，所以報孝。五十年中，克勤克儉，惟苦節之自守。宗族鄰里皆稱其賢，縣尊聞於上，給帑建坊旌，曰：「冰霜勁節，以嘉其志。」嗚呼！守節固難，處家貧者更不易易。如我節母，嘖嘖鄰里，間無間言，難哉！爲我節母之子孫，皆當知我節母之苦志。今節母下世五十餘年，令我孫枝欷歔感歎，涕泗縱横，愧不能身登仕籍，繼紹前型，以報我太孺人也。嗚呼！

我先君子道明府君，姓欽氏，諱恒昇，别號樸齋。生平慷慨，意氣如虹，真實無詭，忠信自許，所謂古之君子，不同乎流俗。於鄉黨間，憂人憂、樂人樂，飢者如己飢，寒者如己寒，而仁愛惻怛之心，猶可想見。府君少時喜讀《春秋》、《曲禮》，故居身嚴正自持。家貧，簞瓢屢空，處之晏如。年弱冠而我祖考妣已下世，我曾祖妣恩旌節母史太孺人春秋高，飄飄白髮，母孫二人更相爲命。奉養史太孺人怡怡然，承歡菽水。太孺人有賢孫，而不知貧之爲苦。噫！我府君之成立爲偉丈夫者，皆我曾祖妣史太孺人之教養。府君能養太孺人之志，亦可謂孝。府君精醫術，常救人疾苦，不吝藥，不計利。貧而無措者，每有周恤。其積德行仁，雖不求人知，而又不能使人不知，故人稱我父爲善人，不欺暗室。生平獨有把握，救人急難，不計利害，致感祝融不敢肆虐，得脱火災。時居正義之南鎮二十年。後遷居僅數日，舊居遂燬于火。人咸曰善人之報，果爾。家真義，蓋自大父藎臣公由葑溪兩遷至此，幾五十年。有弟一，字曰陽明。我大父藎臣公去世，陽明叔尚幼。府君友于誼重，不讓姜家大被。時遇春秋伏臘，致祭先靈，必誠必敬，曰如在其上，如在其左右。諄諄謂我兒輩言之。閒暇每談祖塋始末，某祖之碩德，某祖之懿行，惓惓不忘，時時言之。嗚呼！我府君孝友天成，慈祥性具，如親親、仁民、愛物之意，不與常人等。謂之古之君子可，即謂今之善士亦可。魏思陔孝廉有贈句云：「作事無慚思趙抃，居心自可質神明。」讀此詩，可見我府君之大概。嗚呼府君！

我母朱太孺人，世家女也。少嫻姆教，長適欽門。終温且惠，克循婦道，里中籍籍有賢聲。向爲女塾師，四十年中，門牆桃李，遍滿星溪。當適我道明府君，值欽氏家道衰落。困苦經營，操持家事。晝則課生徒，抽經繹史，勤而且嚴。夜則寒釭燈火，佐女紅針黹，或紡績枲麻，非夜分不寢。我父道明府君，精醫術，名重鄉邦，酬應繁冗。然治療之外，可無内顧之憂。故山水文讌，杯酒歡場，猶得以偷閒自恣。我母早年事我曾祖節母史太孺人、祖母唐孺人，孝養性成，雖一菽一水，必恭必敬，里中人至今猶嘖嘖稱道。教訓我弟兄五人，嚴而有法。暇時每引古人立身行道、務本力學故事，爲家庭閒話。既長，娶嫁皆我母襄助之力居多。「棘薪夭夭，母氏劬勞。」嗚呼痛哉！今母氏逝矣，我將焉恃？没之日嘉慶乙丑元旦，享年七十有二。道明府君先十七年辭世，壽五十六歲。夫二老人爲里中碩德，閫內母儀，可以風後之人也。彭簡緣先生希洛輓我母朱太孺人詩曰：「辛苦經營四十年，里中稱道郝鍾賢。三遷新第才經月，時義山弟新遷正義之南鎮。一旦靈蹤化九蓮。香冷梅花春早候，星沉寶婺夜寒天。相夫助子當時事，彤管清輝此日傳。」潘榕皋農部有七言絕句兩章，曰：「絳帳曾開記昔時，春風滿座日遲遲。而今桃李門牆盛，共仰星溪女塾師。」其二曰：「去歲曾聞哭度師，先師懷西道人于隔歲十一月西歸。傷心此日又親慈。梅村久訝吟詩瘦，忍見方袍血淚滋。」予亦有《哭母詩》四章：「爆竹依然除歲，桃符又見更新。誰料青鸞適至，慈親此日離塵。」其二：「兒有五男一女，兩亡一又爲僧。所遺吾弟家貧，淒涼月照蘿藤。」其三：「聞訃哭聲搶地，奔家滿眼傷心。天姥峰頹何恃，靈幃燈火風侵。」其四：「母兮母兮何在，七寶池上經行。頻伽聲裏春暖，花開好證無生。」先父道明府君去世，諸君子皆有輓章，因失去者多，惟朱椒堂、陳古琴兩章尚存，已載前卷筆記中。

《訪地師徐廷華先生》一首曰：「一曲南塘水，舟行路轉遥。帆檣破曉霧，春雨漲江潮。覓地惟求穩，尋師不憚勞。幽棲何處是，溪上問漁樵。」徐君好學，讀書到會心處，每每徹夜不眠，故壯歲即視茫茫而髮蒼蒼，勞心太過之所致也。世居正義，今隱唯亭之龍山焉。有珠玉見和，惜失去不存。

陳曉亭，名熹。正義人，雲樵先生之姪也。詩筆娟秀，人才楚楚。善臨摹古人書畫，觀者真贋莫辨。予脱白後，見訪于獅林寺中，並有贈言一首，姿致翩翩，有風流餘韻。詩曰：「步入禪林曲徑開，松風謖謖散輕埃。故人忽變維摩相，仙骨原從鹿女胎。念舊忝承物外意，贈言謬許畫中才。戲學塗鴉，承於客前稱譽。慈光且喜文光接，是日潘畏堂太史雲浦封翁在座。十八高賢樂共來。用遠公白蓮社事。」

雷秋濤，名桂。金閶人。曾仕蒼梧縣令。今林下優遊，詩酒自娱，與鏡庵大師相友善。師攜秋濤所作見示，珠玉滿前，美不勝收。今録其尤者一章，《題白雲出岫圖》云：「高山不知名，蒼翠但盈把。白雲不知深，靉靉迷石罅。列樹平坡間，設坐絶壁下。佳氣多縈徊，縱目亦瀟灑。悠哉此中人，無乃忘世者？」梅村曰：「平淡超遠，有神有味。」

予在俗時，寓于唯亭史莘野名□□，字聘儒。表叔家，蒙相愛殊甚。予喜談因果、説公案，人亦不以予爲迂。莘野嘗謂人曰：「與梅村相對，自覺心氣和平。若連日不晤，胸中便是不同矣。」當日聞此言，予甚愧之。莘野去世已久，長君月波、名□□，字振聲。次君聰堂名鏞□，字葵新。等皆繼紹家聲，克承先緒，莘野亦含笑九泉矣。

張厚村，名培。崇川望族。初識面于萬緣庵中，後遂往來無間，爲莫逆交。厚村長于古作，贈言一首，可見豹斑。詩曰：「憶我昔避喧，耽静栖禪門。開軒望烟水，得意常忘言。一日遠公至，清我心中煩。相見便相親，傾蓋真同論。年前避喧于萬緣庵，師與庵主往來，從此識面。清譚揮麈尾，夕景生烟村。猶思作别去，時已林間昏。從此訂交誼，往來道意存。標格既超凡，德性且恭温。禪餘好讀書，窗下還勤翻。泰山瞻之高，北斗仰之尊。孺慕不能忘，每勞夢裏魂。」

董牧堂孝廉今來吴下，余以素扇索畫，乃寫菊花一枝，題詩于上，云：「癖性憐師屢嗜痂，幾回牋紙索塗鴉。神仙真本殊難得，試寫房州三朵花。」又：「老病維摩悟宿因，東坡妙句爲傳神。到頭兩事俱拈却，病藥俱無見性真。師病咳經年，今猶未愈。」牧堂通禪理，又才情超脱，故隨手拈來便好。

劉春農別駕，名逢慶。武進人。詩文並妙，書法絶佳。與張厚村爲中表兄弟。去秋同沈伯昭名爾熾。先生見過，爲予較訂拙作，並贈篇什，亦一時雅集也。詩曰：「茅菴落塵市，聞有能詩僧。與師一塵譚，令我心如冰。因而十笏地，人海幾隔塵。一片梵聲起，祇覺清浄增。門前挹松風，石上捫籮籐。居然遠公座，芒鞋許我登。筆記示一編，慧業參上乘。幾回焚香讀，一字一服膺。交遊遍名流，嘖嘖衆口稱。詩人附君傳，姓氏皆崚嶒。雞林價應重，豈止敝帚矜。」春農爲少司馬青垣先生之少君，謙恭和煦，無貴介習氣，想見德氣充滿，涵養深醇矣。沈伯昭先生兩絶云：「挈伴同來到上方，舟行郭外半菱塘。却看户外風光好，一沼荷花送晚凉。閒庭寂寂少塵氛，人海風波迥不聞。我亦此身無一事，願來常看竹間雲。」詩亦風雅洒落。

今春一友遊虎丘回，謂予曰：「今日于貞娘墓見二老人同在，徘徊墓側，憑眺流連。因天氣甚暖，二老人乃科頭箕踞，坐于磐石，從人手托二紅頂帽。旁人謂是潘雲浦、奕基。韓旭亭是升。兩封翁。」友人又曰：「此二老非凡人，乃是陸地神仙。」艷羡不置。梅村曰：「此友但羡二老是陸地神仙，别無議論，梅村又有説焉。夫貞娘，古來名妓，才貌兩全，乃不能得一佳配，而流落爲青樓女子，則亦大不遇矣。後之人往往有憑弔貞娘者，長篇短什，言之不足，大半自有牢騷，特借貞娘鼻孔出氣耳！若二老者，處盛境、享厚福，無籍他人杯筋以澆自己魂礧。而于墓上徘徊憑眺，真是憐才、憐貌、憐其遭際之不偶，可謂真正弔貞娘矣。」

范氏義莊者，文正公置田贍族而設也。公爲西帥及參知政事，省其禄賜之入，置田千畝，以濟群族之人。日有食，歲有衣，其婚姻、喪葬，各有條例，族人賴之。公家不甚饒，義田外，無餘貲。故殁時，貧無以斂，喪事不克治。惟留施貧活族之義于天下後世而已。既後忠宣公純仁承其父志，修其舊業，又捐田千畝。宋末鼎革，遭干戈兵燹。至明季，義田幾廢。幸公德澤深厚，遇況公鐘來守吴郡，清理義田，出其藏匿，歸其已賣，然亦僅得五百餘畝矣。國朝來始得復盛，有宗人二，以貴顯，各捐田千畝，今共有三千餘畝。廿年前，又中間因主其計者不善，以其所入僅僅給其所聚，莊中殊不寬裕。近年來芝岩太史來宗主奉祀，出入有度，井井不紊，乃能恢宏舊業，增置田畝，沛然有餘矣。可見家國一體，全在得人也。

朱蘭洲，名麟，字在郊。正義人，世家子也。居前明何中丞舊宅，爲人倜儻。著有《剪翠集》，清新俊逸，膾炙人口。予在俗時，較酒論詩，往來投契。中年後遷居郡城，鬱鬱不得志，遂廢筆墨，坎壈以終。今子亦去世矣。回首當年，不勝感慨，真離合之不可保，盛衰之不可測也。

薛一瓢，名雪，字生白。才情超遠，卓識過人。少有俠氣，晚年避居南園，不染塵事。應酬之暇，于治心齋，繙經閲史，尚論古今。沈歸愚先生曰：「一瓢少年豪俠，晚成道學，能者不可測，竟乃爾爾。」著有《唔言日録》，今録其一則，以見筆墨之妙。曰：「一日，予在園中騎射，父與客同在。父謂客曰：『此子雖弱，于所當學者，頗不懈怠。』客曰：『令郎騎步二射俱佳，但不能馳盡馬力，近乎懦耳。』父曰：『原其故，以我老夫在也。』客曰：『乃其然乎？弟見不及此耳。』」梅村曰：「一瓢之不能馳盡馬力，果不敢乎？果如乃父之所言乎？若果如此，乃父亦可謂知子矣。」

借雲師，名如德，字童稚。錫山人。薙髮于婁關之福城庵，師即微涼大師祖，曰祥峰和尚。中興宜興山中顯清禪寺，道風遠播，一時知識。借公今受法于善慶庵我師兄嬾庵座下，爲我法姪矣。童真出家，具有宿根。本分修行外，饒多餘技。書法宗董思翁，而參以晉帖；寫蘭學白陽山人，而以己意出之，皆恬静可愛。其詩筆清新俊逸，是我嬾庵兄嫡派，更足貴也。

我五世叔祖名典，字孟公。中歲棄家，爲瞿曇氏子，法名智果，法號湘雲。華梵兼舉，曰「孟比丘」。生而敏慧，能知宿世事。此天上謫仙，偶然遊戲塵寰者也。有《震澤奇遇記》，述宿世事，娓娓悉之，人讀之咸以爲異。然天下奇人奇事往往有之，無足疑怪也。孟公自傳中曰：「予自孩抱至于垂老，譚笑詼諧，纖屑事畢記。」吾初讀之，亦以爲異。然宿世事能知，况現生乎。吾兩得而信之矣。佛門有六通之説，原非虚語。孟公傳佛心印，直接無上菩提，自傳中具之甚詳，茲不多贅。

梅村上人傳

上人姓欽氏，先世西南徼長也。自宋靖康間修汴京歲事，值金兵不得返，遂留中國。扈蹕南渡，帝嘉賴之，賜姓欽。始居浙西，再遷吴郡，世以人材科甲，振起家聲，王夢樓太守于欽氏譜牒中叙之詳矣。上人出世以來，于水源木本之意，惓惓不忘，前年修宗譜，追遠報本。夢樓于譜牒中亦娓娓稱道之也。吾聞上人在俗時，事父母也孝順，處兄弟也愛敬，交鄉黨也信義，人無間言矣。上人少穎敏，識道理，好學不倦，尤精醫術。懸壺市肆，活人無算。上人性好佛，自少有出世心，奈世緣未畢，時節未至耳。迨乾隆五十一年冬，尊人道明先生殁，一弟妹尚幼。逾數歲，弟成妹嫁，堂有母夫人。上人曰：「六祖託母于表兄，古人有諸，吾有兩弟，可少慮也。」于是始薙髮于獅林道公和尚座下，時年已四十三矣。師嗜蔬焚修，不與世相聞。惟是翰墨緣未了，課餘之暇，遍觀漢、魏、六朝、三唐諸書，未嘗一日釋手。有往來贈答、席上晤言，隨時所録，遂有《梅村筆記》一書。上人風雅不群，予深頃倒焉。且細閱《記》中所載，有大源大本，不特詩話、語録而已。如述祖德，揚父美，誼重友于，情深故舊。至出世師長兄弟間，情同一體。觀所記可見也。此皆人所不能及者。嗟乎！上人天資開放，無富貴貧賤心，而安於蒲團香火也。獨是于根本之間、至性之中流出，名言遂成冰雪，甚難得矣。上人家新邑之正義鎮，大父藎臣先生自郡城兩遷至此。上人名允恭，字學山，法名明理，法號恒性，別字梅村。父道明先生，諱恒昇，别號樸齋。母夫人朱氏。二老者，爲里中碩德，閫内母儀也。弟兄五人，上人行居其仲。予之識上人也，自乙丑歲先君乞休歸里，寄居茂苑。表弟張子厚村同上人善，遂造其廬，相與語而有深感也。所著《梅村筆記》，今梓以行世，諸君子皆有題贈。予因備述其梗概，作《梅村上人傳》，以垂不朽。

嘉慶十六年春月，武進春農劉逢慶拜撰。

（姚蓉、楊長正點校）